1972年，作者時任教加州大學柏克萊分校東方學系，應日本筆會邀請出席「日本文化研究會」，攝於京都。

1981 年，作者攝於麻州寓所書齋，時任麻州大學亞洲語文學系教授。

1993 年，作者攝於林海音寓所。

2001年，鄭清茂、馮秋鴻伉儷，作者時任東華大學中文系教授。

# 《中日文學之間：鄭清茂論著集》

鄭清茂　著

# 目次

下編

# 導論 中日文學的相互凝視

廖肇亨

## 一、東亞文化研究的先行者

當今世上的東亞文化研究，臺灣學界自有其傳承與特色。出身臺大中文系的林文月教授與鄭清茂教授兩位對於日本古典文學的譯介膾炙人口，已是臺灣文化界傲人的成就，其文辭之優美、學識之豐富，無疑是後世瞻仰的高峰，同時享譽東瀛，屢屢獲頒各種尊貴的殊榮。兩人既有深厚的中國文學素養，又對日本文化有深入獨到的見解，且各擅勝場。林文月教授對於女流作家的作品，如紫式部《源氏物語》、清少納言《枕草子》，樋口一葉等人所下的深厚工夫，譯文同樣典則凄婉；鄭清茂教授則致力於《平家物語》、《奧之細道》、森鷗外等經典，更傾向於男性陽剛氣質，雖然如此，兩人的譯作譯文不但適切典雅，而且有細密入微的注釋。林文月教授與鄭清茂教授兩人對於日本漢學、漢文學、古典文學、現代文學留下的諸多傲人成就，都提供有志東亞文化的年輕學子更多奮進前行的指引。

現代文學的研究者對林文月教授的研究已有相當積累。相對而言，一般讀者對於鄭清茂教授則較為陌生，雖然鄭清茂教授在學術界、翻譯界、藝文界地位崇隆，但對於鄭清茂教授為學的經歷、根底，乃至於深厚的學養，未必能有深入接觸的機會，這次是鄭清茂教授學術論著首次完整的整理編輯成冊出版，藉此難得的機會，希望能讓讀者有機會進一步認識鄭清茂教授深厚的學術底蘊。

## 二、中日文學關係的研究視角

身為普林斯頓大學東亞所第一屆開山弟子，鄭清茂教授的博士論文，是日本作家永井荷風，特別是永井荷風的漢文學。這是一個跨領域的研究，以今視昔，此一課題對當時知識界衝擊之大不難想像，本書中〈永井荷風與漢文學〉一文約略可以想見當時博士論文之風采。此外，本書另收錄〈夏目漱石的漢詩〉、〈中島敦的歷史小說〉、〈菅原道真的漢詩〉等作，開中文學界研究之先河，主要討論的對象是日本作家的漢文學創作（包括漢詩），或以中國為題材的著作。其中〈夏目漱石的漢詩〉一文甫問世之際，在日本學界激起廣泛的迴響，當時吉川幸次郎於此文青眼有加，時加表揚，日本學界不只一次將此文譯成日文。除了文學創作以外，作者也對文學生成的環境與作家的時代精神加以著意，〈中國文人與日本文人〉、〈海內文章落布衣——談日本江戶時代的文人〉二文則較接近文化史或文化脈絡的討論。一方面可以看出作者的深厚學養，另一方面，作者選題眼光的精準令人印象深刻。其在中日文學研究的深刻造詣由此可見一斑。

本書〈王次回研究〉、〈周作人的日本經驗〉、〈取徑於東洋——略論中國現代文學與日本〉等一系列論著，視角則是集中在中國文學在日本的接受與轉化。王次回是晚明著名的香奩體詩人，長久以來為中國讀者所淡忘，但在日本仍然擁有廣大的讀者。作者在研讀日本漢詩時，注意到這個在中國被遺忘已久的名字，針對王次回詩集重新校對整理出版，並翔實考證其生平與交遊，為之撰寫長論〈王次回研究〉。換言之，經過對日本文化的凝望，關於王次回的文化記憶才又重回世人的眼前。作者發幽闡微之功自當記上一筆。〈周作人的日本經驗〉、〈取徑於東洋——略論中國現代文學與日本〉則是針對近代中國文學與日本的關係詳加梳理。此一領域如今已蔚成大國，但作者的開創之功不當或忘。更值得佩服的是：論文首發的年代，周作人、創造社等名字在兩岸都還充滿著各種顧忌。不只是孤明先發的睿智，更有千萬人吾往矣的勇氣魄力。最重要的意義在於：透過觀看他者，重新發現自身的不足與特色。

## 三、東亞漢學漢文學的無窮對話

作者作為知名學者、翻譯家，不但在東亞漢文學、日本漢學、明代文學、近代文學、中日文學關係諸領域有開山奠基之功，且對於古代典籍的整理與日本文學的翻譯方面亦著作等身。除了文學經典以外，臺灣學子得以認識吉川幸次郎、小西甚一等重要學人的著作，往往憑藉作者的譯文。作者獨特的視角與方法，與其生命歷程、求學經歷不無關係。

作者出身臺灣嘉義農家，進入臺大中文系，從學於臺靜農（一九〇二－一九九〇）、屈萬里（一九〇七－一九七九）、洪炎秋（一九〇二－一九八〇）、毛子水（一八九三－一九八八）、董作賓（一八九五－一九六三）、董同龢（一九一一－一九六三）、孔德成（一九二〇－二〇〇八）等第一代戰後渡海來臺的名家。求學時，臺大中文系有一林三鄭（林文月、鄭清茂、鄭再發、鄭錦全）之目，四人都是優秀的臺籍菁英。作者於大學時，便因精通日語，在臺大中文系的師長介紹之下，為胡適（一八九一－一九六二）翻譯日本方面的佛教論文。在大學的暑假期間，也翻譯吉川幸次郎（一九〇四－一九八〇）《元雜劇研究》等書，曾以桑樹神話的論文獲得臺大中文系的碩士學位，也曾經在臺大教授日本文學、歷史相關課程。後應牟復禮教授（Frederick W. Mote, 1922-2005）之邀，成為普林斯頓大學東亞所第一屆的學生，博士論文即是永井荷風，觀其選題，其為融合東亞中日兩國的文化傳統的苦心可以想見。在普大求學期間，當時日本戰後最重要的批評家之一江藤淳（一九三二－一九九九）應邀到普大客座，作者的博學多能留給江藤淳很深的印象，江藤淳曾經驚嘆作者竟然能以江戶時代的古日文候文寫作。作者數次訪學日本，皆入住江藤淳的別墅，足見二人關係深厚，非一般可比。

作者先後在美國柏克萊大學、麻州大學、臺灣大學、東華大學任教，作育英才無數。特別是在柏克萊大學時，陳世驤（一九一二—一九七一）、楊牧（一九四〇—二〇二〇）、莊因諸人同在，在楊牧、莊因諸人的文集中屢屢言及，正是諸人意氣風發之時。作者在美留學期間，恰逢比較文學一門風起雲湧，或許在當時，日本漢文學、中日文學關係云云在廿世紀中葉，都從屬於比較文學的旗幟之下。爾後楊牧與作者一起創建東華大學文學院與中文系，作者晚年的學術生涯也回歸臺灣這塊土地。

雖然作者同時受到臺灣、日本、美國三方學術傳統的灌溉，但與日本的淵源格外引人注目。一是日本戰後最重要的中國學巨擘吉川幸次郎，一是日本戰後最重要的文學批評家江藤淳，以及日本著名的中國學專家、江戶文化研究者奥野信太郎（一八九九—一九六八），無一不是當時文化界執牛耳的重鎮。作者也曾經陪同孔德成先訪問日本，擔任日語翻譯。當時也見到鹽谷溫、廣池千英（麗澤大學）等重要人士。作者是臺灣歷史上所謂的「日本語世代」，又接觸當時臺灣大學諸位國學大師以及日本漢學界、文化界最頂級的文化、學術菁英。從古典到現代，從中國文學到日本文化，無一不通，無一不精，機緣如此殊勝，東亞漢學漢文化的無窮對話，在這本論文集中隨處可見。

## 四、本書之構成

本書全面集結了鄭清茂先生學術生涯中文單篇論著及講稿，其中多篇曾以英、日文發表於美國、日本學界，論題涵蓋中國文學、文字學、中日比較文學、日本漢學的學術史問題以及漢文學研究，為迄今鄭清茂先生最完整的論著集。

本書共收錄鄭清茂先生十二篇以中文發表的論著、講稿，為鄭清茂先生學術歷程的總結。其中〈夏目漱石的漢詩〉、〈中國文人與日本文人〉、〈永井荷風與漢文學〉、〈王次回研究〉四篇文章，曾集結出版於《中國文學在日本》（臺北：純文學，一九六八年）一書，由於出版時間距今已四十餘年，並已絕版，讀者難以復見，因此本書特將《中國文學在日本》中四篇文章重新排版校對，是為本書上編；由於初版之際，未詳細注明出處、版本的地方較多，此次利用出版的機會，重新整理加注，以饗讀者。另外八篇文章則為鄭清茂先生歷年來發表的論文與講稿，按照發表的時間先後排列，是為本書下編。總計本書所收錄的論著，幾與鄭清茂先生六十餘年來的學術生涯相始終。

由於鄭清茂先生的論著多為早年所發表，此次重新整理出版，在編輯校對工作上，我們依循現今中文學界的學術規範統一格式與體例，再逐篇進行引用文獻的查核校對，期將鄭清茂先生之論著以嚴謹的學術面貌重新問世，嘉惠學界。關於本書的體例與編輯過程，略加說明如下：

一、本書所收論文引用中國文獻典籍，常見的經典如《十三經》，為求各篇引用版本一致，統一使用藝文印書館一九八九年據嘉慶二十年江西南昌府學刻本影印的《十三經注疏》本；《二十四史》統一使用北京中華書局一九九七年出版的標點本；其他中國古典文獻，則使用今日學界較為通行的版本進行校對。

二、本書所收論文引用日本文獻典籍，盡可能找出原稿引用版本進行校對，但部分作家全集與文學選集，則以近年出版的版本為主，如《漱石全集》，鄭先生使用一九六五至一九六七年岩波書店為紀念漱石百歲誕辰所發行的十六卷本、本書校對使用二十八卷本（一九九三—一九九九年出版）；《荷風全集》鄭先生使用一九六三—一九六五年岩波書店出版的二十八卷本，本書則使用三十卷本（一九九二—一九九五年出版）。

三、鄭清茂先生為譯界名宿，先生之文章引用日本文獻處多已將日文篇名與原文譯為中文。本書保留鄭先生之翻譯，一律於注腳處括號標示日文篇名。部分已譯為中文之和歌、俳句，則於注腳處補上日文原文。

四、鄭先生論文中所謂「近年」、「去年」的研究成果及學界動態，是以當時論文發表年代來說，並非指近年最新的相關著述，編輯時尊重鄭先生的原文，不做文字修改。

五、本書編輯與校對依循嚴謹的學術論文規範，除將鄭先生文章引文已標注出處者進行校對，文章中的引文未注明出處者，則盡可能找到原始文獻，並於注腳標明為「編者注」，以區隔鄭先生之原文；有校對上需加以說明的情形，亦在注腳處以「編者案」說明之。

六、本書書後附有徵引書目，以俾讀者利用與參考。

最後，本書得以編輯整理出版，感謝祖恩在編輯前期協助搜集鄭清茂先生散佚的論著，祖恩、雨璇、金縈、志鴻、李潔、冠儀鼎力完成校對工作；部分臺灣難以取得的日文資料，感謝賴思妤博士積極聯繫取得；承蒙臺灣大學林宏佳老師在文字學方面的釋疑與文獻指點；感謝東華大學吳冠宏老師聯繫、東華大學圖書館吳雅萍小姐與中文所王瓊涓女士協助拍攝所須之鄭清茂教授捐贈藏書，使本書校對工作盡可能臻於完備，謹致謝忱。鄭雅尹博士始終董理其事，最為辛勞。聯經出版公司的逸華、忠穎、芳琪在出版過程中的諸多協助，令人感念。這本論文集不只代表鄭清茂教授個人，更代表了一個時代的印記，其中的學術意義與更多中日文學研究開展的可能性，未來有待讀者無盡的挖掘。

# 寫在本書之前

本書分成兩個部分，第一部分本來發表在《純文學》雜誌專欄，後來集結為《中國文學在日本》一書，有很多不成熟的地方，編成集子之後好像還算受歡迎，所以全書付印再版，供讀者參考；第二部分，是其他的研究成果，原稿多半以外文寫成，後來都用中文發表，收在這個集子裡。

回顧一生治學，僅此而已，不免汗顏。最後要對協助出版這些論著的聯經出版公司、廖肇亨教授與鄭雅尹博士，表示由衷謝意。

鄭清茂於桃園曰可居

二〇二二年七月

# 上編

# 《中國文學在日本》原序

《純文學》月刊的主編來信說，希望把我在該刊上發表的幾篇文章，集成一冊出版，列入《純文學叢書》之中。這個消息使我興奮，也使我猶豫。興奮的是可以趁這難得的機會，把自己幾年來的一些讀書心得，公諸同好，並就正於大方之家。猶豫的是這些文章是否值得印成單行本。不過，冷靜地想了一想，覺得不管寫得好不好，總算是下過一番工夫、花了不少心血的產物，實在棄之可惜；雖然自知含有不夠純熟或深切的見解，卻也不能說完全沒有閱讀或參考的價值。而且能夠把自己所寫的東西，收成集子，對於一個別無雄心大志的書生而言，畢竟是一件差堪自慰的事。因此，興奮一下，猶豫過後，還是捨不得放棄這個機會，便回信答應了。

這本集子所收的共有四篇，可說都是我在外國遊學的課外餘業。其中三篇：〈夏目漱石的漢詩〉、〈中國文人與日本文人〉和〈永井荷風與漢文學〉，是在《中國文學在日本》的總題之下，先後發表於《純文學》月刊的文章。另外一篇〈王次回研究〉，原載於臺灣大學《文史哲學報》第十四期（民國五十四年十一月），因為是我研究日本文學，特別是中日文學關係的副產品，所以也收進這個集子裡了。雖然內容與本書的書名不大適合，但不妨算是一篇附錄性的東西。

四篇之中，〈王次回研究〉一稿時間最早，是一九六四年冬天，作於雨雪霏霏的普林斯頓。還記得為了這位被遺忘的明末香奩詩人，前後做了數月的調查工作。但本來有關王次回的記載就非常缺乏，加以身在異邦，有些想參考的書不容易看到，結果是往往埋首終日而一無所獲，不免事倍而功半。幸蒙屈翼鵬師自國內抄寄珍貴的資料，屬稿期間，又承普林斯頓大學牟復禮（F.W. Mote）及芮效衛（David T. Roy）兩位教授的鼓勵和協助，才好不容易的把這篇稿子寫了出來。發表以後，我回臺灣停留了兩個月，然後轉到日本去研究了一年多，有緣分別謁見了臺灣大學臺靜農師、京都大學吉川幸次郎先生和慶應大學奧野信太郎先生。歡談之間，偶及本文，獲得了不少有益的批評和啟示。另外，有東海大學的孫克寬先生、法國的郝茲曼（D. Holzman）教授，也來信提供了可貴的意見和感想。因此就我個人平凡的讀書生活來說，這篇文章的確給我留下了值得懷念的經驗。現在有重印這個集子的機會，我曾利用一些後來入手的新資料，略加補充和修改。不敢說已臻完善，只想儘量減少遺漏和錯誤而已。

其他三篇都是在東京六本木的一間小公寓裡寫的。《純文學》月刊籌備期間，林海音女士來信索稿，而且規定我非寫不可。她辦雜誌和獻身文學的熱忱，的確令人感動。於是，也顧不得自己的文章受不受歡迎，就答應她寫點關於中日文學關係的東西。她馬上又來信說，願意代我開闢一個專欄。這實在使我受寵若驚，但更使我進退兩難，只好忙中偷閒寫了幾篇。不久又來美國，生活更忙更緊張，所以我那個專欄也就難得去照顧了。當我開始寫這個專欄的時候，原準備用隨筆或比較輕鬆的體裁，隨著興之所之，隨便聊聊的。沒想到寫出來的東西，隨筆不像隨筆，論文不像論文，自己看了也覺得可笑。而且我寫文章，既不會起頭，也不會收尾。結果，不是頭重腳輕，就是頭輕腳重，經常陷於步履維艱的境地，望著方格子興嘆。

〈永井荷風與漢文學〉，原是我用日文寫的一篇研究報告，曾在東京國際東方學者會議上宣讀過。後來又發表於該會的《紀要》第十一冊（一九六六）。此次為了出單行本集子，很想把這篇也收進去，所以臨時決定譯成中文，先交《純文學》刊登，也算是《中國文學在日本》專欄之一。記得吉川先生在本文宣讀以後，很客氣地告訴我說，他覺得我把問題處理得太簡單了。我自己也有同樣的感覺。本來在翻譯的時候，應該大刀闊斧地修正一下，但一則限於時間，二則因為這只是一篇初步的簡略報告，所以除了稍加增刪之外，大致還保存了原來的面目。至於詳細的有系統的討論，我正在用英文寫著同題的論文，希望完成後有機會發表出來。

日本明治大正間作家，雖然深受西洋文學的影響，但在思想情感等方面，卻依然不能完全擺脫東方的傳統。這一點日本評論家往往略而不提。然而，正如法國巴黎大學比較文學教授艾丁波（Rene Etienble）說：「日本的比較文學家，自明治時代以來，專心注意本國與歐美的文學關係，固是理所當然的事。他們研究英國詩法對日本韻律的影響；英國及義大利文學對夏目漱石的影響；或芥川龍之介所受法國文學的影響等，也是無可厚非的。不過，如果無視於日本與中國或佛教世界的古老而長久的關係，怎麼能不背叛我們做學問的精神呢？」[1] 這段話正道出了我平時所持的看法，不但給了我莫大的鼓勵，也使我增加了不少信心。五六年來，我之所以有意於中日文學關係的研究，就是想在這個一向被忽視的園地裡，稍盡綿薄，做點耕耘的工作。我首先看中的日本近代作家是永井荷風。但為了他已經花了好幾年的時間，卻還沒寫出什麼像樣的比較完整的東西，實在慚愧得很。有時候，我的興趣又轉到夏目漱石、森鷗外、幸田露伴、芥川龍之介、佐藤春夫或中島敦等作家。而為了想了解他們的傳統背景或影響來源，又禁不住要回頭看看日本和中國過去的文學。因此這數年來的讀書，雖然好像有一定的目的，其實卻是又雜又亂，缺少系統可言。不過，在這樣亂讀的過程中，偶爾興趣一高，不免停下來觀察探討一番。這是所以有〈王次回研究〉的原因。〈夏目漱石的漢詩〉及〈中國文人和日本文人〉兩稿，也可說是在同樣的情形下寫出來的。

夏目漱石是我所偏愛的作家。〈夏目漱石的漢詩〉一文，除了介紹他所作的中國詩，並試加闡述之外，順便也談到他的人生觀和文學觀。但限於題目的性質，未能充分地加以發揮。只是就與中國詩有關係的，略陳己見而已。此文發表以後，不久就拜讀了吉川先生的《漱石詩注》[2]，又在雜誌上看到了一兩篇討論漱石漢詩的文章；都是值得興奮的事。至於〈中國文人與日本文人〉一稿，由於範圍太廣，又想儘量縮小篇幅，結果，弄得偏重於資料的排比和敘述，以致原在心裡的一些意見難於暢所欲言。而且在結構方面，本來的計畫也不盡相同。我開始構想時，只打算稍微提一下中國文人，就移到日本來看日本文人所受中國文人的影響。誰知筆尖一溜，竟往而不返，只好將錯就錯，趁便匆匆地看了看中國的古今文人，算是「上篇」；然後才以疲憊的心情和有限的時間，去觀察日本文壇的風光和人物，寫了「下篇」。但是這個「下篇」在實質上並沒完成，只敘述到中世就不得不暫時叫停，而把最重要的近世（德川時代）付之闕如了。雖然在稿末我跟讀者說，關於近世的日本文人，「以後另立專題討論」，但自己也不曉得什麼時候這個「以後」才能變成「過去」。現在倒有點後悔加上那個尾巴。不過，反過來想，一個人要是「以後」有可以做或應該做的事情，似乎總比沒事可做好，這麼一

1　Comparaison n'estpas raison——littèrature Comparèepp. 22–23, 1963.

2　吉川幸次郎：《漱石詩注》，（東京：岩波書店，一九六七年）。

想，不管以後能不能做得出來，也就覺得不必那麼後悔了。

在中日文學關係的領域裡，可以研究的專書或專題實在很多。本集的幾篇文章只不過是初步的嘗試，不敢說是正式的研究。最近十年來，日本學術界開始注意這方面的問題，而且已有了令人矚目的成果。如中西進的《萬葉集之比較文學的研究》、[3]小島憲之的《上代日本文學與中國文學》、[4]川口久雄的《平安朝日本漢文學史的研究》，[5]以及神田喜一郎先生的《在日本之中國文學》[6]等，都是周詳精密的大作，的確是可喜的現象。不過討論中國文學與近代作家的專書，據我所知，似乎尚未出現。當然，一談到近代的兩國文學關係，日本文學對中國文學的影響，也是不可忽略的。但是關於這一方面，除了幾個日本人，如魚返善雄、實藤惠秀、丸山昇等，曾經零零碎碎地談到之外，在國內，好像還沒有人做過調查的工作。

以上，拉雜寫來，沒有什麼頭緒，只是想把寫這幾篇文章的動機、經過、感想等，隨便報告一下而已。本書排印的時候，承《純文學》月刊社代做編輯校對諸事，特此誌謝。

一九六八年九月於柏克萊

3 中西進：《萬葉集之比較文學的研究》（《萬葉集の比較文學的研究》）（東京：南雲堂櫻楓社，一九六三年）。

4 小島憲之：《上代日本文學與中國文學》（《上代日本文學と中國文學》）（東京：塙書房，一九六二—一九六五年）。

5 川口久雄：《平安朝日本漢文學史的研究》（《平安朝日本漢文學史の研究》）（東京：明治書院，一九五九年）。

6 神田喜一郎：《在日本之中國文學》（《日本における中國文學》）（東京：二玄社，一九六七年）。

# 夏目漱石的漢詩

一

日本近代最偉大的作家，無疑的是夏目漱石（一八六七—一九一六）。他的名字對我們並不陌生。記得以前在臺灣大學旁聽黃仲圖先生的日文課，教材裡就有夏目漱石《我是貓》的一段文章。他的長篇小說《心》很早就有了中文譯本。聽說《我是貓》也有節譯本，可惜我還沒看到。他的作品被譯成西方文字的更多。除了《心》和《我是貓》之外，如《少爺》、《行人》、《虞美人草》、《草枕》、《三四郎》、《門》等，都有譯本在歐美發行過。尤其是《少爺》一書，據我所知，竟有英譯本五種和俄、德譯本各一種。《心》也有三種英譯本和一種法譯本，可見他受推薦及重視的一斑。

夏目漱石不但是日本最偉大的作家，而且也是最受歡迎的作家。今年是他的百年誕辰，他去世已經五十年了，可是他的作品依然暢銷不衰。根據去年（一九六五）三枝康高主持的「讀書調查」，在東西古今大作家中，漱石所得的票數遙遙領先，其他如芥川龍之介、森鷗外、島崎藤村、莎士比亞、托爾斯泰、紀德等，都瞠乎其後，即以得到第二位的芥川而言，所得票數也不過他的三分之一而已。看情形，他的聲望還會繼續增加下去。岩波書店為了紀念他的百年誕辰，從去年十二月起，又開始發行該店第九次《漱石全集》，共十六大冊，每月出一冊，到現在還沒出完。據說光是預約的部數就超過了二十萬。此外，自第二次大戰後，創藝社、角川、筑摩、春陽堂等書店，也都先後出過他的全集，銷路都相當不錯。至於其他無數作品的單行本，更是不勝枚舉了。

漱石可說已變成了日本的民族英雄，而且也變成「世界作家」之一了。今年（一九六六）九月十六日的《朝日新聞》有一條消息說，聯合國擬定於一九六七年發表的「世界偉人」名單上，可以看到夏目漱石的名字。日本文部省正在計畫成立一特別委員會，召集有名的專家學者，編印一本「最高水準」的英文版漱石傳記、作品評論和文獻目錄，以便分發各國，向世界介紹這位偉大的日本作家。[1] 漱石生前淡於名利，連日本政府送上門來的博士學位都拒絕接受。沒想到在他死後，無限功名滾滾而來，如果他泉下有知，不知將做何感想？但想拒絕做「世界偉人」，除非起死回生，已經辦不到了。

關於他辭退博士學位的事，是他生命中一個有趣的插曲。當他接到通知以後，立刻加以辭退。但政府卻一定非送他不可。消息漏了出來，變成當時（一九一一）的熱門新聞。不過他的原意並不是想以退為進，藉這種反常的做法去博取清高的令譽。他的理由是：「如果政府賦與博士過高的評價，而使世人相信非博士即非學者，那麼學問將會變成少數博士的專利品，結果是一切學問的權利會被少數『學者的貴族』所掌握，而漏選的多數文人學者也會失去社會的重視。」[2] 而且他以為文學藝術是「個人的」表現，原來與政府無關的。要是一個「文士」被政府看中而授與某種特殊榮譽或地位，他便不得不脫離「普通文士」的身分，突然搖身一變，成為一個代表國家權威的工具。這樣一來，個人

1 〈ユネスコのリスト　「明治維新」も仲間入り　偉人では漱石と西鶴〉，《朝日新聞》（夕刊）第三版，一九六六年九月十六日。

2 夏目漱石：〈博士問題の成行〉，《漱石全集》（東京：岩波書店，一九九三—一九九九年），第十六卷，頁三六二。

的自由和獨立不但要受到牽制或斲傷，而且也會間接地阻礙文學藝術的發展。[3] 可見漱石最重視的是文人的獨立自主的人格。這是神聖不可侵犯的，也是威武不能屈的。所以他不願意接受政府的學位而紓尊降貴，仰人鼻息；也不願意假借政府的權威而居高臨下、傲視文壇。他是最忠實於自己的思想和感情的智識分子。為保衛自己的誠實和純潔，他不惜放棄目前的尊榮，而終生甘為一介書生。這一點可與陶淵明「不為五斗米折腰」的高風亮節相媲美。夏目漱石喜歡讀淵明詩，仔細想一下，就會覺得不是沒有原因的。

## 二

這幾年來，我也變成了漱石的「愛讀者」之一。去年（一九六五）秋天來到日本後，省吃儉用，花了一萬多圓日幣，在神田古書鋪購得一套岩波袖珍版《漱石全集》，共三十四冊，擺在書架上，一有空閒，就隨便抽出一本來看看。他早期的作品如《我是貓》和《少爺》等，幽默諧謔，令人微笑。但我更喜歡他晚期的作品《門》、《行人》、《心》、《道草》、《明暗》等。因為在這些作品中，他開始面對人生的心理和道德等問題，頗有發人猛省、使人沉思的地方。

漱石的作品引人的力量，並不在結構的整飭或情節的微妙，而在其中所描寫的人生內在問題的深刻、嚴重和複雜。由於他賦性敏感、正直，而做事又一絲不苟，極為認真，所以對人類心理的探求，總是剝絲抽繭一般，一層一絲都不輕易放過。結果越求越深，越發覺人類本性的醜惡。這種醜惡植根於與生俱來的自私自利，貪生怕死；而表現在社會的日常生活中，便是人與人之間不能推心置腹；愛情、友誼、慈善的虛偽；理想與現實的矛盾；知識的無用……。總之，在漱石看來，人類世界彷彿是個黑暗的地獄、絕望的深淵。每個人都無法逃出這種可怕的宿命。因為有其生便有其「我」，無其「我」便無其生。而一切煩惱、痛苦、孤獨、罪惡，都由於「我執」而來。但是，一個有心有血有肉的人，怎能沒有「我」呢？

漱石寫小說時發掘問題、分析問題的認真深切，只要是有心人都會受到感動。他從事寫作，雖說是觀察人生，追求擺脫宿命的途徑。但他一輩子在小說裡提出不少問題，卻一輩子找不到一個答案。也許可以說，他根本就不相信會有滿意的答案。因此，對他來說，寫作等於自尋煩惱。每次讀他的小說，總使我想起李後主的「人生愁恨何能免，銷魂獨我情何限」[4]兩句詞；也連帶想起王國維《人間詞話》中「後主則儼有釋迦、基督擔荷人類罪惡之意」[5]的話。我覺得如果拿這句話來批評漱石，也許更恰當些。

不過，漱石並不以剖析人類心理、描寫人類醜惡為已足。假定只是那樣，他配不上「偉大」兩個字了。他儘管知道一個人只要活著，便絕免不了要背著煩惱、痛苦、孤獨、甚至罪惡的宿命。但在絕望悲觀的泥沼中，他仍然不肯放棄人類真愛和善意的追求，至少不曾放棄這種追求的欲望。譬如在

3　夏目漱石：〈文藝委員做什麼事？〉（〈文藝委員は何をするか〉），《漱石全集》第十六卷，頁三六三。

4　〔五代〕李煜：〈子夜歌〉，見王仲聞校訂：《南唐二主詞校訂》（北京：中華書局，二〇〇七年），頁十七。

5　王國維著，徐調孚、周振甫校注，王仲聞校訂：《人間詞話校注》（臺北：五南圖書，二〇二〇年），頁十六。

《明暗》等小說中，幾乎每個人物都在為頑強固執的利己心所苦，但他們都在掙扎著，企圖脫離這種醜惡的利己主義的枷鎖。可以說是身在地獄而心在天堂；也可以說是處於山窮水盡的絕路，仍在渴望柳暗花明的境界。漱石無意以感傷的美麗故事取悅讀者，相反的，他卻始終執著於描述人類關係的危機，給讀者以沉思反省的機會，而使他們認識自己的真相，體諒別人的處境，進而互相了解，創造更幸福的生活。他曾說：「有倫理始有藝術；藝術必具倫理。」[6]正說明了他創作的態度。雖然，他從不在作品中訓誨讀者，也不主張「文藝的目的在鼓吹德義心」，但是「對作品中描寫足以啟發讀者做道德判斷的事件，或提供能夠刺激讀者去考慮是非善惡的問題」，他不但不反對，而且極力贊成。[7]簡單一點說，他是個道德主義者，但他的道德並不是忠孝節義的教條，而是一種啟導人們向善的力量。

漱石對人生悲觀的看法，許多批評家都同意，是跟他自己不幸的遭遇有關。但更重要的，我想該是由於他狷介自守、不與人苟合的性格而來。在別人的心目中他是個怪物，而他自己也恆以怪物自居。他厭惡人類，更厭惡自己。他經常徘徊逡巡於人生窮途上，卻不能像芥川龍之介（一八九二—一九二七）、有島武郎（一八七八—一九二三）或太宰治（一九〇九—一九四八）那樣，乾乾脆脆一死了之。這正是他的苦惱，也是構成他的悲劇的原因。江藤淳（一九三二—一九九九）先生說他的悲劇是「一個具有旺盛生活欲望的拙劣生活者的悲劇」，[8]令人同感。總之，這位以文筆征服了全日本，而且在向世界進軍的偉大作家，在實際生活裡不但不是個超人，相反的，卻是個道道地地的凡夫俗子，是個人生悲劇裡的拙劣角色。但是，正因為他是個凡夫俗子，加上他高深的文學修養，才能深入淺出地剖析一般凡夫俗子的人生問題，使人讀他的小說彷彿對著一面鏡子，結果每個人所看到的似乎都有他自己的影子，因而能分擔小說裡的人物的喜怒哀樂，而產生一種「我原來也在這裡面」的幻覺。所以讀夏目漱石的作品，不但在欣賞藝術，而且無意中也在了解人生，觀照自己。我想，這是他作品偉大的地方，也是能吸引廣大讀者的重要因素。

## 三

關於夏目漱石，我總覺得好像有不少問題可以大談特談。但又覺得好像所有問題都被討論過，起碼也被提起過了。日本學者或批評家研討漱石的著作，可謂汗牛充棟，不勝枚舉，而且研究書目還在繼續增加。在西洋雖然單行專著還看不到，但短篇論文已有不少。美國大學裡已有好幾個人研究漱石而獲得博士學位了。我常常想，我們國內也應該有人給他寫本傳記，更應該多多介紹他的作品。我們的文壇一向被某些人譏為「文化沙漠」，但是據我的了解，並不是沒有人在辛勤耕耘。事實上，有不少作家正在埋頭創作，或正在摸索著創作的路子。在這個時候，如果能介紹漱石的作品，對我們

---

6　夏目漱石：日記（大正五年五月十六日），《漱石全集》第二十卷，頁五五〇。

7　夏目漱石：〈文藝與道德〉（〈文藝と道德〉），《漱石全集》第十六卷，頁四七六。

8　江藤淳：《夏目漱石》（東京：勁草書房，一九六五年），頁二一四。

的文壇多少總該有點益處。我們常說文學是人生的反映，但怎樣的反映法，漱石正可以給我們一種啟示，至少可以給我們一種例子。雖說，他的小說稍微陳舊一點，缺少所謂「意識之流」或「存在主義」等的時髦筆法，但他是東方人，儘管受過西洋文學的影響，他的文學究竟還是東洋的——包括中國的——文學傳統下的產物。所以他寫的人物、提出的問題及表現的方法等，我們應該較易親近而加以接受。這固然是我自己的意見，但稍微知道漱石的讀者們，該會表示同意的。

記得有一次，一位朋友要我介紹幾本漱石的傳記或評論的書。我想了一下，在我看過的有關著作裡面，覺得小宮豐隆（一八八四—一九六六）的《夏目漱石》[9]和《漱石之藝術》[10]兩部著作，是值得一看的。前者近似編年體的傳記，對漱石的生平行狀、思想變遷、創作情形等都有相當詳細的敘述；後者是對他全部作品的解說和批評，以及每種作品成立的經緯。有這兩本書，足供我們獲得作家漱石的生平和文學的基本知識。不過，由於著者小宮豐隆是漱石的「弟子」，尊師重道之餘，難免有些過分渲染或美化的地方，因此引起一部分人的不滿。代表這部分人的是戰後派批評家江藤淳先生。他在所著《夏目漱石》一書的跋語說：「不潔之事莫過於英雄崇拜。我對漱石之成為崇拜的對象，也再忍不下去了。沒有比崇拜他人更傲慢的行為；也沒有比受人崇拜更屈辱的事情。我覺得對作家漱石最大的敬意是既不崇拜，也不輕蔑，而只把他平凡的人生肖像描寫出來。因為偶像雖死，但他曾經贏得共鳴的平凡的精神活動，卻是永遠常在的。」這就是他寫這本漱石評傳的「唯一的、同時也是最大的理由」。[11]換句話說，江藤是想從漱石尋常的人生過程中，探求漱石作品的普遍恆久的價值，而強調漱石文學之偉大實建立於平凡的充滿七情六欲的生活上面。因此，在他筆下的漱石，彷彿就是我們的鄰居，顯得格外親切。我個人對漱石的看法，是近於江藤先生的看法的。這並非由於江藤先生跟我有一段亦師亦友的風誼所使然，而是我自己閱讀漱石作品後所得的一種印象。

## 四

我曾說過，有關夏目漱石傳記和文學的問題，幾乎都有人討論過或提起過。但事實上，如果再仔細想一想，問題依然很多。譬如從比較文學的立場來考察他的作品，就有不少題目可以作成專論。像漱石的思想與進化論的關係、中國古典文學對漱石的影響，或漱石對中國現代文學的影響等題目，都還沒有人做過專門的研究。我常想，要是有足夠的時間，很希望對漱石與中國文學的相互關係，做一個比較詳細的介紹，但目前實在太忙，無暇做這等工作。只好在這裡提一下，算是給自己的將來出個「宿題」吧。

不過，在這「宿題」還沒著手以前，我想在這裡介紹一下漱石的漢詩。我們都知道漱石是日本的小說家，但知道他會寫漢詩或英文詩的恐怕不多。聽一位美國朋友說，漱石的英文詩相當不錯，我還

9　小宮豐隆：《夏目漱石》（東京：岩波書店，一九三八年）。

10　小宮豐隆：《漱石之藝術》（《漱石の藝術》）（東京：岩波書店，一九四二年）。

11　江藤淳：《夏目漱石》，頁二二三—二二四。

記得那位洋人表示驚嘆的神情。但我覺得漱石的漢詩比英文詩更好。雖然他一輩子所寫的漢詩只有兩百多首，可是大半可以列入佳作之中，即使以我們的標準來衡量，也有不少是值得我們一讀的。

我們已知道漱石終生為人生問題而苦惱，企圖尋求答案而未果。但他在悲觀絕望的現實生活之中，卻時時抬起頭來，凝視太空，靜觀自然，渴望精神上的世外桃源，以求暫時的解脫。這種渴望往往表現於漢詩書畫的創作或坐禪上面。但漱石自己承認慧根太淺，坐禪而無法入定，終於半途而廢。晚年他在精神上的寄託，多半是漢詩書畫。他的書畫固然有獨特風格，卻很難說是佳品，只有他的詩不但格調高，而且有思想、有懷抱，不僅是排列方塊文字而已。莊忌〈哀時命〉說：「志憾恨而不逞兮，杼中情而屬詩。」[12]也許正可以借來說明漱石作詩的心理。不過他所言之志，不在刺譏時世，也不在窮通出處，而以歌詠人生義理、描繪理想世界為主，近於淵明「常著文章自娛，頗示己志」的傾向。[13]對漱石來說，小說的創作是他的職業，生活的憑藉。漢詩不能賣錢，純粹是業餘的娛樂。小說與漢詩是兩種不同的世界。前者描寫實際的人生，是醜惡的地獄；後者抒陳理想的境界，是美麗的天堂。漱石在實際的人生中所渴望的正是漢詩的理想世界。為達到這個世界，他晚年在寫小說《明暗》時，曾提出「則天去私」的口號。這四個字成為日本近代文學史上的論爭題目之一，連有些美國學者也加進來湊熱鬧。但不管漱石是否真的達到真正「則天去私」的境界，他到死一直渴望著一種自由自在、無憂無慮的境界，卻是不容否認的事實。

## 五

據松岡讓（一八九一—一九六九）所編的《漱石之漢詩》，漱石是早在十七、八歲時，就開始以「枕雲眠霞草堂主人」的雅號寫了不少漢詩，現在存有八首。[14]從這個雅號可知他從小就有雲霞之癖。這時候的詩雖然還不大純熟，但已顯出他確有詩人的資質。如〈題畫〉七律就是個好例子：

何人鎮日掩柴扃？也是乾坤一草亭。
村靜牧童翻野笛，簷虛鬪雀蹴金鈴。
溪南秀竹雲垂地，林後老槐風滿庭。
春去夏來無好興，夢魂回處氣泠泠。[15]

論平仄、對仗、押韻都沒問題。論內容，我們對這個小詩人思想的早熟，不得不感到驚訝。他的早熟

12 〔漢〕莊忌著，〔宋〕朱熹集注：〈哀時命〉，《楚辭集注》（上海：上海古籍出版社，一九七九年），頁一六二。
13 〔晉〕陶淵明著，袁行霈箋注：〈五柳先生傳〉，《陶淵明集箋注》（北京：中華書局，二〇〇三年），頁五〇二。
14 松岡讓：《漱石之漢詩》（《漱石の漢詩》）（東京：朝日新聞社，一九六六年），頁三。
15 夏目漱石：〈題畫〉，《漱石全集》第十八卷，頁五。

跟他的家庭環境有密切的關係。他原名「金之助」，一八六七年（慶應三年）生於江戶（今東京），是夏目家五男三女中的老么。但是他不像一般么兒受到父母格外的疼愛，反而被視為家中的多餘之物。據他以後的回憶：「我是雙親晚年生的所謂末子。母親到現在還時常重複地說：到了那一大把年紀，還懷孕生產，真是沒臉見人。」[16] 因此，他兩歲時被送給鹽原家做養子。養父母對他雖能盡教養之責，但不時向他灌輸感恩圖報式的教條，不但提醒他，甚至要求他在長大後，不可忘掉做個孝子，一定要報答他們養育之恩。這種出於私心的欲取之必先予之的教養，引起金之助懷疑人間的愛情和善意，在他小小的心靈裡留下一片陰影，而且終生無法抹去，變成他後來小說中屢屢出現的重要題材之一。

後來，漱石十歲的時候，由於養父有外遇，跟養母離婚，所以漱石又被夏目家接回。但他依然得不到他所渴望的天倫之樂，因為親生父母之所以願意收回他，也同樣地出於自私自利的打算。在這樣的環境之下，天生敏感的金之助，終於養成了討厭人類、愛好孤獨、羨慕自然的習慣。他後來回憶說，在少年時代，家中藏有書畫五十多幅，他常常蹲在懸於壁上的書畫前面，凝視半日，忘記一切，神遊於書畫中的幻想世界。[17] 我們不知道上面這首〈題畫〉詩所題的是誰的畫，但從詩中所描寫的可以推想出那是一幅南畫或文人畫之類。這首詩中「乾坤一草亭」五個字，他好像很喜歡，所以晚年常常寫成畫幅，或用做畫題，或引在詩中，例如：

起臥乾坤一草亭，眼中只有四山青。

閒來放鶴長松下，又上虛堂讀易經。[18]

這是他〈題自畫〉的一首七絕。作於一九一四年（大正三年），也就是他死前二年。漱石一生所渴望的正是這種孤高的自然境界。那裡沒有塵世的煩惱，在青山包圍之中，在放鶴歸來之後，獨自坐在無人的草堂裡，讀讀《易經》。這當然是他的幻想，但詩中幽靜安詳的境界卻足以使人嚮往。

漱石的煙霞之癖，在他二十三歲高等學校（約相當於中國的高中）時代的一篇作文〈居移氣說〉中，也已表現得非常明顯。原文「漢文」，其中有一段說：

余幼時從親移居于淺草。淺草之地，肆廛櫛比，紅塵坱勃，其所來往，亦皆銅臭之兒。居四年，余亦將化為鄙吝之徒。居移氣一焉。既去，寓于高田，地在都西，雖未能全絕車馬之音，門柳籬菊，環堵蕭然，乃讀書賦詩，悠然忘物我，居移氣二焉。[19]

16　夏目漱石：〈玻璃窗內〉（〈硝子戸の中〉），《漱石全集》第十二卷，頁五八七。

17　夏目漱石：〈回憶種種〉（〈思ひ出す事など〉），《漱石全集》第十二卷，頁四二六。

18　夏目漱石：〈題自畫〉，《漱石全集》第十八卷，頁三十九。

19　夏目漱石：〈居移氣說〉，《漱石全集》第十八卷，頁七十五。

很明顯的，漱石對「紅塵坱勃」的環境並無好感；但對「環堵蕭然」的柳菊，卻極為喜歡。這使我又想起他在同年寫的一篇漢文，題為〈木屑錄〉，是記他遊歷房總等地山水的：

> 余長於大都，紅塵中無一丘一水，足以壯觀者。每見古人所描山水幅，丹碧攢簇，翠赭交錯，不堪神往。及遊于東海，于房總得窮山雲吞吐之狀，盡風水離合之變，而後意始降矣。賦一絕曰：「二十餘年住帝京，倪黃遺墨暗傷情。如今閒卻壁間畫，百里丹青入眼明。」同遊之士，合余五人，無解風流韻事者。或被酒大呼，或健啖驚侍食者。浴後輒圍棋鬪牌以消閒。余獨冥思遐搜，時或呻吟，為甚苦之狀。人皆非笑，以為奇癖，余不顧也。邵青門方構思時，類有大苦者。既成則大喜，牽衣遶床狂呼。余之呻吟有類焉，而傍人不識也。[20]

這是其中的一小段。原文約五千言，是他一生最長也是最後的一篇「漢文」。漱石生前所作的漢文，據全集所收，只存下四篇。〈居移氣說〉和另外一篇〈觀菊花偶記〉[21]是高等學校時代的作文。〈木屑錄〉和短文〈七草集評〉[22]兩篇，是與好友正岡子規（一八六七—一九〇二）應酬之作。兩文中共附有漢詩三十多首。從這幾篇文章裡，我們可以看出漱石對中國文學修養之高之深。他的漢文不但有思想，有內容，而且文筆緻密，了無一般日本人動輒露出「和臭」，叫我們「看不順眼」。

讀漱石的〈木屑錄〉，如讀柳宗元遊記，以「溫麗清深」之筆，描寫客觀的自然景色，而把幽遠高逸的情懷寄託其中，情景相融。我們不知道漱石對柳宗元的〈永州八記〉等文有特別的愛好與否，但唐宋八大家之文，尤其是韓柳文，從江戶時代以來，在日本便成為文人學子必讀之書，通行甚廣。又據漱石〈木屑錄〉開頭便說：「余兒時誦唐宋數千言，喜作為文章，或極意彫琢，經旬而始成；或咄嗟衝口而發，自覺澹然有樸氣。竊謂古作者豈難臻哉？遂有意于以文立身。自是遊覽登臨，必有記焉。」[23] 可見他至少在《唐宋八大家文鈔》、《韓柳文》和《古文真寶》等書中，讀過柳宗元的文章。此外，在漱石的「漢文」中似乎也有王維、蘇東坡等人的影響。

當今日本名漢學家吉川幸次郎先生曾在給我的信中，表示他的意見說：「明治、大正間作家，讀漢籍而心得尤多者，弟意漱石第一。（永井）荷風可以雁行之。」[24]（原漢文）又在其他著作如《續人間詩話》[25] 等，及座談會如「漱石、作品、學問」[26] 等，備致推許之辭。我也贊同吉川先生的意見。其實，漱石的漢詩漢文，不但在「明治大正間」是第一流，而在日本漢學史上，也是第一流的。可惜

20 夏目漱石：〈木屑錄〉，《漱石全集》第十八卷，頁七十八—七十九。
21 夏目漱石：〈觀菊花偶記〉，《漱石全集》第十八卷，頁七十一。
22 夏目漱石：〈七草集評〉，《漱石全集》第十八卷，頁七十一。
23 夏目漱石：〈木屑錄〉，《漱石全集》第十八卷，頁七十七。
24 編者注：吉川幸次郎致鄭清茂私函，一九六五年十二月十一日。
25 編者注：吉川幸次郎：《續人間詩話》（東京：岩波書店，一九六一年）。亦收入《吉川幸次郎全集》第一卷（東京：筑摩書房，一九六八年），頁四五八—五八一。
26 中野重治、吉川幸次郎、中野好夫：〈座談會：漱石．作品．學問〉，《圖書》，一九六五年十二月號，頁十六—十七。

他在寫過〈木屑錄〉後，發覺時勢已變，不得不放棄以漢文立身的志願，而開始「挾蟹行書上于鄉校，校課役役，不復暇講鳥跡之文。詞賦簡牘之類，空束之高閣」，終至於「絕意於文章」。[27]果然，他自從應時代潮流，專心英國文學之研究後，一生沒再寫過一篇漢文。不過他對中國文化的嚮往，卻從未放棄，漢文雖不再寫了，但這種嚮往的心情還繼續在詩書畫中表露出來。

## 六

夏目漱石所讀漢籍，就其量來說，似乎不及同時代的森鷗外（一八六二—一九二二）或幸田露伴（一八六七—一九四七）之多。譬如他對經書就好像沒什麼興趣。但他卻是個精兵主義者，只求其精，不求其廣。他所讀的書，以唐宋詩文為中心，好像特別醉心於寒山（生卒不詳）、王維（六九二—七六一）、杜甫（七一二—七七〇）、李白（七〇一—七六二）、白居易（七七二—八四六）、蘇東坡（一〇三七—一一〇一）。唐宋之外，上有老莊、屈原（西元前三四三—前二七八）、《列仙傳》、陶潛（三六五—四二七）、《世說新語》；下有高啟（一三三六—一三七三）、邵長蘅（一六三七—一七〇四）、鄭燮（一六九三—一七六六）等人的詩文。此外，他還看了不少佛教的經典，如《碧巖錄》等。對於書畫最喜山水，文與可（一〇一九—一〇七九）、黃公望（一二六九—一三五四）、倪瓚（一三〇一—一三七四）等，似乎是他比較熟悉的。在日本漢文學方面，他在〈裨益余文章之書籍〉的談話筆記中，說他最喜歡荻生徂徠（一六六六—一七二八）一派即「蘐園學派」的文章。[28]另外他對詩僧良寬（一七五七—一八三一）及安井息軒（一七九九—一八七六）的詩文，也頗為推崇。

這些名字只是就我想到的隨便舉出來。儘管說，他讀中國書範圍有限，但也相當可觀了。譬如「四史」，他好像就讀過。因為在他的文章中，常常可發現引自《史記》、《漢書》、《後漢書》或《三國志》的典故。不過說不定他這些知識是從《蒙求》或《醉古堂劍掃》（明陸紹珩編）之類的書中得來的，這一點我還沒有把握肯定地說。由他比較親近的書籍中，至少可說明一事實，就是他的嗜好永遠在於修道遊仙、山水田園，或言志抒懷一類的詩文。這一點跟幸田露伴的愛鑽經典說文，或稍後的永井荷風的傾慕香奩豔詩，有所不同。漱石的中國文學知識，不但表現於漢詩漢文上，也在他的小說創作和生活思想上留下很深的痕跡。

漱石對自然的嚮往，對世外的幻想，固然由於在家中得不到溫暖，孤獨寂寞之餘可能發生的一種現象，但引導他積極地去追求這種境界的主要媒介，無疑的是中國的詩文和書畫。他在兒時已能「誦唐宋數千言」。後來又入漢學塾「二松學舍」學習《莊子》等書。在東京大學念書時，曾寫了論文〈老子的哲學〉。[29]另外，據他在四十四歲那一年，經過一場大病——即有名的所謂「修善寺大患」——幾乎死而復生後寫的〈回憶種種〉一文裡說，他的「讀書欲剛萌芽時」，在偶然的機會裡讀

27　夏目漱石：〈木屑錄〉，《漱石全集》第十八卷，頁七十七—七十八。
28　夏目漱石：〈裨益余文章之書籍〉（〈余が文章に裨益せし書籍〉），《漱石全集》第二十五卷，頁一五六—一五七。
29　夏目漱石：〈老子的哲學〉（〈老子の哲學〉），《漱石全集》第二十六卷，頁十三—三十六。

了《列仙傳》，對書中所寫的凌虛御風的仙人生活，和奇形怪狀的仙人容貌，極感興趣。尤其對卷末講長壽法的附錄，更是愛不忍釋。於是他還在日記裡抄下了「靜之為性，心在其中。動之為心，性在其中。心生性滅，心滅性生」一類的句子。[30] 這種幼稚而天真的經驗，在他大病一場之後「已不望長生的悠然的心情下」，[31] 居然甦醒過來，而給他莫大的愉快。

其實，漱石對神仙境界的幻想，終生從未間斷過。雖然明知根本無所謂神仙，但在醜惡的人生路途上，不免偶爾仰視太空，想像一下「縹緲忘是非」或「逍遙隨物化」[32] 那樣的仙鄉。抒發這種心情的詩很多。他二十三歲時所寫的〈七草集評〉附詩裡，已有這樣的一首：

洗盡塵懷忘我物，只看窗外古松鬱。
乾坤深夜闃無聲，默坐空房如古佛。[33]

我們一看這首詩，就發現濃厚的老莊思想的影響。很顯然的，他已為「我」的存在，亦即所謂「我執」所苦了。從「默坐空房如古佛」句，又使我們聯想到幾年後，他突然跑到鎌倉圓覺寺去參禪的故事。但參禪既不能入定，也無法解決問題，所以不久就跑到遠離東京的愛媛縣松山中學去教書了。在松山只待了一年，一八九六年轉到熊本的第五高等學校任講師。同年結婚。次年父親去世。一八九九年升任大學預科英語系主任。不久就奉「文部省」之命赴英國留學了。在松山和熊本的那些年，他作了不少漢詩，也熱心於俳句，但還沒有小說的創作。偶然寫點東西，多半是介紹或批評英國文學的短文。

漱石在熊本時代所作的漢詩，據說曾獲得長尾雨山（一八六四—一九四二）的添削。不過這似乎是多餘的，因為他的詩已經相當好了。這時他好像對那悠然的白雲特別嚮往。如〈春日靜坐〉：

青春二三月，愁隨芳草長。
閒花落空庭，素琴橫虛堂。
蟏蛸挂不動，篆烟繞竹梁。
獨坐無隻語，方寸認微光。
人閒徒多事，此境孰可忘？
會得一日靜，正知百年忙。
遐懷寄何處，緬邈白雲鄉。[34]

30　夏目漱石：〈回憶種種〉（〈思ひ出す事など〉），《漱石全集》第十二卷，頁三七三—三七四。
31　夏目漱石：〈回憶種種〉（〈思ひ出す事など〉），《漱石全集》第十二卷，頁三七五。
32　夏目漱石：〈春興〉，《漱石全集》第十八卷，頁二十二。
33　夏目漱石：〈七草集評〉其七，《漱石全集》第十八卷，頁八。
34　夏目漱石：〈春日靜坐〉，《漱石全集》第十八卷，頁二十三。

既然生而為人，便如莊子所說，「無所逃於天地之間」，[35]但不妨在忙碌而多事的人生中，偷得暫時的虛靜，面對閒花空庭，想像一下緬邈的白雲之外的仙鄉。又如〈無題〉：

眼識東西字，心抱古今憂。
廿年愧昏濁，而立纔回頭。
靜坐觀復剝，虛懷役剛柔。
鳥入雲無跡，魚行水自流。
人閒固無事，白雲自悠悠。[36]

「復」、「剝」是《易經》中的兩卦名。剝是剝落，復為來復。「靜坐觀復剝」一句，就是靜觀萬物盛衰和人間禍福之象的意思。這首〈無題〉所寫的心境，比上一首平靜超脫得多。上一首還在「人生徒多事」的感慨之下，仰望白雲，聊寄遐懷。但這一首卻已擺脫那種感慨，起碼在詩中已能斷言「人間固無事」，而「回頭」共鳥入雲，偕魚行水，與自然融合為一了。兩首所作的時間相隔不到一年，足見漱石心境的變化。

不過，每次讀這首〈無題〉五言詩，總使我想起陶淵明的詩，尤其是他的〈歸園田居〉，不妨抄在下面：

少無適俗韻，性本愛丘山。
誤落塵網中，一去三十年。
羈鳥戀舊林，池魚思故淵。
開荒南野際，守拙歸園田。
方宅十餘畝，草屋八九間。
榆柳蔭後簷，桃李羅堂前。
曖曖遠人村，依依墟里煙。
狗吠深巷中，鷄鳴桑樹巔。
戶庭無塵雜，虛室有餘閒。
久在樊籠裡，復得返自然。[37]

拿這首詩比較一下漱石的〈無題〉，就知道有許多相同的地方，所寫的心境也是大致一樣的。淵明有

35 〔晉〕郭象注，〔唐〕成玄英疏，〔唐〕陸德明釋文，〔清〕郭慶藩集釋：〈人間世〉，《莊子集釋》（臺北：世界書局，一九九〇年），頁七十一。

36 夏目漱石：〈無題〉，《漱石全集》第十八卷，頁二十四—二十五。

37 陶淵明著，袁行霈箋注：〈歸園田居〉，《陶淵明集箋注》，頁七十六。

「誤落塵網中，一去三十年」，漱石有「廿年愧昏濁，而立饞回頭」，都是後悔過去執著於塵世之非的。又淵明有「羈鳥戀舊林，池魚思故淵」，漱石有「鳥入雲無跡，魚行水自流」，都拿鳥魚來做譬喻。而且兩詩的結尾，一為「久在樊籠裡，復得返自然」，一為「人間固無事，白雲自悠悠」，都表露著解放後自由自在的心境。淵明〈歸去來辭〉中「悟已往之不諫，知來者之可追。實迷途其未遠，覺今是而昨非」[38]的話，也許可以拿來說明漱石寫這首詩時的心情。他死前兩個月，還在病中抄寫全部〈歸去來辭〉送給朋友瀧田樗陰（一八八二—一九二五）。可見他傾慕淵明的一斑。

## 七

漱石在熊本時代，也就是他三十歲前後的詩中，有一首題為〈菜花黃〉的，是我最喜歡的漱石詩之一：

菜花黃朝暾，菜花黃夕陽。
菜花黃裡人，晨昏喜欲狂。
曠懷隨雲雀，沖融入彼蒼。
縹緲近天都，迢遞凌塵鄉。
斯心不可道，厥樂自潢洋。

恨未化為鳥，啼盡菜花黃。[39]

菜花是日本俳句中經常出現的題材。如與謝蕪村（一七一六—一七八三）有「月東日西照菜花」[40]的名句（俳句很難譯成中文，這裡姑譯其意而已）。漱石自己也有「夕陽紅入菜花中」[41]的俳句。他好像對菜花很有好感，尤其當他把自己想像成雲雀，在菜花上飛來飛去，而終於冲入雲霄的時候，更有說不出的喜悅。這首詩輕鬆飄逸，在漱石詩中也很特殊。不過最後一聯「恨未化為鳥，啼盡菜花黃」又點出了他是一個人，一個在塵鄉而幻想天都的孤獨的人。

七、八年後，漱石已經是頗有名氣的作家了。他仍然忘不了這首詩中彩色明麗的畫面。所以他在寫小說《草枕》時，就有一大段描寫菜花和雲雀的文章。而且還引了雪萊〈給雲雀〉（To a Skylark）一詩中的一節：

We look before and after,

---

38 陶淵明著，袁行霈箋注：〈歸去來兮辭〉，《陶淵明集箋注》，頁四六〇。

39 夏目漱石：〈菜花黃〉，《漱石全集》第十八卷，頁二十四。

40 編者注：原文：「菜の花や月は東に日は西に」，見與謝蕪村撰，岩本梓石編著：《標注蕪村俳句全集》（東京：すみや書店，一九〇六年），頁五十三。

41 編者注：原文：「菜の花の中へ大きな入日かな」，見夏目漱石：《漱石全集》第十七卷，頁二一〇。

And pine for what is not:
Our sincerest laughter
With some pain is fraught:
Our sweetest songs are those that tell of saddest thought.[42]

這是雪萊藉雲雀的奔波勞碌來抒寫自己身世之感的。我想了一下，隨便湊成六行，就算是我的翻譯吧：

瞻前又顧後，憔悴計頻違。
縱懷發一笑，愁恨每相隨。
吾歌固悅耳，實訴心中悲。

漱石在引了這節雪萊詩以後，接著寫出他對中國詩和西洋詩的意見。他說：「西洋詩的根本在人事，即使所謂純詩歌，也不知道從塵世解放出來。因此到處都是同情啦，愛啦，正義啦，自由啦……，永遠在塵世中兜圈子。結果最有詩意的詩，也不免在地面奔忙，忘不掉為金錢打算盤。難怪雪萊聽了雲雀的歌聲，要感慨嘆息了。」[43]

漱石以為只要是活在世上的人，便離不開痛苦、憤怒、吵鬧和哭泣。而所謂小說、戲劇既然是描寫人生的，也就擺脫不了這些人情是非的干擾。小說、戲劇的特色是「離不開世間」。這是漱石所厭惡而感到痛苦的。因此他更積極地追求詩的世界。但他所追求的詩，不是那種「鼓舞塵世人情」的西洋詩，而是能夠「陶冶性情，解脫俗念」的中國詩。他說：

可喜的是中國詩歌卻有解脫塵世的作用。「采菊東籬下，悠然見南山。」短短兩行，便出現了渾忘暑苦的光景。籬笆那邊既沒有鄰家的姑娘在偷看，南山上面也沒有親友可以想念。只是超然地離開人間，洗淨利害得失的臭汗，而享受悠然自在的心情。「獨坐幽篁裡，彈琴復長嘯，深林人不知，明月來相照。」只二十個字便足以建立別一乾坤。這種功德不是《不如歸》或《金色夜叉》那樣的功德。而是被汽船、火車、權利、義務、道德、禮儀等搞得筋疲力盡以後，可以忘掉一切而獲得安眠的功德。假如說，二十世紀需要睡眠的話，那麼在二十世紀裡，這種出世的詩是值得的。可惜的是現在作詩的人和讀詩的人，都受了西洋人的影響，好像再沒有悠然的心情去泛扁舟，追求這種桃源似的世界了。我既然不是職業詩人，決沒有任何企圖向現在的世間宣傳王維或陶淵明。但是自己總覺得這種詩的感受，較之戲曲或舞蹈更多益處。較之《浮士德》或《哈姆雷特》更為寶貴。為了這個理由，我常常一個人孤零零的背著畫具箱和三腳架，徘徊在春天的山路

42 Percy Bysshe Shelley, "To a Skylark" in *Selected Poetry and Prose of Percy Bysshe Shelley* (New York: Random House, Inc Press, 1951), pp. 399.

43 夏目漱石：《草枕》，《漱石全集》第三卷，頁九—十。

上，享受暫時的醉興。[44]

我不憚其煩地引了這一大段文章，固然長了一點，但從這裡可以知道漱石對中國詩，尤其是對陶潛和王維詩的看法，以及他為什麼親近中國詩的原因。要之，他在中國詩中所追求的是所謂「非人情」的——超乎俗世的人情的——境界。不過漱石畢竟是受過西洋文學洗禮的「現代」小說家，所以他儘管能在詩境中享受片刻的「醉興」，卻不能永遠安住其中：

當然，我是人間的一分子。儘管喜歡「非人情」的世界，絕沒法子持久。淵明也不可能終年望著南山，王維也不可能在竹林中不掛蚊帳睡覺。我想，那些多餘的菊花一定賣給花店，而長出來的竹筍也售到菜市去了。我也不例外。不管多麼歡喜雲雀和花菜，絕不至於「非人情」到野宿山中的地步。……[45]

我們不知道陶潛和王維是否真的出售過菊花或竹筍，但從漱石這種幽默的想像裡，看出他對俗世人情的執著。他不是一個貪財吝嗇的人，不過由於家庭環境關係，他一向對金錢問題非常敏感。這也是使他從菊花竹筍聯想到賣錢的原因。這種聯想固然煞風景，卻正表現了漱石可愛的個性。早在他二十歲正醉心於仙鄉時，就有這樣的一首詩：「得閒廿日去塵寰，囊裡無錢自識還。自稱仙人多俗累，黃金用盡出青山。」[46]已意識到即使想過仙人的生活，也非有「黃金」不可。人就是人。要生活便要錢。

這個問題以後在他的小說中經常出現，正是他終生為錢苦惱的流露。他雖渴望「非人情」的境界，卻依然迷戀「有人情」的塵寰。因此他儘管開口閉口說討厭人類、嫌惡小說，事實上不但不放棄創作小說，反而越寫越多，也就越難擺脫「俗累」了。

## 八

漱石在三十歲左右，也就是在松山和熊本的那幾年，如上所說，頗醉心於漢詩的寫作。不過以後約有十年的長期間裡，卻不曾寫過一首漢詩。主要原因是俗累太多。這期間他到英國留學三年，不得不專心於西洋文學的研究。回國後又忙於編講義教書。接著經好友高濱虛子（一八七四—一九五九）慫恿，寫了《我是貓》而一鳴驚人之後，信心大增，便有意以文筆立身。終於在四十一歲時，毅然辭掉東京帝國大學的教職，接受《朝日新聞》聘為特約作家。於是更深一層地陷入充滿「痛苦、憤怒、吵鬧、哭泣」的小說世界，再無閒暇的心情做排列方塊字的遊戲了。不過在這些年裡，漱石雖不作漢詩，卻一直沒放棄漢詩的欣賞，也沒忘記在小說中流露他對漢詩世界的渴望。

---

44　夏目漱石：《草枕》，《漱石全集》第三卷，頁十—十一。

45　夏目漱石：《草枕》，《漱石全集》第三卷，頁十一。

46　夏目漱石：〈歸途口號〉其一，《漱石全集》第十八卷，頁十七。

漱石寫了《我是貓》以後，又陸續地發表了不少小說和小品集子，如《少爺》、《薤露行》、《漾虛集》、《鶉籠》、《草枕》、《虞美人草》、《三四郎》、《其後》、《門》等。另外出版了《文學論》和《文藝評論》兩部著作，但當他於一九一〇年（明治四十三年）四十四歲時，剛完成小說《門》以後，不幸患了嚴重的胃潰瘍，赴修善寺溫泉療養。病情反而惡化，數度吐血，以至人事不省。幸而被救醒了過來，才得再延續五、六年的生命。這場「大患」固然不幸，但大患不死，也是不幸之幸。而正如漱石自己的詩：「風流人未死，病裡領清閒。日日山中事，朝朝見碧山。」[47]使他因病得閒，再度親近疏遠了多年的自然，也重新提起了擱置多年的詩筆。

漱石這時所作的詩，詩味更醇，格調更高了。如：

夏目漱石自書五言絕句「仰臥人如啞」。圖版來源：《漱石書畫集》（東京：岩波書店，一九七六年），頁二十三。

仰臥人如啞，默然見大空。
大空雲不動，終日杳相同。[48]

這首詩作於漱石病後約一個月。據他自己說，在他大吐血後，過了五、六天，就陷入一種「超乎尋常的精神狀態」，而感到一種微妙的安寧和喜悅。他仰臥在牀上，別人的話聽而不聞，閉著口，只管凝望著屋外的天空。那是秋高氣爽的季節。「每天我默默地凝視著天空。那無一事無一物的太空，把整個空空洞洞的影子靜靜地映在我的心上。於是，心裡也變成的空空洞洞的無一事無一物了。只覺得彷彿有兩個透明的東西融合在一起，而感到一種也許可用縹緲來形容的心情。」[49] 這首詩寫的就是這種心境。

漱石自己曾拿這種心境跟陀斯妥也夫斯基癲癇症發作前的恍惚狀態相比，只是沒有陀斯妥也夫斯基所受的那種憂鬱性的反動。不過，我總覺得與其跟癲癇症相比，不如說就是漱石一向所追求的「悠然忘物我」的境界。其中有禪味，也有老莊的思想，是顯而易見的。下面另一首〈無題〉的七律，可以說也是在同樣的心境之下寫出來的：

47 夏目漱石：〈無題明治四十三年九月二十五日〉，《漱石全集》第十八卷，頁二十八。
48 夏目漱石：〈無題明治四十三年九月二十九日〉，《漱石全集》第十八卷，頁二十八。
49 夏目漱石：〈回憶種種〉（〈思ひ出す事など〉），《漱石全集》第十二卷，頁四一六。

遺卻新詩無處尋，嗒然隔牖對遙林。
斜陽滿徑照僧遠，黃葉一村藏寺深。
懸偈壁間焚佛意，見雲天上抱琴心。
人間至樂江湖老，犬吠雞鳴共好音。[50]

這首詩中，除禪味和莊子「坐忘」似的境界外，又加上幽靜的南畫風光。漱石自己解釋說：「巧拙不談，住在病院的我，當然不可能從窗口看到佛寺，也沒有在室內放琴的必要。不過這首完全與事實不符合的詩，卻恰到好處地詠出了我當時的心情。」[51]可知詩中的境界完全是漱石想像中的境界。這種幽遠高雅的想像能力，不得不歸功於他對中國詩畫的高深的修養。

漱石經過這場大病後，也開始對生死問題有所思考。他回憶自己死而復生的經驗說：

老實說，我不知用什麼語言來形容這種經驗——首先是否可以稱之為經驗，就是一個疑問。因其內容如此空洞貧乏，挾在普通的經驗與經驗之間，而竟然不妨礙其間的連繫。我連像從睡眠而醒過來那樣的感覺都沒有。也想像不出是由陰暗走進了光明。……我只記得胸口堵得慌，把枕上的腦袋向右邊稍微歪了一下，而在瞬間之後發現了銅盆裡的紅血，如此而已。但在這兩個似相連續的動作之間，居然夾著三十分鐘的死！不管在時間上或在空間上，這種經驗在我的記憶裡等於不存在的。聽了妻的說明後，我只覺得死竟是這般虛幻的東西，也更深地感到那猝然閃過腦海的生死兩面的對照，事實上是這樣急劇而毫無聯繫。我無論怎樣想，也不能相信這兩種隔絕的現象曾經支配了同樣的自己。[52]

於是漱石在茫然自失之餘，寫了幾首詩來表達當時的虛幻之感。如：

縹緲玄黃外，死生交謝時。
寄託冥然去，我心何所之？
歸來覓命根，杳窅竟難知。
孤愁空遶夢，宛動蕭瑟悲。
江山秋已老，粥藥鬢將衰。
廓寥天尚在，高樹獨餘枝。
晚懷如此澹，風露入詩遲。[53]

---

50 夏目漱石：〈無題明治四十三年十月十一日〉，《漱石全集》第十八卷，頁三十一。編者案：原稿作〈寄池邊三山〉，此處據《漱石全集》校改。

51 夏目漱石：〈回憶種種〉（〈思ひ出す事など〉），《漱石全集》第十二卷，頁三六七。

52 夏目漱石：〈回憶種種〉（〈思ひ出す事など〉），《漱石全集》第十二卷，頁四〇一—四〇二。

53 夏目漱石：〈無題明治四十三年十月十六日〉，《漱石全集》第十八卷，頁三十一。

先寫死後的玄妙不可知，轉而感懷身世，而以澹泊自期為結。一種惆悵之感、孤高之氣，流露於字裡行間。但我更喜愛下面這一首七絕：

淋漓絳血腹中文，嘔照黃昏漾綺紋。
入夜空疑身是骨，臥牀如石夢寒雲。[54]

前兩句寫吐血的光景，後兩句寫臥病的感覺。一悽豔，一枯淡。漱石把那幾乎奪去他自己性命的嘔血，描寫得這樣美，可以看出他的幽默。但在這種幽默後面，卻飄盪著血的腥味和死的恐怖。

## 九

現存漱石的漢詩，多半是「修善寺大患」以後所作的。這並不是由於他有較多的清閒來寫詩；而是他在那場大病之後，內在生活起了顯著的變化，使他更厭惡塵紛俗累，因而更進一步去追求遺世獨立的漢詩的世界。為了生活，也為了義理人情，他在養病期間便不得不提起筆來，再度從事創作。雖然他曾告訴自己：「殘存吾骨貴，慎勿妄磨礲。」[55]但事實上，他不僅不守自誡之言，反而驅使病弱之身，埋首創作他所討厭的小說。他最後五、六年所寫的有：〈回憶種種〉、《彼岸過迄》、《行人》、《心》、〈玻璃窗內〉、《道章》、《明暗》（未完成）等長篇小說或回憶錄。以一個長年為病魔所纏的人而有這樣的成績，不能不令人佩服。其實，綜觀漱石的作家生活，前後不過十年左右，但他所留下來的作品，不但量多，而且質好，篇篇都值得一讀再讀，實在是個奇蹟。

漱石晚年雖然更忙，但經過多年的磨練，特別是因「修善寺大患」而對人生有所感悟後，反而能夠忙中偷閒，靜觀天地自然，親近漢詩南畫。病後三、四年的詩，大部分是簡單的絕句，尤以五絕為多，而且頗有唐詩風貌。如〈春日偶成〉十首，蕭疏清淡，頗能表示漱石的心境。這裡錄四首：

細雨看花後，光風靜坐中。
虛堂迎晝永，流水出門空。（其三）

渡口春潮靜，扁舟半柳陰。
漁翁眠未覺，山色入江深。（其六）

樹下開襟坐，吟懷與道新。
落花人不識，啼鳥自殘春。（其八）

---

54　夏目漱石：〈無題明治四十三年十月三日〉，《漱石全集》第十八卷，頁二十九。

55　夏目漱石：〈無題明治四十三年十月七日〉，《漱石全集》第十八卷，頁三十。

草色空階下，萋萋雨後青。
孤鶯呼偶去，遲日滿閒庭。（其九）[56]

又如幾首〈無題〉的詩，也極為清新可喜，錄兩首：

芳菲看漸饒，韶景蕩詩情。
卻愧丹青技，春風描不成。[57]

高梧能宿露，疎竹不藏秋。
靜坐團蒲上，寥寥似在舟。[58]

五言絕句是最難出色的體裁，因此日本漢詩人一向不大作，即使作了，也多淺陋不可讀。但漱石不但敢作，而且作得好。當然我們不能否認這些詩裡有唐詩，尤其是王維的影響，然而卻有漱石自己的心境，不止是模仿而已。在這方面，漱石無疑是日本漢詩中的第一人。畫意、禪味和詩情三者融而為一，正是漱石絕句的特色。

除了漢詩外，漱石這幾年也很熱心於中國的書畫。所以這時的詩很多是題畫的。如〈題自畫〉：

山上有山路不通，柳陰多柳水西東。
扁舟盡日孤村岸，幾度鵝群訪釣翁。[59]

這是一九一二年（大正元年）十一月題他自己所畫山水的。從此以後兩三年間，他畫了不少畫，也題了不少詩。這時他與畫家橫山大觀（一八六八—一九五八）、結城素明（一八七五—一九五七）和津田青楓（一八八〇—一九七八）時相往來，同時又為幕府末年詩僧良寬（一七五八—一八三一）的詩和字所吸引，受到鼓舞，自己也不免偷閒寫寫畫畫，居然頗有進境。據說，他每為小說或人生問題而感到不快時，便臨池揮毫，把苦惱激動的心情平撫下來。因此，他的詩畫固然洋溢著桃花源般的太平景象，其實正是他心緒不寧的反動表現。

漱石的畫以山水居多。四君子次之。其中他似乎對松竹較為偏愛，所寫松竹的詩畫也較多。現存有墨竹數幅。如〈題畫竹〉之一：

葉密看風動，枝垂聽雨新。

---

56 夏目漱石：〈春日偶成〉，《漱石全集》第十八卷，頁三十二—三十四。
57 夏目漱石：〈無題明治四十五年六月〉，《漱石全集》第十八卷，頁三十五。
58 夏目漱石：〈無題明治四十五年六月〉，《漱石全集》第十八卷，頁三十五。
59 夏目漱石：〈題自畫〉，《漱石全集》第十八卷，頁三十六—三十七。

南軒移植後，君子不憂貧。[60]

之二：

二十年來愛碧林，山人須解友虛心。
長毫漬墨時如雨，欲寫鏗鏘戛玉音。[61]

詩中的「山人」是漱石自稱。另外有〈竹林僧歸圖〉一幅，題俳句云：「僧歸竹裡寒。」[62]畫面有兩僧躊躇於竹林之中，左上角曲徑盡處，有柴門可通草堂。論技法，不能說是好畫；但論意境，卻頗有曲徑通幽之趣。

漱石所畫松樹，也存有好幾幅。我看過的有〈松石圖〉、〈松籟圖〉、〈閒來放鶴圖〉、〈一路萬松圖〉、〈漱臨碧水圖〉五幅。除〈松石圖〉外，其他三幅是山水，但其中的樹木全是松樹，或以松樹為主。〈閒來放鶴圖〉上所題的，就是我在上面引過的以「起臥乾坤一草亭」起句的那首詩。松林中有草亭數間，草亭畔有二鶴佇立，作相對凝望狀。看了這幅畫，我曾想，要是真的能在那樣遠離塵寰的松林裡，與鶴為伍，讀讀《易經》，該是多麼寫意！又〈漱臨碧水圖〉這一幅畫裡，除松樹外沒有其他的樹木花卉。題詩云：

厓臨碧水老松愚，路過危橋仄徑迂。
佇立筇頭雲起處，半空遙見古浮圖。[63]

〈厓臨碧水圖〉
圖版來源：《漱石書畫集》（東京：岩波書店，一九七六年），頁二。

60 夏目漱石：〈題畫竹〉，《漱石全集》第十八卷，頁三十七。

61 夏目漱石：〈題畫竹加贊〉，《漱石全集》第十八卷，頁三十八。

62 編者注：原文：「僧歸る竹の裡こそ寒からめ」，夏目漱石：《漱石全集》，第十七卷，頁二五二。

63 夏目漱石：〈題自畫〉，《漱石全集》第十八卷，頁三十八。

一般地說，漱石的畫不如他的詩好。這一幅也不例外。在這首題詩裡，漱石以老松之愚和仄徑之迂影喻自己，而以半空雲起處的古浮圖為他的理想境界。幽人懷抱，於此可見一斑。這種境界畢竟是可望不可即的。但是，我覺得最特別的是那幅〈一路萬松圖〉，從左下角到左上角，有一條隆起的曲徑，過危橋，穿石門，上懸崖，達古寺，以「之」字形蜿蜒而上。水畔、路邊、崖上，甚至雲裡，全是松樹。因為結構別致，使我留下很深刻的印象。漱石到底想在這幅畫裡表現什麼呢？這個問題一直在我的腦海裡時沉時浮。有時我覺得好像懂了，但有時又不懂。也許我求之過深。反正這是一幅很特別的畫，我想是值得一提的。

另有橫幅〈東家西屋圖〉，清水流貫當中，杳然而去。水東是松林，水西是竹林，各隱小屋一兩間，有題詩：

> 隔水東西住，白雲往也還。
> 東家松籟起，西屋竹珊珊。[64]

合松竹於一畫之中，各據一方，分庭抗禮，乍見似相敵對，實在是惺惺惜惺惺，互相傾慕。又有一幅〈南山松竹圖〉，可惜已在一九二三年大地震時燒失。但從現存照片，知道那張畫是長幅，畫面上松竹錯雜，圍著山村，右上角題有七絕一首：

澗上淡煙橫古驛，峽中白日照荒亭。
蕭條十里南山路，馬背看過松竹青。[65]

漱石之雅好松竹，固然與一般文人墨客無殊，但至少可知他對坦懷虛心的竹子和頑愚樸拙的松樹，是多麼嚮往。

此外他曾把竹子和蘭花畫在一起。但我自己還沒機會看到。如〈蘭竹圖〉的題詩云：

幽居人不到，獨坐覺衣寬。
偶解春風意，來吹竹與蘭。[66]

又有〈題自畫〉七絕一首：

唐詩讀罷倚闌干，午院沉沉綠意寒。

---

64 夏目漱石：〈題畫〉，《漱石全集》第十八卷，頁四十—四十一。
65 夏目漱石：〈題畫〉，《漱石全集》第十八卷，頁三十八。
66 夏目漱石：〈閒居偶成〉，《漱石全集》第十八卷，頁四十二。

借問春風何處有，石前幽竹石間蘭。[67]

可見漱石對蘭花也頗有好感。空谷幽蘭的風姿，當然是夠資格使他心嚮往之的。奇怪的是他不大畫梅，也很少詠梅的詩。不過詠梅的俳句倒有不少。除了所謂四君子，漱石的花卉，我看過的有菊、桃花、水仙、芭蕉、牡丹、茶花等。但多為小幅，偶有題贊，亦多俳句，很少漢詩。我自己對畫是外行，但很喜歡他的菊花。

總之，漱石在「修善寺大患」以後的幾年裡，雖然不曾放棄反映實際人生的小說創作，卻是他一生中最熱心於中國畫的時期，因此留下來的畫也最多，而附帶留下來的題畫詩也不少。這種態度可說是一種逃避現實社會的表現，但也不妨說是他追求理想世界的流露。

## 十

漱石於一九一六年春天，寫了那首以「唐詩讀罷倚闌干」起句的題畫詩後，有好幾個月不作一詩。到了同年八月間，他忽然又開始作起詩來。這時他最後的一部小說《明暗》已在《朝日新聞》連載了三個月左右，而且還在繼續寫著。《明暗》這部小說雖然沒有完成，卻被公認為日本「近代小說」中的真正傑作之一。但由於未完成，很多人對於這部小說的結論或結局，提出不同的猜測。有人說，漱石在《明暗》中想要表現的是所謂「則天去私」的理想，即他一向夢寐以求的道的境界。這一派以小宮豐隆（《夏目漱石》）、松岡讓（〈宗教的問答〉、〈《明暗》前後〉[68]）、岡崎義惠（一八九二—一九八二）（《近代日本小說》[69]）為代表。但也有人提出疑問或反對的意見，如已故批評家正宗白鳥（一八七九—一九六二）早就表示異議說：「人類到了氣力衰退時，即使年紀再大，也會吐出些感傷的言語。所謂『人之將死，其言也善』，畢竟是氣力衰退的徵象而已。我在漱石晚年的作品裡，如《心》、《行人》、《明暗》等，只看出他心裡的困惑、黑暗、苦惱，卻不覺得什麼超脫的悟性的光明。」[70]又如漱石的門生森田草平（一八八一—一九四九）也說：「先生到了晚年，終於提出『則天去私』為生活的信條，這是誰也不能否認的。然而，這終究只是個生活的信條，不能說先生自己真的達到那種境界了。假如真的達到了『則天去私』的境界，我想他也不會再寫小說了。」[71]集反對派之大成的是江藤淳先生，他說：「根據推測，漱石在創作《明暗》的過程中，他不但不沉浸於他所希望的那種『明暗一如，善惡不二』的絕對自然，反而重新激烈地投入了社會的漩渦當中。」[72]又說：「所謂『則天去私』，不過是浮在人類的憎惡或輕蔑之上的片片浮舟罷了。而且漱石在內在世界裡，所想

---

67 夏目漱石：〈題自畫〉，《漱石全集》第十八卷，頁四十二。

68 松岡讓（一八九一—一九六九）：〈宗教的問答〉，《漱石先生》（東京：岩波書店，一九三五年），頁二〇六—二一八、〈《明暗》前後〉（〈《明暗》の頃〉），同前書，頁一五〇—一六二。

69 岡崎義惠：《近代日本小說》（《近代日本の小說》）（東京：寶文館，一九五九年）。

70 正宗白鳥：《作家論（一）》（東京：創元社，一九四一年），頁二四二。

71 森田草平：《續夏目漱石》（東京：甲鳥書林，一九四三年），頁八三一。

72 江藤淳：《夏目漱石》，頁一七八。

選擇的與其是『則天去私』，無寧是強烈的幻滅。……至少沒有什麼『悟達』的清澄心境。」[73]因此，江藤先生以為「則天去私」只不過是一種傳說。《明暗》的真正價值在忠實地反映了充滿苦惱、絕望而孤立無援的人類生活。

這兩派的意見可以說都持之有故，言之成理。我有時覺得這種爭論是多餘的。這種意見的差異好像是由於觀點的不同使然。因為如前所說，漱石一生身在地獄，心在天堂，在他的生活裡有兩個層次不同的世界。在現實的人間地獄裡，不免要渴望遠離塵紛俗累的極樂天堂，於是沉浸於隔絕人間煙火的書畫漢詩，結果產生了「則天去私」的所謂「生活信條」。這是漱石承襲東方傳統的一面。相反的正如「淵明不可能終年望著南山，王維也不可能在竹林裡不掛蚊帳睡覺」，漱石更迫切地意識到自己是一個人，是人間地獄中的一分子。雲霞固然可愛，卻不能療飢。即使豁達如淵明，曠淡如王維，也不能沒有喜怒哀樂，更不能不為衣食住行操心。這才是現實的人生。只要肉體生存一天，這些由感官的作用和需要所引起的塵紛俗累，是無法避免的。因此，漱石在暫時地沉浸於漢詩或南畫的極樂天堂後，不能不再面對現實來考慮人生的問題，何況他又是個以反映人生為己任的小說家，結果是免不了要在「塵世中兜圈子」，更談不到「則天去私」了。這是他受到西洋文學影響的一面。不過，漱石似乎一直把理想與現實這兩個世界分得很清楚。「則天去私」的追求永遠是一種理想。在這個觀點上，我是不贊成漱石達到了「則天去私」之說的。但是我反對否定或低估「則天去私」這個理想的價值。我們人類文化的進步、生活的充實、社會的改善，理想經常是主要的推動力量。人類在現實世界裡得不到的事物，往往可於理想世界裡獲得滿足。固然每個人都可能有他的理想世界，而理想世界的高尚與否，是主要決定於一個人的才能學識和人格品性的高低。同時一種理想世界的有無價值，也要看一個人所需要的程度來加以判斷。

漱石一生，始終不能也不願避開塵俗的現實世界，而甘於做一個悲劇性的「具有旺盛生活欲望的拙劣生活者」，他之所以執著於現實世界，固然是個性使然，但更重要的是由於他具有一種責任感，覺得他應該負起介紹西洋文學的技法和觀念，以便建設日本現代文學的使命。據他自己的看法，西洋文學與東方的有所不同：「西洋人好執著，好華麗，可於戲曲見之，可於食物見之，可於建築及裝飾見之，亦可於夫婦間之擁抱接吻見之。凡此種種皆反映於文學，故乏瀟灑超脫之趣，乏出頭觀天外之趣，亦乏笑而不答心自閒之趣。」[74] 因此自從他選擇作家為職業，挑起創作新文學的使命後，便站在西洋文學的觀點，採取西洋文學的手法，大寫其充滿人欲、暴露人性的小說，成為日本現代文學史上的一代宗師。然而不管在小說方面的成就有多高，漱石的真正趣味或嗜好，卻永遠在「瀟灑超脫」的東方文學，特別是道釋思想以及描寫所謂「非人情」境界的中國詩畫。這才是他終生認為最高尚的理想天國，也是他覺得最需要的休憩場所。漱石晚年提出的所謂「則天去私」的生活信條，就是這種理想的「非人情」境界的極致。由趣味嗜好而變成生活信條，在這種態度的演變上，可以看出漱石追求這種理想境界的熱忱。而這種追求的熱忱到了後來，有時不免帶一點「修道」精神的色彩。漱石在死

73　江藤淳：《夏目漱石》，頁二〇七。

74　夏目漱石：日記（明治三十四年三月十二日），《漱石全集》第十九卷，頁六十四。

前約一個月，分別寫信給兩個比他自己年輕二十多歲的禪僧，坦白地表白了他當時的心情：「我打算盡自己的能力，依照自己的想法，努力修造。仔細反省自己，似乎到處都是缺點。行住坐臥莫不充滿著虛偽。真是慚愧。」[75]又說：「我是年到五十才開始志於道的蠢貨。但一想起何時才能得道的問題，就覺得好像非常遙遠，不免感到吃驚。」[76]漱石在這裡所說的道，無疑的就是「則天去私」的理想。但是，正如他自己所說，雖然有志修道，道卻離他很遠，他也明白得道之不易。那麼，我們可不可以因漱石未能得道，或達不到「則天去私」的境界，就忽視或低估這個理想的價值呢？不可以的。如果我們忽視了漱石「則天去私」的理想，就等於忽視了漱石思想生活中最崇高的部分，也就難於了解真正的漱石了，漱石固然有「凡夫俗子」的一面，表現於小說創作和日常的「行住坐臥」之中。但也有「仙風道骨」的一面，寄託於書畫漢詩或自然的行雲流水之上。前者是生活於現實社會的漱石，後者是沉浸於理想世界的漱石。對漱石的人生來說，這兩方面都似乎同樣的重要。如果偏重或輕視一面，將無法完全了解漱石的生活態度和人生哲學。因此在研究漱石的傳記和文學的時候，他的小說固然是最重要的材料，但他的漢詩書畫也具有重要的參考價值。可惜日本學者往往偏重或集中於漱石的小說，所以到現在還沒有一篇像樣的研究漱石漢詩書畫的論著，不能不說是漱石研究上的一個缺點。現在雖然有松岡讓編注的《漱石之漢詩》一書，但注解非常簡單，而且時有錯誤。聽說吉川幸次郎先生正在注釋漱石的漢詩，將收於岩波版《漱石全集》第十二卷裡面，不久即可出版。該書發行後，一定有助於漱石漢詩的研究。[77]

## 十一

講了半天「則天去私」的問題，但對這四個字的意義，卻一直沒有加以說明。據松岡讓說，漱石提出「則天去私」四個字做生活信條，是在他死前約一個月的時候。那時漱石曾對門生說，等他寫完《明暗》以後，要好好地整理一下頭腦，站在「則天去私」的立場上，有系統地發表他對人生和文學藝術的見解。可惜，漱石不久就病倒而去世，因此有關「則天去私」的具體理論，他自己在生前沒有任何闡述說明。這也是後來引起爭論的重要原因之一。如小宮豐隆以為「則天去私」類似哥德《浮士德》最後的場面，即浮士德的靈魂被天使所救，穿過幾層天界而達到天堂，終於與聖母同在的境界。[78]松岡讓以為漱石的「則天去私」近於珍・奧斯河《傲慢與偏見》和奧利佛・科特斯密士《威克菲爾德牧師》的世界。[79]美國學者V・H・維利埃爾摩則以為「則天去私」與基督教的積極的自我犧

75　夏目漱石：〈致鬼村元成〉，大正五年十一月十日，《漱石全集》第二十四卷，頁五八六—五八七。
76　夏目漱石：〈致富澤敬道〉，大正五年十一月十五日，《漱石全集》第二十四卷，頁五八九。
77　作者案：吉川先生的注釋已出版，除收入《漱石全集》外，又印成單行本，為岩波新書六四〇號，題為《漱石詩注》。一九六七年五月第一版發行。吉川幸次郎：《漱石詩注》（東京：岩波書店，一九六七年）。
78　小宮豐隆：《夏目漱石》，頁八七二。
79　江藤淳：《夏目漱石》，頁八。

牲和無私的愛相同。又岡崎義惠以為「則天去私」是中國詩畫世界的極致，也是道家和禪宗思想影響下的產物。[80]贊成「則天去私」一派的意見就如此不同，難怪反對派要群起而攻之了。

我自己的意見是近於岡崎義惠的。從字面上看，「則天去私」是效法天然而除去私心。老子教人「見素抱樸，少私寡欲」。[81]莊子主張「依乎天理，因其固然」，[82]而在現實社會中理想的生活態度是「獨與天地精神往來，而不敖倪於萬物，不譴是非，以與世俗處」。[83]因為人間的醜惡、苦惱都由私欲或我執而來。所以假如能排除塵俗的欲望，便可以達到無私無我的境界，而享受「彷徨乎塵垢之外，逍遙乎無為之業」[84]的精神生活。「則天去私」大概就是指這種境界而言。當然，其中也含有禪那息幻歸真、從化返本的涅槃妙心之義。我並不反對從西洋的觀點來討論「則天去私」。譬如漱石「私」的觀念就帶有濃厚的西洋個人主義或利己主義的色彩。這在他的小說中是不難看出來的。不過，我總覺得「則天去私」思想所表現的境界，應該從漱石漢詩中去探求和了解。我在前面說過，小說和漢詩書畫在漱石的生活裡，是分別存在於不同層次的兩種東西。其間雖互有關聯或混合現象，如在《行人》、《草枕》、《門》等作品中，就偶有「則天去私」一類的思想，多半藉小說人物表達出來。但漱石的小說永遠在「塵世中兜圈子」，根本不適於發揮這種「則天去私」的思想。只有在脫俗的漢詩書畫中，他才能悠然地「上與造物者遊，而下與外死生、無終始者為友」[85]，而幻想及創造他的理想世界。許多爭論都是因為不區別這兩種生活而引起的。結果不是太注重小說而強調漱石的「我執」，就是根據幾行漢詩和幾幅畫畫而傾慕漱石的「道心」。假定漱石是個不寫漢詩的純粹現代作家，或者是個不寫小說的純粹傳統詩人，這種無聊的爭論就不可能產生。偏偏他是個過渡時代的人，古今東西的文學修養兼而有之，問題就複雜了。如果漱石泉下有知，眼看著世人為他的四個字爭論不休，該會「笑而不答心自閒」吧？

漱石在動筆寫《明暗》之前，很可能有意將這兩個不同的世界統合起來，創造一種真正理想的「則天去私」的世界。這種企圖說不定隱藏在《明暗》這兩個字裡面。從「明暗一如，是非不二」或「明暗雙雙」等禪語，似乎也可以窺出其中消息。要之，漱石開始寫這部小說的時候，也許不但想分析人生的黑暗面，而且也想創出人生的光明面，即由暗而明，把地獄與天堂、人欲與道心之間的距離逐漸縮短而加以消除，以便建設一個超越自我的絕對世界。他有一首詩抒陳寫《明暗》時的心境，好像可以拿來證明這種推測：

尋仙未向碧山行，住在人閒足道情。

80 江藤淳：《夏目漱石》，頁一三九。
81 朱謙之釋、任繼俞譯：〈第十九章〉，《老子釋譯》（臺北：里仁書局，一九八五年），頁七十五。
82 郭象注，成玄英疏，陸德明釋文，郭慶藩集釋：〈養生主〉，《莊子集釋》，頁五十六。
83 郭象注，成玄英疏，陸德明釋文，郭慶藩集釋：〈天下〉，《莊子集釋》，頁四七五。
84 郭象注，成玄英疏，陸德明釋文，郭慶藩集釋：〈大宗師〉，《莊子集釋》，頁一二二。
85 郭象注，成玄英疏，陸德明釋文，郭慶藩集釋：〈天下〉，《莊子集釋》，頁四七五。

明暗雙雙三萬字，撫摩石印自由成。[86]

住在人間而又能滿足道情，兩者兼備，不就是「明暗雙雙」的境界嗎？不過，想像那種境界是一回事，寫小說又是另一回事。本來尋仙應向碧山行，漱石卻反其道而為之，迷戀人間而又想求仙，問題就更難了。除非他能把人間視同碧山，換句話說，除非能去私以則天，人間是永遠不會有仙鄉的。但如想「去私」，必須先了解「私」是什麼東西。於是漱石首先著手於人間之「私」的發掘分析，希望能藉這個解「私」的手段而找出去私則天的方法。但是，漱石是個忠實的人間生活者，又是個信奉西洋寫實主義理念和方法的作家，所以一旦面對有血有肉、有情有欲的小說人物後，既不能對他們的喜怒哀樂視若無睹，也無法從人情私欲中逃出身來，結果只有順著人欲橫流，掉進了黑暗的深淵而不能自拔。「去私」既然談不到，「則天」更不用說。當然「明暗雙雙」的理想世界也變成有「暗」而無「明」了。

因為《明暗》這部小說中途而輟，我們不曉得漱石是否會像有些人所推測那樣，如果完成的話，可能在描寫人間的黑暗面後，根據「明暗雙雙」的藍圖，創造一種「則天去私」的境界，使小說中的人物能排除「我執」而獲得解放，享受「住在人間足道情」的生活。但我覺得這種推測是值得檢討的。我雖然不贊成輕視「則天去私」思想的價值，卻不同意「則天去私」的境界可能在《明暗》中出現的看法。如上所說，漱石開始寫《明暗》時，無疑的有意在這部小說中創造「則天去私」的「人間」，不過，鑽進小說以後，不得不重新認識了人間「我執」之深，因此越寫越向黑暗面深入，絕望之餘，只好放棄原先的企圖了。然而，漱石並不因此而放棄「則天去私」的理想。反映人生的小說世界雖然沒有這個理想容身的餘地，可喜的是，漱石還有漢詩書畫的自由天地可供發揮。我以為這是他重新提起詩筆的主要原因。假定他在小說中寫出「則天去私」的仙境，恐怕他也不會再作詩了。

漱石在開始作詩以後，給久米正雄（一八九一——一九五二）和芥川龍之介寫了一封信說：「我還是照常上午寫《明暗》。心情是痛苦、快樂、機械式三者的結合。……每天這樣寫了近一百回小說，心情好像變得俗氣，所以從三、四天前起，每天下午作作漢詩，當做日課。一天約一首，而且是七律。」[87]由此也可以看出他為什麼作詩的理由。很明顯的，在漱石的腦子裡，同為文學作品的小說和漢詩分別代表兩種不同的世界。小說使人變俗，漢詩使人脫俗。因此漢詩可以淨化他被小說弄髒的心情，讓他暫時忘卻塵世，從「自我」的束縛中解放出來，在悠閒高雅的心境裡，默默地構想「則天去私」的美麗藍圖。於是漢詩一首接一首地產生出來。從他執筆寫《明暗》後約兩個月起，從一九一六年（大正五年）八月十四日到同年十一月二十日胃潰瘍再發為止，共作了七十五首詩，而且都注明日期。其中除了約十首是絕句以外，全是七律。在他死前幾月裡所作的這些漢詩，格調很高。但正如吉川幸次郎先生說，漱石晚年的詩，「往往禪味太濃，或急於主張則天去私的心境，致使抒情性減

86　夏目漱石：〈無題大正五年八月二十一日〉，《漱石全集》第十八卷，頁四十五。

87　夏目漱石：〈致久米正雄、芥川龍之介〉，大正五年八月二十一日，《漱石全集》第二十四卷，頁五五四—五五五。

少」。[88]

## 十二

這些漱石一生中最後的七十五首詩，幾乎每首都值得一讀。但由於篇幅關係，我只能選出一部分介紹於下，藉以了解漱石在這兩三個月中心境的一斑。如八月十五日有兩首，其一云：

五十年來處士分，豈期高踏自離群？
華門不杜貧如道，茅屋偶空交似雲。
天日蒼茫誰有賦？太虛寥廓我無文。
慇懃寄語寒山子，饒舌松風獨待君。[89]

這首詩抒陳老境閒情，淡泊高逸。可說是一種「樂其居，安其俗」，[90]或「住在人間足道情」的世界。同日另一首有「幽居樂道狐裘古，欲買縕袍時入城」[91]之句，也是同樣的心境。漱石這時的漢詩，雖然還是以興寄煙霞為主，但是顯然的，已在早先的「仰臥人如啞，默然見大空」的主觀感受之外，又加上了客觀的哲理思索，而所謂求道修道的傾向，也逐漸明顯起來。譬如這首詩使我們想起老子的「多言數窮，不如守中」，[92]或莊子「至道之極，昏昏默默」[93]的話，因此，與其吟誦山林仿寒山子的「饒舌」；無寧靜觀宇宙學陶淵明的「忘言」。

漱石理想中的道境，當然是所謂「則天去私」的超自我的絕對世界。在他沉思默想地摸索的過程中，似乎有好幾條路都可能通往這個世界的大門。如八月二十二日的詩：

香烟一炷道心濃，趺坐何處古佛逢。
終日無為雲出岫，夕陽多事鶴歸松。
寒黃點綴籬閒菊，暗碧衝開牖外峰。
欲拂胡床遺麈尾，上堂回首復呼童。[94]

這是由坐禪而得的「無為」境界。但漱石自己也知道坐禪本身不是目的，只是一種手段而已，如九月十七日的詩：

88 吉川幸次郎：《續人間詩話》，《吉川幸次郎全集》第一卷，頁四七三。
89 夏目漱石：〈無題大正五年八月十五日〉，《漱石全集》第十八卷，頁四十三。
90 朱謙之釋、任繼俞譯：〈第八十章〉，《老子釋譯》，頁三〇九。
91 夏目漱石：〈無題大正五年八月十五日〉，《漱石全集》第十八卷，頁四十三。
92 朱謙之釋、任繼俞譯：〈第五章〉，《老子釋譯》，頁二十四。
93 郭象注，成玄英疏，陸德明釋文，郭慶藩集釋：〈在宥〉，《莊子集釋》，頁一七三。
94 夏目漱石：〈無題大正五年八月二十二日〉，《漱石全集》第十八卷，頁四十五。

好焚香炷護清宵，不是枯禪愛寂寥。
月暖三更憐雨靜，水閒半夜聽魚跳。
思詩恰似前程遠，記夢誰知去路遙？
獨坐窈窕虛白裡，蘭釭照盡入明朝。[95]

為了愛寂寥而姑且坐禪，以便享受清靜閒遠的氣氛，而進入「虛室生白」[96]的空靈純真、無情無欲的境界。吉川先生說漱石漢詩禪味太濃，大概指這類詩而言。

不過有時漱石又覺得道即在好書及自然之中。如八月二十八日詩：

何須漫說布衣尊？數卷好書吾道存。
陰盡始開芳草戶，春來獨杜落花門。
蕭條古佛風流寺，寂寞先生日涉園。
村巷路深無過客，一庭修竹掩南軒。[97]

又如九月二十六日的「數卷唐詩茶後榻，幾聲幽鳥桂前巖」，[98]以及十月三日的「朱評古聖空靈句，青隔時流偃蹇松」[99]等句，都是詠他優游詩書、隱遯自然的修道生活。讀古聖詩書固然足以忘情，自己也不妨做做看。九月二十四日詩云：

擬將蝶夢誘吟魂，且隔人生在畫村。
花影半簾來著靜，風蹤滿地去無痕。
小樓烹茗輕煙熟，午院曝書黃雀喧。
一榻清機閒日月，詩成默默對晴暄。[100]

把自己從「人生」隔開來，寫寫詩畫，也是一種忘我而進入道境的方法。但「畫村」不一定要在山林之中，在窗明几淨的書齋也一樣可以馳騁雲霞之思。如十月二日的詩：

不愛紅塵不愛林，蕭然淨室是知音。
獨摩拳石摸雲意，時對盆梅見蘚心。
麈尾毿毫朱几側，蠅頭細字紫研陰。

95　夏目漱石：〈無題大正五年九月十七日〉，《漱石全集》第十八卷，頁五十三。
96　郭象注，成玄英疏，陸德明釋文，郭慶藩集釋：〈人間世〉，《莊子集釋》，頁六十九。
97　夏目漱石：〈無題大正五年八月二十八日〉，《漱石全集》第十八卷，頁四十六。
98　夏目漱石：〈無題大正五年九月二十六日〉，《漱石全集》第十八卷，頁五十六。
99　夏目漱石：〈無題大正五年十月三日〉，《漱石全集》第十八卷，頁五十八。
100　夏目漱石：〈無題大正五年九月二十四日〉，《漱石全集》第十八卷，頁五十六。

閒中有事喫茶後，復賃晴暄照苦吟。[101]

這首詩最能表示當時漱石的書齋生活。但這裡卻沒有小說家漱石的塵俗的影子，只有一個高人雅士靜坐苦吟的樂趣。讀這首詩時，誰也不會想到漱石正在為《明暗》中的人情物欲所苦惱。一俗一雅之間好像毫無關聯。其實正因為入俗太深，所以求雅之心也更切。「先生不解降龍術，閉戶空為閒適詩」，[102]才是他真正的心情。

在漱石來說，詩本身就是自然，所以有時不必作詩，而詩即在自然之中。如八月三十日詩：

詩思杳在野橋東，景物多橫淡靄中。
緗水映邊帆露白，翠雲流處塔餘紅。
桃花赫灼皆依日，柳色模糊不厭風。
縹緲孤愁春欲盡，還令一鳥入虛空。[103]

又如十月九日的一首：

詩人面目不嫌工，誰道眼前好惡同。
岸樹倒枝皆入水，野花傾萼盡迎風。

霜燃爛葉寒暉外，客送殘鴉夕照中。
古寺尋來無古佛，倚筇獨立斷橋東。[104]

在這裡詩思即道心，詩人即自然。真正的詩不是人為的詩，而是天地本然的面貌。九月五日的詩說：

絕好文章天地大，四時寒暑不曾違。
夭夭正晝桃將發，歷歷晴空鶴始飛。
日月高懸何磊落，陰陽默照是靈威。
勿令碧眼知消息，欲弄言辭墮俗機。[105]

《易經》說：「日月運行，一寒一暑。乾道成男，坤道成女。」[106]道是萬物之母；生萬物，育萬物，

101 夏目漱石：〈無題大正五年十月二日〉，《漱石全集》第十八卷，頁五十八。

102 夏目漱石：〈無題大正五年九月二日〉之一，《漱石全集》第十八卷，頁四十八。

103 夏目漱石：〈無題大正五年八月三十日〉，《漱石全集》第十八卷，頁四十七。

104 夏目漱石：〈無題大正五年十月九日〉，《漱石全集》第十八卷，頁六十。

105 夏目漱石：〈無題大正五年九月五日〉，《漱石全集》第十八卷，頁五十。

106 《周易．繫辭．上》，見〔魏〕王弼、韓康伯注，〔唐〕孔穎達等正義，〔清〕阮元校勘：《周易正義》，收入《十三經注疏》

也宰萬物。但是，「天下有大美而不言，四時有明法而不議，萬物有成理而不說」，[107]只在窈窕昏默之中，生育萬物，主宰一切。那些春夏秋冬、草木花鳥、山水雲霞的種種現象，不就是一篇絕妙文章嗎？「普天何處不文章」，[108]還需要什麼人為的筆墨呢？如果自作聰明，玩弄言辭，寫什麼小說或詩歌，不但離道越遠，而且墮俗更深。這種道的玄妙境界只許東方人獨享，不許西洋人知道。其實，西洋人只知在「塵世中兜圈子」，即使讓他們窺得個中消息，恐怕也沒法子真正了解吧。由漱石「勿令碧眼知消息」一句看來，我們不難明白他所追求的「則天去私」之道，似乎與西洋的哲學思想沒什麼關係。至少他在漢詩中所說的道，無疑的是純粹東方傳統下的產物。尤其老莊自然哲學的影響是不可忽視的。

從「詩思杳在野橋東」或「絕好文章天地大」的感悟，再進一步，很自然地會走向老子「絕聖棄智」，或莊子「不言之辯，不道之道」的思想。漱石九月九日的詩說：

曾見人間今見天，醍醐上味色空邊。
白蓮曉破詩僧夢，翠柳長吹精舍緣。
道到虛明長語絕，烟歸曖曃妙香傳。
入門還愛無他事，手折幽花供佛前。[109]

這首也是禪味極濃的詩。寫他好像已能體會到「色即是空，空即是色」的醍醐妙味，而進入忘言絕慮的境界。在這種境界裡一切言語當然是多餘的。又如九月十日的詩：

絹黃婦幼鬼帥驚，饒舌何知遂八成？
欲證無言觀妙諦，休將作意促詩情。
孤雲白處遙秋色，芳草綠邊多雨聲。
風月只須看直下，不依文字道初清。[110]

「絹黃婦幼」是「黃絹幼婦外孫齏臼」八字之略，亦即「絕妙好辭」的隱語。[111] 這首詩的意思是：即使能做一手驚動鬼神的絕妙好辭，不過是無用的「饒舌」而已。文章做得再絕再妙，恐怕也難寫出道的八成吧？因為「不依文字道初清」，所以最好還是緘口無言，靜觀妙諦。不然求道不成，反墮俗

（臺北：藝文印書館，一九八九年據嘉慶二十年江西南昌府學刻本影印），第一冊，頁一四四。

107 郭象注，成玄英疏，陸德明釋文，郭慶藩集釋：〈知北遊〉，《莊子集釋》，頁六十九。

108 夏目漱石：〈無題大正五年九月二日〉之二，《漱石全集》第十八卷，頁四十九。

109 夏目漱石：〈無題大正五年九月九日〉，《漱石全集》第十八卷，頁五十一。

110 夏目漱石：〈無題大正五年九月十日〉，《漱石全集》第十八卷，頁五十一。

111 〔南朝宋〕劉義慶：《世說新語．捷悟》，見〔南朝梁〕劉孝標注，余嘉錫箋疏：《世說新語箋疏》（上海：上海古籍出版社，一九九三年），頁五七九。

機。塵俗的小說固然不能再寫，甚至「擬將蝶夢誘吟魂」的習慣，也該放棄了。九月十八日的詩所寫的也是同樣的心境：

> 飣餖焚時大道安，天然景物自然觀。
> 佳人不識虛心竹，君子曷思空谷蘭？
> 黃耐霜來籬菊亂，白從月得野梅寒。
> 勿拈華妄作微笑，雨打風翻任獨看。[112]

莊子曾說書籍是「古人之糟粕」，[113] 又說：「可以言論者，物之粗也；可以意致者，物之精也。言之所不能論，意之所不能察致者，不期精粗焉。」[114] 郭象注云：「唯無而已，何精粗之有哉？夫言意者有也，而所言所意者無也。故求之於言意之表而入乎無言無意之域而後至焉。」[115] 這首詩所寫的就是這種「無言無意之域」。飣餖足以亂道，應該焚燬；而釋迦「拈華微笑」無非「作意」，也屬多餘。至於早些時的託心蘭竹梅菊四君子，也是「有意」使然，豈可再想？只有這樣「求之於言意之表」，即排除主觀的言語情意作用，以自然道心看天然景物，才能進入「無言無意」的「則天去私」境界。

這時期的漱石顯然已隱約地把握住了道的境界，而且也大致體會到了他所求的道是什麼東西。不過這種道當然是幻覺上的理想境界。能夠進入其中，也只是屬於暫時陶醉。幻夢一醒，又見人間。如「託心雲水道機盡，結夢風塵世味長」、[116]「我將歸處地無田，我未死時人有緣」、[117]「秋風破盡芭蕉夢，寒雨打成流落詩」、[118]「百年功過有吾知，百殺百愁亡了期」[119]等句，都寫出了他不能全忘世情的心境。他如九月三十日的詩：

> 閒窗睡覺影參差，機上猶餘筆一枝。
> 多病賣文秋入骨，細心構想寒砭肌。
> 紅塵堆裡聖賢道，碧落空中清淨詩。
> 描到西風辭不足，看雲採菊在東籬。[120]

十月六日也有一首詩：

112 夏目漱石：〈無題大正五年九月十八日〉，《漱石全集》第十八卷，頁五十四。
113 郭象注，成玄英疏，陸德明釋文，郭慶藩集釋：〈天道〉，《莊子集釋》，頁二一七。
114 郭象注，成玄英疏，陸德明釋文，郭慶藩集釋：〈秋水〉，《莊子集釋》，頁二五三。
115 郭象注，成玄英疏，陸德明釋文，郭慶藩集釋：〈秋水〉，《莊子集釋》，頁二五三。
116 夏目漱石：〈無題大正五年九月一日〉，《漱石全集》第十八卷，頁四十八。
117 夏目漱石：〈無題大正五年九月十二日〉，《漱石全集》第十八卷，頁五十二。
118 夏目漱石：〈無題大正五年九月十三日〉，《漱石全集》第十八卷，頁五十二。
119 夏目漱石：〈無題大正五年十月四日〉，《漱石全集》第十八卷，頁五十九。
120 夏目漱石：〈無題大正五年九月三十日〉，《漱石全集》第十八卷，頁五十七。

非耶非佛又非儒，窮巷賣文聊自娛。
採擷何香過藝苑，徘徊幾碧在詩蕪。
焚書灰裡書知活，無法界中法解蘇。
打殺神人亡影處，虛空歷歷現賢愚。[121]

這兩首所寫都是他抱病賣文的生活。但其中除了「細心構想」的小說家漱石之外，又有「看雲採菊」的求道者漱石。兩種生活同時並存，似乎顯不出什麼矛盾來。試比較他二十三歲時所寫的〈自嘲書木屑錄後〉：

白眼甘期與世疎，狂愚亦懶買嘉譽。
為譏時輩背時勢，欲罵古人對古書。
才似老駘駑且駘，識如秋蛻薄兼虛。
唯贏一片烟霞癖，品水評山臥草廬。[122]

就可看出漱石晚年的心境，已少執著，而且寬厚了不少。他是個煮字療飢的小說家，當然難免紅塵俗情，無法一味沉浸於「去私」的境界，但起碼他已能排除主觀的意氣作用，站在更高的地方，把自己也當做自然界中的一個客觀對象來考察了。一個人能修養到這種地步，已經難能可貴，應得很高的評價，豈可再事苛求？要之，正如漱石自己說，他只是一個「長生未向蓬萊去，不老只當養一真」的「壺中大夢人」而已。[123]

漱石在漢詩中所表現的道，從上面所介紹的十幾首詩中，可知已經達到一種虛明圓通的妙境。他自己也頗以能達到這種境界而自喜。如十月十七日的詩：

古往今來我獨新，今來古往眾為隣。
橫吹鼻孔逢鄉友，竪拂眉頭失老親。
合浦珠還誰主客？鴻門玦舉孰君臣？
分明一一似他處，卻是空前絕後人。[124]

語氣諧謔，氣魄雄偉。超越古今前後或主客他我的對立概念。孟嘗當年在合浦為失主收回珠寶的德政，或劉邦和項羽在鴻門之宴上的爭權奪利，不過是庸人自擾而已。又如十月十八日的詩：

121　夏目漱石：〈無題大正五年十月六日〉，《漱石全集》第十八卷，頁五十九。
122　夏目漱石：〈自嘲書木屑錄後〉，《漱石全集》第十八卷，頁十二—十三。
123　夏目漱石：〈無題大正五年十一月十三日〉，《漱石全集》第十八卷，頁六十六。
124　夏目漱石：〈無題大正五年十月十七日〉，《漱石全集》第十八卷，頁六十二。

舊識誰言別路遙？新知卻在客中邀。
花紅柳綠前緣盡，鷺暗鴉明今意饒。
石上長垂紈繡帳，巖頭忽見木蘭橈。
眼睛百轉無奇特，鵜去鳳來我弄簫。[125]

現今世上奇特的東西大為流行。說什麼白鷺是黑的，烏鴉是白的。應該掛在宮殿裡的紈繡帳卻垂在石上；應該用於船上的木蘭橈卻放在巖頭。那種說花是紅的、柳是綠的時代好像已經過去了。可是，不管世人覺得多麼新奇的事物，自己千看百看，也看不出有什麼特別的地方。新的終會變舊，舊的依然常新。自己還是學弄玉吹簫，感鳳來止，然後昇上天去，「上與造物者遊，而下與外死生、無終始者為友」吧。

老子說：「有無相生，難易相成，長短相形，高下相傾，音聲相和，前後相隨。」[126] 宇宙間沒有兩個對立的概念是絕對對立的，最多只是相對性的區別而已。正如陰陽照應、寒暑遞變，人間常識中對立的生死榮枯、否泰禍福、利害得失、好惡愛憎、智愚巧拙等概念，無一不互相關聯，彼此倚伏。所以如能則天之道，從超脫處來看，這些人間的執著便可消除，而喜怒哀樂之情也不至擾亂身心，為非作歹了。漱石上面那兩首詩，就是詠這種心境的。他如「死死生生萬境開，天移地轉見詩才」[127]、「縱橫曲折高還下，總是虛無總是真」[128]，或「人間翻手是青山，朝入市廛白日閒」[129]，也是同樣心境的流露。莊子所謂「獨與天地精神往來，而不敖倪於萬物；不譴是非，以與世俗處」的人生態度，漱石也算「修養到家」了。

## 十三

不過，有趣的是在十月二十一日所作的詩裡，漱石卻一反平日「會天行道是吾禪」[130]的超然態度，而忽然發出了沉重哀傷的調子：

吾失天時併失愚，吾今會道道離吾。
人間忽盡聰明死，魔界猶存正義臞。
擲地鏗鏘金錯劍，碎空燦爛夜光珠。

---

125 夏目漱石：〈無題大正五年十月十八日〉，《漱石全集》第十八卷，頁六十二。

126 朱謙之釋，任繼俞譯：〈第二章〉，《老子釋譯》，頁九—十。

127 夏目漱石：〈無題大正五年十月十一日〉，《漱石全集》第十八卷，頁六十一。

128 夏目漱石：〈無題大正五年十月十五日〉，《漱石全集》第十八卷，頁六十一。

129 夏目漱石：〈無題大正五年十月十六日〉，《漱石全集》第十八卷，頁六十二。

130 夏目漱石：〈無題大正五年十月十二日〉，《漱石全集》第十八卷，頁六十一。

> 獨吞涕淚長躊躇，怙恃兩亡立廣衢。[131]

自己好容易修得的「則天」之道失去了。同時「大智若愚」之德也失去了。自覺得剛剛體會到道的境界，道卻離我而去。忽然間，人間樂土盡滅，聰明理性死亡。正義消瘦衰微，只剩魔鬼世界占據人心，作威作福。到了這種地步，還有什麼話可說呢？乾脆把主持正義的金錯劍扔掉，把照亮黑暗的夜光珠摔破吧！父母都已去世，身上已一無所有，只好吞下眼淚，孤伶伶地佇立在大街之上，茫然不知所從了。

這首詩不但充滿絕望悲觀的情緒，而且還帶有一種殉情的色彩。漱石本人是個內在生活極為複雜的人，也許這時又有什麼心中的糾紛或不安，無法解決，結果使他竟也在清淨樂土的漢詩裡發出哀鳴。漱石漢詩，正如他的畫，一向所寫的都是淡漠閒逸的世界，偶有愁恨哀傷，也都託之煙霞山水，以求解脫，從沒有像這首詩一樣發出沉重悲調的。不過話說回來，其實這種悲調正是漱石小說的特色之一。引用了上面這首詩後，我又拿出《明暗》來略讀了一下，而特別注意十月二十一日左右寫的那幾章（即一百三十五章前後）發現這時候，《明暗》中的主角津田、妻子阿延、妹妹阿秀，以及曾跟津田有段關係的吉川夫人等，正以津田為中心，彼此陷於為「愛」而爭風吃醋的「誤解」之中，每個人心裡都充滿苦惱、敵意、輕蔑、憐憫、諷刺。同時，每個人都極力主張自己的立場，意氣用事，互不相讓。如阿延痛恨津田不真心愛她，「只憑感情，不講理性」地要求一種「絕對的愛情」，所以主張世上只有她一個是「女人」，別的女人只可做「枯草」。因為別的女人也算「女人」，她就無法獨占津田的愛情了。一方面，津田本人也一樣固執於「自私」的立場，以己之心度他人之腹，使問題更形複雜困難。所以越掙扎，越難解決問題。下面是津田和他的友人小林的對話：

「你不是喜歡阿延才娶她的嗎？可是，你現在卻好像不滿意阿延，對不對？」（小林）

「世間既然沒有完美的東西，那也是不得已的。」（津田）

「所以想拿這個理由，去找更好的？」

「別說人家的壞話，好沒有禮貌。你真是個名副其實的無賴漢，看法卑鄙，喜歡挖苦別人；言行又粗野，一點也不懂禮貌。」

「這就是我值得你輕視的原因啊？」

「當然。」

「那麼，在口頭上說你是沒效果了。還是得有一場實際戰爭，你才能覺悟。我要下預言了，你等著瞧吧，不久就會有戰爭。那時你才會真的了解你不是我的敵人的意思。」

「沒關係。反正給敗得落花流水是我的榮譽。」

「好頑固的傢伙。你並不是要跟我打仗啊！」

---

131　夏目漱石：〈無題大正五年十月二十一日〉，《漱石全集》第十八卷，頁六十三。

「那麼跟誰呢？」

「你現在已經在肚子裡打著仗了。只是還沒有露出外面變成實際行為罷了。你充裕的生活將會煽動你從事一場無益的敗仗。」[132]

這裡所說的肚子裡的戰爭，指的是內在生活的糾葛或矛盾。換句話說，也就是「感情」跟「理性」、「我執」跟「無我」、「私心」跟「道情」之間的戰爭。但這種戰爭，如果不能去掉「自我本位」的立場，將會像小林所預言，注定打敗仗的。但這個仗似乎又不能不打。只有明知其不可為而為之了。假如說在文學作品中有所謂「戰鬪文藝」，像《明暗》這類小說也許可算做最深刻的一種。漱石原想在這部小說中，把人生從黑暗導向光明，但終於發現這種企圖必定失敗，可能在灰心之餘才感慨萬千地寫了上面那首詩，表示自己無能為力的悲哀。這當然是我的推測，但並不是毫無證據。如本文前面所引，他曾在給禪僧鬼村元成的信中，說他自己「行住坐臥莫不充滿著虛偽」，而感到無限慚愧。這種心情自然反映於小說之中，也促成漱石暫時放棄觀念上的「則天去私」的境界，面對實際的人生黑暗面，寫下了那首慷慨悲歌的律詩。小宮豐隆曾經說《明暗》是一幅「百鬼夜行之圖」，[133]我也想說《明暗》是「人間忽盡聰明死，魔界猶存正義臞」的世界。漱石的漢詩始終是他「棄暗投明」的手段，但在這首詩中卻反其道而行之，可說是唯一的例外。

據說漱石在寫這首詩後，沒幾天，就正式提出「則天去私」做他的生活信條。他雖早有這個理想，而且在以前的小說或漢詩中時有流露，但把這種理想凝縮成這四個字，積極地向他門生公開「講道」，卻要等到這個時候。所以我老覺得漱石在寫這首詩時，內在生活裡可能有過一番激烈的掙扎，重新認識了人情人欲的醜惡，而更感到去私心而依天理的重要性。值得注意的是大致在提出「則天去私」的前後，他開始積極地主張「愚」的德目。如與上面那首七律同日做的五絕云：「元是錦衣子，賣衣又賣珠。長身無估客，赤裸裸中愚。」[134] 這個傾向在約一個月後的十一月十九日一詩中，表現很清楚：

大愚難到志難成，五十春秋瞬息程。
觀道無言只入靜，拈詩有句獨求清。
迢迢天外去雲影，籟籟風中落葉聲。
忽見閒窗虛白上，東山月出半江明。[135]

現在有志於修道，但修道越積極，越覺得那種「大愚」的境界難於達到。五十年的光陰轉瞬間過去

132 夏目漱石：《明暗》，《漱石全集》第十一卷，頁五七二—五七三。
133 小宮豐隆：《漱石の藝術》，頁三〇四。
134 夏目漱石：〈無題大正五年十月二十一日〉其三，《漱石全集》第十八卷，頁六十四。
135 夏目漱石：〈無題大正五年十一月十九日〉，《漱石全集》第十八卷，頁六十六。

了。什麼時候才能真正得道呢？「吾今會道道離吾」，好像近在眼前，又好像遠在天邊。不求則已，一求起來，這似乎離得更遠了。道能不能求得的問題，不要去想了吧。只要默然無言地靜觀天然之道，或者做做詩，享點人間清味，也就夠了。那天外雲影，不就是道之所在嗎？那風裡的落葉聲，不就是一首好詩嗎？忽然東山湧出月亮，從窗口閃進「虛白」光亮。啊，這不就是道的境界是什麼！月亮照亮山水的一半，還有一半還是黑暗的。不過這是自然現象，大概就是「明暗雙雙」的世界了。

「大愚難到志難成」這句詩，我想才是漱石真正的心聲。他把「愚」看得這麼重要，自然由於自己「聰明總被聰明誤」的經驗，而對老子「大智若愚」或「大巧若拙、大辯若訥」的哲學發生共鳴的結果。但更重要的可能是詩僧良寬（一七五八—一八三一）的影響。我在上面說過，漱石在修善寺大患後，發現良寬的詩書而大為傾倒。這種傾倒之情似乎一直維持到他去世為止。良寬是個乞食禪僧，終身居無定處，行狀類似傳說中的寒山。一生所作的詩現傳四百多首，自然渾成，有時連平仄韻腳都不講。漱石曾說良寬詩格之高「古來詩人中甚少匹敵」。[136] 所以他晚年作詩，也頗受良寬的影響。譬如在漱石詩中「大愚」這個辭中就有良寬的影子。良寬自號大愚。漱石理想中的「大愚」大概就是良寬那種人生態度。「大愚」兩個字連用，不見於《老子》。《莊子》中雖有「大愚」連用的例子，卻謂「大愚者終身不靈」。顯然跟漱石的「大愚」的含義不同。良寬詩提到愚字的有不少。如〈次來韻〉：

頑愚信無比，草木以為鄰。
懶問迷悟岐，自笑老朽身。

蹇脛閒涉水，擕囊行步春。
聊可保此生，非敢厭世塵。[137]

但良寬所謂「愚」好像與老子「大智若愚」的「愚」，有點不同。他的愚是連「大智若愚」的愚也去掉以後的愚。有詩云：「愚者膠其柱，何適不參差？有智達其源，從容且過時。知愚兩不執，始稱有道兒。」[138] 所謂「智愚兩不取」的態度，大概就是漱石理想中的「大愚」境界了。

漱石最後一首詩作於十一月二十日，詩云：

真蹤寂寞杳難尋，欲抱虛懷步古今。
碧山碧水何有我？蓋天蓋地是無心。
依稀暮色月離草，錯落秋聲風在林。
眼耳雙忘身亦失，空中獨唱白雲吟。[139]

136 夏目漱石：〈致山崎良平〉，大正三年一月十八日，《漱石全集》第二十四卷，頁二五五。
137 良寬：〈次來韻〉，《良寬全集》（東京：牧野出版，一九九四年），頁二十六。
138 良寬：〈（失題）〉，《良寬全集》，頁十一。
139 夏目漱石：〈無題大正五年十一月二十日夜〉，《漱石全集》第十八卷，頁六十六—六十七。

松岡讓說這首詩「澄澈高遠，集漱石全詩精髓之大成」，[140] 我也同意這個看法。如果漱石的確像詩中所說那樣的無我、無心，或「眼耳雙忘身亦失」可以說已達到莊子所謂「墮肢體，黜聰明，離形去知，同於大通」[141] 的「坐忘」境界，或禪宗「息幻歸真，從化返本」的涅槃境界了。不過，問題在首兩句。從「真蹤寂寞杳難尋」的「難」字，和「欲抱虛懷步古今」的「欲」字，依然可以窺出「大愚難到志難成」的惆悵之情。真理或大道的蹤跡那樣空靈縹緲，難於捉摸。但為了享受「虛懷」或道情，曾經涉獵古今書籍，步武古今成道之士。結果，那種六根清淨的超感覺世界是可以體會到了，然而，自己卻無法像良寬或其他得道的高士那樣，以身行之，只能在古人書堆裡，或在漢詩書畫上，憑幻想的力量去追求，因此充其量也不過是一種觀念上的理想世界而已——漱石說不定常常這樣想。想過以後，又得暫時忘掉「白雲吟」，拿起筆來爬空格子寫小說了。

漱石在寫了這首詩後的第二天，即十一月二十二日，胃潰瘍再發，終於一病不起，到了十二月九日溘然長逝。享年五十。有趣的是他在二十九歲時，就有詩說：「人閒五十今過半，愧為讀書誤一生。」[142] 我引過的詩中也有「五十年來處士分」、「五十春秋瞬息程」等句，好像早已預知他只能活五十歲。據漱石之妻鏡子夫人在《漱石的回憶》一書中說，他在發病前，曾對她說：「死算不了什麼。我剛剛還忍著痛苦，想著絕命詩呢。」[143] 可惜並沒有絕命詩留下來。從本文中所介紹的漱石的漢詩，以及有關「則天去私」的討論，可以知道，他確能把生死看得很開。漱石在死前一年寫的〈玻璃窗內〉一文裡，曾表示了他對生死的看法：

在充滿不愉快的人生道路上，我常想到自己有一天必須抵達的死的境界。而且老是相信死比生輕鬆得多。有時甚至覺得死是人所能達到的最高最上的狀態。「死比生尊貴。」近來這句話不停地在我心裡徘徊著。然而我現在卻還是生而不死。我的父母、我的祖父母、我的曾祖父母，又再向上推去，一百年、二百年，以至千年萬年之間，古來形成的習慣，實在無法在我這一代加以解脫，所以只好依然執著於生了。因此，我給別人的忠告，總覺得必須限於此生所許的範圍之內。「則天去私」既在自己生命中認識了活動著的自己；又在別人生命中認識了呼吸著的別人，那麼，無論彼此的本性如何痛苦，如何醜惡，也不得不解釋做此生所具備的現象。[144]

此外漱石在一九一四年十一月十四日寫給岡田耕三的信裡也說：

我雖然認為意識是生的全部，但並不承認這個意識就是我的一切。我以為死了還是有自己，而且唯有死才能回到本來的自己。我不喜歡自殺，能活多少就算多少。而且在活著的的期間裡，也

---

140 松岡讓：《漱石之漢詩》（《漱石の漢詩》），頁二六八—二六九。
141 郭象注，成玄英疏，陸德明釋文，郭慶藩集釋：〈大宗師〉，《莊子集釋》，頁一二八。
142 夏目漱石：〈無題明治二十八年五月〉其三，《漱石全集》第十八卷，頁十九—二十。
143 夏目鏡子述，松岡讓筆錄：《漱石の思い出》（東京：角川文庫，一九七七年），頁三六二。
144 夏目漱石：〈玻璃窗內〉（〈硝子戸の中〉），《漱石全集》第十二卷，頁五三三—五三四。

會跟普通人一樣，把我的與生俱來的弱點發揮出來。我認為這樣才是生。

我固然討厭生的痛苦，但同時更討厭故意使生變死的痛苦。所以我是不想自殺的……。假如你能同意我的看法，以為死是人類歸結的最幸福狀態，那麼，雖死而可以無憾，也可以不悲，反而是值得高興的事。[145]

在這兩段文章裡，雖然有「死而不亡」、[146]「方生方死，方死方生」[147]或「生寄也，死歸也」[148]等道家思想的痕跡，甚至有重死輕生的傾向，但仔細一看，就可以發現其中大有問題。既然說「死是人所能達到的最高最上的狀態」，或「死是人類歸結的最幸福狀態」，卻又說他「依然執著於生」，而且甘受與生俱來的痛苦、醜惡，更想把我執的種種弱點加以發揮。這種陳述顯然充滿著矛盾。漱石在漢詩中所追求而彷彿達到的那種「則天去私」的理想，在這裡顯得那麼微不足道。他自己並不是不知道這種矛盾的存在，所以他曾經坦白地說：「雖然我經常相信死比生尊貴，但是這種希望或箴諫，終於無法超越這個充滿不愉快的生。……我到現在仍然用半信半疑的眼睛，凝視著自己的心。」[149]由此可知，漱石的理想世界，並沒有達到足以控制或支配現實生活的地步，而終於停留在幻覺上的觀念狀態而已。這是漱石的矛盾，也是他的苦惱所在。因此儘管他在「想著絕命詩」時，覺得「死算不了什麼」，但到了面臨真正的「解脫」時，卻大叫痛苦而呻吟不止。[150]難怪有人要懷疑他達到「則天去私」的道的世界了。不過，古往今來，求道而「會道」，已經不易；「會道」而行道，能有幾人？即便老子、莊子等道家，或禪宗諸高僧，如真能「則天」行道，實踐「不言之教」，應該「離形去知」，焚掉書籍，怎會再搜索枯腸去作糟粕的詩文呢？

## 十四

本文原來只想介紹幾首漱石的漢詩，但後來發覺如果不了解漱石的人生觀和文學觀，絕不可能完全了解他的漢詩，更難正確地估計漢詩在漱石精神生活上的位置和價值。於是我也跟著人家湊熱鬧，談起「則天去私」的問題來。這一談，沒想到竟把文章拖得這麼長，自己有點意外。

綜上所述，不但可了解漱石在漢詩方面的成就之高，而且可以看出漢詩書畫在漱石人生思想的形成過程中，具有不能忽視的重要價值。漱石少年時有意以漢詩漢文立身，但後來隨著時代潮流轉攻西洋文學，而奠定了後來成為現代作家的基礎。只是他在青少年時代養成的煙霞痼疾，始終無法消除，

145 夏目漱石：〈致岡田耕三〉，大正三年十一月十四日，《漱石全集》第二十四卷，頁三六五。
146 朱謙之釋，任繼俞譯：〈第三十三章〉，《老子釋譯》，頁一三四。
147 郭象注，成玄英疏，陸德明釋文，郭慶藩集釋：〈齊物論〉，《莊子集釋》，頁三十二。
148 〔漢〕劉安撰，〔漢〕高誘注，〔明〕茅一桂訂，楊家駱主編：〈精神訓〉，《明刻淮南鴻烈解》（臺北：鼎文書局，一九七九年），頁二八六。
149 夏目漱石：〈玻璃窗內〉（〈硝子戶の中〉），《漱石全集》第十二卷，頁五三五。
150 江藤淳：《夏目漱石》，頁二一三。

結果在他的「文士」生活史上，除創作了不少傑出的小說之外，又產生了不少傑出的漢詩。前者反映苦惱醜惡的現實世界，後者抒陳達觀幸福的理想心境。這兩個系列的作品所表現的思想，往往互相矛盾，互相衝突。然而漱石卻把這種矛盾，用兩種不同的形式表現出來，而避免了理論上的正面衝突。當然，漱石並不是不希望把這種矛盾加以解消，如在《草枕》、《行人》、《道草》、《明暗》等小說裡，時有物外之思流露出來，便是很好的例子。但是，漱石早就覺得這種嘗試根本沒有成功的可能，所以畢竟小說還是歸於小說，漢詩還是歸於漢詩。我以為這正是漱石誠實的地方。他不願憑自己的理想在小說裡創造出完美的人間。因為假如那樣做的話不但自欺欺人，而且違反了「小說是人生的反映」的基本意義，也就有虧小說家的職責了。於是，他只好把那種超越現實的理想世界，藉著漢詩的形式描寫出來。如果說漱石小說裡的「我執」是真的；那麼，漱石漢詩裡的「達觀」也是真的。對漱石來說，現實生活裡的「我執」與哲學觀念上的「達觀」，表面上固然互相矛盾，卻具有互相調濟的作用。實際上，漱石的確用過漢詩來淨化他被小說弄俗的頭腦，使他能站在更客觀的立場，以更冷靜的眼光，去觀察並分析他人或自己。「我自己現在跨在不快樂上面，俯瞰一般人類而微笑了。對於一向寫無聊作品的自己，也可以用同樣的眼睛來俯瞰，而且覺得自己好像別人似的，於是我也微笑了。」[151]我以為這種超然態度的養成，漢詩的「功德」是不可忽現的。漱石如果沒有達觀的漢詩世界，供他做俯瞰人間的場地，他在小說中對人物的觀察，可能不會那樣客觀冷酷；而對心理的分析也不那樣深刻真切了。

漱石的漢詩大致可以分成四個階段。第一期是學生時代，現存五十一首，雖不出習作範圍，但已很成熟，而且充分表現了他的煙霞之癖和物外之思。第二期是松山、熊本時代，現存二十五首，正值血氣方剛，所以頗多反俗譏俗的句子。志憾恨，抒中情，而經常託心物外以求解脫。晚年求道的傾向，在這段期間已經萌芽了。第三期是修善寺大患以後幾年的期間，共五十六首，由於親歷生死大變，所以求道解脫的傾向更趨明顯。這時期的特色是題畫詩特別多。就形式言之，以五絕占一半以上。空靈淡漠，頗有淵明、王維的境界。最後的階段是《明暗》時代。共七十五首，以七律占絕對多數。可說漱石漢詩的極致，但求道思索之跡太顯，所以詩情畫意反而減少。漱石自幼以來，對道釋思想的修養，對漢詩世界的傾慕，到這時終於形成所謂「則天去私」的理想人生。最後一詩的最後一聯：「眼耳雙忘身亦失，空中獨唱白雲吟。」正是他一生求道所得的觀念世界。

關於「則天去私」的問題，日本學者之間爭論已久，而爭論的重點似在漱石是否真的達到那種境界。我覺得這樣的爭論是多餘的。漱石始終執著於生，當然在實際人生裡沒有達到那種境界的可能，「則天去私」永遠是一種幻覺的理想世界，在人欲橫流的人間地獄當中，漱石的確能在觀念上進入那種絕對的境地，而享受圓融通達、虛無縹緲的「道情」。這種觀念上的理想境界，以及追求這種境界的行為，就應該得很高的評價。在漱石生活裡這是唯一而不可或缺的精神上的寄託。如果忽略或低估「則天去私」的價值，將難於了解漱石的人生哲學，也就無法描寫出漱石這個人的全貌了。因此，如

151　夏目漱石：〈玻璃窗內〉（〈硝子戸の中〉），《漱石全集》第十二卷，頁六一六。

想研究漱石的為人和文學作品，像某些人一樣，單靠「在塵世裡兜圈子」的西洋文學理論是不夠的。正像他自己說：「眼識東西字，心抱古今憂。」除了現代的西洋思想之外，傳統的東方——尤其是中國——思想也必須受到同等的重視。譬如「則天去私」這個思想，我就覺得應該從道家或禪宗的自然觀及人生觀來加以理解。又如他的小說創作，雖然在描寫的技法方面，留下西洋寫實主義影響的痕跡，但所提出的問題以及處理問題的態度，卻是東方色彩濃於西方色彩。這一點在研究漱石時是不可忽略的。漱石一生嚮往一種完美的人生境界，本來不妨在小說中創造出來，但由於太忠實於西洋文學寫實技法，終於無法實現，只好轉向超塵脫俗的漢詩世界去追求這種浪漫的理想了。

漱石臨死時的表裡也成為爭論的問題之一。漱石既說「死算不了什麼」，一會兒又「大叫痛苦」，如果這些傳聞是可靠的，可見他臨死的心境的確充滿著矛盾。當然不像「則天去私」的修道者所應有。不過，我卻很欣賞這種矛盾，要是臨死而毫無矛盾的心情，就顯得虛偽而不像漱石了。即使豁達如陶淵明，也是難免這種矛盾的。淵明在〈自祭文〉裡，大談「余今斯化，可以無恨」的大道理後，不是說「人生實難，死如之何？嗚呼哀哉」嗎？[152]

---

152　陶淵明著，袁行霈箋注：〈自祭文〉，《陶淵明集箋注》，頁五五五—五五六。

# 中國文人與日本文人

# 上篇

## 一

現在，我們習慣上把從事文藝創作的人叫做作家，或分別叫做詩人、小說家、散文家、劇作家等。又有用文學家一詞來稱呼的。但文學家也包括研究文學的學者，範圍似乎大些。當我們使用這些稱呼時，往往只是單純地指出被稱者的職業身分，即使在心裡不表示任何尊敬的意思，也不會賦予某種道德上的價值判斷。至於「文人」一詞就不同了。在一般人的觀念裡，一提起文人，就連想到「無行」；而且似乎也跟貧窮寒酸、落魄潦倒結有不解之緣。可以說是個不大吉利的詞彙。在我自己的印象裡，好像很少作家喜歡別人叫他們做文人的。

## 二

「文人」一詞起源相當早。由於身邊沒有甲骨文資料，不知道在殷商時代有沒有。但在周代已有兩字連用的例子。如《詩經．江漢》篇有：「告于文人。」[1]《尚書．文侯之命》篇也有：「追孝于前文人。」[2]不過這時的文人是有文德之祖先的意思，跟我們所談的文人名同而義不同。至於拿文人來指創作詩文辭賦的人，可能到了漢代才發生。東漢初年的王充（二七—九七），在中國文學批評史上是個重要的人物，在他所著的《論衡》一書中，「文人」這兩個字常常出現。譬如〈超奇篇〉說：「能說一經者為儒生，博覽古今者為通人，采掇傳書以上書奏記者為文人，能精思著文、連結篇章者為鴻儒。故儒生過俗人，通人勝儒生，文人踰通人，鴻儒超文人。」[3] 王充把文人列於通人之上，鴻儒之下，地位不算低。只是他所說的文人是「采掇傳書以上書奏記者」，好像跟純文學的詩文辭賦作家沒什麼關係。王充有時把文人和鴻儒合稱「文儒」，〈書解篇〉說：「著作者為文儒，說經者為世儒。……世儒當時雖尊，不遭文儒之書，其跡不傳。……世傳《詩》家魯申公、《書》家千乘歐陽公孫，不遭太史公，世人不聞。」[4] 可見他心目中的文儒或文人，是司馬遷那樣的史家。由此類推。《新序》作者劉向（西元前七七—前六）、《漢書》作者班彪（三—五四）、班固（三二—九二）父子，都是文人；連作了《春秋》的孔子，也給加上了「周代文人」[5] 的稱號。王充本人無疑的也是以文儒自

1 〔漢〕鄭玄箋，〔唐〕孔穎達疏，〔清〕阮元校勘：〈大雅．江漢〉，《毛詩注疏》，收入《十三經注疏》（臺北：藝文印書館，一九八九年據嘉慶二十年江西南昌府學刻本影印），第二冊，卷十八之四，頁六八七。

2 〔漢〕孔安國傳，〔唐〕孔穎達疏：〈周書．文侯之命〉，《尚書注疏》，收入《十三經注疏》（臺北：藝文印書館，一九八九年據嘉慶二十年江西南昌府學刻本影印），第一冊，卷二十，頁三一〇。

3 〔漢〕王充：〈超奇篇〉，《論衡》，見《原式精印大本四部叢刊正編》（臺北：臺灣商務印書館，一九七九年據上海涵芬樓藏明通津草堂本影印），第二十二冊，卷十三，頁一三六。

4 王充：〈書解篇〉，《論衡》卷二十八，頁二七〇。

5 王充：〈佚文篇〉，《論衡》卷二十，頁一九八。

許的。儒家有所謂三不朽，《左傳》襄公二十四年：「大上有立德，其次有立功，其次有立言，雖久不廢，此之謂不朽。」[6]但是一個人在生前不管有多麼輝煌的德業、功勞或言論，正如王充所說，如果「不遭文儒之書，其跡不傳」，勢必在年壽盡後，煙消雲散，與身同朽。可見朽與不朽的裁奪之權操在文人手上。這是文人值得自豪的地方。

文人的任務既然如此重要，因此所作文章必須尚實不尚華。《論衡．佚文篇》說：「文豈徒調墨弄筆為美麗之觀哉？載人之行，傳人之名也。善人願載，思勉為善；邪人惡載，力自禁裁。然則文人之筆，勸善懲惡也。……極筆墨之力，定善惡之實，言行畢載，文以千數，傳流於世，成為丹青，故可尊也。」[7]足見文人也必須是道德家，否則便無法「定善惡之實」，而發生「勸善懲惡」的效了。在中國歷史上，文人地位之崇高大概沒有超過漢代的。不過，我們要注意的是《論衡》中所說的文人，畢竟是王充一己之見。雖然可以看出當時部分文人的理想典型，卻不能概括當時所有文人的普遍情形。事實上，從《論衡》極力反對華麗誇飾的辭賦，可見這一派文人是比較流行的。〈定賢篇〉說：「以敏於賦頌為弘麗之文為賢乎？則夫司馬長卿、揚子雲是也。文麗而務巨，言眇而趨深，然而不能處定是非、辯然否之實。」[8]此外，類似言論，不勝枚舉。

在中國文學史上，辭賦發生於戰國末年。鼻祖是屈原。但屈原的騷賦心存君國，「咸有惻隱古詩之義」，[9]依然帶有濃厚的「詩言志」的傳統色彩。〈悲回風〉所謂「介眇志之所惑兮，竊賦詩之所明」，[10]正道出了屈原自己寫作時的心情。屈原以後，辭賦往往變成了君王娛樂之物。宋玉以善辭賦而得寵於楚頃襄王，據說〈高唐〉、〈神女〉等賦就是為襄王而作的。雖然他不久被讒失職，以致窮苦潦倒，鬱鬱而終。不過他不但為後代文人打開了一條媚主求榮的路徑；也立下了後代落魄文人的榜樣。〈九辯〉：「愴怳懭悢兮，去故而就新；坎廩兮，貧士失職而志不平；廓落兮，羈旅而無友生；惆悵兮，而私自憐。」[11] 像這樣的文字，純粹是個人感情的表現；感懷身世，自怨自憐，成為後世失意書生的必備條件。

到了漢代，以辭賦娛君王之風大盛。如枚乘、嚴忌之仕梁孝王，司馬相如（西元前一七九—前一一七）、枚臯、嚴助、朱買臣、東方朔（西元前一六一—？）之仕武帝，揚雄（西元前五十三—前十八）之仕成帝，王褒之仕宣帝，都是很好的例子。這些人多半跟宋玉一樣，出身貧寒，只因能玩弄筆墨，得以隨侍君側，應詔作賦，頗似俳優。其中無疑的以司馬相如為最有名。他的作品在賦史上占有極重要的地位，但使他更有名的是他引誘卓文君私奔的桃色案件。此外，他為陳皇后作〈長

6　〔晉〕杜預注，〔唐〕孔穎達疏，〔清〕阮元校勘：《春秋左傳注疏》，收入《十三經注疏》（臺北：藝文印書館，一九八九年據嘉慶二十年江西南昌府學刻本影印），第六冊，卷三十五，頁六〇九。

7　王充：〈佚文篇〉，《論衡》卷二十，頁一九九。

8　王充：〈定賢篇〉，《論衡》卷二十七，頁二六三。

9　〔漢〕班固撰，〔唐〕顏師古注：《漢書》，收入《二十四史》（北京：中華書局，一九九七年），第二冊，卷三十，〈藝文志〉，頁四五一。

10　〔戰國〕屈原著，〔宋〕朱熹集注：〈九章．悲回風〉，《楚辭集注》（上海：上海古籍出版社，一九七九年），頁一〇〇。

11　〔戰國〕宋玉著，朱熹集注：〈九辯〉，《楚辭集注》，頁一一九。

門賦〉，獲得黃金百斤的報酬，較之現在一千字數十元臺幣的稿費，真不啻天壤之別。他那篇有名的〈美人賦〉，肉感香豔，被認為是中國的第一篇色情文學或誨淫文學。據說他是死於慢性淋病的。司馬相如的一生真是多采多姿，酒色財氣兼而有之。有人說他是文人無行的罪魁禍首，不是沒有道理的。

「文人無行」這四個字不知典出何處？但早在漢代，一般儒者已對辭賦作家的言行時有指責。前舉王充《論衡》中的意見就是一例。即如揚雄晚年，對他自己早年的雕蟲小技也表示後悔，而對司馬相如的做法，更多微辭。尤其是到了東漢末年，清議盛行，很注重人物的品藻風采，那些「無補於世」的文人，無疑的變成被批評的對象。蔡邕一生為人作碑文無數，顧炎武覺得他一定賺了不少錢。[12]而蔡邕曾說他自己：「為碑銘多矣，皆有慚德。惟郭有道無愧色耳。」[13]自己既然有愧於心，難怪別人要加以譏評了。

漢末以後，政治紊亂，儒學衰微，傳統的倫理道德已不能維繫人心，再加上老莊佛教的流行，促使一般名士文人，或韜光遁世，養住全真；或裝聾作啞，寄情酒色；或興託煙霞，吟風弄月，無非想逃避混亂醜惡的現實，而求取一己的自由自在的天地。這樣一來，他們的言行在一般人的眼光裡，難免有許多不合或違反道德習慣的地方。顧炎武把當時「毀方敗常之俗」的罪過，歸之於曹操的求賢惟才，不重人品道德，[14]又如傅玄說：「魏武好法術，而天下貴刑名；魏文慕通遠，而天下賤守節。……使天下無復清議。」[15]雖然不無道理，但我卻覺得曹操、曹丕的做法，與其說是綱維不攝的主要原因，毋寧說是當時喪亂的必然結果。不管怎樣，魏晉及以後的文人，由於能擺脫傳統道德的束縛，得以自由發展他們的個性，追求他們的生活，創造他們的文學，的確在中國文學思想史上，留下了不可磨滅的痕跡。曹丕《典論．論文》所謂：「文章經國之大業，不朽之盛事。年壽有時而盡，榮樂止乎其身，二者必至之常期，未若文章之無窮。」[16] 固然仍不免經國大業的論調，但他已在文章四科之中，讓純文學的詩賦獨立，並且肯定其「欲麗」的傾向。鈴木虎雄《支那詩論史》以為魏晉是「中國文學史上的自覺時代」。[17] 這一點文學史家似乎沒有異議的。值得注意的是在《典論．論文》中，開始以「文人」稱呼班固、傅毅、孔融、陳琳、王粲、徐幹等善作詩賦的作家。這個「文人」的用法，就近於後代的文人觀念了。

的確，到這時候文人的存在已成不可忽略的現象。我們只要翻一翻《世說新語》、《三國志》、《晉

12 〔清〕顧炎武著，陳垣校注：〈文不貴多〉，《日知錄校注》（合肥：安徽大學出版社，二〇〇七年），中冊，卷十九，頁一〇四三—一〇四六。

13 編者注：〔南朝宋〕范曄撰，〔唐〕李賢等注：〈郭太傳〉，《後漢書》，收入《二十四史》（北京：中華書局，一九九七年），第三冊，卷六十八，頁五八一。

14 顧炎武著，陳垣校注：〈兩漢風俗〉，《日知錄校注》中冊，卷十三，頁七一八—七二〇。

15 〔晉〕傅玄：〈舉清遠疏〉，見〔唐〕房玄齡等撰：〈傅玄傳〉，《晉書》，收入《二十四史》（北京：中華書局，一九九七年），第四冊，卷四十七，頁三四三。

16 〔魏〕曹丕：《典論．論文》，收入〔梁〕蕭統編，〔唐〕李善等注：《六臣注文選》，見《原式精印大本四部叢刊正編》（臺北：臺灣商務印書館，一九七九年據上海涵芬樓藏明通津草堂本影印），第九十二冊，卷五十二，頁九六七。

17 鈴木虎雄：《支那詩論史》（東京：弘文堂書房，一九二五年），頁四十。

書》等書，就可以發現不少所謂「名士」或文人的放誕不羈，甚至悖禮傷教的言行。其中最有名的當推竹林七賢。如：「劉伶恆縱酒放達，或脫衣裸形在屋中，人見譏之。伶曰：『我以天地為棟宇，屋室為幝衣，諸君何為入我幝中？』」[18]而阮籍所說的：「禮豈為我設邪？」[19]以後幾乎成為歷代文人護短的根據。他們這樣的狂肆言行，固然盛極一時，而且頗為後世文人所羨慕和仿效，但畢竟難逃正統社會的嚴厲指責。連那位講究仙術的葛洪都覺得不以為然。《抱朴子．疾謬篇》說：「蓬髮亂鬢，橫挾不帶，或褻衣以接人，或裸袒而箕踞。朋友之集，類味之遊，莫切切進德，誾誾修業，改過弼違，講道精義。其相見也，不復敘離闊，問安否。賓則入門而呼奴，主則望客而放狗。其或不爾，不成親至，而棄之不與為黨。及好會，則狐蹲牛飲，爭食競割，掣、撥、淼、摺，無復廉恥。以同此者為泰，以不爾者為劣。終日無及義之言，徹夜無箴規之益。」[20]這段描寫也許可以代表當時一般人對文人的觀感。總之，所謂文人無行的看法，無疑的這時候已經產生，而且已經相當普遍了。

## 三

魏晉以後，經南北朝而至隋、唐、宋，文人輩出。雖然他們的言行表現似乎不如魏晉文人那樣的突出，但他們的存在卻愈來愈重要。數量也愈來愈多。尤其是每逢衰亂或末季之世，他們的活躍就更形顯著。六朝以來的文人，雖然是承襲了從前文人的遺風。但除了屈原的牢騷滿腹，宋玉的自怨自艾，相如的輕薄無賴，竹林七賢的狂誕放肆之外，又加上了脂粉氣息；於是淫靡之風與好色之習更盛。徐陵（五〇七—五八三）所編《玉臺新詠》中許多宮體豔詩，正表示了當時文人趨向之一斑。隋末大儒王通（五八四—六一八）的《中說》曾對南朝文人一一加以分析，幾乎沒有一個人使他滿意的。例如該書〈事君篇〉說：

子謂文士之行可見：「謝靈運，小人哉！其文傲，君子則謹。沈休文，小人哉！其文冶，君子則典。鮑照、江淹，古之狷者也，其文急以怨。吳筠、孔珪，古之狂者也，其文怪以怒。謝莊、王融，古之纖人也，其文碎。徐陵、庾信，古之夸人也，其文誕。」或問孝綽兄弟，子曰：「鄙人也，其文淫。」或問湘東王兄弟，子曰：「貪人也，其文繁。」「謝朓，淺人也，其文捷。江總，詭人也，其文虛。皆古之不利人也。」[21]

在這段批評裡，幾乎把文人無行的眾相都揭發出來了。王通是主張「學者，博誦云乎哉？必也貫乎道。文者，苟作云乎哉？必也濟乎義」[22]的人，可說是韓愈「文以載道」說的先驅，難怪有這種苛刻

18　劉義慶：〈任誕〉，《世說新語》，見劉孝標注，余嘉錫箋疏：《世說新語箋疏》，頁七三〇。

19　房玄齡等撰：〈阮籍傳〉，《晉書》卷四十九，頁三五四。

20　〔晉〕葛洪著，何淑貞校注：〈疾謬篇〉，《新編抱朴子．外篇》（臺北：國立編譯館，二〇〇二年），卷二十五，頁五二一—五二二。

21　〔隋〕王通著，張沛校注：〈事君篇〉，《中說校注》（北京：中華書局，二〇一三年），卷三，頁七十九—八十。

22　王通著，張沛校注：〈天地篇〉，《中說校注》卷二，頁四十五。

的批評。其實，見仁見智，各有不同。詩聖杜甫（七一二—七七〇）就有「清新庾開府，俊逸鮑參軍」、[23]「謝朓每篇堪諷誦」[24]等詩，對六朝文人頗多讚辭。固然杜甫是就他們的詩文而言，但文如其人，至少對馬上「文士之行」並沒什麼壞的印象。

有唐一代，文風鼎盛，可說是中國文學史上最健康的時期。一般說來，文人言行較少頹廢之習或脂粉之氣。但向來文人耽湎酒色的習氣，依然不改。初唐王績（五八五—六四四）就是有名的酒徒，如〈醉後〉一詩云：「阮籍醒時少，陶潛醉日多。百年何足度？乘興且長歌。」[25]又說他自己：「吾受性潦倒，不經世務。……而同方者不過一二人，時相往來，並棄禮數。箕踞散髮，玄談虛論，兀然同醉，悠然便歸。」[26]盛唐時代，公認是中國詩的黃金時代，但文人本色還是處處可見。詩仙李白（七〇一—七六二）晚年回憶他的生平說：「昔在長安醉花柳，五侯七貴同杯酒。氣岸遙淩豪士前，風流肯落他人後？……」[27]又如：「落花踏盡遊何處？笑入胡姬酒肆中。」[28]就是個很好的模範。

其實不但豪放不羈的詩仙如此，就是忠厚謹嚴的詩聖杜甫，也有「酒債尋常行處有」[29]的經驗；而在落魄潦倒之餘，更難免發出「儒術於我何有哉？孔丘盜跖俱塵埃。不須聞此意慘愴，生前相遇且銜杯」[30]的感慨。有趣的是唐朝及以後的文人，喜歡用狂字來形容他們自己。譬如李白：「我本楚狂人，鳳歌笑孔丘。」[31]又如杜甫：「自笑狂夫老更狂。」[32]他如佯狂、痴狂、酒狂、狂狷、疏狂、狂客等，都是後來文人常用以自稱的辭彙。雖然這些字眼在先秦古籍中多半已經出現，兩漢魏晉以來，也並未死去，而且偶爾仍被使用。但在我的印象裡，由文人故意拿來形容他們自己，好像到唐朝才開始盛行起來。其後降至明代，如果不在詩中用幾個狂字，儼然就不夠資格成為文人了。

杜甫有一首〈飲中八仙歌〉，描寫李白、賀知章（六五九—七四四）、李適之（六九四—七四七）、汝陽王璡（生卒年不詳）、崔宗之（生卒年不詳）、蘇晉（六七六—七三四）、張旭（六七五—七五〇）、焦遂（生卒年不詳）等所謂「酒八仙」，可以看出當時一般文人的生活情形：

> 知章騎馬似乘船，眼花落井水底眠。
> 汝陽三斗始朝天，道逢麴車口流涎，恨不移封向酒泉。

---

23 〔唐〕杜甫：〈春日憶李白〉，〔元〕高楚芳編：《集千家注杜工部詩集》，收入《叢書集成續編》（臺北：新文豐，一九八九年據湖北先正遺書本影印），第一六三冊，卷一，頁三一八。

24 杜甫：〈寄岑嘉州〉，高楚芳編：《集千家注杜工部詩集》，卷十七，頁六六四。

25 〔唐〕王績著，金榮華校注：〈醉後〉，《王績詩文集校注》（臺北：新文豐，一九九八年），卷二，頁一三六。

26 王績著，金榮華校注：〈答程道士書〉，《王績詩文集校注》卷四，頁二八四。

27 〔唐〕李白著，瞿蛻園、朱金城校注：〈流夜郎贈辛判官〉，《李白集校注（上）》（上海：上海古籍出版社，一九九八年），卷十一，頁七二〇。

28 李白著，瞿蛻園、朱金城校注：〈少年行〉其二，《李白集校注（上）》卷六，頁四三六。

29 杜甫：〈曲江〉，高楚芳編：《集千家注杜工部詩集》，卷四，頁三九〇。

30 杜甫：〈醉時歌〉，高楚芳編：《集千家注杜工部詩集》，卷二，頁三四一。

31 李白著，瞿蛻園、朱金城校注：〈廬山謠寄盧侍御虛舟〉其二，《李白集校注（上）》卷十四，頁八六三。

32 杜甫：〈狂夫〉，高楚芳編：《集千家注杜工部詩集》，卷七，頁四五五。

左相日興費萬錢，飲如長鯨吸百川，銜杯樂聖稱避賢。
宗之瀟灑美少年，舉觴白眼望青天，皎如玉樹臨風前。
蘇晉長齋繡佛前，醉中往往愛逃禪。
李白一斗詩百篇，長安市上酒家眠，天子呼來不上船，自稱臣是酒中仙。
張旭三杯草聖傳，脫帽露頂王公前，揮毫落紙如雲煙。
焦遂五斗方卓然，高談雄辯驚四筵。[33]

杜甫對這些所謂「八仙」的所作所為，不但沒有責備之意，似乎還帶有幾分羨慕之情。賀知章性曠達，好談說，晚年「自號四明狂客，又稱『秘書外監』，遨遊里巷，醉後屬詞，動成卷軸」。[34]汝陽王璡是個皇子，據《唐史拾遺》說，他「嘗於明皇前，醉不能下殿，上遣人掖出之。璡謝罪曰：『臣以三斗壯膽，不覺至此。』」[35]別人上朝時大概謹慎不飲酒，他卻反而飲酒來壯膽子，也算是相當的怪物了。李適之於天寶年間作左丞相，「雅好賓友，飲酒一斗不亂。」[36]後來被李林甫所讒而罷政，曾作詩道：「避賢初罷相，樂聖且銜杯。為問門前客，今朝幾個來？」[37]樂聖的聖就是酒的代名詞。[38]崔宗之襲其父為齊國公，為侍御史，因故被謫金陵，「與白詩酒唱和」。[39]蘇晉是蘇珦的兒子，「學浮屠術，嘗得胡僧慧澄繡彌勒佛一本寶之。嘗曰：『是佛好米汁，正與吾性合，吾願事之，他佛不愛也。』」[40]自己酷嗜「米汁」不說，竟把彌勒佛也拉為「有志一同」，也夠任性了。張旭「善草書而好酒，每醉後號呼狂走，索筆揮灑，變化無窮，若有神助」，[41]因此得了個「張顛」的外號。焦遂跟司馬相如一樣，患著嚴重的口吃，可是，「醉後酬酢如注射，時人目為酒吃」。[42]至於八仙中的李白更不用說了。他除了作八仙之首外，又跟孔巢父、韓準、裴政、張叔明、陶沔等，號為「竹溪七逸」，也都是放浪形骸的酒徒。李白的軼事流傳得最多，讀者大概都已耳熟能詳，不必在這裡一一列舉出來了。

其實這類狂傲怪誕的言行，幾乎是古今文人共同的特別標識。只要是稍有名氣的文人，總難免有

---

33 杜甫：〈飲中八仙歌〉，高楚芳編：《集千家注杜工部詩集》，卷一，頁三二二。

34 〔後晉〕劉昫等撰：《舊唐書》，收入《二十四史》（北京：中華書局，一九九七年），第十一—十二冊，卷一九〇中，〈文苑列傳．中〉，頁一二八五。

35 原文見於杜甫：〈飲中八仙歌〉，高楚芳編：《集千家注杜工部詩集》，卷一，頁三二三。

36 劉昫等撰：〈李適之列傳〉，《舊唐書》卷九十九，頁七九九。

37 〔唐〕李適之：〈罷相作〉，中華書局編輯部點校：《全唐詩（增訂本）》（北京：中華書局，一九九九年），第二冊，卷一〇九，頁一一二五。

38 《三國志．魏志》有「醉客謂酒清者為聖人，濁者為賢人」的話。見〔晉〕陳壽撰：〈徐邈傳〉，〔晉〕陳壽撰，〔宋〕裴松之注：《三國志》（北京：中華書局，一九九七年），第三冊，卷二十七，頁一九六。

39 劉昫等撰：《舊唐書》卷一九〇下，〈文苑列傳．下〉，頁一二九〇。

40 原文見於杜甫：〈飲中八仙歌〉，高楚芳編：《集千家注杜工部詩集》，卷一，頁三二三。

41 劉昫等撰：《舊唐書》卷一九〇中，〈文苑列傳．中〉，頁一二八五。

42 原文見於杜甫：〈飲中八仙歌〉，高楚芳編：《集千家注杜工部詩集》，卷一，頁三二三。

或多或少的軼事流傳下來，不過毀譽褒貶有所不同罷了，有趣的是在唐朝，尤其是文學史上的盛唐和中唐時代，一般人對文人的看法好像是褒多於貶。譬如前舉〈飲中八仙歌〉就是一例。但並不是完全無毀無貶，杜甫〈不見〉詩中憶李白說：「世人皆欲殺，吾意獨憐才。」[43] 又如宋羅大經《鶴林玉露》也評李白說：「不過豪俠使氣，狂醉於花月之間耳。社稷蒼生，曾不繫其心胸。」[44] 可見李白當時及以後，文人「狂醉於花月之間」的行為，也是曾經受過指責的。但我們試一比較魏晉名士的清談被多少人加上誤國之罪，就知道唐代文人是多麼幸運了。像李白不但有杜甫為他辯白，連皇帝也得讓他三分。據段成式《酉陽雜俎》說：「玄宗於便殿召見。神氣高朗，軒軒然若霞舉。上不覺忘萬乘之尊。因命納屨。白遂展足與高力士曰：『去靴！』力士失勢，遽為脫之。」[45] 想一想無病呻吟的宋玉，作賦獻媚的司馬相如，痛哭窮途的阮籍，就知道李白的表現的確是夠「神氣」的。當然，在他不可一世的「神氣」裡面，我們不能忽視他個人的才氣，統治者的雅量，和社會的默許。李白和他的「同黨」真是幸逢其時，令人羨慕。盛唐文風之盛，跟當時自由開朗的環境，似乎不是沒有關係的。

## 四

可惜像李白所處那樣的時代，在中國文學史上並不多見。盛唐爾後，先經「安史之亂」，再經「黃巢之亂」，文人們目睹生民塗炭，國勢日蹙，因此有柳冕、韓愈等人「以文載道」的主張；也有元稹、白居易等人以詩裨教化的倡導，無非想拿文學來救世濟民。譬如白居易〈寄唐生〉詩：「篇篇無空文，句句必盡規。功高虞人箴，痛甚騷人辭。非求宮律高，不務文字奇。惟歌生民病，願得天子知。」[46] 怪不得在白居易的眼光裡，只欣賞杜甫「朱門酒肉臭，路有凍死骨」[47] 之類的句子，而對李白的詩便頗多微辭了。不過，元、白的一番苦心，固然是「有病呻吟」，終究無補於世。到了晚唐，反而被他們所痛恨的騷人加上「纖豔不逞」、「淫言媟語」的罪名。[48] 結果是李賀、杜牧、李商隱、溫庭筠、韓偓等所謂豔詩作者，掌握了晚唐、五代的詩壇。無行文人又大批出現了。

這時候的文人多半是公子哥兒。李賀是貴族出身，嚴羽稱他為「鬼仙」，[49] 死時才二十七歲。他有一首詞：「琉璃鐘，琥珀濃。小槽酒滴真珠紅。烹龍炮鳳玉脂泣，羅帷繡幕圍香風。吹龍笛，擊鼉鼓。皓齒歌，細腰舞。況是青春日將暮，桃花亂落如紅雨。勸君終日酩酊醉，酒不到劉伶墳上

43 杜甫：〈不見〉，高楚芳編：《集千家注杜工部詩集》，卷五，頁四一〇—四一一。

44 〔宋〕羅大經著，王瑞來點校：〈李杜〉，《鶴林玉露》（北京：中華書局，一九九七年），丙編，卷六，頁三四一。

45 〔唐〕段成式：《酉陽雜俎》，收入《唐代叢書》（臺北：新興書局，一九六八年據清嘉慶十一年弁山樓原刻本影印），卷下，頁六五四。

46 〔唐〕白居易：〈寄唐生〉，《白氏長慶集》（臺北：藝文印書館，一九八一年），上冊，卷一，頁二十四。

47 杜甫：〈自京赴奉先縣詠懷五百字〉，高楚芳編：《集千家注杜工部詩集》，卷二，頁三五五—三五六。

48 〔唐〕杜牧著，吳在慶校注：〈唐故平盧軍節度巡官隴西李府軍墓誌銘〉，《樊川文集》，收入《杜牧集繫年校注（三）》（北京：中華書局，二〇〇八年），卷九，頁七四四。

49 〔宋〕嚴羽著，張健校箋：〈詩評〉，《滄浪詩話校箋》（上海：上海古籍出版社，二〇一二年），下冊，頁六〇五。

土。」[50]從這裡所描寫可以知道他生活的一斑。杜牧一生風流自賞，喜歡尋花問柳，雖然時有「商女不知亡國恨，隔江猶唱後庭花」[51]之類的借古諷今之作，但他那首「落魄江南載酒行，楚腰腸斷掌中輕。十年一覺揚州夢，占得青樓薄倖名」，[52]卻更有名，畢竟難逃色鬼之譏。李商隱也是豔詩的專家，固然《石林詩話》誇獎他說：「唐人學老杜，惟商隱一人而已。」[53]不過他卻有許多〈無題〉豔詩，終生又追求著不可告人的戀愛生活，因此被《新唐書》加上了一頂「詭薄無行」的帽子。[54]溫庭筠是中國詞史上很重要的人物。據說為人面貌奇醜無比，卻經常流連樂妓，「不修邊幅，能逐絃吹之音，為側豔之詞」，[55]一生屢試不中，落魄潦倒，狹邪醜跡特別多。令狐綯說他「有才無行」，好像不是毫無根據的。[56]至於韓偓（八四四—九二三），自號玉山樵人，早年參加政治陰謀活動，差一點被砍了腦袋。有人說他是「唐末完人」[57]，但他一作起詩詞來，卻輕巧香豔，宛若兩人。著有《香奩集》一卷，成為後世詩中有所謂「香奩體」一名的來源。他在《香奩集》序中說：「不能忘情，天所賦也。……柳巷青樓，未嘗糠粃；金閨繡戶，始預風流。」[58]可以看出他私生活的大概情形。

要之，晚唐文人大概可以用一語以蔽之：「有才無行」。雖然乍看之下，他們的「無行」跟盛唐文人在表面上似乎沒什麼不同，無非徵逐酒色，放浪形骸。但實質上卻是有差別的。最顯著的差別是盛唐文人多半豪邁開朗，較少病態的兒女私情；但晚唐文人卻多半頹廢淫靡，充滿感傷的無病呻吟。這種晚唐的文人作風，不但為五代的詞人所繼承，而且影響到兩宋元明清的一般文人。譬如北宋的詞人柳永（九八七—一〇五三），終生過的是醇酒婦人的放浪生活，最後窮愁而死，據說還是跟他有交情的妓女合資葬他的。他有一首〈鶴沖天〉說：「黃金榜上，偶失龍頭望。明代暫遺賢，如何向？未遂風雲便，爭不恣游狂蕩？何須論得喪？才子詞人，自是白衣卿相。煙花巷陌，依約丹青屏障。幸有意中人，堪尋訪。且恁偎紅倚翠，風流事，平生暢。青春都一餉。忍把浮名，換了淺斟低唱。」[59]寫

50 〔唐〕李賀著，吳企明箋注：〈將進酒〉，《李長吉歌詩編年箋注》（北京：中華書局，二〇一二年），卷五，頁六六四—六六五。

51 杜牧著，吳在慶校注：〈泊秦淮〉，《樊川文集》，收入《杜牧集繫年校注（二）》卷四，頁五一七。

52 杜牧著，吳在慶校注：〈遣懷〉，《樊川外集》，收入《杜牧集繫年校注（四）》，頁一二一四。

53 編者注：〔宋〕馬端臨著，上海師範大學古籍研究所、華東師範大學古籍研究所點校：《文獻通考．經籍考》（北京：中華書局，二〇一一年），第十冊，卷二三三，頁六三六四。編者案：《石林詩話》未見，見於馬端臨《文獻通考．經籍考》，有「石林葉氏曰」。

54 〔宋〕歐陽修、宋祁撰：《新唐書》，收入《二十四史》（北京：中華書局，一九九七年），第十一十二冊，卷二〇三，〈文藝列傳．下〉，頁一四八〇。

55 劉昫等撰：《舊唐書》卷一九〇下，〈文苑列傳．下〉，頁一二九七。

56 編者注：〔宋〕計有功著，王仲鏞校箋：〈溫庭筠〉，《唐詩紀事校箋（六）》（北京：中華書局，二〇〇七年），卷五十四，頁一八三九。

57 編者注：〔清〕永瑢、紀昀：《四庫全書總目提要．集部（一）》（臺北：臺灣商務印書館，二〇〇〇年據武英殿本影印），第四冊，卷一五一，頁八十一。

58 〔唐〕韓偓：《香奩集．序》，收入《叢書集成續編》（臺北：新文豐，一九八九年據關中叢書本影印），第一六四冊，頁五四一。

59 〔宋〕柳永著，陶然、姚逸超校箋：〈鶴沖天〉，《樂章集校箋（下）》（上海：上海古籍出版社，二〇一六年），頁七二五。

出了他失意的心情和狂蕩的生涯。而且竟然自命為「白衣卿相」的「才子詞人」。柳永原名三變，有一個軼事說，他中進士時，宋仁宗臨軒放榜，看到他的名字，就很不高興地問左右的人：「得非填詞柳三變乎？此人任從花前月下，淺斟低酌，豈可令仕宦！」[60]可見他早以「無行」聞名於世，甚至連皇帝也知道了。好在他趕快改名為永，才勉強得了個屯田員外郎的小官。柳永可以說是宋代無行文人的典型例子。像他這樣的人物無疑的為數不少，難怪劉摯（一〇三〇—一〇九八）要告戒子弟們說：「士當以器識為先，一號為文人，無足觀矣。」[61]

以後理學興起，批評人物品格的標準愈來愈嚴。於是在理學家的眼光裡，文人更不足觀了。如朱熹的父親朱松（一〇九七—一一四三），批評唐代詩人說：「考其生平，鮮有軌於大道而厭足人意者。其甚者曾與閭閻兒童之見無以異。此風也，至唐之季年而尤劇，使人鄙厭其文，惟恐持去之不速。」[62]又說：「唐李杜出而古今詩人皆廢。自是爾後，賤儒小生，膏吻鼓舌，決章裂句，青黃相配，組繡錯出，窮年沒齒，求以名家，惴惴然恐天下之有軋己以取名者。至甚者恃才以犯上，罵坐以貽譴，擯斥顛沛，足跡相及，此何為者耶？」[63]把唐代詩人視為「鮮有軌於大道」者，五代和宋朝的「詞人才子」更不用說了。朱熹（一一三〇—一二〇〇）更進一步，不但對莊子、荀子、屈原、韓非、董仲舒、司馬遷、班固等戰國以來所有第一流的哲學家或歷史家，加上「無本而不能一出於道，是以君子猶或羞之」[64]的評語；而且罵盡宋玉、相如、王褒、揚雄以來歷代唯美派辭賦詩詞的作家，連唐宋古文健將如韓愈、歐陽修、蘇軾等也都不例外。譬如評歐陽修云：「到得晚年，自做〈六一居士傳〉，宜其所得如何。卻只說有書一千卷、《集古錄》一千卷、琴一張、酒一壺、棋一局，與一老人為六，更不成說話，分明是自納敗闕。」[65]又評蘇軾云：「東坡一生讀盡天下書，說無限道理。到得晚年過海，做〈昌化峻靈王廟碑〉，引唐肅宗時一尼恍惚升天，見上帝，以寶玉十三枚賜之，云中國有大災，以此鎮之。今此山如此，意其必有寶，更不成議論，似喪心人說話。」[66]把歐陽修的高雅的文房趣味評為「不成說話」；又把蘇軾的幽默的浪漫筆法評為「喪心人說話」，其他二三流文人在他心中的印象可想而知。總之，理學家批評文人的藝術和人品的時候，永遠是帶著一副聖人之道的有色眼鏡的。透過這副眼鏡，恐怕在古今文人之中沒有一個會顯得完整無缺。何況文人又多半是「背本趨

60 編者注：〔宋〕嚴有翼：《藝苑雌黃》，收入郭紹虞輯：《宋詩話輯佚》（北京：中華書局，一九八〇年），下冊，頁五七九。

61 〔元〕脫脫等撰：〈劉摯傳〉，《宋史》，收入《二十四史》（北京：中華書局，一九九七年），第十六冊，卷三四〇，頁二七六九。

62 〔宋〕朱松：〈上趙漕書〉，《韋齋集》，收入四川大學古籍整理研究所編：《宋集珍本叢刊》（北京：綫裝書局，二〇〇四年），第四十冊，卷九，頁七一三。

63 同前注，頁七一四。

64 〔宋〕朱熹：〈讀唐志〉，收入《朱文公文集》（臺北：臺灣商務印書館，一九八〇年據上海涵芬樓影印明嘉靖本），下冊，卷七十，頁一二一五。

65 〔宋〕朱熹著，〔宋〕黃士毅編：〈作文上〉，《朱子語類彙校》（上海：上海古籍出版社，二〇一四年），卷一三八，頁三二五六。

66 同前注。

末，不求知道養德以充其內，而汲汲乎徒以文章為事業」[67]的無用之人！

不用說，宋朝以後，這種理學家的道德觀變成了評定文學和文人的權威標準。於是文人無行的觀念深入民心。猶有甚者，不問文人的人格品性如何，只要是寫過詩詞的人，就會被認為不是君子，不是正經人。羅大經的《鶴林玉露》中有一段故事說，真德秀訪問他的朋友楊東山，看見案上有時人詩一篇，就說：「此人大非端士，筆頭雖寫得數句詩，所謂本心不正，脈理皆邪。讀之將恐染神亂志，非徒無益。」[68]簡直把詩文看成不但不道德，而且是有害的邪物了。因此，許多所謂正統派的有道之士，無不鄙棄純文學及其作家。像清初主張經世致用之學的顧炎武，就是個典型的例子。他曾經說：「古來以文辭欺人者，莫若謝靈運，次則王維……今有顛沛之餘，投身異姓，至擯斥不容而後發為忠憤之論，與夫名汙偽籍，而自託乃心，比于康樂、右丞之輩，吾見其愈下矣。」[69]所謂「投身異姓」云云，大概是指錢謙益的投降滿清而言。謝靈運、王維等人既被定為「以文辭欺人者」，那麼像錢謙益那種人的無行無德，更不言自明了。因此，顧炎武最怕跟那些有才無行的文人為伍。他在給朋友的信裡說，當他讀了《宋史》中「士當以器識為先，一號為文人，無足觀矣」的話後，「便絕應酬文字，所以養其器識而不墮於文人也。」[70]可見他對文人的態度，不僅敬而遠之，而且鄙而棄之了。

## 五

兩宋以來，雖然理學家的道德觀成為文學批評的權威標準，也成為統治者統制或籠絡知識分子的主要工具，但有趣的是文人不但不減少，反而愈來愈多。元明兩代可說是中國歷史上文人的淵藪。根據吉川幸次郎先生的意見，中國真正的典型文人出現於元朝，而以楊維楨為首的江南才子們為代表人物。楊維楨（一二九六—一三七〇）有「文妖」之稱，與李孝光、張羽、倪瓚、顧瑛等人為詩文友。泰定四年進士，做了幾年「鹽司令」的地方小官，不得志，便辭掉不幹了。以後終生雲遊各地，詩酒連日，過著極放浪的生活。七十五歲去世。他晚年的《復古詩集》六卷，含有不少大膽的豔詩。其中如〈香奩八題〉、〈續奩集二十詠〉，是仿韓偓《香奩集》而作的。試舉一首：

眉山暗淡向殘燈，一半雲鬟撒枕稜。
四體著人嬌欲泣，自家揉碎砑繚綾。[71]

他做這首詩時大概在七十左右，真是名副其實的「老風流」。據明初宋濂為他所作的墓誌銘說：「或

67 朱熹：〈讀唐志〉，收入《朱文公文集》下冊，卷七十，頁一二一五。
68 羅大經著，王瑞來點校：〈文章邪正〉，《鶴林玉露》乙編，卷四，頁一九三—一九四。
69 顧炎武著，陳垣校注：〈文辭欺人〉，《日知錄校注》中冊，卷十九，頁一〇五六—一〇五七。
70 〔清〕顧炎武著，劉永翔校點：〈與人書十八〉，《亭林詩文集》，收入《顧炎武全集》（上海：上海古籍出版社，二〇一二年），第二十一冊，卷四，頁一四五。
71 〔元〕楊維楨：〈續奩集．成配〉，《復古詩集》，收入《景印文淵閣四庫全書》（臺北：臺灣商務印書館，一九八三年據國立故宮博物院藏本影印），第一二二二冊，卷六，頁一四二。

戴華陽巾，披羽衣，泛畫舫於龍潭鳳洲中。橫鐵笛吹之，笛聲穿雲而上，望之者疑其為謫仙人。」[72]簡直把他比成謫仙人李白了。又說他晚年在松江，「無日無賓客，無日不沉醉。當酒酣耳熱，呼侍兒出，歌白雪之辭，君自倚鳳琶和之，座客或蹁躚起舞」。[73]足見他生活的放縱和闊達。墓誌銘又說：「吳越諸生多歸之。殆猶山之宗岱，河之走海，如是者四十餘年。」[74]可知儘管他奇裝異服，狂誕不羈，卻被江南才子們推為一代大師，追之隨之，備致崇敬。從他的〈香奩八題〉被定為雲間詩社的示範作品，不但可以窺出他影響力之大，也可以想像當時文人好尚之一斑。

那麼，元明文人的特色是什麼呢？吉川先生在《元明詩概說》中云：「楊維楨及其一派的文學和生活，構成向來中國文明所無的新型人物。也就是一種文學至上、藝術至上的生活態度。因為以藝術為至上，所以在生活上主張藝術家的特權，不為常識所拘束。採取這種態度的人物，從此以後，常以『文人』一語呼之。這種人物不是向來中國文明所有的。」[75]又說：「『文人』一語早已出現過。但拿『文人』一語來稱呼這種人物，恐怕開始於這個時候，他們起碼的條件是專心於文學或藝術，而與政治無緣，因此他們的身分不是官僚，而是純粹的市民。又為了取得藝術家的資格，在生活上面多少總要表現得奇矯些，也就是要有脫離常識的作風。」[76]吉川先生的看法是不錯的。由此可知，元明文人的特色大概可以歸納成三點：一、文學至上的思想；二、奇矯的生活態度；三、與政治無緣的市民身分。

這當然是就其普遍情形而言。其中奇矯的生活態度，自古已然，不限於元明的文人。只是在元明時期更為普遍，不但文人本身有意如此，而更重要的是社會也不以為怪，甚至表示尊敬。又如文學至上的思想，以前也不是沒有。我們該會想起曹丕《典論．論文》中「文章經國之大業，不朽之盛事」[77]那段話來；一般文學史家也都公認在魏晉時，已有文學至上的思想。不過，文學本身雖被認為有不朽的價值，卻仍然脫不掉那頂經國濟民的大帽。所以實際上文學是附屬於政治或哲學的。這種傳統的儒家文學觀念，不但被歷代為政者所提倡，被歷代批評家所鼓吹，也被歷代文人所遵循。在這樣的情形之下，一個文人如想脫穎而出，就非得具備政治家或思想家的才能器識不可。結果文人一向總與政治或哲學結了不解之緣。韓愈、白居易、歐陽修、王安石、蘇軾等文學大家，便是這種傳統觀念的實踐者。即如落魄潦倒的宋玉、庾信、杜甫、柳宗元等，又如韜晦山林的陶潛、王維、林逋、朱敦儒等，或如耽湎酒色的司馬相如、李白、李商隱、李賀、杜牧、溫庭筠、柳永等，凡是有名的文人，多少都跟政治發生關係，至少在他們年輕時，都曾經想在經國濟民上面有一番作為的。詩文雖是應科

---

72 〔明〕宋濂：〈鐵崖先生墓誌銘〉，收入《鐵崖先生古樂府》，見《原式精印大本四部叢刊正編》（臺北：臺灣商務印書館，一九七九年據上海涵芬樓借常熟瞿氏鐵琴銅劍樓藏明成化刊本影印），第七十一冊，頁四。

73 同前注，頁三。

74 同前注，頁三。

75 吉川幸次郎：《元明詩概說》，收入《吉川幸次郎全集》（東京：筑摩書房，一九八五年），第十五卷，頁四四一。

76 同前注。

77 曹丕：《典論．論文》，收入蕭統編，李善等注：《六臣注文選》，見《原式精印大本四部叢刊正編》第九十二冊，卷五十二，頁九六七。

舉時必備的基本條件，但詩文創作並不是目的，充其量只是登龍門的一種主要手段而已。只有在登不上龍門之後，或登上龍門而不能發揮宿志時，才藉詩文來描繪理想境界，譏刺現實社會或發洩憤懣情緒，這在傳統的文學裡，正如顧炎武所說，不過是「以文辭欺人」罷了。

然而這種觀念到了南宋末年開始有了轉變。許多讀書人或文人對政治有逐漸敬而遠之的傾向。尤其在江南出現了不少民間詩人，結為詩社，互相唱和。這些詩人不是都市的商人，就是農村的地主，不然就是依附大官、商人或地主為生的讀書人。其中代表人物是靈宗時代的「永嘉四靈」——趙師秀（一一七〇—一二二〇）、翁卷（一一五三—一二二三）、徐照（？—一二一一）、徐璣（一一六二—一二一四），以及稍後的「江湖派」——因陳起（生卒年未詳）所編《江湖詩集》而得名，共收同時詩人一百零九人的詩。這些人除極少數的幾個外，都是跟實際政治無緣的。徐璣曾做過小官，但民間詩人的色彩卻更濃厚。有一首五律〈吾廬〉云：

> 蓬戶閉還開，深居稱不才。
> 移荷憐故土，買石帶新苔。
> 藥信仙方服，衣從古樣裁。
> 本無官可棄，何用賦歸來？[78]

可見雖做過微官，等於無官。所以也不必學陶潛賦〈歸去來辭〉了。江湖派的陳起是個書坊老闆，大概有點錢，出了不少書。自己也附庸風雅，做做詩，寫寫文章。至於接待文人名士不用說了。但由於他發行的劉克莊（一一八七—一二六九）《南岳稿》，和曾極（生卒年不詳）的詩集中，有諷刺宰相史彌遠殺太子而擁立理宗的事件，引起筆禍，受到流刑。真是令人同情。

江湖派中的戴復古（一一六七—一二四八），號石屏，可說是民間詩人的典型例子。正如他自己說：「狂夫本是農家子」，[79] 出身於農村。因為能文能詩，所以便「抛卻一犁遊四方」，[80]「落在江湖賣詩冊」[81] 了。據方回說：「江湖游士，多以星命相卜，挾中朝尺書，奔走閫臺郡縣餬口耳。慶元、嘉定以來，乃有詩人為謁客者，龍州劉過改之之徒，不一人，石屏亦其一也。相率成風，至不務舉子業，干求一二要路之書為介，謂之闊匾，副以詩篇。動獲數千緡，以至萬緡。如壺山宋謙父自遜，一謁賈似道，獲楮幣二十萬緡，以造華居是也。錢塘湖山，此輩什伯為群……。」[82] 可見當時像戴復古那樣的文人不勝枚舉。這種以詩文干謁公卿巨賈的情形，以前並不是沒有。如李白、杜甫就是很好的例子。但在以前偶有干謁的情形，也是一種權宜之計，內心都有不得已的苦衷。像李、杜他們的目的

78　〔宋〕徐璣：〈吾廬〉，《二薇亭詩集》，收入《景印文淵閣四庫全書》第一一七一冊，頁一七一。
79　〔宋〕戴復古著，金芝山點校：〈田園吟〉，《戴復古詩集》（浙江：浙江古籍出版社，二〇一二年），卷六，頁一七二。
80　戴復古著，金芝山點校：〈田園吟〉，《戴復古詩集》卷六，頁一七二。
81　戴復古著，金芝山點校：〈市舶提舉管仲登飲於萬貢堂有詩〉，《戴復古詩集》卷一，頁十七。
82　〔元〕方回：《瀛奎律髓》，收入《景印文淵閣四庫全書》（臺北：臺灣商務印書館，一九八三年據國立故宮博物院藏本影印），第一三六六冊，卷二十，頁二五八—二五九。

並不是為了金錢，而只是為了點酒資或飯錢，最多也不過是希望有人賞識而加以提拔，以便成為有用於世的人。但宋末的這些民間小詩人就不同了。多數一開始就「不務舉子業」，而以江湖名士自居。薄遊四方，干謁權貴，就是他們的主要工作。既然能寫幾行詩文，便可以餬口，甚至可以名利雙收，過富裕的生活，那麼，何必十年寒窗，自討苦吃呢？於是相率成風，現出一幅文人絡繹於途的景象。像戴復古這樣的人還是好的。他一生寄食四方，但似乎也沒賺什麼錢。晚年他兒子給他蓋了一間房子，才安定了下來。高興之餘，做了一首詩：

老去知無用，歸來得自如。
幾年眠客舍，今日愛吾廬。
處世無長策，閒時讀故書。
但能營一飽，渾莫問其餘。[83]

可見他的目的只是「營一飽」，並沒有其他升官發財的野心。至於其他人品低的文人，就醜態百出，令人厭惡了。據說有些人干謁大官富賈如無所得時，便繼之以毀謗要挾，敲起竹槓來，很像現在有些無賴記者，憑他有一枝筆，可以為所欲為；有所得即褒之，無所得即貶之。古今玩筆桿的人，似乎總是難免有這種敗類的。

不過，我們要注意的是為什麼宋末會有這類文人的產生和存在？有人也許會說，這是當時一般讀書人對理學的一種反動。但我們更不能忽視當時的社會經濟的背景。從中國經濟史上來看，南宋是民間資本由萌芽而趨向繁榮的時代。江南是個富庶的地區。出現了不少大商人、大地主。這些人不但以其財力成為地方的領袖人物，也成為培養或保護文人的主要基地。事實上，中國雖然實施科舉制度，人人可以應考而進入官場，但宋以後的官吏卻多半出於富商地主之家，或受他們栽培的地方子弟。人一有錢就想附庸風雅。杜甫不是早說過了嗎？「安得廣廈千萬間，大庇天下寒士俱歡顏，風雨不動安如山。」[84] 杜甫辦不到，自己有餘力，何樂而不為？如果能碰到幾個好詩人，說不定自己的名字也會永垂不朽呢！於是無數詩社在各地出現了。許多沒有出路的讀書人聞風趕來了。他們結成黨派，互相標榜。而詩社的到處成立，也有鼓勵作詩而增加詩人人口的作用，難怪民間小詩人會像春草叢生了。當然，在那些主持詩社或庇護文人的人士之中，也有要路大官或退休官吏，那是不用說的。

這種情形到了元朝，更形顯著。蒙古以異族統治了中國，一般讀書人有的採取反抗不合作的態度，有的雖想從事政治，卻由於科舉的廢止及限制漢人做官，而不能如願以償。換句話說，有的自願疏遠政治而樂得自由自在，有的被迫與政治無緣而落魄潦倒。於是不管願不願意，多數讀書人不得不甘為處士而終其一生。楊維楨一派的詩人的產生，是南宋以來的傳統風氣和元朝的現實環境所促成的。那麼，既然與政治無緣，強求無益，只有專心於無關經國濟民的詩文創作，而且只要有詩文的才

83 戴復古著，金芝山點校：〈歸來二首兒子創小樓以安老者〉其一，《戴復古詩集》卷二，頁五十九。

84 杜甫：〈茅屋為秋風所破歌〉，高楚芳編：《集千家注杜工部詩集》，卷十二，頁五六二。

能，不做官也一樣可以生活，可以成名，也可以受人尊敬。也不知是幸或不幸，中國文學史上的藝術至上的思想，就是這樣發展出來的。

這種思想顯然帶著濃厚的消極色彩。可說是在死心於經國濟民宏願後，退而求其次的一條生路。因此中國文人在生活上雖然可以跟政治無緣，在創作上可以吟風弄月，不涉及國計民生，但是一到批評別人或自己的作品時，卻無法擺脫政治及道德的功利觀點，而就文學本身來主張其價值。於是「文章真廢物」啦，「文章不值錢」啦，「文人無用」啦，「百無一用是書生」啦，「無用」的論調，幾乎變成了文人的口頭禪。如清代鄭板橋（一六九三—一七六六）說：「古人以文章經世，吾輩所為，風月花酒而已。逐光景，慕顏色，嗟困窮，傷老大，雖刳形去皮，搜精抉髓，不過一騷壇詞客爾。何與於社稷生民之計，三百篇之旨哉！」[85] 居然對自己辛辛苦苦做出來的文章，抱著輕視的態度。他又談到他做文人的原因和感想：「少而無業，長而無成，老而窮窘，不得已亦借此筆墨為餬口覓食之資，其實可羞可賤。」[86] 所以勸告他的弟弟要「發憤自雄，勿蹈乃兄故轍」[87] 充分道出了文人的自卑心理。其實，這種心理不僅是鄭板橋個人的，而且是中國古今文人，特別是元明清文人所共有的。但中國藝術至上的思想，卻正建立在這種自卑心理上面。即使像袁枚那樣主張「藝苟精，雖承蜩畫筴亦傳；藝苟不精，雖兵農禮樂亦不傳。傳不傳以實求，不以名取。」[88] 又強調「文人而不說經可也，說經而不能為文不可也。」[89] 可說是義正辭嚴，了無卑屈之色。可是並不然。他在別處又扳起面孔說：「夫德行本也，文章末也。……古之聖人，德在心，功業在世，顧肯為文章以自表著耶？」[90] 因而一再地感慨道：「僕好詩文，此豈第一義哉？」「僕固非徒為詩文者也！」[91] 畢竟也免不了不得已而為文人的心情。

中國文人這種不得已的「為藝術而藝術」的消極態度，顯然在本質上跟西洋的「藝術至上」的思想有所不同。我們只要想一想，法國自然主義大家福祿貝爾、左拉、莫泊桑，象徵派詩人蒲特雷爾、藍波、維爾列奴，理想主義作家羅曼羅蘭，英國浪漫派詩人拜倫、雪萊，提倡「肉體價值」的D·H·勞倫斯，和「意識之流」的詹姆斯·卓伊士等，無數的詩人或小說家，如何充滿自信地主張文學作品的價值，又如何為了他們的思想和信仰，不惜與官憲、教會或社會輿論為敵而奮鬥，就知道西洋文人是如何驕傲，中國文人是如何卑屈了。老實說，要論無行，西洋作家恐怕比中國文人有過之而無不及，但中國似乎還沒有一個文人像詩魔蒲特雷爾那樣，敢於理直氣壯地說：「人類之中最偉大者，

85 〔清〕鄭板橋著，卞孝萱、卞岐編：〈後刻詩序〉，《鄭板橋全集（增補本）》（南京：鳳凰出版社，二〇一二年），第一冊，卷八，頁二六九。

86 鄭板橋著，卞孝萱、卞岐編：〈濰縣署中與舍弟第五書〉，《鄭板橋全集（增補本）》第一冊，卷七，頁二五四。

87 同前注。

88 〔清〕袁枚：〈答友人某論文書〉，《小倉山房文集》，收入《袁枚全集新編》（浙江：浙江古籍出版社，二〇一五年），第六冊，卷十九，頁三五九—三六〇。

89 袁枚：〈虞東先生文集序〉，《小倉山房文集》，收入《袁枚全集新編》第五冊，卷十，頁二〇九。

90 袁枚：〈答惠定宇書〉，《小倉山房文集》，收入《袁枚全集新編》第六冊，卷十八，頁三四五。

91 袁枚：〈答友人某論文書〉，《小倉山房文集》，收入《袁枚全集新編》第六冊，卷十九，頁三六〇。

惟有詩人、司祭、兵士而已——歌唱者、祝福者、自我犧牲者。」[92]這是出之於一個身兼鴉片鬼、色魔、醉漢、加上梅毒、嗜眠症、失語症、神經失常、半身不遂等病的無行文人的話。可謂無惡不備，無病不患了，但仍對自己的藝術不失信心。自尊自重，人恆敬之。西洋文學藝術之受尊重，作家本人的努力和信心，是不能忽視的。

## 六

總之，不管是卑屈的或是消極的，中國文學至上的思想總算產生了，文人也在社會上獲得「有限的」尊敬了。就文學論文學，不能不說是一件可喜的事。楊維楨當然是開導這種風氣的主要人物。這時以後，文人除了詩文之外，也很重視書畫。假如詩書畫三者兼備，就是最理想的文人典型。雖然唐朝王維、宋朝蘇軾、黃庭堅等，也都以書畫聞名於世，但還是偶有的現象，並沒變成文人的一般趨尚。元末以後，情形好像有了轉變。多數文人開始注意書畫的修練，即使自己不善書畫，也得裝出會欣賞書畫的樣子，才不至於被人輕視。元末兼善詩書畫的當以倪瓚（號雲林，一三〇一－一三七四）為第一。有〈題自畫〉云：

> 東海有病夫，自云繆且迂。
> 畫壁寫絹楮，豈其狂之餘？[93]

他又有〈述懷〉一詩說：

閉戶讀書史，出門求友生。
放筆作詞賦，覽時多論評。
白眼視俗物，清言屈時英。
貴富烏足道？所思垂令名。[94]

可以看出他的生活態度和人品思想的一斑。他跟黃鶴山人王蒙（一三〇八—一三八五）、大癡哥黃公望（一二六九—一三五四）、梅花道人吳鎮（一二八〇—一三五四），號稱元末四大畫家。這四人都是平民出身。從他們的外號上不難想像他們是怎樣的一群人。倪雲林的奇矯作風的軼事也有不少，其中最有名的大概要算他的潔癖了。「盥頮易水，冠服振拂，日以數十計。齋居前後樹石，頻頻洗拭，見俗士，避去如恐浼。」[95] 又如在廁所下面鋪白色鵝毛，以便吸取髒汙之物，可見他的潔癖已到了有點

92 Charles Pierre Baudelaire, "Mon coeur mis à nu" *Journaux intimes*. (Paris: Les Editions G. Cres & Cie, 1920), p.60.

93 〔元〕倪瓚：〈題自畫二首〉其一，《清閟閣全集》，收入《景印文淵閣四庫全書》第一二二〇冊，卷三，頁一八九—一九〇。

94 倪瓚：〈述懷〉，《清閟閣全集》，收入《景印文淵閣四庫全書》第一二二〇冊，卷一，頁一六〇。

95 〔清〕錢謙益：〈雲林先生倪瓚〉，《列朝詩集》甲集前編卷八，收入《續修四庫全書》（上海：上海古籍出版社，二〇〇二年據清順治毛氏汲古閣刻本影印），第一六二二冊，頁四〇一。

病態的地步。但正如他詩中所說「白眼視俗物」，他是個徹底「反俗」的文人。

像倪雲林這樣的人，我們可以舉出明朝沈周（一四二七－一五〇九）和他的弟子祝允明（一四六一－一五二七）、唐寅（一四七〇－一五二四）、文徵明（一四七〇－一五五九）。這些人都是同時以詩書畫出名的平民藝術家。沈周出身於蘇州富農之家，一生不應科舉，「納納乾坤內，秋風自布衣」，[96] 過著悠然自在的生活。他跟文徵明似乎沒有倪雲林那樣奇矯的表現，為人端正，因此更受人尊敬。但祝允明和唐寅就難免「無行」了。祝允明是個放蕩無賴之徒，留下不少荒唐的故事。「好酒色六博，善度新聲，少年習歌之間，傅粉墨登場，梨園子弟相顧弗如也。海內索其文及書，贄幣踵門，輒辭弗見。伺其狎游，使女伎掩之，皆捆載以去。為家未嘗問有無，得俸錢及四方餉遺，輒召所善客噱飲歌呼，費盡乃已。或分與持去，不留一錢。每出，則追呼索逋者相隨於道路，更用為忭笑資。其歿也，幾無以斂云。」[97] 真是個大活寶。他的詩風如人品，如〈春日醉臥戲效太白〉結句云：「人生若無夢，終世無鴻荒。」[98] 氣概頗有奔放闊達的地方。祝允明的同輩好友唐寅，就是有名的唐伯虎或唐解元。自號「江南第一風流才子」。他的言行居然使無行的祝允明也要皺眉頭而加以規勸，可見他是多麼的狂誕不羈。他的風流韻事到現在還是家喻戶曉，幾乎變成了傳說人物了。不過，在另一方面他卻是個極有傲骨的人物。當寧王朱宸濠陰謀叛變時，想以巨金招聘唐寅，請他接受。但唐寅看出寧王異志，便佯狂使酒，以至赤身露體，叫人不敢正視，寧王無可奈何，只好把他放回去了。在他的詩中也可以看出這種傲骨來。如有一首七絕：

領解皇都第一名，猖披歸臥舊茅衡。
立錐莫笑無餘地，萬里江山筆下生。[99]

說到文人的傲骨，雖然自古有之不乏先例，但似乎在明人之間才開始普遍起來。這一點和明代文人的多為平民，以及文學至上思想的成立，大概不是沒有關係的。譬如跟唐寅同時的桑悅（一四四七—一五〇三），以孟子自況，極為傲慢。他看過的書都一概燒掉。為博士弟子時，有一次謁部使者，竟在名刺上寫著「江南才子」，使那位大官大感驚駭。[100]又如楊循吉（一四五八—一五四六）是個大書蟲，在明朝詩人中算是比較博學的人物。《書史》載有他的一段故事說，有一天，當時做大官的顧璘

96 〔明〕沈周著，張修齡、韓星嬰點校：〈十二日還自光福道中即事〉，《石田詩鈔》，收入《沈周集》（上海：上海古籍出版社，二〇一三年），上冊，卷六，頁一四〇。

97 錢謙益：〈祝京兆允明〉，《列朝詩集》丙集卷九，收入《續修四庫全書》第一六二三冊，頁三三二。

98 〔明〕祝允明著，薛維源點校：〈春日醉臥戲效太白〉，《祝氏集略》，收入《祝允明集》（上海：上海古籍出版社，二〇一六年），上冊，卷三，頁五十七—五十八。

99 〔明〕唐寅著，〔明〕何大成輯：〈陰雨浹旬，廚煙不繼，滌硯吮筆，蕭條若僧，因題絕句八首，奉寄孫思和〉，《唐伯虎先生外編》，收入《唐伯虎先生全集（一）》（臺北：臺灣學生書局，一九七〇年），卷一，頁一七二。

100 編者注：〔清〕張廷玉等撰：《明史》，收入《二十四史》（北京：中華書局，一九九七年），第二十冊，卷二八六，〈文苑二〉，頁一八八七。

來訪，歡談未竟，有某大官差人來請顧璘過去。顧璘既想去，又不好意思馬上就走，左右為難。楊循吉看在眼裡，很不高興，一氣之下把顧璘趕出門去，第二天來道歉，也讓他吃了閉門羹。[101]從這些軼事上，我們可以看出，官僚與文人、政治與文學往往是對立不相容的。

## 七

因為談到倪雲林，筆尖一溜，也順便介紹了幾個代表性的明代畫家詩人。雖然自南宋以來，經元明以至於清，中國文人多半出於南方，但北方文人的存在也是不可忽視的。最重要的是元朝以大都為中心的元曲作家們。王國維《宋元戲曲史》說：「蓋自唐宋以來，士之競於科目者，已非一朝一夕之事。一旦廢之，彼其才力無所用，而一於詞曲發之。且金時科目之學，最為淺陋。此種人士一旦失所業，固不能為學術上之事，而高文典冊，又非其所素習也。適雜劇之新體出，遂多從事於此，而又有一二天才出於其間，充其才力，而元劇之作，遂為千古獨絕之文字。」[102]在整個文學史上，元朝的雜劇散曲是比詩文重要的。從王國維上面的意見，可知元曲的發達也與蒙古的統治有關，正如楊維楨一派的南方文人一樣，北方文人之從事元曲創作，也是一種對異族統治者的消極的反抗。他們除了極少數做過微官之外，大多數都是平民階級的知識分子。許多元曲作家的年代、籍貫以及生平行狀之所以不詳，跟他們卑微的平民身分不是沒有關係的。我們只要查一下鍾嗣成（生卒年不詳）所編的《錄鬼簿》，就可以發現連不少第一流「名公」都是生平不詳，其他無數小「鬼」更不必說了。這種情形在明清兩代的小說作家也是一樣。因此到了現代，這種所謂俗文學的戲曲小說被重視以後，考據作家的生平變成了文學史家的主要工作之一。古之受輕視若彼，今之被重視若此，真是中國文學史上的一大諷刺。但究其原因，仍然不外乎他們生前的無功無德，所以也就沒人為他們立傳記敘生平了。

一般說來，中國的文人在創作上及生活上，都有以「古代」或「古人」做模範的先例。杜甫所言「熟精文選理」，[103] 或「不薄今人愛古人」、「轉益多師是汝師」，[104] 就說出了他的作品不是憑空造出的。這種現象並非中國所獨有，凡是有文學傳統的國家都無法避免。而文學有所謂傳統，正由這樣的追隨先例而來。但到唐宋為止，在追隨或師法古代或古人上面，還相當自由，各人有各人的嗜好，因而各人的古代或古人，不必限於某些時代或某些人物。不過元明以後就不同了。尤其是詩文作家，往往結黨成派，明白主張他們是崇尚那些時代，尊敬那些古人，崇敬之餘，自然難免步其後塵，積極地模仿起來。宋末江湖派之崇晚唐，元末楊維楨一派之重中唐，明中葉復古派之「文必秦漢，詩必盛唐」，明季公安、竟陵派之兼取唐宋，都是眾所周知的事情。像公安派的袁宗道，對白居易和蘇軾最為推許，所以用「白蘇」兩字來做書齋和全集的名字，就是個有名的例子。創作文學的人既然離不開古人影子，批評文學的人也就藉著古人來取譬立論。崇古之風萌於宋末，經元至明而大盛，清代也難

101 張廷玉等撰：《明史》卷二八六，〈文苑二〉，頁一八八六。編者案：原稿作《書史》，《明史》亦載有此則故實。

102 王國維：《宋元戲曲史》（臺北：河洛圖書，一九七五年），頁九十八。

103 杜甫：〈宗武生日〉，高楚芳編：《集千家注杜工部詩集》，卷九，頁四九四。

104 杜甫：〈戲為六絕〉，高楚芳編：《集千家注杜工部詩集》，卷七，頁四六九—四七〇。

免，成為中國近世文學的特色之一。

在這種風氣之下，元曲作家在創作上可說是例外的。曲是新出現的文學體裁，想追隨古人也無古人可以追隨，所以不得不憑自己才力為之。最多也只能參考不久以前的先例而已。不過，他們的處世態度或言行表現，也跟南方文人如出一轍，而他們在現實社會中卑屈消極的心理，似乎比南方詩人更多更深。詩畢竟是中國傳統文化所重視的；曲充其量只是民間的俗文學，尤其在當時是不登大雅之堂的。像雜劇雖然偶爾也得到蒙古宮庭的青睞或嘉勉，但被欣賞的是一點娛樂性，並不是文學的價值。何況元曲作家難免要與倡優妓女為伍，先天的條件就規定他們非走無行文人的路子不可，當然在社會上更不易被尊重。至少他們受尊重的程度是不如詩人遠甚的。這種現實的卑屈身分，往往促使他們更進一步接近酒色，而有意無意地讚美或模仿古代文人的處世態度。雜劇作者之所以喜歡取材於過去學士文人的風流韻事、才子佳人的戀愛傳說、神仙道士的隱逸故事，好像跟他們嚮慕古人的心理不無關係。王實甫（一二六〇—一三〇七）寫《西廂記》，在敘述張生、鶯鶯的戀愛故事之外，不忘提出「萬般皆下品，唯有讀書高」的話來，也許可以解釋做借古人以透露書生胸襟的一個好例子。我們要是考慮一下在元朝書生地位之低，也許更能了解這個話的重要意義。這不僅是一種高傲的宣言，也是對現實有力的諷刺或反抗。宋末元初的大儒謝枋得（一二二六—一二八九）不是也說過嗎：「滑稽之雄，以儒為戲者曰：『我大元制典，人有十等。一官二吏，先之者貴之也，貴之者謂有益於國也；七匠八娼九儒十丐，後之者賤之也，賤之者謂無益於國也。』嗟乎卑哉！介於娼之下、丐之上者，今之儒也。」[105]經典學者尚免不了被輕視而悲哀憤懣，那些元曲作家的遭遇和心情更不想可知了。

談到元曲作家，首先想到的自然是元曲四大家：王實甫、馬致遠（一二五〇—一三二一）、白樸（一二二六—一三〇六）、關漢卿（約一二二〇—一三〇〇）。他們的生平事蹟多不可考。前面提到的王實甫，他的曲被涵虛子《太和正音譜》評為如「花間美人」，[106]他的生平雖不詳，大概也不外乎流連「花間美人」。據說他著作《西廂記》時，殫其畢生精力，寫到「碧雲天，黃花地，西風緊，北雁南飛」等語，即思竭踣地而死。[107]這個傳說是否真實，很難斷定。但說他殫其畢生精力去創作《西廂記》，大概是不錯的。文人在失意之後，大都傾其全力於文學的創作，王實甫也是個例子。

白樸曾從元好問學詩詞古文，好問贈詩云：「元白通家舊，諸郎獨汝賢。」[108]可見受器重的情形。金亡以後，鬱鬱不樂，放浪形骸，寄情山水，耽湎詩酒，過了一輩子無官無祿的平民生活。他有詞云：「百年孤憤，日就衰殘。麋鹿難馴，金鑣縱好，志在長林豐草間。」[109]又有散曲云：「回頭滄海

105 〔宋〕謝枋得：〈送方伯載歸三山序〉，《疊山集》，收入《景印文淵閣四庫全書》第一一八四冊，卷二，頁八七〇。

106 〔明〕朱權著，姚品文點校箋評：〈古今群英樂府格勢〉，《太和正音譜箋評》（北京：中華書局，二〇一〇年），卷上，頁二十三。

107 編者注：〔清〕梁廷枏：《曲話》，見中國戲曲研究院編：《中國古典戲曲論著集成（八）》（北京：中國戲劇出版社，一九八二年），卷五，頁二九一。

108 編者注：〔元〕王博文：〈天籟集序〉，見〔元〕白樸：《天籟集》，收入《景印文淵閣四庫全書》第一四八八冊，頁六三二。

109 白樸：〈沁園春．監察師巨源時辟予為政因讀嵇康與山濤書有契於予心者就譜中辭書謝〉，《天籟集》，收入《景印文淵閣

又塵飛，日月疾，白髮故人稀。」[110]寫出了他老年的心境。白樸可以說是個典型的遺民文人。

馬致遠，自號東籬，一般記載都說他做過江浙行省務官，大概沒做多久就辭掉了。《太和正音譜》把他的曲列在群英之上。[111]從他的曲子：「且念鯫生自年幼，寫詩曾獻上龍樓。」[112]「我少年已被儒冠誤，羞歸故里，懶覩鄉閭。」[113]「這壁攔住賢路，那壁又擋住仕途，如今這越聰明越受聰明苦……。」[114]可知他曾經是個熱心於功名的青年。可是大志不遂，以至「東籬半世蹉跎」，[115]漂泊各地，一事無成，結果是「白髮勸東籬，西村最好幽棲」，[116]而只好以「東籬本是風月主」[117]來自我安慰了。

至於關漢卿，胡適有〈關漢卿不是金遺民〉[118]和〈再談關漢卿的年代〉[119]兩篇文章，考證過他的生平。臧晉叔《元曲選》說他：「躬踐排場，面傅粉墨，以為我家生活，偶倡優而不辭者。」[120]可知他不但寫雜劇，還親自粉墨登場，跟那些妓女倡優混在一起，這在當時非有超人的勇氣是辦不到的。

其他雜劇或散曲的作家，一般說來，他們的成就雖然都不如這四大家，但他們的生活態度，似乎沒什麼兩樣。如喬吉（一二八〇—一三四五）的「不占龍頭選，不入名賢傳。時時酒聖，處處詩禪。煙霞狀元，江湖醉仙」；[121]楊朝英（生卒年不詳）的「閒時高臥醉時歌，守己安貧好快活。杏花村裡隨緣過，勝堯夫安樂窩。任賢愚後代如何。失名利痴呆漢，得清閒誰似我？一任他門外風波」；[122]劉庭信（約一三〇〇—一三七〇）的「怕衣冠束縛，遇詩酒消磨」；[123]馬九皋（一二六七—一三五九）的「醉歸來，袖春風下馬笑盈腮。笙歌接到朱簾外，夜宴重開。十年前一秀才。黃齏菜，打熬到文章伯。施展出江湖氣概，抖擻出風月情懷」[124]此外明朝以散曲名家者，如康海（一四七五—一五四〇）

四庫全書》第一四八八冊，卷下，頁六四四。

110 白樸：〈陽春曲．知幾〉其一，《天籟集摭遺》，收入盧前輯校：《飲虹簃所刻曲》（臺北：世界書局，一九八五年），上冊，頁五。

111 〔明〕朱權著，姚品文點校箋評：〈古今群英樂府格勢〉，《太和正音譜箋評》卷上，頁二十二。

112 〔元〕馬致遠：〈黃鐘女冠子〉，《東籬樂府》，收入任中敏編著、曹明升點校：《散曲叢刊》（南京：鳳凰出版社，二〇一三年），上冊，頁二八四。

113 馬致遠：〈六么序〉，《薦福碑》，收入〔明〕臧晉叔：《元曲選》（北京：中華書局，一九八九年），第二冊，頁五七九。

114 馬致遠：〈么篇〉，《薦福碑》，收入臧晉叔：《元曲選》第二冊，頁五七九。

115 馬致遠：〈蟾宮曲．嘆世〉其一，《東籬樂府》，收入任中敏編著、曹明升點校：《散曲叢刊》上冊，頁二六八。

116 馬致遠：〈般涉調哨遍〉，《東籬樂府》，收入任中敏編著、曹明升點校：《散曲叢刊》上冊，頁二八〇。

117 馬致遠：〈清江引．野興〉其八，《東籬樂府》，收入任中敏編著、曹明升點校：《散曲叢刊》上冊，頁二七〇。

118 胡適：〈讀曲小記——關漢卿不是金遺民〉，收入季羨林主編：《胡適全集》（合肥：安徽教育出版社，二〇〇三年），第十二卷，頁三〇六—三〇九。原刊於一九三六年三月十九日天津《益世報．讀書周刊》第四十一期。

119 胡適：〈再談關漢卿的年代〉，《文學年報》第三期，一九三七年五月，頁一—二。

120 〔明〕臧晉叔：〈序〉，《元曲選》（北京：中華書局，一九八九年），第一冊，頁三。

121 〔元〕喬吉：〈綠么遍．自述〉，《夢符散曲》，收入任中敏編著、曹明升點校：《散曲叢刊》上冊，頁二九七。

122 〔元〕楊朝英：〈雙調湘妃怨．楊澹齋七段〉，《陽春白雪》，收入任中敏編著、曹明升點校：《散曲叢刊》上冊，頁三十四。

123 轉引自陸侃如、馮沅君著：《中國詩史》（北京：作家出版社，一九五七年），頁七三七。

124 〔元〕馬九皋（薛昂夫）：〈雙調殿前歡．冬〉，收入隋樹森編：《全元散曲》（北京：中華書局，一九八九年），第一冊，頁七一七。

的「居恆徵歌選妓，窮日落月」；[125]常倫（一四九三—一五二六）的「才高氣豪，不自檢，然開口言笑，有晉人風」；[126]楊慎的「胡粉傅面，作雙丫髻，插花，門生舁之，諸伎捧觴，游行城市，了不為怍」；[127]陳所聞（生卒年不詳）的「每日價橫琴棐几，檢字芸窗。也有時罇開北海，客會高陽，玉醍醐水陸鋪張，翠氍環珮鏗鏘。泛銀河秋駕蘭舟，眺東山春披鶴氅，宴瑤臺夜擁霓裳」。[128]像這樣的例子真的舉不勝舉，但由這些例子，已可以看出雜劇或散曲作家這個系統的文人一般情形。當然在曲家之中，也有不少是兼善詩文的。我本來也應該順便提到吳承恩、施耐庵、羅貫中等小說家，這裡只好省略了。

## 八

現在我們可以再回過頭來看看明朝詩人。明朝雖然沒出過李、杜那樣的大家，但詩人數目卻比唐代更多。錢謙益《列朝詩集》收二千多家，大概與《全唐詩》大致相同。但朱彝尊《明詩綜》所收，卻多至三千四百餘家，超過《全唐詩》一千多人。但是我們如果稍微注意他們的小傳，就可以發現其中大部分是平民，只有小部分是官僚。而在官僚之中又有泰半是平民出身。所以我們可以說，明詩的主流是在民間。究其原因，一方面是承襲宋末元朝以來的趨勢，另一方面跟當時民間讀書人的增加也頗有關係。這些讀書人開始時自然是想參加科舉，追求功名的。但名額畢竟有限，結果產生了更多的民間知識分子。這些人之中，家有恆產，衣食無憂的，便乾脆放棄功名之念，做起處士來，邀同地友好，逍遙於詩酒山林或歌舞聲色之間；家無恆產，生活有問題的，就不得不流浪四方，做做家庭教師，賣賣詩文書畫，以求餬口之資了。事實上，他們恐怕也做不了什麼別的事情。勞力既為這些書生所不能為，亦不肯為，那麼除賣弄文墨以外，他們有什麼作為呢？

講明朝詩人，首先想到的自然是「吳中四傑」：高啟（一三三六—一三七四）、楊基（一三二六—一三七八）、張羽（一三三三—一三八五）、徐賁（一三三五—一三七八）。這四個人先後都被明太祖朱元璋所殺害。遭際令人同情。高、徐、張三人又與王行（一三三一—一三九五）、高遜志（一三四二—一四〇二）、宋克（一三二七—一三八七）、唐肅（一三一八—一三七一，一作一三二一—一三七四）、余堯臣（生卒年不詳）、呂敏（生卒年不詳）、陳則（生卒年不詳）結社，稱為「北郭十友」。其中高啟最負盛名，詩也最好。他是個早熟的天才，被太祖腰斬時才三十九歲。論者以為他的詩，上自漢魏盛唐，下至宋元諸家，靡不出入，但他過人的才氣卻使他能超越模仿的界限，而創出了他自己的風格。做一個文人，高啟是個端正不阿的知識分子。據說他的〈宮女圖賦〉和〈畫犬詩〉就是諷刺太祖好色的。吳中四傑之一的張羽，在他死後曾作詩哀悼他說：「生平意氣竟何

125 錢謙益：〈康修撰海〉，《列朝詩集》丙集卷十一，收入《續修四庫全書》第一六二三冊，頁三六九—三七〇。

126 轉引自陸侃如、馮沅君著：《中國詩史》，頁七四一。

127 王世貞：《藝苑卮言．六》，《弇州四部稿》，收入《景印文淵閣四庫全書》第一二八一冊，卷一四九，頁四一七。

128 〔明〕陳所聞著，盧前輯：〈贈徐王孫秀古．梁州第七〉，《濠上齋樂府》（臺北：臺灣商務印書館，一九七三年），卷二，頁十一—十一。

為？無祿無田最可悲。賴有聲名消不得，漢家樂府盛唐詩。」[129]這位短命文人的詩在中國本土，似乎沒得到應該得的評價。但在日本卻變成了文人的必讀書之一。早在德川時代，就有齋藤拙堂、菊池谿琴共編的《高青邱詩醇》、[130]廣瀨淡窓編的《高青邱詩抄》、[131]中島棕隱「加點」的金檀本《高青邱詩集》[132]等版本在日本發行過。到了明治時代以後，又有久保天隨譯注的《高青邱全詩集》[133]等書出版。此外大作家如森鷗外曾日譯〈青邱子歌〉，[134]志賀直哉曾引〈雨中閒臥〉等詩，[135]而田岡嶺雲、土岐善麿等，也都分別寫過高啟的評傳。[136]最近幾年來，又有入谷仙介著《高啟》[137]等有關高啟的詩選或評傳出版。美國普林斯頓大學教授牟復禮（F. W. Mote）先生，在數年前也出版過一本 *The Poet Kao Chi*，[138]大概是目前最長最完整的高啟評傳了。

明朝早期的文人，多半生於元末，先是經過一段紛亂的時期，而大明一統後，又多半為明太祖所迫害。除吳中四傑外，有戴良（一三一七—一三八三）、王蒙（一三〇八—一三八五）、陳汝言（生卒年不詳）、劉璟（一三五〇—一四〇二）、汪廣洋（？—一三七九）、宋璲（？—一三八〇）、王禕（一三二二—一三七四）、蘇伯衡（一三二九—一三九二）、張孟兼（一三三八—一三七七）、劉三吾（一三一三—一四〇〇）、吳沈（？—一三九六）、魏觀（一三〇五—一三七四）……等，在《列朝詩集》詩人中就可以列出二十多人。這固然是由於太祖看不起或不信任文人，特別是過去張士誠治下的南方文人；但也可能由於這些文人，一開始就對這位粗魯殘酷的新統治者，採取批評的或不合作的態度而引起了他的猜忌。這一點從許多文人之固辭徵召也許可以窺出箇中消息。如戴良，自號九靈山人，洪武十五年，「召至京師，試文詞若干篇，留會同館，命大官給饍。欲官之，以老病固辭，忤旨待罪」。[139]高啟的獲罪原因，固然是為魏觀所連累，但跟他稍前「自陳年少不習國計，且孤遠不敢驟膺重任」[140]的表示，似乎也有些關係。概括地說來，明初文人多半在亂世中長大，表面雖承元末楊維楨一派詩風，不問政治，但心裡的憂時傷世，仍所難免。大明一統後，不少文人開始對政治發生興趣，如高啟就有詩說：「仲尼欲行道，轍跡環四方。而我何為者？不與世相忘。」[141]可是沒想到這位

---

129 〔明〕張羽著，湯志波點校：〈悼高啟〉，《靜菴張先生詩集》，收入《張羽集》（杭州：浙江古籍出版社，二〇一八年），上冊，頁二〇九。

130 〔明〕高啟著，齋藤拙堂、菊池谿琴編選：《高青邱詩醇》（大阪：桂雲堂，一八八三年）。

131 〔明〕高啟著，〔清〕李漁評，廣瀨淡窓點：《高青邱詩抄》（大阪：山本重助，一八七九年）。

132 〔明〕高啟著，〔清〕金檀注，中島棕隱編，梁川星巖校：《高青邱詩集》（京都：山城屋佐兵衛，一八三九年）。

133 〔明〕高啟著，久保天隨譯注：《高青邱全詩集》，收於《續國譯漢文大成》（東京：日本圖書センター，一九九一年）。

134 森鷗外：〈青邱子〉，《於母影》，收入《鷗外全集》（東京：岩波書店，一九七二年），第十九卷，頁六十一—六十三。

135 見志賀直哉：〈矢島柳堂〉，《志賀直哉全集》（東京：岩波書店，一九九八—二〇〇二年），第五卷，頁九十六。

136 見田岡嶺雲：〈高青邱〉，《支那文學大綱》（東京：大日本圖書，一八九七年），卷之十。以及土岐善麿：《高青邱》（東京：日本評論社，一九四二年）。

137 入谷仙介注：《高啟》，收入《中國詩人選集二集》（東京：岩波書店，一九六二年），第十卷。

138 F.W.Mote, *The Poet Kao Chi* (Princeton University Press, 1962).

139 錢謙益：〈九靈山人戴良〉，《列朝詩集》甲集前編卷五，收入《續修四庫全書》第一六二二冊，頁三四八。

140 錢謙益：〈高太史啟〉，《列朝詩集》甲集卷四之上，收入《續修四庫全書》第一六二二冊，頁五〇六。

141 〔明〕高啟著，〔清〕金檀輯注，徐澄宇、沈北宗校點：〈秋風〉，《高青丘集》（上海：上海古籍出版社，一九八五年），卷

漢族天子朱元璋，竟是個猜忌多疑，喜怒無常，對文人極為殘酷的統治者。文人的處境反而更難；做官也危險，不做官也危險。結果本來已有復蘇徵象的政治興趣，又被澆了冷水，許多文人只好重新吟弄風月、流連詩酒起來了。這雖然是明初的現象，但對整個明朝文人生活及文風卻留下了莫大的影響。明朝文人之疏遠政治的傾向、明朝文學之缺乏思想內容，好像與明朝政治的高壓作風不能無關。但這樣的政治環境，在另一方面，卻更進一步地促使文人脫離政治，而加強了文學至上的思想。張昱臨終時，立下遺囑說：「我死埋骨湖上，題曰：『詩人張員外墓』，足矣。」[142]就顯然有「萬般皆下品，唯有詩人高」的氣概。當然在這些話裡，也隱隱約約地含有消極的反抗思想，那是不用說的。張昱豈好為詩人哉？不得已也。

這種疏遠政治而專心於文學的傾向，可說是明朝三百年文人的特色之一，而且又為清朝文人所繼承。不務舉子業的純粹民間詩人固然如此，久困場屋的落魄文人也是如此。即使官運亨通的在朝文人，在從事文學創作時，也往往站在民間文人的立場來說話；而在日常的生活上，也往往有意模仿文人的處世態度。明初的王冕（一二八七—一三五九），號煮石山農，出身於鄉下田家，曾做朱元璋的幕府參軍。宋濂稱他為「奇士」。[143]《列朝詩集》有他的小傳：「長七尺餘，儀觀甚偉，通春秋諸傳。一試進士舉不第，即焚所為文，讀古兵法，著高簷帽，被綠蓑衣，履長齒木屐，擊木劍，或騎黃牛，持《漢書》以讀。人咸以為狂生。」[144]頗有奇矯作風。他後來也得罪了太祖，雖免於一死，卻斷送了政治前程。政治生命的無常，可能也是從政文人不放棄、甚至積極追求藝術生命的主要原因。明中葉的李東陽（一四四七—一五一六）、李夢陽（一四七二—一五二九）、何景明（一四八三—

一五二一）、徐禎卿（一四七九—一五一一）、李攀龍（一五一四—一五七〇）、王世貞（一五二六—一五九〇）等復古派的大家，即所謂前後七子的代表人物，以及明末公安派的袁氏三兄弟等，他們在政治上都有過輝煌的地位，但他們似乎更意識到他們是文人，是知識分子。因為是知識分子，所以往往以市井的身分歌詠「生民病」，間接地批評政府；因為是文人，所以往往逃入象牙之塔，流連詩酒，不問人間事。李東陽的〈捕魚圖歌〉也許可拿來代表從政文人的心情。他在這首七言古詩裡，敘述長沙窮漁民捕魚的情形後，結句說：「吾生有興不在魚，披圖見畫已有餘。無家無業豈足問？但願四海赤子同鮮腴。」[145] 他的主要興趣在文不在魚，而他的「但願」云云只是在象牙之塔內的祝福。這首詩使人想起杜甫的〈茅屋為秋風所破歌〉：「安得廣廈千萬間，大庇天下寒士俱歡顏。」[146] 但杜甫之所以有此願望，是由於他親歷的不幸遭遇使然；反之李東陽的願望，是經由藝術品〈捕魚圖〉而

---

四，頁一七六。

142 錢謙益：〈張員外昱〉，《列朝詩集》甲集前編卷七，收入《續修四庫全書》第一六二二冊，頁三八四。

143 〔明〕宋濂：〈王冕傳〉，《宋學士文集．芝園後集》，收入《宋濂全集》（浙江：浙江古籍出版社，二〇一四年），第五冊，卷十，頁一六六三—一六六五。

144 錢謙益：〈王參軍冕〉，《列朝詩集》甲集前編卷五，收入《續修四庫全書》第一六二二冊，頁三五九。

145 〔明〕李東陽：〈捕魚圖歌〉，《懷麓堂稿（一）》（臺北：臺灣學生書局，一九七五年據明政德徽州刊本影印），卷三，頁一六〇。

146 杜甫：〈茅屋為秋風所破歌〉，高楚芳編：《集千家注杜工部詩集》，卷十二，頁五六二。

來。我們如果想起他做這詩時，正坐在北京的舒適的公館裡，就知道這句「但願」是多麼空洞了。然而這種從象牙之塔看世界的生活態度，卻正是明朝從政文人的主要特徵。其甚者，便如公安派的袁宏道（一五六八—一六一〇）那樣「新詩日日千餘言，詩中無一憂民字」，[147] 乾脆連那一點點對現實的關心也不要了。從政文人如此，民間文人更不必說，何況這些從政文人又多半是一代文學運動的領袖人物。

這些所謂文壇巨子如李東陽、李夢陽、王世貞等，也許由於他們的政治地位或經驗，較少不合常識的奇矯言行，但也並不是完全沒有。前面我在介紹唐寅、桑悅、楊循吉時，曾說傲骨或傲慢是明朝文人的特色之一。這一點在復古派的文人也表現得相當明顯。但是，這時的傲慢除了表現在政治與文學的對立之外，又表現在文人之間的互相對立上面。本來前後七子的「文必秦漢，詩必盛唐」的主張，在本質上就是一種排他性的理論。因此，追隨者是之，反之者非之，文人相輕雖說自古而然，但似乎沒有明中葉這樣厲害的。而究其原因，自然起於自以為是的傲慢和偏見。復古派的攻擊異己，我們不必談；反對復古派的也大有其人。《列朝詩集》李攀龍小傳說：「其徒之推服者，以謂上追虞姒，下薄漢唐。有識者心非之，叛者四起。」[148] 又如散文大家歸有光（一五〇七—一五七一）之評王世貞為「庸妄人」[149]，此外以奔放不羈聞名的胡渭（一六三三—一七一四）和戲劇大家湯顯祖（一五五〇—一六一六），也都不客氣地加以批評。但王世貞的回答是「妄誠有之，庸則未敢聞命」。[150] 可見他們恃才傲物和狂妄的態度。事實上，李攀龍就曾說：「吾而不狂，誰當狂者？」[151] 簡直目中無人。他的同黨謝榛（一四九五—一五七五）跟他討論文章，不同意他的見解，竟被他「遺書絕交」，並且與王世貞等「削其名於七子、五子之列」，[152] 可見他們盛氣凌人的情形。

這些雖然是在文學方面的表現，但在他們的日常言行上也不能免。如李夢陽一生，由於言辭太露，動輒得咎，下獄好幾次。有一次出獄，在大街上看到陷害他的仇人張鶴齡，使「乘醉唾罵，揮鞭擊之，墮二齒，鶴齡隱忍而止」。[153] 身為以風雅自命的文人，竟在大街上動武，真可以列入今古奇觀之中。但這還是好的，起碼是一種報復行為。但如七子中的汪道昆（一五二五—一五九三），有些言行就令人可笑了。他有〈謁白嶽詩〉云：「聖主若論封禪事，老臣才力勝相如。」[154] 這種自負雖狂而猶可說，但又有一個故事說，他有一次跟姜寶（一五一四—一五九三）等朋友飲於黃鶴樓上，舉杯大

147 〔明〕袁宏道著，錢伯城箋校：〈顯靈宮集諸公以城市山林為韻〉其二，《袁宏道集箋校》（上海：上海古籍出版社，二〇〇八年），中冊，卷十六，頁六五一。
148 錢謙益：〈李按察攀龍〉，《列朝詩集》丁集卷五，收入《續修四庫全書》第一六二三冊，頁五七五。
149 錢謙益：〈震川先生歸有光〉，《列朝詩集》丁集卷十二，收入《續修四庫全書》第一六二四冊，頁六十三。並見〔明〕歸有光：〈項思堯文集序〉，《震川先生集》，收入《歸有光全集》（上海：上海人民出版社，二〇一五年），第五冊，卷二，頁二十三。
150 錢謙益：〈震川先生歸有光〉，《列朝詩集》丁集卷十二，收入《續修四庫全書》第一六二四冊，頁六十三。
151 王世貞：〈李于鱗先生傳〉，《弇州四部稿》，收入《景印文淵閣四庫全書》第一二八〇冊，卷八十三，頁三六六。
152 錢謙益：〈謝山人榛〉，《列朝詩集》丁集卷五，收入《續修四庫全書》第一六二三冊，頁五六二。
153 錢謙益：〈李副使夢陽〉，《列朝詩集》丙集卷十一，收入《續修四庫全書》第一六二三冊，頁三六五。
154 錢謙益：〈汪侍郎道昆〉，《列朝詩集》丁集卷六，收入《續修四庫全書》第一六二三冊，頁五九四。

言道：「蜀人如蘇軾者，文章一字不通，此等秀才當以劣等處之。」大家大吃一驚，但都不好意思告訴他蘇軾是宋人，不是當代的人，以為反正他是在開玩笑。過了數日，大家再聚在一起，汪道昆又大言如初。當時正以翰林提學四川的姜寶才對他說：「訪問蜀中胥吏秀才中，並無此人。想當是臨考畏避耳。」此言一出，大家禁不住鬨堂大笑，但他仍然「不以為愧」。[155] 如果這個傳說是真的，那麼他的確太沒有常識了。也難怪後世學者要說明人空疏無學！有器識而狂傲自負還可以，無常識而大言不慚，簡直是無恥，連無行都配上。但像汪道昆這樣的文人，恐怕在明代還有不少呢。有道學者恥與文人為伍，不是沒有原因的。

## 九

在復古派文人之中，也許李東陽和王世貞比較有清節了。但李東陽年輕時，也有過放浪形骸的時期。常常在外面喝到深夜，醉醺醺地歸來。他的父親總是不睡覺，忍著寒凍等他。終於才改過自新，立下決心「終身不夜飲於外」。[156] 王世貞少年時，很好虛名，為了巴結李攀龍，竟不惜厚著臉皮，「撈籠推輓」，極盡奉承之能事。[157] 他後來閱世漸深，很後悔以前的虛浮荒唐，才收斂起來。不過，他卻終生無法不耽溺於酒。據日本川濟之所編《明七才子傳》，王世貞到了晚年，曾回憶他的生平說：「余所好者，讀書、文學與酒。酒使我無行，但實為憂患人生之所託。文學助我生計，其實並不重要。以酒為生而招毀謗，以文得名而招嫉視。結果，因疾視而遭挫折。」[158] 可見他也由於好酒而有過無行之名的。大詩人尚且難免，至於小詩人更不用說了。

與王世貞同時或稍後的文人，以奇矯聞名的有徐渭（一五二一—一五九三）、湯顯祖（一五五〇—一六一六）等。徐渭字文長，容貌「修偉白皙，音朗然如唳鶴」。[159] 平時「戴敝烏巾，衣白布澣衣」。[160] 無日不醉。政府想用他，他害怕而發狂，「引巨錐剚耳，刺深數寸，流血狼藉。又以錐擊腎囊，碎之，皆不死」。[161] 妻子死後，看到女人就討厭，結果也把他的繼室殺掉了。當他被論死繫獄時，企圖自殺而為人所救，並受了一頓教訓，但他反而大言道：「吾殺人當死，頸一茹刃耳。今乃碎磔吾肉！」[162] 可見他痛恨禮法到了極點。以後杜門不出，跟一條狗同居，「絕穀食者十年」。[163] 徐渭的書畫在中國藝術史上占有重要的地位，詩文也不錯，但他的生活竟這樣反常而不通情理！

湯顯祖是個進士，是中國戲劇史上的大人物，他一生不喜歡做大官，只做了幾年地方小吏。動不

---

155 同前注。
156 張廷玉等撰：〈李東陽傳〉，《明史》，卷一八一，頁一二五〇。
157 錢謙益：〈王尚書世貞〉，《列朝詩集》丁集卷六，收入《續修四庫全書》第一六二三冊，頁五八五。
158 轉引自吉川幸次郎：《元明詩概說》，頁五二五。
159 錢謙益：〈徐記室渭〉，《列朝詩集》丁集卷十二，收入《續修四庫全書》第一六二四冊，頁六十五。
160 同前注。
161 同前注。
162 同前注。
163 同前注。

動就寫文章罵政府。做遂昌縣知縣時，「用古循吏治邑，縱囚放牒，不廢嘯歌」[164]，結果把小官也丟掉了。他的居處叫玉茗堂，「文史狼藉，賓朋雜坐，雞塒豕圈，接跡庭戶，蕭閒詠歌，俯仰自得」，[165]真是一幅人畜雜處的原始住家圖。只是雞豕為塒圈所囿，而賓朋都是高雅文人，那氣氛就不同了。在湯顯祖的朋友之中，有一個叫李至清的，也是個大怪物。他什麼人都看不起，「遇里中兒，輒嫚罵，或向人作驢鳴曰：『聊以代應對耳。』里人噪而逐之」，[166]弄得無處可去，只好剃髮為僧。不久又蓄髮去當兵。也沒幹多久，就從軍隊溜掉了。以後「髠髮鬖鬖然，時時醉眠伎館」，[167]每次醉後，就「唾罵富人若圈牢中養物，多藏阿堵，為大盜積耳」，[168]結果有一次發生了盜案，涉嫌被抓去，但「在獄中，飛書賦詩，唾罵縣令、富人」，[169]終身死牢中。

類似這樣的文人，我們還可以舉出明末的李贄（一五二七—一六〇二）、金聖歎（一六〇八—一六六一）等，下場都很可憐。李贄跟公安派袁氏三兄弟頗有交情，據袁中道（一五七〇—一六二六）說他：「平生痛惡偽學，每入書院講堂，峨冠大帶。執經請問，輒奮袖曰：『此時正不如攜歌姬舞女，淺斟低唱。』諸生有挾妓女者見之，或破顏微笑曰：『也強似與道學先生作伴。』於是……遂有宣淫敗俗之謗。」[170]結果是被加上「妖人」名義，抓進牢裡去。但當局決定釋放他時，他卻用剃刀自剄而死。至於金聖歎，有關他的奇特言行，很多人能夠數說出來，所以不必由我來囉嗦了。林語堂先生就是很欣賞他的一位現代作家。但金聖歎的結局也很慘。有一說是由於他在大街上小便，坊卒警告他，反而被他大罵「坊狗」，因之被告到官裡，經過調查後，發現他的著作也頗有「不法」；但另有一說是因為他在清初順治末年「抗糧哭廟」，而得罪了清廷。不管哪一說法可靠，反正他終於被腰斬於市，卻是千真萬確的事實。這兩個首倡戲劇小說的藝術價值，而在中國文學思想史上占有重要地位的文人，結果都不免死於非命，令人嘆惜。

明末可說是文人的奇矯作風達到頂點的時期。一般文人，不管是做官的或是不做官的，都有強烈的文人意識。其中文人意識特別強烈的，往往鄙棄政治、謾罵道學，對虛偽的現實世界採取敵視的態度。像汪道昆、湯顯祖、李贄、金聖歎諸人的表現，已不僅是奇矯而已。他們那種恃才傲物、唯我獨尊、超越常識的狂誕言行，雖然不是沒有先例可援，但是論個性之突出和表現之奇特，恐怕是空前而絕後的。這種文人當然是占少數。至於多數的一般文人，則敬政治或道學而遠之，逃避現實，或沉湎酒色，或退隱山林，自求多福，所以往往帶著濃厚的頹廢色彩。縱觀中國文學史，很明顯的，文人頹廢之風跟時代的喪亂具密切的關係。魏晉南北朝的分裂、晚唐五代的紛亂、南宋的與金對峙、元朝的異族統治，都曾經產生過不少頹廢的文人。明末可說是集歷代頹廢派文人之大成。當時，政治上有黨

---

164 錢謙益：〈湯遂昌顯祖〉，《列朝詩集》丁集卷十二，收入《續修四庫全書》第一六二四冊，頁七十七。

165 同前注。

166 錢謙益：〈李生至清〉，《列朝詩集》丁集卷十二，收入《續修四庫全書》第一六二四冊，頁八十五。

167 同前注。

168 同前注。

169 同前注。

170 錢謙益：〈卓吾先生李贄〉，《列朝詩集》閏集卷三，收入《續修四庫全書》第一六二四冊，頁三二三。

爭，社會上有流賊，沿海有倭寇，北方有滿洲。內憂外患，接踵而至，但一般文人卻視而不見，聽而不聞，只顧躲在象牙之塔裡，歌舞昇平。明末是「市民詩的飽和」時期。官吏作詩，富商、地主作詩，甚至陋巷之中，也往往有作詩的。明末約半世紀，詩人人口之多，恐怕是前所未有。《列朝詩集》或《明詩綜》所選的明末詩人，有不少是無官職的山人、卜士、瞽者、秀才、廣文、俠士、布衣、處士、居士、遺民、徵士、隱士、道士、和尚、香奩（婦女）等，真是洋洋大觀，簡直隨時隨地都有詩人似的。詩人之外，我們不可忘記的是小說家的存在。《金瓶梅》、《繡榻野史》、《宜春香質》、《弁而釵》、《玉嬌梨》、《肉蒲團》等所謂淫邪小說之所以能流行或產生，似乎跟當時文人的頹廢生活不無關係。我在日本還看過一些明末的版畫，其大膽暴露的程度，不下於現在的春宮照片。但這類版畫傳到日本，據說對日本「浮世繪」豔畫的發展有很大的影響。

關於明末文人的頹廢生活，我在〈王次回研究〉[171]一文中，已經討論過，所以在這裡略而不談。我只想附帶地指出一點，那就是當時的社會對文人的所作所為，已經養成了默認或容許的風氣。起碼對文人的放蕩、頹廢、奇矯的作風，已能見怪不怪了。因此，只要意識到自己是個文人，好像就有為所欲為的特權，而享受免於禮教束縛的自由。文人自己這樣想，而別人也往往成全他們。如湯顯祖做遂昌知縣時，前面已說過，「縱囚放牒，不廢嘯歌」，結果被告到上面。但有人為他辯解說：「遂昌（顯祖）不應考法，且已高尚久矣。」而主審該案的人也為了「欲成此君之高」，放他走了。[172]他如徐渭殺妻，應得死刑；李贄以妖人被逮捕下獄，也都有人設法加以拯救（李贄雖然死於獄中，卻是自殺，並非刑死）。這種例子還可舉出一些。由此可知，當時的確有一部分的人，因愛惜文人而有原諒他們、成全他們的傾向。我們現在有少年法，對少年犯採取較寬的處置；古時好像有不成文的文人法，對文人犯也常常閉起一隻眼睛，不加深究。大概文人也跟少年一樣，保有「赤子之心」，所以即使任性到無法無天，也是值得原諒吧？

明朝文人的流風餘韻，自然也見於清朝文人之中。清初的吳偉業（一六〇九—一六七二）、歸莊（一六一三—一六七三）、侯方域（一六一八—一六五五）、王士禎（一六三四—一七一一）、孔尚任（一六四八—一七一八）、洪昇（一六四五—一七〇四）、李漁（一六一一—一六八〇）等明朝遺民或具有遺民意識的文人，他們的處世態度和人生哲學，大致還是繼承著明朝文人的傳統。其後有鄭燮（一六九三—一七六六）、吳敬梓（一七〇一—一七五四）、袁枚（一七一六—一七九七）、曹霑（一七一五—一七六三），以至清末的劉鶚（一八五七—一九〇九）、易順鼎（一八五八—一九二〇）、王韜（一八二八—一八九七）等，也都可以歸入文人之類。進入民國以後，新文學產生，表面上固然是一派新氣象，但我們依然可以在郁達夫、徐志摩等作家身上，窺出傳統文人的痕跡。

---

171　編者注：見本書頁二七七—三六〇。

172　錢謙益：〈湯遂昌顯祖〉，《列朝詩集》丁集卷十二，收入《續修四庫全書》第一六二四冊，頁七十七。

# 十

以上是我大致按照時間的先後，漫步於古今文壇，看了一下文人的處世態度和思想。不過，一部中國文壇的歷史，時間這麼長，文人那麼多，所以我在這裡所介紹的，充其量只能算是走馬看花式的一點見聞而已。

要之，文人一辭的界說或概念曾經發生過幾次變化。周朝的文人意指有文德的祖先，與文學藝術似乎沒什麼關係。戰國末年到兩漢，雖有宋玉、司馬相如等唯美派辭賦作家出現，但王充心目中的理想文人卻近於歷史家，可說是上承先秦掌記事「史官」，下啟「文史不分家」的思想。杜甫由於「善陳時事」，而「世號詩史」，[173] 正是中國文學觀注重歷史成分的表現。魏晉時代開始以文人稱呼「文章」的作家。只是當時所謂文章包括一切文體，除純文學的詩賦之外，有奏議、書論、銘誄等，可見文人的範圍相當廣。這種用法經過南北朝到唐初，似乎沒什麼改變。這一點從《文心雕龍》的篇目、《文選》的分類，以及陸機《文賦》或摯虞《文章流別集》的內容，也可以看得出來。不過在另一方面，由於五言詩的成立，特別是宮體的流行；又由於駢文的發達，文人已逐漸有意指純文學作家的傾向。隋末王通《中說》所評的「文士」多為詩人，就是這種傾向的旁證。而從後漢末年以來，因為文學作品競學淫靡浮疏；文人生活走向頹廢狂誕，於是批評或指責文人的言論開始大量出現。連被傅玄等人指責過的魏文帝曹丕，也曾經說：「觀古今文人，類不護細行，鮮能以名節自立。」[174] 曹丕自己至少是個業餘文人。他這句話表面上好像承認文人的無行，骨子裡卻隱約地含有替文人辯護的用意。

稍後的梁簡文帝蕭綱，雅好文章士，喜作宮體豔詩，曾誡其子當陽公大心說：「立身之道，與文章異，立身先須謹重，文章且須放蕩。」[175]乾脆把文學跟道德加以區別了。

兩漢及魏晉南北朝的文人生活，除陶淵明等少數例子之外，多半以帝王或貴族為中心而展開。因此往往類似倡優，而帶有媚主求榮的傾向，也缺乏獨立自主的人格。至於唐宋文人的活動範圍則以官場為主。這是比較開放的世界。由於科舉制度的確立，原則上人人享有經過公平競爭而進入官場的機會。於是個人的才能器識受到了相當的尊重，而攀龍附鳳以求榮達的陋習為之減少。因為科舉注重詩文的才能，所以一旦通過考試而躋身官場，實際上也就等於進入文壇。在中國文學史上，文人與政治活動的關係大概以唐宋時代最為密切了。結果文人除了文才之外，更須具備政治能力，起碼也得具備政治理想。杜甫生前之所以享受不到應得的崇敬，與他的科場失利而不能取得相當的政治地位，自然有關；但在他身後，特別是在宋朝，終於獲得了極高的評價，最主要原因還是他憂國憂民的政治理想。唐宋詩文作家的排斥輕豔空疎，而留意國計民生或倡導載道觀念，可說是這種時代風氣所使然。

不過，並不是沒有例外，尤其是在初唐及晚唐詩人和五代兩宋詞人之間，依然免不了放蕩不羈的表

173　歐陽修、宋祁撰：《新唐書》卷二〇一，〈文藝列傳・上〉，頁一四六六。

174　曹丕：〈與吳質書〉，收入蕭統編，李善等注：《六臣注文選》，見《原式精印大本四部叢刊正編》第九十二冊，卷四十二，頁七八六。

175　編者注：〔南朝梁〕蕭綱著，肖占鵬、董志廣校注：〈誡當陽公大心書〉，《梁簡文帝集校注（三）》（天津：南開大學出版社，二〇一五年），卷十，頁七五五。

現。這派文人重文才不重器識，成為道學家所輕視或攻擊的對象。但他們的文學思想和處世態度，卻為後代所繼承，而產生了所謂典型的文人。

中國的典型文人萌芽於南宋末年，成熟於元代，普遍於明朝，遺留於滿清，而絕跡於民國。這時期的典型文人以無官無祿的平民為主，由於自動的或被動的疏遠政治，文人的活動中心由官場而落入更廣泛的民間。大勢所趨，即使涉足官場的文人也大都保持著平民的意識，而與民間文人為伍，互相往來。因為與實際政治無緣，所以對國計民生往往採取不聞不問的態度。又因為文學至上的思想已經成立，文人為了追求生命於文學之中，在生活上面，常有脫離常識的奇矯或頹廢作風，甚至有公然與道德習慣和政府對抗的行為。

我在本文中所敘述的當然只是普遍的情形，因此難免過分重視文人的共同特徵，而忽略文人的個別性格。事實上，並不是所有的文人都是無行；無行的也不限於文人。只是在以前的社會上文人比較受人注意，很像現在的電影明星一般，他們的一舉一動，往往變成談話的資料。何況他們又有一枝筆，動不動就大寫特寫，談己志、抒中情、發牢騷、誌感慨、記豔聞、露隱祕……，有意無意間也為自己做了宣傳，於是無行、潦倒、窮愁、狂放等辭彙，都堆到文人頭上來了。

中國文人的文學思想和處世態度，在日本也有不少追隨者。下面我們再接著來談日本的文人。

# 下篇

## 一

日本的文學史雖然不及中國的悠久，但早在八世紀的奈良時代——大約相當於中國的盛唐，就先後出現了純文學的漢詩集《懷風藻》（七五一），與和歌集《萬葉集》（七五九？），算來已有一千兩百多年，較之其他許多國家，也可以說是源遠流長了。這兩部總集的出現，當然不是一朝一夕之事，而是長久的歲月累積起來的結果。所以事實上，日本文學的起源還要早得多。不過，正如江村北海（一七一三—一七八八）說：「古昔詩可徵于今者，莫先乎《懷風藻》。」[1] 又岡田正之也說：「《懷風藻》雖非我邦集類之權輿，然現存古代詩集當以此為第一；恰如《萬葉集》之居歌集之首。若無《萬葉集》，何以接古歌之英華？若無《懷風藻》，何以徵古詩之精髓？上代文化之能放一大輝光者，實以此兩集並存故也。」[2] 足見《懷風藻》和《萬葉集》的成立，的確是日本文學史上空前的大事。不用說，日本文學之所以能脫離「口誦文學」的原始階段，而在短短數百年之間，創造了高度的「紀

1　江村北海：《日本詩史．凡例》，收入富士川英郎、松下忠、佐野正巳編：《詞華集日本漢詩》（東京：汲古書院，一九八三年），第二卷，頁八。

2　岡田正之：《近江奈良朝の漢文學》（奈良：養德社，一九四六年），頁一九八—一九九。

錄文學」，中國文化的影響是具有決定性作用的。

有趣的是日本文學史的「開步走」，竟被以外國文字創作的漢詩集搶去了第一步；而借用漢字記錄本國語言（即所謂「萬葉假名」）的和歌集，卻落在後面。這個起頭似乎注定了日本文學的命運；從此以後，到明治時代初年為止，一千多年之間，漢文和日文一直分庭抗禮，單獨或共同產生了無數的文學作品。雖然由於時代的風尚或個人的嗜好，漢文和日文互有盛衰榮枯，但始終保持著並駕齊驅的現象。大致說來，日文系統有和歌、小說、日記、隨筆、戲劇、俳句等；漢文系統有漢詩、史書、詞、詩話、日記、經典論著等。其他也有不少使用「變體漢文」和「漢文脈日文」的作品。在我的印象裡，日本的文學語言恐怕是世界上花樣最多、變化最厲害的一種。日本語法本身的演變已夠複雜，再加上漢文排山倒海般的影響作用，更難怪要日新月異，一代有一代的不同面目了。

這種「兩國語的」（bilingual）文學傳統，並不是日本獨特的產物。如韓國就跟日本的情形一樣，先使用漢文，然後又與諺文並行不廢。西洋在文藝復興以前，許多國家使用拉丁文寫作，也很相似。不過各國文字產生之後，拉丁文便從第一線退休下去了。現在世界上還有不少兩國語的或多國語的國家，譬如加拿大之並用英語和法語，瑞士之並用德語、法語和意語；又如印度、馬來西亞、菲律賓等，除本國語言之外，也都採用英語。但這些國家如不是由多數具有文字的民族所構成，就是曾經長期做過別國的殖民地。在文學創作上，單一民族使用兩種語文，而且超過千年以上的，大概只有日本了。韓國諺文創於十五世紀初葉的李氏世宗時代，歷史既淺，也沒產生過什麼偉大的作品。直到現在廢止漢文之後，諺文才真正變成了成熟的文學語言，因此高度水準的諺文文學，恐怕還得等些時候始能出現。反之，日本文學固然也一直保持著漢文，但是另一方面，早在平安時代初期，即八、九世紀之交，就放棄了不方便的「萬葉假名」(又叫「真名」)，創造了簡單的標音文字「平假名」和「片假名」。日本既然有了適合於記錄本國語言的文字，於是和文文學為之一日千里，形成了平安時代文風極盛的局面。日本最偉大的長篇小說《源氏物語》，就是平安時代晚期的產物。這部長達五十卷的小說，經由英國東方學者威利（Arthur Waley）發表傑出的英譯本後，在西洋各國頗受推崇，已被公認為世界性巨著之一。可惜的是我們中國不但還沒有中譯本，恐怕一般人連書名也是相當陌生的。[3]

本文無意敘述日本的文學史，而只是想在介紹中國的文人之後，接著介紹一下日本古今文人的文學思想和處世態度。當然茲事體大，不是短短的一篇文章所能容納，所以只能採取重點主義，就每個時代選出幾個代表性的文人做概括性的評介。我在前面敘述中國文人時，曾按時代的先後，就文人的社會地位和活動的地盤，把他們分成宮廷文人、官場文人、民間文人等三大集團。這種分類法也大致可適用於日本，不過並非完全相同。譬如說，像中國唐宋以後那種經過科舉而進入官場的文人，由於政治和社會制度的懸殊，在日本根本就不可能產生。反之，日本卻有中國所無的「僧侶文人」集團。嚴格地說，在中國並不是沒有僧侶文人，但他們的存在既不顯著，而且也經常在文壇主流之外。至於日本僧侶的文學活動就不可等閒視之了。他們不但在古今文人中占著相當高的比率，甚至曾經執過文

3　編者案：本文寫成的年代，尚未有中譯全本《源氏物語》問世。今通行之中譯本有豐子愷、林文月兩家之譯本，今皆風行於中文世界，已多次再版。

壇牛耳達數百年之久，形成了所謂僧侶文學的時代，不能不說是一個很特殊的現象。

日本文學史大約可以分成四個階段。第一是古代（一一五五年以前）：從大和時代（即飛鳥、近江、奈良諸朝），到平安時代後期的保元之亂，文人以貴族為主。第二是中世（一一五六—一五六〇）：從保元之亂，經鎌倉時代而到室町時代末年，文人以僧侶為主。第三是近世（一五六一—一八六六）：包括安土桃山時代和江戶時代，文人以平民為主。第四是近代（一八六七年以後）：從明治維新以後到現在，由於日本積極地吸收西洋文化，確立了現代文學的基礎。於是新型作家大量出現，而傳統的舊式文人便逐漸消滅了。

日本語的「文人」一辭借自中國，用法也大致相同，只是所指範圍比中國的要大些。除了漢文學系統的辭賦家、詩人、詞人、書畫家等之外，又包括日文文學系統的歌人、「物語」作者、俳人、「戲作者」等。不過這兩個系統的文人並不是截然分開的。事實上，有許多日本文人不但兼用日、漢兩種語文，而且都能駕輕就熟地寫出高水準的作品。即使是專用日文創作的文人，也都多多少少具有漢學的修養。我們知道，要一個人能懂或會寫一種外國文，並不怎麼難。但是要一個人用外國文創作文學作品，而且要他寫得跟外國人一樣好，那就難上加難了。然而這樣的人在日本卻不稀罕。至少在漢文的範圍之內，日本文人驅使外國文字的能力是值得我們佩服的。

## 二

大和時代是日本文學的發祥期。根據傳說，雖然早在三世紀的應神天皇朝，就由百濟王仁獻上《論語》和《千字文》，使日本正式與大陸文明發生接觸。不過以後兩三百年間，由於缺乏具體的文獻資料，我們不曉得日本文明的發展情形到底如何。這時無疑的已有不少漢文典籍傳入日本，但有關學問文章之事，大概還是委任漢、韓的歸化氏族去處理的。到了飛鳥朝的推古天皇時代（五九三—六二八），聖德太子攝政，日本才大量輸入中土文物；尤其是大化革新（六四五）以後，積極地模仿唐朝政治制度，作戶籍、定田制、制冠位、立官學、行釋奠，而完成了律令國家的規模。國家既然統一而安定，充滿新興的氣象，於是粉飾太平的文學也就慢慢地發展起來了。《懷風藻》序云：

> 及至淡海先帝（天智天皇）之受命也，恢開帝業，弘闡皇猷。道格乾坤，功光宇宙。既而以為調風化俗，莫尚於文；潤德光身，孰先於學？爰則建庠序、徵茂才。……旋招文學之士，時開置醴之遊。當此之際，宸翰垂文，賢臣獻頌。雕章麗筆，非唯百篇。……自茲以降，詞人間出。龍潛王子，翔雲鶴於風筆；鳳翥天皇，泛月舟於霧渚。……騰茂實於前朝，飛英聲於後代。[4]

4　小島憲之校注：《懷風藻．序》，收入《日本古典文學大系》（東京：岩波書店，一九六七年），第六十九冊，頁六十一—

這篇序文雖然模仿昭明太子《文選》序而寫成，但從其中的敘述，我們不難看出日本文學草創時期的大概情形。近江朝的天智天皇（六一三？—六七一）夙慕周公、孔子之道，善於文章詩歌，據說又著有《書法》一百卷，可惜沒有流傳下來。不過他在日本文學的發展史上，卻是個值得大書特書的人物。他的兒子弘文天皇克紹箕裘，「雅愛博古，下筆成章，出言為論，時議者嘆其洪學。未幾文藻日新」。[5] 以後歷朝諸帝，如天武、持統、文武、元明、元正等，也都雅好文事。現傳日本最早的史書《古事記》（七一二）和《日本書紀》（七二〇），以及數種《風土記》，多半成立於元明、元正兩朝，亦即奈良時代的初期。繼之而起的是有名的聖武天皇。他在朝期間（七二四—七四八），文風更盛。據《續日本紀》神龜三年（七二六）九月條云：「庚寅，內裡生玉來，勑令朝野道俗等作玉來詩賦。壬寅，文人一百十二人上玉來詩賦。隨其等第，賜祿有差。」[6] 玉來大概是玉英或靈芝之類。又神龜五年三月條：「己亥，天皇御鳥池塘，宴五位已上，賜祿有差。又召文人令賦曲水之詩，各賚絁十疋、布十端。」[7] 又天平二年（七三〇）三月條：「丁亥，天皇御松林宮，宴五位以上，引文章生等，令賦曲水，賜絁布有差。」[8] 另外，每逢七夕、仲秋或其他喜慶節日，也都有文酒之會。在《懷風藻》中存有不少〈七夕〉、〈三月三日曲水宴〉、〈上巳禊飲應詔〉之類的詩，大概都是在這種文酒會上所作的。這雖然是指漢詩方面而言，不過並不限於漢詩。在《萬葉集》也有些「七夕」的歌。又如題為〈三日守大伴宿禰家持之館宴歌〉，就是參加「曲水宴」所作的和歌。從這些事實看來，我們不難了解當時日本文風之盛，和仰慕中國文化習慣的一斑。

據說日本的曲水宴，最初舉行於顯宗天皇元年，即中國齊永明三年（四八五），比東晉王羲之的蘭亭之會（三五三）晚一百多年。不過，日本現存曲水宴的詩卻始於聖武天皇時代。聖武以後，淳仁、孝謙、光仁、桓武歷代天皇，也繼續把這個習慣維持下去。[9]到了平安時代，雖然因故不曾公開舉行，但是，現在京都「御所」留有「曲水流觴」的遺蹟；《本朝文粹》載有菅原道真（八四五—九〇三）的〈三月三日同賦花天似醉應制序〉；[10]《北山抄》也有康保三年（九六六）曲水宴的記事，[11]可見並沒有完全廢止。曲水之宴或其他詩會原則上是在宮廷或離宮舉行的，但在貴族之間好像也相當流行。上舉《萬葉集》中的大伴家持（七一八？—七八五）之館的三日宴，就是一例。他如當時的大貴族藤原家，不但是政權的重鎮，也是文壇的中心。據《藤氏家傳》中的〈武智麻呂傳〉說：

六十一。

5　小島憲之校注：〈淡海朝大友皇子傳〉，《懷風藻》，《日本古典文學大系》第六十九冊，頁七十。

6　菅野真道：〈神龜三年九月〉，《續日本紀》，收入黑板勝美編：《新訂增補國史大系》（東京：吉川弘文館，一九六六年），第二卷，卷九，頁一〇六。

7　菅野真道：〈神龜五年三月〉，《續日本紀》，黑板勝美編：《新訂增補國史大系》第二卷，卷十，頁一一二。

8　菅野真道：〈天平二年三月〉，《續日本紀》，黑板勝美編：《新訂增補國史大系》第二卷，卷十，頁一二一。

9　菅原道真：〈歲時部六．曲宴〉，《類聚國史》，收入黑板勝美編：《新訂增補國史大系》（東京：吉川弘文館，一九六五年），第五卷，卷七十五，頁三八七—三九一。

10　菅原道真：〈三月三日同賦花天似醉應制序〉（二九五），收入藤原明衡編，大曾根章介等校注：《本朝文粹》，《新日本古典文學大系》（東京：岩波書店，一九九二年），第二十七冊，卷十，頁三〇〇。

11　藤原公任：〈花宴事〉，《北山抄》，收入《改訂增補故實叢書》（東京：明治圖書，一九九三年），卷三，頁三三七。

「(神龜)六年，遷大納言。……至于季秋，每與文人才子，集習宜之別業，中文會也。時之學者，競欲預坐，名曰龍門點額也。」[12]這是聖武朝的事。在平安時代，藤原道長曾於寬弘四年(一〇〇七)、藤原師同曾於寬治五年(一〇九一)，分別舉行過曲水之宴。詳見《法成寺攝政記》(又稱《御堂關白記》[13])、《中右記》[14]及史籍《日本紀略》[15]等。這些例子只是就我所知隨便舉出而已。類似詩文酒宴，在奈良、平安時代，恐怕年年都有。此外每逢有外國使節來朝時，也往往大張文酒之會。例如神龜三年，新羅使節訪日，左大臣長屋王宴之於其第宅，召集文人才子，分韻賦詩，《懷風藻》中有十首〈秋日於長王宅宴新羅客〉詩，就是這次讌集的產品。

從上面的介紹，我們可以看出當時的日本文壇，很像中國的魏晉南北朝時代。文人的出身不是皇親貴胄，就是世家大族，而活動的場所多在宮廷或館第。岡田正之曾根據《懷風藻》、《經國集》、《萬葉集》、《唐大和上東征傳》、《釋日本紀》、《文苑英華》等書，統計近江奈良時代的漢詩作家，共得七十五人。其中天皇三、皇子諸王九、「贈正一位」至「從七位下」五十、緇六流六、隱士一。[16]可見當時的文人絕大多數是朝紳或名僧。我們知道，日本在近代以前，原則上平民是不能做官的，因此有官位官職的人，往往是貴族或世家的出身。雖說古代《大寶令》(七〇一)中有科舉制度，規定「白丁」也可以應試，但學校既為蔭子蔭孫而設，而氏族門閥又始終把持著政治、教育大權，所以再好的科舉制度也徒具其文而難見其實，終於廢而不行了。近江奈良時代的文人既然多為朝紳，他們的出身可想而知。不過值得注意的是其中含有不少漢韓兩國的歸化氏族。譬如緇流六人之中，就有兩個是唐歸化僧。又如在《懷風藻》六十四個詩人裡面，也含有約四分之一的歸化人子孫。關於歸化氏族對日本古代文明的貢獻，日本學者並不忽視，已有不少論著問世。專著有關晃的《歸化人》[17]和上田正昭的《歸化人》[18]，此外木宮泰彥著《日支交通史》，[19]亦可參考。此書有陳捷中譯本《中日交通史》。[20]王輯五所著《中國日本交通史》，[21]也是根據此書改編而成的。木宮在戰後又出了一本《日華文化交流史》，[22]比《日支交通史》更充實，對「歸化人」也有更詳細的介紹。至於其他有關著作尚

---

12　延慶：〈武智麻呂傳〉，《藤氏家傳》，參見沖森卓也、佐藤信、矢嶋泉：《藤氏家傳　鎌足・貞慧・武智麻呂傳　注釋と研究》（東京：吉川弘文館，一九九九年），下卷，頁一一〇—一一二。

13　藤原道長著，正宗敦夫編：〈寬弘四年三月三日〉，《御堂關白記》（東京：日本古典全集刊行會，一九二九年），上卷，頁一四〇。

14　藤原宗忠著，笹川種郎編：〈寬治五年三月十六日〉，《中右記（一）》（東京：日本史籍保存會，一九一六年），頁四十八—四十九。

15　山崎知雄校訂：〈寬弘四年三月三日〉，《日本紀略・後篇》，收入黑板勝美編：《新訂增補國史大系》卷十一，頁二一三。

16　見岡田正之：《近江奈良朝の漢文學》，頁一八六—一九四。以及岡田正之：《日本漢文學史》（東京：吉川弘文館，一九五四年），頁七十五。

17　關晃：《歸化人：古代の政治・經濟・文化を語る》（東京：至文堂，一九五九年）。

18　上田正昭：《歸化人：古代國家の成立をめぐって》（東京：中央公論社，一九六五年）。

19　木宮泰彥：《日支交通史》（東京：金刺芳流堂，一九二七年）。

20　木宮泰彥著，陳捷譯：《中日交通史》（上海：商務印書館，一九三一年）。

21　王輯五：《中國日本交通史》（上海：商務印書館，一九三七年）。

22　木宮泰彥：《日華文化交流史》（東京：富山房，一九五五年）。

多，不一一列舉。

文人的出身已如上述，那麼，他們詩歌所詠的對象或內容又如何呢？最簡便的方法是把《懷風藻》裡的一百一十七首詩加以分類。結果是侍宴、從駕、讌集、遊覽、七夕等應制之詩，占八十多首；其次是言志詠懷的詩，約二十首。從這個統計數字，不難看出當時詩壇風尚之一斑。像侍宴、從駕、讌集、遊覽之類所以占那麼多，無疑是受魏晉南北朝以來的中國詩風的影響。到奈良時代為止，中國的主要典籍、史書、諸子、佛經等自不必說，純文學的詩文集子也有不少傳入日本。早在《大寶令》中就規定《文選》為「進士」科必試之書。又據保存聖武天皇遺物的正倉院中的文書，可知當時在朝廷裡曾有《離騷》、《文選》、《庾信集》、《太宗文皇帝集》、《許敬宗集》等寫本。但其中對作詩影響最大的大概是《文選》了。其後歐陽詢（五五七—六四一）編的《藝文類聚》也傳了進來，給日本詩人更大的方便，簡直變成了作詩的百科全書。

憑良心說，《懷風藻》的漢詩還相當幼稚，最好也只能算是成功的仿製品而已。所以往往徒具形式而缺乏內容。這固然是由於接受中國文學的歷史還在初步階段；但更重要的原因，恐怕是專務歌功頌德，而忽視了個人感情。這種缺點在《萬葉集》中就很少見。《萬葉集》不愧是日本最早的民族歌集，全集四千五百多首，集奈良時代以前數百年的歌謠之大成。其中雖然也有不少侍宴從駕之類，但更多思婦征人、感物傷時、言志詠懷的真情之作。有點像《詩經》中的〈國風〉，大致說來，古樸渾厚為其特色；但也不免包含一些鄭衛之音。《萬葉集》與《詩經》的異同自然可以舉出不少。其中之一便是《萬葉集》約有半數「歌人不知」，另一半則有歌人的名字，共兩百六十多人。「歌人不知」部分大概是民間歌謠，經過收集記錄而成的。至於具名的歌人，多半都持有官位，至少較有名氣的大都是朝臣。這點跟漢詩作者的出身分類大致相合。事實上，約有二十個《懷風藻》的詩人也是《萬葉集》的歌人。有趣的是他們的和歌都優於漢詩。對當時的文人來說，很明顯的，漢詩是官場應酬上不可缺少的必備工具；反之，和歌卻是抒發個人情懷最適合的表現形式，何況和歌又是本國的產物，自然易於親近而做好。至於漢詩是外國的東西，本來就有格格不入之感，只是為了趕時髦，為了盡責任，不得不勉力為之，難怪要事倍而功半了。《懷風藻》的出現固然是日本文化史上的一件大事，具有不可忽視的歷史價值；但就詩論詩，正如久保天隨（一八七五－一九三四）所說：「諸人雖極力模擬，然僅限於形貌之末，與意象洗鍊毫不相關。加之學問淺薄，用字匱少。語法或欠來歷；對偶動欠精當。庸俗靡爛，所謂不免和習者，既遺憾且可悲。雖然一句一聯往往有可觀者，但全篇難稱，完璧之作，絕無所見。」[23] 久保是有名的漢學家，這種批評固然苛刻，卻是實情。像岡田正之所說：「《懷風藻》之片言隻辭，不啻拱璧鎰金。」[24] 就不免過褒，而有敝帚自珍之嫌了。

---

23　久保天隨：〈懷風藻解題〉，《新校群書類從》（東京：內外書籍，一九三一年），第六卷，頁十二。
24　岡田正之：《日本漢文學史》，頁七十八。

## 三

大和時代的日本文人，在創作上既然極力模仿中國文學，結果在人生哲學或處世態度方面，也往往留下了追隨中國文人的痕跡。最明顯的是魏晉名士派文人的影響，像《世說新語》、《三國志》、《晉書》等書中的文人言行，在日本也不少翻版。下面我們可以從《懷風藻》和《萬葉集》中舉出幾個人做例子，看看當時文人處世態度的一面。

第一個應該談到的是大津皇子（六六三—六八六）。他是天智天皇的第三子，「狀貌魁梧，器宇峻遠。幼年好學，博覽而能屬文。及壯愛武，多力而能擊劍。性頗放蕩，不拘法度，降節禮士，由是人多附託」。[25]《日本書紀》也說他「容止墻岸，音辭俊朗。……辨有才學，尤愛文筆。詩賦之興，自大津始也」。[26]他在日本詩歌史上的地位和他在人生上的遭遇，有點像曹植，但結局比曹植更慘。在他少年時代，親經「壬申之亂」（六七二）。二十四歲時，受新羅僧行心的慫恿，陰謀叛變，被發覺而賜死。其妃山邊皇女「被髮徒跣，奔走殉焉，見者皆歔欷」。[27]這位皇子的遭際的確令人同情，但他在生前卻是放蕩不羈的才子型文人。《古今和歌集》真名（即漢文）序說他在世時，「詞人才子，慕風繼塵。移彼漢家之字，化我日域之俗」，[28]可見他是經常與詞人才子為伍的。他的放蕩表現於酒色上面。〈遊獵〉詩云：「喫臠俱豁矣，傾盞共陶然。」[29]又有〈春苑言宴〉詩：「驚波共絃響，哢鳥與風聞。群公倒載歸，彭澤宴誰論？」[30]彭澤即陶淵明，王勃〈春日序〉：「橫琴對酒，陶潛彭澤之遊。」[31]大概是最後一句的出處。陶淵明的隱居和好酒的故事，在奈良時代好像已成常識，所以詩人往往樂於引用。大津只是其一而已。至於「群公倒載歸」，使我們想起晉朝山濤的兒子山簡（季倫）。據《藝文類聚》「池」門引用《襄陽記》說：「山季倫每臨此池，輒大醉而歸。恆曰：『此我高陽池也。』城中小兒歌之曰：『山公何所往？來至高陽池。日夕倒載歸，酩酊無所知。』」[32] 大津皇子雖然沒有明言酩酊大醉，但從所用典故也足以窺出詩中含意如何了。

他的作品只傳下漢詩和歌各四首。和歌四首之中，有兩首是與女人有關的。〈贈石川郎女〉云：「蹢躅林中，霑彼山露。妹其不來？霑彼山露。」[33] 石川郎女〈奉和〉這首歌說：「感君盼妾，在彼

---

25 小島憲之校注：〈大津皇子傳〉，《懷風藻》，《日本古典文學大系》第六十九冊，頁七十四—七十五。

26 舍人親王等著，高木市之助等校注：〈持統天皇〉，《日本書紀（下）》，收入《日本古典文學大系》（東京：岩波書店，一九八七年），第六十八冊，卷三十，頁四八七。

27 同前注。

28 紀貫之著，佐伯梅友校注：〈真名序〉，《古今和歌集》，收入《日本古典文學大系》（東京：岩波書店，一九六八年），第八冊，頁三三七。

29 大津皇子著，小島憲之校注：〈遊獵〉（五），《懷風藻》，《日本古典文學大系》第六十九冊，頁七十六。

30 大津皇子著，小島憲之校注：〈春苑言宴〉（四），《懷風藻》，《日本古典文學大系》第六十九冊，頁七十五。

31 〔唐〕王勃：〈春日序〉，見於楊守敬：《日本訪書志》，收入《續修四庫全書》（上海：上海古籍出版社，一九九七年據清光緒鄰蘇園刻本影印），第九三〇冊，卷十六，頁七四二。

32 〔唐〕歐陽詢：《藝文類聚》，收入《景印文淵閣四庫全書》第八八七冊，卷九，頁三〇二。

33 大津皇子著，高木市之助等校注：〈贈石川郎女〉（一〇七），《萬葉集（一）》，收入《日本古典文學大系》（東京：岩波書店，一九五七年），第四冊，頁七十一。

林中。恨非山露，濡君之容。」[34] 又有一首題為〈大津皇子竊婚石川女郎時，津守連通占露其事，皇子御作歌〉云：「大船之津，津守善卜。占我二人，謂方同宿。」[35] 這兩人的關係不比尋常，說好聽一點是幽會，說難聽一點是密通。有趣的是歌題中「竊婚」兩個字。此事被「占露」以後，反而沾沾自喜，做起歌來。可見大津皇子是個浪漫成性的才子。

這類幽會或密通往往以投遞情歌開始，而以遂其所願結束；在日本古代貴族社會中屢見不鮮，《萬葉集》中有許多男女往返之歌可以為證。到平安時代就更普遍了。最典型的例子自然是《源氏物語》。這部小說的主角光源氏，也是個皇子，一生中跟許多女人發生關係，連他的庶母「藤壺女御」也包括在內，可以媲「美」衛宣公烝于夷姜的故事。光源氏能歌能詩，可說是個宮廷文人的典型代表。他每看到一個中意的女性時，就情不自禁，或投歌引誘，或託人關說；千方百計，不達目的絕不肯休。他的「愛情冒險」本質上無非是「好色」使然，但也不妨說是「愛美」的天性所致，不管是好色或愛美，他的所作所為畢竟難免使自己苦惱，使別人悲哀。多情自古空遺恨。結果，那些女性或齎恨夭折、或遁入空門、或浮屍清流，幾乎都是以悲劇下場。在某種意義上，《源氏物語》可說是情痴文學，也可說是好色文學。但作者紫式部（九七八—一〇一五？）卻通過情欲本能，追究人生內在的罪惡意識；而在企圖擺脫這種罪惡的過程中，尋求一種人生的理想境界。江戶時代的「國學者」本居宣長（一七三〇—一八〇一）曾著《源氏物語玉之小櫛》[36] 一書，說明這部小說的本質是「物之哀」的精神。這是一個美學的觀念。劉勰《文心雕龍》說：「人稟七情，應物斯感；感物吟志，莫非自然。」[37] 鍾嶸《詩品》也說：「氣之動物，物之感人，故搖蕩性情，形諸舞詠。」[38] 這些話的含意似乎與「物之哀」的概念相近。《文心雕龍》又專論「哀」的體用說：「情主於痛傷。」[39]「辭清而埋哀，蓋首出之作也。」[40]「情往會悲，文來引注，乃其貴耳。」[41]可見中國文學也有貴哀的傳統。杜甫「感時花濺淚，恨別鳥驚心」[42]彷彿就是「物之哀」的境界了。不過，在中國的文學理論上，「哀」字雖然常被提到，也頗受重視，卻還沒有人加以歸納為一個獨立的美學概念。反之，在日本，所謂「物之哀」不但已被當作古代文學的基本精神，並且被認為是文人生活的理想境界，而與中世的「幽玄」及近世的「閑寂」，成為日本文學批評的三大辭彙。

關於「物之哀」的解釋，由於這個辭彙是歸納出來的抽象概念，很難下一個明確的界說。日本學

34 石川郎女著，高木市之助等校注：〈奉和〉（一〇八），《萬葉集（一）》，《日本古典文學大系》第四冊，頁七十二。

35 大津皇子著，高木市之助等校注：〈大津皇子竊婚石川女郎時，津守連通占露其事，皇子御作歌〉（一〇九），《萬葉集（一）》，《日本古典文學大系》第四冊，頁七十二。

36 本居宣長：《源氏物語玉之小櫛》（《源氏物語玉の小櫛》），收入大野晉編：《本居宣長全集》（東京：筑摩書房，一九六九年），第四卷。

37 〔南朝梁〕劉勰著，周振甫注：〈明詩篇〉，《文心雕龍注釋》（臺北：里仁書局，一九八四年），頁八十三。

38 〔南朝梁〕鍾嶸著，曹旭集注：〈詩品序〉，《詩品集注》（上海：上海古籍出版社，一九九四年），頁一。

39 劉勰著，周振甫注：〈哀弔篇〉，《文心雕龍注釋》，頁二三九。

40 同前注，頁二四〇。

41 同前注，頁二三九—二四〇。

42 杜甫：〈春望〉，高楚芳編：《集千家注杜工部詩集》，收入《叢書集成續編》第一六三冊，卷三，頁三六五。

者之間也言人人殊，迄無定論。不過據我的了解，大概是這樣的。「物」指一切客觀對象；「哀」指所有主觀情意。託物陳哀，移哀就物，而進入一種主客相融的精神狀態。具體一點說，人生而有七情六欲，情有所動，欲有所發，都逃不出道德習慣的規制。結果，是非善惡因之而分；勸懲褒貶因之而起。譬如光源氏屢次追求不義之戀，從儒、佛觀點就難免惡行之譏。但假如站在客觀的立場，認為那是「人情」上無可奈何的事，而「把光源氏的所作所為，視同出於汙泥的蓮花，只欣賞其美色幽香，忘掉汙水臭泥」，[43] 那麼，他的不義惡行不但不必深責，反而是值得讚美了。本居宣長的這個譬喻很明顯的出自周敦頤的〈愛蓮說〉。總之，人情有善惡，物理無是非，所以如能移人情於物理之中，把人的存在視同物的存在，便可超越是非善惡的道德羈絆，達到只見人情之美，而不見人情之醜的境界。這種境界大概就是「物之哀」的境界了。在這個境界裡，人也變成了一種客觀對象的藝術品；而人情人欲等於培養這種藝術品的肥料。在日本文學作品裡，往往把淫奔私通之類的「不義之戀」叫做「人情之花」，而備致讚美之辭，正是這種「物之哀」傳統美學概念的流露。在這種概念支配文學的情況下，文人的種種「無行」自然有了辯解的藉口，而得以享受更多為所欲為的自由。例如近代大作家永井荷風（一八七九－一九五七）終生追求女色，死而後已，就宣言「妓院是美麗的詩的世界」。[44] 他之所以涉足花街柳巷，無非想把自己造成「物之哀」的藝術品，以便陶醉於「悲哀的快樂」之中。[45] 中國也有「泥蓮」一辭指青樓女子，類似「人情之花」或「美麗的詩」。事實上，像永井荷風那種生活態度，頗受晚唐或明末豔詩作者的影響。這一點我在〈永井荷風與漢文學〉[46] 一文中，已有比較詳細的介紹，不想在這裡重複。

## 四

由於引用了大津皇子跟石川郎女往返的戀歌，趁便談到平安時代宮廷文人的好色風尚；又因為舉出了《源氏物語》做例子，而涉及「物之哀」的概念問題，不得不介紹一下近世本居宣長的理論。順筆所之，竟然降到近代，也提起了小說家永井荷風的生活態度來，現在只好讓我們再回頭到古代去，看看還有什麼樣的文人。

前面我已經說過，近江奈良時代的詩歌作者，除了少數皇族之外，絕大多數是朝臣名僧。名僧人數不多，以後再談。這裡先說氏族朝臣，當時大族無疑的以藤原家為第一。太政大臣正一位藤原史（一作不比等，六五八—七二〇）和他的幾個兒子武智麻呂、總前、宇合、麻呂等，都能詩善歌。如藤原宇合（六九四—七三七）曾做遣唐副使，入唐兩年。一生官運亨通，《尊卑分脈》說他：「器宇弘雅，風範凝深，博覽墳典，才兼又文武矣。雖經營軍國之務，特留心文藻。天平之際，獨為翰墨之

43　本居宣長：《源氏物語玉之小櫛》（《源氏物語玉の小櫛》），大野晉編：《本居宣長全集》第四卷，頁一九九。
44　永井荷風：〈未完的夢〉（〈見果てぬ夢〉），永井荷風著，稻垣達郎、竹盛天雄、中島國彥編：《荷風全集》（東京：岩波書店，一九九二年），第六卷，頁二六九。
45　永井荷風：〈短夜〉，永井荷風著，稻垣達郎、竹盛天雄、中島國彥編：《荷風全集》第八卷，頁一八三。
46　編者注：見本書頁二五一—二七六。

宗。有集二卷。」[47]現存有漢詩和歌各六首。又有〈棗賦〉一篇。其〈悲不遇〉詩云：

賢者悽年暮，明君冀日新。
周日載逸老，殷夢得伊人。
摶舉非同翼，相忘不異鱗。
南冠勞楚奏，北節倦胡塵。
學類東方朔，年餘朱買臣。
二毛雖已富，萬卷徒然貧。[48]

這實在不能說是好詩。只要想像一下他生前的榮華富貴，就知道這首「悲不遇」的詩，無非是堆砌典故，模仿中國人的榜樣，裝出一副「君子固窮」的外表而已。不過，他畢竟是正三位，身兼節度使、大宰帥等要職的大官，所以正如他另一首〈暮春曲宴南池〉說：「琴樽何日斷？醉裡不忘歸。」[49]可以說是相當規矩的官吏文人。

但他的小弟藤原麻呂，一作萬里（六九五—七三七），就頗有魏晉名士的作風了。麻呂雖然位至從三位，官至兵部卿，地位也不算低。不過他「立朝而懷江湖。……愛幽靜，事琴酒，故以竹林七賢自期而已」，[50]對做官的熱忱似乎沒有做文人的興趣高。他的〈暮春於弟園池置酒〉詩，最能表現他的胸襟懷抱。該詩有小序，並錄於下：

僕聖代之狂生耳。直以風月為情，魚鳥為翫。貪名狥利，未適冲襟。對酒當歌，是諧私願。乘良節之已暮，尋昆弟之芳筵。一曲一盃，盡歡情於此地；或吟或詠，縱逸氣於高天。千歲之間，嵇康我友；一醉之飲，伯倫吾師。不慮軒冕之榮身，徒知泉石之樂性。於是絃歌迭奏，蘭蕙同欣。宇宙荒茫，煙霞蕩而滿目；園池照灼，桃李笑而成蹊。既而日落庭清，樽傾人醉，陶然不知老之將至也。夫登高能賦，即是大夫之才。體物緣情，豈非今日之事？宜裁四韻，各述所懷云爾。

城市元無好，林園賞有餘。
彈琴仲散地，下筆伯英書。
天霽雲衣落，池明桃錦舒。

47　洞院公定：〈宇合卿傳〉，《尊卑分脈》，收入黑板勝美編：《新訂增補國史大系》（東京：吉川弘文館，一九六六年），第五十八卷，頁十七。

48　藤原宇合著，小島憲之校注：〈悲不遇〉（九一），《懷風藻》，《日本古典文學大系》第六十九冊，頁一五四—一五五。

49　藤原宇合著，小島憲之校注：〈暮春曲宴南池〉（八八），《懷風藻》，《日本古典文學大系》第六十九冊，頁一四八—一四九。

50　林讀耕齋：《本朝遯史》，收入《日本漢文史籍叢刊》（上海：上海交通大學出版社，二〇一四年據寬文四年（一六六四）刻本影印），第四輯第一〇三冊，卷上，頁三三八。

寄言禮法士，知我有麤疎。[51]

這首詩和小序中所表現的人生思想，可說是中國魏晉南北朝文人的「拙劣的翻版」。麻呂最感興趣的無疑是以竹林七賢為代表的處世態度；狂誕粗疎，不樂仕進；放浪形骸，蔑視禮教，而只求陶醉於詩酒琴書，林園煙霞之中。

這種魏晉間的清談風潮傳到日本後，很明顯的，曾給正在開化期的日本文壇一種強烈而新鮮的刺激。因此追隨仿效的不止麻呂一人而已。在《懷風藻》中就有不少例子。如越智直廣江的〈述懷〉：

文藻我所難，老莊我所好。
行年已過半，今更為何勞？[52]

道公首名（六六三—七一八）的〈秋宴〉：

昔聞濠梁論，今辨遊魚情。
芳筵此僚友，追節結雅聲。[53]

這些是景慕老莊思想之例。清談又免不了神仙之想。如葛野王（六六九—七〇五）的〈遊龍門山〉：

命駕遊山水，長忘冠冕情。
安得王喬道？控鶴入蓬瀛。[54]

隱士民黑人的〈幽棲〉：

試出囂塵處，追尋仙桂叢。……
欲知山人樂，松下有清風。[55]

至於像紀男人（六八二—七三八）的〈七夕〉：

犢鼻標竿日，隆腹晒書秋。

---

51　藤原萬里著，小島憲之校注：〈暮春於弟園池置酒〉（九四），《懷風藻》，《日本古典文學大系》第六十九冊，頁一五八。

52　越智廣江著，小島憲之校注：〈述懷〉（五八），《懷風藻》，《日本古典文學大系》第六十九冊，頁一二三。

53　道首名著，小島憲之校注：〈秋宴〉（四九），《懷風藻》，《日本古典文學大系》第六十九冊，頁一一五。

54　葛野王著，小島憲之校注：〈遊龍門山〉（一一），《懷風藻》，《日本古典文學大系》第六十九冊，頁八十四。

55　民黑人著，小島憲之校注：〈幽棲〉（一〇八），《懷風藻》，《日本古典文學大系》第六十九冊，頁一七二。

鳳亭悅仙會，針閣賞神遊。……[56]

前兩句典出《世說新語》，分別指阮咸和郝隆的怪誕言行。這兩個軼事也見於《藝文類聚》的「七月七日」部門。其他吟詠琴酒山水的詩更多得俯拾即是。不過，當時的日本文人處在不同的政治環境和文化傳統之中，到底能夠了解中國文人的人生思想到什麼程度，實在是個疑問。我以為他們的詩文和實際的精神生活之間，總是貌合而神離，並不完全一致。他們大概覺得中國文人的言行很有意思，所以禁不住也藉著文字來附庸風雅一番罷了。

魏晉文人的思想不但在漢詩上留下了痕跡，也在和歌上發生了影響作用。其中最有名是大伴旅人（六六五—七三一）的〈讚酒歌十三首〉。[57] 旅人官至從二位大納言，是《萬葉集》中代表歌人之一。也能漢詩漢文。《大日本史》說他：「有文藻，善和歌，性愛酒。」[58] 他的十三首〈讚酒歌〉，正好見於錢稻孫《漢譯萬葉集選》[59] 中，下面錄數首：

憂思良無益，何如忘諸懷？

忘憂維濁酒，似宜飲一杯。[60]

古之七賢人，放曠百無欲。

百無蓋有一，所欲惟美酥。[61]

秉生徒為人，莫若作酒尊。

酒尊常親酒，一身有餘芬。62
人世歡樂道，其道不一足。
中惟一道高，道在醉酒哭。63
默坐謹言笑，若為賢者然。
不知飲復飲，醉至涕漣漣。64

56 紀男人著，小島憲之校注：〈七夕〉（七四），《懷風藻》，《日本古典文學大系》第六十九冊，頁一三七。

57 大伴旅人著，高木市之助等校注：〈讚酒歌〉（三三八—三五〇），《萬葉集（一）》，《日本古典文學大系》第四冊，頁一七六—一七八。

58 德川光圀編修：《大日本史》，收入《域外漢籍珍本文庫．第五輯史部》（重慶：西南師範大學出版社、北京：人民出版社，二〇一五年），第十一冊，〈列傳〉卷四十八，總卷一二一，頁六三五—六三六。

59 編者案：原書為錢稻孫：《漢譯萬葉集選》（東京：日本學術振興會，一九五九年）。以下校對版本採用《萬葉集精選（增訂本）》（上海：上海書店，二〇一二年）。

60 大伴旅人著，錢稻孫譯：〈讚酒歌〉（三三八），《萬葉集精選（增訂本）》，頁一二六。

61 大伴旅人著，錢稻孫譯：〈讚酒歌〉（三四〇），《萬葉集精選（增訂本）》，頁一二七。

62 大伴旅人著，錢稻孫譯：〈讚酒歌〉（三四三），《萬葉集精選（增訂本）》，頁一二七。

63 大伴旅人著，錢稻孫譯：〈讚酒歌〉（三四七），《萬葉集精選（增訂本）》，頁一二八。

64 大伴旅人著，錢稻孫譯：〈讚酒歌〉（三五〇），《萬葉集精選（增訂本）》，頁一二九。

全部十三首都與酒有關，或借酒澆愁恨，或託酒陳胸懷，或讚酒為聖賢，完全是魏晉清談者流的口吻。旅人固然以「性愛酒」而出名，但他愛梅花的程度也不下於酒。他在太宰府（今福岡縣）時，於天平二年（七三〇）正月十三日，集僚友胥吏三十餘人，開梅花之宴，各賦梅花歌一首。現存〈梅花歌三十二首〉，就是這次宴會的集體創作。附有漢文序云：

于時，初春令月，氣淑風和。梅披鏡前之粉，蘭薰珮後之音。加以曙嶺移雲，松掛羅而傾蓋；夕岫結霧，鳥封縠而迷林。庭舞新蝶，空歸故鴈。於是蓋天坐地，促膝飛觴。忘言一室之裡；開衿煙霞之外。淡然自放，快然自足。若非翰苑，何以攄情？詩紀落梅之篇，古今夫何異矣。宜賦園梅，聊成短詠。[65]

據說這篇序文是旅人自己寫的，可見他的漢學修養也相當不錯。他的漢詩只傳〈初春侍宴〉一首，有句云：「梅雪亂殘岸，煙霞接早春。」[66]也詠梅花和煙霞。像飲酒賞梅之類的題材，原來很少見於初期的和歌之中。旅人不但愛酒愛梅，並且不止一次地詠為歌詩，無疑的是受了中國文學的影響。奈良時代以後，吟酒詠梅的風氣大盛，成為和歌中的重要題材，旅人提倡之功是不可磨滅的。

在這裡，我想趁便介紹一下「萬葉假名」的用法。譬如拿大伴旅人的一首〈梅花歌〉為例，將原文和讀法對照排列如下（為方便計，讀法部分用羅馬拼音）：

和何則能爾　Waga sono ni
宇米能波奈知流　Ume no hana chiru
比佐可多能　Hisakata no
阿米欲里由吉能　Ame yori yuki no
那何列久流加母　Nagare kuru kamo[67]

這是一首「短歌」形式，原則上分成五行，每行音節數各為五七五七七，共三十一音節。平常不押韻。在這裡每一個漢字代表日語的一個音節，只借漢字之音，不關漢字之義。有點像我們現在音譯外國人名地名。這首歌的意思，根據我草率的翻譯，大概是這樣的：

梅花悄然落，落在我庭隈。
紛紛如雨雪，疑是天上來。

65 大伴旅人著，高木市之助等校注：〈梅花歌三十二首．序〉，《萬葉集（二）》，收入《日本古典文學大系》（東京：岩波書店，一九五九年），第五冊，頁七十二。

66 大伴旅人著，小島憲之校注：〈初春侍宴〉（四四），《懷風藻》，《日本古典文學大系》第六十九冊，頁一一二。

67 大伴旅人著，高木市之助等校注：〈梅花歌三十二首〉（八二二），《萬葉集（二）》，《日本古典文學大系》第五冊，頁七十四。

不過，由於日語只有「五十音」，而漢字同音者不少（尤其日本人借用漢音時不管聲調，同音自然更多），所以每一個日音往往因人因時因地之不同，而可用許多不同的漢字來代表。例如這首「梅花歌」最後一個音節「mo」，除了母字外，也可用毛茂莫暮木……等字，意義並不發生變化。這是萬葉假名的方便處，也是難解處。但像這種用一漢字代表一日音的情形，還是比較單純。譬如〈讚酒歌〉同樣出自大伴旅人之手，借用漢字的方法就大不相同。我們在上面已引過五首，下面再引一首，並附以讀法和錢譯：

夜光　　You hikaru　　縱云夜光珠，
玉跡言十方　　Tama to yū tomo　　珠亦何有於？
酒飲而　　Sake nomite　　孰如飲杯酒，
情乎遣爾　　Kokoro o yaru ni　　開懷且自娛？
豈若目八方　　Anishika meyamo[68]

這裡使用漢字的方法至少有三種：第一是以日語訓讀漢字之義而不用漢字之音，如夜光玉（yoru hikaru tama）、言（yū）、酒飲而（sake nomite）、情（kokoro）、遣（yaru）豈若（anishika）。第二是單借漢字之音而不用漢字之義，這種用法與前引〈梅花歌〉之例相同，如乎（o）、爾（ni）。第三是以日語訓讀漢字之義而漢字之音義皆不取，如跡（ato略為to）、十方（tomo）、目八方（meyamo），這種用法大都見於各種接續詞、接尾詞、助詞等、常見的如鴨（kamo）、霜（shimo）、梨（nashi）之類，都與漢字的音義無關；也許可以叫做間接的借字吧？

實際上，「萬葉假名」的用法還更複雜。我只是就最常見的加以簡單的介紹而已。在《萬葉集》裡，似乎有一個共同遵循的規則：即歌題或歌序都用純粹漢文，如前引大伴旅人的〈梅花歌〉序就是一例。至於歌詞本身，因為是日本語言，自然非用「萬葉假名」不可。由此可知，古代日本文人從事創作的困難。他們必須用「一種文字」來寫「兩種語言」。用漢字來寫漢文是理所當然；但用漢字來記錄日語，就有點牛頭不對馬嘴了。然而日本的第一部民族文學遺產《萬葉集》卻是用這種方法創造出來，而且居然能把漢字運用自如，收到很大的效果，的確令人佩服。現在通行的《萬葉集》都已被改寫成純粹的日文，但原來的本子，乍看之下，如果不知道有所謂「萬葉假名」，會以為那是一部天書或密碼什麼的，簡直莫名其妙。其實在那表面上好像毫無意義的方塊字堆裡面，卻正隱藏著日本民族的精神感情哩。

寫到這裡，想起美國有名的日本史學家，前駐日大使賴世和（E.O. Reischauer）博士所說的，假定日本是西洋某國的鄰居，從古代一開始就可以採用方便的拼音文字，不必挑起漢字的重擔達一千多年之久，可能更有助於日本文化的發展。[69] 我也頗有同感。不知是幸或不幸，日本偏偏是中國的鄰居，

68 大伴旅人著，錢稻孫譯：〈讚酒歌〉（三四六），《萬葉集精選（增訂本）》，頁一二八。

69 Edwin O. Reischauer, *Japan: Past and Present* (New York: A. A. Knopf, 1953), pp. 28-29.

在中華文化巨大的影響之下，日本實在別無他路可走。雖然不久日本也有了自己的文字，但始終不能完全擺脫漢字的束縛。即使到現在，一般日本人對中華文化已談不上什麼修養或尊重，可是在日常生活裡，他們依然不知不覺地使用著漢字。不過很少人在使用時意識到漢字是外國字罷了。有趣的是有些歌星，像「Peggy葉山」、「Frank永井」等，想洋化一下名字，卻洋化不了用漢字寫的姓，只把原來先姓後名的次序顛倒過來，變成了先名後姓。日本批評家加藤周一常說現代的日本文化，是東西洋文化的「混血兒」。最淺近的例子也許是那歌星的「名姓」了。

話題越扯越遠，最好在這裡言歸正傳，讓我來介紹古代的日本文人。在《萬葉集》中有一個相當特殊的歌人，叫做山上憶良（六六〇—？）。據《續日本紀》文武天皇大寶二年（七〇二），即唐中宗時代，以「無位」為「小錄」，隨遣唐使入唐兩年。[70]回國後，從「無位」而升至「從五位下」。但在做官方面好像一直不大得意，除了做過短暫的東宮侍讀之外，終生都在地方輾轉遷徙。大伴旅人在太宰府舉行梅花宴時，他正在九州任筑前守，所以也趕往參加。有〈梅花歌〉一首為證。[71]晚年回到奈良，貧病交加，悒悒而終。其〈沈痾之時歌〉大概是他的絕筆：「丈夫之子，其可徒已？不立于名，不傳于史，不萬于祀。」[72]（錢譯）這首歌令人連想起孔子「君子疾沒世而名不稱焉」[73]的話來，可見他對身後之名是頗為耿耿於懷的。這無疑是受儒家「不朽」觀念影響的結果。他編有《類聚歌林》一百卷，可惜已失傳。現存他的作品有和歌六十多首，漢詩漢文數篇，都見於《萬葉集》。值得注意的是他從不寫戀歌，這點是他跟一般歌人不同的地方。但由於志在兼濟而不得伸展，往往有自怨自哀的傾向。如〈沈痾自哀文〉云：

> 我從胎生迄于今日，自有修善之志，曾無作惡之心。……嗟乎媿哉！我犯何罪？遭此重疾。……欲言言窮，何以言之？欲慮慮絕，何由慮之？惟以人無賢愚，世無古今，咸悉嗟嘆。歲月競流，晝夜不息。老疾相催，朝夕侵動。一代歡樂，未盡席前；千年愁苦，更繼坐後。[74]

真有點酸溜溜的味道。不過他並不是一味地自怨自艾。這篇文章之所以帶著酸味，恐怕是有意模仿中國文人的口吻而力有所不足使然。可說是六朝駢儷遺下的毒。很明顯的，憶良固然有漢學的素養，卻缺乏漢文的技巧。他的和歌就沒有這種毛病。譬如大約同時作的長歌〈老身重病經年辛苦及思兒等歌〉，據錢譯引之如下：

---

70　菅野真道：〈大寶二年六月〉，《續日本紀》，黑板勝美編：《新訂增補國史大系》第二卷，卷二，頁十五。

71　大伴旅人著，高木市之助等校注：〈梅花歌三十二首〉（八一八），《萬葉集（二）》，《日本古典文學大系》第五冊，頁七十四。

72　山上憶良著，高木市之助等校注：〈沈痾之時歌〉（九七八），《萬葉集（二）》，《日本古典文學大系》第五冊，頁一六〇。譯文見錢稻孫譯：《萬葉集精選（增訂本）》，頁一七四。

73　〔魏〕何晏集解，〔宋〕邢昺疏，〔清〕阮元校勘：〈衛靈公第十五〉，《論語注疏》，收入《十三經注疏》（臺北：藝文印書館，一九八九年據嘉慶二十年江西南昌府學刻本影印），第八冊，卷十五，頁一四〇。

74　山上憶良著，高木市之助等校注：〈沈痾自哀文〉，《萬葉集（二）》，《日本古典文學大系》第五冊，頁一〇四—一一二。

人生在世間，惟願平與安。
服願不逢喪，事願無所難。
世乃多憂辛，甚如瘡已穿。
瘡傷豈不痛？復用鹽滷湔。
反如馬負重，重亦已可觀。
猶復益其重，不顧積如山。
我身既已老，且又兼病患。
呻吟盡白晝，喘息夜待旦。
積年常辛苦，累月但悲嘆。
時念不如死，頑兒一顧眷。
如何能捐棄？死又非所願。
目睹如此情，心亂如焚爨。
左右苦煩思，惟余淚如線。[75]

這首歌經過翻譯後，韻味自然略有不同。但歌中的意思還是可以看得出來。老疾相催之悲，兒女眷顧之情，生死無常之感，沉重真摯，了無虛飾，令人感動。其他長歌如〈令反或情歌〉[76]的三綱五教的衛道思想，〈思子等歌〉[77]的父愛，〈貧窮問答歌〉[78]的己飢己溺的胸襟，〈好去好來歌〉[79]的忠君愛國和關注友人，〈戀男子名古日歌〉[80]的失子之慟，〈哀世間難住歌〉[81]的人生無常之感等等，都說明他是個重視儒家思想的入世主義者。他的歌風很像杜甫，遭際也頗類似。但杜甫比他晚半世紀才出生，所以兩人間不可能有任何關係。我說憶良是相當特殊的歌人，是因為他不像大多數日本歌人那樣，徵逐酒色舞樂，或吟弄風花雪月，而能注重人生現實的疾苦，即使在貧病潦倒之際，仍不忘「老吾老以

---

75 山上憶良著，高木市之助等校注：〈老身重病經年辛苦及思兒等歌〉（八九七），《萬葉集（二）》，《日本古典文學大系》第五冊，頁一一六。譯文見錢稻孫譯：《萬葉集精選（增訂本）》，頁一六〇—一六一。

76 山上憶良著，高木市之助等校注：〈令反或情歌〉（八〇〇），《萬葉集（二）》，《日本古典文學大系》第五冊，頁五十八—六十。

77 山上憶良著，高木市之助等校注：〈思子等歌〉（八〇二），《萬葉集（二）》，《日本古典文學大系》第五冊，頁六十—六十二。

78 山上憶良著，高木市之助等校注：〈貧窮問答歌〉（八九二），《萬葉集（二）》，《日本古典文學大系》第五冊，頁九十八—一〇〇。

79 山上憶良著，高木市之助等校注：〈好去好來歌〉（八九四），《萬葉集（二）》，《日本古典文學大系》第五冊，頁一〇〇—一〇二。

80 山上憶良著，高木市之助等校注：〈戀男子名古日歌〉（九〇四），《萬葉集（二）》，《日本古典文學大系》第五冊，頁一一八—一二〇。

81 山上憶良著，高木市之助等校注：〈哀世間難住歌〉（八〇四），《萬葉集（二）》，《日本古典文學大系》第五冊，頁六十二—六十四。

及人之老，幼吾幼以及人之幼」[82]的博愛精神。日本人批評他的歌過於質實而缺乏美感。但這正是他的特點。我覺得在古今日本文人之中，追隨中國「正統文學」而能吸其精髓創為和歌者，山上憶良當是第一人。他的生平似乎與「無行」離得很遠。只是時有窮途之嘆，不免發出哀怨牢騷罷了。

不過，像山上憶良那種正統派的文人並不多見。一般文人在從事創作時，對經國濟民或移風化俗的文學理想既少興趣；而在他們的日常言行上，又往往有奇矯怪誕的表現。這種傾向連方外的僧侶詩人也不例外。如釋智藏（七世紀人），位至「僧正」。曾入唐留學，攜回「三藏」。劉禹錫（七七二－八四三）有〈贈日本僧智藏〉七律一首，但這個智藏可能是另有其人，不是同一個。據《懷風藻》小傳說，他在唐遊學期間，就吳越間某高學之尼受業，「六七年中，學業穎秀，同伴僧等頗有忌害之心。法師察之，計全軀之方，遂被髮陽狂，奔蕩道路。……同伴輕蔑，以為鬼狂，遂不為害」。回到日本時，「同伴登陸，曝涼經書。法師開襟對風曰：『我亦曝涼經典之奧義。』眾皆嗤笑，以為妖言」。[83]可見他頗有魏晉名士的怪誕作風。所謂開襟「曝涼經典之奧義」，跟前引紀男人詩「隆腹晒書秋」句一樣，無疑是模仿郝隆的故事。《世說新語》說：「郝隆七月七日出日中仰臥。人問其故，答曰：『我曬書。』」[84]這個故事也見於《藝文類聚》的「七月七日」門。[85]當時日本文人每逢七夕，習慣上要開文酒之宴，吟詩詠歌，附庸風雅一番。他們事前大概總要參考一下《藝文類聚》等書的，所以料想郝隆這種反俗的直情徑行，當為大家所耳熟能詳，也就難怪有些「東施」禁不住也要「捧心而效其矉」了。

僧侶本來是方外之士，在我們的觀念裡，應該六根清淨，毫無俗念才對。像智藏的「鬼狂」、「妖言」，也許可以解釋做「反俗」的行為，還是說得過去。但有些僧侶為了地位名望，居然不能免俗，也跟一般文人一樣地歌功頌德起來，就有點匪夷所思了。如釋道慈（?—七四四）也是日本佛教史上的高僧。入唐留學十六年（七〇二—七一八）。《懷風藻》小傳說他在留學時，「唐簡于國中義學高僧一百人，請入宮中，令講仁王般若。法師學業穎秀，預入選中。唐王憐其遠學，特加優賞」。[86] 這裡提到的唐王不知是誰，很可能是玄宗。這位學業穎秀的法師，就有一首〈在唐奉本國皇太子〉一絕：

三寶持聖德，百齡扶仙壽。
壽共日月長，德與天地久。[87]

可謂極盡奉承之能事。果然回國後不久，這位皇太子變成了聖武天皇，便拜他為「僧綱律師」，了遂

82 〔漢〕趙岐注，〔宋〕孫奭疏，〔清〕阮元校勘：〈梁惠王上〉，《孟子注疏》，收入《十三經注疏》（臺北：藝文印書館，一九八九年據嘉慶二十年江西南昌府學刻本影印），第八冊，卷一，頁一四〇。

83 小島憲之校注：〈釋智藏傳〉，《懷風藻》，《日本古典文學大系》第六十九冊，頁七十九。

84 劉義慶：《世說新語．排調》，見劉孝標注，余嘉錫箋疏：《世說新語箋疏》，頁八〇三。

85 〔唐〕歐陽詢：《藝文類聚》，收入《景印文淵閣四庫全書》第八八七冊，卷四，頁二一三。

86 小島憲之校注：〈釋道慈傳〉，《懷風藻》，《日本古典文學大系》第六十九冊，頁一六五。

87 釋道慈著，小島憲之校注：〈在唐奉本國皇太子〉（一〇三），《懷風藻》，《日本古典文學大系》第六十九冊，頁一六五。

功名之願。既然受人恩惠，便不得不看人顏色，因此也難免要跟皇親貴冑來些詩酒應酬。但正如他自己在〈初春在竹溪山寺於長王宅宴追致辭〉序裡所說：「道機俗情全有異，香盞酒盃又不同。此庸才赴彼高會，理乖於事，事迫於心。」[88]很明顯的，他對這種塵累並不覺滿心歡喜，反之似乎頗有自責的心情。大概由於這個原故，被評為「性甚骨鯁，為時不容」，終於乾脆「解任歸遊山野」了。[89]

## 五

平安時代是日本文學史上的第一個高潮。雖然還帶著濃厚的宮廷文學的色彩，但詩歌作者輩出，又由於假名已經出現，有了自己的文字，更有助於和文文學的創作。於是除了原來的漢詩、和歌之外，有物語、隨筆、記遊、日記等，文體大備，整個文壇呈現著一片蓬勃的現象。大致說來，平安時代約四百年間，前半是漢文學盛於和文學；後半是和文學盛於漢文學。不過，彼此雖有盛衰消長，就整個時代來看，文風之盛，即使不絕後，也是空前的。

漢文學的興盛顯然是崇仰中土文化的自然結果。平安前半約相當於中、晚唐，正值中國文學爛熟的時期。當時「遣唐使」尚未廢止，許多中國文學書籍陸續由入唐僧和留學生帶回日本，更促進了漢文學的發展。這些傳來書籍之中最受歡迎的，首推《白氏文集》。但漢魏六朝以及唐諸家詩文集也大都已見於日本。據林鵝峰（一六一八－一六八〇）所著《本朝一人一首》云：

《文選》行于本朝久矣。嵯峨帝御宇（八〇九－八二三），《白氏文集》全部始傳來本朝。詩人無不傚《文選》、《白氏》者。然桓武朝，僧空海（七七四－八三五）熟讀《王昌齡集》，且其所著《【文鏡】祕府論》，粗引六朝之詩，及錢起、崔曙等唐詩為例。嵯峨隱君子讀《元稹集》。菅丞相曰：「溫庭筠詩優美也」。公任、基俊所採用，宋之問、王維、李頎、盧綸、李端、李嘉祐、劉禹錫、賈島、章孝標、許渾、鮑溶、方干、杜荀鶴、楊巨源、公乘億、謝觀、皇甫冉、皇甫曾等諸家猶多。加之，李嶠、蕭穎士、張文成等作，久聞于本朝。然則當時文人，涉漢魏六朝唐諸家必矣。藤實賴見《盧照隣集》，江匡房求王勃、杜少陵集，且談及李謫仙事，則何必白香山而已哉？[90]

可見在平安時代，中國主要文人的集子大概都已傳到了日本。林鵝峰所選的還只是一部分而已。別集之外，像唐高宗時許敬宗所編的《文館詞林》等總集，不久也出現在日本了。寫到這裡，不禁想起歐陽修的〈日本刀歌〉來，其中描寫日本文物之盛云：

88 釋道慈著，小島憲之校注：〈初春在竹溪山寺於長王宅宴追致辭〉（一〇四），《懷風藻》，《日本古典文學大系》第六十九冊，頁一六七－一六八。

89 釋道慈著，島憲之校注：〈在唐奉本國皇太子〉（一〇三），《懷風藻》，《日本古典文學大系》第六十九冊，頁一六五。

90 林鵝峰：《本朝一人一首》，收入富士川英郎、松下忠、佐野正巳編：《詞華集日本漢詩》（東京：汲古書院，一九八三年），第一卷，卷十附錄，頁八十九。

前朝貢獻屢往來，士人往往工詞藻。
徐福行時書未焚，逸書百篇今尚存。
令嚴不許傳中國，舉世無人識古文。
先王大典藏夷貊，蒼波浩蕩無通津。[91]

雖然在日本並沒有徐福當時的「古文」大典，但的確保存了一些魏晉以後的逸書。像《遊仙窟》就是一例。比較後來的通俗小說之類更多，這已經是中國小說史的常識了。

平安時代重要的漢詩漢文選集，有《凌雲集》（八一四）、《文華秀麗集》（八一八）、《經國集》（八二七）、《本朝麗藻》（一〇一〇？）、《本朝文粹》（一〇三七？）、《本朝續文粹》（一一四〇？），以及《本朝無題詩》（一一六三？）等。此外還有不少個人集子。這時的漢詩漢文，與《懷風藻》一樣，依然停留在模仿的階段，但已比較成熟，如果不苛求的話，的確有些可誦的作品。也許是受了唐詩的影響，在詩體方面七律大為增加，幾乎隨時可見。不過從詩題看來，還是以侍宴從駕、讌集遊覽之類占多數；而吟詠對象也以絃歌酒色、風花雪月為主。這種情形在平安前期最為顯著；後期則似乎有些轉變，而偏重於抒發個人的情懷。但一般說來，始終脫離不了文字遊戲的傾向。當時在宮廷館第裡流行的所謂詩合（鬥詩）、探題、韻塞（掩韻）、聯句等，與中國宮廷的作風毫無二致。據《日本紀略》的記載，在村上天皇天德三年（九五八），「於清涼殿有詩合，題十首」[92]，詳情見於〈天德三年八月十六日鬥詩行事略記〉。[93] 其後有菅秀才宅詩合（九六三）、侍臣詩合（一〇五一）、殿上詩合

（一〇五六）、八條亭詩合（一一一一）等，可見相當盛行。唐詩中有〈鬥百草〉之類的鬥詩，大概就是詩合的榜樣了。探題似乎更流行。《公事根源》說：「賜題文人作詩，於御前講之。」[94]前舉詩集中，存有不少附有「得秋菊」、「得秋露」字樣的應制詩，就是例子。又有「探得某字」的探韻詩，例子更多。至於所謂韻塞，亦名掩韻，就是一種猜韻字的遊戲。舉一例如：

主人不相識，偶坐為林（泉）。
莫謾愁沽酒，囊中自有（錢）。[95]

把原詩中括弧內的字藏起來，由參加的人猜出適當的字填進去，看誰填得最快。像探題、韻塞這類遊

91 〔宋〕歐陽修著，劉德清、顧寶林、歐陽明亮箋注：〈日本刀歌〉，《歐陽修詩編年箋注》（北京：中華書局，二〇一二年），第四冊，卷十三，頁一四七八。

92 山崎知雄校訂：〈天德三年八月十六日〉，《日本紀略．後篇》，黑板勝美編：《新訂增補國史大系》第十一卷，卷四，頁七十六。

93 見《新校群書類從》第六卷，〈文筆部〉，卷一三四，頁四二九—四三五。

94 一條兼良著，關根正直釋：〈內宴〉，《公事根源新釋》（東京：六合館，一九二五年），上卷，頁七十七。

95 〔唐〕賀知章：〈題袁氏別業〉（一作〈偶遊主人園〉），中華書局編輯部點校：《全唐詩》第二冊，卷一一二，頁一一四八。引文括號為作者所加。

戲，在《源氏物語》中也有描寫，韻塞（日語讀為infutagi）竟出現五次之多，足見在當時貴族文人之間多麼流行了。

文字遊戲不但表現在宮廷詩宴之中，也表現在所謂字訓詩、離合詩、迴文詩的創作上面。譬如清原真友（九世紀人）有〈字訓詩〉，據說作於仁明天皇嘉祥元年（八四八）：

禾失曾知秩，中心豈忘忠？
里魚穿浪鯉，江鳥渡秋鴻。
火盡仍為燼，山高自作嵩。
色絲辭不絕，凡蟲泣寒風。[96]

即合禾失二字為秩，合中心為忠，其餘依此類推。戶田浩曉說這首詩寫的是作者失秩退官後，不忘主君，而感嘆人生榮枯，懷才不遇的心情。但實在不免牽強附會。[97]又如橘在列（十世紀人）的〈離合詩〉：

明王施化瑞照然，月照階蓂水醴泉。
侍衛官拋霜戟銳，人臣節伴雪松堅。[98]

這是把第一、三句的第一字省掉偏旁後，一卷做第二、四句的第一字。如省明為月、省侍為人之類。

橘在列又有〈迴文詩〉一首：

寒露曉霑葉，晚風涼動枝。
殘聲蟬嘒嘒，列影雁離離。
蘭色紅添砌，菊花黃滿籬。
團團月聳嶺，皎皎水澄池。[99]

所謂迴文詩，就是倒過來讀也是一首。當然這些文字遊戲並不是日本人的發明，中國在漢朝就出現了。尤其是離合、迴文兩種，在魏晉南北朝好像相當流行，《文心雕龍．明詩篇》也注意到這個問

96　清原真友：〈字訓詩〉（三十三），藤原明衡編，大曾根章介等校注：《本朝文粹》，《新日本古典文學大系》第二十七冊，卷一，頁一三四。
97　戶田浩曉：《日本漢文學通史》（東京：武藏野書院，一九九八年改訂版），頁五十三。
98　橘在列：〈離合詩〉（三十五），藤原明衡編，大曾根章介等校注：《本朝文粹》，《新日本古典文學大系》第二十七冊，卷一，頁一三四。
99　橘在列：〈迴文詩〉（三十六），藤原明衡編，大曾根章介等校注：《本朝文粹》，《新日本古典文學大系》第二十七冊，卷一，頁一三四。

題，而有所討論了。[100]

文風既然如此，那麼文人的生活態度又怎樣呢？從菅原道真（通稱菅公，八四五—九〇三）所說的「元慶（八七七—八八五）以來，有識之士，或公或私，爭好論議。立義不堅，謂之痴鈍。其外只醉舞狂歌、罵辱凌轢而已」，[101]可以窺出文人生活的情形。所謂「爭好論議」或「罵辱凌轢」看來，好像當時日本文士也受到唐朝朋黨之爭的傳染。菅公本人就曾經受到朋黨之禍，被源、藤原兩家所讒，而從「右大臣」貶為「太宰權帥」，謫至筑紫，死於其地。他在謫地所作的〈秋夜〉一律云：

> 黄萎顏色白霜頭，況復千餘里外投。
> 昔被榮華簪組縛，今為貶謫草萊囚。
> 月光似鏡明無罪，風氣如刀不破愁。
> 隨見隨聞皆慘慄，此秋獨作我身秋。[102]

像這首詩確是上乘之作，在日本漢詩中並不多見。菅公私淑白居易，喜讀溫庭筠。醍醐天皇（八九七—九三〇在位）曾評他的詩說：「琢磨寒玉聲聲麗，裁制餘霞句句侵。更有菅家勝白樣，從茲抛卻匣塵深。」[103]「白樣」就是白居易詩的樣式風格。他無疑是個崇奉儒學的正統派文人，不過也不能完全擺脫時代風尚，所以文多駢儷，詩亦偶有花鳥風月，如〈早春賜宴宮人同賦催粧應製〉之類。[104]菅公在日本民間的地位類似中國的孔子，他死後，有人為他立廟，稱為「聖廟」，又號「天滿天神」，「以其天神為文道之祖，詩境之主也」。[105]在中國也常有立廟奉祀文人的事，但受崇拜的程度，好像沒有一個能夠和菅公相比的。天滿天神不但為歷代朝廷所祭，而且變成了民間最崇仰的神。現在日本國內，到處都有天神，香煙繚繞不絕。特別是每逢入學考試，前往禮拜的學生更是絡繹於途。據報紙所載消息，今年正月間，單是東京一地，就有幾十萬學生去拜過湯島天神。相反的，近在咫尺的湯島聖堂（孔子廟）卻被冷落在一邊，無人光顧了。

100 劉勰著，周振甫注：〈明詩篇〉，《文心雕龍注釋》，頁八十五。

101 菅原道真著，川口久雄校注：〈勸吟詩寄紀秀才〉自注，《菅家文草》，收入《日本古典文學大系》（東京：岩波書店，一九六七年），第七十二冊，卷二，頁一八二。

102 菅原道真著，川口久雄校注：〈秋夜〉，《菅家後集》，《日本古典文學大系》第七十二冊，卷十三，頁四九九—五〇〇。

103 醍醐天皇著，川口久雄校注：〈見右丞相獻家集〉，《菅家後集》，《日本古典文學大系》第七十二冊，卷十三，頁四七一—四七二。

104 菅原道真著，川口久雄校注：〈早春觀賜宴宮人同賦催粧應製〉，《菅家文草》，《日本古典文學大系》第七十二冊，卷五，頁三九四—三九五。

105 慶滋保胤：〈賽菅丞相廟願文〉（四〇〇），藤原明衡編，大曾根章介等校注：《本朝文粹》，《新日本古典文學大系》第二十七冊，卷十三，頁三五一。

## 六

談到平安的文人，不能忽略當時的皇族和幾個世家，即菅原、大江、紀、橘、藤原、源等，各族都代有文人出來，往往成為一代領袖，或一方重鎮。前面談過的菅公就是一例。菅公之孫菅原文時（八九九—九八一），通稱菅三品，與大江朝綱（八八六—九五七），同事村上天皇。據《古今著聞集》說，村上天皇有一次叫他們兩人，各選一首《白氏文集》中最好的詩上奏，翌日兩人謁朝，拿出來的都是〈送蕭學士遊黔南〉詩，若合符節，使天皇大為驚奇。[106] 白詩云：

> 能文好飲老蕭郎，身似浮雲鬢似霜。
> 生計拋來詩是業，家園忘卻酒為鄉。
> 江從巴峽初成字，猿過巫陽始斷腸。
> 不醉黔中爭得去？磨圍山月正蒼蒼。[107]

這在白氏長慶集中，並不能說是最好的詩。他們兩人居然不約而同地選出這一首來，固然是由於所見相同使然，但也不妨解釋做兩人迎合主子嗜好而引起的偶然現象。

此外，《江談抄》又有一個故事說，皇孫源保光曾於其第宅開文酒之宴，以〈名花在閒軒〉為題，命與會文士各賦一詩。菅三品詩中有「此花不是人間種，再養平臺一片霞」兩句；朝綱也有「此花不是人間種，瓊樹枝頭第二花」兩句，竟然各有一句完全相同，而下一句又都用梁孝王的典故。於是朝綱笑謂人曰：「後代人以余并文時為一雙歟。」大為得意。[108]這兩個「美談」是否可靠，很難斷言，不過，由此至少可以推想當時文壇好尚的一般情形。平安時代歷代天皇大都喜歡文學，好作豔詩豔歌。村上天皇就是個豔體作者，有點像梁簡文帝，離不開醇酒美人。上有好者，下必甚焉，圍繞在他周圍的臣子們，當然也是不免要風流自賞的。

平安時代的菅江二家的確是當時文壇的「一雙」，人才輩出。據大江朝綱〈請被給穀倉院學問料令繼六代業男蔭孫無位能公狀〉云：「兩家之傳門業，不論才不才，不拘年齒，菅原為紀以七代應舉。其時有高岳相如、賀茂保胤者，雖富才不爭。大江定基以五代當仁，其時有田口齊名，弓削以言者，雖工文不競。夫然則累代者見重，起家者見輕，明矣。」[109]足見這兩家在當時文化界的傳統勢力。正如〈請被給穀倉院學問料令繼六代業男蔭孫無位能公狀〉中所說的「累代者見重，起家者見

106 橘成季編，永積安明、島田勇雄校注：《古今著聞集》，收入《日本古典文學大系》（東京：岩波書店，一九六六年），第八十四冊，卷四，頁一二三。

107 白居易：〈送蕭學士遊黔南〉，《白氏長慶集》上冊，卷十八，頁四五〇。

108 大江匡房、藤原實兼著，後藤昭雄等校注：《江談抄》，收入《新日本古典文學大系》（東京：岩波書店，一九九七年），第三十二冊，卷四，頁五一六。

109 大江朝綱：〈請被給穀倉院學問料令繼六代業男蔭孫無位能公狀〉（一七四），藤原明衡編，大曾根章介等校注：《本朝文粹》，《新日本古典文學大系》第二十七冊，卷六，頁二二九—二三〇。

輕」，這是個封鎖性的世襲社會，所以「不論才不才」，只要出身於累代世家，前途就有保障。像菅原家源於奈良時代，進入平安時代後，除了出現一個菅原道真之外，他以前有清公、是善；他以後有淳茂、文時等，都是有才又有名的。至於無才的更多。菅原家是「純儒」世家，似乎較少淫靡之習。不過在那種歌舞昇平的宮廷裡，也往往不能免俗。死後成了「天神」的菅公在生前，就時有風月花鳥的綺豔文詞。菅三品也不例外。他雖有〈封事三箇條〉一文，[110]請禁止奢侈、賣官等陋習，而被齋藤拙堂（一七九七－一八六五）評為「亦能言事，補於當時」，[111]但卻有更多的輕豔纖佻的作品，[112]無意間流露出了他的風月情懷。他晚年官場不大得意，停留在「正四位下」很久，心有不平，一再申文請求加官加位，等他得到「三位」時，不久便嗚呼哀哉了。世稱「菅三品」就是由這個「三位」而來的。

至於大江家源於平安時代第一個天皇平城帝，在文壇上盛於平安後期。朝綱之前有音人、千里；之後有維時、匡衡、匡房等，也是一脈相傳，代有人出。其中以朝綱最負盛名。官至「參議」，位至「正四位下」，參議等於中國俗稱的相公。又因為朝綱祖父世稱江相公，所以他有一個外號叫後江相公。這位公子哥兒的私生活如何，因為手邊缺少資料，不大清楚，但從當時的環境和他的作品看來，似乎也是與一般文人無二的。《古今著聞集》有他的故事說，他景慕白樂天之詩，天曆六年（九五二）十月的某日晚上，夢與樂天相逢，從此文筆大進云。[113]他的作品現存詩文近百篇。概括言之，文則駢儷，詩則輕豔，殊少諷刺之義，充其量仍是奉承主子的文字遊戲而已。譬如他的長子澄明夭折，悲慟之餘，曾作〈為亡息澄明四十九日願文〉悼之，其中有一段說：

> 悲之亦悲，莫悲於老後子；恨而更恨，莫恨於少先親。雖知老少之不定，猶迷先後之相違。……[114]

他寫這篇〈願文〉時，無疑的心裡一定充滿悲恨，但用這樣的文字堆砌起來，就顯得誇飾而不真，真情反而被文字所玩弄。平安時代的漢文多半不能逃出這種缺點。奇怪的是像韓愈、柳宗元等人的古文已傳到了日本，但日本文人作文時還是喜歡駢體。這一點跟日本人好做律詩，都是有趣的現象。也許是因為駢體或律詩有比較固定的規則，限制雖多，卻易於遵循吧？

在朝綱的作品中，有一篇〈男女婚姻賦〉，[115]如果只看內容，簡直不相信會出自這位大官的手。

110 菅原文時：〈封事三箇條〉（六十八），收入藤原明衡編，大曾根章介等校注：《本朝文粹》，《新日本古典文學大系》第二十七冊，卷二，頁一五八—一五九。

111 齋藤拙堂：《拙堂文話》（臺北：文津出版社，一九八五年據古香書屋版影印），卷一，頁四。

112 《本朝文粹》收有他的詩賦三十九篇。

113 橘成季編，永積安明、島田勇雄校注：《古今著聞集》，《日本古典文學大系》第八十四冊，卷四，頁一二二—一二三。

114 大江朝綱：〈為亡息澄明四十九日願文〉（四二四），藤原明衡編，大曾根章介等校注：《本朝文粹》，《新日本古典文學大系》第二十七冊，卷十四，頁三七三。

115 大江朝綱：〈男女婚姻賦〉（十五），藤原明衡編，大曾根章介等校注：《本朝文粹》，《新日本古典文學大系》第二十七冊，卷一，頁一三〇—一三一。

這篇賦從「始使媒介，巧盡舌端之妙；繼以倭歌，彌亂心機之緒」[116]的求愛開始，寫到完成交媾為止。例如：

> 入門有濕，淫水出以汙褌；窺戶無人，吟聲高而不禁。是知媚感難免，誰有聖賢？苟陰陽之相感，知造化之自然。心屈閒臥，若忘歸於桃源之浦；精漏流沔，似覺夢於華胥之天。意惆悵而不止，思耿耿而不眠。……[117]

這篇賦雖然冠以婚姻之名，畢竟難免淫褻文字之譏。不過要是考慮一下當時貴族的好色風尚，而他們又都是文壇領袖，就會覺得這類文字的出現並沒什麼奇怪。我在前面提到的《源氏物語》，男主角光源氏終生追求女色，而身為女性的作者仍能以讚美的口吻加以敘述，正表示當時無論男女對這種行為都已見怪不怪了。

事實上，當時寫淫褻文字的不止朝綱一人。像藤原明衡（九八九—一〇六六）也是個老手。他是藤原宇合的後代，可以說是文學世家的出身。學涉和漢書籍、兼通佛教經典。位至「從四位下」。做過文章博士、東宮學士等官。老年在官場上不得意。曾上〈請增階狀〉，有「一條院御宇之間，諸道盛興，六籍遍弘。彼時文士皆以早世，習其舊風者，明衡獨遺」[118]的話，可見他是相當自負的。他就是《本朝文粹》的編者。這部總集的名字仿宋姚鉉編的《唐文粹》，但在分類方法上卻近於《文選》。明衡編這部書時，就收集了不少豔詩豔文。他另有隨筆《新猿樂記》、《明衡往來》等書，頗多淫褻不經之詞。《本朝文粹》雖不收他自己的作品，但在卷十二中有一篇隱名「羅泰」作的〈鐵槌傳〉。小島憲之懷疑是他的手筆。[119]從其中用語有許多與〈新猿樂記〉相類似，這種猜測是相當可靠的。又有一說是藤原博文於延長年中（九二三—九三一）所作。博文也是文章博士兼東宮學士。不管是誰做的，反正出自某大官手筆卻是無可懷疑的事實。這篇〈鐵槌傳〉寫的就是男人陰莖的傳記，擬之為處士文人，藉陰莖大發人生盛衰榮枯的道理，把「六籍闕而不談，先聖得而靡言」的事情，[120]一五一十地數說出來，內容淫蕩，而語氣滑稽。如說其出身云：「其先出自鐵脛，身長七寸，大口尖頭。頸下有附贅。少時袴下，公主頻召不起。漸及長大，出仕朱門，甚寵幸。頃之擢為開國公，性甚敏給，能案賦樞。夙夜吟翫，切磨無倦。琴絃麥齒之奧，無不究通。為人勇捍，能破權勢之朱門，天下號曰破勢。」[121]又如說其晚年云：「木強能剛，老而不死。屈而更長，已施陰德。誡號摩良。精兵曉發，

116　同前注，頁一三〇。
117　同前注，頁一三一。
118　藤原明衡：〈請增階狀〉，收入藤原季綱編：《本朝續文粹》，黑板勝美編：《新訂增補國史大系》（東京：吉川弘文館，一九六五年），第二十九卷下，卷六，頁一〇四。
119　羅泰：〈鐵鎚傳〉（三七七），收入藤原明衡編，大曾根章介等校注：《本朝文粹》，《新日本古典文學大系》第二十七冊，卷十二，頁三三七—三三九。
120　同前注，頁三三八。
121　同前注，頁三三八。

突騎夜忙。襲長公主，破少年娘。紫殿長閉，朱門自康。腐鼠搖動，鴻雁翱翔。非骨非肉，親彼閨房。」[122]文中筆法，大都類此。名為鐵槌處世的傳記，實是文人好色的紀錄。

講到日本的好色文學，不能忽略中國的影響。譬如在中國早就亡佚的《遊仙窟》，奈良時代已傳至日本。山上憶良在〈沈痾自哀文〉中就引用過《遊仙窟》的「九泉下人，不值一錢」[123]的話。到平安時代，與《文選》、《文集》[124]並為士大夫必讀之書。大江朝綱的堂兄弟大江維時（八九一－九六三），就傳有木島神主授他《遊仙窟》的「訓點」（漢文的日本讀法）的故事。在當時的日本文人看來，「文明先進」的中國既然有人做這種文章，古有先例，自然更無忌憚地大作特作起來了。在十世紀前半葉成立的《倭名類聚抄》一書中，已蒐集了不少「房中術」的詞彙。而據小島憲之所注〈鐵槌傳〉，可知該傳中引用的有〈醫心方〉、〈素女經〉、〈洞玄子〉、〈天地陰陽交歡大樂賦〉等醫書。[125]這些書傳到日本後，正合乎日本人的口味，於是在中國見不到陽光的書籍，一到日本都變成了貴族文人的寵物，不但私下讀之，而且公開宣之。日本人對性的看法，往往比中國人開放得多。尤其是在江戶時代有所謂「好色物語」一門，構成日本文學的重要部分，追溯其源，早在平安時代已經發生。像〈男女婚姻賦〉、〈鐵槌傳〉之類的文章，收在《本朝文粹》之中而人不以為怪。這種開放的態度跟「物之哀」的思想大概是有密切關係的。

# 七

這種醇酒美人或好色的風尚，在和文和歌作者方面也是一樣的流行，而且恐怕還要厲害些。當然大多數文人都兼善和漢歌詩文章，因此有時候很難加以區別。平安時代主要的和歌集有：《古今和歌集》（九〇五）、《新撰和歌集》（九三〇？）、《後撰和歌集》（九五一）、《拾遺和歌集》（一〇〇〇？）、《後拾遺和歌集》（一〇八六）、《金葉和歌集》（一一二七）、《詞花和歌集》（一一五一）、《千載歌集》（一一八七？），以及鎌倉初期編的《新古今和歌集》（一二〇五）也選有不少平安時代的歌。至於和文方面，有不少物語、日記、隨筆等。據《古今和歌集》真名序云：

古天子，每良辰美景，詔侍臣，預宴筵者獻和歌。君臣之情，由斯可見。賢愚之性，於是相分。所以隨民之欲，擇士之才也。……及彼時變澆漓，人貴奢淫。浮詞雲興，豔流泉涌。其實皆

122　同前注，頁三三八。

123　〔唐〕張文成著，李時人、詹緒左校注：《遊仙窟校注》（北京：中華書局，二〇一〇年），頁十七。

124　即《白氏長慶集》簡稱。

125　羅泰：〈鐵鎚傳〉，收入藤原明衡編，小島憲之校注：《本朝文粹》，《日本古典文學大系》（東京：岩波書店，一九六七年），第六十九冊，頁四三〇。

落，其華孤榮。至有好色之家，以此為花鳥之使；乞食之客，以此為活計之謀。故半為婦人之右，難進大夫之前。[126]

可見當時歌壇淫靡頹廢的情形。原來在平安時代初期，公文私記大概都用漢文，假名（和文）則用來做做和歌，「以此為花鳥之使」或「以此為活計之謀」，亦即作為追求女性或奉承主子之用。至於想要表現才學器識，便非用漢文不可。假名文章因為比較容易寫，所以為女人歡迎，而有「女流文學」之稱。後來男人雖然也參加和歌文的創作，如紀貫之（？—九四六）的和歌和他的《土佐日記》、在原業平（八二五—八八〇）的《伊勢物語》等，但平安時代的和文文壇，現在看來簡直是女人的天下。現傳和文的重要作品，除和歌之外，大都出自女性手中。如清少納言（平安中期）的《枕草子》、紫式部的《源氏物語》、大江匡衡之妻赤染右衛門的《榮華物語》，他如和泉式部、小式部、伊勢大輔、小野小町、出羽辨、馬內侍等人，都是才媛名閨而享有文名的。在漢文學盛極一時的環境裡，和文學的創作自然難免要受其影響。齋藤拙堂在《拙堂文話》說：

物語、草紙（草子）之作，在於漢文大行之後，則亦不能無所本焉。《枕艸紙》（枕草子），其詞多沿李義山《雜纂》。《伊勢物語》，如從〈唐本事詩〉、〈章臺楊柳傳〉來者。《源氏物語》，其體本《南華》（莊子）寓言。其說閨情，蓋從《漢武內傳》、《飛燕外傳》，及唐人《長恨歌傳》、《霍小玉傳》諸篇得來。[127]

這裡所說的意見，固然有一部分必須加以修正，不過當時日本文學之深受中國文學的影響，卻是日本文學史家所共認的事實。而且從齋藤所舉漢籍的性質，也大致可以猜想一般和文作品的傾向。要之都是離不開女人的。

要介紹平安時代的歌人，藤原定家（一一六二－一二四一）所編的《小倉百人一首》，也許是最方便的入門書。這本小冊子從平安時代的十種歌集中，選出一百個代表歌人（有幾個屬於奈良時代），每人附一首歌。根據久保田正文的統計，這一百人之中，加以性別區分，男性七十九人，女性二十一人。如以出身區分，則除掉一個放浪詩人蟬丸外，全是貴族出身的官吏知識分子。[128]下面我們就從其中選出幾個比較特出的歌人，簡單介紹一下。

首先應該介紹的自然是在原業平（八二五－八八〇）。他是平城天皇的孫子，出生後即落入臣籍，以「在原」為姓。歷任右馬頭、右近中將、藏人頭等官。但就一個皇孫來說，他在官場算是相當不得意的。《三代實錄》說：「業平體貌閒麗，放縱不拘，略無才學，善作倭歌。」[129]大概是個美男子。不過說他「略無才學」的話，這個「才學」可能指的是漢文修養。其實他是《伊勢物語》的作

126　紀貫之，佐伯梅友校注：〈真名序〉，《古今和歌集》，《日本古典文學大系》第八冊，頁三三七。
127　齋藤拙堂：《拙堂文話》，卷一，頁五。
128　久保田正文：《百人一首の世界》（東京：文藝春秋新社，一九六五年），頁二〇七－二〇八。
129　藤原時平等著：〈陽成天皇元慶四年五月〉，《三代實錄》，收入黑板勝美編：《新訂增補國史大系》（東京：吉川弘文館，一九六六年），第四卷，卷三十七，頁四七五。

者，在和文方面的成就確是高人一等的。他的一生類似《源氏物語》中的光源氏，跟許多女性發生過多采多姿的風流韻事。其中最有名的是他跟藤原高子的戀愛事件。高子是後來的二條皇后。當時朝政可說全在藤原家掌握之中，上至天皇的廢立，皇后的制選；下至一般國家政策的施行，無一不是藤原家的意思表現。譬如業平的異母兄中納言行平（八一八—八九三），本來應被立為太子，可是由於藤原家的反對而作罷。結果，在原一家以後一直抬不起頭來。哥哥行平被流謫到須磨，據說《源氏物語》中〈須磨之卷〉，就是以這件事為粉本傳衍而成的。弟弟業平跟高子之間不可告人的戀愛，更使他的官位遲遲不進。後來他也被流放到「東國」去了。《伊勢物語》大概是業平的自傳。其中第九段寫的是他「東下」時的情形：

昔有一男子，此男子以其身為無用之人。離京師，求其住地於東方。隨行者舊友一二人。路徑不熟，茫然不知所往。行至三河國之八橋。所謂八橋者，諸水湊匯之地，有橋八座，故名。降至澤畔樹下，出乾糧食之。澤畔有杜若，笑豔迎人。有見之者曰：「何不以杜若五文字（杜若日讀五音節）為句首，而詠羈旅之情？」乃歌之曰：

身上舊唐服，憔悴失榮光。有妻不同伴，遙遙豈能忘？旅情足斷腸！

聞者潸然淚落，乾糧為濕。行行復行行，至駿河之國，抵宇津之山。入小徑，藤蘿茂密，森然可怖。漫然而行，遇一修道者。彼曰：「何為在此道中？」視之，乃面識之人也。以其將赴京師，草一文託云：

行至駿河國，仰望宇津山。伊人日已遠，夢亦相見難。[130]

《伊勢物語》是屬於所謂「歌物語」的體裁，即以和歌為中心，而以散文敘述詠歌的來由，很像中國的本事詩。這裡所引的只是其中的一小段，但已足供窺其風格之一斑。讀《伊勢物語》時，總是叫我們連想到中國的落魄潦倒的文人。在原業平的歌文中，常喜歡用人生如夢、哭泣、憂患、悲傷等字眼，好像跟他失意的遭際有關。尤其值得注意的是上引一段中「以其身為無用之人」的話。我在上篇介紹中國文人時，曾談到「文人無用」的思想。這種思想也顯然地表現在在原業平的日常生活上面。唐木順三在《無用者之系譜》一書中，把業平列為第一人，認為這類「無用者」的出現，是日本史上畫期性的事件。[131]然而在中國卻早已有之了。

文人之好以「無用者」自命，追究起來，實在是一種不滿現實的心理流露。這種人物往往懷大才而不遇，有猛志而難伸，灰心之餘，為了解決現實與理想的矛盾，只好同時否定在現實的自己和有理想的自己，而以自己為無用於世的存在，然後在觀念上求取一種圓滿和諧的世界。這種觀念世界就是唯美的藝術世界。在把自己從現實界轉進觀念界的變貌（transfiguration）過程中，除了否定自己

130　在原業平著，堀內秀晃、秋山虔校注：《伊勢物語》，收入《新日本古典文學大系》（東京：岩波書店，一九九七年），第十七冊，頁八十七—九十。

131　唐木順三：《無用者の系譜》，收入《唐木順三全集》（東京：筑摩書房，一九八一年增補版），第五卷，頁二〇九。

之外，同時也否定了社會上的既成制度和道德習慣，因此有更自由的活動範圍。於是有人耽於醇酒美人，有人變成玩世不恭，有人退隱山水煙霞。文人這樣的行為，在一般人眼睛裡，固然是消極的自暴自棄；但就文人本身來說，卻可能自以為追求藝術生命的積極表現。所以自命無用者的文人，事實上很多是最自負、最驕傲，而且最努力於文學創作的人物。

這類文人在中日兩國文壇上並不稀罕。在原業平是其一。我們不妨再舉些例子。如小野篁（八〇二—八五二），是有名的漢詩人小野岑守的長男，少年喜歡乘馬，不好讀書，後來奮發自強，官至參議。他的漢詩、漢文都不錯。書法學二王，為當時大家。承和元年（八三四）受命為遣唐副使，大使為藤原常嗣。在出航前藤原發現所坐的船有破損，乃請求朝廷准與副使的船交換。小野篁本來就看不起這位大使，又發生換船事件，一氣之下，託病辭掉副使的頭銜，並且做了一篇〈西道謠〉諷刺遣唐使。這一來，得罪了仁明天皇，罪該絞刑，經人調解，才減罪一等，剝奪官位，被流放到隱岐島。當時他才三十多歲，血氣方剛，簡直目中無人似的。他有一首題為〈將流隱岐國乘船出海寄在京之人〉的歌，在京之人也許是他的妻子兒女，但也可能是他的朋友，甚至是仇敵：

百島連海上，舟行在島間。敢煩垂釣者，致語京中友：我正向天邊。[132]

從這首歌看來，他顯然較少像在原業平那樣的感傷色彩。他的作品多半沉鬱動人，樸實無華，論者以為蒙受漢詩影響的結果。他被流放在隱岐約兩年，歌做得最多，也好。獲釋回到京師後，恢復官位。

不過他那種直情徑行的狷介性格，似乎始終沒有改變，因此世稱野狂。

小野篁也傳有一些風流韻事。如跟他的異母妹的戀愛，就相當有名。不過嚴格說來，像在原業平、小野篁的風流韻事，在那種「人貴淫奢」的時代裡，實在不夠資格叫做好色。恐怕只能說是藉追求女色以養其「物之哀」思而已。歌人好色之例，隨處都有。如藤原實方（?—九九八），官至「左近中將」，想做「藏人頭」想了一輩子，反而得罪了一條天皇，左遷為地方官，壯志未酬，齎恨而死。傳有《實方朝臣集》，其中出現的女性約二十人，有一個是有名的清少納言。然而他死後卻被奉為「歌神」，在加茂神社的靈龕上受人頂禮膜拜呢。不過，實方的好色還不算什麼，至於像陽成天皇（八六八—九四九），不愛江山愛文學，做了八年天皇，就讓位於光孝天皇，退隱到陽成院，過其徵歌逐舞、醇酒美人的生活。《神皇正統記》說他：「此天皇性惡而無人主之器。」[133]退位後想做歌人也沒成功，所傳的歌只有一首。[134]但是，他卻以色狂而有名。據說，他喜歡用琴絃縛住女人，沉入水

---

132 小野篁著，佐伯梅友校注：〈將流隱岐國乘船出海寄在京之人〉（四〇七），《古今和歌集》，收入《日本古典文學大系》第八冊，頁一八四—一八五。

133 北畠親房著，岩佐正、時枝誠記、木藤才藏校注：《神皇正統記》，收入《日本古典文學大系》（東京：岩波書店，一九六六年），第八十七冊，頁一二二。

134 陽成天皇著，片桐洋一校注：〈釣殿の皇女につかはしける〉，《後撰和歌集》，收入《新日本古典文學大系》（東京：岩波書店，一九九〇年），第六冊，卷十一，頁二二七。亦收入藤原定家編：《小倉百人一首》（東江：湯淺春江堂，一九一四年），頁十三。

中，藉以取樂。名為風雅遊戲，實是狂暴行為。難怪史家要評他「性惡而無人主之器」了。

其實，當時好色的風尚並不限於男人，我在前面舉過那些「女流作家」，除紫式部外，也大都不能避免。最典型的例子大概要算小野小町了。這位才女在所謂「六歌仙」、「三十六歌仙」、《百人一首》中都占有一席之地。現傳有歌六十多首，是平安時代的代表歌人之一。《古今和歌集》真名序評她的歌說：「豔而無氣力，如病婦之著花粉。」[135] 她的作品雖多，傳記卻不詳。從她跟在原業平互有贈歌看來，學者大都認她是九世紀的人物。《小野氏系圖》說她是小野篁的孫女，[136] 很使人懷疑。不過有關她的傳說倒是不少。這些傳說後來屢被用為戲曲小說的題材，而產生了所謂「小町物」的一群作品。單以「謠曲」為例，就有〈草子洗小町〉、〈通小町〉、〈卒塔婆小町〉、〈鸚鵡小町〉、〈關寺小町〉等。綜合現存傳說，我想大致也可以了解她生平的一斑。即使這些傳說全屬虛構，但虛構產品自不能與時代風尚無關。那麼，小町是什麼樣的人呢？要之，她是個風華絕代、熱情淫蕩的女性。年輕時以美貌歌才不知征服了多少男人。但到晚年，雖然風韻猶存，卻一直沒有歸宿，只好流浪各地，或做乞丐，或做漂泊歌人，或竟淪為青樓遊女。人生如此，盛衰榮枯，酸甜苦辣，可說都已嘗遍了。從「物之哀」的觀點而言，她的確不但不能以淫蕩稱之，而且她的一生就是一件藝術品，不過現代詩人萩原朔太郎卻說她：「媚有餘而熱情不足，有嫋嫋姿色，卻很冷淡而理智。因為是這種性格的女人，所以終生做戀愛遊戲而不知真的戀愛。」[137] 評得雖不免苛些，但是還算中肯。有一次，也是「六歌仙」之一的文屋康秀（生卒年不詳），要到三河國去任地方小官，寫信給小町，邀她同下鄉間遊覽。她馬上回了一首歌。歌云：

人生慣憂患，浮萍根已斷。若有水相邀，即逐風波汎。[138]

於是一言為定，這個無根的漂萍，風一吹，水一盪，便禁不住逐流而去了。她這時候年紀好像已經不小，然而依舊輕率如此。我們中國有句成語「水性楊花」，喻女人的淫浪輕薄，不就是這首歌的注腳嗎？

其他女流歌人如伊勢（八七七？—九三九？）亦是「三十六歌仙」之一。有《伊勢集》。她曾受宇多天皇之寵生了一子，故有「伊勢之御息所」之稱。此外跟宇多皇后的兩個兄弟，藤原仲平和藤原時平，也先後發生過關係。較後又與宇多天皇的第四子，有「好色無雙」之譽的敦慶親王，生過一個女孩子叫中務。晚年色衰之後，好像很落魄。《古今和歌集》中有一首她賣掉房產時所作的歌。又如右近（生卒不詳），為美男子右近衛少將藤原季繩之女，先與權中納言藤原敦忠相愛，不久失戀，又與源保光、藤原朝忠等多人有過交涉。又如和泉式部（生卒不詳），也是「三十六歌仙」，傳有《和泉

135 紀貫之著，佐伯梅友校注：〈真名序〉，《古今和歌集》，《日本古典文學大系》第八冊，頁三三九。
136 見《新校群書類從》（東京：內外書籍，一九三〇年），第三卷，〈系譜部〉，卷六十三，頁六三七。
137 萩原朔太郎：《戀愛名歌集》，收入《萩原朔太郎全集》（東京：筑摩書房，一九七六年），第七卷，頁七十一。
138 小野小町著，佐伯梅友校注：〈文屋のやすひでがみかはのぞうになりて、あがたみにはえいでたたじやと、いひやれりける返事によめる〉（九三八），《古今和歌集》，《日本古典文學大系》第八冊，頁二九二。

式部日記》、《和泉式部集》等書。她先與和泉守橘道真結婚，其女小式部內侍（？—一〇二五？）就是這時生的。婚姻破裂後，跟她結婚或同居或戀愛的，有涼泉天皇之子彈正宮為尊、其弟帥宮敦道、藤原昌保等，還有一個和尚道命阿闍梨。龜井勝一郎在《王朝之求道與好色》一書中，說和泉式部「在某種意義上是王朝的正統派」。[139] 與和泉式部同時，而都有才女之稱的赤染衛門和清少納言，都在「三十六歌仙」之中，也都是一嫁再嫁地結婚好幾次，又流傳著不少風流韻事。我想，這樣介紹下去沒個完，只好在此打住了。總之，當時女流作家的私生活，跟男性並沒有什麼兩樣。我們只要打開平安時代的歌集一看，可能會驚奇戀歌為什麼會這樣多。不過考慮一下當時宮廷裡外，男女文人的好色風氣，也就不以為怪了。

## 八

平安時代的日本文人，除好色之外，所謂「求道」的傾向也很顯著。固然佛教在奈良時代已經盛行，但是還相當浮淺；與其說是一種民間的宗教信仰，毋寧說是一種國家的祭典儀式。因此佛教儘管促進了造型藝術——特別是佛寺佛像——的發展；卻還不到影響純文學的地步。換句話說，佛教思想還沒完全在文人生活裡生根發芽，自然更難望其在詩歌文學上開花結實了。在《懷風藻》、《萬葉集》裡雖有些僧侶作者，佛教辭彙也偶有出現，但他們所歌詠多半與佛教思想無關。進入平安時代以後，佛教才慢慢由表面的儀式變成真正的信仰，在朝野間深入而普遍起來。當時名僧輩出，如入唐八大高僧等，他們不但積極地宣揚佛教教義，而且附帶地介紹中國的新文學，給日本文壇以莫大的刺戟，平安文人大概沒有不讀佛經、不信佛教的。白樂天文集之所以能在日本風行，除平易流暢外，正如岡田正之所說，「白詩含有佛教味」，[140]該也是重要的原因。白居易自稱「佛弟子香山居士樂天」，曾謂：「願以今生世俗文字之業，狂言綺語之過，轉為將來世世讚佛乘之因，轉法輪之緣也。」[141]這樣的話無疑地為徵逐風花雪月的日本文人所歡迎。像最崇拜樂天的菅原道真，就模仿樂天而自稱「佛弟子道真」。菅公的好友都良香（八三四？—八七九）有〈白樂天讚〉云：「治安禪病，簇菩提心。為白為黑，非古非今。集七十卷，盡是黃金。」[142]竟把樂天「惟歌生民病」的一面完全忽略，而只讚他的菩提心，也透露了當時日本文人的興趣所在。佛教既然如此深入而普遍，自不能不影響到反映生活的文學創作上。平安時代的和漢文學選集之中，大都或多或少立有「梵門」或「釋教」一類；以及僧侶文人的增加，如《百人一首》中僧正、法師、入道歌人約占五分之一，都無非表示著佛教與文學關係之密切。許多文人在年輕力壯時，狂歌醉酒，吟風弄月；到了晚年，或在官場失意後，感於人世之無

139　龜井勝一郎：《王朝之求道與好色》（《王朝の求道と色好み》），《龜井勝一郎全集》（東京：講談社，一九七四年），第十七卷，頁三二三。

140　岡田正之：《日本漢文學史》，頁一七七。

141　白居易：〈香山寺白氏洛中集記〉，《白氏長慶集》下冊，卷七十一，頁一七六四。

142　都良香：〈白樂天讚〉，《都氏文集》，收入《新校群書類從》（東京：內外書籍，一九三一年），第六卷，卷一二九，頁三二二。

常，往往隱棲園林，進入一種所謂求道的生活，反省過去，諦觀自然，以了殘生。

慶滋保胤（九三四？—九九七），出身於陰陽曆數之家，但棄家業為書生，潛心文學。後應試登第，文名冠絕當時。具平親王（九六四—一〇〇九）有一首送他的〈贈心公古調詩〉，稱讚他的才學說：

> 吟聲寒玉振，筆跡黑龍翻。
> 氣擬相如賦，理過桓子論。
> 韻古潘與謝，調新白將元。
> 博達貫今古，識鑒洞乾坤。[143]

可謂誇獎備至。具平親王是村上天皇第七子，為當時文壇的中心人物，像菅原文時（八九九—九八一）、源順（九一一—九八三）、大江匡衡（九五二—一〇一二）、大江以言（九五五—一〇一〇）、紀齊名（？—九九九）、藤原為時（？—一〇二九）、源為憲（？—一〇一一）等一流文人，都是他宅第中常客。保胤被這位親王如此捧場，足證他文名之高。他後來任「大內記」，兼近江守。不過身在朝而志在野，曾作〈池亭記〉，以志胸懷。其中有一段說：

> 予行年漸垂五旬，適有小宅。蝸安其舍，虱樂其縫。鷃住小枝，不望鄧林之大；蛙在曲井，不

知滄海之寬。家主職雖在柱下，心如住山中。官爵者任運命，天之工均矣。壽夭者付乾坤，丘之禱久焉。不樂人之為風鵬，不樂人之為霧豹。不要屈膝折腰，而求媚於王侯將相；又不要避言避色，而刊蹤於深山幽谷。在朝身暫隨王事，在家心永歸佛那。予出有青草之袍，位雖卑，職尚貴。入有白紵之被，暄於春，潔於雪。盥洗之初，參西堂，念彌陀，讀《法華》。飯飡之後，入東閣，開書卷，逢古賢。夫漢文皇帝為異代之主，以好儉約安人民也；唐白樂天為異代之師，以長詩句歸佛法也。晉朝七賢為異代之友，以身在朝志在隱也。予遇賢主、遇賢師、遇賢友，一日有三遇，一生為三樂。……[144]

綜觀這篇文章所表現的思想，儒道佛兼而有之，頗類魏晉間的文人。的確，他所謂三遇、三樂，正道出了他追慕中國文人的心情。本文最後又說：「以仁義為棟梁，以禮法為柱礎，以道德為門戶，以慈愛為垣牆，以好儉為家事，以積善為家資。」[145]儼然是道學家的口吻，顯然與他的尚友竹林七賢，互相矛盾。但這種矛盾他自己好像並未注意到。他的興趣似乎還是偏重於「佛那」，至於三遇、三樂云

---

143　具平親王：〈贈心公古調詩〉，《本朝麗藻》，收入與謝野寬、正宗敦夫、與謝野晶子等編：《日本古典全集》（東京：日本古典全集刊行會，一九二六年），卷下，頁二一九—二二〇。

144　慶滋保胤：〈池亭記〉（三七五），藤原明衡編，大曾根章介等校注：《本朝文粹》，《新日本古典文學大系》第二十七冊，卷十二，頁三三六。

145　同前注，頁三三七。

云，固非違心之言，卻不免有炫耀才學之嫌，晚年他終於剃髮為僧，法名寂心，世稱「內記入道」。雲遊四方，練行修道，而卒於東山如意輪寺。

他如中納言紀長谷雄（八四五－九一二），有越調〈山家秋歌〉八首，也是寫隱棲幽居的心情。其第一首云：

> 一身漂泊厭浮名，試避喧喧毀譽聲。
> 秋水冷，暮山清。三間茅屋送殘生。146

又其第三首云：

> 空山幽靜水潺湲，獨臥雲中不限年。
> 休世夢，斷塵緣。莓苔唯展坐禪筵。147

當然這位「中納言」不見得真的在「三間茅屋送殘生」，但在浮生中備嘗毀譽之後，有意藉著坐禪參佛來切斷塵緣，亦即超越現實而追求一種無毀無譽的絕對的觀念世界，卻是很明顯的。〈山家秋歌〉第四首：「卜居山水息心機，不屑人間較是非。」148 也是同樣心情的流露。

這種隱棲的思想或行為，固然是受了佛教無常觀念的影響，另一方面卻跟自以為無用者的文人一樣，也是不滿現實的一種表現。因此，隱棲者大都避世而不忘世。他們在脫俗的園林煙霞之中，往往冷眼旁觀人間，將憤懣不平之情，化為揶揄譏刺之文。如慶滋保胤在〈池亭記〉又說：

> 近代人世之事，無一可戀。人之為師者，先貴先富，不以文次，不如無師。人之為友者，以勢以利，不以淡交，不如無友。予杜門閉戶，獨吟獨詠。若有餘興者，與兒童乘小船，叩舷鼓棹。若有餘暇者，呼僮僕入後園，以糞以灌。我愛吾宅，不知其他。[149]

充分表現了文人不為富貴勢力所屈的「根性」。可見他最後的皈依佛門，是看不慣人世，而不願同流合汙的結果。

146 紀長谷雄：〈山家秋歌〉其一（二十二），藤原明衡編，大曾根章介等校注：《本朝文粹》，《新日本古典文學大系》第二十七冊，卷一，頁一三三。

147 紀長谷雄：〈山家秋歌〉其三（二十四），藤原明衡編，大曾根章介等校注：《本朝文粹》，《新日本古典文學大系》第二十七冊，卷一，頁一三三。

148 紀長谷雄：〈山家秋歌〉其四（二十五），藤原明衡編，大曾根章介等校注：《本朝文粹》，《新日本古典文學大系》第二十七冊，卷一，頁一三三。

149 慶滋保胤：〈池亭記〉（三七五），藤原明衡編，大曾根章介等校注：《本朝文粹》，《新日本古典文學大系》第二十七冊，卷十二，頁三三六。

紀長谷雄（八四五—九一二）也有〈貧女吟〉古調一首，諷刺當時貴族社會的頹廢生活，錄其部分如下：

年初十五顏如玉，父母常言與貴人。
公子王孫競相挑，月前花下通慇懃。
父母被欺媒介言，許嫁長安一少年。
少年無識亦無行，父母敬之如神仙。
肥馬輕裘與鷹犬，每日群遊俠客筵。
交談扼腕常招飲，一日之費數千錢。
產業漸傾遊獵裡，家資徒竭醉歌前。[150]

接著敘述這個「本是富家鍾愛女，幽深窗裡養成身」的千金小姐，婚後如何被遺棄，飢寒交迫，而變成「滿鬢飛蓬滿面塵」的貧女，結句是：「寄語世間豪貴女，擇夫看意莫看人。又寄世間女父母，願以此言書諸紳。」[151] 考慮一下平安城中貴族間淫靡放浪的生活。這首古調可能是實錄，並非無中生有。紀谷長雄出於代代書香之家，但紀家一向有位而無權，眼看著那些無行的公子王孫，在京城中為非做歹，一定是大為不滿的。難怪他有退隱山林的願望。

不過，在公子王孫中也有不少因失意而隱棲的人。兼明親王（九一四—九八七）該是最典型的例子了。他是醍醐天皇的皇子，朱雀、村上兩天皇的皇弟。賜源姓。世稱前中書王、小倉親王或嵯峨隱君子。曾官至左大臣，兼皇太子傅，勅授帶劍，並許輦車。可說在官場上一帆風順。一個朝臣所能享受到的榮譽，他都享受到了。但當時正值「關白」藤原兼通得勢，計謀以其從兄右大臣賴忠為左大臣，便誣奏兼明親王有疾，續進讒言。結果，於貞元二年（九七七），兼明親王終於罷左大臣，而左遷為閒散之職的中務卿。他悲憤之餘，想辭官隱居，也受阻擾。於是他「擬賈生〈鵩鳥賦〉，作〈兔裘賦〉以自廣」。這篇賦收於《本朝文粹》卷一。序云：

余龜山之下，聊卜幽居，欲辭官休身，終老於此。逮草堂之漸成，為執政者枉被陷矣。君昏臣諛，蠖物于愬。命矣天也。……[152]

在本文中，他拉出了不少中國的歷史人物，如箕子、孔子、屈原等，以及他們的不幸故事，藉古人以自況一番。最後幾節敘述他對政治、人生和自己的看法或願望：

150 紀長谷雄：〈貧女吟〉（一八），藤原明衡編，大曾根章介等校注：《本朝文粹》，《新日本古典文學大系》第二十七冊，卷一，頁一三二。

151 同前注。

152 兼明親王：〈兔裘賦〉（十三），藤原明衡編，大曾根章介等校注：《本朝文粹》，《新日本古典文學大系》第二十七冊，卷一，頁一二九。

唐風雖移，猶依稀於舊；漢德縱厭，安諂諛於新？殊恨王風之不競，直道之已湮。聞淫蛙而長嘆，悲屈蠖之不伸。俟河清日，浮雲幾春？凡人之在世也，殆如花上之露，如空中之雲。去留無常，生滅不定，聚散相紛。沕穆糾錯，何可勝云？不語靡言，便是淨名翁之病。知者默也，寧非玄元氏之文？喪馬之老，委倚伏於秋草；夢蝶之翁，任是非於春叢。冥冥之理，無適無莫。如如之義，非有非空。嗟呼文王早歿，吾何之隨？已矣已矣，命之衰也。吾將入龜緒之巖隈，歸兔裘而去來。[153]

這篇賦所表現的思想，很明顯的是以儒家思想為主，但也與當時一般文人一樣，帶有濃厚的佛教和道家的色彩。由於兼明親王最後的十年間，一直不得意，因此所作詩文，大都類似〈兔裘賦〉，不是憂讒畏譏，渴望遁世；就是憤世疾俗，大發牢騷；要不然，就是借古諷今，自嘆不遇。但最後往往以皈依佛門或退隱煙霞為結。

在這種人生思想形成的過程中，中國文人的影響是顯而易見的。其中尤其是像竹林七賢、王維、白樂天等人似乎最受崇拜。如〈髮落詞〉序云：「予病後，鬢髮盡白，亦欲落盡。慼居易〈齒落詞〉，作〈髮落詞〉，以安慰之。」[154]結句是：「將絕簪纓之累，歸空門之巖扉。」[155]他又有仿白居易〈憶江南〉的〈憶龜山〉二首，[156]可見他對白居易相當傾倒。此外，如〈遠久良（小倉）養生方〉寫他的隱居生活：「薇一篋，筍一篋。膾一觔，酒一觴。臥而睡，起彷徨。荷露氣，桂風香。痴王湛，慵嵇康。任行樂，入坐忘。擯俗地，無何鄉。心自得，壽無疆。」[157]儼然是清談者流的口氣。又如〈山亭起請〉：

「東棲霞觀，西雄藏山。中有茅茨，松柱三間。排風封霞，無扃無關。詞客禪僧，隨往隨還。」[158]而結之以「山雲不厭，澗水無情。優矣遊矣。聊送吾之殘生」。[159]像這樣的文章，如果不知作者是日本人，簡直會以為出自中國文人之手呢。

這種隱棲生活和佛教思想，當然不限於漢詩漢文的作者。事實上，和文作者往往帶有更濃厚的佛教色彩。《古今和歌集》漢文序云：「夫和歌者，託其根於心地，發其華於詞林者也。人之在世不能無為，思慮易遷，哀樂相變。感生於志，詠形於言。是以逸者其聲樂，怨者其吟悲。……或事關神

153 同前注。

154 兼明親王：〈髮落詞〉（三五三），藤原明衡編，大曾根章介等校注：《本朝文粹》，《新日本古典文學大系》第二十七冊，卷十二，頁三二六。

155 同前注。

156 兼明親王：〈憶龜山〉（三十九、四十），藤原明衡編，大曾根章介等校注：《本朝文粹》，《新日本古典文學大系》第二十七冊，卷一，頁一三五。

157 兼明親王：〈遠久良養生方〉（三十八），藤原明衡編，大曾根章介等校注：《本朝文粹》，《新日本古典文學大系》第二十七冊，卷一，頁一三四—一三五。

158 兼明親王：〈山亭起請〉（三八四），藤原明衡編，大曾根章介等校注：《本朝文粹》，《新日本古典文學大系》第二十七冊，卷十二，頁三四一。

159 同前注，頁三四二。

異，或興入幽玄。」[160]「心地」、「幽玄」是禪宗用語，而文中佛教的無常觀念，也很明顯。平安歌人之中，有不少是出家的和尚，正是佛教思想極為盛行的結果。我們這裡只舉一個做例子。西行法師（一一一八—一一九〇），俗名佐藤義清，源出藤原氏。年輕時為鳥羽天皇的左兵衛尉。二十三歲時棄妻出家，法名圓位，又改為西行。他是日本歌史上很重要的人物，對後世的影響是相當大的。有《山家集》傳世。此外各種選集所收他的歌，合計起來，多至四百四十二首。[161]他出家以後，輾轉於諸大名利之間，一直過著行腳僧的生活。但平生行狀卻不大清楚。他的傳說很多，充滿著傳奇色彩。所以後世有關他的物語、謠曲、淨瑠璃、歌舞伎、小說等，恐怕有二、三十種。

關於西行出家的原因，眾說紛紜，莫衷一是。不過，有一點是大家所同意的，那就是由於對當時的政治和社會感到絕望的結果。他是個胸懷大志的青年，原想做個有用於世的人，但是，看到當政貴族的爭權奪利、社會風氣的淫靡頹廢、親人朋友的相繼逝世，使他深深感覺到人生之無常。於是在心裡經過一番掙扎後，終於毅然剃髮為僧了。「非不惜之，不堪惜也，哀哉此世。」[162]這是他決定出家後的一首歌。可見他出家的動機跟兼明親王、慶滋保胤等人的並沒什麼不同。日本文學史家說西行的超脫精神，是讚佛教的思想，加上自然禮讚和歌道崇拜，亦即所謂「三味一體」。不過，西行雖然出家過隱棲的生活，終其一生，卻不曾與世隔絕。因此常常走出寺庵，與俗世歌人相唱和。有一首〈無題〉歌云：

人如花開落，終必委塵埃。

我身既不免，何處歸去來？[163]

我覺得這首歌可以代表他的處世態度，既然生而為人，不管出世或入世，都在現實世界中。這是莫可奈何的事情。人有生老病死，花有欣榮枯謝，如說無常，自然界也跟人間一樣的無常。所不同者，一是有情，一是無情。皈依佛門的修道者固然可以擺脫不少俗累，但撇開觀念界的餐風飲露不談，既然是有血有肉之身，在現實日常生活中，還是難免有凡情的。問題只是在執著或不執著罷了。這也就是修道者和非修道者不同的地方。

像西行可說是個多愁善感的才子，出家後要他過六根清淨的生活，恐怕是不可能的。他有不少豔麗的戀歌正是最好的證明。不過，他的戀歌倒是麗而不淫，哀而不怨，頗合儒家「思無邪」的詩教。即使是熱情洋溢的戀歌，在感傷的眼淚裡面，彷彿也透露著清新脫俗的晶光。要之，他的和歌寫情而

160 紀貫之著，佐伯梅友校注：〈真名序〉，《古今和歌集》，《日本古典文學大系》第八冊，頁三三五—三三七。

161 據藤村作編：《日本文學大辭典》（東京：新潮社，一九三五年），第二卷，頁二四一。

162 西行法師和歌原文：「惜しむとて惜しまれぬべきこの世かは 身を捨ててこそ身をも助けめ」，見京極為兼編：《玉葉和歌集》，收入松下大三郎、渡邊文雄編：《國歌大觀：五句索引》（東京：教文社，一九一八年），卷十八，〈雜歌五〉，頁四一四。

163 西行法師：〈無題〉（一四七〇），藤原定家編，久松潛一等校注：《新古今和歌集》，收入《日本古典文學大系》（東京：岩波書店，一九六七年），第二十八冊，卷十六，頁三〇三。

不執於情；他的性格是文人與僧侶的結合。在釋無住的《沙石集》（一二八三）中載有一個軼事說，有一年，慈鎮和尚（慈圓，一一五五—一二二五）訪問西行法師，就和歌與真言宗的關係問題有所請教。西行的回答是：「先習和歌，如不知和歌，即不知真言大事。」[164]可見他是主張修道不廢詩歌的。慈鎮受他的影響，因此在所著《拾玉集》（一二二五）中說：「大和詞者，吾國諺歌之盛者也。五七五七七為五句，表五大正行。真俗無離之者。」[165]這種理論雖然相當牽強，卻說出了日本僧侶文人修道與創作並重的特色。

## 九

進入中世以後，文人的隱棲態度和佛教思想更加普遍起來，而產生所謂隱棲文學、緇流文學或僧侶文學。中世可以大別為鎌倉期和室町期。從平安末期的保元之亂起，以藤原氏為代表的「公家」勢力衰微，源、平二氏相爭的結果，源氏勝利，乃設幕府於鎌倉，成為日本的新統治者，而開始了武家政治時期。中世約四百年，相當於中國南宋高宗到明世宗時代，可說是個亂世。其間武家爭霸、政權數度交替、又有蒙古來襲的外患、有南北朝的分裂、有戰國時代的紛爭。這一連串的殺伐歷史，對一向享受慣了和平的日本民族，無疑是一種極不平常的經驗。在這樣的亂世之中，佛教的淨土思想自然是適逢其時了，再加上法然（一一三三—一二一二）、親鸞（一一七三—一二六二）、日蓮（一二二二—一二八二）等高僧相繼出現，創造了合乎日本的淨土宗、禪宗、日蓮宗等派，於是佛教思想不但變成了國民生活的依據；也變成了文學觀念的中心。譬如這時期最重要的一個美學概念「幽玄」，就是佛教的詞彙。雖然從整個日本文學史來看，中世是低潮時期，但是，漢文學方面有五山禪僧的詩文；和文學方面有連歌、軍記物語、御伽草子、謠曲，狂言、幸若舞等新文學形式的產生，都是不可忽略的現象。

談中世的文人思想和生活，當然離不開佛教的影響。齋藤清衛在〈中世佛教與中世文學〉一文中，把出現於中世文學的「日本佛歌」的代表觀念，歸納為如下數項：

一、重視人生的根本無常觀和禪宗的頓悟之教。
二、希望出家而隱棲於閒寂的自然環境之中。
三、對人間重視現實的、積極的行動表示疑惑。
四、佛德禮讚和欣求淨土的願望。
五、對人類社會生活不可或缺的慈悲心或博愛心，經常抱著感傷的讚美態度。
六、回顧並尊崇古聖先賢的高德。[166]

---

164　無住一円著，渡邊綱也校注：〈哀傷歌ノ事〉，《沙石集》，收入《日本古典文學大系》（東京：岩波書店，一九六七年），第八十五冊，卷五末，頁二五一。

165　慈鎮和尚：《拾玉集》，收入松下大三郎編：《續國歌大觀．歌集》（東京：紀元社，一九二五年），卷五，頁一五〇。

166　齋藤清衛：〈中世佛教與中世文學〉（〈中世佛教と中世文學〉），收入《岩波講座日本文學史》（東京：岩波書店，我覺得這六項已大致可以概括中世文學思想，所以抄譯在這裡，以供參考。不過，除此之外，老莊的自然哲學和晚唐、宋代文學的影響，也是值得注意的。當時像《三體詩》以及歐陽修、蘇軾、王安石、朱熹、陸游等不少宋人的集子，大都先後經由留學僧傳到了日本。譬如「五山文學」就與宋詩具有密切的關係。

中世文學的佛教色彩之所以這樣濃厚，固然是時代思潮有以致之，但也是由於佛教徒或隱棲者大量增加的結果。平安時代文學的中心在宮廷貴族，僧侶只是附庸。進入中世，「公家」貴族不但失去了政權，也失去了文壇上的領導作用。至於新興的武士階級，兵馬倥傯，雖然歷代將軍也有不少是喜歡玩筆桿的，但畢竟無法專心，因此這種粉飾昇平的文章事業，便由這些無官無職但有閒有空的僧侶或隱者來包辦了。

日本文學者在說明中世文學的佛教思想時，往往引用《平家物語》（一二四〇？）的開頭一段文章，以為示範之例。我也不能免俗，照錄如下。原文是駢體日文：

> 祇園精舍之鐘聲，有諸行無常之響；娑羅雙樹之花色，顯盛者必衰之理。奢人不久，只如春夜之夢。猛者遂亡，偏同風前之塵。若夫遠觀異邦，秦之趙高、漢之王莽、梁之朱异、唐之祿山，此皆不從舊主先皇之政，樂極一時，諫亦難入。天下亂而不能悟，民間憂而無所知，不久而亡者也。……[167]

這部長達二十卷的物語，作者雖然不知，但一般都同意出自某和尚之手。全書主題就是「諸行無常」、「盛者必衰」的佛教思想。這個主題也是當時文人的共同主題。鴨長明（一一五三－一二一六）的《方丈記》就是一例。

長明是下鴨神社「禰宜（神官）」的兒子。從小就學詩歌、管絃之事。後來以歌才為後鳥羽上皇「和歌所」的「寄人」，躋身於貴族文壇，與第一流歌人相唱和。他年幼失父，一生最大的願望是做河合神社的禰宜，但等到快五十歲也沒有結果，而且位子竟被同族的某人搶去。這個事件對他的打擊是相當大的。他的「恨世出家」[168]可能由此而來。遁世出家後，朝廷又召他為和歌所寄人，但他並沒應召，只做了一首歌回答。大意是：「我已經像海上的棄舟，正在沉下去，想靠岸也來不及了。」[169]可以看出他破釜沉舟的隱遁決心。《方丈記》寫的就是他出家的動機和隱居的心情，冒頭云：

河水流不絕，然已非原來之水。淀上浮沫，旋消旋結，未嘗久留。世中之人之居，亦復如斯。

一九五八年），第四卷，頁七。

167 高木市之助等校注：《平家物語》，收入《日本古典文學大系》（東京：岩波書店，一九六七年），第三十二冊，卷一，頁八十三。

168 黑板勝美校注：〈第九可停懇望事〉，《十訓抄》，收入黑板勝美編：《新訂增補國史大系》（東京：吉川弘文館，一九六六年），第十八卷，頁一四一。

169 同前注，頁一四二。

京華之家，並棟爭甍，或高或低。人之住屋，應為累代相傳。然尋其真實，乃知舊家甚少。或去年燒燬今年重建者；或大家亡而為小家者。住人亦同。地不變，人仍多，然曩所見二十三十人中，僅存一人二人而已。朝死夕生，何異泡沫？不知不覺間，生者不知何方來，死者不知何方去？又不知身在逆旅，為誰心惱，因何目喜？其主人與住居，互爭無常，同於朝顏（牽牛花）之露。或露落而花留，然雖留而枯於朝陽；或花萎而露不消，然雖不消而不必待夕。……[170]

在鴨長明的無常觀念裡，很顯然的含有濃厚的厭世主義的成分。讀他的《方丈記》，不但會使人感到生命的無常，而且令人覺得人世的悲慘和恐怖。這是一種幻滅的、絕望的呻吟。永積安明〈隱者的文學〉解釋長明的心理說：

在客觀上，已不足以寄託希望的貴族社會，與長明本身的主觀條件碰在一起，對他來說，這個世界變得簡直不值一顧了。在長明的眼睛裡，當時只要是貴族生活的地方，便到處都顯露了否定的鬼面，其實，在古代末期的內亂之中，急速地改變容貌的都城僅象徵著貴族社會的沒落。長明無法了解這一點，而認為這就是整個世界的破滅，因此對於以貴族為中心的社會的一切，只有從反面去理解了。[171]

不過抱著一顆對現實世界幻滅的心，他開始追求避世隱居的修道生活。據說，在他那大僅方丈的草菴裡，掛著琴和琵琶，藏著三大箱佛經、和歌以及音樂書籍。每天禮拜阿彌陀像，讀《法華經》，彈彈琴，做做和歌，過著悠閒自在的日子。《方丈記》的最後是：「此時心中更無他事。只是偶然動動舌根，念兩三遍阿彌陀佛而已。」[172] 文字上固然以南無阿彌陀佛為結，但我們很懷疑他是否真的能完全死心於現世。事實上，他的隱遁山林本來就是不滿現實的表現，心理上無可奈何的矛盾，是永遠沒法子消除的。

鴨長明後約一世紀，即鎌倉時代末期的吉田兼好（一二八三—一三五〇），也是隱棲文人的代表人物。他的隨筆《徒然草》，與《方丈記》被公認是日本隱者文學的雙璧。兼好跟長明一樣，是神官子弟，曾任後宇多上皇的左兵衛尉。不過，長明只是避世為隱者，兼好卻剃髮為僧侶，因此世稱兼好法師。出家流浪各地後，回到京都，在仁和寺邊的雙岡蓋一間「壽藏」，有歌云：

落腳在雙岡，營屋名無常。
櫻花手自植，在我居停旁。

170 鴨長明著，西尾實校注：《方丈記》，收入《日本古典文學大系》（東京：岩波書店，一九六八年），第三十冊，頁二十三—二十四。

171 永積安明：〈隱者的文學〉（〈隱者の文學〉），《日本文學の古典》（東京：岩波書店，一九六七年），頁一一五。

172 鴨長明著，西尾實校注：《方丈記》，《日本古典文學大系》第三十冊，頁四十四—四十五。

可憐花與屋，能度幾春芳？[173]

他雖然懷疑到底能在雙岡上的「無常所」住多久，但結果還是在這裡度了不少春秋。晚年，他應伊賀守橘成忠之招聘，隱棲於該地的國見山麓田井莊。有關他的傳說也不少。除隨筆外，他的和歌也相當好，為當時「四天王」之一。在他的作品之中，較少像鴨長明那種絕望的悲嘆；而近於平安晚期的西行法師，並不否定人間的凡情欲望，但能以從容的態度加以處理。「噫！人生於世，可欲可願之事，不勝枚舉。」[174]這是《徒然草》的開頭。他希望男人的容貌都英俊瀟洒，女的秀髮都能引人注目；而且肯定男女間的愛欲，以為這是老少賢愚無人不備的天賦本能。[175]他又舉出久米仙人因看到洗衣婦白玉般的小腿而失去「通力」的故事，大為同意，不惜加以讚美。[176]至於說：「古昔以來，男人而不好色者，若玉杯之無底，可笑可嘆。」[177]不但肯定好色，甚至嘲笑起不好色的人來了。

兼好在另一方面也能冷眼旁觀世事，而發為客觀的政治批評。譬如他說，苦於生活的人為養活妻子偷人東西，不能算偷。政治本來應該使人民安居樂業，不飢不寒。如果反而加苦於人民，使其犯法受刑，那麼，政治應受批判，人民應得同情。[178]貴族社會雖重詩歌管絃，但是若以為祇要靠詩歌管絃就可以化民治國，那是不切實際的白日夢。「黃金雖好，不如鐵之有益。」[179]諸如此類，都表示他是不忘「生民病」的知識分子。至於他的人生觀雖然深受無常思想的影響，但沒有鴨長明那種厭世的色彩，而頗有道家自然哲學的傾向。《徒然草》云：

> 春暮而夏來，夏盡而秋至。春催夏氣，夏伏秋聲。秋則寒，十月小春天氣，草漸青而梅含苞。木葉枯落，非無故而落，蓋春芽已伏，故落也。……生老病死之推移，猶有過之者，四季尚有定序，死期則無定時。死自前來，而又逼之於後。人皆知有死待之，但往往不急於死而轉瞬即至。……[180]

兼好能以旁觀者的從容心情，考察春夏秋冬的遞嬗，生老病死的推移，並且指出自然與人生之異同，

---

173 兼好法師和歌原文：

「ならびの岡に無常所まうけて、かたはらに　を植ゑさすとて

ちぎりおく花とならびの岡のべに

あはれいくよの春をすぐさむ」

兼好法師：《兼好法師集》，收入《新校群書類從》（東京：內外書籍，一九三〇年），第十二卷，卷二六九，頁四〇〇。

174 吉田兼好著，西尾實校注：《徒然草》，《日本古典文學大系》第三十冊，〈第一段〉，頁八十九。

175 吉田兼好著，西尾實校注：《徒然草》，《日本古典文學大系》第三十冊，〈第九段〉，頁九十六。

176 吉田兼好著，西尾實校注：《徒然草》，《日本古典文學大系》第三十冊，〈第八段〉，頁九十五。

177 吉田兼好著，西尾實校注：《徒然草》，《日本古典文學大系》第三十冊，〈第三段〉，頁九十二。

178 吉田兼好著，西尾實校注：《徒然草》，《日本古典文學大系》第三十冊，〈第百四十二段〉，頁二一〇—二一一。

179 吉田兼好著，西尾實校注：《徒然草》，《日本古典文學大系》第三十冊，〈第百二十二段〉，頁一八八—一八九。

180 吉田兼好著，西尾實校注：《徒然草》，《日本古典文學大系》第三十冊，〈第百五十五段〉，頁二一九。

的確不失隱者的本色。永積安明也曾引用這段文章，大為讚美道：「這是可驚的理論發現。以所謂辯證法的程序來解釋自然和生命的轉化，應歸功於兼好的感覺和思想的新鮮與正確。」[181]不過，正確則有，新鮮倒不盡然。因為這種思想顯然是老莊的翻版，在中國文人之間並不稀奇。

## 十

在日本中世，像鴨長明、兼好法師這樣的隱棲文人，可以說隨時隨地都有。而所謂人生無常的觀念，更是深透文人之心，無論在和歌、隨筆、物語等無數作品裡，都可以看得出來，我想不必再舉例說明了。不過，上面所介紹的是屬於和文系統的文人。下面接著來介紹幾個漢詩漢文的作者。中世四百多年，這方面的作者確也不少，可是論他們的身分，大致跟和文方面一樣，多半是出家的僧侶或修道者。其中尤以五山的禪僧最負盛名。中世是最尊崇禪僧的時代。鎌倉時代已在鎌倉建了許多禪寺，不久又有五山、十剎的制度。所謂五山本來指五個官寺而言，無疑的是宋朝五山制度的模仿。日本五山時有改變，在正平年間（十四世紀中葉）是建長、圓覺、壽福、淨智、淨妙五禪寺。其後京都也有五禪寺；天龍、相國、建仁、東福、萬壽，亦號五山，並以南禪寺置於五山之上。由於當時有名的漢詩作者多半是住在這些寺剎的僧侶，因而有五山文學之稱。

但五山文學最繁榮的是室町時代，所以五山文學的活動中心是京都的五山。禪林文學的發達，甚至進而執日本漢文學的牛耳，實在是有趣的現象。究其原因，一則受到執政武家的保護和鼓勵。二則自平安時代廢止遣唐使後，依然與中國文化保持直接連繫的，只有佛教的僧侶。當時僧侶留學中國之風大為盛行，據《本朝高僧傳》中世高僧有一百十一人，除十八人是宋元歸化僧外，所剩九十三人中，約有五分之一以上是留學中國的。期間短則兩三年，長則二三十年。這群留學僧回到故國來，不但構成了當時文化界的特權階級，而且對漢文學的發展產生了很大的影響。在江戶時代變成官學的宋理學，就是這時僧侶帶進日本，然後流傳下去的。

在五山詩僧當中，絕海中津（一三三四－一四〇五）是被認為最好的一個。但他的先驅雪村友梅（一二九〇－一三四六）也相當有名，所以我們先來介紹一下。雪村是號，友梅是名，又自號空幻，俗姓源氏。幼時自故鄉後白鳥鄉入鎌倉，師事宋歸化僧一山一寧（一二四七－一三一七），參禪之暇，喜歡讀儒家老莊之書。十八歲入元留學，一住二十三年。回國後歷任各地寺廟住持，最後一個是京都的建仁寺。他在中國留學期間，非常活躍。曾訪趙子昂（一二五四－一三二二）於翰苑，揮毫寫李北海（邕，六七八－七四七）的字，使主人大吃一驚。又曾登道場山，侍叔平隆和尚，極受器重。當時正值元朝企圖侵犯日本的前夕，因為他是日本人，被抓了關在牢裡。他泰然自若，作詩云：

百城煙水一枝筇，觸目無非是幻空。

181 永積安明：〈隱者的文學〉（〈隱者の文學〉），《日本文學の古典》，頁一二一－一二二。

童子曾參無厭足，鑊湯爐炭起清風。[182]

隆和尚也受連坐而死於獄中。雪村將被處死刑時，仍從容不迫地朗誦佛光禪師（子元）的〈遇兵〉一偈：

乾坤無地卓孤笻，且喜人空法亦空。
珍重大元三尺劍，電光影裡斬春風。[183]

刑官為之感動，果然珍重他的大刀，沒有砍下他的腦袋。二十五歲時，住在長安翠微寺，趙子昂有詩送他，題曰〈贈翠微二十五長老〉。但元朝政府對他仍不放心，又把他放到四川。於是出函關、度秦隴，到處參謁耆宿高僧，賦詩唱和。有《岷峨集》二卷，收這期間所作的詩二百多首。十多年後，他才從四川被召回長安。文宗時受命任翠微寺住持，特賜寶覺真空禪師之號。不久解印離開長安，遊歷江南各地後，在四十歲時回到日本。

雪村的為人極有威嚴。據說赤松圓心見過他後，通身流汗，告訴人說：「我馳突百萬軍中，毫無所懼。只今老師面前片刻跪對，威稜逼人，怯懾如此。」[184]不過性頗虛淡，如元文宗贈他的禪師徽號，一直放在篋笥之中，生前不曾示人，圓寂後才被人發現，他在長安時有〈雜體十首〉，其二云：

吾不歡人譽，亦不畏人毀。
只緣與世疎，方寸淡如水。
一身縲絏餘，三載長安市。
吟哦聊適情，直語何容綺？[185]

又如另一首在中國時所作的〈周教授〉：

余本不羈人，足跡窮禹甸。
所至訪奇古，會心輒所便。
閱士如堵牆，眼中無貴賤。[186]

182 雪村友梅：〈皇慶二年二月初七，在雪禁中，朗誦無學禪師遇兵劫伽陀，因折句拜和以見意焉〉，《岷峨集》，收入上村觀光編：《五山文學全集》（京都：思文閣，一九七三年），第一卷，卷下，頁五五二。

183 大有有諸：〈雪村大和尚行道記〉，《岷峨集》，收入上村觀光編：《五山文學全集》，第一卷，附錄，頁四十。編者案：此偈在日本廣為流傳，一般題為〈臨劍頌〉。

184 岡田正之：《日本漢文學史》，頁三一四。

185 雪村友梅：〈雜體十首〉，《岷峨集》，收入上村觀光編：《五山文學全集》第一卷，卷下，頁五五四。

186 雪村友梅：〈周教授〉，《岷峨集》，收入上村觀光編：《五山文學全集》第一卷，卷上，頁五四二。

像這樣的詩在他的詩集中，還有不少。但從這兩首已可以看出他恬淡而高昂的性格了。他的詩似乎頗受陶淵明、杜甫或韓愈等人的影響。他也曾仿元遺山〈過邯鄲四絕〉，作〈過邯鄲〉一首：「莫笑區區陌上塵，百年誰假復誰真？今朝借路邯鄲客，不是黃粱夢裡人。」[187]遺山原詩四絕之第四云：「死去生來不一身，定知誰妄復誰真。邯鄲今日題詩客，猶是黃粱夢裡人。」[188]雪村的詩是翻案文章，文字上的模仿的痕跡太顯，雖然把「猶是」翻為「不是」，有點意思，但依然不能算好詩。日本漢學家喜歡引用這首詩為雪村代表作之一，不知是什麼原故？岡田還說這是「純粹的詩人之詩」，[189]實在不敢同意。不過這類模仿或翻案的漢詩，在五山時代似乎相當多。像中巖圓月（一三〇〇—一三七五）的《東海一漚集》，就有不少模仿杜甫或其他中國詩人的詩。

夢窗疎石（一二七五—一三五一），也是一山一寧的門徒。夢窗是號，疎石是名。據說年輕時，夢中遊元朝，到疎山、石頭二寺，有一老僧持一達摩像授之。這就是「夢窗疎石」的由來。他又取《論語》中「剛毅木訥近仁」的話，[190]別號木訥叟。夢窗對日本禪宗的發展有很大的貢獻。晚年為天龍寺住持，光嚴上皇曾賜敕云：「道振三朝，名飛四海，主天龍席，再轉法輪，乘佛祖權，數摧魔壘……。」[191]他圓寂後，元歸化僧東陵永璵為他撰塔銘；[192]二十多年後，明翰林學士宋濂為他撰碑文，[193]可見他受推崇的一斑。

夢窗精通孔孟老莊之學，又好賦詩詠歌。在他的作品中，往往禪味甚濃，但也可以看出《論語》、《孟子》、《老子》、《莊子》、《淮南子》、陶淵明、李白、蘇東坡等的影響。如〈暮春遊橫洲舊隱〉二首之一云：

日映蒼波輕霧收，回洲疊嶂鬥奇尤。
滿船載得暮春興，與點爭如此勝遊。[194]

最後一句就是用《論語》中曾皙（點）的典故。[195] 由於有很深的煙霞之癖，所以喜歡營建庭園。《太平記》卷二十四〈天龍寺建立事〉條，記載夢窗於建立天龍寺的事說：

---

187 雪村友梅：〈過邯鄲〉，《岷峨集》，收入上村觀光編：《五山文學全集》第一卷，卷下，頁五六〇。

188 〔金〕元好問著，〔清〕施國祁箋注：《元遺山詩集箋注》，收入《續修四庫全書》（上海：上海古籍出版社，一九九七年據道光二年南潯瑞松堂蔣氏刻本影印），第一三二二冊，卷十二，頁二五八。

189 岡田正之：《日本漢文學史》，頁三一六。

190 何晏集解，邢昺疏，阮元校勘：〈子路第十三〉，《論語注疏》，收入《十三經注疏》第八冊，卷十三，頁一一九。

191 夢窗疎石語，侍者本元等編：《夢窗國師語錄》，收入《大正新修大藏經》第八十冊，卷下之二，頁四九一。

192 〔元〕東陵永璵：〈天龍開山特賜夢窗正覺心宗國師塔銘并序〉，《夢窗國師語錄》，收入《大正新修大藏經》第八十冊，卷下之二，頁四九六—四九八。

193 〔明〕宋濂：〈日本國天龍禪寺開山夢窗正覺心宗普濟國師碑銘〉，《夢窗國師語錄》，收入《大正新修大藏經》第八十冊，卷下之二，頁四九八—五〇〇。

194 夢窗疎石：〈暮春遊橫洲舊隱〉其二，《夢窗國師語錄》，收入《大正新修大藏經》第八十冊，卷下之一，頁四七八。

195 何晏集解，邢昺疏，阮元校勘：〈先進第十一〉，《論語注疏》，收入《十三經注疏》第八冊，卷十一，頁一〇〇—一〇一。

此開山和尚天性喜泉水，傍水依山作十境山川。……集石假煙嶂之色，栽樹移風濤之聲。慧崇煙雨之圖，韋偃山水之景，未得之風流也。[196]

而且對園中十境各題一詩，其中〈萬松洞〉詩云：

萬株松下一乾坤，翠靄氛氳鎖洞門。
仙境由來屬仙客，莫言此地匪桃源。[197]

簡直自以為是桃源境中的仙客了。又〈西芳寺池庭緣起〉（應永七年）中，也敘述夢窗建立西芳寺的情形：

國師天性得假山水之趣，島島洲洲，從其所宜，建佛閣僧舍。其間又作奇岩怪樹之形，世傳移九山八海者，蓋此之謂歟？……禪觀廊壁間題偈曰：「仁人自是愛山靜，智者天然樂水清。莫怪愚春愛山水，只圖藉此勵精明。」又山頂有縮遠亭，其入門曰向上關，岸筧名為曹源一滴。攀蘿折柴而登，有小徑四十九曲，曰通霄路。其間苔滑雲粘，萬木蔭森，於真如親王庵室之跡，立坐禪堂，名指東庵。……皆禪觀行樂之地也。……[198]

可見他對造園的興趣是多麼濃厚。西芳寺池庭有塔銘和碑銘，成為後世造園家的模範。今天我們要是去參觀日本庭園時，經常在說明書上，或在導遊小姐的口頭解釋上，發現不少莫名其妙的「禪語」，雖然覺得可笑，但禪宗與庭園的確具有不可分的關係，而夢窗就是促進這種關係的名僧。

## 十一

夢窗一生作育英才，門下名僧甚多，其中最有名的是義堂和絕海。江村北海（一七一三—一七八八）說：「五山作者，其名可徵于今者，不下百人。而絕海、義堂其選也。」[199] 賴山陽（一七八〇—一八三二）也說：「五山僧侶頗為瘦硬絕句。其中巨擘，有若義堂、絕海頗雄奇，有臺閣儒紳不及處。」[200] 義堂周信（一三二六—一三八九）十四歲就出家為僧。據說他為人器識淵偉，含俊邁之

196　後藤丹治、釜田喜三郎校注：〈天龍寺建立事〉，《太平記》，收入《日本古典文學大系》（東京：岩波書店，一九六八年），第三十五冊，卷二十四，頁四一四。

197　夢窗疎石：〈暮春遊横洲舊隱〉，《夢窗國師語錄》，收入《大正新修大藏經》第八十冊，卷下之一，頁四八一。

198　急溪中章：〈西芳寺池庭緣起〉，收入塙保己一編：《續群書類從》（東京：続群書類従完成会，一九二六年），第二十七輯，卷七九〇，頁四四二。

199　江村北海：《日本詩史》，《詞華集日本漢詩》第二卷，卷二，頁二十四。

200　賴山陽著，兒玉慎輯錄：〈書五刹詩鈔後〉，《山陽先生書後併題跋》（京都：若山屋茂介、浪華：秋田屋太右衛門，天保

氣；動止嚴格，操守堅固。曾任建仁、等持諸寺住持，與眾俗同甘苦，雖然患病，也不闕每日禪坐諷誦。左右勸他珍攝，他卻說：「人住世間，如草頭露，風前燭。何護惜之有？若辛勤以致死，余所願也。」[201] 博通佛書禪錄，且涉經史百家，更善詩文。他的居室名空華，有〈空華室銘〉云：

空兮無相，華兮無實，作是觀者，乃入吾室。[202]

所以他又號空華道人。他曾自己說：「余少時躭詩，嘗在關左，用城雷峰三韻為八句詩，和答友人者，殆乎百篇。好事者雅為詩戰。」[203] 可見他熱中於詩作的情形。有個軼事說，當時有日本人拿他的詩到明國，請一個中國名僧叫楚石的批閱。楚石原不知是義堂所作，看了一下，問道：「是中華者之所作也？」經告以實情之後，楚石感嘆道：「不謂日本國有此郎！」[204] 到現在有些日本學者談到這件事，還是洋洋得意。義堂最崇拜李杜詩和韓柳文，對蘇東坡等宋人，也頗致景仰。〈李白〉畫贊云：

李翰林才高志大，天下莫之能容。故或寓於詩，或寓於酒，或寓於神仙道士，或寓於五湖七澤之游，而尚有不能容者，寓於天地宇宙之間而存焉。今畫所乘之驢，亦寓焉者之一也歟？悲夫！[205]

又在〈杜甫〉一文中，談到他少時即讀杜詩，接著說：

> 余嘗讀老杜詩，感其方安史喪亂之際，不失君臣忠義之節，至若曰：「文章一小技，於道未為尊」，是余感之深者也。[206]

表面上固然是贊李說杜，事實上是自己心聲的流露。

義堂一生大致與日本史上的南北朝相終始。戰爭頻仍，生民為之塗炭，可以說是名副其實的亂世。〈辛卯（即一三四一年）上巳〉詩有「胡為辛卯歲，不似永和春？草木傷兵火，江山帶虜塵」[207]之句，就是感傷這種時世的表現。他雖然身為出世禪僧，但是在等持寺住持期間，正如他給中巖圓月

---

七（一八三六）年），卷下，頁二十八。

201 岡田正之：《日本漢文學史》，頁三四〇。

202 義堂周信：〈空華室銘〉，《空華集》，收入上村觀光編：《五山文學全集》第二卷，卷二十，頁五五三。

203 義堂周信：〈古劍新年試筆偈和第二十韻十首有敘〉，《空華集》，收入上村觀光編：《五山文學全集》第二卷，卷十，頁二八一。

204 編者注：義堂周信：《空華老師日用工夫略集》，收入近藤瓶城編：《續史籍集覽》（東京：近藤出版部，一九三〇年），第三冊，「應安八年三月十八日」條，頁三十一—三十二。

205 義堂周信：〈李白〉，《空華集》，收入上村觀光編：《五山文學全集》第二卷，卷十八，頁五一三。

206 義堂周信：〈杜甫〉，《空華集》，收入上村觀光編：《五山文學全集》第二卷，卷十八，頁五一三。

207 義堂周信：〈辛卯上巳〉，《空華集》，收入上村觀光編：《五山文學全集》第二卷，卷六，頁一六三。

的信中所說：「等持迺官寺，陰柄銓衡，密贊樞政者之所宜居，故每難其人。」[208] 無疑的往往參與幕政。室町幕府第三代將軍足利義滿非常器重他的人品和才藻，所以才把他擢為等持寺的住持。

綜合義堂的身分、學識、經驗和時代等種種背景，可以看出他的思想人格是儒者、釋徒和文人的結合品。在他的日記《日工集》中，論宗教，談時事，評政治，述經典，講文學，或比較漢唐宋學術之異同，或評論古聖先賢的人品思想，又有不少詩文詩話之類，真是包羅萬象，充分表現他是極為淹博的知識分子。作為一個僧侶文人，他是個載道主義者。〈築雲三隱倡和詩敘〉云：

> 古之高僧居岩穴，修戒定慧，而餘力及詩，寓意於諷詠，陶冶性情者固多矣。而視其詩則率以道德為主，章句為次，枯澹平夷，令讀者思慮洒然。[209]

如〈文仲說〉：

> 道之與文，譬如一樹而有根柢枝葉之別，皆由一氣所發焉。夫道德文章是吾心之固有，有于中者必形乎外，故曰心華發明，照十方剎。[210]

他之所以如此注重道德，顯然是承襲了儒家傳統思想，尤其是古文大家韓愈、柳宗元等人的影響。而他之所以私淑杜甫，稱讚其忠君愛國之思，終生追隨不捨，也與載道的文學思想有密切關係。同時，正如杜甫敬慕李白一樣，義堂對李白那種曠達超逸的處世態度，也不免時時表示敬慕之情；因為這是他本身所缺乏的。然而不管他有多麼堂皇的文學理論，一做起詩來，卻格局甚小，不但缺少李杜韓柳的氣派，反而頗有晚唐的遺風，只是沒有晚唐的頹廢色彩罷了。不過這似乎不限於義堂一人，而是五山文學一般的現象。追究起來，宋周弼的《三體詩》的流行，恐怕是主要原因之一。義堂就是極力宣揚《三體詩》的人。日本人做漢詩時，往往有中國的範本，奈良時代是《文選》，平安時代是《白氏文集》，而五山時代是《三體詩》。直到明治時代為止，日本人學漢詩，多半還是從《三體詩》入手。這本在中國被冷落而輕視的書，沒想到日本卻變成了文人的寵兒！

最後談一談絕海中津（一三三六－一四〇五）。他也是日本人引以自傲的名僧。自號蕉堅道人。世稱海和尚，或海翁大禪師。曾入明留學九年。他的字絕海就是在明的時候，全室和尚送他的。他二十三歲離國赴明，寄寓於杭州中天竺，頗受全室禪師器重，使他典藏鑰。暇時就西丘的竹庵禪師學楷書。以後登靈隱，謁道場，詣天童，訪問名僧，足跡遍中國。明太祖曾於英武樓召見他，詢問日本國情，並且談起徐福遺跡熊野故祠來。絕海的〈應制賦三山（日本）〉一詩，就是在英武樓做的：

208　義堂周信：〈上中巖和尚書〉，《空華集》，收入上村觀光編：《五山文學全集》第二卷，卷十四，頁四一五。

209　義堂周信：〈築雲三隱倡和詩敘〉，《空華集》，收入上村觀光編：《五山文學全集》第二卷，卷十一，頁三一七。

210　義堂周信：〈文仲說〉，《空華集》，收入上村觀光編：《五山文學全集》第二卷，卷十七，頁四六七。

熊野峰前徐福祠，滿山藥草雨餘肥。
只今海上波濤穩，萬里好風須早歸。[211]

太祖大為欣賞，賜和詩云：

熊野峰高血食祠，松根琥珀也應肥。
當年徐福求僊藥，直到如今更不歸。[212]

不久，絕海就回國了。過了幾年，有明僧一如奉命使日，訪問絕海，談起當年事，也和了一首：

掛錫龍河古佛祠，一生高潔厭輕肥。
賦詩召入金鑾殿，攜得天香滿袖歸。[213]

這件事無疑是他一生中最得意的經驗。他回日本後，先後於天龍、彗林等寺，講《法華》、《楞嚴》、《圓覺》諸經，聽眾溢滿講堂，如日中天，聲勢頗大。但不久因故與將軍足利義滿鬧意見，遂隱居於攝津的錢原。義滿有點後悔，所以派專使去請他再出來。絕海以疾堅持。後來還是義滿親自寫信懇切致意，他才不得已又上京師，為等持寺住持。晚年住相國寺，義滿即把該寺陞為「五山第一」。圓寂後，朝廷方面贈他的謚號有「佛智廣照國師」、「禪師翊聖國師」等。絕海富於才學而有正義感。超脫飄逸，頗有直情徑行的傾向。他〈與光祿相公書〉云：「某丘壑埜情，無求於世，未嘗趨謁達官貴遊之門。……晨禪夜誦，一遵舊規。暇則倚軒嘯傲，以陶寫乎雲樹猿鳥之趣。」[214] 又〈答常光古劍和尚書〉中有「幸不為時容，巖穴余樂也」[215] 及「參學之暇，登山臨水，陶冶乎雲鳥之趣」[216] 的話，都說明他是個不依附權勢，不同流合汙，而以淡泊高逸自期的人。他又在〈答椿庭和尚書〉中說：

> 某進不避危機，退亦失於高尚之節。冥頑無識，玷汙宗門。是以遁逃已還，一周歲月，六移茅舍。……時時逢山水幽勝之處，披衣散策而陶冶於猨鳥雲樹之趣，悠然如遊乎物化之元。人生未盡，只得為太平之逸民，其亦足矣。[217]

---

211 絕海中津著，蔭木英雄注：〈應制賦三山〉，《蕉堅藁全注》（大阪：清文堂，一九九八年），頁一四二。
212 〔明〕朱元璋著，蔭木英雄注：〈御製賜和〉，《蕉堅藁全注》，頁一四二—一四三。
213 一庵一如著，蔭木英雄注：〈和應制賦三山〉，《蕉堅藁全注》，頁一四六。
214 絕海中津著，蔭木英雄注：〈與光祿相公書〉，《蕉堅藁全注》，頁二二一—二二二。
215 絕海中津著，蔭木英雄注：〈答常光古劍和尚書〉，《蕉堅藁全注》，頁二三六。
216 同前注。
217 絕海中津著，蔭木英雄注：〈答椿庭和尚書〉，《蕉堅藁全注》，頁二三一。

可見他也是個個性極強，勇敢而誠實的人。這封信寫於得罪義滿之後，自己做的自己當，歸罪自己而不委過於別人，真的拿得起放得下，頗有陶淵明賦歸去來的氣概。我們要是拿義堂來和絕海比較，義堂是道儀高古、操守嚴格的學者；絕海是高逸超邁、懷抱曠達的詩人。以中國文人為喻，義堂像杜甫，絕海像李白。從夢窗門下出現這兩個性格不同的高僧，實在是件有趣的事。

絕海現存著作有《絕海錄》和《蕉堅藁》，前者為語錄、偈頌之類，後者為詩文集。這兩書都有中國名僧序跋。明武林淨慈寺道聯序《絕海錄》說：「不意大法垂秋之際，正音寂寥之餘，海東有此偉人也。」[218] 可謂把絕海誇獎到了極點。至於《蕉堅藁》有祿司左善世道衍的序、和天竺寺如蘭的跋。跋云：「今觀《蕉堅藁》，迺知絕海得益於全室為多。……疏語絕類蒲室之體製。」[219] 全室即明初高僧全室宗泐（生卒不詳），出於蒲室之門，通儒學、善詩文。有詩集行世。《四庫全書總目》評其詩云：「宗泐雖託跡緇流，而篤好儒術，故其詩風骨高騫，可抗行於作者之間。」[220] 絕海在留學期間能夠拜全室為師，不能不說是很幸運的事。像全室、道衍等都是明初高僧，而且都與大詩人高啟有交往，說不定絕海也見過高啟，但這只是推測，不敢斷言。

有這樣的師承關係，再加努力，難怪絕海的詩要高人一等了。《蕉堅藁》中律詩最多，絕句次之，無古體。律詩如〈多景樓〉：

> 北固高樓擁梵宮，樓前風物古今同。
> 千年城塹孫劉後，萬里鹽麻吳蜀通。

京口雲開春樹綠，海門潮落夕陽空。
英雄一去江山在，白髮殘僧立晚風。221

絕句如〈河上霧〉：

河流一帶冷涵天，遠近峰巒秋霧連。
似把碧羅遮望眼，水妃不肯露嬋娟。222

絕海詩的特色之一是禪味很少，這是跟其他詩僧之作不同的地方。如果只看他的詩，我們很難想像是

218 釋道聯著，絕海中津語，小師俊承等編：〈日本國絕海津禪師語錄序〉，《絕海和尚語錄》，《大正新修大藏經》第八十冊，卷上，頁七三一。
219 〔明〕古春如蘭著，蔭木英雄注：〈書堅蕉藁後〉，《蕉堅藁全注》，頁三八七。
220 〔清〕永瑢、〔清〕紀昀：《四庫全書總目提要．集部（一）》第四冊，卷一七〇，頁四八九。
221 絕海中津著，蔭木英雄注：〈多景樓〉，《蕉堅藁全注》，頁八十二—八十三。
222 絕海中津著，蔭木英雄注：〈河上霧〉，《蕉堅藁全注》，頁一七六—一七七。

出自一個和尚之手。在集中還有一些像〈折枝芙蓉〉、[223]〈題梅花野處圖〉[224]等豔麗的詩，更非僧侶本色。但想想在同時代正有不少和尚在大作香豔的和歌，也就不覺奇怪了。江村北海《日本詩史》批評絕海詩說：

> 絕海詩非但古昔中世無敵手也；雖近時（指江戶時代）諸名家，恐棄甲宵遁。何則？古昔朝紳詠言，非無佳句警聯，然疵病雜陳，全篇佳者甚稀。偶有佳作，亦唯我邦之詩耳，較之於華人之詩，殊隔逕蹊。雖近時諸名家，以余觀之，亦唯我邦之詩，往往難免俗習。如絕海則不然也。……有工絕者，有秀朗者，優柔靜遠，瑰奇贍麗，靡所不有。[225]

這段話可以代表一般日本學者的看法。我以為絕海詩所以做得不錯，是由於他在運思遣詞之際，能夠不固執於禪僧的身分，而忠實地把思想感情發抒出來。道衍序《蕉堅藁》說：「禪師得詩之體裁，清婉峭雅，出於性情之正。」[226]「清婉峭雅」不能概括他的全詩，難說是的評；但「出於性情之正」的確是肯綮之言。

五山僧侶文人的人格品藻，大都相當端正而較少風流韻事或奇矯作風。但並不是沒有例外。如一休宗純（一三九四—一四八一），自稱狂雲，就以言行恣放，不拘小節而有名。但畢竟是少數。這種注重人格品藻的風氣，在和歌和文作者也大致相同，可以說是整個中世的文人的普遍情形。究其原因，自然不少。但我以為可以列出幾點：第一、中世文人多半不是僧侶，就是隱者。他們的主要目的是修道，不是文學。因此他們有所歌詠時，都盡量在不妨礙修道的範圍內為之。第二、貴族社會沒落後，酒色財氣的陋習已大不如前，並且文人不再以宮庭館第為主要活動場所，奉承獻媚之風為之減少。第三、武家政治重視氣節、勤儉、勇敢等美德，所以淫靡放蕩的行為受人輕視。譬如鎌倉幕府的「執權」北條時賴，就以生活樸素有名。聽說他去世時，天下武士為了祈求他的冥福，落髮皈依佛門者不計其數。後來還要麻煩幕府出令禁止，才避免了「粥少僧多」的局面。以上三點只是就我所知加以歸納的結果。我的意見可能不完全周到而正確，但至少不會是完全錯誤的。

本文只從古代敘述到中世。至於日本近世的文人，以後另立專題討論。日本近世文壇，類似中國的元明，是民間文人，也即所謂典型的文人產生最多的時代，與中國文人的關係更為密切。直到明治時代，尤其是甲午戰爭以後，這種關係才冷淡下去，而由「向中華一邊倒」變成「向西洋一邊倒」了。

223 絕海中津著，蔭木英雄注：〈折枝芙蓉〉，《蕉堅藁全注》，頁一五五—一五六。

224 絕海中津著，蔭木英雄注：〈題梅花野處圖〉，《蕉堅藁全注》，頁一八二—一八三。

225 江村北海：《日本詩史》，《詞華集日本漢詩》第二卷，卷二，頁二十五。

226 〔明〕道衍著，蔭木英雄注：〈堅蕉藁序〉，《蕉堅藁全注》，頁三。

# 永井荷風與漢文學

談到永井荷風跟漢文學的關係，在進入本題以前，對「漢文學」或「漢學」這個用語，我想應該先加以解釋。「漢文學」譯成英文時，習慣上都做 Chinese literature，好像專指中國的文學而言。可是實際上，至少根據我的理解，在日本所謂的漢文學，除了中國本土歷代的文學之外，日本人自古以來用中文創作的詩文，也包括在內。又廣而言之，整個中國的文化傳統，不用說經史子集，連風俗習慣或倫理道德等，也都是日本漢學家研究或摹倣的對象。

關於永井荷風（一八七九—一九五九），過去已經出現了不少研究他的專著。不過，大多數都從江戶文學的傳統或法國文學的影響，去探尋荷風文學的特徵。我對採取這樣的立場並沒什麼異論。只是當我們把荷風的作品詳細調查，就可以發現另外還有一個文學傳統，即中國文學或漢文學，也對荷風發生了深刻的影響。因此，我並不贊成像中村光夫所說的，荷風是一個「遺棄了『習慣』之東洋思想意義的青年」；或荷風「在少年時代受過『頑固的漢學塾』的折磨之後，只看到了歪曲人類天性的、沒有意義的舊時代教育的形骸」。[1] 其實並不然。我們甚至可以說，荷風的一生，始終緊抱著這個所謂「舊時代教育的形骸」，不但對其意義有深刻的心得和體會，而且在他的日常生活和文學作品裡，賦與了新的血肉，新的生命。

那麼，為什麼過去研究或評論荷風的學者不大過問漢文學的重要性呢？根據我的想法，他們並不是沒有注意到這方面的重要性，只是有意地置之不理罷了。事實上，荷風與漢文學的關係，早就有人提出來談過。桑原武夫的〈永井荷風——沒落的風流儒者〉[2] 一文，也許是最有意義、最有趣味的例子。此外，如奧野信太郎《文學導讀》、《紅豆集》、[3] 日夏耿之介《荷風文學》、[4] 清水茂〈荷風與漢文學〉、[5]桑山龍平〈永井荷風與中國文學——其一面〉，[6]以及岩波書店的《座談會大正文學史》等，都討論到或牽涉到「荷風與漢文學」的關係。不過都很簡單，而且多半限於某一方面或是一些特別的問題。至於比較完整而詳細的研究，好像還沒有出現過。

荷風是漢詩人永井禾原（久一郎，一八五一—一九一三）的長男。他的外祖父鷲津毅堂（一八二五—一八八二）也是有名的儒家詩人。永井一族源出九世紀初平城天皇之後，代代以漢學相承，曾出過名學者如大江匡房（一〇四一—一一一一）、永井星渚（一七六一—一八一八）等，可說是漢學世家。生在這樣的家庭環境裡，荷風除了受正規的現代教育之外，從小就上私塾念《四書》，稍大以後，從他的父親和岩溪裳川（一八五二—一九四三）學漢詩作法，同時又學漢文於島田篁村

1 中村光夫：《作家的青春》（《作家の青春》）（東京：創文社，一九五二年），頁四十七—四十八。

2 桑原武夫：〈永井荷風——沒落的風流儒者〉（〈永井荷風——風流儒者くずれ〉），《中央公論》第七十五卷第十號（一九六〇年九月）；另見桑原武夫：〈永井荷風〉，《桑原武夫全集》（東京：朝日新聞社，一九六八—一九七二年），第一卷，頁四七五—四九三。

3 奧野信太郎：《文學導讀》（《文學みちしるべ》）（東京：新潮社，一九五六年）；奧野信太郎：《紅豆集》（東京：桃源社，一九六二年）。

4 日夏耿之介：《荷風文學》（東京：平凡社，二〇〇五年）。

5 清水茂：〈荷風與漢文學〉（〈荷風と漢文學〉），《圖書》第一六〇號（一九六二年一二月），頁十九—二十二。

6 桑山龍平：〈永井荷風與中國文學——其一面〉（〈永井荷風と中國文學——その一面〉），《天理大學學報》第四卷第三號（一九五三年三月），頁一〇五—一一四。

（一八三八—一八九八），學書於岡三橋（一八三二—一八九四），學畫於岡不崩（一八六九—一九四〇）。又從〈十六七歲前後〉一文裡，[7]我們知道荷風在這時候，已經看過《三國志演義》、《西遊記》、《水滸傳》等中國小說的日文譯本，並且開始自己作漢詩了。我以為荷風在少年及青年時代所受的這些漢學教育，以後在他的思想及文學的形成過程中，將產生不可忽視的作用和影響。荷風自己也承認這一點。他在晚年回憶過去時，曾經坦白地說：「成人之後，恆以誦讀儒家詩文為樂。」[8]又說：「這六十年來，指導我生活及思想之方向的，是中國人跟西洋人的思想。」[9]

可是荷風跟西洋思想的接觸，比中國思想要遲得多。而且正逢血氣方剛、情緒不穩的青春時代，所以招致了思想上激烈的動搖。有時候，由於過分嚮往西洋的生活，竟無端無故地「胡亂反抗一切東洋的思想習慣」。[10]不過，這種現象並不限於荷風一個人。凡是同時代的年輕知識分子，多多少少都難免有同樣的傾向。這裡，值得注意的是荷風跟他同代的人卻有不同的地方。當他反抗舊傳統的時候，雖然比誰都反抗得激烈，但他並不像別人一樣，在反抗時期過去之後，仍然一味執著於西洋思想，而在西洋的影響下毫無反省地終其一生。相反的，荷風在留學美法歸來之後，也就是他思想上的動搖時期過去之後，儘管懷著一肚子無人能及的法國文學，卻有意地想法子回到東方傳統裡來，「予壯年遊歐美，一時醉心西土文物，東洋載籍，束之高閣，未嘗一顧。馬齒漸增，已逮老年，深悟其非，乃折節讀古書」。[11]其實，這個轉變不必等到老年。當他回國不久叫出「我是東方人」[12]的時候，早就很明顯了。他覺得「泰西文學，不分古今，畢竟是西洋的產物，跟我背著兩千年來舊習的現在的生活感情，相距之遠，恰如鵬程九萬里。」於是他開始親近「江戶時代和中國的文學藝術」。[13]他有時甚至故意誇張地說：「我愛中國甚於日本」。[14] 雖然他所愛的「中國」，多半是從中國文學藝術中抽出來的形象，但好像跟現實的中國也不能說毫無關聯。他曾於一八九七年，十九歲的時候，隨著父母到上海住了兩三個月，「覺得中國的生活很有意思，不由得想在那裡永久住下去。」[15] 中國生活中豐富的色彩之美，以及中國女人優美纖巧的風俗，尤其給他留下了深刻的印象。[16] 他遊歷中國恰在甲午戰爭

7　永井荷風：〈十六七歲前後〉（〈十六七のころ〉），永井荷風著，稻垣達郎、竹盛天雄、中島國彥編：《荷風全集》（東京：岩波書店，一九九二—一九九五年），第十七卷，頁三二五—三三〇。

8　永井荷風：〈西瓜〉，永井荷風著，稻垣達郎、竹盛天雄、中島國彥編：《荷風全集》第十七卷，頁三九一。

9　同前注，頁三九三。

10　永井荷風：〈新歸朝者日記〉（編者案：又名〈歸朝者の日記〉），永井荷風著，稻垣達郎、竹盛天雄、中島國彥編：《荷風全集》第六卷，頁一七一。

11　永井荷風：〈葷齋漫筆自敘〉，永井荷風著，稻垣達郎、竹盛天雄、中島國彥編：《荷風全集》第十五卷，頁五一三。

12　永井荷風：《冷笑》，永井荷風著，稻垣達郎、竹盛天雄、中島國彥編：《荷風全集》第七卷，引文見〈六　小酒盛〉，頁六十五。

13　永井荷風：〈小硯禿筆〉（〈矢立のちび筆〉），永井荷風著，稻垣達郎、竹盛天雄、中島國彥編：《荷風全集》第十二卷，頁二四五—二四六。

14　永井荷風：《曇天》，永井荷風著，稻垣達郎、竹盛天雄、中島國彥編：《荷風全集》第六卷，頁九十五。

15　永井荷風：〈十九之秋〉（〈十九の秋〉），永井荷風著，稻垣達郎、竹盛天雄、中島國彥編：《荷風全集》第十七卷，頁三三五。

16　同前注，頁三三一—三三六。

之後，但並不像一般日本人那樣輕視中國，反而表現出無限愛慕親近之感。他對中國的這種友好的態度，終生不渝。這也許是他小時候所受漢文學教育的結果。

如想從此較文學的立場來考察荷風與漢文學的關係，首先我們應該注意到一個問題，即荷風在跟漢文學接觸的過程中，到底採取什麼樣的態度？換句話說，他接受或重視漢文學的哪一方面？加以拒絕或忽視的又是些什麼？我曾經一邊讀《荷風全集》，一邊把顯然跟漢文學有關的資料——如書名、引用詩文等——做成卡片，數量之多，使我重新認識了漢文學在荷風文學作品中的重要性。不過經過整理分類的結果，才知道荷風所讀漢籍固然不少，範圍卻相當有限。大致說來，他的興趣似乎始終集中於儒家的經典、晚唐和明末清初的詩文集子，以及江戶末年和明治時代的漢詩漢文。這正說明他不是個亂讀書的人。查他的日記《斷腸亭日乘》的記錄，可知他在讀書方面，好像總是先有計畫或目標，然後選擇有關的書一本一本地讀下去。自己沒有的便去買；買不到的就託舊書店找。不過，範圍固然有限，由於日長月久地沉酣其中，自然成為囊中之物，結果在他創作的時候，便有意或無意地被融化進去，而變成他作品中不可分離的因素。荷風這樣的讀書法，跟夏目漱石（一八六七—一九一六）的醉心於盛唐詩及老莊可成對比，但跟另一文豪幸田露伴（一八六七—一九四七）卻大不相同。根據柳田泉最近發表的〈露伴先生藏書瞥見記〉，[17] 可見露伴蒐集漢籍的範圍非常廣，經史子集、小說戲曲的重要典籍，除了史部稍見遜色外，都相當齊全。又有不少現代的著作。至於日本的漢詩集更不用說了。露伴曾被木下杢太郎評為「甘做孔夫子使徒」[18] 的人。他對漢土文物的博學是毫無疑問的。但一博便難免蕪雜。所以露伴在漢文學某一範圍之內的理解和體會，就遠不如荷風的精細深入。

漢文學的範圍，如上所說，並不限於儒學經典和詩文。還有不少思想上的學派和文學上的形式，但荷風對這些好像沒什麼興趣。例如，他對諸子哲學就很冷淡。雖然他讀過《老子》、《莊子》和《韓非子》等，偶爾也引用或提到，但並不深入。依荷風自己的說法，他頗受「老莊與佛教混合」[19]的思想的影響，然而他從不看佛經，而老莊也是壯年之後才讀了一下，所以這種影響恐怕是間接由中國詩文，或洪自誠的《菜根談》等書而來的。談到中國文學上的各種體裁形式，例如宋詞、元曲、明清小說等，荷風對這些似乎也多半敬而遠之。因為他從不提到讀詞作詞的事，所以這方面我們不大清楚；至於戲曲小說，我們知道他曾把《西廂記》列為愛讀書之一；[20]在小說《濹東綺談》裡，引用過《紅樓夢》第四十五回的七言古詩〈秋窗風雨夕〉原文的一部分，後來又加以譯成日文。[21]不過，正如他

17 柳田泉：〈露伴先生藏書瞥見記〉（上）（下），《文學》第三十四卷三號（一九六六年三月）、四號（一九六六年四月），頁一〇二—一一二、一〇三—一一二。

18 編者注：木下杢太郎：〈幸田露伴〉，《藝林閒步》（東京：岩波書店，一九三六年），頁一〇七。

19 永井荷風：〈西瓜〉，永井荷風著，稻垣達郎、竹盛天雄、中島國彥編：《荷風全集》第十七卷，頁三九三。

20 永井荷風：《斷腸亭日乘》，大正五年十二月三十一日，永井荷風著，稻垣達郎、竹盛天雄、中島國彥編：《荷風全集》第二十一卷，頁十七。

21 永井荷風：《斷腸亭日乘》，昭和九年十月十五日，永井荷風著，稻垣達郎、竹盛天雄、中島國彥編：《荷風全集》第二十三卷，頁二一三。

晚年所回想的：「中年以後，很想有機會的話，把從前讀過的（中國小說）重讀一遍。可是到現在仍然碰不到這樣的機會。」[22]那麼，為什麼自命為小說家的荷風，對中國小說沒興趣呢？據我的推測，大概是由於：一、他是個精通法國小說的人，所以比較之下，中國小說就顯得落伍，較少學習的價值；二、中國小說注重情節，缺乏他所追求的詩意詩情；三、可能他看不大懂白話文。最後這一點是有根據的。他小時候看的《西遊記》、《水滸傳》等書，不用說都是日文的翻譯。即使到了晚年，雖然聲明過他看外國書只看法文譯本，但當他看《紅樓夢》的時候，因為除了詩詞外全是白話，所以不得不遷就一下，讀了露伴的譯本。

我們已經知道荷風對漢文學的興趣，始終集中在儒家經典和漢詩。為什麼呢？這固然跟他本人的嗜好有關，但主要的原因恐怕在江戶末年到明治年間漢文學的一般傾向。這裡無法詳細介紹當時漢文學的歷史，所以只想舉出一個跟荷風有密切關係，而又能代表明治時代知識分子的人物，以便說明荷風所承漢文學的源流。這個人就是荷風的父親永井禾原（一八五二—一九一三）。一般研究荷風的人每提到禾原，就把他描寫作一個嚴格冷淡、不懂人情的儒者或道學家，醉心於官場或實業的典型的明治「出息發跡主義者」。其實不盡然。雖然他留學美國普林斯頓等大學，回國後又做了多年的官，卻是個官場不得意的人。當他辭掉了官職，要到上海去就任日本郵船會社上海分店主任的時候，有詩道：

半生潦倒簿書叢，忽駭身蹤似轉蓬。

短褐暮年重作客，孤帆萬里又乘風。
榮枯有變人情薄，毀譽無端世論空。
話別小樓須盡醉，今宵惜此一尊同。[23]

到了上海以後，廣交中國人士，有軍閥、學者、商人，甚至歌妓。詩酒酬酢，幾無虛日。在上海任期三年間，竟出了四、五本詩集。其中有不少是輕巧冶豔的香奩體，如送給張墨蘭校書的絕句：

如在沉香亭北看，妖姿冶態正春蘭。
多情卿是傾城種，不信小名呼墨蘭。[24]

此外在他的選集《來青閣集》裡，也有些和明末豔詩作者王次回的詩。可見禾原在公事上雖然律已甚

---

22 永井荷風：〈十六七歲前後〉（〈十六七のころ〉），永井荷風著，稻垣達郎、竹盛天雄、中島國彥編：《荷風全集》第十七卷，頁三二五。

23 永井禾原：〈辭官將赴清國留別都門友人〉，《來青閣集》，收入富士川英郎、松下忠、佐野正巳編：《詩集日本漢詩》（東京：汲古書院，一九八九年），第十九卷，卷二，頁四一八。

24 永井禾原：〈畫舫向虎邱陳瑞卿寶玉姊妹侍酒至吉公祠前暫停槳張墨蘭葉小蘭棹小舟先後至釧動花飛絲哀竹脆酒酣耳熱戲贈二絕句〉，《來青閣集》，收入富士川英郎、松下忠、佐野正巳編：《詩集日本漢詩》第十九卷，卷二，頁四二〇。

嚴，在私生活方面，卻是個雅好風流的詩人。他跟當時日本有名的漢詩作家，如森春濤（一八一八—一八八八）、槐南（一八六三—一九一一）父子及國分青厓（一八六一—一九四六）、大沼枕山（一八一八—一八九一）等，經常流連詩酒，互相唱和。這些詩人都頗帶疎狂作風。《枕山詩鈔》裡有一絕句最能代表他們的生活態度：

> 未甘冷淡作生涯，月榭花臺發興奇。
> 一種風流吾最愛，南朝人物晚唐詩。[25]

怪不得他們所作的詩詞，都帶有妖豔而頹廢的色彩。禾原也多少受到他們的影響。

大致說來，荷風對漢文學的興趣很近他的父親。據他自己說：「十七八歲的時候，……我就被放蕩的詩趣，換句話說，被文字所引起的藝術快感所侵犯。中國詩中所謂香奩體的美麗形式，多麼迷住了我！……我常常不顧學校的功課，排著文字玩兒。」[26]當時，他排成的文字留下來很少，但還可以看到幾首，如上文所引的三首之一：

> 豔體詩成拂壁塵，竹西歌吹買青春。
> 二分明月猶依舊，照此江湖落魄人。[27]

又在〈夏之町〉一文中也引了幾首，錄其一：

已見秋風上白蘋，青衫又汙馬蹄塵。
月明今夜消魂客，昨日紅樓爛醉人。[28]

荷風年輕時的這種「被藝術快感所侵犯」的經驗，可說是他文學生活的開端。但這種經驗不是從日本文學得來，而是從中國香奩體的「放蕩的詩趣」或「美麗的形式」得來的。這是個值得注意的問題。尤其當我們考慮到荷風文學的「好色」傾向，喜寫花街柳巷的風俗人情，其意義就顯得更加深長了。的確，荷風一生始終追求著這種詩趣及形式美，老而不厭。他在書信集《大窪多與里》中說：

南畫之中，我最愛以色彩為主的明末清初的沒骨畫。詩亦如此。明末清初的詩，大都纖細佳

25　大沼枕山：〈雜言〉之一，《枕山詩鈔》，卷之下，收入富士川英郎、松下忠、佐野正巳編：《詩集日本漢詩》第十七卷，頁四五九。
26　永井荷風：〈下谷之家〉（〈下谷の家〉），永井荷風著，稻垣達郎、竹盛天雄、中島國彥編：《荷風全集》第七卷，頁二七二—二七三。
27　同前注，頁二七三。
28　永井荷風：〈夏之町〉（〈夏の町〉），永井荷風著，稻垣達郎、竹盛天雄、中島國彥編：《荷風全集》第七卷，頁二一四。

麗，頹廢的味道最好。我所以喜歡晚唐的小杜，也是這個道理。[29]

由此可知，荷風之所以喜歡晚唐明末清初的詩，以及承襲這一系統的江戶、明治漢詩，無非是想從這裡汲取頹廢的詩情和美麗的形式。他有一次拿他喜歡的王次回《疑雨集》跟法國蒲特雷（Charles Baudelaire）的《惡之華》（Les Fleurs du Mal）相比，指出兩書共同的特徵是「倦怠衰弱的美感」，以及「形式端麗、辭句幽婉、感情病態」，而大加稱讚。[30]不管這個比較是否恰當，總之，他在做這個比較的時候，他年輕時讀香奩詩的經驗，依然陰魂不散，好像還在暗中左右著他的感覺和意見。

上面，我已約略談到荷風在跟漢文學接觸的過程中，積極地吸收或忽視哪些部分，以及原因在哪裡等問題。其次，讓我們只以作家論為中心，來看一下漢文學對荷風到底有什麼影響。但文如其人，如果我們了解了一個作家的人品思想，往往也可以大約推測他作品的特色或性質。這在荷風尤其如此。他的作品多半就是反映他個人的經驗、嗜好或看法想法的，所以佐藤春夫說荷風可以列入「自敘傳作家」之類。[31]從作家論的觀點來討論荷風時，為方便起見，可從兩方面來進行。一是做為一個普通生活者的荷風；二是做為一個作家或藝術家的荷風。關於荷風的處世作人，到今天為止，真是毀譽褒貶，言人人殊。的確，不同的人從不同的角度來看荷風，各人所得的結論自然不同；即使同一個人從不同的角度來看，結論也不見得一致，有時甚至會完全相反。我在這裡，只想考查一下漢文學的影響，對荷風個性、心理的形成，發生了什麼作用，結果如何。

首先，把荷風當做一個普通人來看時，應該注意到他生活中基本的思想，特別是他的倫理道德的觀念。前面我們已經引過他自己所說的話：「指導我生活及思想之方向的，是中國人跟西洋人的思想。」這似乎不是誇飾之辭。在他的生活及思想裡，「中國人的思想」或儒家思想占著相當重要的地位。這從他對漢學修養之深來看，一點也不覺得奇怪。他又說：「我的眼裡已經有不能動搖的定見。這個定見就是傳統的道德觀及審美觀。」[32]又說：「日常的道德，在不知不覺間，常受儒家思想的指導。」[33]這些自白，無非說明了他所受儒家道德思想的影響之深。荷風雖然不能算是傳統主義者，而且有過反抗傳統的紀錄，可是正如他自己說：「有一度也曾想逃出傳統之外，但半途而知其不可能。」[34]結果是在青春時代的動搖期後，不得不採取妥協的態度，繼承了傳統的儒家思想的價值體系，而站在這個立場上，觀察社會，褒貶人間，以及形成自己的品格，規定自己的存在。例如：他曾

29 永井荷風：《大窪多與里》（《大窪だより》），永井荷風著，稲垣達郎、竹盛天雄、中島國彥編：《荷風全集》第十一卷，頁二二八。

30 永井荷風：〈初硯〉，永井荷風著，稲垣達郎、竹盛天雄、中島國彥編：《荷風全集》第十二卷，頁二五九。

31 佐藤春夫：《小說永井荷風伝》，《定本佐藤春夫全集》（京都：臨川書店，一九九九－二〇〇〇年），第十六卷，頁二七五。

32 永井荷風：〈十日之菊〉（〈十日の菊〉），永井荷風著，稲垣達郎、竹盛天雄、中島國彥編：《荷風全集》第十四卷，頁四七九。

33 永井荷風：〈西瓜〉，永井荷風著，稲垣達郎、竹盛天雄、中島國彥編：《荷風全集》第十七卷，頁三九一。

34 同前注，頁三九二。

引用《論語》中「鄉愿德之賊也」的話，批評他叔父的偽善，「以洩平生之義憤」。[35] 有感於政治和社會的腐敗墮落，就說：「其原因雖不止一端，余以為應歸咎於儒學之衰滅。」[36] 最有趣的是當小說家菊池寬（一八八八—一九四八）對他的為人及作品發表不大中聽的批評，他就對菊池所辦的雜誌《文藝春秋》大罵起來：「春秋為孔子所作。孔子編春秋，以明人倫之道而辨善惡邪正。後世所謂春秋筆法是也。菊池寬氏妄借春秋二字，為月刊雜誌之名；並基私情以是非他人。此實無視名教，僭越暴戾之甚者。」[37] 像這樣的例子，在荷風的作品裡，特別在他的日記和隨筆雜文裡，到處都是。這正表示荷風的想法，的確有意無意地常受儒家思想的指導或影響。當他批評別人的時候如此，在他反省自己的時候也是如此。荷風常把自己定為「不孝子」，或叫自己「無用之徒」、「吳下舊阿蒙」，甚至罵自己是「無賴漢」，無一不是從傳統的既成道德觀點所下的判斷。假定他沒有儒學的修養，或假定有儒學的修養而並不深入的話，他不可能這樣批判自己，而且也沒有那種必要。

說到儒家的倫理道德，範圍相當大，不能一言而盡，我在這裡想就一個基本的德目「孝」的概念，來檢討一下荷風到底是什麼樣的人。我之所以特別提出荷風與孝親這個問題，是因為關於這一點還沒有人討論過，而且不但不大被了解，反而時被誤會。那麼，荷風真是像他自己所想的，或像有些人所說的「不孝之子」嗎？要是從通俗的，特別是狹窄的日本道德基準來判斷，不能否認，他的確有這種嫌疑。譬如說，他不顧父親的反對做了「無用的文人」；父親突病去世時，他卻跟藝妓在熱海洗溫泉澡；又在母親病中跟死後，他明知而終不露一面，等等，雖然都有不得已的苦衷或其他理由，也難怪要被他自己或被別人拿來當他不孝的證據。不過，依照儒學經典的標準，像這樣的行為在決定孝不孝的時候，並不是唯一的或最重要的因素，最多只是次要的證據而已。我們知道，荷風生前喜讀《孝經》及《四書》。例如《孝經》說：「立身行道，揚名於後世，以顯父母，孝之終也。」[38]也就是說，孝的最高境界是生前有所建樹，身後能永垂青史，這樣父母也就可以跟著兒子獲得不朽之名了。根據這個標準，荷風就有充分的做孝子的資格。他不但在文學事業上立身揚名，給日本文學史留下了重要的一頁，而且在他父親死後，設法印其漢詩《來青閣集》，分贈中日學者詩人。如王震（一亭）也收到一冊，「讀罷為動高山之仰」，並有詩：「讀罷來青十卷詩，騷壇不媿大宗師，千金白傳爭求集，一幅平原欲繡絲」云云。[39]荷風又寫了《父之恩》等作品，介紹他父親的美德。此外，他蒐集鷲津毅堂、大沼枕山等跟自己有血緣關係的前輩詩人的傳記資料，寫成《下谷叢話》一書，公諸於世，

35 永井荷風：《斷腸亭日乘》，大正十四年十二月十日，永井荷風著，稻垣達郎、竹盛天雄、中島國彥編：《荷風全集》第二十一卷，頁三六八。

36 永井荷風：《斷腸亭日乘》，昭和十五年九月二十八日，永井荷風著，稻垣達郎、竹盛天雄、中島國彥編：《荷風全集》第二十四卷，頁四一三。

37 永井荷風：〈與文藝春秋記者書〉（〈文藝春秋記者に与るの書〉），永井荷風著，稻垣達郎、竹盛天雄、中島國彥編：《荷風全集》第十六卷，頁三一三。

38 〔唐〕唐元宗御注，〔宋〕邢昺疏：〈開宗明義章第一〉，《孝經注疏》，收入《十三經注疏》（臺北：藝文印書館，一九八九年據嘉慶二十年江西南昌府學刻本影印），第八冊，卷一，頁十一。

39 永井荷風：《斷腸亭日乘》，大正十四年十二月二十四日，永井荷風著，稻垣達郎、竹盛天雄、中島國彥編：《荷風全集》第二十一卷，頁三七七—三七八。

恐怕也有顯揚家聲的用意。

又據《論語》中談孝的話：「父在觀其志，父沒觀其行，三年無改於父之道，可謂孝矣。」[40]如上所說，荷風在生活上，不但繼承了他父親所信仰的的儒家道德思想以及所愛好的「漢詩趣味」，而且終身守之不捨。這也許可以解釋做「無改於父之道」吧？荷風曾說：「家父可以說是中國狂，對中國的東西很有興趣。桌子椅子是中國的竹製品，器物也以中國燒的陶瓷居多。……我既不討厭中國趣味，所以照舊使用著父親遺留下來的東西。」[41]也是同樣的表現之一。實際上，正如荷風自己說，他的處世作人及興趣嗜好，多半是「受了先父的感化」，[42]頗有相似的地方。比較成問題的是「父在觀其志」這一點。荷風在他父親生前，的確有些違逆的行為。父親想盡辦法讓他升學，又送他出國留學，希望他能從事政治或事業，可是荷風卻一心一意只想獻身文學。有一段期間，父子之間鬧得不大愉快。不過，並沒到有些人想像那樣的嚴重。後來荷風在文壇上成名之後，他父親也不再反對了。荷風的小說《新橋夜話》初版本的題字，便是出於他父親的手筆。又當荷風被聘為慶應大學文學教授的時候，據說他父親非常高興。[43]儘管如此，荷風為這件事情，「省不肖之身，悔不孝之罪」，[44]終生自責不已。不過，禾原除了謹嚴之外，荷風也看到他有「能誦豔體詩」[45]的一面。不管禾原同意不同意，荷風畢竟把他這一面忠實地繼承下來，而且加以發揚光大。其實，荷風頗能體諒他父親的心情。「家翁生前，不汲汲於官位，托其失意之生平於詩，而甘於清貧。」[46]他之所以能說這樣的話，也是他設身處地地觀察其父之志的結果。這樣的例子還有不少，這裡不多舉了。

我們不妨再引用孟子的話來衡量一下。《孟子》說：「大孝終身慕父母。」[47]荷風追慕他父母的心情是沒問題的。他每年都不忘掃墓（暮年除外），按季節更換父親遺下的字畫，經常誦讀父親的詩集並加以引用；無一不是追慕的表現。他說：「予懷先考恩澤，與年俱增，不禁感泣。」[48] 又說：「獨居無俚，回顧身世，感慈母之愛，暖如春光；舊友之情，濃如美酒，思至此而淚不能禁矣。」[49] 荷風

40 〔魏〕何晏集解，〔宋〕邢昺疏：〈學而第一〉，《論語注疏》，收入《十三經注疏》（臺北：藝文印書館，一九八九年據嘉慶二十年江西南昌府學刻本影印），第八冊，卷一，頁八。

41 永井荷風：〈文士的生活〉（〈文士の生活〉），永井荷風著，稻垣達郎、竹盛天雄、中島國彥編：《荷風全集》第十一卷，頁二八四。

42 永井荷風：《大窪多與里》（《大窪だより》），永井荷風著，稻垣達郎、竹盛天雄、中島國彥編：《荷風全集》第十一卷，頁二四九。

43 秋庭太郎：《考證永井荷風》（東京：岩波書店，一九六六年），頁一八二。

44 永井荷風：〈初硯〉，永井荷風著，稻垣達郎、竹盛天雄、中島國彥編：《荷風全集》第十二卷，頁二五七。

45 永井荷風：〈箭尾草〉（〈矢はずぐさ〉）之十，永井荷風著，稻垣達郎、竹盛天雄、中島國彥編：《荷風全集》第十二卷，頁二三二。

46 永井荷風：〈偏奇館漫錄〉，永井荷風著，稻垣達郎、竹盛天雄、中島國彥編：《荷風全集》第十四卷，頁三〇三。

47 〔漢〕趙岐注，〔宋〕孫奭疏：〈萬章章句上〉，《孟子注疏》，收入《十三經注疏》（臺北：藝文印書館，一九八九年據嘉慶二十年江西南昌府學刻本影印），第八冊，卷九，頁一六〇。

48 永井荷風：《斷腸亭日乘》，大正十四年十二月二十一日，永井荷風著，稻垣達郎、竹盛天雄、中島國彥編：《荷風全集》第二十一卷，頁三七五。

49 永井荷風：〈這個那個〉（〈何ぢやゝら〉），永井荷風著，稻垣達郎、竹盛天雄、中島國彥編：《荷風全集》第十二卷，頁

又有些俳句是懷念或哀悼父母的。如「元日悄悄拜父墓」；[50]又如「秋風今年奪我母」[51]等。要之，荷風雖在表面上常有令人不解或反感的奇矯作風，但他在內心裡卻總有「孝」的思想，而且總朝著儒家經典指示的方向去實行。也許由於所志者大，有時就不得不忽視狹窄的通俗道德觀念，做出不合常識的事情。不過，他早就看出「二十四孝的教訓，本來就是難於實行的紙上空文」，[52]其意可嘉，其行甚愚，如果真有人去模仿，去身體力行，不見得就能達到做孝子的目的。荷風為人似不孝而實孝。擴而言之，他對國家的關係亦然。他一生自稱「非國民」，也被別人罵過不愛國。大家都知道，他在中日戰爭期間，折筆隱居，拒絕跟軍部合作。不像菊池寬等人那樣甘做軍部的傳聲筒，組織文人集團擁護「聖戰」，或遠到中國或南洋去從事勞軍及宣傳工作。相反的，荷風卻在日記裡一再地指責軍人政府的野蠻暴戾。結果誰是誰非，戰爭一結束，就顯出來了。其實不管他自己承認不承認，他的所作所為，從長遠處看來，也不愧為一個愛國者。至少他的文學作品，描寫祖國風土人情，宣揚傳統藝術文化，近年來頗受西洋學者的重視，對國家的貢獻總比那些自稱愛國者的軍人要強得多。

其實，荷風之所以常有不合常識的行為，多半是因為他是個作家的關係。所以現在讓我們來看看漢文學對作家荷風有什麼影響。前面我們已經談過，荷風一生喜讀晚唐明末清初及江戶明治的詩文，愛其頹廢的詩趣和端麗的形式。但荷風不僅是喜愛而已。他往往通過詩文，想像詩人生活，而加以共鳴，或加以模仿，覺得做一個作家或藝術家非像那些詩人不可。那麼，荷風從那些詩人學到了什麼呢？簡單地說，那就是所謂「文人」的生活態度和思想。關於這個問題，唐木順三在〈文人永井荷風〉[53]一文裡，已有詳細的說明，本來不必再談。不過，唐木順三在敘述文人氣質的源流時，只從江戶中期談起，沒能追溯到中國本土去。他自己也覺得這是個遺憾的事。荷風與中國文人關係如此密切，如想了解他的文人作風或所謂「文人氣質」，中國文人的影響是不能忽略的。因此我們不妨在這裡約略地加以補充說明。

我以前曾在〈王次回研究〉[54]中，提到永井荷風，並涉及中國文人的源流及特質。以後讀到吉川幸次郎先生《元明詩概說》，才知道他也談到這個問題，而且比較有系統，也詳細得多。根據吉川先生的看法，在中國所謂文人這一型的人物，完成於元末江南一帶。他給文人下的定義是：「就是一種文學至上、藝術至上的生活態度。因為是以藝術為至上，所以在生活上主張藝術家的特權，不為常識所拘束。從此以後，常以『文人』一語呼之。」又說：「他們的身分不是官僚，而是純粹的市民，又

50　永井荷風：《斷腸亭日乘》，昭和十年一月二日，永井荷風著，稻垣達郎、竹盛天雄、中島國彥編：《荷風全集》第二十三卷，頁二四六。

51　永井荷風：《斷腸亭日乘》，昭和十二年九月八日，永井荷風著，稻垣達郎、竹盛天雄、中島國彥編：《荷風全集》第二十四卷，頁九十三。

52　永井荷風：《冷笑》，永井荷風著，稻垣達郎、竹盛天雄、中島國彥編：《荷風全集》第七卷，頁九十四。

53　唐木順三：〈文人永井荷風〉，《無用者的系譜》（《無用者の系譜》），收於《唐木順三全集》（東京：筑摩書房，一九六七年），第五卷，頁二五七—二七三。

54　編者注：見本書頁二七七—三六〇。

為了取得藝術家的資格，在生活上面總要表現得奇矯些。」[55] 換句話說，文人不為人生、不為齊家治國平天下而藝術，而是肯定藝術本身的絕對價值，且為藝術而藝術的藝術至上主義者。文人的奇矯作風，已見於魏晉間的所謂名士，以後屢見不鮮，但正如吉川先生所說，文人有意識地疎遠政治及正常社會，專心從事文學創作，構成傳統社會中所無的獨特的集團，並且能得當代社會的承認或至少是默認，卻始於元朝末年。他們的奇矯作風，借詩人的話，就是佯狂、顛狂、痴狂、疎狂、酒狂等。這種奇矯狂放的風氣，到了明末更為普遍。原來與政治無緣的文人自不必說，即使與政治有緣的官吏到了作詩的時候，一以詩人自居，也往往會表現得奇矯起來。好像不如此即不像詩人似的。這樣的文人生活態度及思想，不用說，跟著中國詩集文集輸入了日本；又如唐木順三所說，終於影響到江戶中期以後日本「文人氣質」的形成。荷風被認為是這個文人傳統的最後一人。他說：「倨傲偏狹之譏，予所甘受。」[56] 又說：「在世人的眼睛裡，藝術家只會顯得像瘋子。我寧願他們這樣想。……他們是不能了解藝術的，因為藝術是太幽婉、太神聖了。」[57] 又引用過清人石龐天的話：「人生有三樂：一讀書，二好色，三飲酒。是外落落都無是處。」而表示共鳴。[58] 這些宣言式的論調，無一不是企圖肯定他的奇矯作風，強調他的文人氣質。要是沒有或缺乏文人的獨立精神和熱情，這種話是說不出來的。

然而，為什麼非有反俗反常的奇矯作風不可呢？簡單地說，那是為了創作詩文，為了求取文名的一種手段。較具體地說，文人既要主張文人的特權，便非裝出反常識的奇矯作風不可。行為奇矯的結果，便難免與通俗的社會習慣相牴觸。於是，除非妥協，亦即放棄文人的特權，只有主動的或被動的把自己跟俗世隔絕，然後可以沉淪於頹廢、孤獨或悲哀的世界，或逍遙於超逸、曠達或豪放的境地，自由自在地、專心一志地鍛鍊靈感，醞釀詩情，而著之文字。夏目漱石詩「擬將蝶夢誘吟魂，且隔人生在畫村」，[59]就是這個意思。不同的是漱石超脫物外，荷風淪落情中。荷風所追隨的是中國的杜牧、李商隱、杜荀鶴、王次回、王漁洋、袁枚，日本的大田南畝（一七四九—一八二三）、大窪詩佛（一七六七—一八三七）、賴山陽（一七八〇—一八三二）、成島柳北（一八三七—一八八四）、森春濤、大沼枕山等詩人。以這個系統的文人思想為基礎，再加上法國十九世紀末、象徵派詩人作家的影響，終於形成了他的文人思想及態度。例如他「故意把自己的命運造成悲哀，以便沉醉於悲哀的快味」，[60]又使自己「隱身於象牙之塔中，隨著個人的空想和憧憬，讓自己的心靈逍遙於自由自在的夢國」，[61]都是他嚮往文人世界的表現。由於他有這樣的嚮往之情，他才能把花街柳巷看成「美麗的詩

---

55　吉川幸次郎：〈文人の發生　倪瓚顧瑛高明〉，《元明詩概說》，收入吉川幸次郎：《吉川幸次郎全集》（東京：筑摩書房，一九六九年），卷十五，頁四四一。

56　永井荷風：《斷腸亭日乘》，大正十四年十二月二十四日，永井荷風著，稻垣達郎、竹盛天雄、中島國彥編：《荷風全集》第二十一卷，頁三七七。

57　永井荷風：《歡樂》，永井荷風著，稻垣達郎、竹盛天雄、中島國彥編：《荷風全集》第六卷，頁三十一。

58　永井荷風：《斷腸亭日乘》，大正十五年一月二十二日，《荷風全集》第二十一卷，頁三九八。

59　夏目漱石：〈無題大正五年九月二十四日〉，《漱石全集》（東京：岩波書店，一九九三—一九九九年），第十八卷，頁五十六。

60　永井荷風：〈短夜〉，永井荷風著，稻垣達郎、竹盛天雄、中島國彥編：《荷風全集》第八卷，頁一八三。

61　永井荷風：〈蟲干〉（〈虫干〉），永井荷風著，稻垣達郎、竹盛天雄、中島國彥編：《荷風全集》第七卷，頁三九四。

的世界」，[62]也才能把「孤獨之嘆，悲哀寂寞之思」解釋成「不盡的詩興之泉」，[63]徘徊其間，樂而忘返；從而織成美麗的文字，創出他獨特的充滿詩情的作品。

然而，如果光看荷風這樣的文人作風，就斷定他是不務正業的墮落敗家子，那就太輕率，不免是通俗之見了。因為文人的放浪墮落只是手段，不是目的。他們的行為在通俗的眼光裡，的確是反常的，甚至是墮落的。但就文人本身來說，他們恐怕比誰都更了解生命的目的和意義。文人生命的目的和意義無他，就是要創造傑出的作品，博取文名；而且要是可能的話，使他們的著作永垂不朽。儒家有三不朽的觀念，即立德、立功、立言。文人既與政治無緣，與哲學也無緣，所以跟立德立功根本拉不上關係，唯一留下的是立言這一項。所謂立言之言，原來大概只指載道之言，也就是有益經國濟民或倫理道德的實用文章。但到了魏晉以後，文學獨立的思想開始萌芽，所以像曹丕《典論》中所說「經國之大業、不朽之盛事」[64]的文章，範圍似乎就擴大了些，連無關載道的唯美詩文也包括在內。而等到元明新型的文人集團出現之後，所作文章往往去載道而專尚唯美。他們的想法大概是這樣的：立功立德根本不可能，即使立了德立了功，如無人為之立傳，身後便難保不朽；恐怕不免如同朝露，閃一會兒光芒，就消失得無痕無跡了。相反的，只要能寫出好的文學作品，即使是輕巧纖麗、頹廢淫靡的，正如不少先例所示，一定能夠流傳下去，替自己爭得身後之名。問題只在作品好不好，而不在行為對不對。因為一旦成名，一切奇矯的作風，反常的行為，都會得到原諒和容許，換句話說，就可以得到「正當化」了。荷風生前常被批評為無行文人，他的回答是：「君不見李白長安酒家眠，杜牧揚州青樓歌，而史家未嘗加其罪，不聞謂其倨傲不遜者。賴山陽遊於瓊浦，淹滯倡家而忘歸，而時人但稱其詩而傳之，不深責其行。余固無李白之才，山陽之學。菊池之徒嘲余為優孟衣冠可也。然若欲盡其諭旨，責余之先，不可不廢青蓮、樊川之詩，不可不責詩佛、山陽之行。而於西洋酒豪如愛倫坡、如維列努（P.Verlaine）更不可不放惡聲矣。」[65] 雖然是替自己辯護，卻振振有詞，反而像教訓別人一樣。諸如此類，都是荷風借中日西洋的先例，來主張其身為文人的奇矯作風的正當性。據說跟荷風失和絕交的弟弟永井威三郎，在荷風死後曾經說：「家兄一切違反常識的行為，都是由於想做小說家而故意裝出來的。」[66] 荷風為人處世，的確講究義氣，恩怨分明，律已甚嚴。但一到以文人自居的時候，就戴上奇矯反常的假面具來了。

這是難怪的。文學藝術對荷風是「絕對唯一的生命」。[67] 他在年輕時跟父親鬧過彆扭以後，就抱

62 永井荷風：〈未完的夢〉（〈見果てぬ夢〉），永井荷風著，稲垣達郎、竹盛天雄、中島國彥編：《荷風全集》第六卷，頁二六九。

63 永井荷風：〈雨瀟瀟〉，永井荷風著，稲垣達郎、竹盛天雄、中島國彥編：《荷風全集》第十四卷，頁四十四。

64 〔魏〕曹丕：《典論．論文》，〔梁〕蕭統編，〔唐〕李善注：《文選》（臺北：文津出版社，一九八七年），第五冊，卷五二，頁二二七一。

65 永井荷風：〈與文藝春秋記者書〉（〈文藝春秋記者に与るの書〉），永井荷風著，稲垣達郎、竹盛天雄、中島國彥編：《荷風全集》第十六卷，頁三一二—三一三。

66 秋庭太郎：《考証永井荷風》，頁三三九。

67 永井荷風：《父之恩》（《父の恩》），永井荷風著，稲垣達郎、竹盛天雄、中島國彥編：《荷風全集》第十卷，頁一三二。

著「藝術的功名心」，[68]希望有朝一日，「有機會能在文學方面讓家裡的人大吃一驚。」[69]所以當他「看到自己的著作受到世上的歡迎，就覺得無上的幸福」，而為了那美麗的讚譽之聲，他暗自下了決心「不惜付出任何代價」。[70]這個代價的確是很大的。他之所以招致不少誤解，就是代價之一。但更重要的是人格的犧牲。他既深受儒家道德觀念的影響而無法置之不理；又嚮往藝術而沾上文人無行的習氣。道德與文學兩相矛盾，無法統一，因而在心理上，形成自卑、自傲、自責、時而看不起別人，時而看不起自己等等現象。但是，畢竟他總算能「把最大無限的權威讓給藝術」，[71]而專心於藝術的創作生涯。他的作品很多都是反映他心理的矛盾現象的。結果，他是成名了。晚年不但被舉為藝術院會員，又獲得了文化勳章。關於這件事，很多人對荷風欣然接受的態度，很感不解，甚至加以嘲笑，包括自稱荷風弟子的佐藤春夫（一八九二—一九六四）在內，以為這是荷風投降官憲的表現，顯得跟他經常非議政府、無視權威的言行不合，簡直是令人傷心的汙點。[72]其實，這不妨解釋做荷風渴望文名的必然結果。他終生所追求的就是「藝術的功名」。那麼，有什麼比藝術院會員的頭銜及天皇下賜的文化勳章，更能滿足這個功名之念呢？自然他並不以得勳章為已足。他更擔心的是他的作品能不能流傳下去，永垂不朽。他有時候，覺得自己的作品一無是處，想到不久就會被人遺忘，不免失望傷心。但卻經常拿出舊作來，仔細翻閱，一再加以修改。所以荷風作品異文甚多，給印書店增加不少麻煩。究其心情，無非是想使作品更臻完美，更增一分值得流傳的價值而已。他的愛護自己的作品是有名的。戰爭時期，怕美國轟炸毀掉他的日記和稿子，不知費了多少心思，裝在一個手提包裡，出入相隨，從不離身。有一天在《日乘》裡寫道：「小說草稿與大正六年以來日誌二十餘卷，祈能留傳於世，乃裝入皮包，置之枕邊，思之可笑。」[73]他又在別處說，他的小說創作可能沒什麼流傳的價值，但他希望至少他的日記能受到重視，可作後世史家研究的資料。[74]足見荷風對於自己作品之能否流傳下去是相當在意的。雖然這種願望，東西文人皆然，但儒家不朽觀念的影響也不能忽視。

從上面的考察，總而言之，站在漢文學影響的立場所看的荷風，是一個既有儒家道德觀念，又有文人奇矯作風的綜合人物，矛盾雖然難免，但也不是沒有調和的地方。他在晚年接受文化勛章之後，回顧他「滑稽的一生」，漫談他無行的往事，不過他驕傲地說：「我從小就有一種潔癖。不在人前

68 永井荷風：《西遊日誌抄》，明治四〇年七月九日，永井荷風著，稻垣達郎、竹盛天雄、中島國彥編：《荷風全集》第四卷，頁三三八。

69 永井荷風：〈致黑田直道〉，明治三十七年二月二十五日，永井荷風著，稻垣達郎、竹盛天雄、中島國彥編：《荷風全集》第二十七卷，頁七十四。

70 永井荷風：〈歡樂〉之四，永井荷風著，稻垣達郎、竹盛天雄、中島國彥編：《荷風全集》第六卷，頁十七。

71 永井荷風：《父之恩》（《父の恩》），永井荷風著，稻垣達郎、竹盛天雄、中島國彥編：《荷風全集》第十卷，頁一三二。

72 佐藤春夫：《詩文半世記》（東京：讀賣新聞社，一九六三年），第九章〈妖人永井荷風〉，頁一三五—一四九。

73 永井荷風：《斷腸亭日乘》，昭和十九年十二月三日，永井荷風著，稻垣達郎、竹盛天雄、中島國彥編：《荷風全集》第二十五卷，頁二八〇。

74 永井荷風：《斷腸亭日乘》，昭和十六年六月十五日，永井荷風著，稻垣達郎、竹盛天雄、中島國彥編：《荷風全集》第二十四卷，頁五二五—五二六。

醉酒、不犯處女、不與良家婦女發生關係，以此三條為規則。」[75] 徵諸他的日記及作品從不寫不義之戀，這大概不是誇口之言。至少他不像一些開口道德、閉口愛情的作家那樣，大鬧桃色糾紛，成為社會新聞。就這一點而言，可見荷風雖自稱無賴，自責無行，到底還能以道義規律自己。日夏耿之介說荷風是個「道學家」（moralist），不是沒有道理的。

75 永井荷風：〈放談〉，永井荷風著，稻垣達郎、竹盛天雄、中島國彥編：《荷風全集》第二十卷，頁一七九。

# 王次回研究

## 一、前言

我文壇之好西洋藝術者，恆謂中國之詩，如非故衒清寂枯淡之氣；即強作豪壯磊落之概，一無道出人類胸中之奧祕弱點者。此或得之。然試繙王次回《疑雨集》，全集四卷，悉皆情痴、悔恨、追憶、憔悴、憂傷之文字。其形式之端麗，辭句之幽婉，又其感情之病態，往往可與蒲特雷（Charles Baudelaire, 11821-1867）之詩相對抗。在中國詩集中，吾不知尚有如《疑雨集》之富於肉體美者。蒲特雷《惡之華》（*Les fleurs du mal*）集中橫溢之倦怠頹唐之美，蓋可直移之為《疑雨集》之特徵也。[1]

這是已故日本現代名作家永井荷風（一八七九—一九五九）推崇明末詩人王次回的話。荷風不但極力推崇《疑雨集》，拿次回與法國文學史上最偉大詩人之一的蒲特雷相比，而且在他自己的作品裡，時加引用；欽慕之情，往往溢於言表。[2] 這在中日文學關係史上，的確是一件值得注意的事。王次回在中國，尤其在二十世紀的今天，可說是一個被遺忘的詩人。在目前通行的各種詩歌選本或文學史著作裡，很少有提到他的。沒想到這個在本國被冷落的詩人，竟在日本受到如此的賞識和重視。套句孔子的話，「道不行，乘桴浮于海，從我者，其荷風與？」[3]在次回死後約三百年，能夠在東方海外的扶桑三島上，獲得了像荷風這樣忠實的知音，也可算是一段稀有的奇緣了。

永井荷風年輕時，以模仿法國自然主義，發表《地獄之花》（一九〇二）等作，名噪一時。但自遊學美、法歸國後，有感於東西文化背景之懸殊，深切地意識到文學的創作，非靠單純的模仿所能奏功，仍倡導所謂「風土文學」，一反當時文壇的崇洋風尚，專心致志地去發掘並宣揚東方的傳統美學的價值。因此，綜觀他終生的作品，雖然在筆法、技巧方面頗受西洋文學的影響；但其內容所表現的意境情調，卻是道道地地的東方色彩。如《雨瀟瀟》（一九二一）、《濹東綺譚》（一九三七）等名作便是很好的例子。這些作品，正如某些批評家所指出，都充溢著濃厚的「東洋詩情」。[4]所謂「東洋」，自然包括中國與日本而言。固然荷風並不如夏目漱石（一八六七—一九一六）那樣善於漢詩，也不如

1　永井荷風：〈初硯〉，永井荷風著，稻垣達郎、竹盛天雄、中島國彥編：《荷風全集》第十二卷，頁二五六—二六〇。

2　如〈初硯〉（一九一七年）、〈曝書〉（一九一八年）、《雨瀟瀟》（一九二一年）及《斷腸亭日乘》等。

3　見〔魏〕何晏集解，〔宋〕邢昺疏，〔清〕阮元校勘：〈公治長第五〉，《論語注疏》，收入《十三經注疏》（臺北：藝文印書館，一九八九年據嘉慶二十年江西南昌府學刻本影印），第八冊，卷五，頁四十二。作者案：「荷風」處原為「由」；此處套改。

4　詳佐藤春夫（一八九二—一九六四）：〈永井荷風之詩情〉（〈永井荷風の詩情〉），見《明治大正文學研究》季刊第十號（一九三三年），頁二—三。唐木順三：《無用者之系譜》（《無用者の系譜》），收於《唐木順三全集》（東京：筑摩書房，一九六七年），第五卷，頁二六七—二六九。奧野信太郎：《文學導讀》（《文學みちしるべ》）（東京：新潮社，一九五六年），頁一二一—一二五。

森鷗外（一八六二—一九二二）那樣善於漢文，但由於自小即受中國文學的薰陶，對中國詩文具有很高的鑑賞能力。他曾經說，在明治維新（一八六八）以前，「日本文化的本店是中國」，並且勸告青年學子之想成為作家者，起碼要懂得中文或西方文字。[5]而事實上，他自己從未間斷過對中國文學的閱讀和欣賞。關於中國文學和永井荷風的關係，我已另有專文討論過，在這裡只好從略。[6]

一般說來，外國人欣賞中國文學都有他們獨特的立場和觀點，與我們習以為常的看法往往有所不同。這一點是值得我們注意的。荷風對中、日、法等國的文學都有深厚的修養，因此他對中國文學所表示的意見，似乎更值得我們重視。就因為這個緣故，當我看到荷風上面那段話後，引起了探討王次回的生平和作品的興趣。我首先想到的問題是：王次回到底是什麼樣的人？他的詩是否如荷風所說的那樣端麗幽婉？於是，我開始尋找他的詩集，並且盡可能地涉獵明末清初的詩選、詩話、方志、雜記等。數月來雖無大獲，卻也略有所得，已大致可以了解這個詩人的生平以及作品之一斑了。

本文寫作的目的，就是企圖利用目前所獲的資料，重建這位被遺忘的詩人王次回的生平傳記，並試論他的文學特徵及其源流。在敘述傳記部分，由於資料零碎不全，難免含有一些推測，但這是無可奈何的事。好在本文只是初步的研究，希望以後還有機會加以修正或補充。

## 二、王次回的著作

不用說，為了了解王次回的生平及其文學，他本人的著作是最重要的資料。所以首先我想考察一下他到底有什麼著作。據清光緒乙酉（一八八五）《重修金壇縣志》卷九〈人物志〉所載王次回小傳云：

> 王彥泓，字次回。歲貢生。博雅有俊才。詩工豔，格調逼真韓致光。所著有《泥蓮》、《疑雨》等稿；嘗手錄成帙，筆精墨妙，人稱雙絕。任松江訓導。年甫艾而沒。[7]

這條是我所見到的次回傳記中比較完整的。其中提到他「著有《泥蓮》、《疑雨》等稿」。所謂《疑雨》，當即指現傳《疑雨集》而言。參照其他有關文獻，大都載有這部詩集的名字。諸如《明詩綜》、《明詩紀事》、《隨園詩話》等，都說王次回有《疑雨集》，但不標卷數。[8]《金壇縣志》及《江南通

---

5 永井荷風：〈小說作法〉，永井荷風著，稻垣達郎、竹盛天雄、中島國彥編：《荷風全集》第十四卷，頁二六一—二七一。

6 〈永井荷風與漢文學〉，編者注：見本書頁二五一—二七六。

7 此縣志既曰「重修」，則必有所本。查朱士嘉編：《中國地方志綜錄（增訂本）》（上海：商務印書館，一九五八年），知《金壇縣志》有康熙二十二年（一六八三年）、乾隆十五年（一七五〇年）等刊本。則此光緒重修本所載王次回小傳，當係沿襲前此之縣志而來。見〔清〕夏宗彝修、〔清〕汪國鳳等纂：《重修金壇縣志》（清光緒十一年（一八八五）活字本），卷九，〈人物志．文學〉，頁四十三。

8 詳〔清〕朱彝尊：《明詩綜》（臺北：世界書局，一九八九年），下冊，卷六十七，頁三九一。又〔清〕陳田：《明詩紀事》（上海：上海古籍出版社，一九九三年），辛籤卷三十三，頁三五七六。又〔清〕袁枚著，顧學頡校點：《隨園詩話》（北

志》在《疑雨集》下標明四卷。[9] 但《古今詩話》則謂二卷。[10] 在正史中，如張廷玉（一六七二—一七五五）《明史》，或萬斯同（一六三八—一七〇二）等的《明史稿》，都沒有著錄。至於四卷本和二卷本之不同，是否由於所收詩篇有多少之別，抑或析二卷為四卷，因手頭沒有其他本子可供比較，實在很難斷言。不過，四卷本似乎最通行。現在我所用的是葉氏（德輝）觀古堂刻本，刊於光緒三十一年（一九〇五），就是四卷的本子。

據嚴繩孫（一六二三—一七〇二）給《疑雨集》初刻本所作原序云：「今《疑雨集》之名，籍甚江左。少年傳寫，家藏一帙。溉其餘瀋，便欲名家。而本集顧未有鋟版以傳者。侯子蔚斅，讀而賞之。爰加校訂，付之剞劂；由是，先生之詩，顯然共之天下矣。」[11] 嚴繩孫，字蓀友，號秋水，江蘇無錫人，是康熙年間頗有名氣的學者和書畫家，也善於詩詞，著有《秋水集》八卷等。明天啟三年（一六二三）生；康熙四十一年（一七〇二）卒，年八十歲。他於康熙十八年（一六七九）以布衣薦舉博學鴻儒，授翰林院檢討，與修《明史》，充日講起居注官。以後又任山西鄉試正考官，旋遷左中允。但不久他就告歸鄉里，杜門不出了。[12] 嚴繩孫這篇序文沒有注明日期，因此我們也就無法確切地斷定到底在哪一年《疑雨集》被「付之剞劂」而「共之天下」。不過從上面所述他的生平看來，該序可能作於他舉博學鴻儒的康熙十八年（一六七九）以後，在他去世的康熙四十一年（一七〇二）以前。那麼，由此可以推知，《疑雨集》初刻本的出視，最早在康熙四十一年以前的一、二十間。所以刊行《疑雨集》的侯文燦（蔚斅）在序裡說：「（次回）先生之去今，百有餘年矣。」[13] 不過他所說的「百有餘年」並不太正確。事實上還不到一百年。關於這一點，只要對照一下我在下面所考訂的次回的生卒年代，就可明白，這裡不多贅了。

為什麼這本小小的詩集隔了那麼久才「付之剞劂」呢？這似乎是一個值得探討的問題。據侯文燦敘述《疑雨集》之來源說：「先生既歿，其遺孤尚幼，詩幾散軼矣。而其故交弢仲于君，藏之巾笥，屢欲售之剞劂，後因循未果。蠹蝕塵侵，又幾散軼矣。而今尚有錄而存之者。」[14] 這裡提到的于弢仲，即于儒穎，金壇人，工詩詞。[15] 是次回生前的好友之一。不用說，當侯氏刊刻《疑雨集》時，他

京：人民文學出版社，一九九九年重印版），卷一，頁十五。

9 〔清〕趙弘恩等監修，〔清〕黃之雋等編纂：《江南通志》，收入《景印文淵閣四庫全書》（臺北：臺灣商務印書館，一九八三年據國立故宮博物院藏本影印），第五一二冊，卷一九四，〈藝文志．集部〉，頁六八六。又見〔清〕馮煦等：《重修金壇縣志》（臺北：成文出版社，一九七〇年據民國十年刊本影印），卷十一，〈藝文志〉，頁八三九。

10 見引於〔清〕朱彝尊、〔清〕王昶輯：《明詞綜》，收入《續修四庫全書》（上海：上海古籍出版社，一九九五年據上海圖書館藏清嘉慶七年（一八〇二）王氏三泖漁莊刻本影印），子部別集類，第一七三〇冊，卷六，頁六七一。

11 〔清〕嚴繩孫：《疑雨集．序》，〔明〕王彥泓著，鄭清茂校：《王次回詩集》（臺北：聯經，一九八四年），頁三。編者按：本文所引王次回《疑雨集》、《疑雲集》，皆據鄭清茂校，聯經出版之《王次回詩集》注明出處頁碼。

12 詳鄭昶編：《中國畫學全史》（上海：上海古籍出版社，二〇〇一年），頁四七七。又王鍾翰點校：《清史列傳》（北京：中華書局，一九八七年），第十八冊，卷七〇，頁五七二七—五七二八。

13 〔清〕侯文燦：《疑雨集．序》，王彥泓著，鄭清茂校：《王次回詩集》，頁四。

14 同前注。

15 詳朱彝尊、王昶輯：《明詞綜》，《續修四庫全書》第一七三〇冊，卷七，頁六七八。

也已去世很久了。依我猜想，《疑雨集》之遲遲不能刊行，除了由於次回本人生前窮苦潦倒，死後遺孤尚幼，家境蕭條，無法自資出書外，又由於這本詩集所收的多半是所謂香奩體，在社會表面上，尤其在左右學術思想界的道學先生眼光裡，不但是不登大雅之堂，甚至是有礙風化的。因此，儘管到康熙年間，正如嚴繩孫所說，《疑雨集》之名還「籍甚江左」，也得不到公開的支持和鼓勵，於是只好聽任鈔本在暗中流傳了。

再者，次回死後不久，即逢明室覆亡；滿族入關，建立新朝。清代前百年之間，國家由混亂而進入一統的局面。在學術思想方面，自顧炎武（一六一三－一六八二）、黃宗羲（一六一〇－一六九五）、王夫之（一六一九－一六九二）等明朝遺民，相繼倡導經世致用之學後，學風大變。於是學者們孜孜矻矻於「習六藝之文，考百王之典，綜當代之務」，期以「修己治人之學」，代替自宋以來「明心見性之空言」。[16] 在這樣的學風影響之下，詩壇也自然拋棄了世紀末的靡靡之音，而回到儒家溫柔敦厚、雍容典雅的傳統中去了。這種傾向在時代稍後的沈德潛（一六七三－一七六九）等所選的《唐詩別裁》（一七一四）、《明詩別裁》（一七三九）及《國朝詩別裁》（一七五九）諸書中，表現得最為明顯。[17] 在這樣的外在環境之下，像《疑雨集》這種香奩詩集，當然更容易被人忽視或疏遠，因而也就影響到其刊刻的日期了。

不過，拋開倫理道德的通俗觀念，而從純藝術的觀點來看，《疑雨集》的確是一部值得欣賞，值得流傳的作品。一種藝術作品之能否流傳後世，多半決定於其本身價值的高低，至於外在的條件往往是次要的。日本名漢學家吉川幸次郎先生在討論元雜劇在中國文學史上的意義時，曾應用這個理論——即「大凡文獻之能流傳與否，往往決定於其本身所具有的一種必然性」——來肯定現存元雜劇的文學價值，[18]頗多精闢的見解。我們討論《疑雨集》時，也可採取同樣的觀點。這本詩集雖然在社會表面上不受重視，也久無刊本公之於世，但是如上所說，卻一直擁有相當的讀者。從這個事實看來，該書本身的確具有傳世的「必然性」，因此即使沒有侯文燦這個熱心家，也不至於立刻湮沒，而且遲早總會有別人出來加以刊印的。侯文燦似乎了解這個道理，所以在談到他刊印《疑雨集》的動機時說：「余之為是刻也，余非知先生者也。夫亦先生之詩，所為光怪陸離，久而欲出者，自不可遏抑焉爾。」[19]就因為有這種「不可遏抑」的「必然性」在發生作用，所以終於有刻本問世。於是「萬本萬遍，膾炙人口」，[20]風靡一時。固然道學家如沈德潛之流，曾斥之為「最足害人心術」，[21]但名士如朱彝尊（一六二九—一七〇九）、王士禛（一六三四—一七一一）、袁枚（一七一六—一七九七）等，卻頗致推許之言（詳後）。因此為了迎合讀者的需要，在侯氏刊本問世後，到清朝末年又陸續地出了

16 〔清〕顧炎武著，陳垣校注：〈夫子之言性與天道〉，《日知錄校注》（合肥：安徽大學出版社，二〇〇七年），上冊，卷七，頁三八四。

17 沈德潛選詩之標準，詳各別裁序文或凡例（見後）。

18 吉川幸次郎著，鄭清茂譯：《元雜劇研究》（臺北：藝文印書館，一九八七年），頁四。又詳同書〈序說〉，頁一—十五。

19 侯文燦：《疑雨集．序》，王彥泓著，鄭清茂校：《王次回詩集》，頁四。

20 李定：《疑雲集．序》，王彥泓著，鄭清茂校：《王次回詩集》，頁三四五。

21 〔清〕沈德潛：《國朝詩別裁集．凡例》，《清詩別裁集》（北京：中華書局，一九七五年），頁三。

幾種刊本。除葉氏觀古堂刊本外，還有嘉慶間（一七九六—一八二〇）陸氏五知堂刊巾箱本、騷餘館刊本（日本東京大學藏）、光緒五年（一八七九）廣東雙門底登雲閣刊本，及來歷不明的袖珍本等。進入民國以來，刊本更多。我所看到的，就有掃葉山房石印本（年代不明），宣統二年（一九一〇）常熟丁國鈞注本，民國七年上海文明書局刊古吳句漏後裔注釋本、及民國二十三年上海啟智書局刊新式標點鉛印本等。

王次回的詩集，除《疑雨集》之外，又傳有《疑雲集》四卷。美國哈佛燕京學社（Harvard-Yenching Institute）藏有民國七年（一九一八）上海國學維持社刊本。據該書王文濡跋語，可知這個版本是依黃山程氏（文遠）刊本重刻的。而程氏原刊本，據李定《疑雲集》序，則出自易肯構家藏抄本，「係其先人以百金，估諸（次回）先生後裔名嗣原者。」[22] 這裡提到的李定、易肯構、嗣原及程文遠，不知何許人，因為沒有資料，無法了解他們的身世及時代。不過據李定序：「《疑雨》已刊於梁溪侯氏，萬本萬遍，膾炙人口。惟《疑雲》則尚在若存若亡間。」[23] 可見《疑雲集》的刊行要比《疑雨集》遲得多。《疑雲集》刊刻後，似乎不如《疑雨集》之流行，也不大為人所知。而且事實上，《疑雲集》給人的印象的確也不如《疑雨集》的整飭。那麼，《疑雲集》會不會是假的呢？我想，從其中詩詞的格調、題材、用語、年代等資料來判斷，不會是假的。但是可能含有一些經人竄改或羼入的部分（詳後）。程文遠序云：「《葆簃光雜誌》有《疑雲集》〈贈阿招〉詩兩首，檢查此集，只差一字。」[24] 如果這是實話，《疑雲集》之非贋本，也就不容懷疑了。

王次回生前必定做了不少詩，但多半是應酬之作，所以自己難得保存下來。《疑雨集》裡有一首詩的小序云：「余舊詩悉已遺忘，而韜（弢）仲皆為存錄。展閱一過，覺無端往事，交集胸懷，悵然久之。」[25]這些被弢仲存錄下來的詩，據前引侯文燦序「故交弢仲藏之巾笥」的話來推測，很可能是後來刊印《疑雨集》的底本，起碼也是其中很重要的一部分。次回的詩，做得多，存得少，還可從下面的一件事獲得證明。他曾於崇禎十年（一六三七）「集年來所作豔體詩，得二百五十餘首，錄成一冊。」[26]一年之間，僅豔體詩就有這麼多，如果把他一生所做的各體詩加在一起，一定是個相當可觀的數目。可惜大部分都遺失了。我懷疑他在這一年所收集的那些豔體詩二百五十餘首，說不定就是《金壇縣志》小傳裡提到的那本《泥蓮》。但只是猜測而已。《泥蓮》似乎已不傳。查了許多目錄，都不見記載。不過在重修《金壇縣志》時（一八八五），也許還可以看到，不然不會提到該書的名字。但這也很難說，因為既名之曰「重修」，可能是根據以前的紀錄照抄而來的。

除了寫詩之外，王次回也偶爾填詞。《中國人名大辭典》說他：「詞不多作而善改昔人詞。殊有

22 李定：《疑雲集．序》，王彥泓著，鄭清茂校：《王次回詩集》，頁三四五。

23 同前注。

24 程文遠：《疑雲集．序》，王彥泓著，鄭清茂校：《王次回詩集》，頁三四六。

25 王彥泓著，鄭清茂校：《疑雨集》，《王次回詩集》，卷三，頁一六七。

26 王彥泓著，鄭清茂校：《疑雲集》，《王次回詩集》，卷二，頁四〇一。

加毫頰上之致。」[27] 這個評語大致是不錯的。《疑雲集》卷四所收的都是詞，共一百零二闋。《疑雨集》卷一也收有〈滿江紅〉兩闋；其中一闋又見於《明詞綜》，但有幾個字不同。[28] 至於次回是否有散文著作傳下來，這是一個令人困惑的問題。明末清初的周亮工（一六一二—一六七二）在討論《水滸傳》時，曾引用金壇王氏《小品》。[29] 何心及R. G. Irwin 認為這個「王氏」就是王彥泓。[30] 不知何所據而言？他們並沒有舉出任何憑證，很難令人信從。因為「金壇王氏」有文名者，不止次回一人；而且在有關次回的文獻裡都沒有提到《小品》這個書名。周亮工在他處也引用過《小品》，但察其文筆，不類次回風格。[31] 總之，這個《小品》是否次回的著作，還待將來進一步的考證，這裡只好暫時存疑。

根據上面的考察，可知王次回的著作現在流傳於世者，只有《疑雨》、《疑雲》兩集。核對《列朝詩集》、《明詩綜》、《明詩紀事》及《明詞綜》等所選次回的詩詞，都出自《疑雨集》。錢謙益（一五八二—一六六四）在編選《列朝詩集》時，《疑雨集》尚未刊刻，無疑是採自當時通行的鈔本。所以他在〈王廣文彥泓〉小傳裡，只說：「詩多豔體，格調似韓致光。他作無聞焉。」[32] 並沒有指出任何固定的書名。至於《疑雲集》，由於出書更晚，錢謙益自不必說，朱彝尊等也不見得有緣目睹，因此在他們編的詩詞選集裡，自然不可能加以引用。他如《泥蓮》等作，恐怕早就在若存若亡之間，更無人注意了。

## 三、王次回的生卒年代

現在我們僅知王次回是明末的詩人，但並不曉得他到底生於何年，卒於何時。明末是個極為混亂的時代，不少重要文獻尚且散失，何況像次回這樣一個落魄的書生，有關他的紀錄本來就少，再經過數百年後，即使本來有些，也因不受重視而埋沒掉了。幸而他還傳有兩部詩集，其中所收作品，除《疑雲集》卷四的詞外，都按年代先後編列，並附有甲子年號。這在考訂他的年代時，的確有莫大的

---

27 臧勵龢等編：《中國人名大辭典》（臺北：臺灣商務印書館，一九六〇年），頁一〇六。

28 王彥泓著，鄭清茂校：〈滿江紅詞二首〉，《疑雨集》，《王次回詩集》卷一，頁六十七—六十八。又見朱彝尊、王昶輯：《明詞綜》，《續修四庫全書》第一七三〇冊，卷六，頁六七一。

29 〔明〕周亮工：《書影》（上海：上海古籍出版社，一九八一年），卷一，頁八。

30 詳何心：《水滸研究》（香港：文樂出版社，一九五四年），頁一三四。及R. G. Irwin, *The Evolution of a Chinese Novel Shui-hu-Chuan*,（Cambridge: Harvard University Press, 1953）, p.58、p.102. 案Irwin氏定《王氏小品》為次回之作，係根據：（一）鄧之誠《骨董瑣記》卷三所引《王氏小品》；（二）侯文燦《疑雨集》序謂次回於「明萬曆中……以博學好古，名聞於時。」然查《骨董瑣記》所引《王氏小品》，並無次回之名；而次回之名「名聞於時」不在「明萬曆中」，余在本文中已加糾正。即使次回確「名聞於萬曆中」，亦不能據之以斷言《王氏小品》之王氏即次回也。

31 〔明〕周亮工：《書影》卷一，頁二十。

32 〔清〕錢謙益：〈王廣文彥泓〉，《列朝詩集》丁集卷十六，收入《續修四庫全書》（上海：上海古籍出版社，二〇〇二年據清順治毛氏汲古閣刻本影印），第一六二四冊，頁二四八。

便利。

《疑雨集》的年代起自乙卯，終於壬午，《疑雲集》則起自壬申，終於辛巳。前者共有二十八年；後者只有十年，而且與前者重複。在《疑雨集》戊辰年下所收「新歲竹枝詞」十三首之五有小注云：「是歲崇禎元年，新天子更化，朝野欣然，有再生之喜。」[33] 這條小注是推測次回年代的最基本的資料。以崇禎元年戊辰（一六二八）為基準，向上下推算，可知《疑雨集》起首之年乙卯是萬曆四十三年（一六一六）；終結之年壬午是崇禎十五年（一六四二）。次回傳世的作品，包括《疑雲集》，都出現於這二十八年之間，依常理推想，這段該是他作詩最多最成熟的時期。

在《疑雨集》最後一年，即壬午年（一六四二）年號下，有小注云：「六月十八日戌時長逝矣，哀哉痛哉！廿二日聞訃後，記此。其青衣啟祥來說。」[34] 這條小注無疑是別人加上的。我認為這個人是于儒穎。前面說過，《疑雨集》刊本很可能是出自次回故交于儒穎所藏鈔本。而且，次回長逝的消息是由「其青衣啟祥來說」的，可見這個聞訃的人一定是死者生前的好友，又是死者家裡的熟客，所以「其青衣」才會「來說」，也才有「來說」的必要。拿這個看法和《疑雨集》出自于儒穎所藏鈔本的對照，很明顯的，這個加注的人似乎非于儒穎莫屬。至少其可能性是相當大的。

那麼，這條小注既然是次回生前好友所加，又明白地記有月日和時辰，其可靠性也就不容懷疑了。雖然對這條小注，葉德輝（一八六四—一九二七）曾表示懷疑說：「惟四卷壬午年下，忽有小注：『六月十八日戌時長逝云云。』與上下文不相屬，以無別本可證，亦姑仍之。」[35] 但我想這個疑問之所以發生，除了小注本身顯得太突然，而「與上下文不相屬」之外，還有其他原因，那就是葉氏沒考慮到《疑雨集》是出自次回好友于儒穎所藏鈔本，因而對這條顯然是別人所加的小注感到困惑。還有，清代有些文獻誤認次回為「國朝」或「本朝」的詩人。這與該小注所說逝於壬午年（即明崇禎十五年），顯然是矛盾的。如袁枚稱「本朝王次回」；[36]又前引《金壇縣志》卷十一〈藝文志〉的著錄，也說：「《疑雨集》四卷，國朝王彥泓撰。」[37]這種錯誤的形成是不難了解的。王次回的詩雖然膾炙人口，名滿江左，但因為生前無赫赫功名，只是一個落魄潦倒的書生，所以一般人都只欣賞他的詩，而不大注意他的生平。結果他的生平愈來愈模糊，至於生卒年月更不用說了。再加上《疑雨集》的刊印，又在次回死了很久，改朝換代以後的康熙年間，於是很容易令人發生錯覺，以為他死於滿清入關以後，如此一錯，他就變成「國朝」或「本朝」的人了。

其實，王次回卒於明亡以前的事實是不容懷疑的。關於這一點，除上面所引小注外，還有不少資料可供旁證。第一、從崇禎十五年（一六四二）以後他沒有作品留下來；第二、《明詩綜》、《明詞綜》分別選有他的詩詞；第三、乾隆元年（一七三六）所修《江南通志》卷一百九十四〈藝文志〉，著錄

33 王彥泓著，鄭清茂校：〈新歲竹枝詞〉，《疑雨集》，《王次回詩集》卷二，頁九十一。

34 王彥泓著，鄭清茂校：《疑雨集》，《王次回詩集》卷四，頁三四〇。

35 〔清〕葉德輝：《疑雨集．重刻序》，王彥泓著，鄭清茂校：《王次回詩集》，頁五。

36 見〔清〕袁枚著，顧學頡校點：《隨園詩話》卷一，頁十五。及〔清〕袁枚著，顧學頡校點：《隨園詩話補遺》，卷三，頁六三二。

37 馮煦等：《重修金壇縣志》卷十一，〈藝文志〉，頁八三九。

《疑雨集》於「明朝」項下。凡此種都足以證明次回是明朝的人。那麼，袁枚及《金壇縣志》的錯誤既已顯而易見，葉氏的疑問也就不值得重視了。

決定了王次回去世的年月以後，下面的問題是他到底生於哪一年？活了幾歲？據前引《金壇縣志》的王彥泓傳，他是「甫艾而沒」。按《禮記．曲禮上》云：「五十曰艾，服官政。」[38] 那麼，次回是剛過五十歲便去世了。《金壇縣志》不知何所據而言？不過我想一定是有根據的。否則編修者可以像處理其他人物的傳記一樣，乾脆不標明年齡。這裡既然明說「甫艾而沒」，自然有其可靠性。現在我們不妨先暫時假定他活了五十歲，那麼從他去世的崇禎十五年（一六四二）向上推算，他應該生於萬曆二十一年癸巳（一五九三）。然後，我們可以利用別的資料來檢討這個假設，看能不能成立。

崇禎十三年庚辰（一六四〇），次回作有〈悼詞四章〉，有句云：「乍識春愁三十外，不禁離淚五更初。」[39] 這裡所謂「乍識春愁」，當即指其妻賀氏病故而言。賀氏於崇禎元年戊辰（一六二八）年初得病，同年五、六月間去世。[40] 如以崇禎十五年（一六四二）次回五十歲來推算，在這一年他是三十六歲，與詩上所說「三十外」大致相吻合。次回與賀氏是在萬曆四十三年乙卯（一六一五）結婚，有〈催粧詩〉六首等可證。[41] 賀氏于歸後，身體似乎一直不大好，所以臨死前曾告訴丈夫說：「病眠常自斷炊煙，曠廢蘋蘩十二年。」[42] 從萬曆四十三年（一六一五）結婚算起，到崇禎元年（一六二八）她去世為止，正好十二年多，不到十三年，所以才說「曠廢蘋蘩十二年」。雖然在別處，次回還有「十載同愁一笑稀」。[43]「儼敬如賓近十年」[44] 或「十年篸髻嫁時荊」[45] 等句子，但那是受每行詩的字數所限制，不得不如此說。其實在詩文裡，十年也可以解釋為約十年，或十多年。

其次，在崇禎十二年（一六三九）又有一首〈歲暮述懷〉云：「讀書二十年，作客二十載。」46平常學童開始入學多半在七、八歲之間，次回大概也不例外。那麼，拿這個年齡加上「讀書二十年」和「作客二十載」，得出來的結果是四十七、八歲。在這首詩出現後的第三年，次回便去世了。那時他該是五十歲或五十歲左右，大致合乎「甫艾而沒」的紀錄。

從上面所引的資料，以及根據這些資料所做的考察，我們可以斷定《金壇縣志》甫艾而沒的說法

38〔唐〕孔穎達撰，〔唐〕陸德明釋文，〔清〕阮元校勘：〈曲禮上〉，《禮記注疏》，收入《十三經注疏》（臺北：藝文印書館，一九八九年據嘉慶二十年江西南昌府學刻本影印），第五冊，卷一，頁十六。

39 王彥泓著，鄭清茂校：〈悼詞四章〉，《疑雨集》，《王次回詩集》卷四，頁三二一。

40 次回於戊辰年（一六二八年）有詩云：「兩月三喪哭不乾，雁行相對雪衣冠。」其題為：〈仲父水部公世母焦孺人、余妻賀氏相繼奄逝。七月之望，同諸父昆弟設薦于蘭盆道場。即事悽感，因申慧命，用遣悲懷〉知其妻逝於五、六月間。見王彥泓著，鄭清茂校：《疑雨集》，《王次回詩集》卷二，頁一一六。

41 王彥泓著，鄭清茂校：〈催粧詩六首〉，《疑雨集》，《王次回詩集》卷一，頁一三—一四。

42 王彥泓著，鄭清茂校：〈記永訣時語四首〉之一，《疑雨集》，《王次回詩集》卷二，頁一一〇。有小注云：「俱出亡者口中，聊為譜敘成句耳。」

43 王彥泓著，鄭清茂校：〈病婦〉，《疑雨集》，《王次回詩集》卷二，頁八十九。

44 王彥泓著，鄭清茂校：〈悲遣十三章〉之七，《疑雨集》，《王次回詩集》卷二，頁一〇八。

45 王彥泓著，鄭清茂校：〈記永訣時語四首〉之二，《疑雨集》，《王次回詩集》卷二，頁一一一。

46 王彥泓著，鄭清茂校：〈歲暮述懷〉，《疑雲集》，《王次回詩集》卷三，頁四三〇。

是可靠的。於是我們可以在王次回的傳記裡加上這麼一段話：

生於明萬曆二十一年（一五九三），卒於崇禎十五年（一六四二），享年五十。萬曆四十三年（一六一五）結婚。其妻賀氏於崇禎元年（一六二八）病逝。

這個結論是否完全正確，還不敢斷言。不過，我相信大概是不錯的，最多也不過差一兩年而已。因此，為了方便起見，在下面敘述他的生平時，就以這個年代為標準。

關於王次回的生卒年代，似乎還沒有人仔細做過考訂的工作。據我所知，只有吉川幸次郎先生及奧野信太郎先生曾分別指出次回的死年，與我所訂的相同，但未注明生年歲數。又英國有名的東方學者Arthur Waley在所著袁枚的傳記裡，提到王次回時，附帶地注明「約（一六二〇—一六八〇）」。[47] 這顯然是出自於純粹的猜測，沒什麼證據可言。如果他看過《疑雨集》，這個錯誤就不至於發生了。

## 四、王次回的家世

錢氏《列朝詩集》小傳說次回是「恭簡公樵之諸孫」。[48] 金壇王家原是江左望族，久負盛名。尤其在明代出了一個王樵（一五二一—一五九九）之後，在地方上更受推重。王樵，字明遠，舉嘉靖二十六年（一五四七）進士。歷任刑部員外郎、南京鴻臚卿、太僕少卿、大理卿、刑部侍郎等。而且

「邃經學，易、書、春秋皆有纂述」，[49] 現傳有《方麓居士集》等書。其子王肯堂，字宇泰，也是很有名望的人物。萬曆十七年（一五八九）進士，歷官至福建參政。又精於醫學，著作甚多。[50] 雖然自王樵、王肯堂以後，金壇王家已有中衰的傾向，但究竟是書香門弟，一脈相傳，仍舊出了不少能文善詩的名士，如王鏳、王元錝、王彥泓、王朗等，便是其中的佼佼者。

王鏳，字叔聞。錢謙益非常推重他，在《列朝詩集》裡稱他為「王遺民鏳」，並用長達八百五十字左右的篇幅介紹他的為人及詩文，足見其傾慕之情。[51] 王鏳也是「樵之諸孫」之一，但高次回一輩。叔姪兩人形同摯友，常在一起唱和酬酢。所以錢氏說次回「與其叔叔聞為同志」。[52] 據《列朝詩集》所記王鏳小傳云：

---

47 吉川幸次郎：《元明詩概說》，收入《吉川幸次郎全集》（東京：筑摩書房，一九八五年），第十五卷，頁五五三。奧野信太郎：《文學導讀》（《文學みちしるべ》），頁一二四。Arthur Waley, *Yuan Mei: Eighteenth Century Chinese Poet*, (London: G. Allen and Unwin, New York: The Macmillan Company, 1956), p. 170.

48 錢謙益：〈王廣文彥泓〉，《列朝詩集》丁集卷十六，《續修四庫全書》第一六二四冊，頁二四八。

49 〔清〕張廷玉等撰：〈王樵傳〉，《明史》，收入《二十四史》（北京：中華書局，一九九七年），第二十冊，卷二二一，頁一五〇〇。

50 同前注。

51 錢謙益：〈王遺民鏳〉，《列朝詩集》丁集卷十四，《續修四庫全書》第一六二四冊，頁一八一。

52 錢謙益：〈王廣文彥泓〉，《列朝詩集》丁集卷十六，《續修四庫全書》第一六二四冊，頁二四八。

> 數踏省門不得舉，閉門下楗，讀書尚志，欲期古人於千載之上，流俗無知之者。……三之長安，國事日非，東西交訌，登臨弔古，憂時嘆世，胸中塊壘，發之於詩，往往牢愁結轖，不能盡其百一。歸里，益不自聊。屏居郭外，游于酒人，日沉飲自放而已。亂後，每摳衣循髮，以不即死為恥。……一日，從里人飲，大醉，病臥三日，遂不起。丙戌（一六四六）之十月也，年已七十矣。[53]

可見他是一個久困場屋的落魄書生。《江南通志》卷一百九十四〈藝文志〉著錄有《王叔聞詩集》二十卷，數量相當可觀。[54]《列朝詩集》選有他的詩共九十首之多，並在小傳裡引用他本人的〈病餘存草序〉全文。這本詩集是在崇禎乙亥（一六三五）八月朔日編成的，[55]以後可能併入《王叔聞詩集》。另外，錢氏又給他單獨編了一本《王叔聞詩鈔》，見於乾隆年間《外省移咨應燬各種書目》之中。[56]在最近出現的《天啟崇禎兩朝遺詩》第八卷目錄上，也有王鐕的名字，但「詩傳俱闕」。[57]可能也是在乾隆年間被抽燬的。叔聞的著作之所以被清廷禁燬，除了他本人的反滿思想外，恐怕最主要的原因是受錢謙益所牽累。錢氏雖然一度降清，且為禮部左侍郎。但到了乾隆時，由於語涉毀謗，他的著作，包括他編選的各種集子，一概受到燬版禁行的處分。[58]當然他極力推崇的明遺民王叔聞的詩集詩鈔，也就難於逃此劫數了。我們不曉得現在還有沒有叔聞的詩集傳世，不過，幸而在劫後重現的《列朝詩集》裡還存有他的詩九十首，也足夠我們了解他作品的一般風格了。

叔聞有一首律詩，題為〈秋日與史子裕沽飲東村次回忽至〉，年代不明。最後兩句云：「不是此流南巷客，深村誰肯遠相從？」[59]另有〈湘陰嘆寄次回〉兩首。[60]在次回的詩集裡，也常常提到叔聞。如己未年（一六一九）的〈雲間獨歸，留別叔聞於青溪，歸後寄之〉，全詩如下：

三年無處不盤桓，客舍逢君一破顏。
長共清樽足無恨，每聞佳句有餘歡。

---

53 錢謙益：〈王遺民鐕〉，《列朝詩集》丁集卷十四，《續修四庫全書》第一六二四冊，頁一八一。

54 趙弘恩等監修，黃之雋等編纂：《江南通志》，《景印文淵閣四庫全書》第五一二冊，卷一九四，〈藝文志．集部〉，頁六八五。

55 錢謙益：〈王遺民鐕〉，《列朝詩集》丁集卷十四，《續修四庫全書》第一六二四冊，頁一八一。

56 見〔清〕姚覲元編：《清代禁燬書目》，收入《書目類編》（臺北：成文出版社，一九七八年），頁一一八。

57 〔清〕陳濟生編，陳乃乾補抄：《天啟崇禎兩朝遺詩》（北京：中華書局，一九五八年據上海市歷史文獻圖書館藏陳乃乾手訂抄補本及上海圖書館藏清順治間刊本影印），卷八目錄，頁九四一。

58 詳《清代禁燬書目》所附歷年乾隆諭旨。又詳乾隆四三年（一七七八年）《四庫館查辦違礙書籍條款》，見陳垣輯：《辦理四庫全書檔案》（臺北：中國辭典館復館籌備處，一九七一年），頁五十九。如乾隆四十一年（一七七六年）十二月初三日上諭：「降附後，潛肆詆毀之錢謙益輩，尤反側僉邪，更不足比於人類矣。」見陳垣輯：《辦理四庫全書檔案》，頁四十三—四十四。

59 〔明〕王鐕：〈秋日與史子裕沽飲東村次回忽至〉，見錢謙益：《列朝詩集》丁集卷十四，《續修四庫全書》第一六二四冊，頁一八三。

60 王鐕：〈湘陰嘆寄次回〉，見錢謙益：《列朝詩集》丁集卷十四，《續修四庫全書》第一六二四冊，頁一八四。

閒來步緩煙郊晚，醒後談深雨榻寒。
今日獨歸翻似客，杏花狼藉不曾看。[61]

又庚午年（一六三〇）也有一首〈訪叔聞郊墅〉：

幾度披蘿獨訪君，醉吟醒讀隔籬聞。
白楊廢圃鴉千點，綠水閒門鴨一群。
肯屑漢宮金買賦？疑尋蕭寺冢埋文。
聊堪自悅難持贈，淡宕新詩似白雲。[62]

從這些詩裡，不難看出他們叔姪兩人情誼的一斑。前引《列朝詩集》小傳說叔聞於丙戌（一六四六）去世時，年已七十。那麼，次回應該小他十六歲左右。兩人在年齡上，既有大小之別，在輩分上，又有叔姪之分，而能如此親近，的確是難能可貴的。我覺得次回開始學詩時，一定曾受叔聞的指點和影響。雖然沒什麼證據，但依常理，年輩小的人向年輩大的人請教，該是很自然的事。

不過在他們之間，卻有一個令人困惑的問題。那就是在《疑雲集》己卯（一六三九）下，次回有〈哭叔聞〉七律一首，如下：

每謂君才晚必伸，那知天竟喪斯人！
酒杯尚憶生前興，詩卷空餘篋裡春。
白馬未能棺次哭，炙雞終擬墓前陳。
年來親串多乖忤，目斷江雲淚滿襟。[63]

如果這首詩的確是次回「哭叔聞」的，那麼叔聞應該死於崇禎十二年己卯（一六三九），或以前不久。但這與錢氏說他死於丙戌（一六四六）的記載不合。於是關於這首詩，可有下面的幾種假設：

一、叔聞的確死於此詩作成之年，即崇禎十二年。錢氏之說是誤傳。
二、此詩原是次回悼別人的，被後人誤以為哭叔聞之作。
三、此詩原是別人悼次回的，因雜在次回詩中，後人整理時，遂誤為次回悼他人所作。
四、此詩原為別人悼叔聞的，或別人假託次回之名悼叔聞的。

現在我們不妨逐條地加以檢討。關於第一個假設，我以為錢氏的紀錄不可能是誤傳。據《列朝詩集》〈王遺民鐕〉小傳云：「丁亥（一六四七）冬，過金壇，得其（叔聞）詩於御君。篝燈疾讀，俯仰太

61 王彥泓著，鄭清茂校：《疑雨集》，《王次回詩集》卷一，頁二十四。
62 王彥泓著，鄭清茂校：《疑雨集》，《王次回詩集》卷三，頁二〇〇。
63 王彥泓著，鄭清茂校：《疑雲集》，《王次回詩集》卷三，頁四二六。

息。當吾世有叔聞而不能知；且叔聞或知余而余不知叔聞，余之陋則已甚矣。」[64] 御君即于玉立（中甫）之子于鑾，曾與其兄鑒之（昭遠）一起學詩於叔聞，後來又一起師事錢謙益。錢氏既然在金壇于家獲得叔聞的詩文及其死訊，時間又在叔聞去世的次年，那麼，他似乎不至於弄錯叔聞去世的年月。可見這個假設是不能成立的。

第二個假設也好像很難成立。如果說是次回悼別人的，到底是誰？似乎應該有所注明才對，總不至於被誤為哭叔聞的詩。而且檢查當年，即己卯（一六三九），在次回的親友之中並沒有過世的人。

第三個假設的可能性並非沒有，因為該詩起句云：「每謂君才晚必伸，那知天竟喪斯人！」可知被悼者年紀還不頂老，又是個一直不得意的人。這與次回的生平年齡大致相合。但是，如果這首詩是別人悼次回的，似乎也該有題目或注語之類，即使雜在次回遺詩中，也很容易認得出來；而且萬一弄錯了，也好像不至於放在己卯年中。

最後，只剩下第四個假設了。前面說過，《疑雲集》雖非贗品，但其中似乎有些經後人竄改或羼入的部分。在叔聞去世後，以他在當地的文名，一定有不少朋友寫詩哀悼他。這些詩也許為次回後人所得，因而在編《疑雲集》時，一不小心，就把別人〈哭叔聞〉一詩也鈔進去了。還有一個可能性是在《疑雲集》仍未刊刻以前，有人故意假託次回之名，做了這麼一首詩插入其中，以期流傳不朽，徵諸中國假託他人製造假書風氣之盛行，這種假說不見得完全是無稽之談。

總之，關於〈哭叔聞〉這首詩，的確是令人困惑的。我在上面只是針對這個問題提出了幾種假設，但事實上並沒有真正地加以解決。除非有朝一日，我們能發現更確實可靠的資料，這個令人困惑的問題，恐怕會永遠存在的。

在「樵之諸孫」中與叔聞同輩的，還有王元錝，也是一個很特出的人物。《江南通志》的〈人物志〉「隱逸」項下，有他的小傳：「王元錝，字闇然。鐕從弟。明末棄舉子業，以醫濟人。貧者亦與上藥不取償。終身野服，有隱操。」[65] 所以「棄舉子業」，恐怕也是屢困場屋的結果。從他「以醫濟人」的職業推想，說不定他是王肯堂的兒子。如上所說，肯堂精於醫學，根據通俗的看法，有其父必有其子，假定他們有父子的關係，並非不可能。只是毫無具體的憑據可言，在這裡還是不下判斷的好。金壇王家一定有族譜流傳下來，如果能找到一種比較詳細的，這個問題就不難解決了。

此外，《列朝詩集》王叔聞小傳提到他曾一度「依其叔有」。[66] 這個「有」當為肯堂同輩，但不知是否王樵之子？叔聞又有從兄某做過南安令（南安縣在雲南省），不知其名。[67] 在《疑雨集》裡次回好幾次提到五叔父和六叔父。上面所舉的這些人當然都是金壇王家出身的，當時好像都在做地方官。只有次回的五叔於崇禎九年（一六三六）進京，次回有題為〈送五叔父北上兼和來韻〉一首。詩云：

---

64 錢謙益：〈王遺民鐕〉，《列朝詩集》丁集卷十四，《續修四庫全書》第一六二四冊，頁一八一。

65 趙弘恩等監修，黃之雋等編纂：《江南通志》，《景印文淵閣四庫全書》第五一一冊，卷一六八，〈人物志．隱逸〉，頁八四五。

66 錢謙益：〈王遺民鐕〉，《列朝詩集》丁集卷十四，《續修四庫全書》第一六二四冊，頁一八一。

67 叔聞有〈讀從兄南安令崇禎太平曲有感〉五古一首。見錢謙益：《列朝詩集》丁集卷十四，《續修四庫全書》第一六二四冊，頁一八二。

狂瀾文運已多年，正賴如椽力挽牽。
金馬故為家物舊，火牛頻遇聖朝憐。
吾宗自愛詩傳鉢，臣叔尤耽易絕編。
堪報先公還一事，表章經學御筵前。[68]

次回在這首詩裡對其家世頗有自得之色。王家久以詩詞經學代代相傳，儘管「狂瀾文運已多年」，但還是時有名家出現。最後一句「表章經學御筵前」，該是指其五叔進宮講學而言。這無疑是自王樵、肯堂後，王家最值得驕傲的一件事，怪不得他要說「堪報先公還一事」了。總之，次回生長在這樣以文學傳鉢的家庭裡，又有那麼多叔伯兄弟共同切磋，他之所以成為詩人，可說是很自然的。

最後，我想順便介紹一下次回的女兒王朗。她在清初曾以詩詞書畫稍獲令譽。《明詞綜》收有她的詞〈浪淘沙·閨情〉一闋。[69] 據《江南通志》卷一百九十四〈藝文志〉，著有《羼提閣詩集》，但恐已不傳。[70] 又據馮金伯（治堂）纂《國朝畫識》引《無錫縣志》云：

> 秦朗，金沙王彥泓（泓）之女。彥泓工為豔體詩，傳寫滿江左。朗有夙慧，擅家學歌詩小詞及畫，水墨梅花並稱絕調。[71]

這裡稱她為秦朗，是因為她丈夫姓秦。《國朝畫識》又引《江南通志》，因為是有關她生平難得的資料，亦錄之如下：

秦德澄妻王氏，無錫人。素承家訓，聰慧善吟詠，兼工繪事。為沒骨花鳥，於前人規格外，自闢畦徑。年二十餘，寡居守節，自號羼提道人，又曰無生子。有集三卷，自序之。[72]

從這些資料，可知她受推重的情形。她在繪畫方面，既然能「於前人規格外，自闢畦徑」，其造詣一

68 王彥泓著，鄭清茂校：〈送五叔父北上兼和來韻〉，《疑雨集》，《王次回詩集》卷四，頁二八七。

69 詞云：「疎雨滴青簌，花壓重檐。繡幃人倦思厭厭。昨夜春寒眠未足，莫捲湘簾。 羅袖護摻摻，怕拂香奩。獸爐香倩侍兒添。為甚雙蛾常鎖翠，自也憎嫌。」作成年月不詳，或許在其喪夫之後。詳朱彝尊、王昶輯：《明詞綜》，《續修四庫全書》第一七三〇冊，卷十一，頁七〇四。

70 趙弘恩等監修，黃之雋等編纂：《江南通志》，《景印文淵閣四庫全書》第五一二冊，卷一九四，〈藝文志．集部〉，頁七一一。

71 〔清〕馮金伯：《國朝畫識》，收入《續修四庫全書》（上海：上海古籍出版社，一九九七年據上海圖書館藏清光十一年刻本影印），第一〇八一冊，卷十六，頁六九五。

72 同前注。作者案：尹修《江南通志》未見王朗小傳，《國朝畫識》所引蓋為別本。編者按：《江南通志》四庫全書本有王朗小傳，並有「金壇王彥泓女，彥泓風度清竣，以詩名於世，氏素承家訓……」一句，見趙弘恩等監修，黃之雋等編纂：《江南通志》，《景印文淵閣四庫全書》第五一二冊，卷一七六，〈人物志．列女〉，頁五一二—五一三。

定是相當高的。鄭昶的《中國畫學全史》附錄四〈現近畫家傳略〉把她歸於「墨梅」門。[73]可惜相隔數百年的今天，她的畫已經很難看到了。

王朗的生平，尤其是她的婚姻，似乎也值得介紹一下。《清朝書畫錄》云：「王朗，字仲英，秦宮諭松林之嗣母。」[74]可知她是嫁給秦德澄做後妻的。再看前引「年二十餘，寡居守節」的話，如以十六、七歲結婚來算，她的婚姻生活大概不到十年。而且她的年齡一定比秦德澄小的多，可說是一對老夫少妻。那麼，為什麼她要嫁給這樣一個老頭子當後妻呢？從當時社會的風俗習慣來想，這個婚姻無疑是由媒妁之言，父母之命所安排的。很可能是次回與秦德澄有點交情，而秦家又是無錫望族，這樣一想，他們的結合也就不會顯得不自然了。

王朗大概是次回前妻賀氏所生的。當賀氏於崇禎元年（一六二八）病重彌留時，次回有詩〈述婦病懷〉云：

> 嬌痴雉女最關情，新讀毛詩一半生。
> 忍死看他成長去，喘絲親訓兩三聲。[75]

這個嬌痴稚女可能就是王朗。如果這個推測不錯，那麼王朗在她母親去世時，該已六、七歲，正是開始認字讀書的年齡，所以說她「新讀毛詩一半生」。而以後十多年間，直到次回去世為止，她也才有機會「素承庭訓」，從她父親學習作詩填詞的方法。

至於次回其他兒女的情形，我們知道得很少。雖然他在詩裡偶爾也提到他的兒子，但他們到底是什麼樣的人，叫什麼名字，都無從考知。前引李定《疑雲集》序所提到的次回後裔名嗣原者，也許是他的孫子。要之，在次回的子孫之中，除王朗稍有令名於藝壇外，好像沒什麼出色的人才。

## 五、王次回的交遊

和大部分詩人一樣，王次回也有些經常在一起酬唱的朋友。據我的統計，《疑雨集》有詩八百六十二首，詞兩闋；《疑雲集》有詩五百十四首，詞一百零二闋。把兩集詩詞加起來，共得一千四百八十首。其中約有九成以上是酬贈或唱和之作。檢查次回詩中所出現的人，約有六十多名，如按出現次數的多少來排列，次序是弢仲、端己、孝先、雲客、叔聞、于氏兄弟、櫟園、蓮公、楊子常……。那麼，這些人究竟是什麼樣的角色？下面我想利用有限的資料，簡單地介紹一下他們的生平。因為我覺得，為了了解王次回的為人，這是一個不可忽略的手續。固然好友之間不必具有相同的

73 鄭昶編：《中國畫學全史》附錄四，〈現近畫家傳略〉，頁三。

74 盛鏞輯：《清代畫史增編》，收入徐蜀編：《國家圖書館藏古籍藝術類編》（北京：北京圖書館出版社，二〇〇四年），第二十六冊，卷十八，頁三五七。

75 王彥泓著，鄭清茂校：〈述婦病懷〉，《疑雨集》，《王次回詩集》卷二，頁九十九。

性格，但是，「道不同，不相為謀」，他們彼此之間至少有些共同的嗜好，以及類似的人生遭遇和處世態度。

弢仲就是于儒穎，在上面討論《疑雨集》的刊刻經過時，我們已經不止一次地提過他了。但有關他的資料卻非常的少。據我所知，只有王昶（一七二四－一八〇六）編的《明詞綜》說他是「金壇人」，連小傳也沒有。[76] 因此，我們不得不在次回的詩集裡尋找他的消息。崇禎九年丙子（一六三六）次回有一首詩，題為〈戲贈弢仲四十初度〉，知他在這一年是四十歲，再向上推算，他應該生於萬曆二十五年（一五九七），比次回小五歲，可說是同一世代的人。該詩如下：

十樣生香十索篇，裙裾妙悟有詩傳。
柔鄉永錫君難老，惑溺纔當不惑年。[77]

這首詩附有小注云：「時丁娘在坐。」丁娘是妓女通稱，隋妓丁六娘詩「從郎索花燭」等十首，即〈十索篇〉，是個有名的典故。看樣子，弢仲是一個公子哥兒型的人物。徵諸次回跟他往返的詩篇，可知他除了偶爾離家遨遊外，一直住在故鄉金壇。他的一生，大概正如次回祝他生日的詩所說，只是惑溺柔鄉，醉心豔詩，沒做過什麼大事。無疑的，他是個富家子弟，起碼也是個不必為生活奔勞的人。次回從小就常跟他在一起。天啟七年（一六二七）春天，次回出外時，有五首詩送他，題云：〈丁卯首春，余辭家薄遊。端己首唱驪歌。情詞淒宕，征途吟諷，依韻和之，并寄呈弢仲，以志同嘆。〉其中第一首附有小注說：「余與端己、弢仲，每經日不見，夜必把燭相就，率以為常。」[78]由此足見他們友誼是多麼深厚。如非志同道合，他們的交情似乎不至於如此親密而持久。大概他們在一起所談的，也不外乎詩詞書畫加上醇酒美人。

弢仲的詩詞現在所傳者絕少。不過有一點可以斷言的，他的作品一定多半是豔體。次回於崇禎十年（一六三七）曾套用弢仲「未經惆悵不知愁」之句，作了〈四時曲〉四首。[79]這一句出自他的詞〈浣溪紗〉，正好見於《明詞綜》：

> 一片心情眼底柔，倦容疎態越風流。未經惆悵不知愁。　鴛譜怪來鍼線減，工夫強半為梳頭。日西初見下妝樓。[80]

平心而論，這首詞並無新意，不過倒是寫得相當輕逸流麗，有點像溫庭筠（八一二—八七〇？），洋溢著一種慵懶倦怠的頹廢美。次回似乎特別喜歡這首詞。因此幾年後，於崇禎十三年（一六四〇），

76 朱彝尊、王昶輯：《明詞綜》，《續修四庫全書》第一七三〇冊，卷七，頁六七八。
77 王彥泓著，鄭清茂校：〈戲贈弢仲四十初度〉，《疑雨集》，《王次回詩集》卷四，頁二八八。
78 王彥泓著，鄭清茂校：《疑雨集》，《王次回詩集》卷一，頁五十九—六十。
79 王彥泓著，鄭清茂校：《疑雲集》，《王次回詩集》卷二，頁四〇九。
80 朱彝尊、王昶輯：《明詞綜》，《續修四庫全書》第一七三〇冊，卷七，頁六七八。

他又演其最後一句成絕句二十首，有小序云：「弢仲有『日西初見下妝樓』句，不記其為起句結句也。客居無俚，為足成之，即用為起結語，各得十絕。」[81] 從這些詩詞的關係上，我們也不難了解他們氣味相投的情形。

至於端己、孝先、雲客諸人，我們所知道的更少。不過從次回的詩集裡，可知他們都是次回多年的老友，經常在一起喝酒飲詩，探花尋柳，過著頹廢浪漫的生活。孝先曾於崇禎六年（一六三三）參加秋試，次回賦詩送他，有「奇士劇談聊捫蝨，男兒低首暫雕蟲」[82] 之句。雲客姓唐，住郊外龍山精舍，他後來於崇禎九年（一六三六）上北赴春官，以後他們就很少見面了。次回有〈送雲客赴春官〉詩：

> 吟壇飲社共髫年，互語閒情事幾聯？
> 我已荷衫卸拘束，君今芸閣竚摩編。[83]

這一年，次回已四十五左右，雲客恐怕也在四、五十歲之間。

于氏兄弟昭遠和御君也是常跟次回在一起的詩友。他們的父親于玉立是萬曆年間紅過一時的東林黨人。萬曆十一年（一五九六）進士，除刑部主事，進員外郎，尋進郎中。「倜儻好事，海內建言廢錮諸臣，咸以東林為歸。玉立與通聲氣，東林名益盛。」[84] 後來他雖貶了官，但畢竟是做過朝臣的人，因此退隱鄉居之後，在地方上依然名望甚高。錢謙益就跟他訂過「忘年之交」。然而他的兒子們就不大成器了。據《列朝詩集》〈于秀才鑒之〉小傳說：「昭遠兄弟，如二惠之競爽，思一振起之，而皆困于場屋。昭遠邑鬱呼嘖，嘿嘿不得志，年才五十，發病而死。」[85]御君則活得年壽較長，與次回之間的往來也較多。在丁亥年（一六四七）錢謙益過金壇時，他還活著。不過，他們兄弟的生卒年月，已不可考了。另外有一個于嘉，字惠生，好像也跟次回頗有來往。在《列朝詩集》小傳裡，次回就是附在他後面的。但在次回詩集裡，卻看不到他的名字，大概有關他的詩都遺失了。惠生與昭遠兄弟可能是近親關係。他是個監生，錢氏說他「家世仕宦，以高才困于鎖院，遂棄去。肆力為詩，苦愛溫、李、皮、陸諸家。字摭句鏤，忘失寢食。妙解聲樂，畜妓曰弱雲，色藝俱絕，晚而棄去，忽忽不樂。」[86]王叔聞有〈于惠生參中聽妓二首〉，其一云：

畫苑夜泱泱，瓊巵下酒香。
鴉啼深院月，梅影隔簾霜。

81 王彥泓著，鄭清茂校：《疑雲集》，《王次回詩集》卷三，頁四三一。
82 王彥泓著，鄭清茂校：〈贈孝先子巨鍾陵秋試〉，《疑雨集》，《王次回詩集》卷三，頁二四九。
83 王彥泓著，鄭清茂校：〈送雲客赴春官〉，《疑雨集》，《王次回詩集》卷四，頁二八七—二八八。
84 張廷玉等：〈玉立傳〉，《明史》卷二三六，頁一五八六。
85 錢謙益：〈于秀才鑒之〉，《列朝詩集》丁集卷十三下，《續修四庫全書》第一六二四冊，頁一三五。
86 錢謙益：〈于太學嘉〉，《列朝詩集》丁集卷十六，《續修四庫全書》第一六二四冊，頁二四七。

箔霧雙鸞出，裾風一燕翔。
錦屏圍燭豔，笙鼓改華妝。[87]

可見這位不願「以高才困于鎖院」的于惠生，過的也是相當淫靡頹廢的生活，把他的精力都消耗在酣歌醉舞之中了。

明朝末年，黨禍頻仍，流賊蜂起，整個國家正在風雨飄搖當中。但這一群江南才子們對這種思想上、政治上及社會上動盪混亂的局面，聽而不聞，視若無睹，彷彿根本無動於衷，沒有什麼反應。他們故意塞住自己的耳朵，蒙蔽自己的眼睛，麻醉自己的神經，而追求著感官的快感於聲色酒肉之中，感傷地吟著粉飾太平的詩歌。他們組織了一個詩社，叫做「狂社」；同人數目雖時有增減，但攷仲、端己、孝先、雲客和次回幾乎有會必到，另外御君和次回的兩個姐夫攸礪如、荊文始也經常出面。合起來一共是八個人。崇禎五年（一六三二）十二月十七日，他們又有聚會。次回曾有長詩一首描寫當時的情形。從「消寒雅集視成例，一時壇坫爭先開」，可見熱鬧之一斑。這次聚會有三人缺席，所以次回遺憾地說：「相邀擬仿八仙飲，不速偏少三人來。」而且由於彼此都是久困場屋的落魄書生，三杯下肚，熱鬧過後，難免樂極生悲，引起「風塵自憐俗士俗，糾觴自笑身無才」的感嘆！[88]

這個狂社的同人似乎個個都是名副其實的狂徒，次回本人更是當中的典型角色。他曾經因詩得罪別人，事後不得不向別人道歉，並且作詩聊自解嘲。此外，從下面這件事也可以看出他們的作風。那是崇禎三年（一六三〇）夏天的事：

長至前一日，霜月甚冷。飲於孝先齋頭。俄而醉矣，睡矣。端己、弢仲、孝先，頻呼不覺，繼以扶攜擁掖，余竟頹然。其時僮僕無一人從者。弢仲卒倩一客，負余以歸，且行歌相送，直至余居。呼吾兒起，置余於所坐胡床，覆以被衾而後去。四鼓始醒，兒云若此。因紀以一詩，誌友生之誼愛云。[89]

這是次回的一首詩的小序。看樣子，次回對酒並不是頂強的人，否則絕不至於俄而醉矣，全身頹然；還要麻煩弢仲等背著回來，且行歌相送。這首詩的起句是「醒時相勸醉相扶，感謝朋歡念病夫。」結句是「純是鹿車風誼在，不容徒作酒狂呼。」像他們這種流連詩酒，放浪不羈的作風，在通俗的眼光裡，當然是難免「酒狂」之譏的。但是，他們的人生哲學或處世態度，卻正建立在拋棄或反對這種通俗倫理觀念的基礎之上。在儒家合理主義的樊籠裡，他們也曾以傳統的「君子之道」勉勵自己，期待著有一天羽翮已成時，能夠一飛沖天，一鳴驚人，以便獻身於治國平天下的大業。然而在他們久困場屋之後，失望悲憤之餘，難免興起懷才不遇之感。他們了解如果通往經國濟世之門打不開，即使懷有

87 王鐕：〈于惠生參中聽妓二首〉，見錢謙益：《列朝詩集》丁集卷十四，《續修四庫全書》第一六二四冊，頁一八二。

88 王彥泓著，鄭清茂校：〈十二月十七日招雲客孝先弢仲端己小飲成即事一首〉，《疑雲集》，《王次回詩集》卷一，頁三五六—三五七。

89 王彥泓著，鄭清茂校：《疑雨集》，《王次回詩集》卷三，頁二〇三。

滿腹經綸，最多也不過是空談罷了。於是，為了逃避或反叛這種不如意的現實世界，不得不另尋人生的出路。他們在潛意識裡所揭望的是自由，超乎一切仁義道德的自由，以便從那約定俗成的社會秩序裡解放出來。結果，為了這個不是目的的目的，他們終於親近詩酒，沉湎聲色，企圖以薄倖之名聊以自慰了。

王次回有一個姓賀的朋友，也是「花間歌酒舊同群」之一。他因為屢次文戰不利，「憤懣悲騷，託之好內，以自發攄，竟得疾不起」，[90]而一命嗚呼。這個人可說是他們這一群中最極端的例子。次回有兩首詩輓他，其一云：

> 翔龍折翼性難馴，判向柔鄉頓此身。
> 奇藥剩堪娛一夕，同欄何止浴三人？
> 當時縹帙香沾粉，此日麻筵飯雜塵。
> 欲覓窈娘重問訊，鳳窠飛散別枝春。[91]

所謂「判向柔鄉頓此身」，不也就是次回本人和他那一群朋友正在走的路子嗎？又所謂「翔龍折翼」及另外一首所說的「國士埋玉」，也正流露了他們身為儒生的悲哀和心理的矛盾。翔龍而折翼難飛，國士而埋玉終生，雖然是悲悼朋友的夭折，但也表現了次回哀憐自己懷才不遇的感慨。

不過，次回和他這一群朋友，儘管在日常生活裡追求聲色，蔑視既成的社會秩序，背棄傳統的道德觀念，甚至在思想方面帶有濃厚的虛無主義的色彩，但他們除耽溺聲色，追求肉體感官的滿足之外，卻個個都是「肆力為詩」，以至於「字摭句搜，忘矢廢食」的苦吟詩人。這兩種生活態度看似互相矛盾，但其實並不盡然。聲色乃所以滿足感官，而詩詞卻足以昇華心靈，兩者可說是存在於不同的層次上。就這些人來說，吟詩填詞或藝術的創造，亦即唯美的（Aesthetic）活動，才是他們生命的真正目的。感官的享受只是為了達到這個目的的手段而已。早在晚唐，杜牧（八〇三—八五三）已有「浮生除詩盡強名」[92]的宣言；司空圖（八三七—九〇八）也有「此生只是償詩債」[93]的自白。這種為詩犧牲終生的觀念，事實上在中國已有長遠的歷史，而尤其明顯地表現於晚唐以後的落魄詩人。因為他們生逢末世，既絕立功之門，又無立德之望，只好藉詩以言志，抒寫胸懷，以求知音，並期流傳不朽，也算是一種立言的事業了。王叔聞在其《病餘存草》的自序裡說：

> 念身世無可戀，唯平生吟咏，是胸懷所寓，而悉委墮不收，不能無念。……在祈陽僧舍作詩

---

90 同前注，頁一七三。

91 同前注，頁一七三—一七四。

92 編者注：〔唐〕杜牧著，吳在慶校注：〈湖州正初招李郢秀才〉，《樊川文集》，收入《杜牧集繫年校注（二）》（北京：中華書局，二〇〇八年），卷三，頁四五九。

93 編者注：〔唐〕司空圖：〈白菊雜書四首〉，《司空表聖詩集》，收入《原式精印四部叢刊正編》（臺北：臺灣商務印書館，一九七九年據上海涵芬樓借印海鹽張氏涉園藏唐音統籤本重印），第三十八冊，頁二十八。

> 云：「風波盜賊五千里，況是衰羸近死身。悔帶《病餘詩》一卷，不將淨本付同人。」蓋恐其與此身俱沒也。[94]

可見比起「吟咏」來，身世是不算什麼的。他所念念不忘的是如何使自己的詩流傳下去，不至於「與身俱沒」。那麼，人因詩傳，他也可以沾點身後之名了。這可說是一般文人的共同心理。叔聞如此，次回及狂社的同人又何嘗不如此呢！

在次回的詩集中有一個比較特別的人物，就是次回稱為姨翁的櫟園。他不是狂社的同人，也不是金壇的同鄉，但無疑的跟次回有親戚關係。他是唐順之（一五〇七—一五六〇）之曾孫，亦即唐鶴徵（一五三八—一六一九）之孫。次回有幾首詩是送他的。其中有一首長達四十八句，作於崇禎二年（一六二九），附有序云：

> 櫟園姨翁幽棲久矣，忽走京師，人咸以宦情疑之，予獨知其不然也。既而為荊川先生請謚，朝奏疏，夕報可。客復有進議者曰：「此時陳乞一蔭，得旨如寄耳。」嘐然曰：「吾馳走黃塵，為先公易名兩字耳。今幸邀主恩，歸報家廟，安能更貪羈紲，為故山猿鶴笑耶？」飄然策騎歸，逍遙林木。余竊怪向之疑者，真以腐鼠意鵷雛也。……[95]

荊川先生就是唐順之，字應德，武進人。在明朝文學史上，他是反對前後七子復古運動的「唐宋派」

健將之一。反對模擬古人，主張「直攄胸臆，信手寫出」，[96]與王慎中（一五〇九－一五五九）、茅坤（一五一二－一六〇一）、歸有光（一五〇六－一五七一）等為同志。他不但是有名的文人，又是明朝的名臣、名將、名學者。其子鶴徵歷官至太常卿，也以博學聞名。據《明史》〈列傳〉及《列朝詩集》小傳都說唐順之於「崇禎中追謚襄文」，未說年月。[97]參照次回這個詩序，可知這個謚號是其曾孫樂園於崇禎二年進京奏請獲准的。

次回在這首四十八句的長詩裡，首先歌頌唐順之的功業、人格、學問等，然後推許樂園說：

落落名孫饒祖風，賜書千卷寄雍容。
歌凝鸞鳳吹簫碧，醉怨棠梨落蘚紅。
奇文弱冠人傳誦，俠窟騷臺爭引重。[98]

94 王鏳：〈病餘存草序〉，見錢謙益：《列朝詩集》丁集卷一四，《續修四庫全書》第一六二四冊，頁一八一。

95 王彥泓著，鄭清茂校：《疑雨集》，《王次回詩集》卷二，頁一五九。

96 〔明〕唐順之：〈與茅鹿門主事書〉，《唐荊川先生集》，收入《叢書集成續編》（臺北：新文豐，一九八九年據常州先哲遺書本排印），第一四〇冊，卷七，頁二九五。

97 張廷玉等：〈唐順之傳〉，《明史》卷二〇五，頁一四〇一。及錢謙益：〈唐僉都順之〉，《列朝詩集》丁集卷一，《續修四庫全書》第一六二三冊，頁四七六。編者案：《明史》作「崇禎中」，《列朝詩集》作「崇禎初」。

98 王彥泓著，鄭清茂校：《疑雨集》，《王次回詩集》卷二，頁一六一。

接著又讚揚請謚一事說：

> 千里孤裝觸雪行，不求身貴謁公卿。
> 清評會向清時吐，名士真儒佇易名。
> 聖主從前勞寤寐，覽書未半催宣賜。
> 不用詞林舊例沿，雲章親定襄文字。[99]

由此可知，唐順之的謚號襄文是崇禎皇帝親定，而且破例宣賜的。從「千里孤裝觸雪行」看來，時間不是在年初，就是在年底。但由於這首詩排在〈夏日〉一詩之後，年底的可能性要大得多。崇禎的登基無疑的曾給人民以新的希望。次回在當時，如前所引，就說過「新天子更化，朝野欣然，有再生之喜」的話。而在這首詩裡，也以清評、清時、名世、聖主等語，來表示他對新天子的觀感與期望。但這終究是一種夢想而已。崇禎雖有意重振明室，然而內憂已深，外患加劇，不到二十年之間，朱家天下便告潰滅了。

　　櫟園原名唐獻可，字君俞，也是《列朝詩集》中詩人之一。次回有時稱他為「無可姨翁」。從上引次回詩，可知他饒有祖風，弱冠時就有文名，為俠窟騷壇所推重。次回又在同詩裡說他：「幅巾東路秋蓴美，惟有狂吟頌天子。傲骨難投世網中，才名不藉家聲起。」[100] 此外，次回有七古一首，題為〈櫟園姨翁座上預聽名歌，并觀二劍，即事呈咏〉：

風流領袖詞壇伯，早歲傾家耽結客。
肝膽男兒四海空，卻隨長黛操歌拍。
烈士從來定賞音，周郎顧曲阮郎琴。
誰知唐勒牢騷況？剩託清謳寫壯心。[101]

根據次回的這些詩，我們不難了解櫟園為人及生平之一斑。可能是由於家庭富有，但也可能是由於考場失意，他終生隱居不仕。性格狂放倨傲而有俠氣，愛結交朋友。過的是「韻寄煙霞，嗜耽松石。」[102]以及徵歌逐舞的悠閒生活。但許多跡象顯示著他似乎沒有狂社同人那種感傷主義的色彩。也許是身為姨翁的關係，次回跟他酬酢的詩都很正經，往往尊敬多於親呢。總之，在次回的交遊當中，從通俗的眼光看來，櫟園可能是最正常的一個了。

99　同前注。
100　同前注。
101　王彥泓著，鄭清茂校：《疑雨集》，《王次回詩集》卷一，頁五十六。
102　王彥泓著，鄭清茂校：〈六松咏〉，《疑雨集》，《王次回詩集》卷一，頁六十五。

## 六、王次回的生平

我們雖已知道王次回大約生於萬曆二十年（一五九三），卒於崇禎十五年（一六四二），但從他出生到萬曆四十三年（一六一五）有詩出現在《疑雨集》為止，二十多年間，他的生平卻是一片空白。不過依常識推想，他一定和那些出身書香門第的子弟一樣，於七、八歲時入塾讀書，開始接受儒家的修齊治平的教育，一方面也偶爾學作詩詞。稍大後，常跟雲客等人「偷和劉郎六憶篇」，[103]可見他很早就愛上豔體詩了。這使我連想到永井荷風年輕的經驗來。他年紀大了後，曾回憶說：

> 十七、八歲時，我開始被放蕩的詩趣，即經由美化的文字而引起的快感所侵襲。中國詩中那種所謂香奩體的美麗形式，不知多麼有力地迷惑了我的心。……於是我拋開功課，常常偷偷地練習作這類詩歌，而感到莫大的愉快。[104]

這兩人的少年時代的經驗，可說如出一轍，而他們以後終生的人品文學，又很相像。荷風雖不大作詩，但他那種充滿著頹廢感傷色彩的詩化散文，以及專門描寫藝妓遊女的小說創作，在本質上卻有共同的特徵，那就是，借用荷風的話，美麗形式的追求。

年輕時代的經驗往往能夠決定一個人終生的趣味或嗜好。因此，當次回於二十二歲結婚時所寫的詩，已經是不折不扣的豔體詩了。如〈催粧詩六首〉之一：

嬌羞不肯下粧臺，侍女環將九子釵。
寄語催粧人說道，輕施朱粉學慵來。[105]

這裡所寫的無疑是他的妻子。香豔、俏皮，充滿著新婚燕爾的旖旎氣氛。他們婚後，直到妻子去世為止，感情似乎一直很好。但這種愛情是建立在以家庭為背景的義理之上，雖能持久，卻缺乏戲劇性的刺激與鼓盪。這對放蕩慣了的次回，自然是有所不足的。事實上，他在婚後仍然照常涉足花街柳巷；出外旅行時，更是到處留情，以求滿足他那難於馴服的感官本能。

萬曆四十四年（一六一六）以後，即從結婚之次年，他就經常出外，遊歷四方了。這一年，他有吳行。隔一年，再度訪吳。接著又有京口（鎮江）之行。以後他出外旅行的次數愈來愈多。檢查他一生到過的地方，除本省江蘇各地外，有浙江、福建、安徽、湖南、湖北及北京等。我們不大清楚為什麼他老在外面遨遊。可能是為了訪問親友，或處理家產；也可能是為了參加考試，或謀求官職。但不管為什麼出門，反正他只要一離家，差不多就有豔跡豔詩，如〈吳行紀事七首〉之一：

---

103 王彥泓著，鄭清茂校：〈送雲客赴春官〉，《疑雨集》，《王次回詩集》卷四，頁二八七—二八八。

104 永井荷風：〈下谷之家〉（〈下谷の家〉），永井荷風著，稲垣達郎、竹盛天雄、中島國彥編：《荷風全集》第七卷，頁二七二—二七三。

105 王彥泓著，鄭清茂校：〈催粧詩六首〉，《疑雨集》，《王次回詩集》卷一，頁十三。

相要不說卷衣裳，笑挽流蘇背燭光。
賴有暖言堪入骨，一宵輸意伴王昌。[106]

這首詩作於萬曆四十四年丙辰，結婚後還不到兩年，家裡新人猶新，他卻在外縣做起嫖客「王昌」來了。兩年後他再到吳縣訪朋友賀無因時，也有「遊人竊探棲鴛去」[107]的句子。

次回生來就是個工愁善感的人，再加上多年的流浪生活，自然容易引起對人生的浮沉漂泊之思。天啟元年（一六二一），當他二十九歲時，泛舟江上，就哀傷地寫道：

回首江雲淚幾雙？酒空金盡在他鄉。
窮途自合親情斷，幽恨那堪世事忙？[108]

年紀輕輕的，正該有四海為家的胸襟的時候，他卻幽恨滿懷，嘆起窮途末路來了。對一個受過儒家修齊治平教育的青年而言，這種現象毋寧說是不正常的。為什麼呢？我以為他也許已不止一次地嘗到「名落孫山外」的滋味了。考試失敗對一個野心勃勃的青年，其打擊之大是可想而知的。說不定就是這個原因，引起他不斷地責備自己，感到前途茫茫，無所適從。此外從「窮途自合親情斷」一句裡，也可以看出，他的幽恨悲騷可能跟他的家庭有點關係。次回本來就已放浪成習，加上屢試不第，自然家裡的人會把他當作沒出息的分子看待了。

除了髮妻之外，次回似乎跟家裡的人感情不怎麼好。他在詩裡從來沒有懷念父母或家庭的話，只有一次提到他和昆季去避暑。在天啟七年，當他「辭家薄遊」時，寫給端己、弢仲的詩中，就有「鄉園事事驅人出，只有朋歡繫客腸」[109]的句子，尤其是他妻子去世後，他對家庭更少留戀了。崇禎二年（一六二九），即賀氏死後第二年，可能又因「小試失意」而顯得消極悲觀。這年年底，他有〈歲暮客懷〉一首，最能表示他當時的心情：

　　無父無妻百病身，孤舟風雪阻銅墩。
　　殘冬欲盡歸猶懶，料是無人望倚門。[110]

可見這時他的父親也已去世了。至於他母親呢？由於次回從未提到過，我們無法知道。不過當賀氏彌

106 王彥泓著，鄭清茂校：〈吳行紀事七首〉，《疑雨集》，《王次回詩集》卷一，頁十五。
107 王彥泓著，鄭清茂校：〈有所窺〉，《疑雨集》，《王次回詩集》卷一，頁十九。
108 王彥泓著，鄭清茂校：〈江上〉，《疑雨集》，《王次回詩集》卷一，頁二十八。
109 王彥泓著，鄭清茂校：〈丁卯首春，余辭家薄遊。端己首唱驪歌。情詞凄宕，征途吟諷，依韻和之，并寄呈弢仲，以志同嘆〉，《疑雨集》，《王次回詩集》卷一，頁六十。
110 王彥泓著，鄭清茂校：〈歲暮客懷〉，《疑雨集》，《王次回詩集》卷二，頁一六二—一六三。

留時，曾說「侍奉姑嫜多缺略」[111]的話，由此推測，當他們結婚時，母親還健在。但不知何時去世？他父親可能比較早去世，而他的母親。在次回寫那首〈歲暮客懷〉（一六二九）時，說不定還活著。如果是那樣，我懷疑這個母親並不是他的親母，也許是後母之類。對照「鄉園事事驅人出」的話，這種推想不是完全不合理的。但是否正確，我們就不敢肯定地說了。

此外，次回妻賀氏在家裡人緣也不大好，特別是老一輩的人對他頗有微言。次回在賀氏過世時曾說：

> 余內家素豪侈，而婦實儉約。居恆布衣，十年不製。病革之日，篋無金珠，惟典券數十紙，皆頻年藥債，及女伴戚屬困乏者所移貸耳。內外尊人咸咎其糜費及好施，而自窘乏，婦心冤之。于永訣時自白一二語，實不能達意也。[112]

所謂永訣時一二語，就是上面這條小注的本詩，如「媿因買藥金珠盡，浪負人間俠女名」[113]等句。內外尊人對她既然有這種誤會，我們不難想像到，在當時那種複雜的大家庭裡，她的處境一定相當痛苦。這自然也使次回左右為難。不過，從他上面那些替妻子辯護的話看來，他似乎是站在妻子這一邊的。怪不得賀氏去世後，他要說「料是無人望倚門」，而引起「縱使到家仍是客，迢迢鄉路為誰歸」[114]的感嘆！

次回夫婦的感情雖然不錯，但在結婚十二年的歲月裡，卻是離多聚少。天啟七年（一六二七）春天和夏天，也許是為了準備考試，或是為了養病，次回「離居芙蓉湖外，久闊丁娘之索」。[115]他的妻子經常遣人送東西給他，有茶、藥、沉水、袷衣、珮巾、雜香、銅箸、果仁、玫瑰、畫袋、白羽扇、封字等物。次回曾作十二首詩分詠這些東西，充分表現了他「觸緒縈思」，感激而懷念的心情。[116]但是像這種離居生活，感情再好，也「容易負良宵」，而且往往易於發生嫌隙。次回在同年的〈客中得訊〉一詩中，就有「傳去微詞猜薄倖，寄來清淚慰飄零」[117]的話。的確，在他們聚少離多的婚姻生活裡，次回即使真的「久闊丁娘之索」，還是免不了薄倖之嫌的。至於他的妻子呢，卻在家庭勃谿和閨房寂寞的雙重壓力下，隱忍克己地過著孤零零的寂寞歲月！

王次回自然了解妻子的處境和心情，但他乎不曾積極地想辦法幫助或解決妻子的困難；相反的，他卻消極地採取了逃避的態度。不錯，他愛他的妻子，但那是一種憐愛，不是熱愛。他那股熱辣辣的感情只有在頹廢淫靡的歡場裡，只有在香豔華麗的詩詞上，才能傾瀉，也才敢流露。等到他妻子病

111 王彥泓著，鄭清茂校：〈記永訣時語四首〉之一，《疑雨集》，《王次回詩集》卷二，頁一一〇。
112 王彥泓著，鄭清茂校：〈記永訣時語四首〉之二小注，《疑雨集》，《王次回詩集》卷二，頁一一一。
113 同前注。
114 王彥泓著，鄭清茂校：〈歸途自嘆〉，《疑雨集》，《王次回詩集》卷一，頁四十一。
115 王彥泓著，鄭清茂校：《疑雨集》，《王次回詩集》卷一，頁七十一。
116 同前注，頁七十一—七十三。
117 王彥泓著，鄭清茂校：〈客中得訊〉，《疑雨集》，《王次回詩集》卷一，頁七十九。

重而去世時，他才回過頭來，重新回憶他們的婚姻，檢討自己的疏忽，而悟出一個失去妻子之人的悲哀。於是，他一連串地寫了不少悲痛的詩篇，如〈婦病憂絕〉二首、〈述婦病懷〉十二首、〈呈外父時婦病方苦〉一首、〈悲遣十三章〉、〈過婦家有感〉二首、〈雜悲三首〉、〈記永訣時語四首〉、〈重遣三章〉、及〈重過婦家〉一首等，都極為深刻動人；除了同情病婦，哀悼死妻之外，字裡行間，充滿著自責、自悲，甚至自嘲的心情。在這些詩裡，他暫時擺脫了香奩氣息，而直抒胸臆；因此情感沉鬱逼真，了無造作虛飾之跡，可說是他詩集中最上乘的作品。例如〈述婦病懷〉十二首之第五首：

> 瘦質真成筍一竿，隔衾猶見骨巑岏。
> 平生守禮多謙畏，不受荀郎熨體寒。[118]

前兩句寫病婦骨瘦如柴的衰弱身體，令人憐憫；後兩句寫夫婦守禮謙讓的婚姻生活，更令人同情。面對著這樣可憐的妻子，這位平日放浪慣了的丈夫，心裡一定充滿著不可名狀的悔恨和哀傷，而不能不追懷往事，自責薄情了。

賀氏去世後，次回變得更落寞寡歡了。追懷亡妻，悲悼身世，對酒當歌，無限淒涼。「今來醉也無人管，一度持觴一涕零。」在思念亡妻之餘，雖然曾經「欲倩畫公追笑靨」，但由於生前「疏闊較多歡洽少」，卻只能想起她「連歲泣時多」的音容，自然難免要「倍添今日淚綿綿」了。[119]不過，想想自己，終歸也要離開這個世界的，只有遲早之差而已。於是他又說：

先行幾步諒無多，究竟同歸此逝波。
吾已自知生趣短，暫停相待卻如何！[120]

但事實上，這位「已自知生趣短」的詩人，當時只有三十六歲，正值壯年有為的年齡，而竟如此頹唐，足見他生平之不如意和失掉妻子的悲哀。以後到他自己去世為止，十多年間，他一直念念不忘這位亡妻。儘管他還有姨太太，也照舊涉足花街柳巷，但無論如何，在義理上或良心上，卻一輩子無法彌補這次喪妻的創傷。他覺得自己是不能再正式享有妻室的人了，所以過了四、五年後，還流露著「無妻奉倩身還冷，多妾哀駘分自慚」的心情。[121]而且即使當他沉醉於酒色的時候，也比較地冷靜，帶有「酒於痛飲非真適，情向新歡未肯痴」的自我反省。[122]

王次回在接二連三的不如意事之後，固然使他對現實世界感到失望，引起反感，甚至走向自暴自棄的路子，但在另一方面，卻使他更接近文學，而企圖在詩歌的創作過程中，求得短暫的安寧和慰藉。年齡越大，這種傾向也越明顯。依傳統的說法，詩是言志的工具。但這個「志」卻不必是那種經

118 王彥泓著，鄭清茂校：〈述婦病懷〉之五，《疑雨集》，《王次回詩集》卷二，頁九十八—九十九。
119 王彥泓著，鄭清茂校：〈悲遣十三章〉之五、八、九首，《疑雨集》，《王次回詩集》卷二，頁一〇七—一〇八。
120 王彥泓著，鄭清茂校：〈悲遣十三章〉之十三，《疑雨集》，《王次回詩集》卷二，頁一〇九。
121 王彥泓著，鄭清茂校：〈夢游十二首〉之一，《疑雨集》，《王次回詩集》卷四，頁二五九。
122 王彥泓著，鄭清茂校：〈無聊〉之一，《疑雨集》，《王次回詩集》卷三，頁二二八。

天緯地的偉大宏願。相反的，也不妨是一點聊以自慰的希望。詩不但可以發洩不平之鳴，也可以撫慰受創的心靈。詩是一種語言文字的藝術。一個練達的詩人，能利用語言文字來構造自己理想中的唯美的世界。次回自然是不會閒置這個機會的。在崇禎十二年（一六三九）。他做了〈四不愁詩〉，就是企圖藉詩以自我安慰的好例子。其第一首云：

我今作客殊不愁，此身已得逍遙遊。
家況飢寒且莫問，不學王粲悲登樓。
何必金多方作樂？隨處皆堪插我腳。
樊籠打破掣羈絛，海闊天空一黃鶴。[123]

他還附有一篇短序，說明為什麼要作這首詩：

昔張平子詠四愁詩，美人玉案，寄託遙深。其中有難以顯言者。予半世棲貧，頻年飄寄，崎嶇扼塞，較平子殆有過之。然即事可欣，隨方取樂。平客氣之悲涼，暢余懷之浩落。楚囚相對，又何為者？因反其說以自廣焉。[124]

我們並不懷疑當他苦心孤詣地為這〈四不愁詩〉摭字搜句的時候，能夠「平客氣之悲涼，暢余懷之浩落」，而達到所謂「不愁」的境界。但是，一旦他放下筆桿，離開詩中美化的感受，而面對「頻年飄寄，崎嶇扼塞」的棲貧生活時，他是否還能不變地停留在「逍遙遊」的境界呢？答案是否定的。事實上，在那巧妙地裝飾過的文字後面，我們仍可嗅到一種「難於顯言」的深愁氣息。外表的豪放浩落，實足以反映內心的寂寞悲涼。雖然在這些詩裡，次回已無年輕時那種「回首江雲淚幾雙」的誇張表現，但在更純熟更微婉的手法上，我們仍可看出他的真正面目。不管他如何地叫自己「即事可欣，隨方取樂」，他依然是「常學王粲悲登樓」的感傷詩人，更談不上「海闊天空一黃鶴」了。

次回雖然終生懷念他的亡妻，但像他這樣慣於追求感官享受的豔體詩人，絕對是不會永久甘於鰥居生活的。經過了「秋風長簟恨三年」的獨居歲月後，在崇禎三年（一六三〇），他遇見了一個所謂「國花第一」的風塵女子，名叫阿姚。大概就在這一年，阿姚就落籍而歸次回為妾了。次回有幾首詩描寫他們定情的情形，例如：

> 睡睫猶然怯曙暉，芙蓉顏色慰朝饑。
> 因留宋玉親炊飯，卻賞王敦竟脫衣。
> 心許湔裙三日去，人知疊騎幾時歸？

123 王彥泓著，鄭清茂校：〈四不愁詩〉，《疑雲集》，《王次回詩集》卷三，頁四二三。

124 同前注。

還愁守到濃歡夜，瘦得蠻腰剩一圍。[125]

這裡次回又恢復那種香奩的趣味來了。從此爾後，有關阿姚的詩特別多，但都以豔體為之。如次年（一六三一）所作的〈問答詞〉十六首，描寫閨房私談，一問一答，華麗旖旎，洋溢著赤裸的甜情蜜意。[126]次回無疑的熱愛著阿姚，但他之愛阿姚是出自於濃烈的本能衝動，並非像愛他去世的髮妻一樣，是一種經由家庭倫理觀念濾過的平淡而持久的感情。因此次回對待阿姚的態度，有時難免有輕佻之嫌。雖然這位說過「情向新歡未肯痴」的詩人，也會說些「到死相尋意已堅」[127]之類的海誓山盟式的話，但從阿姚「若是果將奴鄭重，莫相調笑路旁金」[128]的話看來，次回對她似乎是不夠鄭重的，甚至仍帶有些花街調笑的習氣。

阿姚是個虔信佛教的女人。或許由於次回經常在外雲遊，以致空閨寂寞，對佛教也就更迷信起來。「留賓晚食烹初韭，聽妾長齋讀妙蓮。」[129]這是次回於崇禎六年（一六三三）所寫的句子，可見她是在家持齋的。但大概就在這一年，阿姚乾脆出家為尼了。為什麼呢？我們不大清楚。從次回「雙棲梁燕劇生嫌，愁緒年來幾許添」[130]的話，不妨假定他們之間曾發生了什麼嫌隙或衝突。阿姚的出家當然不是一件愉快的事。雖說次回之對待阿姚，就某種意義上說，並不十分鄭重或真誠，但像她這樣堪稱「國花第一」的女人，在次回追求詩的生活當中，起碼是一個不可缺少的點綴物。因此，阿姚的離開，對次回而言，與其說是失去了一個相依為命的伴侶，毋寧說是失去了一件心愛的藝術品。他的傷心是不難想像得到的。「綺懷爭奈三年別，絮語難憑一紙書」，[131]正道出了他當時的心情。

不過，也許是阿姚的慧根不夠深，也許是次回的一再勸說催促，阿姚在出家兩年後，即在崇禎八年（一六三五），忽然又回來了。次回在高興之餘，又做了不少詩。如〈夢辭十二首〉、〈續夢辭十二首〉等，便是當時心情的寫照。此外又有句云：「愛河新浪濃於酒，醉得柔腸未許醒。」[132]又云：「迎來桃葉春深渡，拜倒石榴豔奪裙。」[133]等等，字裡行間，洋溢著久別重聚的濃歡密愛。阿姚歸凡的消息一傳開，端己、弢仲等狂社同人也結伴來賀，都替他高興。[134]

阿姚歸凡這一年，次回是四十三歲。他到這時為止，如前所說，已參加過好幾次的科舉，但都不順利。從他的詩集裡，我們知道他有幾次雲間（松江）之行，大概與赴省應試有關。崇禎二年

125 王彥泓著，鄭清茂校：〈有贈〉之三，《疑雨集》，《王次回詩集》卷三，頁二〇二。
126 王彥泓著，鄭清茂校：〈問答詞〉，《疑雨集》，《王次回詩集》卷三，頁二一三—二一六。
127 同前注，頁二一六。
128 同前注，頁二一五。
129 王彥泓著，鄭清茂校：〈補前雜遣三章〉之三，《疑雨集》，《王次回詩集》卷三，頁二五七—二五八。
130 王彥泓著，鄭清茂校：〈有所寄疊辛未年韻〉，《疑雲集》，《王次回詩集》卷一，頁三六五。
131 同前注。
132 王彥泓著，鄭清茂校：〈續夢辭十二首〉之七，《疑雲集》，《王次回詩集》卷一，頁三七五。
133 王彥泓著，鄭清茂校：〈續夢辭十二首〉之十二，《疑雲集》，《王次回詩集》卷一，頁三七六。
134 王彥泓著，鄭清茂校：〈阿姚之歸凡，同心皆為予喜，而向來知其事者，端己弢仲叔也。於其來賀，賦謝一章〉，《疑雨集》，《王次回詩集》卷四，頁二八三—二八四。

（一六二九）他三十七歲時，又「小試失意」，折翼而歸後，曾作詩「自遣」，發出「國士那爭肉眼評？未應蕭颯減歡情」[135]以及「寧藉福緣酬密愛，已甘歡分折才名」[136]的感慨。次回是地方生員出身的。明代是重科舉而輕貢舉的時代，因此一個人如想施展抱負，從事經國濟世的大業，非通過科目的考試不可。這本來就很難，加以明自萬曆以還，已呈末世景象，考試制度腐敗不堪，正如顧炎武所說：「舉業至于抄佛書，講學至于會男女，考試至于鬻生員，此皆一代之大變，不在王莽、安祿山、劉豫之下。」[137]在如此黑暗的制度之下，即使是一個奮勉而有才學的書生，如非運氣好或走旁門邪道，也是很難金榜題名的。何況次回雖懷「沉博絕麗之才」，[138]但愛好詩詞勝於八股，當然希望更少了。

崇禎六年（一六三三）春天，次回又試了一次，也沒考取。在回家的路上感到無限的失望、慵懶。於是他寫了幾首詩聊自解嘲，如〈試後歸舟雜興〉第一首：

> 出院身輕笑解絛，茶坊書市獨遊遨。
> 童窺米盡慵逾甚，客覺瓶空飲不豪。
> 摘去旋生新白髮，贖來重典舊藍袍。
> 頻年自笑干時拙，博得江城就蟹螯。[139]

這一年他是四十一歲，年齡已不算小了。在失望灰心之餘決定不再自討苦吃，又由於身體不好，所以同一年的秋試，他並沒參加，獨自「寓止荒僻」，在「一架藤花」下面「題糕補舊詩」，[140]企圖忘記俗世的煩擾。但在當時那種時代裡，放棄科舉等於放棄功名，換句話說，等於否定自己的將來，心情的難過是可想而知的。在他那「頻年自笑干時拙」的自嘲聲中，我們彷彿聽到一個失敗者心靈深處的無限悲痛。前途既已無望，還有什麼值得追求呢？就這樣子，次回更進一步地接近醇酒聲色，以及香奩詩的世界了。

崇禎七年（一六三四）立春之日，次回想著一年又已過去，更增加他窮途末路的悲哀。他無力地對著酒杯，寫下了「英雄肝膽窮途淚，一併消磨付酒杯」[141]的句子。次年，他的心情還是一樣的沉重，〈感懷〉云：

135 王彥泓著，鄭清茂校：〈小試失意自遣〉，《疑雨集》，《王次回詩集》卷二，頁一五七。
136 王彥泓著，鄭清茂校：〈歸後有贈〉，《疑雨集》，《王次回詩集》卷二，頁一五八。
137 〔清〕顧炎武著，陳垣校注：〈鍾惺〉，《日知錄校注》中冊，卷十八，頁一〇三六。
138 李定：《疑雲集．序》，王彥泓著，鄭清茂校：《王次回詩集》，頁三四五。
139 王彥泓著，鄭清茂校：〈試後歸舟雜興〉，《疑雨集》，《王次回詩集》卷三，頁二五一。
140 王彥泓著，鄭清茂校：〈予不預秋試，寓止荒僻。中秋前二日，孝先、仁令、叔冽，攜具過存，飲談良久，即事題贈〉，《疑雨集》，《王次回詩集》卷三，頁二五二。
141 王彥泓著，鄭清茂校：〈立春日作〉，《疑雲集》，《王次回詩集》卷一，頁三六八。

伏櫪尚存千里志，讀書已負十年功。……
一笑自尋消遣法，酒林無事不教空。[142]

但一年又過去了，他那千里之志仍無馳騁的機會。於是他依然重複著同樣的感慨，〈示晚內〉第一首云：

磨耗雄心漸已空，十年醇酒婦人中。
如今換卻看花眼，一事纔堪學臥龍。[143]

然而就在這一年，即崇禎九年（一六三六），正當他「換卻看花眼」，而且以為「纔堪學臥龍」時，他終於被舉為貢生了。這時他的年齡是四十三歲。

關於次回舉歲貢的事雖有些文獻提到，但都沒注明是在哪一年。只有前引《金壇縣志》〈選舉志〉說：「崇禎中舉貢。」[144] 那麼，大概就是崇禎九年了，這個看法雖無確證，但在這一年當他做了上引那首詩後不久，突然有北京之行，我認為與他舉貢有關係，否則似乎不會跑這麼遠的。次回對這個舉貢的消息並沒表示特別歡欣的心情。在北行的路上，這位「雄心漸已空」的詩人，胸臆間依舊充滿著悲憤和嗟嘆。加之流賊到處橫行，他坐的船幾遭搶劫，更使他對一切感到灰心。同舟上有一個「赴文宗科試」的單兄，兩人時相唱和，聊慰旅愁。但想想人家，看看自己，雲泥殊路，不免又感愧交加，不能自己：

客路逢君眼乍明，笑談差慰旅魂驚。
世情真比黃河濁，詩句偏同綠酒清。
蘇季揣摩知欲就，韓非孤憤正難平。
男兒一上燕丹墓，肯羨黃金買駿名。[145]

這是次回送給單兄的幾首詩之一。這個姓單的同船旅客後來有沒考取「文宗科試」，我們不知道。次回好像也沒跟他繼續往來。只在離別時，送他「他日憶君雲路查，能無回念阻風時？」[146]幾句話而已。

次回到北京後，住了幾個月。除了辦些正經事外，常在茶肆酒館或花街柳巷間徘徊流連。在那裡她認識了一個青樓女子，名叫阿瑣，而且為她寫了不少詩，都以豔體為之。如〈左卿阿瑣〉三首、

142 王彥泓著，鄭清茂校：〈感懷〉，《疑雲集》，《王次回詩集》卷二，頁三八九。
143 王彥泓著，鄭清茂校：〈示晚內〉之一，《疑雨集》，《王次回詩集》卷四，頁二八九。
144 夏宗彝修、汪國鳳等纂：《重修金壇縣志》卷八，〈選舉志．歲貢〉，頁三十二。
145 王彥泓著，鄭清茂校：〈和同舟單兄韻〉之二，《疑雨集》，《王次回詩集》卷四，頁二九四。
146 〈和同舟單兄韻〉之三，同前注。

〈再訪左卿〉三首、〈阿瑣雪中下馬〉一首、〈左姫閒話〉一首、〈車中再贈〉二首、〈別語〉二首等。另外有十六首標以長題云：

臨行，阿瑣欲盡寫前詩，凡十一首。既而色有未滿，曰：「斯語太文，妾不用此。可為別製數章，取數月來情事蹤跡，歷歷於心者譜之。勿誑勿豔，勿謍妾姿藝。如一語有犯，即罰君一盃。」余曰：「固然。但每詩成而卿以為可，亦引滿賞此，何如？」一笑許諾。遂口占為下酒。[147]

不用說，這樣做出來的詩都是非常香豔而又帶點輕薄的。對次回來說，他之認識阿瑣，不過是逢場作戲而已，不久就會忘得一乾二淨。固然這時他曾說：「新故兩俱拚不得，去留無計若為情」[148]的話，但是現在，他的確能夠做到「情向新歡未肯痴」的境界；相處數月後，搖手一別，也就像一場夢似的變成過去了。

這次北京之行，好像也沒什麼收穫。年底踏雪歸來，依然無所事事，閒極無聊，牢騷滿腹。有一天在夜闌人靜的時候，對著月光下初發的梅花，回想著自己的一生。〈歸來見月偶作〉云：

幾年萍梗泛江湖，書劍歸來對酒罏。
明月近人如欲語，梅花得我不嫌孤。
消磨豪氣蜂腰瘦，掃蕩閒愁蝶夢無。

自有名山能託業，而今方解覓真吾。149

他平心靜氣地檢討著自己多年來的奔波勞碌，到底是為了什麼？原來那一股豪放之氣，沒想到卻換來掃不盡的閒愁。如今平生壯志也消磨殆盡了。「書劍」既已無用武之地，何不另尋寄託之道？他終於發現了真正的自己。這個「真吾」是不適於求德立功的，但他卻還有一條路可走，那就是作詩，也就是名山事業。

這樣一想，他的心情就寬慰得多了。此後兩年之間，次回仍然閒置著。這時雲客已赴春官，只有弢仲、端己偶爾聚在一起，喝酒吟詩。但年輕時那種狂浪的作風已不復存在了。於是他有更安靜的時間和環境從事讀書作詩，或反省自己的生平。這幾年他所作的詩也不少，多半是所謂披瀝胸襟，舒展情懷的作品。有時也寫寫詠史詩，藉古人以志同慨。但是，想想文章詩詞又有什麼用處？充其量不過是失敗者的無病呻吟而已。崇禎十一年（一六三八），他終於發出這個疑問來了。〈曉起〉云：

殘月飄無跡，梅花凍一林。

147 王彥泓著，鄭清茂校：《疑雨集》，《王次回詩集》卷四，頁三〇五。

148 王彥泓著，鄭清茂校：〈左姬閒話〉，《疑雨集》，《王次回詩集》卷四，頁三〇四。

149 王彥泓著，鄭清茂校：〈歸來見月偶作〉，《疑雲集》，《王次回詩集》卷二，頁三九七。

燈知今夜夢，劍識壯年心。
魂魄偎寒鳥，生涯食字蟫。
文章真廢物，何處賣黃金。[150]

原以為自己已覓得了「真吾」，且曾以名山事業自許，但是，一想起不值錢的文章，對著荒廢的書劍，依舊是不能了然於心。文人的矛盾悲哀，真是一種不可救藥的致命傷。次回這種矛盾的心情在〈擬左太沖詠史〉五首中，表現得尤為深刻。如其第三首云：

風塵滿天地，鬱鬱我心憂。
遭逢異時命，幾輩能封侯？
著書老虞卿，未必垂千秋。
何如驂鸞鶴，上與喬松儔？
朝遊歷三島，暮歸遍九州。
俯視世上人，憧擾皆蜉蝣。[151]

仔細想一想，這輩子封侯既已無望，而即使能像戰國時代的虞卿一樣著書立說，在這「風塵滿天地」的亂世裡，也不見得能夠流傳後世，永垂千古。那麼，人生也差不多沒什麼希望了。唯一還可以做的，就是遺棄這個世界，學仙人喬松遊歷三島，歸遍九州，而獨與天地精神相往來。從這首詩我們可以看出，次回的心境又有了重要的轉變。簡言之，由儒家的入世哲學走向道家的出世觀念裡去了。但成仙之說不過是人類幻想的產物，在現世裡根本無人能做到，何況像次回這樣「拌為溫柔誤一生」[152]的詩人！

然而正當他幻想成仙的時候，即在崇禎十一年（一六三八）年底，做官的機會卻姍姍而來了。職位是華亭縣的「訓導」，可說是最起碼的小官。尤其在明朝末年，各地儒學多半有其名而無其實，訓導也者只是聊備一格而已。當時俗稱廣文，往往含有輕視或嘲笑意味。但不管怎樣，對次回來說，畢竟是有勝於無。而且這是他一生之中首次，也是最後一次，受到的僅有的官職，儘管不理想，起碼也可以領點薪水解決一下「半世棲貧」的窮境，那麼何樂而不為呢？

關於次回任華亭訓導一事，諸書多有記載，但也有作「松江訓導」者。[153]案華亭屬於松江府，所以兩說並不衝突。次回自己也常把雲間（松江）和茸城（華亭）混在一起，不加區別。我在上面說他於崇禎十一年受命為訓導，並非有固定的明確紀錄，而是根據下面的資料推測的結果。檢查他的詩

---

150 王彥泓著，鄭清茂校：〈曉起〉，《疑雲集》，《王次回詩集》卷三，頁四一三。

151 王彥泓著，鄭清茂校：〈擬左太沖詠史〉之三，《疑雲集》，《王次回詩集》卷三，頁四二五。

152 王彥泓著，鄭清茂校：〈有憶〉，《疑雲集》，《王次回詩集》卷三，頁四一五。

153 夏宗彝修、汪國鳳等纂：《重修金壇縣志》卷九，〈人物志．文學〉，頁四十三。

集，崇禎十二年（一六三九）起的詩大部分作於松江及華亭。他於崇禎十一年年底奉命後，大概先赴松江，在那裡迎接新年，[154] 然後再轉到華亭。[155] 所以事實上，他是於任命那年年底離開金壇，而於次年年初正式就職的。初到華亭那年，又有律詩六首，題云：

東坡生日，用小坡《斜川集》中〈大人生日〉韻五首，寄孝先，並示里中諸同人。上年十二月十九日，孝先招集同人，祝先生生日於龍山，余成七古一首。同人約余來歲作東道主。今年滯跡雲間，深以莫踐前約為憾。青陽逼歲，旅感叢生，迴首鄉關，益增離索，因作此以寄焉。[156]

從這裡我們可以知道，這一年他一直滯跡雲間，如非有固定職業，他是不會住這樣久的。此外，在次年，即崇禎十三年（一六四〇），他又有「兩載離鄉居異地，一椽湫隘同蝸寄」[157] 以及「兩載馳驅吳越路，茸城風景略能諳」[158] 等語，都足以證明我上面的假設。而且此後他所結交的朋友也不同了。其中最常見的是蓮公、楊子常、張洮侯等。他們也有一個詩社，叫做刪社。次回常跟他們一起唱和。

訓導是個閒散的工作。次回在職的幾年間，似乎過著極為清靜悠然的生活。如「事簡門常靜，交疏日覺長」[159] 便是當時心情的寫照。但在寂寞無聊之餘，也難免引起身世之感。故有「涼薄世情窺冷眼，蕭條旅況賸閒身」[160] 之句。但是一般地說，次回在華亭訓導任內，無論在生活態度和詩歌作風方面，已完全脫去了年輕時代那種濃郁的香豔氣息和誇張的感傷色彩，而進入平淡枯寂的境界去了。

當他在華亭的第三年，即崇禎十三年（一六四〇），有一件事似乎是值得我們注意的。這一年次回有〈悼詞四章〉，[161] 有「哭伊三萬六千場」等句，可見他所追悼的一定是跟他有密切關係的女人。那麼，到底是誰呢？該詩第三首云：

> 繐帳金爐久斷煙，扶床小女更誰憐？
> 尋求藥杵空過蜀，封寄啼綃直到燕。
> 膽小定難奔向月，情多誠恐礙生天。
> 六如偈罷朝雲暝，寫䐲金經數幅箋。[162]

---

154 王彥泓著，鄭清茂校：〈松郡迎春遙憶故園諸女伴〉，《疑雨集》，《王次回詩集》卷四，頁三二五。
155 王彥泓著，鄭清茂校：〈初到茸城感賦〉，《疑雲集》，《王次回詩集》卷三，頁四二九。
156 王彥泓著，鄭清茂校：《疑雲集》，《王次回詩集》卷三，頁四二九。
157 王彥泓著，鄭清茂校：〈花朝日，删社諸友招飲，予未赴也。翌日，蓮公以所作見示，並以不到為訊，次韻報之〉，《疑雲集》，《王次回詩集》卷三，頁四三二。
158 王彥泓著，鄭清茂校：〈茸城〉，《疑雲集》，《王次回詩集》卷三，頁四三三。
159 王彥泓著，鄭清茂校：〈客窗聽雨〉，《疑雲集》，《王次回詩集》卷三，頁四四二。
160 王彥泓著，鄭清茂校：〈歲暮客松郡作〉，《疑雲集》，《王次回詩集》卷三，頁四四五。
161 王彥泓著，鄭清茂校：〈悼詞四章〉，《疑雨集》，《王次回詩集》卷四，頁三二一—三二二。
162 同前注，頁三二一。

這首悼詩看來，我想這個女人是阿姚。第一，阿姚歸凡是在崇禎八年（一六三五），如有孩子，最大的也不過是「扶床小女」的年齡；第二，阿姚是虔信佛教的人，所以這裡特別提到「六如」、「金經」；第三，阿姚是次回的妾，所以這裡有朝雲的字樣。綜合這些資料，阿姚的可能性是很大的。不管怎樣，次回為了失掉這個女人，一定非常傷心。尤其是作客他鄉，更會倍增生離死別的淒涼。

這時次回也快五十了。老來無伴，又加多病，的確也需要別人來照顧服侍，所以他曾設法買妾，[163]但恐怕在還沒物色到一個理想的對象時，他便於崇禎十五年（一六四二）六月十八日撒手西歸了。《列朝詩集》說他「以歲貢為訓導，卒於官。」[164]再參照他死前一年所作的〈將返松江書懷留別弢仲〉看來，他大概死在華亭的客舍。享年五十。

關於王次回的生平，本來資料就少，而後人又往往任意加以猜測添刪，所以頗多失實之處。傳之既久，習焉不察。如袁枚等人誤他為「本朝」之人，即其一例。又如《疑雲集》李定序云：

> 金沙王次回先生，懷沉博絕麗之才，伊鬱不平之志；美人香草，微詞寓意，生平所作，豔體為多。先生當萬曆時，慨國政之凌夷，傷邊事之荊棘。久困場屋，司鐸終身。遭家多故，中年喪偶，益以喪明；人生厄境，兼而有之。[165]

在這段短短的話裡，除了「久困場屋，司鐸終身。遭家多故，中年喪偶」等，如上所述，是實情之外，有兩三點是值得商榷修正的。第一，李定說次回「慨國政之凌夷，傷邊事之荊棘」，就不免誇張了些，稍有以己意度人之嫌。在明末那種亂世裡，一個受過傳統儒家教育的書生，自然不能沒有感慨悲傷。但有人是面對現實，慷慨陳言以褒貶得失，但有人卻逃避現實而悲悼身世。次回是屬於後者。儘管在他的詩裡有的是「美人香草」，但其「微詞寓意」不過是自己「伊鬱不平之志」而已。至少在他現存的詩集中，實在很難找出激昂的慨國傷邊的痕跡。事實上，他本人的問題已多如牛毛，自悼自悲之不暇，遑論國事？當然，我們也不能否認，次回一生的落魄潦倒，跟明末衰亂的局面多少總有關聯，但這只有加強他追求象牙之塔的傾向，並沒有對他的生活態度或詩詞作風發生直接的影響。如果有，那也是一種反面的作用罷了。

第二，李定序「當萬曆時」云云，好像說萬曆年間（一五七三—一六一九）是次回最活躍最成熟的時期，這是不大正確的，這個錯誤無疑是沿襲《疑雨集》侯文燦序而來。該序云：「明萬曆中，金沙王次回先生以博學好古，聞名於時。」[166] 萬曆最後一年，即四十七年（一六一九），根據上面我們所考訂的生卒年月，次回才二十七歲。到這一年為止，他只在《疑雨集》裡留下約四十首詩，不到全部的二十分之一。事實上，他的詩詞大部分作於天啟、崇禎間（一六二一—一六四二）。而且既然說他

163 王彥泓著，鄭清茂校：〈買妾詞〉，《疑雨集》，《王次回詩集》卷四，頁三三八—三四〇。
164 錢謙益：〈王廣文彥泓〉，《列朝詩集》丁集卷十六，《續修四庫全書》第一六二四冊，頁二四八。
165 李定：《疑雲集．序》，王彥泓著，鄭清茂校：《王次回詩集》，頁三四五。
166 侯文燦：《疑雨集．序》，王彥泓著，鄭清茂校：《王次回詩集》，頁四。

「以博學好古，聞名於時」，按理應該在年紀稍大以後，那就非天啟、崇禎間莫屬了。最後，李定說次回「喪明」，不知何所據而言？案《禮記．檀弓上》云：「子夏喪其子而喪其明。」[167]喪明即失明，亦即目盲；又因為子夏這個典故，轉而為喪子之義。從李定序的前後文來判斷，他所說的「喪明」可能就是「喪子」。不管是「失明」或「喪子」，總之次回本人在詩詞裡既未提到此事，有關他生平的有限資料裡，也了無痕跡可尋；在還沒發現可靠的佐證以前，這裡只好存疑了。

## 七、王次回的詩

在考訂並介紹了次回的著作、交遊、家世和生平之後，我想從文學史的觀點，簡單地討論一下他的詩。

據我所知，在國人的中國文學史著作裡，只有甄陶的《中國文學概論》提到王次回，並引用〈賦得隔水樓臺〉一首，[168]而加評語云：「金壇王次回的《疑雨》、《疑雲》集，沉博絕麗，以胸中幽怨，托於兒女情懷。振溫、李之風姿，為明詩放一異采。只因為道學所不取，致令一直不大為人看重。」[169]他這些話雖然多半抄自《疑雨集》侯文燦序文，但他能從純文學的觀點，排除一般文學史家的道學偏見，特別介紹王次回的作品，的確是難能可貴。在日本則有鈴木虎雄的《支那詩論史》，吉川幸次郎的《元明詩概說》等，介紹了王次回的《疑雨集》。但都很簡略。吉川先生把次回附於竟陵派，不置評語。[170]鈴木則在討論袁枚與沈德潛的爭論時，順便談到《疑雨集》，並發表他的意見說：

「在道德風教上不足為訓的，有時也有文學上的價值。古今東西，不乏其例。一般言之，沈德潛之見，似有所偏；而袁枚之說，亦嫌過分。就王次回詩而言，余寧贊成沈叟。」[171] 可見鈴木是站在否定的立場的。

在中國文學的傳統裡，儒家的——更確切地說，宋明理學的——道學觀念，往往是衡量作品的權威標準，因而所謂勸善懲惡的題材也就構成了作品的主要成分。這種現象在西洋不能說沒有，但那是屬於社會人士的通俗道德的價值判斷，就文學而論文學，這種判斷就退居次要了。如勞倫斯（D.H. Laurence，一八八五—一九三〇）及蒲特雷等人的小說、詩歌，雖然被政府或教會指責或禁止，但一般文學史家卻能給以適當的評價，而在文學史上賦與應得的崇高地位。然而在中國，情形就不同了。即使是對很平常的情詩，不是加以道學化的注釋，如前人之解《詩經．國風》，就是強調其告誡上的作用，如陳田《明詩紀事》云：「錄《詩》不廢桑中，可以為戒也。後之為豔詩者幾於勸矣。余錄次回詩以備一格，嘗鼎者知一臠足矣。」[172] 由於這種觀念作祟的結果，作家本身也往往受到影響，而不

167 孔穎達撰，陸德明釋文，阮元校勘：〈檀弓上〉，《禮記注疏》，《十三經注疏》第五冊，卷七，頁一二八。
168 王彥泓著，鄭清茂校：〈賦得隔水樓臺〉，《疑雨集》，《王次回詩集》卷一，頁一九—二〇。
169 甄陶：《中國文學概論》（香港：精工印書局，一九六一年），頁一二五。
170 吉川幸次郎：《元明詩概說》，《吉川幸次郎全集》第十五卷，頁五四一。
171 鈴木虎雄：《支那詩論史》（東京：弘文堂書房，一九二五年），頁二二七—二三〇。
172 陳田：《明詩紀事》辛籤卷三三，頁三五七七。

173

敢公然主張其作品的應有價值。王次回自然也不例外，他曾經嘲笑自己是「下場老妓在家僧」，心情之矛盾令人同情。此外，有些所謂「誨淫誨盜」的小說，作者都不敢透露真名，成為後來學者之間爭論的重要題目。結果中國人對文學的研究，多半偏重於作者或作品的考證考訂，而忽略了作品本身的分析或批評。

關於次回的詩，向來很少有人加以討論，偶有一些也只是寥寥幾句，略為介紹而已，根本談不上研究或批評。據我所知，除《列朝詩集》、《明詩綜》、《明詞綜》及《明詩紀事》等選集的小傳外，在清代詩話之類的著作裡提到次回的，可說是少之又少。孫濬有集《疑雨集》句廿四首（《吳門畫舫續錄》）。袁枚在《隨園詩話》裡提到他五、六次，大概是最多而且最捧場的了。但次回最好的知音，恐怕還是日本的永井荷風，這位異國知音一共引用或推許次回的詩，竟有二十多次。如果他知道次回在本國受冷落的情形，不曉得會有什麼感想？

向來評次回詩者，幾乎都以香奩體或豔詩名之。一般說來，這個看法是不錯的，但仍有些不能一概而論的地方。這一點我在下面還要談到。在中國詩史上，香奩體可說是源遠流長，早在《詩經．國風》裡就有不少所謂桑中風懷之作。不過那些詩篇多半是採自民間的歌謠，雖有兒女之私，風月之情，但還停留在原始樸實的階段，殊少牀笫脂粉的氣息。其後屈原（西元前三四三？—二九〇？）的美人香草，宋玉的巫山雲雨，開始以象徵的手法處理男女私情，為豔詩開了一個新境界。固然屈原、宋玉並非豔體詩人，但他們的作品，尤其在手法方面，無疑的跟後來的豔詩有密切的關係。其後在漢有〈陌上桑〉，在晉有〈子夜歌〉等。至於梁時徐陵（五〇七—五八三）所編的《玉臺新詠》，也含有不少豔詩，對後代具有莫大的影響。不過直到中唐為止，香豔之作雖然處處可見，卻尚以「哀怨」為主，較少過度的感傷色彩和病態的心理描寫。降至晚唐、五代，李商隱（八一三—八五八）、溫庭筠、韓偓（八四四—九二三）等輩出，競作香奩之體，一時蔚為風氣。於是豔詩的性質也逐漸改變，原先那種樸質純厚的原始風味喪失殆盡；而其影響所及，以後作者更進一步走向靡麗感傷方面去了。明末的王次回可以說是屬於這一流派的產物。他的詩或許並不見得能「振溫、李之風姿」，但的確是足以「為明詩放一異采」的。

關於「香奩體」這個名詞，似乎有加以附帶說明的必要。所謂「香奩」原為婦女收放粉鏡等化粧用品的箱子，在六朝以來的文章裡，尤其在豔詩中，就常常露面。如唐沈佺期（六五〇—七一三？）有「百福香奩勝裡人」之句。[174] 其後，凡是詩詞涉及閨閣者，換句話說，凡是歌詠裙裾脂粉者，都叫做香奩體，因此這種體裁先天就有注重形式的傾向。不過，香奩體這個名詞的正式成立，恐怕要在韓偓《香奩集》問世之後。該書自序云：

> 余溺章句，信有年矣。誠知非丈夫所為，不能忘情，天所賦也。……柳巷青樓，未嘗糠粃；金

173 王彥泓著，鄭清茂校：〈有感〉，《疑雲集》，《王次回詩集》卷三，頁四三六。

174 〔唐〕沈佺期：〈人日重宴大明宮賜彩縷人勝應制〉，收入陶敏、易淑瓊校注：《沈佺期宋之問集校注》（北京：中華書局，二〇〇一年），卷三，頁一六六。

閨繡戶，始預風流。咀五色之靈芝，香生九竅；咽三危之瑞露，美動七情。如有責其不經，亦望以功掩過。[175]

這段話可拿來代表一般香奩詩人的矛盾心理。他一方面直覺地認為：「不能忘情，天所賦也。」但在另一方面，卻又覺得耽溺章句之中，實「非丈夫所為」，而怕人「責其不經」。有一說是《香奩集》原為和凝所撰，凝後貴，乃嫁其名為韓偓。[176]不管這個說法是否正確，由此至少可以了解一個事實，那就是一般文人學士，為了面子問題，都不願以香奩詩人自居。不過值得注意的是，韓偓在序裡又說：「望以功掩過。」察其含意，仍有自得之色；似謂香奩體雖是「不經」之物，但也自有其功用，不能一概抹殺。這種功用主義的主張，事實上是跟《詩序》所謂「言之者無罪，聞之者足戒」[177]的儒家傳統倫理觀念一脈相通的。換言之，他是想藉香奩體對讀者的「勸戒作用」，以肯定其存在的合理價值；可說是一種遷就傳統詩教的妥協態度。但自晚唐五代爾後，這種妥協的態度就淡薄下去了。一般香奩作者大都只是為藝術而藝術，但求自由抒發胸臆，而很少顧慮通俗的傳統倫理觀念。如宋時「好為淫冶謳歌之曲」的柳永（九八七—一〇五三？），即其一例。降至明季，由於政治社會的腐敗，朝野上下競唱靡靡之音。得志者每以甘言媚語求祿，失意者亦以豔詩冶詞自遣，再加上李贄（一五二七—一六〇二）等一派「狂禪」作風的影響，所謂「酒色財氣不礙菩提路」，終於形成對傳統的「溫柔敦厚」的反動思想。公安、竟陵諸子隨之，所作詩文亦多「任性而發」，不拘格套。而走到極端處，如袁宏道（一五六八—一六一〇）竟有「新詩日日千餘言，詩中無一憂民字」[178]的傾向。

但這種傾向在儒家的傳統社會裡畢竟是一種道學家所不齒的「異端」，而足以加強所謂「文人無行」或「文人無用」的觀念。如王次回就有「文章真廢物」之言。這等於否定了自己辛辛苦苦做出來的詩歌的文學價值。我覺得把這種文人心理寫得最透徹的是清代的鄭燮（一六九三—一七六五）。《鄭板橋集》〈後刻詩序〉云：

> 古人以文章經世，吾輩所為，風月花酒而已。逐光景，慕顏色，嗟困窮，傷老大，雖刳形去皮，搜精抉髓，不過一騷壇詞客爾。何與於社稷生民之計，三百篇之旨哉！[179]

---

175 〔唐〕韓偓：《香奩集．序》，收入《叢書集成續編》（臺北：新文豐，一九八九年據關中叢書本影印），第一六四冊，頁五四一。

176 〔宋〕沈括著：《夢溪筆談校證》（臺北：世界書局，一九八九年），卷十六，〈藝文三〉，頁五三四—五三五。關於此問題，詳徐復觀：〈韓偓詩與《香奩集》論考〉，原刊於《民主評論》第十五卷四、五期（一九六四年），收入《中國文學論集（增補六版）》（臺北：臺灣學生書局，一九九〇年），頁二五五—二九六。

177 〔漢〕鄭玄箋，〔唐〕孔穎達疏，〔清〕阮元校勘：《毛詩注疏》，收入《十三經注疏》（臺北：藝文印書館，一九八九年據嘉慶二十年江西南昌府學刻本影印），第二冊，卷一，頁十六。

178 〔明〕袁宏道著，錢伯城箋校：〈顯靈宮集諸公以城市山林為韻〉其二，《袁宏道集箋校》（上海：上海古籍出版社，二〇〇八年），中冊，卷十六，頁六五一。

179 〔清〕鄭板橋著，卞孝萱、卞岐編：〈後刻詩序〉，《鄭板橋全集（增補本）》（南京：鳳凰出版社，二〇一二年），第一冊，卷八，頁二六九。

這段文字在中國文人思想史的演變上，可說是很重要的文獻，這裡明白地否定了自《詩經》以來傳統詩教的倫理價值，揚棄了自曹丕（一八六—二二六）《典論．論文》以來「文章者經國之大業，不朽之盛事」的文學觀念，肯定了騷壇詞客的無用思想。雖然這種所謂「文人無用」的思想，事實上早已存在，至遲在明末已很明顯，但卻沒有人像鄭燮這樣肯定而坦率地由自己揭發出來。

在討論了豔詩或香奩體的簡單歷史，以及文人——特別是豔詩作者——的思想演變後，這裡我想介紹一下前人對王次回的評論。香奩體既然非次回所獨創，故一般人評論其詩時，往往溯其源流，明其來歷。如朱彝尊《靜志居詩話》云：

> 風懷之作，段柯古《紅樓集》不可得見矣。存者玉溪生最擅場，韓冬郎次之。由其緘情不露，用事豔逸，造語新柔，令讀之者唤奈何，所以擅絕也。後之為豔體者，言之唯恐不盡，詩焉得工？故必琴瑟鐘鼓之樂少，而寤寐反側之情多，然後可以追韓軼李。金沙王次回結撰，深得唐人遺意。……誦之感心娛目，迴腸蕩氣。180

可見朱氏是以「必琴瑟鐘鼓之樂少，而寤寐反側之情多」為標準來欣賞次回詩的，並認為在這一點上次回「可以追韓（偓）軼李（商隱）」而「深得唐人遺意」。這的確是持平之論。他並引用了次回詩的起句三、中聯十一、結句八，一共二十二聯為例，證明他的看法。起句如：「雨下春泥月下霜，幾年辛苦是蕭郎。」中聯如：「燒燈院落更衣影，聽曲簾櫳點屐聲。」結句如：「殘陽欲渡梅稍盡，纔向紅牕拂鏡奩」等。[181]

袁枚也對次回頗為推許，如：「王次回詩往往入人心脾」[182] 又如：「香奩體至本朝王次回，可稱絕調。」[183] 但並沒有較具體確切的評論。沈德潛編《國朝詩別裁》，未收次回詩，這位主張性靈說並提倡婦女文學的詩人，曾作書難之。這件事見於《隨園詩話》：

本朝王次回《疑雨集》，香奩絕調，惜其只成此一家數耳。沈歸愚尚書選國朝詩，擯而不錄；何所見之狹也！嘗作書難之云：「〈關雎〉為〈國風〉之首，即言男女之情。孔子刪詩，亦存〈鄭〉、〈衛〉。公何獨不選次回詩？」沈亦無以答也。[184]

前面已經說過，沈德潛編選詩集是以道學觀點為取捨標準的。如云：「大約去淫濫以歸雅正，正于古人所云微而婉，和而莊者，庶幾一合焉。」[185] 又云：「皆深造渾厚，和平淵雅，合於言志永言之旨；

180 見引於朱彝尊：《明詩綜》下冊，卷六十七，頁三九一。又見於陳田：《明詩紀事》辛籤卷三十三，頁三五七七。
181 同前注。
182 袁枚著，顧學頡校點：《隨園詩話》卷十四，頁四八三。
183 袁枚著，顧學頡校點：《隨園詩話補遺》卷三，頁六三二。
184 袁枚著，顧學頡校點：《隨園詩話》卷一，頁一五。
185 沈德潛：《唐詩別裁集．序》（北京：中華書局，一九七五年），頁一。

而雷同沿襲，浮豔淫靡，凡無當於美刺者屏焉。」[186] 在這樣的標準之下，次回的詩當然是會被擯而不錄的。案《國朝詩別裁》成於乾隆二十四年（一七五九），但由於含有錢謙益等所謂「叛徒」的詩，曾於二十六年（一七六一）交付翰林院檢查，然後才刻版印行。袁枚上面這封信恐怕是在該書編後，但還沒出版以前寄給沈德潛的。沈氏雖沒回這封信，但在該書的〈凡例〉云：

> 詩必原本性情，關乎人倫日用，及古今成敗興壞之故者，方為可存。所謂其言有物也。若一無關係，徒辦浮華，又或叫號撞搪以出之，非風人之指矣。尤有甚者，動作溫柔鄉語，如王次回《疑雨集》之類，最足害人心術，一概不存。[187]

我覺得這條凡例與袁枚的信有點關係。至少從「尤有甚者」一句起下面有關次回的話，可能是收到袁枚的信後故意附加上去，藉以表明其立場；而且也算是給袁枚的一個間接的答覆。否則沈氏似乎沒有特別提到次回《疑雨集》的必要。

此外，跟沈德潛站在相似立場之上的，如倪鴻《桐陰清話》說：「《疑雨集》皆香奩之什，王笠舫大令素不喜之。……余嘗謂言情之作，當有寤寐求之之意，不可有伊其相謔之風。《疑雨集》不免近於猥褻，宜大令之不滿意也。」[188] 嚴繩孫對於香奩體及次回詩也有些簡單扼要的意見，其〈重刻《疑雨集》序〉云：

> 詩發乎情，而〈王風〉之變，〈桑中〉、〈洧外〉，列在三百，為豔歌之始。其後〈讀曲〉、〈子夜〉，寂寥促節。在唐則玉溪惝恍，旨近楚騷；韓相香奩，言猶微婉。於是金壇王先生彥泓，以閎肆之才，寫宕往之致。窮情盡態，刻露深永，可謂橫絕古今也。[189]

這段話對次回真是恭維到極點，以至於說「橫絕古今」。但嚴氏也擺脫不了道學的觀念，所以又附帶地說：「雖其酣嬉蕩佚，不可謂為正音，然由後以觀盛衰之端，感慨系之矣。」[190]這樣一來，幾乎等於推翻上面的恭維的話了。從純文學的觀點則揚之，但從道德的觀點則抑之。在儒家社會裡這是難免的現象，除非能就文學而論文學，這種矛盾的心理是永遠無法消除的。

我覺得前人論次回之為人及其詩，當以侯文燦〈《疑雨集》序〉的意見最為得體。其文雖長些，但為了便於窺其全貌，也錄之如下：

---

186 沈德潛：《明詩別裁集．序》（北京：中華書局，一九七五年），頁一。

187 沈德潛：《國朝詩別裁集．凡例》，《清詩別裁集》，頁三。

188 〔清〕倪鴻：《桐陰清話》，收入黃國聲點校：《嶺南隨筆（外五種）》（廣州：廣東人民出版社，二〇一五年），卷七，頁五八四。

189 嚴繩孫：《疑雨集．序》，王彥泓著，鄭清茂校：《王次回詩集》，頁三。

190 同前注。

次回先生詩，沉博絕麗，無語不香，有愁必媚。《玉臺》、《西崑》而後，不易多得。……次回先生窮年力學，屢困場屋，斷瑤琴，折蘭玉。其坎坷潦倒，實有屈子之哀，江淹之恨，步兵之失路無聊，與少陵無家垂老之憂傷憔悴。而特托之於兒女丁寧，閨門婉戀，以寫其胸中之幽怨，不得概以紅粉青樓、裁雲鏤月之句目之也。[191]

侯氏是第一個刊刻《疑雨集》的人。在刊刻的過程中，他一定曾細心的加以校訂斟酌，因此對次回的生平和詩詞有較深刻的認識，才能道出如此富於同情的話來。這裡固然免不了替次回辯護之嫌，但沒有朱、袁的一味推崇，也沒有嚴氏的又褒又貶，可說是相當平心靜氣的論調。查次回詩中，如屈原、江淹（四四四—五〇五）、阮籍（二一〇—二六三）、杜甫（七一二—七七〇）等人，都是他經常提到而藉以寄其慨嘆的。例如〈悼紅吟〉小序云：「嗚呼！僕本狂人，生多恨事。……語出傷心，聊學步兵之哭。」[192] 像這樣托之兒女、寓之古人的例子，在他的詩集中俯拾即是，在此不多舉了。

從上面所介紹的，已大致可以了解前人評論之一斑了，其實，據我所知，有關這方面的資料大概也只是如此而已。一般讀者對次回詩的態度，我們是不難了解的。好之者自得其樂，明知其好而吝於推介；惡之者切齒痛恨，未讀其詩已不屑一顧。怪不得前人對他的評論這樣少。當然，這也不能全怪以前的人，如果次回是第一流的詩人，即使是一個豔體作者，如韓偓、李商隱、溫庭筠、柳永等大家，情形無疑的就會不同了。雖然永井荷風曾拿他跟法國大家蒲特雷相提並論，但那是就所謂形式之端麗幽婉，及感情之病態感傷等特徵的彼此相似所得的結論，如論思想深度、意象結構、象徵手法等諸要素，次回的確還是差些。這種差別固然與兩人的所處的文化背景及所用的語言特性有關，但即使除掉這些因素不論，次回的詩雖然值得一讀，他還是很難算是第一流詩人。主要原因是他雖有承前的功勞，卻沒有啟後的作用。並且格局不大，缺乏普遍性，所以只能為一部分人所接受，而無法普及而成為世界性的文學。這是為先天所限，往往非人力所能挽回或彌補的。

最後我想對次回的詩略予討論。我以為他的詩可以分成三個時期。第一：從他開始作詩起至崇禎元年（一六二八），其妻去世前為止，姑名之曰前期。第二：從其妻去世後至崇禎十一年（一六三八），即任華亭訓導之前止，姑名之曰中期。第三：他在華亭的最後幾年，即從崇禎十二年（一六三九）至十五年（一六四二）去世為止，姑名之曰晚期。下面就按這個分期舉例來加以說明。

第一：前期是次回詩的成熟過程，特徵是華麗、香豔，同時帶有多少誇張及做作的傾向，可說是「少年不識愁滋味，為賦新詞強說愁」的階段。這時他的興趣是集中於香奩體的製作。如〈無題四首〉之四：

栽培豔質向瑤階，取次簾櫳不放開。
裹手倩人收寶鈿，含顰揀樣畫香煤。

---

191 侯文燦：《疑雨集．序》，王彥泓著，鄭清茂校：《王次回詩集》，頁四。

192 王彥泓著，鄭清茂校：〈悼紅吟〉，《疑雲集》，《王次回詩集》卷一，頁三五〇。

腰肢未許同行儗，性格還從夫壻猜。
阿母錯憐教不嫁，幾回偷看畫圖來。[193]

這是一首描寫他新婚時期的詩，外表豔麗，無語不媚，的確足以娛人心目，但論內容卻很貧乏空虛。次回不如李商隱之好用或善用典故，但卻大量地堆砌「香奩詞彙」，如豔質、瑤階、簾櫳、寶鈿、含顰、香煤、腰肢等，藉以增加感官的效果。借句俗話，這是一種類似「繡花枕頭」的詩。試再拿同時的〈催粧詩六首〉來看，就有嬌羞、粧臺、九子釵、朱粉、笙歌、嚴粧、雙黛、玉筯、憐惜、嬌嗔、佩璫、寶鏡、象牀、鴛鴦、鳳凰、青鳥、雲鬟、雪肌、拭淚、鴛機等，真是不勝枚舉。這些早期的詩與其說是詩，毋寧說是一種筆墨遊戲。作詩的熱情是有的，但還談不到有什麼深刻的內容。

除香奩體外，這時期他也留下了不少言愁的詩。如〈無題〉、〈咏史〉、〈江上〉、〈感懷雜詠〉、〈強歡〉、〈自悼〉等。如〈強歡〉：

悲來填臆強為歡，不覺花間有淚彈。
閱世已知寒暖變，逢人真覺笑啼難。
詩堪當哭狂何惜？酒果排愁病也拚。
無限傷心倚棠樹，東南枝下獨盤桓。[194]

平心而論，不管在聲調節奏或遣詞用字方面，乍看這是一首夠得上形式端整的好詩，四平八穩，令人喜歡。但總覺得所表現的感情太露了些，因而細加推敲，就可發現有點不自然的誇張感傷的痕跡。這裡也用了不少悲歡、淚彈、寒暖、笑啼、哭、愁、傷心等字眼，由此可知作者言愁，仍是一種表面功夫，如非無病呻吟，即是有意渲染。換句話說，這裡所言的愁還是「人工的」成分居多，而出之真情者較少。好詩吟愁，往往於言外得之，不是僅靠堆砌之法所能奏功的，而次回之缺點正在於此。

第二：中期是次回詩完全成熟的階段。年齡的增加與外在的遭遇，可以加深一個人對人生的認識。在這一時期裡，次回由於經驗到喪妻之痛、考試失敗之恥及家庭不和等不幸事件，他的詩有了顯著的改變與進步。結果寫情則深刻沉重，用辭則含蓄微婉。雖然主調仍是感傷，但已少華飾而多真情。就技法而言，已從注重外表的豔麗，而趨向抒發內在的哀嘆。如哀悼其妻的〈空屋〉：

秋屋凝塵暗簟紋，冷風蕭瑟動靈裙。
牀頭剩藥求醫賣，篋底遺香任婢分。
痛定更思貧婦嘆，才荒猶缺奠妻文。

193　王彥泓著，鄭清茂校：〈無題四首〉之四，《疑雨集》，《王次回詩集》卷一，頁十三。
194　王彥泓著，鄭清茂校：〈強歡〉，《疑雨集》，《王次回詩集》卷一，頁三十七—三十八。

凄涼欲就魂筵醉，把酒相呼淚雨紛。[195]

拿這首詩跟前引〈強歡〉比較一下，就不難看出不同的地方。由於所寫的是實實在在的固定對象，所以情能真而意能摯，不必借助於外表的誇飾或堆砌。這裡沒有「不覺花前有淚彈」或「逢人真覺笑啼難」那樣直接浮淺的表露；卻有「篋底遺香任婢分」或「才荒猶缺奠妻文」這樣曲折婉轉的含蓄。前者是為說愁而故意造情，後者是因觸物而自然生情。同一情字，因題材或寫法之差異，可相去千里。薛雪《一瓢詩話》曾謂次回詩「不落窠臼」，而且不拖泥帶水，無「土氣息，泥滋味」。[196] 蓋指其能自出機杼，又能超俗自然而言。我覺得〈空屋〉一詩足以當之，只是還不能脫一「沾」字。一般說來，次回言情，能深而不能廣，亦即能言一己之情而不能言天下眾人之情；因此讀者所感受到的往往是「同情」多於「共鳴」。單就這一點，次回已缺少成為偉大詩人的起碼條件了。

在這中期約十年間，次回的好詩的確不少。其中除了一部分寫病婦及悼亡者外，大都是酬贈、追憶、旅況之作，當然也還有不少香奩豔曲。他所寫的友生之愛、漂泊之感或身世之嘆，頗能動人心絃而引起同情。如〈感舊〉：

收拾殘書剩幾篇？輕狂蹤跡廿年前。
笑傾犀首花間盞，醉扶蛾眉月下船。
黃祖怒時偏自喜，紅兒痴處絕堪憐。

如今興味消磨盡，剩愛銅鑪一炷煙。[197]

永井荷風曾引用這首詩，謂「此詩誠能代我道出病中獨居之生涯者」，而備致讚賞之意。[198]從這首詩中，我們看出次回的頹廢、倦怠和慵懶。追懷從前之狂浪蹤跡，面對如今之索漠心境，一則色彩鮮麗，一則情景暗淡。以殘書、鑪煙對照犀首、蛾眉，更增感人的效果。一股寂寞淒涼之氣，溢於文字之外。其實像這種詩已超出香奩的範圍。雖仍不免於兒女私情，但已非主題，不過藉之以襯托身世之感而已。從「如今興味消磨盡，剩愛銅鑪一炷煙」，我們看出次回已有去濃豔華麗而企求平淡枯寂的傾向。這種傾向終於形成了他晚期的特色。

第三：晚期雖只有三年多，但從他離金壇赴華亭起，無論在思想或詩歌上，都有明顯而重要的改變，他已快五十歲了。這時期他雖然依舊為情所困，但至少他已能從靜觀自然中求得暫時的解脫。借用他自己的詩句來做譬喻，他雖偶爾還會「痛惜寒花委地香」，但也會享受「喜看淡日穿雲色」。[199]如

195　王彥泓著，鄭清茂校：〈空屋〉，《疑雨集》卷二，頁一二三—一二四。

196　〔清〕薛雪：《一瓢詩話》，收入《續修四庫全書》（上海：上海古籍出版社，一九九五年據清道光二十四年（一八四四）吳江沈氏世楷堂刻昭代叢書癸集萃編本影印），第一七〇一冊，癸集，卷四十七，頁九十二。

197　王彥泓著，鄭清茂校：〈感舊〉，《疑雨集》，《王次回詩集》卷三，頁二一二。

198　永井荷風：〈雨瀟瀟〉，永井荷風著，稻垣達郎、竹盛天雄、中島國彥編：《荷風全集》第十四卷，頁四十七。

199　王彥泓著，鄭清茂校：〈嫩晴踏訪殘梅次蓮公韻〉，《疑雨集》，《王次回詩集》卷四，頁三二〇。

他送給雲間的祝壽詩：

茶竈香篝自掩關，小樓眠坐對春山。
家居梓澤蘭亭側，人在林逋魏野間。
幽谷青猶沾杖履，飲池紅已駐容顏。
東南隱逸將成傳，誰謂玄真未易攀？[200]

這首詩固然寫的是別人的生活，但由其仰慕之情亦足以反映次回的心境。詩中充滿著對自然的親近，對風雅文人的欣羨，以及對物外的嚮往，而了無病態的感傷色彩或豔麗的脂粉氣息。這首詩正是他追求「剩愛銅鑪一炷煙」的願望的表露。像這樣的詩可說是次回晚年的典型作品。我在前面說過，我們不能一概以香奩體來論他的詩，就是指這些晚年的作品而言。

次回晚年，由於獲得了一個訓導的小官職，有固定收入，不愁衣食之資，又由於工作清閒，交遊又少，所以有更多的時間去從事修心養性的工夫。有時他的確也能做到「即事可欣，隨方取樂」的境界。這種暫時的超脫多半表現在歌詠自然的作品裡，如七絕〈夏日曉起〉第一首：

牆外青山弄曉光，微吟閒步枕谿廊。
市喧未起心源靜，消受南窗一味涼。[201]

清新平淡如行雲流水，使人連想到陶淵明（三六五—四二七）或王維（六九九—七五九）。假使拿菜餚來比，次回早期和中期的作品如山珍海味，色味俱全，足以娛人心目；而晚期的作品卻如白菜豆腐，似無味而其味無窮。又五言詩如〈獨酌〉：

憂來聊命酒，獨酌庭松陰。
清風弄疎影，候鳥流佳音。
逕幽淡俗慮，池淨清塵襟。
浮生無百歲，役役休勞心。
何如素吾位，沉酣吐新吟？[202]

七律如〈初夏書齋獨坐〉：

參差新竹映窗紗，默坐文窗日影斜。

200 敘云：「雲間物外人也，其幽懷佳尚，不可一世，而時混跡於聲酒，流賞於翰墨，直寄其牢騷焉耳。衣白先生贈句云：『無事到心頭。』豈徒然哉？敬演其意為壽。」王彥泓著，鄭清茂校：《疑雨集》，《王次回詩集》卷四，頁三一七—三一八。

201 王彥泓著，鄭清茂校：〈夏日曉起〉，《疑雲集》，《王次回詩集》卷三，頁四四一。

202 王彥泓著，鄭清茂校：〈獨酌〉，《疑雲集》，《王次回詩集》卷三，頁四四一。

喚雨鳴鳩藏楝樹，欹風雛燕拂桐花。
翩翩稚蝶翻閒慢，簇簇群蜂鬧晚衙。
自愛蕭疏有餘味，小爐親煮火煎茶。[203]

五絕如〈即事〉：

曉起西窗坐，焚香淡世情。
樹頭幽鳥過，相與說新晴。[204]

像這類詩還可舉出很多。要之，都簡潔清新，平易近人，頗有唐詩風貌。我總覺得，如果王次回多活十年八年，他一定能在香奩詩之外，再開拓一個自然詩或田園山林的新境界，而不至於叫袁枚惋惜他「只成此一家數耳」。遺憾的是天不假以年，就在他剛走向新風格的時候，一代詩人忽然長逝。這是次回本人的不幸，也是整個中國詩史上的一大損失。

203 王彥泓著，鄭清茂校：〈初夏書齋獨坐〉，《疑雲集》，《王次回詩集》卷三，頁四四〇。
204 王彥泓著，鄭清茂校：〈即事〉，《疑雲集》，《王次回詩集》卷三，頁四四〇。

# 下編

# 漢字之發生及其年代之推測

語言是傳達思想和感情的工具，而文字則是代表語言的符號。文字的發明是人類歷史上的一大業績、沒有文字，則人類經過長時期所發明或發現的知識不易傳布，當然更不會有今天這樣光明燦爛的世界了。文字既然如此重要，那麼，文字究竟是在什麼時候，或者在怎麼樣的情形之下產生的呢？這是一個值得研究的問題，下面我將分幾個小節目，就中國文字的起源略加討論。不過，我要預先聲明的是，這篇文章介紹的性質居多，沒有多少自己的意見，有的話，也不過提供出來給文字學家做做參考而已。

## 一、先民造字心理的推測

這是一個很有趣味的問題。如果我們閉目凝神地想像一下在那蠻荒的太古時代，人類怎樣發明了文字，而為黑暗混沌的世界帶來了黎明的光輝，一定是會引起無限的思古之幽情的。那麼，究竟我們的祖先為什麼會發明文字呢？關於這個問題，我想可以分成兩點來說。

### （一）人類生活的需要

我們如果相信生物進化論的說法，而摒棄《聖經》裡上帝創造人類的傳說，則人類的祖先離禽獸不遠，可能只有聲音而沒有語言，人與人之間的接觸，只能依靠手勢或高低不同的聲音做媒介，這可以說是「有聲無言」的時代；其後，不知道經過了多久的歲月，人類的聲音慢慢地變成整齊劃一，而且每個聲音都有它固定的特殊的意義，這樣語言就成立了，人與人之間便可以用這種「約定俗成」的語言來表達個人的思想或感情，這可以說是「有言無文」的時代。語言雖然有了，可是語言是抽象的，只有聲音而沒有形象，講過之後馬上會像一陣風似地消逝得無影無蹤。但人類的生活是必須憑藉記憶的，尤以社會組織日形複雜之後，這種需要更為迫切。於是為了適應這種生活環境，亦即為了能夠加強記憶力，乃有所謂結繩與圖畫的產生。中國古籍中有許多關於結繩的記載，如《莊子·胠篋篇》云：「昔者，容成氏、大庭氏、伯皇氏、中央氏、栗陸氏、驪畜氏、軒轅氏、赫胥氏、尊盧氏、祝融氏、伏戲氏、神農氏，[1]當是時也，民結繩而用之。」[2]又《周易·繫辭》云：「上古結繩而治。」[3]《周易集解》引《九家易》說：「古者無文字，其有約誓之事，事大，大其繩；事小，小其繩。結之多少，隨物眾寡，各執以相考，亦足以相治也。」[4]其實，不止中國古代有過「結繩而治」的時期，而且到近代，還有一些未開化的邊疆民族，如海南島的黎民、雲貴高源的苗族，在國外則有琉球群島、坡里內西亞群島（Polynesian Is.）、非洲中西部加里佛尼亞（California）、及秘魯（Peru）南

1 此段釋文：「司馬云：『此十二氏皆古帝王』。」見〔晉〕郭象注，〔唐〕成玄英疏，〔唐〕陸德明釋文，〔清〕郭慶藩集釋：〈胠篋〉，《莊子集釋》（臺北：世界書局，一九九〇年），頁一六二。

2 同前注。

3 《周易·繫辭下》，〔唐〕李鼎祚輯解：《周易集解》（臺北：臺灣學生書局，一九六七年），頁二四五。

4 《周易集解》引《九家易》，李鼎祚輯解：《周易集解》，頁二四五。

部的少數部落，仍然有結繩或類似結繩的習慣，[5]例如嚴如熤（一七五九—一八二六）《苗疆風俗考》云：「苗民不知文字，父子遞傳，以鼠牛虎馬記年月，暗與歷書合；有所控告，必倩土人代書，性善記，懼有忘，則結於繩。」[6]又若林勝邦《涉史餘錄》引法國人白爾低猷氏講秘魯的結繩法云：「秘魯國土人，不知文字，惟以克伊普（quipus quipos, 或 kipus）為記號。克伊普者，即以條索織組而成，於其各節各標，表示備忘之意之法也。」[7]又云：「琉球所行之結繩，分指示及會意兩類。凡物品交換，租稅賦納，用以記數者，為指示類；使役人夫，防讓田園，用以示意者，則為會意類。其材料多用藤蔓草莖或木葉等，今其民尚有用此法者」。[8]結繩可以幫助記憶，這是沒有問題的，但它是否與文字的發生有關，歷來學者都持異見。不過圖畫為文字之先驅，則是大家共同承認的事實。從圖畫演進到文字，需要相當長的時間。圖畫與文字是有分別的，語言學者加貝倫慈（Gabelentz）認為一定要能夠讀的才可以叫做文字。為什麼呢？因為一幅圖畫所代表的，是事物而不是語言；反之，一個字所代表的是一種語言，而同時有其固定的意義。所以圖畫進展到文字時，可以說已經脫離了純粹圖畫的性質。這種進展的主要特徵是形式的整齊化與含意的固定化，而且過程是自然的，只是順著人類的需要慢慢地改進與演變。陳澧（一八一〇—一八八二）《東塾讀書記》云：「天下事物之象，人目見之，則心有意；意欲達之，則口有聲。意者，象乎事物而構之者也；聲者，象乎意而宣之者也。聲不能傳於異地留於異時，於是乎書之為文字，文字者所以為意與聲之跡也。」[9]這段話的確頗有見地。他也認為文字的發明跟人類的需要有關，亦即是說，因為語言不能「傳於異地留於異時」，所以才有文字的創造。

### （二）人類模仿的天性

這也可以說是發明文字的原因之一。原始人類在洞壁上畫禽獸的形狀，在石器上或身上刻畫文彩，這跟小孩喜歡在牆上或地面畫著東西玩兒，並沒有什麼兩樣。這種動作往往起於模仿心理的衝動，其初並不存什麼欲念，只是覺得這樣做很有意思。等到畫出來以後，才覺得別有用處，於是又擴大範圍去描繪所有的事物，並且慢慢地由複雜的圖畫簡筆省畫造出了文字，這便是象形字。但是天下有好多抽象的觀念是不能「畫成其物，隨體詰詘」的，所以指事、會意、形聲等字也接著被創造出來，成了整套文字。其後又有所謂轉注與假借的方便，文字的應用便更加盛行而普遍了。許慎（三〇—一二四）《說文解字》自序云：「黃帝之史蒼頡，見鳥獸蹏迒之跡，知分理之可相別異也，初造書契。」[10] 東漢延熹五年（一六二）所建蒼頡廟碑云：「寫彼鳥跡以紀時（闕五字）蒼頡天生德於大聖，四目靈光，為百王作書以傳萬嗣。」[11] 岑參（七一五—七七〇）〈題三會寺蒼頡造字臺詩〉亦云：

---

5 可參看David Diringer, *The Alphabet: A Key to the History of Mankind* (New Delhi: Munshiram Manoharlal Publishers Pvt. Ltd, 2005).

6 嚴如熤：《苗疆風俗考》，轉引自柳詒徵：《中國文化史》（臺北：正中書局，一九七三年），頁四十一。

7 林勝邦：《涉史餘錄》，柳詒徵：《中國文化史》，頁四十一。

8 同前注。

9 〔清〕陳澧：《東塾讀書記》（臺北：臺灣商務印書館，一九六七年），卷十一，頁一九一。

10 〔漢〕許慎，〔五代〕徐鉉等校定：《說文解字》（北京：中華書局，一九八五年），第五冊，頁四九九。

11 〈蒼頡廟碑〉，高峽主編：《西安碑林全集》（廣州：廣東經濟出版社，一九九九年），第一卷，頁三十三—三十八。

「野寺荒臺晚，寒天古木悲。空階有鳥跡，猶似造書時。」[12] 蒼頡因見鳥獸蹏迒之跡，而加以模仿，乃知分理之可相別異，於是便發明了文字。儘管我們現在不相信蒼頡造字之說，但鳥獸蹏迒之跡可以啟發人類去創造文字，則頗有可能。這都是人類善於模仿的天性所促成的。

如果我們把上述兩種原因，前者認為是有所為而為的，那麼後者便是無所為而為的了。不過，無論它是有所為還是無所為，總之是替文字播下了種子，而使文字順利地發芽生長，為人類帶來了無限益處。

## 二、中國造字的傳說

關於中國造字的傳說，有許多不同的記載。有謂創自蒼頡者，如《說文解字》自序云：「黃帝之史蒼頡，見鳥獸蹏迒之跡，知分理之可相別異也，初造書契。」《呂氏春秋．君守篇》云：「蒼頡作書。」[13]《韓非子．五蠹篇》云：「古者蒼頡之作書也，自環者謂之私，背私謂之公。」[14]《淮南子．泰族訓》云：「蒼頡之初作書，以辯治百官，領理萬事。愚者得以不忘，智者得以志遠。」[15] 又〈本經訓〉云：「昔者，蒼頡作書，而天雨粟，鬼夜哭。」[16] 清龔自珍（一七九二—一八四一）詩：「古人製字鬼夜泣，今人識字百憂集。我不畏鬼亦不憂，靈文夜補秋燈碧。」[17] 詩中的古人指的便是蒼頡，其他《鶡冠子》〈近迭篇〉及〈王鐵篇〉等也都說「蒼頡作書」。有謂創自伏羲者，如《尚書．偽孔傳序》云：「古者，伏犧氏之王天下也，始畫八卦，造書契，以代結繩之政，由是文籍生焉。伏犧、神農、黃帝之書，謂之三墳，言大道也；少昊、顓頊、高辛、唐、虞之書，謂之五典，言常道也。」[18] 有謂創自朱襄者，如《古三墳》云：「天皇始畫八卦……命臣飛龍氏造六書。」[19] 根據《帝王世紀》「伏羲命朱襄為飛龍氏」，可知飛龍氏即是朱襄。有謂創自沮誦、蒼頡二人者，如衛恆（？—二九一）《四體書勢》云：「昔在黃帝，有沮誦、蒼頡者，始作書契。」[20] 宋衷《世本．作篇》云：「沮

---

12 〔唐〕岑參撰，廖立箋注：〈題三會寺蒼頡造字臺詩〉，《岑參詩箋注》（北京：中華書局，二〇一八年），卷六，頁七二九—七三〇。

13 〔秦〕呂不韋，〔漢〕高誘注：《呂氏春秋．君守篇》，《呂氏春秋》（臺北：藝文印書館，一九七四年），頁四五六。

14 〔清〕王先慎：《韓非子．五蠹篇》，《韓非子集解》，收入楊家駱主編：《新編諸子集成》（臺北：世界書局，一九九一年），第五冊，頁三四五。

15 〔漢〕劉安撰，高誘注：《淮南子．泰族訓》，收入楊家駱主編：《新編諸子集成》（臺北：世界書局，一九九二年），第七冊，頁二五二。

16 劉安撰，高誘注：《淮南子．本經訓》，頁一一六。

17 〔清〕龔自珍撰，劉逸生注：《龔自珍己亥雜詩注》（北京：中華書局，一九八〇年），頁九一—九二。

18 〔漢〕孔安國傳，〔唐〕陸德明音義，〔唐〕孔穎達疏，〔清〕阮元校勘：《尚書正義》，收入《十三經注疏》（臺北：藝文印書館，一九八九年據嘉慶二十年江西南昌府學刻本影印），第一冊，卷一，頁五—六。

19 〔明〕程榮校：《古三墳》，收入中國易學文獻集成編委會編：《中國易學文獻集成》（北京：國家圖書館出版社，二〇一三年），第一冊，頁十九。

20 〔晉〕衛恆：《四體書勢》，〔清〕馬國翰輯，《玉函山房輯佚書》（據〔清〕光緒壬辰湖南思賢書局本影印），第七十一冊，卷一，頁一右。

誦、蒼頡作書。」[21]根據《太平御覽》引《世本》注，可以知道沮誦也和蒼頡一樣，是黃帝的史官。有謂創自梵、佉盧、蒼頡三人者，如《法苑珠林》云：「昔造書之主，凡有三人，長名曰梵，其書右行；次曰佉盧，其書左行；少者蒼頡，其書下行。」[22]又云：「梵、佉盧居于天竺；黃史蒼頡在於中夏。」[23]《法苑珠林》為唐釋道世所撰以闡釋佛教經義的書。他的意思似乎是印度文字的發明人是梵與佉盧，而中國文字的發明人則是蒼頡。

上面所列舉的幾個傳說，都認為中國文字是由一人或兩人合作而成的。其中尤以主張蒼頡造字最為普遍。蒼頡究竟是怎麼樣的人，也有各種不同的說法。有人說他是黃帝的史官，如《論衡．骨相篇》云：「蒼頡四目，為黃帝史。」[24]《說文解字》自序亦云：「黃帝之史蒼頡。」[25]但又有人說他是上古的帝皇的，如《河圖玉版》云：「蒼頡為帝」。[26]他如《春秋演孔圖》、《春秋元命苞》、《河圖說徵》及《洛書說河》等讖緯之書，也都以蒼頡為古之帝王。關於這些近乎荒謬的記載，過去的人大都信以為真。其實，只要稍有歷史眼光的人，都會知道這些記載全是起於後人的偽託。因此，無論蒼頡也好，伏羲也好，我們只能當做傳說的人物看待，自不必再枉費心血去做深刻的探討。不過，近來又有人主張「蒼頡」就是「創契」；「沮誦」就是「佐誦」。「蒼頡沮誦」就是「創契佐誦」，亦即「創造書契，佐助記誦」。又云：「以蒼頡沮誦代表創造文字的時代，叫做時代擬人化。」這實在是多餘的。

《荀子．解蔽篇》云：「好書者眾矣，而蒼頡獨傳者，壹也。」[27]楊倞注云：「蒼頡，黃帝史官。言古亦有好書者，不如蒼頡一於其道，異術不能亂之，故獨傳也。」[28]荀子雖然也相信蒼頡這個人的存在，但並不說他「初造書契」，只說他是許多「好書者」當中的一個而已。不過因為他能夠「一於其道」，所以才流傳下來。荀子的見解至少是比前面幾個要高明得多的。我們知道，文字都是由圖畫演變而成的，圖畫不一定要有什麼規律，只要畫得像就行了。所以畫的人可能很多，因之後來慢慢演變到文字階段時，仍有許多參差不齊的現象。譬如說一個「人」字，在古文字中，根據霍普金（L.C. Hopkins）所著〈中國古文字裡所見的人形〉一文，就有七十六個不同的寫法。[29] 文字假如由一個人獨自創造，一定是整齊劃一，而不致於形成這樣混亂的現象。我們也許可以設想蒼頡這個人曾經有

---

21 〔漢〕宋衷注，〔清〕張澍稡集補注：《世本．作篇》（北京：中華書局，一九八五年），卷一，頁七。

22 〔唐〕釋道世著，周叔迦、蘇晉仁校注：《法苑珠林》（北京：中華書局，二〇〇三年），第一冊，卷九，頁三三四。

23 同前注。

24 〔漢〕王充：《論衡．骨相篇》（北京：中華書局，一九八五年），第一冊，頁二十四。

25 許慎，徐鉉等校定：《說文解字》第五冊，頁四九九。

26 《河圖玉版》，《古微書．河圖緯》（上海：博古齋，一九二二年《守山閣叢書》據〔清〕道光二十四年（一八四四）金山錢氏本影印），卷三十四，頁一上。

27 〔周〕荀況撰，〔唐〕楊倞注，〔清〕盧文弨、〔清〕謝墉校：《荀子．解蔽篇》（北京：中華書局，一九八五年），第四冊，頁四六七。

28 同前注。

29 L.C. Hopkins, "The Human Figure in Archaic Chinese Writing. A Study in Attitudes" *Royal Asiatic Society of Great Britain & Ireland*61.3 (1929-07) ,pp557-579. 編者案：中譯見L.C. Hopkins著，王師韞譯：〈中國古文字裡所見的人形〉，《中山大學語言歷史學研究所週刊》，第十一集第一二五—一二八合刊（一九三〇），頁一〇四—一三三，特別見頁一〇五。

過，但絕不是他獨自發明了所有的文字，而不過是把那些雜亂無章的文字，經過整理，使之整齊劃一罷了。

關於造字的傳說，不僅中國有，其他國家也有。這是中外共通的現象。的確，在一般人看來，文字的發明是一樁相當了不起的工作，這在凡夫俗子是無法辦到的。所以就把這種人類經過漫長的時間累積下來的業績，歸功於神明或偉大的創造。如埃及有鐸特（Thoth）和夷西士（Isis），巴比倫有聶墨（Nebo），猶太有摩西（Moses），希臘有哈默（Hermes），其他如印度及凡有文字的民族，無不有關於造字的傳說。這些都跟中國有蒼頡一樣，可以說是對文字過分崇拜的結果。

## 三、甲骨文不是中國的原始文字

在中國文字中，現在能夠看到的，當以甲骨文為最古。這種文字是近幾十年裡才發現於河南安陽殷墟的。羅振玉（一八六六—一九四〇）以為殷墟建都是「徙於武乙，去於帝乙」，包括的年代最多不過三十年或四十年。[30] 但經後來學者考證的結果，才知道殷墟建都的年代不像羅振玉所說的那樣短，應該起於盤庚，訖於帝辛，共有八世十二王二百七十三年。這些埋在地下而被發掘出來的甲骨刻辭，應是當時的遺物，已為學者所共同承認而無人懷疑了。

甲骨文之出現，給予文字學上的影響甚大。在此以前，中國研究文字學者都以許慎《說文解字》為圭臬，並且尊之敬之，不敢稍有逾越。《說文解字》是以小篆為主的，因之過去的文字學家也都以分析小篆為能事，而且往往囿於六書之說，很少有可觀的成績。但自甲骨文出土之後，情形就不同了。文字學家擺脫了傳統的束縛，站在純粹客觀的立場，採用科學的方法去整理並研究文字學，獲得了前此未有的成績。幾十年來，甲骨文的研究已經成了專門學問，許多專家殫精竭力於其中，其成就自不必說，同時有些學者更進一步引用甲骨金文以訂正《說文解字》之謬誤，而且由於甲骨學的發達，對於上古社會的了解及古代信史的建立，也有莫大的幫助。甲骨學還是一門相當年輕的學問，前途正大有可為，將來對於學術界的貢獻，無可疑議地是相當可觀的。

有人認為甲骨文是中國的原始文字，他們根據甲骨文中有些字的形體，有繁簡反正，各種不同的寫法，斷定甲骨文仍然在創造的階段。這種看法是錯誤的。董作賓先生以為「文字的形體繁簡不一，是在二三百年長期的演化程途中應有的現象，把時代分清了，自然有先後次序，秩然不紊。至於一個字可以反寫正寫，則完全是用來書寫卜辭的關係，甲骨以外的記事文字，並不如此。」[31]這是對的。我們在上面已經說過，文字是從圖畫慢慢演進而成的。考察甲骨文的形體，我們不能不承認它已經脫離了圖畫的性質，而變成了純粹代表語言的文字，並且已經有了比較固定的形式。甲骨文的圖形已經非常簡單，大多數的字都寥寥幾筆，完全採用線條來表示。又如獸類的四足省做兩足，肥筆改用雙鈎或竟省做細筆，正畫的物象改為側寫……這些現象都足以證明甲骨文是相當發達的文字。如果不相

30　董作賓：〈中國文字的起源〉，《大陸雜誌》第五卷第十期（一九五二年十一月），頁三十。

31　同前注。

信，只要把甲骨文跟埃及文和某些文一比較，便可恍然大悟了。埃及象形文字據威爾遜（Wilson）、歐勃萊（Albright）等學者的研究，在紀元前三千年左右已經發明，但經過了幾千年的使用而沒有多大的改變。到公元前六七世紀時，雖然發明了僧侶文（Hieratic Writing），以後又有通俗字（Demotic Writing），但象形文字的使用則未嘗間斷，甚至到六世紀查士丁尼安朝時代（Reign of Justinian）仍在使用。而始終停留在圖畫文字的階段，又麼些文——麼些是居住我國雲南省麗江一帶的民族——據說起於南宋理宗時代，到現在已有七八百年的歷史，也仍然是圖畫文字。李霖燦先生《麼些象形文字字典》引言云：「麼些象形文字經典之組織，為散漫之速記形式，不能依字而讀成完整之文句。」[32]這種現象可以說是圖畫文字的特徵，拿它跟埃及古代宮殿或廟堂牆上的石刻文字相較，在演進的程序上，有著同樣的性質。由此看來，文字的演進是緩慢的。其實不止埃及文與麼些文，凡是各種文字莫不如此，中國文字當然不會例外。我們既然說甲骨文是相當發達的文字，甚至已脫離了圖畫文字的性質，那麼它的發生年代，當然非再向上推去不可了。

或許有人要問，既然甲骨文已經相當發達，在它以前一定有較古的文字，為什麼現在並不流傳呢?的確，在今天甲骨文以前的文字未被發現之時，這是一個問題。但是我們也不能因噎廢食，置之不顧。我們可以用各種文字進化的情形來做比較的研究，如果要等實物來證明，那恐怕是永遠不可能的。

甲骨文以前的文字，現在雖然不能看到，但我們可以在金文銘刻上略窺梗概。據董作賓先生的研究，認為甲骨文是殷代的「今文」，而金文則是殷代的「古文」。這種看法我覺得很有道理，因為金文看來比甲骨文要古得多。甲骨文是完全用線條來表示的，金文則仍然帶有極濃厚的圖畫性質。而與埃及或麼些的圖畫文字非常近似，不過比純粹的圖畫要進步得多了。人類往往是好古的，因此殷代的人在鑄造金器的時候，便把「美術體」的圖畫文字刻上，以表示古雅，猶之現在的人喜歡用篆字來刻圖章一樣，都是人類心理的共同現象。我們從埃及文與麼些文可以推想，這種殷代的古文一定流傳了很長的時間，然後，才為後起之秀的甲骨文所代替。

然而，為什麼這種古文到了殷代會變成甲骨文呢？我想，這固然與它本身的進化有關，而最主要的恐怕是工具的發明所促成。在古時候，中國雖然已經有了所謂古文的圖畫文字，但是可能還沒有普遍地被人使用，只有少數的特權階級知道。當時青銅器似乎還未發明，當然談不上刻字，只能用粗陋的工具，畫在牆壁上、石器上，或用簡單的彩色在身上塗文彩。陶器是用黏土塑成的，因此在它還沒乾的時候，可以在上面畫字或圖案，等到燒過之後，便固定不會消失了。安特生（J. G. Anderson）在甘肅所收集的「辛店期」（約在紀元前二千六百年）的陶甕上，便有類似文字的東西雜在圖案當中。我們可以認為那便是當時的文字，不然，至少也是代表某種文義的文字前身的圖畫文字。以後青銅器發明了，於是有了尖銳的刀子可以在龜甲、骨板，或削平的木簡與竹簡上刻字。那時大概已經發明寫字用的毛筆，但是他們知道用毛筆寫的字是容易消滅的，所以再用刀子把所寫的字刻劃出來。這便要

32　李霖燦：《麼些象形文字字典》（香港：說文社，一九五三年），頁xii。

發生麻煩了，使用毛筆寫字可以曲折自如，但用刀子在龜甲獸骨上刻字，則要受到很多限制，於是為了適應工具的方便，以前那些比較複雜的筆畫被省略了、太曲折的線條被寫直了、圓圈變成四角形了、粗線條改為細線條了。這樣，中國文字起了很大的變化，可以說是中國文字上的一次大革命。這正如機器的發明改變了生產方式而促成了產業革命一樣。

## 四、中國文字產生時期的推測

現在，我們可以再進一步，根據上面所說的來推測中國文字發生的年代了。

歷來研究中國文字的中外學者可分成兩派：一派主張漢字獨創說，另一派主張漢字西來說。根據我的看法，漢字確屬中國所獨創，這在文字本身的演進的痕跡上，可以得到一個很明確的證據。中國文字的特殊形態跟別種文字的差異，是顯而易見的事實；同時與中國的自然或人文的地理環境，也有密切的關聯。至於所謂漢字西來說，則有各種不同的說法。據我所知，有下列幾家：（一）日本板津七三郎著《埃漢文字同源考》，主張漢字起源於埃及象形文字之說，法國羅久恩亦有同樣的見解；[33]（二）法國拉克普里（Terrien de Lacouperie）著《中國文化史》，主張漢字起源於巴比倫楔形文字之說；[34]（三）法國波耳主張漢字起源於蘇美利亞象形文字之說；（四）美國柯羅巴（A.L. Kroeber）主張漢字可能受到美索伯達米亞文字的啟示而創造之說。眾說紛紜，莫衷一是。但是從這種紛紜的情形，我們可以得到一些啟示，即是各種文字在創造的時候，由於對象或感覺的相同，可能有多少形義相近的文字出現。中國所謂「人同此心，心同此理」，便是如此現象的最好注釋。但是畢竟這類形義相近的字是少數的，如果我們貿然就據之以論定某種文字與某種文字為同源，則免不了以偏概全，而犯推證上的嚴重錯誤。從這種啟示我們更可以堅定漢字獨創的信心。而且漢字西來說的動機，無非是做「中國文化西起說」或「世界文化單元論」的撐腰物，當然是很難令我們相信的。

美國漢學家柯里爾教授（Prof. H. G. Creel）說：「新的證據可能會出現，但就目下的情形而論，實在沒有證據足以說明中國文字起源或發育於任何別的地方。」[35] 這種見解是比較持平的。我們主張漢字獨創之說，全是根據事實來立論，絕不是因為我們是中國人而就有敝帚自珍的用意。董作賓先生是提倡此說最為出力的人，關於他這方面的理論，可參看他的〈中國文字的起源〉[36] 及他有關的論著，這裡不再多說了。

中國文字既然是中國人自己創造的，那麼，究竟發生在什麼時代呢？現在讓我們來想一想吧。

我們如果根據埃及文和麼些文演進的情形，考察中國文字的發生，該是再適當不過的了。前節已經說過，埃及文和麼些文還是圖畫文字，而且，前者用了三千多年，後者用了將近一千年，都沒有太

33 板津七三郎：《埃漢文字同源考重訂及補遺》（名古屋：秀文社，一九三五年）。

34 編者注：目前學界通用譯名為拉克伯里（Terrien de Lacouperie, 1844-1894），著有《中國上古文明的西方起源》一書。見 Terrien de Lacouperie, *Western origin of the early Chinese civilisation from 2,300 B. C. to 200 A. D.* (London : Asher & Co,1894).

35 編者案：目前學界通用譯名為顧立雅（Herrlee Glessner REEL, 1905-1994）。

36 董作賓：〈中國文字的起源〉，《大陸雜誌》第五卷第十期（一九五二年十一月），頁二十八—三十八。

大的改變，難道我們中國的文字就會變得特別快嗎？這是不可能的。甲骨文已經是一種完全的符號文字。在符號文字以前一定又有圖畫文字，這兩個時期在中國文字演進史上所占的年代，絕不會比埃及文或麼些文短，至少跟它們一樣。董作賓先生〈中國文字的起源〉一文裡說：「把中國文字的創始，接上去殷墟文字的年代，一千年是符號，五百年是圖畫。……殷墟的初年是西元前一三八四年，加上一五〇〇年，當為西元前二八八四年，大約距今為四千八百多年。」[37] 這種推證大致是可以成立的。不過我覺得應該把圖畫文字的時期拉長一些，五百年實在太短了，如果再加上五百年成為一千年，我認為也許更加合適。這樣一來，中國文字便有五千多年的歷史了。我想，這種假定是不至於有誇大的嫌疑的。

唐蘭在《古文字學導論》裡說：「假定中國的象形文字，至少已有一萬年以上的歷史；象形象意文字的完備，至遲也在五至六千年以前（孔誕前三五〇〇至二五〇〇年）；而形聲文字的發軔，至遲在三五〇〇年前（孔誕前一〇〇〇年）。」[38] 這種假定是未免過於大膽的。也許一萬年以前中國已經有了圖畫，但是要知道，那是圖畫而不是文字。這樣，當然非把純粹圖畫的階段去掉不可，那麼，他所假定的中國文字的歷史，便要給減掉一大部分了。

關於中國文字起源之推測，是一個相當困難的問題。我在上面所說的，也只是一種近乎想像的看法，是否正確，還有待於文字學家的研討。不過，中國文字是獨創的，而且有其悠久的歷史，則是不可否認的事實。

37　同前注，頁三十八。

38　唐蘭：《古文字學導論》，《唐蘭全集》（上海：上海古籍出版社，二〇一五年），第五冊，頁八十五—八十六。

# 中島敦的歷史小說

第二次世界大戰期間，一九四二年十二月四日，有一個日本的新進作家，由於宿疾哮喘的發作，連帶引起了心臟衰弱，終告不治，結束了不足三十四年的生命，悄然離開了人間。這個英年早逝的作家就是中島敦（一九〇九—一九四二）。

中島敦生前是個不遇的作家。雖然在他在世的最後半年裡，連續出版了《光與風與夢》及《南島譚》兩本創作集子，卻未能一舉成名，擠進日本文壇的窄門。不過，儘管壯志未酬，幸或不幸，由於他的夭折，尤其是遺作〈弟子〉和〈李陵〉的發表，總算引起了人們的注意。自此以後，直至今日，還繼續有人對於他作為一個作家的價值和意義，或者對於他留下的諸多作品，進行了討論分析的工作。各家的觀點和評價，當然不盡相同，但對於這個未能充分發揮潛力、齎志以終的年輕作家，沒有人不表示惋惜之情的。

中村光夫（一九一一—一九八八）是搶先加以讚賞的批評家。他認為中島敦的小說，具有「本質上的新意」；[1]「是對自然主義以來，支配著日本文壇的私小說之理想的當頭棒喝；是藉著歷史故事與人間真相的結合，企圖把近代小說導入正途的嘗試。」[2]有趣的是中村所謂的「新意」，似乎並非指著素材的新穎，而是指著素材處理方法的別致而言。何則？因為中島敦的小說，大都取材於古代希臘、亞述、埃及，以及中國的傳說和歷史。特別是取材於中國的作品，約占全部小說創作的三分之一，而且篇篇珠璣，構成了中島文學的精髓。假定中島敦沒有留下這些作品，他作為一個作家的聲價，便非大打折扣不可。

本文所要討論的，就是中島敦所寫的中國歷史小說。不過，討論的重點不在他從中國採用了什麼素材，或如何受到中國的影響等表面的問題，而是在他為什麼選擇了某些歷史故事，如何驅使或處理這些材料，又如何藉之以探索並表現他自己的人生觀或世界觀。這裡，在進入討論以前，先介紹一下中島敦的家庭環境和教育背景，或許可以幫助了解他的文學志趣和作品的風格。

中島敦，東京人。一九〇九年端午節，生在一個儒學傳家的書香門第。祖父撫山（一八二九—一九一一）是江戶末期名儒龜田鵬齋（一七五二—一八二六）之子綾瀨（一七七八—一八五三）的門生，著有《演孔堂詩文》、《性說疏義》等書。父親田人（一八七四—一九四五）是個未受正規的新式學校教育，全靠自修獨學，而通過了檢定考試的中學漢文教師。伯父端（斗南先生，一八五九—一九三〇）、竦（一八六一—一九四〇）等長輩，也克紹箕裘，都是終生與漢詩漢文結了不解之緣的人物。中島敦生長在這樣的家庭裡，素承庭訓，耳濡目染，從小就打下了漢文學的良好基礎；而且以後終其一生，如影隨形，與他的精神生活或思想態度，形成了不可分離的關係。他有一篇題為〈狼疾記〉的自傳體小說。其中的主角三造，「出身於代代以儒為業的家庭」；大學畢業後，任教某中學。「有一次，有一位擔任日語漢文的老教員，在教員室裡，朗誦著他最近所作的七言絕句。……三造立刻半開玩笑地照他的韻腳，和了一首。」[3] 這個三造無疑是作者自己的化身。的確，中島敦固然不是

---

1 中村光夫：〈中島敦論〉，收入《中島敦全集・別卷》（東京：筑摩書房，二〇〇二年），頁十三。

2 同前注。

3 中島敦：〈狼疾記〉，《中島敦全集》（東京：筑摩書房，二〇〇一年），第一冊，頁四二一。

漢詩專家，但從他留下的約四十首絕句和律詩，足證他至少是個諳練此道的人。

日本的漢文學，自江戶後期，即十九世紀以來，方便上大致可以分成兩個流派。其一是注重經學、史學或哲學研究的儒家者流。進入明治以後，雖然時過境遷，但其基本的精神和傾向，仍以不同的形式，出沒於幸田露伴（一八六七—一九四七）的考證文章或森鷗外（一八六二—一九二二）的史傳小說裡。其二是優游藝苑，寄情詩文書畫的文人派。作家夏目漱石（一八六七—一九一六）或永井荷風（一八七九—一九五九）等，都或多或少繼承了這個傳統。至於中島敦，由於家庭環境的影響，以及他自己的性格和興趣，在心態上似乎較近於儒者。儒者往往有炫學之癖，或引經據典，冥思宇宙的現象；或借古諷今，詮釋人間的道理。與這個傾向有關的，還有所謂文史不分的概念。即文學與歷史是二而一，不必分也不可分，俱為人世興廢盛衰的反映和紀錄；從而可供後世殷鑑，足資世事人情的沉思默想。這些儒者的癖性，在中島的文學，特別是晚期的歷史小說裡，可以看出一脈相承的痕跡。

儘管對漢文學有該博的修養，中島敦在東京帝國大學卻主修日本文學。一九三三年畢業，就應聘到橫濱高等女學校教日文與漢文，開始了約八年的教書生涯。在這期間，他那旺盛的求學熱情未嘗稍衰，繼續驅使他自修古希臘文和拉丁文，並廣泛涉獵西洋或中國的歷史、哲學，以及文學作品。在短篇小說〈變色蜥蜴的日記〉裡，主角是個專愛嘲弄自己的中學教員：

啃點古老的語言；讀些類似哲學的東西。可是一事無成，什麼也沒學好。真是沒出息。有些自以為是的見解，到底有多少是真正屬於自己的？簡直像《伊索寓言》裡那隻臭美的烏鴉！幾根雷奧帕第的羽毛。幾根叔本華的羽毛。幾根琉克里細斯的羽毛。幾根莊子或列子的羽毛。一隻多麼醜怪的鳥！[4]

這段話不但流露了中島敦自嘲的心情，也提供了他自己讀書情形的寫照。另有一組題為〈遍歷〉的〈非和歌之歌〉（〈和歌でない歌〉）五十五首，每首各詠一個世界上有名的哲學家、文學家、藝術家或傳說人物。其中值得注意的是，寫日本人的只有〈人麿〉、〈西行〉、〈其角〉等三、四首；所占比例，不到十分之一。一個在大學主修本國文學的人，對於本國的文學傳統，當然不可能也不至於完全置之不顧。但自從大學畢業之後，中島敦的確更醉心於遙遠的時代的遙遠的國度。這從他閱讀的對象及作品的取材上，也可以探出個中消息。也許有人會說，這種傾向是嚮往異國情調或浪漫趣味的結果；或甚至說，這是他崇洋或炫學心態的表現。然而實際上似乎並不那麼單純。看他對外國知識的追求，儘管難免駁雜，卻流露著嚴肅而真摯的動機。他之所以特別寄意於異國的古代歷史或原始社會，追根究柢，無非是想借鑑樸素的故事原型，探討他自己日夜腐心的問題——宇宙或人類的存在的意義。

4 中島敦：〈變色蜥蜴的日記〉（〈かめれおん日記〉），《中島敦全集》第一冊，頁三九二—三九三。

不過，中島敦是個命途多舛的作家。前舉組歌〈遍歷〉的最後一首云：「神遊何處是歸宿，孤魂年已近三十。」[5]此外，在他的漢詩中，有絕句〈夜懷〉二首，其二云：「曾嗟文章拂地空，舊時年少志望隆。文譽未颺身疲病，十有餘年一夢中。」[6]根據氷上英廣（一九一一－一九八六），這些和歌和漢詩作於一九三七年。[7]這一年中島敦虛歲二十九，發抒了他自己已近「三十而立」的年齡，不但「文譽未颺」，而且不知「何處是歸宿」的茫然之感。但他這種無所適從的感慨，卻含有一些誇張的成分。其實，對於「何處是歸宿」的問題，他早就準備好了答案了。那就是「我是命中注定要做作家的」。[8]因為有這種自覺，所以他才把「十有餘年一夢中」花費在讀書、思索、觀察，和練習寫作上面。

事實上，中島敦在三十歲以前，已經寫了〈斗南先生〉、〈北方行〉、〈變色蜥蜴的日記〉、〈狼疾記〉等自傳體的中短篇小說，只是未能公之於世。這是他不免感慨「文譽未颺」的原因。在這些早期的作品裡，他就開始追究「世界是什麼」、「人生是什麼」等抽象的問題，而且一再重複，到了不憚其煩的地步。也許由於哮喘宿疾而健康不佳的關係，中島敦從小就養成了孤僻、敏感而內向的性格。他常為「存在的不確實」而憂心如焚；抱著「對存在的疑惑」而不得其解。苦思冥想，始終陷於形而上的自我反省、自我分析、自我呵責、自我辯解的泥沼裡，無法自拔。在〈狼疾記〉裡，有一處寫主角三造還在小學的時代，聽到老師說：「地球將如何冷卻，人類將如何滅絕，我們的存在將如何變得毫無意義」；[9]甚至「連太陽也將如何消失」，[10]等等。這些話使他幼小的心靈感到萬分的恐怖，而且以後像毒汁一般，終生腐蝕著他的肉體，以致引起了神經衰弱。「對他而言，這不止是他一個人的生死問題，也是對宇宙或人類的信賴的問題。」[11]

中島敦早期的小說，如上所述，由於把所謂「存在」的問題過度抽象化、概念化，難免帶有哲學思索或道德說教的傾向，很難說是成功的文學創作。這對想以作家揚名於世的中島敦，無疑是一次嚴重的打擊。他不是不知道自己的缺點。〈狼疾記〉裡的三造，就再三警告自己別躭於「非現實的、一無足取的、毫無用處的、愚蠢的冥想」。[12]但是江山易改，秉性難移；無可奈何之餘，偶爾也想乾脆「以身殉愚」，[13]一死了之。然而他還是繼續掙扎，拒絕投降，覺得仍可救藥。他告訴自己：「為了自己心靈的安寧，唯一的必要途徑是『形而上學的迷罔的形而上學的放棄』」。[14]基於這種自我覺悟，中島敦於是放棄了內省的自傳體小說，開始了取材於古代異國的小說創作。從此以後，他的文學生涯

5　中島敦：〈遍歷〉（〈遍歷〉），作者在此略譯其意，《中島敦全集》第二冊，頁二六六。
6　中島敦：〈夜懷〉二首，《中島敦全集》第二冊，頁三二四。
7　氷上英〈解題．校異〉，《中島敦全集》第二冊，頁六四六—六四七。
8　中島敦：〈北方行〉第一篇（二），《中島敦全集》第二冊，頁一一〇。
9　中島敦：〈狼疾記〉，《中島敦全集》第一冊，頁四一〇。
10　同前注。
11　同前注，頁四一一。
12　同前注，頁四一四。
13　同前注，頁四一五。
14　同前注，頁四一四。

便進入了歷史小說的時代。

這個時代，其實只代表中島敦在世的最後兩年。這時作家中島敦已較成熟，對於小說創作也較有信心。他雖然依舊醉心於所謂存在的意義，但逐漸排除了形而上學式的冥想，儘量站在現實的立場，在人性的層次上，客觀地發掘人類的問題。他首先寫了幾篇取材於擬似歷史或古代傳說的作品。第一篇便是改寫了唐李景亮（生卒年不詳）《人虎傳》的〈山月記〉。故事的內容大抵根據《人虎傳》的原型，但為了配合作者的需要，在改寫的過程中不免時有刪改。例如在李景亮的原作裡，把詩人李徵之所以變形為老虎，只簡單地歸因於通俗的因果報應之說。原作云：「於南陽郊外，嘗私一孀婦。其家竊知之，常有害我心。孀婦由是不得再合。吾因乘風縱火，一家數人盡焚殺之而去。」[15] 因而得了「一日化為異獸」的報應。可知原作《人虎傳》的旨意，如同一般的中國古代小說，也擺脫不了淺近的勸戒作用。

然而，中島敦卻把這個故事改弦易轍，寫成了一種個人的寓言（Personal allegory）。他把原作中極為重要的姦殺事件，隻字不提，一概抹殺。他之所以決定改寫《人虎傳》，主要的原因恐怕是在李徵這個人物的遭遇和性格：「徵少博學，善屬文。……徵性疎逸，恃才倨傲，不能屈跡卑僚，嘗鬱鬱不樂。」[16] 這一小段描寫，大概使他聯想到他在〈狼疾記〉或其他早期作品裡，經常用以自嘲的「膽怯的自尊心」、「自大的羞恥感」等語，覺得頗有一脈相通之處，大為共鳴，而引起了對這種性格加以探討的興趣。事實上，中島敦在〈山月記〉裡，也不止一次地使用「膽怯的自尊心」或「自大的羞恥感」，甚至把這種矛盾的心態，當作了李徵變為老虎的原因。

我自己儘管希望以詩揚名，卻從不主動地去尋訪名師，也不結交詩友，以便切磋琢磨，力求上進。不但如此，甚至根本不屑與俗物為伍。歸根究柢，都是自己膽怯的自尊心和自大的羞恥感在作祟。……自己也就漸漸與世隔絕，與人遠離。一肚子憤悶慚恚無處發洩，反而把自己內在的膽怯的自尊心，飼養得又肥又大。據說每一個人都是馴獸師，而各人的性情就是猛獸。那麼，我這自大的羞恥感就是猛獸，就是老虎。牠毀了我，害了妻小，傷了朋友。結果是把我的外表，也變成了跟內心相稱的形狀；把我原本那僅有的一點才氣，也都白白浪費掉了。[17]

這是在〈山月記〉裡，人虎李徵對故人袁傪說的一段告白，約略相當於原作裡姦殺報應的地方。中島敦在這篇改作裡，似乎也著眼於原作中「我有舊文數十編，未行於代。」[18]「此吾平生之業也，又安得寢而不傳歟？」[19]等語，不免同病相憐。於是古為今用，以彼喻己，藉著李徵這個文壇敗將的口，對自己的遭遇和性情，進行了幾近殘酷的自白、自省、自嘲。在字裡行間，也流露著「文譽未颺」的

15　〔唐〕李景亮：《人虎傳》，收入〔清〕王文誥、邵希曾編：《唐代叢書》（臺北：新興書局，一九六八年影印清嘉慶十一年弁山樓原刻本），頁八五五上。

16　同前注，頁八五三上。

17　中島敦：〈山月記〉，《中島敦全集》第一冊，頁二十七。

18　李景亮：《人虎傳》，《唐代叢書》，頁八五四下。

19　同前注，頁八五五上。

煩躁或不合時宜的悲嘆。例如：「作品的巧拙不論，總之，這是自己破了產、狂了心，以生命為賭注的產物。如果連一部都無法傳於後世，死也不瞑目！」[20]或「說起來也慚愧，……我到現在，還常在夢裡看到自己的詩集，擺在長安風流人士的桌子上。」[21]不過，他對自己的詩文還是缺乏信心。「要成為第一流的作品，有些地方，雖然其妙莫名，仍然有所不足。」[22]而把他的失敗歸咎於「怕暴露才能不足的自卑感，和不肯刻苦的惰性。」[23]這些都無非是作家中島敦自己的感慨。這種感慨，用別的話說，就是「有願望而無希望」的感慨。

後來被評為名作的〈山月記〉，當時也得不到立刻發表的機會。不過，中島敦對這個短篇似乎相當滿意。信心一來，也就顧不得「自卑的恐懼」，主動地拿去就正於摯友深田久彌（一九〇三－一九七一）。在這前後，他另外以蘇格蘭作家史蒂文生（Robert Lewis Balfour Stevenson，一八五〇－一八九四）晚年在薩摩亞的生活為題材，完成了長篇《光與風與夢》；同時也寫了幾個題為〈古譚〉的取材於外國的短篇。其中有〈悟淨出世〉和〈悟淨嘆異〉，總題〈我的西遊記〉。這兩個短篇，如其總題所示，是取材於中國古典小說《西遊記》的作品。不過，與其說是「取材」，無寧說是「受到啟示」，也許更恰當些；因為〈我的西遊記〉的構想與情節，從頭到尾，幾乎全部出自中島的創造。當然，他故意引用《西遊記》的書名，而且故意選用悟淨（沙僧）為主角，自有他的理由。要之，除了《西遊記》的故事情節之外，中島敦一定更關心這部小說的寓意。《西遊記》所寫的是，唐僧三藏（玄奘）法師前往天竺，朝聖求經的旅程故事。這個千變萬化、充滿苦難災變的旅程，只有一個目的，那就是到西方的佛教聖地，取得象徵真理的經典，以便弘法於世，普濟眾生。中島敦顯然有意託之於這個求法旅程的傳說，認真地考慮一下自己的人生過程，特別是回顧自己在思想或文學上的「遍歷」情形，從而盼能發現並確定自我存在的意義、形式和方向。

那麼，為什麼不取玄奘或悟空或八戒，而選出悟淨來作寄託的對象呢？簡言之，這是因為中島敦覺得悟淨這個角色的經歷和性情，與自己有許多相像的地方，可以說是同類相感相求的結果。悟淨在《西遊記》的求法旅程上，不但出現最晚，也是次要的角色。加之在玄奘的三個弟子中，他最不顯眼，既不像喜歡訴諸行動的悟空，也不像貪吃好色的八戒，是個內向的懷疑主義者。在〈悟淨出世〉裡，作者一開頭便說：「住在流沙河底的妖怪，總數約有一萬三千，沒有一個比他更心虛膽怯的。」[24]雖然如此，這個妖怪卻最喜歡想問題。「我為什麼會這樣？」「我是什麼？」「到底靈魂是什麼？」為什麼有生有死？客觀世界？時間？真理？一連串問不完的「是什麼」或「為什麼」。他早就知道不可能有明確的答案，但還是禁不住要問，問個沒停。有時在灰心絕望之餘，便責備自己愚蠢、無用，是「墮落天使」。但他並不死心，終於決定「歷訪住在河底的所有的賢者、所有的醫師、所有

20　中島敦：〈山月記〉，《中島敦全集》第一冊，頁二十六。
21　同前注。
22　同前注。
23　同前注，頁二十七—二十八。
24　中島敦：〈悟淨出世〉，《中島敦全集》第一冊，頁三一一。

的占星家，向他們乞教。非有滿意的答案，絕不罷休。」[25] 他於是開始了所謂「有願望而無希望」[26] 的求道之旅。

悟淨所拜訪的有黑卵道人、沙虹隱士、坐忘先生、白皙青年、傴僂乞丐、虯髯鮎子、無腸公子、蒲衣子、斑衣鱖婆等，最後到了仙人女偊氏的住家。這個求道之旅及其尋訪的對象，固然出於中島敦獨創的構想，但似乎也從《西遊記》獲得了些啟示。那就是二十二回〈八戒大戰流沙河〉時，悟淨自我介紹的一首長詩；尤其是其中的四行：

萬國九州任我行，
五湖四海從吾撞。
皆因學道蕩天涯，
只為尋師遊地曠。[27]

無論如何，悟淨這個求道之旅也是一種個人的寓言，是中島敦自己求知過程的比喻。在這個意義上，〈悟淨出世〉與前述題為〈遍歷〉的一系列和歌，可以說是形式雖異而旨意平行的作品。「愚笨而遲鈍的悟淨」在求道過程中，不出意料，「沒有什麼翻然大悟，或立竿見影的新鮮表現」。[28] 不過時間一久，不知不覺間，「慢慢地，在他身上似乎發生了些看不見的變化。」[29] 他覺悟到「除了沉思冥想，苦苦探索意義之外，定有更直接了當的解答。」[30] 於是鼓足勇氣，要求自己在「侈談世界的意義什麼的」

之前，最好「先把尚欠自知之明的自己解剖一下」，看看自己到底是什麼東西。[31]這樣一來，「向來因為怕失敗而自暴自棄的他，終於昇華到即使徒勞無功也不厭棄的地步。」[32]就在這個時候，南海觀世音菩薩摩訶薩，妙相端嚴，如夢似幻般出現在他眼前，點醒他說：

……可憐的悟淨啊，你的靈魂為什麼會陷進如此無謂的迷途呢？得正觀則淨業自成。你卻心相羸劣而陷於邪觀，正遭三途無量的苦惱。看情形，你是無法只靠觀想，便可得救的。從此以後，必須放棄一切思念，只許從事肉體勞動，或可自救。時間是人的作用之謂。世界在概觀時，固然無什意義，但如果直接進入其中，從小處著手，努力工作，就可發現意義無窮。悟淨啊，先置身於適當之地，安分守己，致力於適當之事。別不自量力。從此把那些「為什麼」統統拋棄。這是

25　同前注，頁三一四。
26　同前注，頁三一五。
27　《西遊記》第二十二回〈八戒大戰流沙河木叉奉法收悟淨〉，〔明〕吳承恩著，徐少知校，周中明、朱彤注：《西遊記校注（李卓吾批評本）》（臺北：里仁書局，一九九六年），第一冊，頁四二八。
28　中島敦：〈悟淨出世〉，《中島敦全集》第一冊，頁三三〇。
29　同前注。
30　同前注，頁三二七。
31　同前注，頁三三一。
32　同前注，頁三三一。

你唯一自救之道。……[33]

由於觀世音菩薩的安排，不久之後，悟淨終於脫離了流沙河，「出世」為人，變成玄奘法師的弟子，加入了西遊記求法之旅。

〈悟淨出世〉與〈山月記〉一樣，也是一種以變形為題材的小說。不過，在〈山月記〉裡是人類變成猛虎；〈悟淨出世〉則是妖怪變成人類。這是相當富於暗示性的差異。簡言之，作者中島敦大概想藉著悟淨的變形，暗示他自己由消極不動而積極行動、由不切實際的空想家而成為現實主義者，或由自卑自憐而自我肯定的變化過程。至少暗示著他有意自求改變人生觀或生活態度的努力。無論如何，中島敦也跟悟淨一樣，終於找到了適當的歸宿，置身其中，致力於適當的工作。那就是要堂堂地做個作家，積極地獻身於文學的創作活動。

中島敦這種新的傾向和變化，其實在〈悟淨出世〉前三年所寫的〈悟淨嘆異〉裡，已略有端倪了。這篇副題〈沙門悟淨的手記〉的作品，是悟淨在西遊的路上，以第一人稱，觀察玄奘、悟空或八戒的日常言行，並用對照的方式反躬自省、剖析自我內在經驗的紀錄。

玄奘法師是個具有絕對信仰的人物，一向肯定世界或自我的存在，從來不知懷疑為何物，他軟弱膽怯，「好像毫無自衛的本能」，每逢妖魔鬼怪，便束手就縛。但在另一方面，他也「最了解他自己（或人類、或萬物）在巨大宇宙中的位置，及其可悲而可貴的命運。而且能夠忍受悲劇性的存在，不放棄追求真善美的勇氣。」[34]面對著這個「外表懦弱而內含高貴的師父」，[35]悟淨只有驚嘆佩服，感到莫大的魅力。再者，這個玄奘法師，儘管軟弱無能，卻畢竟是個師父，握有不可抗拒的權威，可以為所欲為地操縱弟子們的命運。作者中島敦似乎有意把他當作一種存在之不合理的象徵。要之，就在這麼一個師父的權威之下，三個弟子以不同的人生觀、世界觀、趣味與性格，發揮各自的潛力，盡其保護師父的職責。

相反的，孫行者悟空卻是個實際行動的天才，認為世界上沒有什麼克服不了的困難。他相信精誠所至，金石為開。例如，「想把自己變成什麼東西，只要用意絕對真純，願望絕對強烈，便可水到渠成。」[36]悟淨眼中的悟空，「好像不在乎外在世界原有的意義；而是由他自己把意義一一加給外在的世界。」[37]有如「用他內在的火苗，燃發了長眠於外在世界中的火藥。」[38]至於豬悟能八戒，則是個「執著於這個世界上所有的嗅覺、味覺、觸覺」，[39]一味追求享受，顧前不顧後的樂天派。這三個人，玄奘、悟空和八戒，雖然性格懸殊，在人生態度上卻有共同的地方。他們都肯定存在的必然性，而且充

---

33 同前注，頁三三三。
34 中島敦：〈悟淨嘆異〉，《中島敦全集》第一冊，頁三四八。
35 同前注。
36 同前注，頁三四〇。
37 同前注，頁三四一。
38 同前注，頁三四一。
39 同前注，頁三五〇。

分利用這種必然性，自由自在地追求生命的意義。

比較之下，悟淨不得不承認自己是多麼不切實際、疑東疑西，而且多麼優柔寡斷。自從聽到觀世音菩薩的勸戒之後，他的確努力做個積極的、活躍的人物，但在活潑天真的行動家悟空面前，他那點好不容易才養成的自信，又煙消雲散了。「燃燒的火絕不會自以為在燃燒。如果自以為在燃燒，那種燃燒不可能是真的。」[40] 這麼一反省，又引起了自嘲自責，不免發出「有願望而無希望」的哀嘆。

> 總之，現在我必須學習孫行者，學習他的一切榜樣。無暇他顧。三藏法師的聰明睿智，八戒的生活態度，只好等到以後再說。從悟空那裡什麼也還沒學到。自從走出流沙河以來，我到底有多少進步？還不是依然吳下阿蒙。在這旅途上，也是一事無成。充其量只不過在平穩無事時，設法制止悟空過火的行為，每日申誡八戒的懶惰，如此而已。什麼積極的表現也沒有。像我這樣的人，無論生在何時何地的世界，大概只能扮演調停人、忠告者、觀察家的角色，絕不可能變成一個行動家。[41]

當然，性格不同，人各有志。不管悟淨如何想把自己改造成悟空，以圖自救，還是落得個徒勞無功的下場。畢竟悟空是悟空，自己是自己；悟淨終於發覺了東施效顰的愚蠢。不過，有天晚上，當他舉頭望著群星時，「不由得想起了三藏法師那雙澄澈而寂寞的眼睛。……覺得師父總是凝視著永恒，也凝視著與永恒對比的地上萬物的命運。」[42] 他於是走過去，望著師父安詳的睡容，聽著師父輕微的鼾聲。不一會兒，「在他心靈深處，好像有什麼東西被火點燃，使他微微地感到了一陣溫暖。」[43]故事就此結束。在〈悟淨嘆異〉這篇作品裡，作者中島敦似乎認為自我救度之道，不能光靠自我改造，更重要的是要超越自我，或者把自我客觀化起來，否則一切努力，將會變成徒勞。

這兩篇寓言體的〈我的西遊記〉，固然是中島敦自己寄託其性情或感慨之作，但廣義而言，也不妨看作當時一般知識分子心理的狀態。悟淨由於在現實中的不合時宜，以及對於積極行動的無能為力，不得不陷於絕望、孤獨而不能自拔。再者為了自我救度，他曾經試著模仿他人的榜樣，也企圖超越自我，但因太忠實並固執於自我，不僅無法脫離苦海，反而越陷越深。像悟淨這樣的角色，或可視之為有良知的知識分子的象徵。當然，知識分子的無力感或孤獨感，早已有之。譬如說，平安時代的貴族詩人在原業平（八二五—八八〇），「以其身為無用之物，乃去京師，求其安身之地於東國。」[44]又如明治初年的成島柳北（一八三七—一八八四），謂「我今無用之人，故著無用之書以自樂耳。」[45]

---

40 同前注，頁三五二。
41 同前注，頁三五一—三五二。
42 同前注，頁三五三。
43 同前注，頁三五四。
44 福田貞助校注：《伊勢物語》，九〈東下り〉，收入《日本古典文學全集》（東京：小學館，一九七五年），第八冊，頁一四〇。
45 成島柳北：《柳橋新誌二編・序》，收入日野龍夫校注：《新日本古典文學大系》（東京：岩波書店，一九九八年），第一這種文人無用的心態，尤其是從江戶末期以來，直至明治年間，還相當普遍。不過，過去的知識分子，如有必要，便可徑直自認無用於世，專心於宗教或文學，終其獨善其身的一生。反之，中島敦及其同代的知識分子，處於軍國主義的體制下，對於自己的生活方式，早就失去了自由選擇的餘地。一方面，在他們的內心裡，由於受到西洋近代文明的影響，已經形成了向來所無或稀薄的自我意識。另一方面，近代的日本，特別是在太平洋戰爭的非常時期，為了祖國的榮譽，他們不得不被迫或自動地抹殺自我、犧牲自我。夾在這兩個價值觀之間的日本知識分子，既要忠於自我，又得忠於國家，難免陷於進退維谷的境地。就中島敦的情形而言，雖因健康欠佳而逃過了兵役，但曾擔任文部省所屬南洋廳國語教科書編輯書記，遠到南洋去巡視了半年，也算盡了他所能盡的義務。當他還在南洋時，正逢太平洋戰爭爆發，可是他對於戰爭卻視若無睹，一直保持沉默，不置可否。他在最後的遺作〈在章魚木下〉一文裡，回想當時的態度說：「在自己所寫的作品中，從未想到點綴些時局的色彩；更何況根本就不相信所謂文學，對國家的目的會有什麼用處。」[46]又說：

> 住在章魚木的島上時，堅持把戰爭與文學截然區別，到了可笑的地步。原因是，「要求自己有益實際的願望」與「不想把文學當作海報的心情」，頑固對立，不肯妥協。這種傾向，即使現在已從章魚木的海島回到了繁華的國都，也還是難於改變。[47]

這種矛盾的傾向，可以說，也是同代一些知識分子的意識分裂的徵象。中島敦固然願意為國家做些實際的工作，但實在太忠於自我，無可奈何，只好乾脆用二分法，即國家是國家，自我是自我；又戰爭是戰爭，文學是文學。二者固然對立，卻可以各行其是，互不相涉。基於這種認知與自我辯解，他終於能夠理所當然地置戰爭於不顧，而心無二用地繼續埋首於文學的創作活動。

一九四二年三月，中島敦從南洋回到東京，行裝甫卸，也不管多病之身，便專心一志地寫起了正式的歷史小說來。當時日本在太平洋的侵略戰爭，不久便由初步的節節勝利，轉為步步敗退，形勢越形危急。然而他依舊堅持不問時事的態度，就在他去世前不到一年的期間，陸續完成了取材於中國古書的〈名人傳〉、〈牛人〉、〈盈虛〉、〈弟子〉、〈李陵〉等名作。在這一系列的作品裡，他終於擺脫了形而上學的、抽象觀念的思索傾向，改用歷史上的實人實事為題材，經過客觀的觀察與分析，深入探討人性，描繪了人間悲劇或命運的嘲弄。

〈牛人〉是取材於《左傳》（昭公四年），寫春秋時代魯國大夫叔孫豹死於非命的短篇故事。與《左傳》裡有關叔孫豹的記載一樣，〈牛人〉也從一個惡夢寫起。在這個夢裡，叔孫豹被漆黑而沉重的天空，壓得喘不過氣來，想逃也逃不開。幸而有個深目牛嘴的黑膚駝子，及時出現，加以援手。數年後，這個在夢中所見的牛男，居然出現在眼前，才知道原來他就是在十數年前，叔孫豹與某美婦結

〇〇冊，頁五五四。

46 中島敦：〈在章魚木下〉（〈章魚木の下で〉），《中島敦全集》第二冊，頁二十三。

47 同前注，頁二十四。

了一夜夫妻的私生子。大概為了報答在夢中救己之恩，也為了補償過去疏略之罪，叔孫豹對牛男愛護備至；長大之後，更把叔孫家一切家政，委他辦理。寵信之厚，無以復加。當叔孫豹生病時，只讓牛男一人在旁伺候，不許其他任何人出入病房。這期間，牛男開始向叔孫豹屢進讒言，施展陰謀詭計，害死了嫡出長男孟丙，又驅逐了次男仲壬。等到叔孫豹發覺了牛男的毒計惡行時，已經太遲了。其後，牛男對生父叔孫豹極盡其殘酷之能事，竟連食物也不准他吃一口。在這個故事的結尾，叔孫豹又做了跟以前同樣的惡夢，遭遇到同樣的危險，也見到了同樣的牛男。但這一次，不管怎樣哀求，也不肯伸以援手。夢醒之後，叔孫豹抬頭一望：

> 又見到了那個與夢中一模一樣的豎牛，面帶非人的冷酷，惡眉瞪眼，靜靜地往下看著。那種容貌已不像人；彷彿是生根於原始混沌中的黝黑物體。叔孫豹禁不住凍徹骨髓的寒戰。這並不是面臨兇手而起的恐怖，而是對著嚴酷惡毒的世界現實，不由得產生的近於卑屈的惶恐。剛才在他心裡的那股無名火，在可畏的命運之前，早已變成無限的畏懼了。[48]

三日後，魯名大夫叔孫豹便餓死了。由此可知，在這篇小說裡，中島敦有意通過俗世的恩怨轇轕，嘗試探討人類生命的意義。牛男的惡逆劣跡，或「嚴酷惡毒的世界現實」，可說就是所謂命運的象徵。

〈牛人〉的主題，也以稍微不同的方式，出現在大約同時所寫的〈盈虛〉中。這個短篇歷史小說，也取材於《左傳》（定公十四、哀公二、十一、十五、十七年）寫的是衛國宮廷父子間權力鬥爭的故事。衛靈公太子蒯聵，陰謀刺殺其父寵妾南子夫人，事敗出奔晉國。三年後靈公去世，繼其位的竟是蒯聵自己的兒子輒。亡命太子蒯聵於是獲得了晉軍之助，企圖返國奪權，卻被其子新衛侯輒的守軍擋住，未能如願以償。又過了十三年的苦心謀畫，終於取得內應，順利地潛回衛都，發動政變，驅子自立。這便是衛莊公。莊公即位後，立輒的異母弟公子疾為太子；為了補償屈辱和虛擲的過去，大舉報讐，消滅政敵，並日以繼夜地躭於淫蕩的生活。另一方面，太子疾很想早日取其父而代之，急不能待，乃與晉國共謀，進行了宮廷政變。莊公狼狽而逃，但快到宋國邊境時，卻被一個「赭顏齙牙」的男子一刀砍死；原來是為了報其妻頭髮被剪去做莊公夫人的假髮之仇。在這篇小說裡，莊公與〈牛人〉的叔孫豹一樣，也在命運的戲弄下死於非命。不過他們的悲劇，追根究柢，還是歸因於他們本人的無知、貪暴等性格缺陷，可說咎由自取。由此看來，中島敦在這兩個歷史短篇小說裡，大致上，依然肯定並承襲了儒家春秋筆削，勸善懲惡的傳統道德觀。

中島敦寫了〈牛人〉與〈盈虛〉之後，也許對於假託邪惡人物來處理嚴肅的命運問題的做法，感到了猶疑不安，所以接著便改變方向，開始用正面人物為題材，完成了以子路為主角的〈弟子〉。這個取材於《論語》、《左傳》（哀公十五年）與《史記》（卷四十八、六十七）等書的中篇，寫的是孔子的弟子子路從師與仕宦的悲喜劇。

48 中島敦：〈牛人〉，《中島敦全集》第一冊，頁三七四。

子路，名仲由，原是魯國卞邑的游俠之徒，不好讀書，只喜長劍。有一天，本想到孔家去騷擾絃歌講誦之聲，反被溫文爾雅的孔子所感化，當即執弟子之禮。入了孔門之後，欣然受教，從師週遊列國，變成了極為忠實的弟子。不過，子路之所以崇拜孔子，不一定是由於孔子的道德學問。其實，他對注重形式主義的儒家教條，頗不以為然，忍不住要表示疑問，常與孔子頂嘴而挨罵。儘管如此，他卻對孔子抱著純粹的敬愛之情，終生不渝；這是因為他在孔子的人格裡，發現了最完美、最理想的存在的典範。

子路眼裡的孔子，「在知、情、意各方面，以及肉體的種種功能上，乍看固然平平凡凡，卻又那麼舒展自如，幾乎無懈可擊。他那些卓越而豐富的各種本事，的確並不顯眼，但在一動一靜之間，卻永遠保持著無過不及的均衡。」[49] 而且終生闊達自在，身在逆境而並不絕望。處窮知命，面臨大難而無興奮之色。從不懷疑人類世界，在亂世而絕不輕蔑現實。安分守己，盡其在我，絕不怨天尤人。這是一種固執現世而又超越現世，顯得既矛盾又和諧的生活態度。這真是前所未見的人物典型。子路不由得被這樣的孔子所吸引。但在另一方面，他卻又不能完全釋然於懷。他總是還有許多疑惑，尤其是對於人世上「正不勝邪」的事實。

善人而能有善終的，古代如何不得而知，但在現今之世，卻從未有之。為什麼？為什麼？大男孩子路越想越迷惑。不管他如何憤慨，也憤慨不出個道理來。他一邊狠狠地跺著腳，一邊不住地想：天是什麼東西？天有眼睛沒有？如果這樣的命運是出自天意，那麼，我非反抗天意不可！[50]

子路的不平之鳴，當然是有感於孔子的命運而發的。「這樣異乎常人的大才大德，為什麼非得忍受如此坎坷的遭遇不可？」[51]儘管他一問再問，也得不到滿意的答案。這一點倒與悟淨的情形有些相似。但值得注意的是，子路對命運的疑問，已能基於事實，就現世而論現世，較少悟淨那樣極端抽象冥想的傾向。眼看著孔子不幸的遭際，子路不禁傷心淚下。於是下定決心，「要把自己變成一面楯牌，在濁世的侵害下，好好地保護這個人。要代他承受一切俗世的煩勞汙辱，來報答他在精神上的教導和照顧。」[52]

其後，「對於現世的溷濁、諸侯的顢頇、孔子的不遇，備嘗了幾年的憤懣焦躁」，[53]子路好像終於體會了他們師徒兩人的命運的真義。

> 這跟消極的、自暴自棄的「命也」的情緒，不可同日而語。雖說同樣是「命也」，但這是一種有使命意識——「不限於一小國，不限於一時代，誓為天下萬代之木鐸」——相當積極的「命也」。子路有了這樣的自覺，現在想起孔子在匡被暴徒圍困時，昂然而說的話：「天之未喪斯文

49 中島敦：〈弟子〉，《中島敦全集》第一冊，頁四五一。
50 同前注，頁四六一—四六二。
51 同前注，頁四六二。
52 同前注。
53 同前注，頁四七六。

也，匡人其如予何！」總算能夠體會其中的道理了。[54]

從此以後，子路不但抓住了「孔子這個偉大存在的意義」，[55] 自己在孔子的耳提面命下，也日漸成熟，終於修得了自家堂堂正正的風格。子路之於孔子，也類似悟淨之於玄奘的關係。不過，悟淨所領悟的是玄奘所體現的宗教救濟，而子路的情形，則是一個聖人之徒對人類使命感的自覺。這種前後的差別，或許也反映了作者中島敦自己心境上的變化。

子路是個「純粹而不計得失」的知識分子。他雖然對世界或命運抱著疑惑，但與悟淨不同，不止是個思索者，也是個能在實際的政治舞臺上，身體力行的活動家。不幸的是，他畢竟無法改變「正不勝邪」的現實。他那「純粹而不計得失」的性格，正是他的致命傷，使他逃不過悲劇的下場。當他做衛國大夫孔氏之邑宰時，正值亡命太子蒯聵潛回衛都，發動政變成功，也逮捕了孔氏當家之主孔悝。子路獲得消息，趕來救主。他奮勇直前，知其不可為而為之，邊打邊喊：「殺了一個孔悝，也消滅不了正義！」[56] 終因年老力衰，又寡不敵眾，慘死在敵人的刀劍之下。

〈弟子〉這篇小說，也許從多方面取材的原故，類似一系列軼事連綴而成，在組織上，不免略有散漫之嫌。不過，全篇從頭到尾，把主角子路的性格言行與孔子對照互襯，寫得相當逼真生動，充滿著可歌可泣、可喜可悲的場面。而且還時時帶著幽默的筆致。這或許可以說明，中島敦在心理上，已經擺脫以前的緊張狀態，而進入了超然而客觀的境界。例如，他處理子路之死的場面：

子路獨自應付兩個對手（石乞、盂黶），奮不顧身地周旋砍殺。可是這個往年的勇士，年事已高，不耐久戰。疲勞漸增，呼吸漸亂。群眾一看到子路迭露敗招，欺軟怕硬之心油然而生；有的辱罵子路，有的向他丟石頭，擲棒子。敵人的戟尖掠過面頰。纓斷。冠欲墜。子路剛想用左手去扶冠，一分心，肩頭中了敵人一劍。傷口迸血。子路倒下。冠落地。子路伸手拾冠，端正地戴回頭上，快捷地繫好纓帶。在敵人刀戟交攻下，滿身浴血的子路，凝集最後一股氣力，大聲叫道：「看著，君子臨死，冠不能免。」說罷，從容就義。全身被斬得變成了一堆爛肉。[57]

在《左傳》裡，這個軼事只有寥寥數句：「石乞、盂黶敵子路，以戈擊之。斷纓。子路曰：『君子死，冠不免。』結纓而死。」[58]《史記》所載，也大致因襲了《左傳》的原文。[59]所謂君子是儒家理想

---

54　同前注。

55　同前注。

56　同前注，頁四八一。

57　同前注，頁四八一—四八二。

58　《左傳》「哀公十五年」條，〔周〕左丘明傳，〔晉〕杜預注，〔唐〕孔穎達疏，〔清〕阮元校勘：《春秋左傳正義》，收入《十三經注疏》（臺北：藝文印書館，一九八九年據嘉慶二十年江西南昌府學刻本影印），第六冊，卷五十九，頁一〇三六。

59　〔漢〕司馬遷撰：〈仲尼弟子列傳〉：「石乞、壺黶攻子路，擊斷子路之纓。子路曰：『君子死而冠不免。』遂結纓而死。」見〔漢〕司馬遷撰，〔劉宋〕裴駰集解，〔唐〕司馬貞索隱，〔唐〕張守節正義，顧頡剛等點校：《史記》，收入《二十四史》

的人格典型。對重視形式主義的儒家而言，正冠的行為是道德價值的象徵。在這個意義上，子路之死是士人不屈的節操與意志所致，與〈牛人〉的叔孫豹或〈盈虛〉的衛莊公之死，邪正有別，不能相提並論。不過，儘管子路的表現代表了命運的積極意義，但為自己的純潔與正義感而殉身，與為自己的貪欲或邪惡而犧牲，同樣是悲劇；追本窮源，都是自以為是的性格使然。也許因為有了這種認識，作者中島敦在描寫子路慘死的場面時，才能站在超然的立場，以極冷靜的態度，像個電影導演一樣，處理子路這個角色的每一動作。在這冷靜的態度裡面，說不定還多少含著滿足的微笑。他在這時候，一定也想起了他數年前所寫的話：「不管在什麼場合，知識分子在現實生活裡，總是故意無視感情（肉體）的本能，硬要強迫自我屈從抽象的理論。結果難免招致悲劇，真是自業自得果，可笑之至。」[60]

中島敦對知識分子的悲劇性格的關心，在他的最後遺作〈李陵〉裡，表現得更具體、更深刻。這篇被認為傑作的歷史小說，又題〈漠北悲歌〉，以前漢李陵、司馬遷、蘇武三人為題材。全篇分為三個部分。

第一部分根據《漢書．李陵傳》，寫騎都尉李陵率領五千步卒，深入匈奴腹地，遭遇敵方主力十萬騎兵，苦戰二月，終告慘敗的經過。特別是對於李陵及其部下的勇猛，匈奴騎兵的剽悍，描寫得生動逼真；加之雙方你欺我詐的戰術運用，狐疑懸宕，也頗有戰爭小說的興味。這次戰後，敵方損失了數萬騎；五千漢軍也所剩無幾，只有不足四百的敗卒，狼狽不堪地逃抵了邊塞。不過，主將李陵並沒有回來。他因身受重傷，失去知覺，被匈奴抓到，變成俘虜了。

第二部分的舞臺移到長安。當李陵被俘投降的情報傳到國都時，武帝大為震怒，立刻召集群臣商量處置的辦法。大多數的臣子，為了討好武帝，「沒有一個敢冒犯皇帝之怒而為李陵辯護的。他們異口同聲地斥罵李陵的賣國行為。有人甚至說，跟李陵這種卑劣的變節分子同仕一朝，一想起來，就覺得無臉見人。」[61] 不過，其中有一個人，始終露著不屑的神氣，默默地聽著群臣的言論。這個人就是司馬遷。他本來打算沉默到底，但經武帝垂詢後，忍不住把李陵大大地誇獎了一番。「觀陵平生所為，事親至孝，交友有信，常奮不顧身以赴國難，頗有國士之風。」[62] 又說：「其所以不死而降虜，諒必另有所圖以報漢室者。」[63] 並且還批評那些「但求全軀保妻子之君側佞臣」，[64] 對李陵「橫加誣蔑，誇大歪曲，企圖蒙蔽聖聰」。[65] 然而忠言畢竟逆耳，武帝一氣之下，就下詔處以宮刑，把司馬遷變成了個「非男人的男人」。[66] 受刑後的司馬遷，一時忿不欲生，很想一死了之。但時間一久，他那作為史官的使命感慢慢地蘇醒過來，於是決心忍尤含垢，繼續未完的修史大業。這一部分所根據的資

---

（北京：中華書局，一九九七年），第一冊，卷六十七，頁五五六。

60 中島敦：〈北方行〉，第五篇，《中島敦全集》第二冊，頁二一二。

61 中島敦：〈李陵〉，《中島敦全集》第一冊，頁四九六—四九七。

62 同前注，頁四九七。

63 同前注。

64 同前注，頁四九八。

65 同前注，頁四九七。

66 同前注，頁四九八。

料，大半出自《漢書．司馬遷傳》，以及《史記．太史公自序》。不過在處理上，不像第一部分，較少動作的描寫，而偏重於司馬遷受刑後的心理反應與變化的分析。

進入第三部分，地點又在漠北。在這一部分裡，住在長安的司馬遷雖也偶爾出現，但李陵又變成了中心人物，同時蘇武以對照的角色初次登場。李、蘇二人的事蹟，主要是根據《漢書》（卷五十四）中的紀錄，並參考同書（卷九十四）〈匈奴傳〉，為故事的背景資料。在亂軍中失去了知覺的李陵，在匈奴的穹廬中蘇醒過來之後，受到了單于及其臣民無微不至的照顧與尊重。儘管如此，他卻一直在想，「或自刎以免羞辱，或暫時委曲從敵，然後伺機脫走——帶著足以補償敗戰之責的功勞為禮物。」[67] 結果他選擇了後者。他心中的禮物不外是單于的首級。可是那種機會似乎遙遙無期，況且「即使殺了單于，帶著首級逃走，除非奇蹟出現，根本不可能逃出匈奴的天羅地網。」[68] 他只好這樣自我辯解。就在猶疑不決中，過了一年多。有一天，他才得到了他全家被誅的消息。跟司馬遷受刑後的複雜的心理狀態相比，李陵的反應相當單純。憤怒就是一切。向來不喜歡思考的李陵，現在卻面對著不得不思考的問題。自己是否應該永遠對祖國保持忠心？還是既來之則安之，乾脆把身心全部交給匈奴？他心裡充滿著矛盾，又無法解決；苦惱之餘，不免告訴自己：「啊，我不過是天地間的一粒微塵而已，還分什麼胡與漢呢？」[69] 既然無可奈何，只好把一切任由命運去安排了。其後，他受封為右校王，與單于的女兒結婚，不久生了個兒子。一不做二不休，他有時甚至率領匈奴部隊，與自己的同胞漢軍打起仗來。然而，就在他身心都勉強安頓下來的時候，卻又不得不面對著更嚴重的心理危機。

李陵奉了單于之命，遠到北海去探訪「持漢節的牧羊人」[70] 蘇武，趁機再勸這個誓不屈節的漢使投降。李陵跟蘇武是二十多年的舊交。原來蘇武於天漢元年，為了交換俘虜，曾為漢和平使者訪問匈奴。不意副使某捲入了匈奴內部的政變，使節團員全部被囚而投降。只有蘇武一人威武不屈，曾經引刀自刺，企圖為國殉節，卻被當地巫醫用怪方使他起死回生。由於他始終不肯屈服，終於被流放到遙遠的北海去牧羊。李陵前後探訪過蘇武兩次。當他每次面對著這個「身在難於想像的困苦、窮乏、酷寒、孤獨之中，還能泰然自若，付之一笑」[71]的蘇武，不得不對自己年來的人生態度，重新加以反省檢討。「蘇武是正義之士，自己是賣國之奴。儘管李陵還不能把彼此辨別得如此黑白分明，但每看到蘇武那多年來在森林、荒野以及深淵的沉默中迭經鍛鍊的威容，就窘得他手足無措起來。」[72]

李陵第二次探訪北海時，把武帝駕崩的消息告訴了蘇武。沒想到蘇武「忽然朝著南方號啕大哭起來。慟哭數日，至於嘔血」。[73]李陵這才發現，「在蘇武的看似頑固而凜然的意氣深處，原來還能藏著無比清冽純樸的愛國情操。那是一種超越了所謂道義氣節等世俗的價值觀念，而且發自心底，

---

67　同前注，頁五〇八。
68　同前注。
69　同前注，頁五一四。
70　同前注，頁五一六。
71　同前注，頁五一八。
72　同前注，頁五一九。
73　同前注，頁五二〇。

滾滾而來，無法控制的最真摯最自然最崇高的愛情。」[74]這個發現使李陵意識到，在他跟這個朋友之間，已有一道又深又寬的鴻溝，把彼此隔開得很遠很遠。從此以後，蘇武的存在變成了一種崇高的訓誡，鞭笞著李陵的心靈，使他對自己原以為無可厚非的所作所為，失去了信心，感到了羞恥，無臉見人。後來，兩國通好，漢使前來請他回去。他只答以「丈夫不能再辱」，繼續留在匈奴，過完了充滿著苦惱、懷疑、自棄的餘生。這是原題〈漢北悲歌〉的原因。另一方面，蘇武經過了十九年的流放，由於偶然的機緣，終於回到了祖國。至於司馬遷，在他受刑後第八年，完成了父子相傳的《史記》一百三十卷的著述工作，納之於官，又到父親墓前去祭告。辦完了這些事情，「他立刻陷進了嚴重的虛脫狀態。儼如巫者失去了附體的魔力，只覺得四肢無力，精神也失去了憑藉」。[75]不久也繼雄才大略的武帝之後，悄然地離開了人間。

中島敦在這篇小說裡所要表現的主題，相當清楚，也跟以前的作品一樣，還是人類存在的不確實或命運的悲劇性。這裡所描寫的三個人物——李陵、司馬遷、蘇武，在以漢武帝絕對的意志與權力為象徵的命運，或命運的惡意之下，各依自己的性情與環境，採取了三種不同的人生態度。他們的悲劇，與前述叔孫豹、衛莊公或子路並無大別，追究起來，都是他們各人內在的缺陷使然。李陵是飛將軍李廣之孫，夙具祖父之風。但血氣太盛，自信太高；不屑於軍旅的輜重任務，誇口能夠以寡敵眾，以一當千，使武帝大為讚許。結果是自我得之，自我捐之，不免陷於悲劇性的存在。司馬遷則是過分擇善固執，囿於抽象的正義感或責任心。作為一個「究天人之際，通古今之變」[76]的史官，司馬遷當然知道自古以來，隨時隨地都有「全軀保妻子之臣」，也不乏好諂諛而惡直諫的君主。但一旦面對這樣的人，他那純粹而不肯妥協的性格，卻不允許他保持沉默，畢竟屈伏於抽象的道德價值，禁不住大罵群臣，因而觸怒了君主，遭到了最難堪的宮刑之禍，可謂求全反辱，豈非命運的一大諷刺？至於蘇武這個不屈不撓的硬漢，則由於他「無比清冽純樸的愛國情操」，拒絕向單于——或單于所象徵的命運——低頭認輸，不得不在遙遠的無人之境，忍受了十九年苦不堪言的流放生活。要之，對作者中島敦而言，所謂命運，不但荒謬，而且充滿著惡意。不過這種命運觀，偶爾也有動搖的時刻。譬如當蘇武意外地被送返國時，李陵不禁覺得，「久來以為對人間漠不關心的老天爺，居然還是有眼睛的」，[77] 而感到難言的惶恐。儘管如此，通觀蘇武的一生遭際，這個意外的奇蹟，充其量也只能算是一個命運的惡作劇而已。

中島敦在〈李陵〉中處理命運問題時，有一個值得注意的轉變。以前在〈牛人〉、〈盈虛〉或〈弟子〉各篇裡，他總是通過死或至死的過程，觀察被命運所操縱的人間悲劇。在這個意義上，所謂死也就是悲劇的同義詞。反之，在〈李陵〉裡，悲劇的根源或重點並不在其死，而在其生。固然在小說

74 同前注，頁五二一。

75 同前注，頁五二五。

76 〔漢〕司馬遷：〈報任少卿書〉，見〔漢〕班固撰，〔唐〕顏師古注：〈司馬遷傳〉，《漢書》，收入《二十四史》第二冊，卷六十二，頁六九七。

77 中島敦：〈李陵〉，《中島敦全集》第一冊，頁五二三。

的結尾，提到了李陵與司馬遷的死亡，但那只是餘波，並非高潮；在結構上可有可無，並不太重要。對三個主要人物而言，正如《詩經》所謂「我生不辰，逢天僤怒」，[78]生或存在本身就是悲劇，就是命運惡作劇的道具。本來所謂死也者，對死了的人來說，萬事皆空，等於最後的解放。只不過在這世界裡，卻有欲死而不能的人。李陵在戰場上視死如歸，負傷被俘後，原擬自刎以免受辱，卻又妄想或有其他以功贖罪，盡忠報國之法，只好委屈從敵，苟全了性命。司馬遷在朝廷替李陵辯護時，早就考慮到可能會觸怒武帝，而遭到斬首或賜死的下場，卻沒想到所受的竟是最醜陋最難堪的宮刑。受刑之後，他一直想死，「死了該多好？」可是未完成的修史工作，卻不許他走向自殺的路子。蘇武的情形也大同小異。如前所述，他自殺未遂，被流放到北海，過著慘不忍睹的生活，至於使李陵發生疑問：「蘇武為什麼不早點結束自己的生命？」[79]

「不願死」或「死不了」到底意味著什麼呢？那是意味著一個人否定自己一死了之的逃避之路，而寧願浮沉苦海，忍受煩惱、痛苦、恥辱、悲憤等等人生的不幸，死而後已。在某種意義上，這是人性的弱點，悲喜劇由此而生，也就形成了存在的問題。中島敦之所以取材於李陵、司馬遷、蘇武的傳記，大概是由於這三個性格各異，而互有關聯的同代歷史人物，能夠提供活生生的存在標本及適當的背景，使他得以充分地從各方面探索命運的意義。因此，當他在處理這三個人物的悲劇時，把重點放在他們為何與如何生存，而不在為何與如何死亡。關於他們為何而生的問題，已如上述，茲不再贅。那麼，他們如何而生？換言之，他們在應付難以捉摸、荒謬而惡意的命運時，到底採取了什麼態度？蘇武泰然處之，以不變應萬變，保持沉默與達觀，作為他抗議的手段。「只願在必將來臨的死亡前夕，孤零零地回顧過去，為自己能夠從頭到尾把命運置之一笑而感到滿足。」[80] 也就是一種把自己的存在及其如影隨形的悲劇，一概置之不理的態度。司馬遷的反應有點不同。他為了修史而抑制自殺的衝動，決定含辱偷生之後，「只好告訴自己，那個男子漢大丈夫司馬遷，已經在天漢三年春天死了。其後繼承他未完成的修史工作的人，不過是一部無知覺無意識的書寫機器而已。」[81] 修史對他是絕對的、責無旁貸的使命。為了完成修史大業，一定得活下去；為了活下去，只有忽視肉體的美醜，超越世俗的榮辱，把自己的生命當作似有若無的存在，除此別無他法。如此一來，他倒是發現，「即使活著的快樂被剝奪了，至少還可以保留藉修史來表現的快樂。」[82] 最可悲可憫的是李陵。他對自己的存在，始終看不出有任何的意義和目的。他總是優柔寡斷、懷疑納悶、自怨自責，變成了名副其實的「天地間的一粒微塵」，一直迷失徘徊於「存在的不確實」的濃霧中，終於悄然而逝，永遠化為流落異域的冤魂。像李陵這樣的存在形式，不用說，與中島敦早期作品中的角色，如〈狼疾記〉的三造或〈我的西遊記〉的悟淨，顯有一脈相承的地方。至於蘇武或司馬遷的造型，在表面上，固然與《光

78 〔漢〕鄭玄箋，〔唐〕孔穎達疏，〔清〕阮元校勘：《詩經．大雅．桑柔》，《毛詩注疏》，收入《十三經注疏》（臺北：藝文印書館，一九八九年據嘉慶二十年江西南昌府學刻本影印），第二冊，卷十八，頁六五四。

79 中島敦：〈李陵〉，《中島敦全集》第一冊，頁五一八。

80 同前注，頁五一九。

81 同前注，頁五〇六。

82 同前注，頁五〇七。

與風與夢》的史蒂文生，或〈斗南先生〉的中島端，也有略相彷彿之處，但如細加考較，便知這兩個人物，其實代表著兩種嶄新而互異的典型。這在中島文學的發展上，可說是個相當重要的轉變。可惜中島敦在寫完了〈李陵〉之後，連謄抄都來不及，只留下潦草的原稿，便與世長辭了。

雖然〈李陵〉的中心人物是李陵，但是作者中島敦，作為一個知識分子，似乎對太史令司馬遷的遭遇與心境，懷著較多的同情與共鳴，而且顯然有藉彼自況，甚至加以認同之意。如果允許大膽的猜測，說不定中島敦也有意以宮刑隱喻知識分子的軟弱無能。宮刑把司馬遷變成了非男人的男人，使他身殘處穢，不得不忍氣吞聲，過完了充滿苦惱、憤懣、恥辱的餘生。同樣地，知識分子在現實中無用、無力、無能的自我認識，正是使他們時而陷於絕望、自嘲、困惑，甚至幻滅的原因之一。最後，且引〈李陵〉中的一段話，權當本文的結論：

> 這種刑罰（宮刑）是不應該加在士人身上的。受到這種刑罰的身體，無論從什麼角度來看，都是不折不扣的醜惡。根本沒有掩飾的餘地。如果只是心靈的創傷，時間久之，也許還有痊癒的希望。但是自己身上如此醜惡的事實，卻將永遠繼續下去，至死而後已。總而言之，不管動機如何，追究起來，招致這種惡果的原因還是在自己本身的錯誤。然而，什麼地方錯了？到底自己哪兒錯了？什麼錯誤也沒有。自己只做了理所當然的事。勉強地說，錯就錯在「我存在」的事實上面。[83]

這是司馬遷慘遭宮刑後的心理反應。他這種對存在的抗議，對無能的悲鳴，不也是中島敦自己的——乃至所有忠於自我的知識分子的——抗議和悲鳴嗎？

## 後記

本文的寫作，除了《中島敦全集》三卷（筑摩書房版）、《春秋左氏傳》、《論語》、《史記》、《漢書》、《資治通鑑》、《晉唐小說》（《國譯漢文大成》所收）、《西遊記》等原始資料之外，又參考了下列諸書：福永武彥編：《中島敦．梶井基次郎》（《近代文學鑑賞講座》第十八卷），角川書店，一九五九年；旺文社文庫：《李陵．弟子．山月記》，一九六七年。中村光夫：《中島敦論》（一九四三），收入《中村光夫作家論集三》所收，一九六八年。成田孝昭：《中島敦論》（上．下），《解釋》第五卷八、九號。唐木順三：《無用者の系譜》（《筑摩叢書》二十三），一九六四年。

83 同前注，頁五〇四—五〇五。

# 周作人的日本經驗

周作人（一八八五－一九六七）是現代中國極為重要的作家之一。他擅以隨筆式的小品散文，描繪世態，月旦人物，針砭時事，探討文學理論，鑑賞文學作品，詮釋神話傳說，介紹民藝歌謠，並旁及生物學、妖術史、性心理學、文化人類學等，可謂五花八門，不一而足。每有所作，或洋為我用，或借古喻今，憑其過人的雜學博識，喜用反語或暗諷的手法，意到筆隨，貌似平淡而寄意遙深；自成一格，風靡了五四時代的中國文壇。不幸的是後來在抗日戰爭期間，他一廂情願地留在淪陷區，而且無可無不可地與日本侵略者合作，歷任「偽職」，成為人所不齒的「文化漢奸」；戰後難逃「通敵叛國」之罪，一度身繫囹圄，出獄之後，默默地結束了自謂「壽則多辱」的餘生。然而作為一個有特色的作家，他對中國新文學的貢獻，有目共睹，豈可因人而廢，置若罔聞？時至今日，周作人已去世二十多年，似乎應該以寬容的胸襟與公平的態度，撇開其為人或政治行為上的是非問題，就文學論文學，透過他浩繁的著作，重新檢討他的文學思想及藝術成就，恢復他在現代文學史上應有的地位。

## 一

周作人的文學成就與貢獻，其實早有定論。早在一九二二年，新文學運動初期，胡適在回顧「五十年以來白話文學的成績」時，就特別指出：

> 這幾年來，散文方面最可注意的發展乃是周作人等提倡的「小品散文」。這一類的小品，用平淡的談話，包藏著深刻的意味；有時很像笨拙，其實卻是滑稽。這一類作品的成功，就可徹底打破那「美文不能用白話」的迷信了。[1]

胡適如此的推崇，固然是由於周作人所倡導的「小品散文」或「美文」，合乎並體現了他所主張的「國語的文學、文學的國語」的「建設新文學論」的宗旨，[2]因而得以肯定了他自己立論的正確與可行性，但在同時，的確也能夠言簡意賅地指出了周作人散文作品的本質。難怪胡適這段短短的評語出現之後，常被後人徵引，甚至變成了許多周作人論的雛形或出發點。

到了一九三〇年代，周作人的聲望更高，影響更大；儼然已成文壇一大重鎮。雖然身逢亂世而揚言要住在「十字街頭的塔」裡，[3]假裝韜光養晦，故作消極閒適，難免受到某些激昂慷慨之士的攻訐揶揄，卻畢竟動搖不了「他是白話文中小品散文的創始者」、「是那時代小品散文的代表作家」的地位。[4]當時原屬創造社的大作家郁達夫（一八九六—一九四五），在選編《中國新文學大系・散文二

1 胡適：〈五十年來中國之文學〉（一九二二），《胡適文存二集》，胡適著，季羨林主編：《胡適全集》（合肥：安徽教育出版社，二〇〇三年），第二卷，頁三四三。

2 胡適：〈建設的文學革命論〉（一九一八），《胡適文存一集》，胡適著，季羨林主編：《胡適全集》第一卷，頁五十四。

3 周作人：〈十字街頭的塔〉（一九二五），《雨天的書》（臺北：里仁書局，一九八二年據民國二十二年北新書局版影印），頁一〇二。

4 康嗣群：〈周作人先生〉，收入姚乃麟編：《現代中國文學家傳記》（香港：實用書局，一九七二年），頁三十一。

集》的〈導言〉（一九三五）裡，就斬釘截鐵地說：「中國現代散文的成績，以魯迅周作人兩人的為最豐富最偉大」，而且比較兩人的文體說：

魯迅的文體簡煉得像一把匕首，能以寸鐵殺人，一刀見血。……與此相反，周作人的文體，又來得舒徐自在，信筆所至，初看似乎散漫支離，過於繁瑣！但仔細一讀，卻覺得他的漫談，句句含有分量，一篇之中，少一句就不對；一句之中，易一字也不可。……近幾年來，一變而為枯澀蒼老，爐火純青，歸入古雅遒勁的一途了。……魯迅的是辛辣乾脆，全近諷刺；周作人的是湛然和藹，出諸反語。[5]

接著又比照了兩人的思想、性情、為人與作風，認為「他們的篤信科學，贊成進化論，熱愛人類，有志改革社會，是兄弟一致的；而所主張的手段，卻又各不相同」。[6] 郁達夫的這些評語，不免由於「偏嗜溺愛」而含有誇張溢美之詞，但大致是可以首肯的。尤其是能夠指出周作人看似消極而實為積極的態度，闡幽發微，更具慧眼，最為難能可貴。

當時還有不少有名的學者或作家，如朱光潛、廢名（馮文炳）、阿英（錢杏村）、趙景深、曹聚仁、鍾敬文、孫福熙、陳子展等，也各有文章討論周作人的散文風格、趣味、思想或情操。雖然多半偏於印象式的批評或鑑賞，但他們對周作人的肯定與推崇，眾口一詞，並無二致。[7] 其後，所謂「革命文學」或「普羅文學」崛起文壇，囂張一時，接著抗日軍興，繼之以大陸淪陷；內憂外患，國無寧日，加上他本人「大節有虧」，有關他的文章也就愈來愈少。特別是從一九四九年以來，除了偶有「以人廢言」的人身攻擊之外，周作人的文學已被打入冷宮；甚至在諸多現代文學史的著作裡，也遭到一筆抹煞的命運。只有到了最近幾年，才有極少數的作品出現在一些現代散文集，或以「文學史參考資料」的名義複印了兩三種集子。這是在大陸方面的情形。[8]

不過，在香港臺商地區，或在外國，周作人倒一直不乏知音。例如劉心皇早在一九六〇年代，就在「不以人廢言」的前提下，寬大為懷，發表了幾篇評論，一再肯定這個「落水」作家的文學成就，並斷言他的作品可以傳之不朽。[9] 又如司馬長風在所著《中國新文學史》（一九七二）裡，稱周作人為現代散文的「開山大師」，而在適當的幾個章節中，對其文藝思想的影響及其散文作品的價值，進

5 郁達夫：〈導言〉，收入趙家璧主編：《中國新文學大系》（上海：上海文藝出版社，二〇〇三年據一九三五年上海良友圖書公司版影印），第七集，頁十四。

6 同前注，頁十四。

7 諸家評論之具有代表性者，見於陶志明編：《周作人論》（上海：北新書局，一九三四年）。

8 自一九八〇年以來，大陸的周作人研究似有逐漸解凍之勢，已有論文陸續出現，唯仍難免「政治掛帥」。至於選集有許志英編選：《周作人早期散文選》（上海：上海文藝出版社，一九八四年）；複印的有《知堂文集》（上海：上海書店，一九八一年）等。

9 劉心皇：〈關於周作人〉（一九六一）、〈從雜文作家的抄書說起〉（一九六一）、〈不以人廢言〉（一九六二）、〈從周作人的自壽詩談起〉（一九六八），收於氏著：《現代中國文學史話》（臺北：正中書局，一九七一年），頁六一五—六五七。

行了較為深入的分析與評騭。[10]至於周作人的著作，過去二十多年裡，在香港既有數種新刊，又有不少複印本；在臺灣則有里仁書局彙編的《周作人先生文集》（一九八二），共收文集二十七種之多。最近又有洪範書店的《周作人文選》二冊（一九八三），編者楊牧（王靖獻）認為周作人是「近代中國散文藝術最偉大的塑造者之一」，又說：「五十年來景從服膺其藝術者最眾，而就格調之成長和拓寬言，同時的散文作家似無有出其右者。周作人之為新文學一代大師，殆無可疑。」[11]

自從一九六六年周作人去世以來，雖然討論其人其文的文章漸有增多之勢，但到目前為止，卻還沒有一本專門探討這個重要作家的中文著作，不能不說是現代文學研究的一大缺憾。反而在外國，倒已出現了幾本英文或日文的專著，各從不同的觀點和方面，有系統地進行了周作人的研究。[12]不過，有關周作人的文學及傳記問題既多且繁，仍有待於好事者繼續發掘與闡述。本文的目的，只想就向來被忽略的一面，即周作人的日本經驗，從影響關係的角度試作考察，略述一得之見，希望在周作人這個尚待開發的「園地」裡，充當一個「打雜」的園丁。

## 二

關於周作人與日本或日本文化的關係，在過去有關他的論著裡，並非無人提過，只是由於各有不同的命意與重點，往往不是一表而過，便是語焉不詳。[13]其實，只要多少涉獵過周作人文集的讀者，就不難看出他終生與日本糾結葛藤之深。為了敘述方便，這裡先引他四十六歲時為《燕大月刊》所寫

、

的一段〈周作人自述〉：

> 十二歲喪父，讀了《四書》《五經》後，十七歲考入江南水師學堂，隸管輪班，在校六年，考取出洋留學，因近視命改習土木工學。一九〇六年至日本，初入法政大學預科，後改進立教大學。辛亥革命歸國，學無專門，只學得了幾句希臘文與日本文而已。民國元年任本省（浙江）教育司省視學半年，其後在鄉任省立第五中學教員四年。六年至北京任北大附屬國史編纂處編纂員半年，七月改任北京大學文科教授，至於今日。……一九〇九年，娶於東京，有子一女二。末女

---

10 司馬長風：《中國新文學史》（中和：古楓出版社，一九八六年），上卷，頁六十九—七十三、頁一一六—一二一、頁一七六—一八一、頁二二九—二三四。又詳同書〈附錄一：周作人的文藝思想〉及〈附錄二：答覆夏志清的批評〉，頁二五九—二九三。

11 楊枚：〈周作人論（代序）〉，楊牧編：《周作人文選》（臺北：洪範書店，一九八三年），頁一。

12 例如木山英雄：《北京苦住庵記：日中戰爭時代の周作人》（東京：築摩書房，一九七八年）；Ernst Wolff, *Chou Tso-jen, Twayne's World Authors Series 184* (New York: Twayne Publishers, 1971); David E. Pollard, *A Chinese Look at Literature: The Literary Values of Chou Tso-jen in Relation to the Tradition* (Berkeley: Univ. of California Press, 1973).

13 例如 Wolff, pp.2-4; 33-45; 64-69. Pollard, pp.75; 110-112. C.H. Wang（王靖獻）. "Chou Tso-jen's Hellenism", *Renditions*, No.7 (Spring1977), pp.5-28. 專論有木山英雄：〈周作人と日本〉，收入周作人著，木山英雄譯：《日本文化を語る：周作人》（東京：築摩書房，一九七三年），頁二七三—二九〇。編者案：〈周作人と日本〉一文又收入木山英雄：《日本談義集》（東洋文庫）（東京：平凡社，二〇〇二年），頁三六五—三八七。

于民國十八年冬卒年十五。[14]

周作人初到日本的一九〇六年是清光緒三十二年，即明治三十九年，正值日俄戰爭剛剛結束，中國人的日本熱達到最高潮的時候。根據一些統計，那一年在日本留學的中國學生總數突破了一萬大關。[15]他晚年在〈留學的回憶〉（一九四二）一文裡，說到了當時中國人對日本的觀感：

那時日本曾給予我們多大的影響。這共有兩件事，一是明治維新，一是日俄戰爭。當時中國知識階級深切的感到本國的危機，第一憂慮的是如何救國，可以免於西洋各國的侵略，所以見了日本維新的成功，發見了變法自強的道路，非常興奮；見了對俄的勝利，又增加了不少勇氣，覺得抵禦西洋，保全東亞，不是不可能的事。中國派留學生往日本，其用意差不多就在於此。[16]

周作人當年無疑也與許多知識分子一樣，為了追求「變法自強的道路」，抱著向鄰國日本「取經」的心情，踏上留學之途的。不過到了日本之後，卻不務本業，把奉命攻讀的「土木工學」擺在一邊，反而醉心於文學活動；除了努力學習日文、英文、古希臘文之外，也廣泛地涉獵東西洋古今的文學作品，並開始積極地從事介紹與翻譯的工作。這一段留學的經驗，雖然只有六年，並不算很長，卻奠定了周作人以後成為一個作家的基礎；也是他與日本所結不解之緣的開端。

其實在當時的留日學生之中，像周作人那樣棄科技而轉向文學的傾向並不少見，可以說是相當普遍的現象。後來在五四文壇成名而較有影響的作家，極大多數是歸國的留日學生。如魯迅、郭沫若、郁達夫、成仿吾、田漢、歐陽予倩等，都是在日本留學期間，由「實用之學」轉向文學的例子。這就難怪郭沫若要大言不慚地說：

> 中國文壇大半是日本留學生建築成的。創造社的主要作家是日本留學生，語絲社的也是一樣。此外有些從歐美回來的彗星和國內奮起的新人，他們的努力和建樹，總沒有兩派的勢力浩大，而且多是受了前兩派的影響。就因為這樣，中國的新文藝是深受了日本的洗禮的。[17]

這段話雖有自賣自誇之嫌，但大致上也是實情。要之，在中國新文學的建立及發展上，留日學生的貢

14　周作人：〈周作人自述〉，見陶志明編：《周作人論》，頁一—二，又收於姚乃麟編：《現代中國文學家傳記》，頁十七—十八。

15　見實藤惠秀：《近代日支文化論》（東京：大東出版社，一九四一年），頁十八—十九。又Robert Scalapino, "Preludeto Marxism: The Chinese Student Movement in Japan, 1900-1910", in Albert Feuerwerker, etal, ed., *Approach to Modern Chinese History* (Berkeley and Los Angeles: University of California Press, 1967), pp.192.

16　周作人：〈留學的回憶〉（一九二五），《藥堂雜文》（臺北：里仁書局，一九八二年），頁九十三。

17　郭沫若：〈桌子的跳舞〉（一九二八），收入饒鴻競等編：《創造社資料》（福建：福建人民出版社，一九八五年），頁一九六。

獻是毋庸置疑的。[18]

那麼，為甚麼有那麼多人一到日本之後，就放棄或敷衍原來的學習計畫，而不務正業，孜孜於一向被視為「賤業」的文學活動呢？究其原因，當然不止一端，不過綜合起來，大概至少有如下三點：

第一、中國自鴉片戰爭以來，雖然經過了所謂「中體西用」、「船堅礮利」的洋務運動，以及「君主立憲」、「變法維新」的官制改革，但這些措施治標不治本，其主要目的終究是為了維護滿清朝廷的專制政權，並不在於真正的救國救民，因此早已遭到了陸續破產的命運。這些雄懷大志的留學生一旦身在國外，親眼看到日本上下團結、舉國一致的維新景象，覺得中國的問題，歸根結柢，在於人民的蒙昧無知，從而斷定當前的首要急務在於社會的啟蒙工作。譬如魯迅的棄醫從文便是個有名而最具代表性的例子。他說他「知道了日本維新是大半發端於西方醫學的事實」，所以進了仙臺醫學專門學校。但他只上了兩年便改變了初衷，原因是那時正值日俄戰爭，偶然在報導戰事的畫片上，看到了一個中國人被日本兵斬首，有許多人好奇地圍觀的鏡頭：

> 從那一回以後，我便覺得醫學並非一件緊要事，凡是愚弱的國民，即使體格如何健全，如何茁壯，也只能做毫無意義的示眾的材料和看客，病死多少是不必以為不幸的。所以我們的第一要著，是在改變他們的精神，而善於改變精神的是，我那時以為當然要推文藝，於是想提倡文藝運動了。[19]

這雖是魯迅個人經驗的告白，但也不妨拿來代表一般留日作家共同的心路歷程。他們或許沒有魯迅那樣戲劇性的經驗，不過都處於同樣的時代環境，面對著同樣的社會與政治現實，他們轉向文學的動機之如出一轍，蓋可斷言。

第二是由於文學價值觀的改變，而這種改變主要是受了清末維新派，尤其是梁啟超（一八七三—一九二九）的影響。梁啟超在國內辦《時務報》時，就注意到通俗文學的教育功用，如在〈《蒙學報》《廉義報》合敘〉裡說：「日本之變法，賴俚歌與小說之力。蓋以悅童子，以導愚氓，未有善於是者也。」[20] 迨戊戌政變（一八九八）亡命日本之後，即在橫濱創辦《清議報》與《新民叢報》，更積極地提倡小說的翻譯與創作，以為「彼英美德法奧意日本各國政界之日進，則政治小說為功最高焉。英名士某君曰：『小說為國民之魂。』豈不然哉！豈不然哉！」[21] 這種看法無疑是受到了明治初年（十九世紀末葉），在日本盛行一時的「政治小說」的啟示。幾年後，他又創辦了《新小說》雜誌，

---

18　詳見Ching-mao Cheng（鄭清茂）, "The Impact of Japanese Literary Trends on Modern Chinese Writers", in Merle Goldman, ed., *Modern Chinese Literature in the May Fourth Era* (Cambridge, Massachusetts: Harvard Univ. Press, 1977), pp.63-88.

19　魯迅：《吶喊．自序》（一九二二），收錄於《魯迅全集》（北京：人民文學出版社，一九八一年），第一卷，頁四一七。又參看魯迅：〈自敘傳略〉，《魯迅全集》第八卷，頁三〇四。

20　梁啟超：〈《蒙學報》《廉義報》合敘〉（一八九七），梁啟超著，湯志鈞、湯仁澤編：《梁啟超全集》（北京：中國人民大學出版社，二〇一八年），第一集，頁二八〇。

21　梁啟超：〈譯印政治小說序〉（一八九八），梁啟超著，湯志鈞、湯仁澤編：《梁啟超全集》第一集，頁六八一。

在創刊號上發表了有名的〈論小說與群治之關係〉（一九〇二），宣稱「欲新一國之民，不可不先新一國之小說。」故欲革新道德、宗教、政治、風俗、學藝，乃至人心、人格，「必新小說」；理由是「小說有不可思議之力支配人道故。」[22]這就超越了「政治小說」的範疇，把小說的功用渲染到了幾乎萬能的地步。梁啟超所倡導的所謂「小說界革命」，在國內也很快就有了反響，如《繡像小說》（一九〇三）、《月月小說》（一九〇六）、《小說林》（一九〇七）等刊物，應運而生。雖然梁啟超的所謂「新小說」，另有目的，其價值概念與技法形式也異於現代小說，但他所強調的以小說文學為啟蒙工具的功利主義，卻被後來關心國家社會的作家所接受，成為他們從事文學事業的原動力。魯迅終生就常以啟蒙主義者自居，周作人也不例外。

第三、大概與日本的教育制度或方式有關。日本的高等教育，一般說來，進去較難而出來較易。公立大學如此，私立專校更甚。尤其當時還有不少私校，包括許多專以「清國留學生」為對象的學店式書院，[23]只要繳了學費便可入學，至於按時上課與否，學校當局往往置之不問。何況多數所謂留日學生，或心存鍍金，或志在觀光，並不怎麼在意成績或學位。難怪根據統計，從一八九六年到一九一二年掛名留學的人數，雖然多達三萬五千名左右，而實際畢業或獲得學位的卻不到十分之一。[24]不過，這種放任的學習環境倒為文學青年提供了良好的條件。他們既可免於正規功課的壓力，便把大部分時間與精力集中於文學活動上面。周作人第一年在東京學習日語，按期繳納學費，但「聽課卻不能說是怎麼的勤，大約一星期也只是去三四次。」後來進了法政大學特別預科，「繳了一年的學費，事實上去上學的日子幾乎才有百分之幾。到了考試的時候，我得到學校的通知，這才趕去應考，結果還考了一個第二名。」[25] 即使較後留日而取得帝國大學學位的創造社諸作家，他們的學習情形也還是大同小異。例如郁達夫自己曾回憶說，他在高等學校四年間，就看了一千部左右的各國小說。進了東京帝大的經濟學部之後，「學校的功課很寬，每天於讀小說之暇，大半就在咖啡館裡找女孩子喝酒，誰也不願意用功。」[26] 像這樣的留學經驗，顯然與歐美留學生活之密集緊湊有別，更有利於「不務正業」的文學活動，果然產生了一群「學無專門」的文人作家，變成了中國新文壇的主要建設者。

作家周作人也是這種留學經驗的產物。雖然當他還在南京水師學堂時，早就對文學發生了興趣，除了梁啟超的《新小說》等雜誌外，也看了些西洋的著名小說，並開始嘗試了林琴南體的翻譯改寫，

---

22 梁啟超：〈論小說與群治之關係〉，梁啟超著，湯志鈞、湯仁澤編：《梁啟超全集》第四集，頁四十九。關於梁啟超的小說主張，可參C.T. Hsia（夏志清），"Yen Fuand Liang Chi-chao as Advocates of New Fiction", in Adele Austin Rickett, ed., *Chinese Approaches to Literature from Confucius to Liang Chi'-ch'ao* (Princeton : Princeton Univ. Press, 1978), pp.221-259. 編者案：中文見夏志清：〈新小說的提倡者：嚴復與梁啟超〉，收入林明德編：《晚清小說研究》（臺北：聯經，一九八六年），頁五十九—九十二。

23 如成城學校、日華學堂、亦樂書院、高等大同學校、東亞商業學校、東京同文書院、弘文學院、振武學校、東斌學堂、法政速成科、經緯學堂、早稻田大學清國留學生部、志成學校、警官速成科、實踐女學校等等。詳見實藤惠秀著，譚汝謙、林啟彥譯：《中國人日本留學史（修訂譯本）》（北京：北京大學出版社，二〇一二年），頁三十五—四十二。

24 見上書〈附錄〉，「留日學生數」、「留日學生畢業人數」統計表（一八九六—一九一二），頁三八九。

25 周作人：〈學日本語〉，《知堂回想錄》（一九七〇），上冊，收錄於周作人著，止庵校訂：《周作人自編文集》（石家庄：河北教育出版社，二〇〇一年），頁二二六—二二七。

26 郁達夫：〈五六年來創作生活的回顧〉（一九二七），吳秀明主編：《郁達夫全集》第十卷，頁三一一。

不過如果他沒有這段留日的經驗，恐怕不會成為作家；即使成了作家，也恐怕會是個不同的面貌。他在留日期間，像其他留日作家一樣，也大量地閱讀西洋和日本的文學作品，不同的是：一、可能是受了魯迅的影響，他對西洋的名家巨著漠然置之，反而寄意於東歐的所謂「弱小民族文學」；除與魯迅合譯出版了《域外小說集》二冊（一九〇九）外，又單獨譯了五種長篇中篇小說。二、開始學習古希臘文，研究希臘神話、悲劇、史詩與詩歌，奠定了後來介紹或翻譯希臘文學的基礎。三、廣泛地涉獵文化人類學、性心理學、生物學、醫學史、民藝傳說等英文或日文的書籍，對他的意識形態與道德觀念留下了深遠的影響。四、不但留心明治維新以來日本新文學的發展，也對別人所忽略的日本古典文學、傳統藝術與固有風俗，廣為蒐集，刻意研讀。再加上他自己對日本生活方式的愛好，終於形成了他對日本文化的特殊理解與深厚感情。他娶了日本妻子，把東京當作第二故鄉。

## 三

周作人於一九一一年夏天，結束了留學生活，懷著滿腹「雜學」和文學救國的熱忱，回到了第一故鄉紹興。但他在故鄉所看到的依然是一幅民智愚昧、政治腐敗的落後景象，而一時又無工作，不免懷念起東京的生活來。「居東京六年，今夏返越，雖歸故土，彌益寂寥；追念昔游，時有棖觸。宗邦為疏，而異地為親，豈人情乎？」又作一詩云：「遠游不思歸，久客戀異鄉。寂寂三田道，衰柳徒蒼黃。舊夢不可道，但令心暗傷。」[27]

他返國後不樂反悲的心情，固然是來自撫今追昔的感傷，但似乎也含有前途茫茫的焦灼。同年十月辛亥革命，臨時政府成立。民國元年（一九一二）經人介紹，出任浙江省軍政府教育省視學，總算有了工作。但這是個閒差，既乏實際業務，也無辦公座位，所以不到一年，便轉任浙江省第五中學英文教員兼紹興縣教育會長，待了四年之久。那幾年正當革命後極為混亂的時期，宋教仁被刺、第二次革命失敗、袁世凱稱帝未遂等等；內憂頻仍而外患日劇，但周作人在這「山雨欲來風滿樓」的世局裡，卻自稱在紹興「躲雨」，敬政治而遠之，連在日記裡也難得偶爾記下些國家大事。他是贊成革命的，只是對其前途憂心忡忡，總覺得中國的問題，歸根究柢，還是在政教的專制愚民，以及人民的愚昧自私，不免感慨系之，更感到啟蒙工作之重要。他不是個訴諸行動的烈士型人物，也不願隨俗喊空洞的口號，只能在書齋裡發抒他充滿疑問的關切：

> 今者千載一時，會更始之際，予不知華土之民，其能洗心滌慮，以趣新生乎？抑仍將伈伈俔俔，以求祿位乎？於彼於此，孰為決之？[28]

他自己承認他在寫這些話時，「大有定命論的傾向」。視諸當時政局的黑暗，民情的澆薄，有這樣的傾向自在情理之中。何況他剛剛歸國，從美好的留學生活一下子墮進了醜陋的祖國現實，難免要受到預

27　周作人：〈辛亥革命——王金發〉，《知堂回想錄》上冊，頁二九二。

28　周作人：〈望越篇〉，《知堂回想錄》上冊，頁三〇七—三〇八。

想不到的「文化反衝擊」（reverse cultural shock），無疑更助長了他的悲觀色彩。

然而儘管對時局悲觀，他還是忘不了文學救國的使命感。當他還在東京時，就服膺梁啟超的主張，以為文藝可以「轉移性情，改良社會」，曾與魯迅、許海裳等籌備創辦《新生》雜誌，企圖發起「一種文學運動」。[29]這個計畫雖然流產，卻一直耿耿於懷。只是既缺乏同志與資金，而對於所謂「一種文學運動」，也沒有甚麼具體的構想，諸如應該採用甚麼樣的形式內容，或應該如何去進行，都還茫然不知所從。因此，只好暫時抄抄古書，或寫些感懷寄託式的文言文，聊以排遣。

幸而這些問題不久就有了答案。民國六年（一九一七），他應北京大學校長蔡元培之聘，離開紹興，出任北大附設國史編纂處編纂員，旋又改任北大文科教授，擔任希臘羅馬文學史、歐洲文學史等課程。這一年他才三十三歲，居然從一個中學教員一躍而為一流大學的教授，不能不說是平步青雲，少年得志。但更重要的是，這一年恰逢北大教授胡適、陳獨秀等，正以北大《新青年》雜誌為據點，發動新文學運動的時候。胡適的〈文學改良芻議〉與陳獨秀的〈文學革命論〉，無疑是一服興奮劑，不但重燃了他獻身文學的熱忱，也使他霍然醒悟，看出並決定了自己應走的道路。於是，他放棄了文言文，改用白話，充分利用他累積多年的「雜學」，投進了新文學運動的行列。

周作人一生雖以小品散文名家，但在最初幾年，他的主要貢獻，除了外國文學的翻譯之外，卻在於外國文藝思潮的介紹及文學理論的建設方面。值得注意的是在這幾年的文章裡，他的日本經驗就開始扮演著極為重要的角色。早在一九一八年，即文學革命發難的第二年，他就在北大發表了題為〈日本近三十年小說之發達〉的演講。在這篇演講裡，他否定了「日本文明是支那的女兒」的因襲偏見，反而認為日本文明的特色是一種「創造的模擬」；儘管受了中國的影響，「卻仍有一種特別的精神」。[30]他列舉歷代的和歌、平安朝的物語、江戶期的平民文藝，以及明治初期的政治小說為例，來支持他的看法。然後以夾敘夾評的方式，介紹了自坪井逍遙《小說神髓》（一八八五）以來，日本新文學在西洋的影響下發展變遷的大概。簡言之，按時代的先後，有人生的藝術派、藝術的藝術派、浪漫派、主觀的理想派、客觀的寫實派、社會小說、觀念小說、悲慘小說、自然主義、享樂主義、遣興文學、低徊餘裕派、唯美派、理想主義、人道主義等等。包羅廣博，雖嫌雜亂，卻頗為中肯。他相信日本之所以能夠「造成二十世紀的新文學」，乃是因為他們肯服善，能有誠意地去「創造的模仿」西洋的結果。因此，他勸告中國人要放棄「不肯模仿不會模仿」的態度，[31]而應以日本人為榜樣，共同致力於中國新文學的建設。最後呼籲說：

> 我們要想救這弊病，須得擺脫歷史的因襲的思想，真心的先去模仿別人。隨後自能從模仿中蛻化出獨創的文學來。日本就是個榜樣。照上文所說，中國現時小說情形，彷彿明治十七八年時的

29　周作人：〈籌備雜誌〉，《知堂回想錄》上冊，頁二二九—二三〇。

30　周作人：〈日本近三十年小說之發達〉，《藝術與生活》（臺北：里仁書局，一九八二年據民國二十五年上海中華書局版影印），頁二六三—二六四。

31　同前注，頁二九三。

樣子，所以目下切要辦法，也便是提倡翻譯及研究外國著作。但其先又須說明小說的意義，方纔免得誤會，被一般人拉去歸入子部雜家。……總而言之，中國要新小說發達，須得從頭做起。目下所缺第一切要的書，就是一部講小說是甚麼東西的《小說神髓》。[32]

明治十八年是《小說神髓》出現的一年，被認為是日本新文學的起點。這是一本日本新文學理論的開山之作，其中兼採英國十九世紀末葉諸家的理論，強調文學的內在價值與自律性格，排斥向來文學的道德功利主義，並對所謂小說（fiction）的分類、界說、主旨、腳色、法則等，引經據典，加以申述與澄清。此書一出，令人耳目一新，變成了日本新文學作家的指南。周作人顯然也受其影響，至少獲得了啟示，從而修正了他過去一味啟蒙主義或功利主義的文學觀。他意識到「新小說與舊小說的區別，思想果然重要，形式也甚重要。舊小說的不自由的形式，一定裝不下新思想。」[33] 據此理解，他斷言自梁啟超倡導「小說界革命」以來，儘管產生了無數的所謂「新小說」作品，但由於繼續採用舊形式，而且常被當作教訓、諷刺或報私怨的工具，不能以現代寫實主義的手法深入探討「人生這個問題」，所以都不能算是真正的「新文學的新小說」。[34]

## 四

由於從《小說神髓》得到了啟示，周作人無疑痛感到中國新文學理論的缺乏，而急欲在這方面一展身手。當時並非全無理論性的文章，但如胡適〈建設的文學革命論〉或〈論短篇小說〉（一九一八）等，多半還停留在文學工具或技法方面的討論，「至於創造新文學是怎樣一回事」，仍然少人過問。[35] 雖然陳獨秀在其〈文學革命論〉裡，多少觸及了內容問題，只是過於籠統簡略，又似口號，不足以應付日趨複雜的時代之需。周作人於是效法日本人「創造的模仿」，搶先於一九一八年十二月間，連續發表了〈人的文學〉與〈平民的文學〉，企圖彌補當時文學理論的缺憾。不久之後，於一九二〇年一月，又在〈新文學的要求〉裡，提出了「人生的文學」的概念。這些文章，正如司馬長風說：「不但在當時是指引文壇的明燈，對整個新文學運動史也發生了深遠的影響。」[36] 所謂「人的文學」、「平民的文學」或「人生的文學」，儘管名稱略有不同，其實就是「人道主義的文學」。

那麼，何謂人道主義的文學？根據周作人自己在〈人的文學〉一文裡解釋說：

> 我所說的人道主義，並非世間所謂「悲天憫人」或「博施濟眾」的慈善主義，乃是一種個人主義的人間本位主義。這理由是，第一，人在人類中，正如森林中的一株樹木。森林盛了，各樹也

32 同前注，頁二九四。原文旁點。
33 同前注，頁二九二。原文旁點。
34 同前注，頁二九二。
35 胡適：〈建設的文學革命論〉，胡適著，季羨林主編：《胡適全集》第一卷，頁六十八。
36 司馬長風：《中國新文學史》上卷，頁一一六—一一八、頁二五九—二六〇。

都茂盛。但要森林盛，卻仍非靠各樹各自茂盛不可。第二，個人愛人類，就只為了人類中有了我，與我相關的緣故。……所以我說的人道主義，是從個人做起。要講人道，愛人類，便須先使自己有人的資格，占得人的位置。耶穌說：「愛鄰如己。」……用這人道主義為本，對於人生諸問題，加以記錄研究的文字，便謂之人的文學。其中又可以分作兩項：一是正面的，寫這理想生活，或人間上達的可能性；二是側面的，寫人的平常生活，或非人的生活，都很可以供研究之用。……我們可以因此明白人生實在的情狀，與理想生活比較出差異與改善的方法。[37]

周作人大概感到〈人的文學〉一文，偏重於人道主義之意義與源流的探討，而對於所謂人道主義的文學缺乏深入的闡述，意有未足，所以隨即又以筆名「仲密」寫了〈平民的文學〉。這篇文章似乎有意糾正或緩和陳獨秀所提貴族文學與新文學的對立性，提醒讀者即使用的是白話，如果專事雕琢，也仍然是貴族文學。他認為平民文學與貴族文學相反的地方，並不在於語言形式，而在於內容思想之普遍、真摯與否。

他說：

第一，平民文學應以普通的文體，寫普遍的思想與事實。我們不必記英雄豪傑的事業，才子佳人的幸福，祇應記載世間普通男女的悲歡成敗。……世上既雖只有一律平等的人類，自然也有一種一律平等的人的道德。第二，平民文學應以真摯的文體，記真摯的思想與事實。既不坐在上面，自命為才子佳人，又不立在下風，頌揚英雄豪傑，只自認是人類中的一個單體，渾在人類中間，人類的事，便也是我的事。……但既是文學作品，自然應有藝術的美。祇須以真為主，美即在其中，這便是人生的藝術派的主張，與以美為主的純藝術派，所以有別。[38]

周作人在此文裡，首先提出了人生派與藝術派之間的取捨問題，而顯然傾向於前者。然而仍與〈人的文學〉一樣，不免於功利的啟蒙主義色彩。因此，儘管也強調文學的藝術性，卻又說一個作家應該像「先知或引路的人」，應該去研究平民生活——人的生活。「他的目的，並非將人類的思想趣味，竭力按下，同平民一樣，乃是想將平民的生活提高，得到適當的一個地位」。正因為一般平民懵懂無知，「所以要費心力，去啟發他。正同植物學應用在農業藥物上一樣，文學也須應用在人生上。」[39]

關於人生派與藝術派的取捨問題，周作人在〈新文學的要求〉裡有更進一步的闡發。他認為「藝術派的主張是說藝術有獨立的價值，不必與實用有關，可以超越一切功利而存在。藝術家的全心只在製作純粹的藝術品上，不必顧及人生的種種問題，……甚至於以人生為藝術而存在，所以覺得不甚妥

37　周作人：〈人的文學〉，《藝術與生活》，頁十八—十九。
38　周作人：〈平民的文學〉，《藝術與生活》，頁四—五。
39　同前注，頁六—七。

當。」[40]不過，他對於人生派的主張，即「藝術要與人生有關，不承認有與人生脫節關係的藝術」的見解，也開始懷疑而有所保留。因為「這派的流弊，是容易講到功利裡邊去，以文藝為倫理的工具，變成一種壇上的說教」，覺得不甚妥當，所以提出了修正：

> 正當的解說，是仍以文藝為究極的目的；但這文藝應該通過了著者的情思，與人生有接觸。換一句話說，便是著者應當用藝術的方法，表現他對於人生的情思，使讀者能得藝術的享樂與人生的解釋。這樣說來，我們所要求的當然是人的藝術派的文學。[41]

接著他又從生物進化與人類學的觀點，說明所謂「人生的文學」有兩個特徵：「一、這文學是人性的；不是獸性的，也不是神性的。二、這文學是人類的，也是個人的；卻不是種族的，國家的，鄉土及家族的。」[42]他認為這就是「人道主義的文學的基調」，乃是歷史演化的結果。在這些發言裡，已有注重文學的藝術性的傾向，而且也強調「人性」、「個人」等價值概念。然而還忘不了「人生的解釋」，還擺脫不了功利說教的心態。他自己也不得不坦承他之所以稱述人生的文學，「事實也許還有下意識的作用；背著過去的歷史，生在現今的境地，自然與唯美及快樂主義不能多有同情，……所以我相信人生的文學實在是現今中國唯一的需要。」[43]最後的結論說：

> 這人道主義的文學，我們前面稱他為人生的文學，又有人稱為理想主義的文學；名稱盡有異

同，實質終是一樣，就是個人以人類之一的資格，用藝術的方法表現個人的感情，代表人類的意志，有影響於人間生活幸福的文學。……這新時代的文學家，是「偶像破壞者」。但他還有他的新宗教——人道主義的理想是他的信仰，人類的意志便是他的神。[44]

他本來是想糾正人生派的「說教」傾向的，但談來說去，繞了個大圈子，還是萬變不離其宗，反而又為新時代的文學家樹立了人道主義的宗教。既然是一種宗教，無論教義如何，畢竟是說教的工具；這就難免又把他自己陷入功利載道的泥沼裡，不能自拔。顯然的，周作人當時為了「人生」與「藝術」孰重孰輕的問題，頗感困擾；依違其間，取捨為難。司馬長風評其早期文學理論，謂之「琳瑯滿目，錯亂甚多」，又譏之為「新文學的賣身契」，[45] 雖嫌苛刻，卻不無道理。不過與其說「錯亂甚多」，毋寧說是「充滿矛盾」，似乎更恰當些。對於這些矛盾，周作人自己不久就進行了修正。譬如在〈文藝上的寬容〉（一九二二）裡說：「文藝以自己表現為主體，以感染他人為作用，是個人的而亦為人類

40 周作人：〈新文學的要求〉，《藝術與生活》，頁三十一—三十二。
41 同前注，頁三十二。
42 同前注，頁三十四。
43 同前注，頁三十三。
44 同前注，頁四十—四十一。
45 編者注：司馬長風：《中國新文學史》上卷，頁十六。

的；所以文藝的條件是自己表現，其餘思想與技術上的派別，都在其次。」[46]這就終於超越了「人生」與「藝術」兩個抽象概念的糾纏與困擾，而找到了文學理論上的基點。[47]

## 五

其實，周作人早期文學理論所含的錯亂矛盾，其來有自，並非偶然，究其原因，約有二端。第一是如前所說的時代使命感使然。簡言之，這種矛盾是一個啟蒙主義者與藝術家之間的矛盾，也是一個關心大我的知識分子與表現自我的文人之間的矛盾。不過，這種價值混亂或意識分裂的現象，在中國現代作家當中相當普遍，並不獨周作人為然。第二個原因，即下面所要討論的，便是當時日本文藝思潮，特別是「白樺派」的影響。

關於白樺派的文學運動，周作人在〈日本近三十年小說之發達〉裡，已有簡短的介紹：

> 一是理想主義。自然派文學，描寫人生，並無解決，所以時常引人到絕望裡去。現在卻肯定人生，定下理想，要靠自由意志，去改造生活，這就暫稱作理想主義。法國柏格森創造的進化說，羅蘭的至勇主義，俄國托爾斯泰的人道主義，同英美詩人勃來克與惠特曼的思想，這時也都極盛行。明治四十二年，武者小路實篤等一群青年文士，發刊雜誌《白樺》，提倡這派新文學。到大正三、四年（一九一二—一三）時，勢力漸盛，如今白樺派幾乎成了文壇的中心。[48]

由此可知白樺派是師承西方（包括俄國）近代哲學與文藝思想的混合物。派中主要成員有武者小路實篤（一八八五—一九七六）、志賀直哉（一八八三—一九七一）、有島武郎（一八七八—一九二三）等二十多人。中有小說家、詩人、劇作家、畫家、藝術史家、民藝學者、兒童文學作者等，各有各的專長與興趣，而所尊奉祖襲的西洋典範也不盡相同。因此，《白樺》所登文章，有文學創作，有宗教或人生哲學的探索，有繪畫民藝的鑑賞或研究，頗有綜合性刊物的面貌，而其共同的基本精神則以人道主義為依歸。不過，他們對於所謂人道主義，並沒有定下一致而確切的內涵，而且各有所宗，更顯混雜。大致言之，至少含有四種成分：一是俄國托爾斯泰式的人道主義（humanitarianism）；二是歐洲文藝復興以來的人本主義（humanism）；三是基督教的博愛主義；四是近代西洋的自由民主、自我意識、烏托邦思想等；這些成分的綜合或部分就是白樺派的人道主義，有時也稱之為理想主義，或合而為理想主義的人道主義。[49]

46 周作人：〈文藝上的寬容〉，《自己的園地》（臺北：里仁書局，一九八二年據民國十八年北新書局版影印），頁五。

47 關於周作人文藝思想之演變與成就，非本文重點，可參司馬長風：《中國新文學史》上卷，頁一一六—一二一、頁二二九—二三四；及同書〈附錄一：周作人的文藝思想〉，頁二五九—二七三。

48 周作人：〈日本近三十年小說之發達〉，《藝術與生活》，頁二八八—二八九。案：《白樺》之公開發刊，應在明治四十三年（一九一〇），不是明治四十二年。

49 關於白樺派的人道主義，論者甚多，較有系統者，有瀨沼茂樹：〈白樺派の人道主義〉，收於日本近代文學館編：《日本近代文學と外國文學》（東京：讀賣新聞社，一九六九年），頁一〇三—一二一；臼井吉見：〈白樺の文學運動——武者小路實篤を中心として〉，收於《武者小路實篤集》，《現代日本文學大系》（東京：筑摩書房，一九七〇年），第三十三卷，白樺派的理論家以文學作家武者小路實篤為代表。他在《白樺的運動》小冊子裡說：

> 白樺運動是尊重自然的意志和人類的意志，探討個人應當怎樣生活的運動。……為了人類的生長，首先需要個人的成長。為了使個人成長，每個人就要做自己應當做的事，就要在力所能及的範圍內，把工作盡力做好。……為了人類的成長，個人必須徹底進步，必須做徹底發揮良心的工作。白樺的人們就具有所需要的東西。……使我們進行創作的是人類的意志。因此，我們是抱著使自己的血和精神滲入和傳遍全人類的願望而執筆的。[50]

這就是白樺派文學主張的一個典型論調。嚴格地說，這是文學思想的聲明，而不是文學理論的闡述。如果說白樺派的主張是「創造的模仿」西方的結果，那麼周作人的理論，便可以說是「創造的再模仿」白樺派的產物。個中詳情細節，當然有待更深入而周全的比較研究，但只要稍加對照，就不難看出〈人的文學〉等三篇所謂「指引文壇的明燈」，不但在立論上承襲了白樺派的理想與精神，甚至在行文敘述上也頗多雷同的地方。其中較為彰明昭著的有四：

其一是所提的問題，如人類的進化、「人」的發現、文藝的演進、靈與肉、獸性與人性、親子關係、情愛禁欲與道德等；

其二是所引的文句，如「愛隣如已」、「我（個人）即人類」、「已在所愛之中」等；

其三是所用的概念，如人類的意志、自然的意志、人間的自覺、人的資格、人的生活、非人的生活、人的道德、非人的道德、人間性等；

其四是所舉人名，如耶穌、托爾斯泰、陀思妥也夫斯奇、屠格涅夫、勃萊克、惠特曼等。

諸如此類，儘管周作人自己諱莫如深，隻字不提，而其相承之跡卻極明顯。再者，假如查一下他當時的日記，就可發現他在一九一八及一九一九兩年裡，即在準備寫這幾篇論文的時候，閱讀了不少白樺派的刊物和集子，如《白樺之森》、《白樺之園》、《新村的生活》等，以及小田賴造的《托爾斯泰的人道主義》、赤木桁平的《藝術上的理想主義》等有關的日文專著，足見當時他醉心於白樺派運動之一斑。[51]

然而，這也正是周作人文學理論的問題的癥結所在。如上所述，白樺派的運動本來就不僅是單純的文學運動，特別是武者小路實篤於一九一八年刊行《新村》雜誌，並在九州日向山區創設「新村」（Atarashiki-mura）之後，更推而廣之，甚至變成了一種倡導「新生活」的社會改革運動。周作人一時大為著迷，共鳴之餘，曾根據武者小路的《新村的生活》（一九一八）等書，寫了〈日本的新村〉

頁四一八—四三二；本多秋五：〈《白樺》と人道主義〉，收於氏著：《「白樺」派の文學》（東京：新潮，一九六〇年），頁一二八—一五四。

50 引自西鄉信綱等著，佩珊譯：《日本文學史：日本文學的傳統與創造》（香港：三聯書店，一九七九年），頁三二三—三二四。

51 〈周作人日記〉，刊於《新文學史料》，一九八三年第四期，頁一九七—二一〇；一九八四年第一期，頁二一〇—二一六；又同年第二期，頁一八九—一九七。

與〈新村的理想與實際〉等文加以介紹，並且在一九一九年七月間，還親自訪問了日向的新村本部及幾個支部，發表了〈訪日本新村記〉，推崇之情，溢於言表。[52]所謂新村的理想，就是要建設一種能夠實行「人的生活」，合乎「人類的意志」與「自然的意志」的新社會。據周作人的解釋，就是「主張汎勞動，提倡協力的共同生活，一面盡了對於人類的義務，一方面也盡各人對於個人自己的義務；讚美協力，又讚美個性；發展共同的精神。」在這種新的社會裡，沒有競爭，只有互助；沒有暴力，只有和平；各盡所能，各取所需；使人人都能享受幸福的「人的生活」。[53]像這樣的主張，不用說，帶有濃厚的空想的烏托邦色彩，也含有明顯的新興宗教的說教性格。周作人在師承白樺派文學理論之際，也正是他最熱中於新村之時；這就難怪他所提出的文學理論，不但不能完全擺脫「為人生」的功利意識，而且往往反客為主，題為〈人的文學〉而卻大談特談〈人的生活〉。

附帶值得一提的是，周作人所介紹的日本新村運動，也在中國產生了一些反響。例如北京大學的學生社團「批評社」，還有上海地區的「新人社」，雖然只在一九二〇年曇花一現，但都各有刊物，從事宣揚，並曾吸引了郭紹虞、羅敦偉等人，參與鼓吹「新村主義」的運動。[54]

## 六

周作人早期的文學理論，雖被文學史家認為是影響深遠之作，但其中充滿矛盾，往往難於自圓其說。他自己似乎也頗有悔意，覺得人道主義的文學或新村的理想，除了「滿足自己的趣味之外恐怕沒有多少覺世的效力」，於是不久就放棄了理論的探索，不再做「夢想家與傳道者」，而把注意力集中於「藝術與生活自身」之上。[55] 他開始強調文學的內在價值，領悟了作家應有「自己的園地」：

> 總之藝術是獨立的，卻又原來是人性的，所以既不必使他隔離人生，又不必使他服侍人生，只任他成為渾然的人生的藝術便好了。「為藝術」派以個人為藝術的工匠，「為人生」派以藝術為人生的僕役；現在卻以個人為主人，表現情思而成藝術，即為其生活之一部，初不為福利他人而作，而他人接觸這藝術，得到一種共鳴與感興，使其精神生活充實而豐富，又即以為實生活的根本。這是人生的藝術的要點，有獨立的藝術美與無形的功利。[56]

周作人在這裡很巧妙地消除了「為人生派」與「為藝術派」之間的矛盾，使二者渾然為一，可謂神來之筆。

文學藝術既然是獨立的表現個人情思的東西，那麼，據此認知而推衍開去，又不得不修改他過去

---

52 三篇文章見於周作人：《藝術與生活》，頁四〇一—四六八。

53 詳周作人〈日本的新村〉，《藝術與生活》，頁四〇一。又參看武者小路實篤：〈新しき村に就いての對話〉（一九一八），《武者小路實篤集》，頁三七一—三九五。

54 詳見張允侯等著：《五四時期的社團》（三）（北京：三聯書店，一九七九年），頁一七五—二四二。

55 周作人：《藝術與生活．自序》（一九二六），頁二—三。

56 周作人：〈自己的園地〉（一九二二），《自己的園地》，頁三。

「創造的模仿」的主張。他在〈國粹與歐化〉（一九二二）一文裡說：

梅光迪君說：「實則模仿西人與模仿古人，其所模仿者不同，其為奴隸則一也……。」我因此引起一種對於模仿與影響、國粹與歐化問題的感想。……我的意見則以為模仿都是奴隸，但影響卻是可以的；國粹只是趣味的遺傳，無所用其模仿，歐化是一種外緣，可以盡量的容受他的影響，當然不以模仿了事。……其實既然是模仿了，決不會再有「得其神髓」這一回事。……奴隸無論怎樣遵守主人的話，終於是一個奴隸而非主人；主人的神髓在於自主，而奴隸的本分在於服從，叫他怎樣的去得呢？[57]

他在這裡也很巧妙地區別了模仿與影響，否定前者而肯定後者，彷彿兩者之間界線分明，不許混為一談似的。他之所以想出這樣的兩分法，恐怕與他自己過去模仿白樺派而「失敗」的教訓有關，而在另一方面，也可以說為他自己繼續「容納」外國的學術或文學，留下了一條可以走得心安理得的出路。

周作人一旦肯定了外國的影響之後，特別是到了一九四〇年代，不但不諱言其事，反而常常津津樂道。他終於承認「我的確很受過白樺派的影響，不過這還是在文藝一方面居多。」[58]他所說的「文藝一方面」，似乎應該包括而且偏重於「文藝思想」。又在〈我的雜學〉（一九四四）裡，回憶他的文學生涯說：

> 我從古今中外各方面都受到各樣影響。分析起來，……在知與情兩面分別承受西洋與日本的影響為多，意的方面則純是中國的，不但未受外來感化而發生變動，還一直以此為標準，去酌量容納異國的影響。這個我向來稱之曰儒家精神，雖然似乎有點籠統，與漢以後尤其是宋以後的儒教顯有不同，但為得表示中國人所有的以生之意志為根本的那種人生觀，利用這個名稱殆無不可。[59]

把影響分為知、情、意三方面，也是個有趣的構想。所謂「意」，即《孟子》「以意逆志，是為得之」的意，亦即接受影響者要有自己的意見或目的。用周作人自己的話，就是原始的「儒家精神」，或「中國人所有的以生之意志為根本的那種人生觀」。換句話說，就是「我終是中國人」的自覺與立場。[60]所謂「知」，蓋泛指一切西方的知識或學術思想，包括日本化了的西洋文化，乃是現代中國知

57　周作人：〈國粹與歐化〉（一九二二），《自己的園地》，頁九－十一。

58　周作人：〈關於日本畫家〉（一九四一），《藥堂雜文》，頁一〇〇。

59　周作人：〈我的雜學〉（一九四四），《苦口甘口》（臺北：里仁書局，一九八二年據民國三十三年上海太平書局版影印），頁九十四，又見於《知堂回想錄》下冊，頁七九三。此外在〈明治文學之追憶〉（一九四四）裡，也有類似的話，見周作人：《立春以前》（臺北：里仁書局，一九八二年據民國三十四年上海太平書局版影印），頁七十。

60　周作人：〈日本浪人與順天時報〉（一九二五），《談虎集》（臺北：里仁書局，一九八二年據民國十八年北新書局版影印）下，頁五〇七。

識分子所急欲追求的對象。

至於所謂「情」，似乎指情調、情趣、情味、趣味、韻致、風韻、風趣等種種感性的成分。他在〈我的雜學〉裡有更進一步的說明：「我的雜覽從日本方面得來的也不少。這大抵是關於日本的事情，至少也以日本為背景，這就是說很有點地方的色彩，與西洋的只是學問關係的稍有不同。」又說：「我看日本文的書，並不專是為得通過了這文字去抓住其中的知識，乃是因為對於此事感覺有點興趣，連文字來賞味。……我的關於日本的雜覽既多以情趣為本，自然態度與求知識稍有殊異。」[61]像這樣的態度顯與同代留日作家大相徑庭。譬如魯迅終生不離日文書刊，也常勸人學習日文，[62]但正如日本學者今村與志雄以失望的口氣指出：「魯迅除了（夏目）漱石之外，對於日本文學相當冷漠。他對日本文學的興趣，無非在日本文學（廣義）的介紹外國文學的功能一面而已。更嚴格地說，他只承認日本文學的利用價值。」[63]換句話說，魯迅只把日文當作一種有用的工具或捷徑，而通過日文的翻譯或著作去學習西方的知識。

周作人的態度則迥然不同。雖然在回國後兩三年中，他也與別人一樣，曾經追隨過日本成功的榜樣，如一度企圖模仿白樺派的文藝理論，但除此之外，他不但肯定與推崇日本文化「有一種特別的精神」，而且在他「自己的園地」裡，以愛心從事移植耕耘的工作，積極地鼓吹日本文化的研究。這固然與他自己的嗜好和性分有關，但也有其客觀的需要與理性的基礎。如在〈日本與中國〉（一九二五）一文裡說：

中國在他獨殊的地位上特別有了解日本的必要與可能，但事實上卻並不然。大家都輕蔑日本文化，以為古代是模仿中國，現代是模仿西洋的，不值得一看。日本古今的文化誠然是取材於中國與西洋，卻經過一番調劑，成為他自己的東西，正如羅馬文明之出於希臘而自成一家（或者日本的成功還過於羅馬），所以我們儘可以說日本自有他的文明，在藝術與生活方面更為顯著，雖然沒有什麼哲學思想。我們中國除了把他當作一種民族文明去公平地研究之外，還當特別注意，因為他有許多地方足以供我們研究本國古今文化之參考。從實利這一點說來，日本文化也是中國現今所不可忽視的一種研究。[64]

過了幾年之後，他又在題為〈北大的支路〉（一九三〇）的短文裡，重複了大致相同的呼籲：

日本有小希臘之稱，他的特色確有些與希臘相似，其與中國文化上之關係更彷彿羅馬，很能把先進國的文化拏去保存或同化而光大之，所以中國治「國學」的人可以去從日本得到不少的資料

61　周作人：〈我的雜學〉，《苦口甘口》，頁七九、頁八十八—八十九。
62　魯迅：〈致唐弢〉（一九三四），《魯迅全集》第十二卷，頁四九一—四九二。
63　今村與志雄：〈魯迅と日本文學についてのノート〉，《魯迅と傳統》（東京：勁草書房，一九六七年），頁二四六。
64　周作人：〈日本與中國〉（一九二五），《談虎集》下，頁四九五。

與參考。從文學史上來看，日本從奈良到德川時代這千二百年受的是中國影響，處處可以看出痕跡；明治維新以後，與中國近來的新文學相同，受了西洋的影響，比較起來步驟幾乎一致，不過日本這回成為先進，中國老是追著，有時還有意無意地模擬販賣，這都給予我們很好的對照與反省。[65]

上面這兩段話，乍聽之下，彷彿是以前〈日本近三十年小說之發達〉的回響，但仔細一看，其出發點已大為不同。從前是主張追隨日本新文學成功的榜樣，可說是有意無意地勸人「模擬販賣」；現在則認為研究日本古今文化，可供研究中國文化的參考、對照與反省。此外，還有更重要的「實利」上的理由，就是當時在中日關係日益惡化的情勢下，中國人為了知己知彼，更有了解日本的需要。「我並不想提倡中日國民親善及同樣的好聽話，我以為這是不可能的。但為彼此能夠略相理解，特別希望中國能夠注意於日本文化的緣故，我覺得中日兩方面均非有一種覺悟與悔改不可。」[66]

就在以這種認知為前提下，從一九二〇年前後起，約二十年間，周作人寫了許多介紹、詮釋或批評日本文化的文章。雖然他在一九二五年的〈元旦試筆〉裡，宣稱本來並沒有甚麼「自己的園地」，而收起了「文學家」的招牌；[67]又於一九四〇年發表〈日本之再認識〉之後，「正式聲明日本研究店的關門」，[68]不過這是由於感到他自己寫的文章，無補於時，徒勞無功，在失望灰心之餘發出來的反話。事實上，他終其一生，從未放棄對日本文化的固執與愛好，只是由於受到客觀環境的限制，韜晦謹慎，不再常把心得公之於世而已。

周作人的東西「雜學」固甚繁雜，但他最關心的對象卻不外希臘、日本與中國，可謂鼎足而三。關於希臘，王靖獻有〈周作人的希臘學術〉英文長稿，詳論其事，大抵是屬於「知」的方面，無非從書本上得來，難免有抽象而加以美化的傾向。[69]對於日本則不然。正如他自己所說，「希臘古國恨未及見，日本則幸曾身歷」，不但有六年的留日經驗，而且親自與日本人周旋了大半輩子，所以談起日本或日本文化來，常常從親身經驗體會的「日本生活」出發。即使在討論古希臘的時候，也禁不住要拿他的日本經驗來比照印證，而「於希臘日本的良風美俗不能不表示贊美。」[70]他自己也承認以「對於日本生活之愛好」為基礎的日本觀，不免有其限制和缺點：

> 那時東京的生活比後來更西洋化的至少總更有日本的特色，那麼我的所了解即使很淺也總不大

---

65 周作人：〈北大的支路〉（一九三〇），《苦竹雜記》（臺北：里仁書局，一九八二年據民國二十五年上海良友圖書公司版影印），頁三〇七。

66 周作人：〈日本與中國〉，《談虎集》下，頁五〇一—五〇二。

67 周作人：〈元旦試筆〉（一九二五），《雨天的書》，頁一九〇。

68 周作人：《立春以前．後記》（一九四五），頁一九五。

69 C.H. Wang, "Chou Tso-jen's Hellenism", *Renditions*, No.7 (Spring1977), pp.5-28.

70 周作人：〈日本之再認識〉，《藥味集》（臺北：里仁書局，一九八二年據民國三十一年北京新民印書局版影印），頁二三九。

錯，不過我憑的是經驗而不是理論，所以雖然自己感覺有切實的根底，而說起來不容易圓到，又多憑主觀，自然觀察不能周密，這實是無可如何之事。因為同樣的理由，我對於日本文學藝術的了解也只是部分的，在理論上我知道要尋求所謂日本精神於文學上必須以奈良朝以上為限，……但是，古典既很不易讀，讀了也未能豁然貫通。像近代文學一樣，覺得他與社會生活是相連的，比較容易了解。……目前是明治時代，再上去亦只以德川時代為止。民國六年來北京後這二十年中，所涉獵雜書中有一部分是關於日本的，大抵是俳諧、俳文、雜俳，特別是川柳、狂歌、小唄、俗曲、洒落本、滑稽本、小話即落語等。別一方面則浮世繪、大津繪，以及民藝，差不多都屬於民間的，在我只取其不太難懂，又與所見生活或可互有發明耳。[71]

由此自述，不但可以看出他詮釋日本文化的態度與門徑，也可以了解他對日本文化的興趣所在及其理由。要之，他所追求的對象，大半限於明治文學（後來又加上了大正文學），以及德川時代的民間的文學藝術，因為比較容易了解，而且「與所見生活或可互有發明」，足見其日本生活經驗對其日本研究的重要性。

他在上面引文中所提的「這二十年」，據其《書房一角》的〈原序〉（一九四〇），可以分成兩個階段：前十年寫批評文章；後十年只寫隨筆，或稱讀書錄或看書偶記。不過，無論批評或隨筆，大都採用小品雜文的形式，二者之間其實並沒有明確的界線。何況他心目中的批評文章，「應該是一篇文藝作品」或是「一篇美文」，目的在「寫出著者對於某一作品的印象與鑑賞，決不是偏於理智的論斷」。他曾引陶淵明的兩句詩：「奇文共欣賞，疑義相與析。」認為「所謂文藝批評便是奇文共欣賞，是趣味的綜合的事；疑義相與析，正是理智的分析的工作之一部分。」[72]換句他自己的話說，真正的批評應該「是詩人的而非學者的批評。」[73]自從他放棄文學理論的探索以後，他一再強調「文藝本是著者感情生活的表現，感人乃其自然的效用」，[74]所以讀者應加以感性的鑑賞，而不必從事於客觀的訴諸理性的分析。批評既然也是一種文藝作品，那麼，他自己所寫的許多所謂批評的文章，也可以當作他自己「感情生活的表現」了。

## 七

周作人首先接觸的日本文化，不用說是明治時代的生活與文學。他留學日本的期間，正值日本自然主義風靡文壇的時候。但他對於這一派的文學作品，認為多而不精，也與他的趣味格格不入，並不

71　同前注，頁二四〇—二四一。

72　周作人：〈文藝批評雜話〉（一九二三），《談龍集》（臺北：里仁書局，一九八二年據民國十六年上海開明書店版影印），頁一—三。

73　周作人：〈文藝上的寬容〉，《自己的園地》，頁六。

74　周作人：〈詩的效用〉（一九二二），《自己的園地》，頁二十一。

怎麼喜歡。他所喜歡的反而是主流以外的作家，如夏日漱石、森鷗外（一八六二—一九二二）、坪內逍遙（一八五九—一九三五）、上田敏（一八七四—一九一六）、永井荷風（一八七九—一九五九）、戶川秋骨（一八七〇—一九三九）、谷崎潤一郎（一八八六—一九六五）等。不過，他對這些作家的興趣，並不在於他們的小說，而是他們的隨筆散文或「不大像小說的隨筆風的小說」。這是因為他覺得現代的包括自然主義的小說，「似乎是安排下好的西洋景等我們去做呆鳥」，會令人不耐其煩。反之，隨筆散文較有日本風味，也較能表現日本文章的特色。譬如他喜歡戶川秋骨的隨筆，理由是：

> 他的文章的特色我曾說是詼諧與諷刺，一部分自然無妨說是出於英文學中的幽默，一部分又似日本文學裡的俳味，自有一種特殊的氣韻，與全受西洋風的論文不同。在這幽默中間實在多是文化批評，比一般文人論客所說往往要更為公正而且深刻。這是我對於戶川最為佩服的地方。[75]

基於同樣的理由，周作人也喜歡夏日漱石的散文及《我是貓》等隨筆風的小說，認為夏目的文章「或者可以說是英國紳士的幽默與江戶仔的灑脫之和合」。[76]

所謂「俳味」，簡言之，就是俳文俳句的風味。俳文指俳諧體的文章，中國也自古有之，但未能發展為主要的文類。在日本則自德川時代的俳人（俳句作家）倡導以來，自成一體；到了明治時代，又經正岡子規（一八六七—一九〇二）、高濱虛子（一八七四—一九五九）等新俳人，極力提倡，終於變成了日本近代散文中的一大支派。周作人顯然對俳文有特別的愛好，曾有〈談俳文〉與〈再談俳文〉（一九三七）二文，分別介紹了日本與中國的俳文，並加以比較。他對日本俳文的看法如下：

> 俳文的內容並不一樣，有的閒寂幽玄，有的灑脫飄逸，或怡情於花鳥風月，或留意人生的滑稽味，歸結起來，可分三類：一是高遠清雅的俳境，二是詼諧諷刺，三是介在這中間的蘊藉而詼詭的趣味。其表現的方法同以簡潔為貴，喜有餘韻而忌枝節。故文章有一致的趨向，多用巧妙的譬喻適切的典故，精練的筆致與含蓄的語句，又復自由驅使雅俗和漢語，於雜揉中見調和，此其所以難也。[77]

這些話把俳文的品質特色與種類，說得入木三分，不是得其真髓者不能道得如此精闢中肯。周作人在他自己的小品散文裡所想追求的，似乎就是這些俳文的境界與趣味。如果再加上中國傳統的「雅、拙、樸、澀、重厚、清朗、通達、中庸、有別擇等」，[78]那麼，他所追求的趣味情調就更周全了。有些痕跡顯示，他的小品散文的確受了日本隨筆或俳文的影響。例如〈死法〉（一九二七）一文，他自

75　周作人：〈明治文學之追憶〉，《立春以前》，頁七十二—七十三。又可參〈凡人崇拜〉（一九三七），《秉燭談》（臺北：里仁書局，一九八二年據民國二十五年上海北新書局版影印），頁一四五—一四七。

76　周作人：〈我是貓〉（一九三五），《苦竹雜記》，頁二五三。

77　周作人：〈談俳文〉，《藥味集》，頁一九四—一九五。

78　周作人：〈笠翁與隨園〉（一九三五），《苦竹雜記》，頁八十四。

己承認「有點受了正岡子規的俳文〈死後〉的暗示。」[79]又如〈夏夜夢〉（一九二二），在結構與手法上，也與夏目漱石的〈夢十夜〉相彷彿。[80]

不過，最明顯而頻繁的影響關係，也許可以稱為「日為我用」。具體地說，便是通過引用或討論日本作家或作品，表示共鳴而引為同志，或發抒感想以寄情調，乃至作為一種自我反省或自我譴責的手段。這類篇章極多。在明治、大正諸作家中，周作人似乎對永井荷風的文章，最為情投意合，常加引用，尤其是下面的兩段話。其一：

> 我反省自己是甚麼呢？我非威耳哈倫（Verhaeren）似的比利時人而是日本人也，生來就和他們的運命及境遇迥異的東方人也。戀愛的至情不必說了，凡對於異性之性欲的感覺悉視為最大的罪惡，我輩即奉戴著此法制者也。承受「勝不過啼哭的小孩和地主」的教訓的人類也，知道「說話則脣寒」的國民也。使威耳哈倫感奮的那滴著鮮血的肥羊肉與芳醇的蒲桃酒與強壯的婦女的繪畫，都於我有甚麼用呢？嗚呼，我愛浮世繪。苦海十年為親賣身的游女的繪姿使我泣。憑倚竹窗茫然看著流水的藝妓的姿態使我喜。賣宵夜麵的紙燈寂寞地停留的河邊的夜景使我醉。雨夜啼月的杜鵑，陣雨中散落的秋天木葉，落花飄風的鐘聲，途中日暮的山路的雪，凡是無常無告無望的，使人無端嗟嘆此世只是一夢的；這樣的一切東西，於我都是可親，於我都是可懷。[81]

其二：

這暗示出那樣黑暗時代的恐怖與悲哀與疲勞，在這一點上我覺得正如聞娼婦啜泣的微聲，深不能忘記那悲苦無告的色調。我與現社會相接觸，常見強者之極其強暴而感到義憤的時候，想起這無告的色彩之美，因了潛存的哀訴的旋律而將暗黑的過去再現出來，我忽然了解東洋固有的專制的精神之為何，深悟空言正義之不免為愚了。希臘美術發生於以亞坡隆為神的國土，浮世繪則由與蟲豸同樣的平民之手製作於日光晒不到的小胡同的雜院裡。現在雖云時代全已變革，要之只是外觀罷了。若以合理的眼光一看破其外皮，則武斷政治的精神與百年以前毫無所異，江戶木板畫之悲哀的色彩至今全無時間的間隔，深深沁入我們的胸底，常傳親密的私語者，蓋非偶然也。[82]

上面這兩段話的原文，見於永井荷風的〈浮世繪的鑑賞〉，最初發表於《中央公論》（一九一四），其後收入《江戶藝術論》（一九二〇）一書中。周作人所依據的大概就是這個本子。此外，他當然也談到或引用其他荷風的作品，如《日和下駄》（一名《東京散策記》）等，但對這兩段話似乎情有獨鍾，

79　周作人：〈死法〉，《澤瀉集》（臺北：里仁書局，一九八二年據民國十六年上海北新書局版影印），頁一二一。

80　周作人：〈夏夜夢〉，《談虎集》下，頁五六九—五八七。夏目漱石：〈夢十夜〉（一九〇八年），《漱石全集》（東京：岩波書店，一九九五年），第十二卷，頁九十九—一三〇。

81　永井荷風：〈浮世繪的鑑賞〉（〈浮世繪の鑑賞〉），周作人譯文，原文見永井荷風著，稻垣達郎、竹盛天雄、中島國彥編：《荷風全集》（東京：岩波書店，一九九二年），第十卷，頁一五二。

82　同前注，頁一四七—一四八。

在他不同的文章裡一再引用，特別是第一段，竟達七、八次之多。

第一次引用出現在〈關於命運〉（一九三五）一文裡。這是一篇探討中國之命運的文章。周作人先解釋了「命」是先天的遺傳；「運」是後天的環境，然後引用了這兩段荷風的話，以彼喻己，指出現代中國很像明朝末世，並談到明末的八股和黨社二禍，借古諷今，奉勸那些「考慮中國的現在與將來的人士必須要對於他這可怕的命運知道畏而不懼，不諱言，敢正視，處處努力要抓住牠的尾巴而不為所纏繞住，才能獲得明智，死生吉凶全能瞭知」。至於他自己呢？他說他既無此本能，「只好消極地努力，隨時反省，不能減輕也總不要去增長累世的惡業，以水為鑑，不到政治文學壇上去跳舊式的戲，庶幾下可對得起子孫，雖然對於祖先未免少不肖。」最後引了一首失名的日本小詩作結：

蟲呵蟲呵！
難道你叫著，
「業」便會盡了嗎？[83]

這篇文章發表後，有人著文「挑剔」云：「在歷史上感覺到自己的遲暮的人，總是自覺地或不自覺地要躲在神祕中去尋覓自己的安慰。」[84] 周作人於是又寫了一篇〈關於命運之二〉，重申己見。文中除了再引荷風那段「我反省自己是甚麼呢？……」的部分之外，又從〈浮世繪的鑑賞〉裡譯引了另外一段話以自況：「余初甚憤且悲。但是幸而此悲憤絕望乃成為使余入於日本人古來遺傳性的死心之無差別觀，……」並且用來支持他「萬物都逃不脫命運」的看法。[85]其實，這類論調無非出諸反語，旨在諷世，卻已不止一次受到關心國運的慷慨之士的攻擊。但正如魯迅所說：「此種微詞，已為今之青年所不憭，……文人美女，必負亡國之責，近似亦有人覺國之將亡，已在卸責於清流或輿論矣。」[86]

其後，在一九三六年，周作人又在〈懷東京〉裡引了上舉荷風的第一段話，然後接著發抒他的感想：

> 永井氏是在說本國的事，所以很有悲憤，我們當作外國藝術看時似乎可不必如此，雖然也很贊同他的意思。是的，卻也不是。生活背景既多近似之處，看了從這出來的藝術的表示，也常令人有〈瘞旅文〉的「吾與爾猶彼也」之感。大的藝術裡吾爾彼總是合一的。……還有一層，中國與日本現在是立於敵國的地位，但如離開現時的關係而論永久的性質，則兩者都是生來就和西洋的運命及境遇迴異的東洋人也。日本有些法西斯中毒患者，以為自己國民的幸福勝過至少也等於西洋了，就差未能吞併亞洲，稍有愧色，而藝術家乃感到「說話則脣寒」的悲哀，此正是東洋人之

83 周作人：〈關於命運〉，《苦茶隨筆》（臺北：里仁書局，一九八二年據民國二十四年上海北新書局版影印），頁一八六—一八七。

84 周作人：〈關於命運之二〉，《苦茶隨筆》，頁一八九。

85 同前注，頁一九四—一九五。荷風原文見於《荷風全集》第十卷，頁一四五。

86 魯迅：〈致曹聚仁〉（一九三四），《魯迅全集》第十二卷，頁三九七—三九八。

悲哀也。我輩聞之亦不能不惘然。[87]

當周作人在苦雨齋裡惘然地寫著這些話的時候，中國的排日運動早已進入了高潮，然而他卻還在天真地想著要「離開現時的關係而論永久的性質」，只憑那點藝術上所表現的「東洋人之悲哀」，繼續要與日本人的命運認同。這種認同感，他持之已久。譬如在稍前所寫的〈日本的衣食住〉（一九三五）裡說：「我仍明確地看明白日本與中國畢竟同是亞細亞人，興衰禍福目前雖是不同，究竟的命運還是一致。亞細亞人豈終將淪於劣種乎？念之惘然。……實在乃是漆黑的宿命論也。」[88] 他這種「吾與爾猶彼也」的胸襟，固然可佩，但不管他如何苦口婆心，遠水畢竟救不了近火；其不合時宜，自在意料之中。只好與永井荷風同病相憐，「深悟空言正義之不免為愚了」。

其實，只要周作人不流於感情用事，就該能「明確地看明白」日本自十九世紀末以來，先有福澤諭吉（一八三四—一九〇一）所首唱的〈脫亞論〉（一八八五），其後經過甲午之役（一八九四）、八國聯軍（一九〇〇）、柳條溝（一九三一）、滿洲國（一九三二）、華北自治等一連串事件，得寸進尺，早已得意忘形；不要說官僚政客，甚至所謂文化人，包括不少大作家在內，還能夠誠心誠意地與中國人「吾與爾猶彼也」的，已經少之又少。永井荷風倒是少數例外之一。他終其一生，即使在中日戰爭期間，一直拒絕與日本軍國主義政府合作，甘於寂寞，保持了一個文人孤高而獨立的人格。周作人之能欣賞荷風，可謂慧眼識英雄。然而他自己卻不能堅持晚節於亂世，就遠不如這位異國前輩了。

## 八

周作人當然並非無視於中日關係的現實，而且正因為這個緣故，他才甘冒「親日派」的嫌疑，獻身於日本文化的研究介紹，希望有助於增進兩國人民的相互理解。還參加了土肥原賢二發起的中日教育會，並任會長（一九二五）。他早在一九二〇年就寫了一篇〈親日派〉短文，對這個名詞加以說明：

> 中國所痛惡的，日本所歡迎的那種親日派，並不是真實的親日派，不過是一種牟利求榮的小人，對於中國，與對於日本，一樣有害的，一面損了中國人的實利，一面損了日本人的光榮。我們承認一國的光榮在於他的文化——學術與藝文，並不在他的屬地利權或武力，而且這些東西有時候遠要連累了缺損他原有的光榮。（案：如歐戰時德國文學家霍普特曼，非洲戰爭時義國科學家馬爾可尼，各為本國辯解，說好些可笑的話。）中國並不曾有真的親日派，因為中國還沒有人理解日本國民的真正光榮，這件事只看中國出版界上沒有一冊書或一篇文講日本的文藝或美術，

87　周作人：〈懷東京〉（一九三六），《瓜豆集》（臺北：里仁書局，一九八二年據民國二十六年宇宙風社版影印），頁九十八—九十九。

88　周作人：〈日本的衣食住〉（一九三五），《苦竹雜記》，頁二三九。

就可知道了。[89]

他認為在世界上真正夠資格的親日派，只有一個小泉八雲（Lafcadio Hearn，一八五〇—一九〇四）而已。不過他總覺得「西洋人看東洋總是有點浪漫的，他們的詆毀與贊美都不甚可靠，……有名的小泉八雲也還不免有點如此」。反之，「中國人論理可以沒有這些毛病，因為我們的文化與日本是同一系統，儒釋道三種思想本是知道的，那麼這裡沒有什麼隔閡，了解自然容易得多。」因此，在正常的時代或環境下，他相信中國的日本研究應該是「很可以樂觀」的。不幸的是，儘管「中國對於日本文化的理解有很好的『因』很遠地種下了，可是『緣』卻不好。這多少年來政治上的衝突變成了文化接觸的極大障害，所以從又一方面看去樂觀是絕無根據。」[90]

無疑的，周作人也希望他自己變成一個像小泉八雲那樣或更好的親日派。只不過在有好「因」而無好「緣」的當時情況下，不得不猶疑於排日與親日之間，左右為難。他對日本文化的「情」與作為中國人的「意」，兩相矛盾，難於擺平。苦心焦慮的結果，好不容易設想出了第三條路。〈排日平議〉（一九二七）云：

我希望學問藝術的研究是應該超越政治的，所以中國的知識階級一面畢生——不，至少在日本有軍人內閣，以出兵扶植反動勢力為對華方針的時代，努力鼓吹排日，一面也仍致力於日本文化之探討，實行真正的中日共榮，這是沒有偏頗的辦法。[91]

他於是採取了這個「沒有偏頗的辦法」，主要在一九二〇年代中期以後，一方面繼續從事日本學問藝術風俗文學的研究工作，另一方面也的確站在「排日」的立場，針對當代日本的侵略政策與行為，尤其是對於橫行於中國的所謂「支那通」及「浪人」，大加撻伐。

譬如在〈日本浪人與順天時報〉（一九二五）裡，他揭露《順天時報》是日本軍閥政府的機關，「無一不用了帝國的眼光，故意地來教化我們，使潛移默化以進於一德同風之域」。並且對於這個華文報紙「自政治外交以至社會家庭、思想道德的問題」，批評指導中國的「好意」，表示了「可感謝的為難」；[92] 大展其反語之筆，加以揶揄諷刺。但他的日本批判畢竟是出於不得已，所以難免愛恨交加，往往充滿著無可奈何之情：

> 日本是我所愛的國土之一，正如那古希臘也是其一。……無論我怎樣愛好日本，我的意見與日本的普通人總有極大的隔閡，而且對於他們的有些言動不能不感到一種憤恨。憤的是因為牠傷了我為中國人的自尊心，恨的是因為牠動搖了我對於日本的憧憬。我還未為此而破壞了我的夢，但

89 周作人：〈親日派〉，《談虎集》上，頁十九—二十。全文又引於〈日本管窺之三〉（一九三五），《風雨談》（臺北：里仁書局，一九八二年據民國二十五年上海北新書局版影印），頁二四四。

90 周作人：〈日本管窺之三〉，同前注，頁二四四—二四八。

91 周作人：〈排日平議〉（一九二七），《談虎集》下，頁五二二。

92 周作人：〈日本浪人與順天時報〉，《談虎集》下，頁五〇三。

我不是甚麼超越的賢人，實在不能無所恨惜。我知道這是沒法的，世上沒有這樣如意的事，只有喜悅而無恨惜；所以我也不再有甚麼怨尤，只是這樣的做下去：可愛的就愛，可恨的就恨。似乎親日，似乎排日，都無不可，而且這或者正是唯一可行之道。[93]

話雖如此，他是否真能把「可愛的」與「可恨的」截然劃分呢？觀其後來的言行與出處進退之矛盾百出，答案應該是否定的。不錯，他愛日本的文化而恨日本的政治，但一國的文化與政治不可能完全對立，反而是相輔相成的，這恐怕才是真正的癥結所在。

此外，如〈日本與中國〉、〈日本人的好意〉、〈再是順天時報〉、〈裸體遊行考訂〉、〈希臘的維持風化〉、〈清朝的玉璽〉、〈李佳白之不解〉等篇，也都是部分或全部針對《順天時報》的。其他與《順天時報》無關的批日文章，當然也有不少，不一一列舉。不過，值得注意的是在這些文章裡，他從不忘記隨時提醒中國人，也要自我反省、覺悟與悔改。因為「日本與中國雖然不是同文同種，究竟是有關係的，不是老表，也總是鄰居，好好歹歹許多牽連，若想找他家的漏洞時稍不小心，便批了自己的嘴巴。」[94] 同時，他也一再地提醒他的讀者，反日的範圍應該限於軍國主義者，不要以偏概全地反對所有的日本人。否則就會變得專門培養國民間的憎惡，養成專斷籠統的思想，而失墜了國民的性格，反而得不償失。總之，就兩國人民的立場而言，不管好歹，終究是「吾與爾猶彼也」。

當時周作人對於日本的心情的確是愛恨交織，但他對於日本的憧憬依然如故，絕不輕言放棄。雖說「那時大家對於日本只有兩種態度：不是親日的奴廝，便是排日的走卒，這其間更沒有容許第三的取研究態度的獨立派存在的餘地」，[95] 他卻仍緊抱著通過文化研究來增進彼此了解之夢，覺得在親日與排日之間，或許還有第三種獨立派存在的可能性；頗有知其不可為而為之的悲壯之志。因此，進入一九三〇年代以後，他不但不怨尤，反而更積極地想做一個「真正的親日派」，寫了〈日本管窺〉（四篇）等一系列研究日本文化之作。不過嚴格地說，這些文章雖然名為研究，基本上還是屬於「詩人的而非學者的批評」，並不是甚麼有系統的學術性論文。他晚年在《知堂回想錄》裡回憶說，〈日本管窺〉是他「所寫關於日本的比較正式的論文。……乃是想平心靜氣的來想它一回，比較冷靜的加以批評的，但是當初也沒有好的意見，不過總是想竭力避免感情用事」。又說他當時「意思混亂，純粹是在暗中摸索」。[96] 他之所以不免於「意思混亂」，追究起來，還是由於他對日感情的矛盾，從而有愛有善意，也有恨有譴責。要之，仍然不無感情用事的成分。

周作人在這些日本論裡，幾乎篇篇都要提到日本是他所愛的國土，或東京是他的第二故鄉之類的話，足見他永遠不能忘懷於那段美好的留日經驗。他讚賞日本傳統的衣食住的簡單、清潔、樸素、安閒與舒適；推崇日本文學藝術裡的趣味與「人情美」，甚至在日本武士道裡看出「武士之情」而大喜

93 同前注，頁五〇七—五〇八。

94 周作人：〈雅片祭灶考〉（一九二七），《談虎集》下，頁六〇八。

95 周作人：〈日本與中國〉，《談虎集》下，頁五〇二。

96 周作人：〈日本管窺〉，《知堂回想錄》下冊，頁六二八—六二九。

過望。然而當他在津津樂道這些日本文化之美時，卻又不能不瞿然驚覺於眼前日本帝國主義的醜惡面目。如上所說，他一直覺得或希望在對付日本問題時，應該有第三條路可走。但從他不憚其煩地一再強調這條路的可行性，反而顯得他其實也沒有十分的把握，充其量也只是一種沒有希望的希望而已。如在〈談日本文化書二〉（一九三六）裡說：

> 本來據我想，一個民族的代表可以有兩種，一是政治軍事方面的所謂英雄，一是藝文學術方面的賢哲。此二者原來都是人生活動的一面，但趨向並不相同，有時常至背馳，所以我們只能分別觀之，不當輕易根據其一以抹殺其二。如有人因為喜愛日本的文明，覺得他一切都好，對於醜惡面也加以回護，又或因為憎惡暴力的關係，翻過來打倒一切，以為日本無文化，這都是同樣的錯誤。……我的意思是，我們要研究、理解或談日本的文化，其目的不外是想去找出日本民族代表的賢哲來，聽聽同為人類為東洋人的悲哀，卻把那些英雄擱在一旁，無論這是怎樣地可怨恨或輕蔑。[97]

然而他自問：「這是可以做到的嗎？」他的自答是：「我不能回答。」但又說：「這總恐怕很不容易，雖然未必是不可能。」[98] 可見他還是不肯隨便放棄對日本文化的追求。只要有「未必是不可能」的一線希望存在，他大概是會堅持到底的。不過在當時的情況下，他越探討日本文化，越覺得與中日關係的現實背道而馳。「譬如能鑑賞《源氏物語》或浮世繪者見了柳條溝、滿洲國、藏本失蹤、華北自治與走私等等，一定只覺得醜惡愚劣，……蓋此等事既非真善亦併無美也。」他因而得到了一個結論：「必欲使心中文化與目前事實合一，則結果非矛盾失望而中止不可。」[99]

其實，周作人只要遵守他自己「不談國事」的戒條，甘於韜晦，從純粹的學術立場去研究日本文化，像這樣的矛盾失望自然不會產生，至少也能得到加以超越的從容。儘管他告誡過自己，在現今這個奇妙的時代，最好不必那麼熱心積極，應該歸於「平淡」，托於「閒適」；「以後應當努力，用心寫好文章，莫管人家鳥事，且談草木蟲魚，要緊要緊」，[100]但這是他一向慣用的反語，相反是實。他要談國事談時代，當然是作為一個知識分子的權利，也是義務。問題是他卻不針對現實而論現實。而「必欲使心中文化與目前事實合一」，就難免要患時代錯誤症了。即使如此，他還是念念不忘日本文化，頗有「雖九死其猶未悔」之慨。〈日本管窺之四〉（一九三七）說：

> 近幾年來，我心中老是懷著一個大的疑情，即是關於日本民族的矛盾現象的，至今還不能得到解答；日本人愛美，這在文學藝術以及衣食住的形式上都可看出，不知道為什麼在對中國的行動

97 周作人：〈談日本文化書其二〉（一九三六），《瓜豆集》，頁八十一—八五。
98 同前注，頁八十五。
99 周作人：〈談日本文化書〉（一九三六），《瓜豆集》，頁七十八—七十九。又見〈日本管窺之三〉，《風雨談》，頁二五六。
100 周作人：〈後記〉（一九三五），《苦茶隨筆》，頁三四五。

顯得那麼不怕醜。日本人又是很巧的，工藝美術都可作證，行動上卻又是那麼拙；日本人喜潔淨，到處澡堂為別國所無，但行動上又那麼髒，有時候卑劣得叫人噁心。這真是天下的大奇事，差不多可以說是奇蹟。[101]

第三條路既然走不通，在灰心失望之餘，他也想另闢蹊徑，把日本文化擱在一邊，試從日本民族性或國民性去解釋日本人的所作所為。他勉強提出了一個假定，認為日本民族的矛盾現象及其狂熱傾向，也許源於原始薩滿教（shamanism）式的神道信仰。「我想假如我能夠懂得抬神輿的壯丁的心理，那麼我也能夠了解日本對華行動的意思。」但是他馬上招認他自己「沒有什麼宗教情緒，對於這些事情簡直張不開口來，別說想去啃一下了。而不懂得日本神道教信徒的精神狀態便不能明白日本的許多事情，結果我不得不絕望。」所以他的結論是：「日本文化可談，而日本國民性終於是謎似的不可懂，則許多切實的問題便無可談，文化亦只清談而已。」[102]

後來在一九四〇年，他又寫了一篇〈日本之再認識〉，實際上是抄自那幾篇〈日本管窺〉，湊合而成。在此文中他又引用了永井荷風「我反省自己是甚麼呢？……」那段話，但這次引用的目的，已不在強調或認同所謂「東洋人之悲哀」，而是為了要否定這懷抱已久的想法：

我們前此觀察日本文化，往往取其與自己近似者加以鑑賞，不知此特為日本文化中東洋共有之成分，本非其固有精神之所在。今因其與自己近似，易於理解而遂取之，以為已了解得日本文化之要點，此正是極大的幻覺，最易自誤而誤人者也。我在上邊說了許多對於日本的觀察，其目的便只為的到了現在來一筆勾消，說明所走的路全是錯的。我所知道的只是日本文化中東亞性的一面，若日本之本來面目可以說全不曾知道。[103]

這篇文章也以要「了解日本須自其宗教入手」作結，而且搬出了孔子「知之為知之，不知為不知，是知也」的話，再聲明他對日本之「不知」。[104]〈日本之再認識〉是應日本國際文化振興會之約，為日本紀元二千六百年紀念論文集而寫的。那時抗日戰爭已經進行三年多了。此外，在同年及以後三、四年間，他還寫了〈緣日〉（一九四〇）、〈關於祭神迎會〉（一九四三）、〈怠工之辯〉（一九四四）等文，似乎有意從宗教信仰入手去探討日本的國民性，然而每篇的結論還都是一樣的「不知」。[105]於是，他才終於名副其實地關掉了「日本研究小店」。那時他已辭掉了偽教育總署督辦，改任偽華北綜合調查研究所副理事長。一年後，日本便投降了。

---

101 周作人：〈日本管窺之四〉（一九三七），《知堂乙酉文編》，收錄於周作人著，止庵校訂：《周作人自編文集》，頁一二〇。

102 同前注，頁一二七—一二八。

103 周作人：〈日本之再認識〉，《知堂乙酉文編》，頁一三六。

104 同前注，頁一三九。

105 三篇分別見《藥味集》，頁一五一—一五九；《藥堂雜文》，頁一〇三—一〇九；《苦口甘口》，頁四〇—四五。

## 九

綜觀周作人的一生，自從他於一九〇六年赴日留學以後，不管在文學、思想、生活、嗜好等各方面，都與日本結下了密切的關係，也受到了深遠的影響。雖然晚年大陸淪陷，蟄居北平，不願也不能再談日本的事情，的確實現了他「關掉日本研究店」的諾言，但他對於日本的文化還是不能忘懷。在極為不利的環境下，他放棄研究而從事翻譯，成績也相當可觀。據其《知堂回想錄》所舉，他陸續譯完了《古事記》、石川啄木的和歌集、式亭三馬的《浮世風呂》（譯名《浮世澡堂》）及《浮世床》（譯名《浮世理髮店》）、《日本落語選》、《日本狂言選》，以及清少納言的《枕草紙》等書。[106] 而且經常用假名托香港友人，輾轉代購日本古今書籍，或日本海鮮罐頭、味噌汁等食品。[107] 可見他的日本趣味並未隨著年齡而稍衰。

周作人早年因受梁啟超文學功利主義的影響，又因得到日本維新的啟示，而獻身於文學事業，希望藉此以改良中國社會。回國後不久，正值新文學運動的發軔期，恰好執教於北京大學，因得天時、地利、人和之便，充分利用他自留日以來所累積的東西「雜學」，鼓吹日本白樺派式的人道主義，建立了他的「人的文學」理論，成為五四時代文學理論的先鋒。同時又雜糅英美「美文」、日本隨筆俳文，並吸取晚明古文小品的長處，倡導所謂「雜文」的創作，被認為是中國現代小品散文的開山大師。當他意識到他的人道主義文學理論，也與梁啟超的功利主義一樣，不免流於載道說教，無法調和「為人生」與「為藝術」之間的矛盾之後，便揚棄了難於自圓其說的理論空談，而躲進了「十字街頭的塔」或「自己的園地」裡，改以雜文的形式致力於表現個人的情思趣味，企圖創造一種「有獨立的藝術美與無形的功利」的文學。其中有不少是詮釋鑑賞日本文學的所謂「批評」之作。觀其終生的文學業績，無論在理論建設或散文創作各方面，都留下了深受日本文學影響的痕跡。

然而他對於日本的興趣，正如他自己說有好「因」而無好「緣」，不巧正逢中日兩國敵對的時代，使他不得不面對日本侵華的事實，以致徘徊於親日與排日之間，無所適從。他終於發覺在當代中國的現實裡，根本不可能有所謂「自己的園地」。於是轉而想以超越政治的立場，從事日本文化的研究，希望通過解釋日本的民族性而增進彼此的理解，稍盡一點知識分子的職責。但是，他的日本文化研究每以美好的留日經驗為出發點，所以善意多於批評，責彼而又不忘責己。甚至抓住永井荷風所提的「東洋人之悲哀」，引為同志，大發「吾與爾猶彼也」的共鳴；難免感情用事，患了時代錯誤的毛病。結果他的一番努力，畢竟徒勞無功，無補於時；失望灰心之餘，只好聲明放棄日本研究。接著蘆構橋事變的礮聲一響，他對日本的幻想也就被震碎了。

周作人一生的浮沉榮辱的確與日本息息相關。他在思想上、感情上乃至行為上表現的種種矛盾，往往源於他對日本文化的偏愛與對日本人的善意。這種日本情結也許有助於了解他在抗日期間，決定與侵略者合作而淪為文化漢奸的心態。他於二十一歲時初到日本，就一見鍾情，愛上了這個國家，而

106 周作人：〈我的工作五〉、〈我的工作六〉，《知堂回想錄》下冊，頁七〇〇—七一〇。

107 散見周作人：《周作人晚年手札一百封》（香港：太平洋圖書，一九七二年）。特別是頁五十四—五十七、頁六十、頁六十三—六十六、頁七十三、頁八十二—八十八、頁九十二、頁九十七、頁一一一—一一三。

且把東京當作他的第二故鄉，終生念念不忘。他曾說：「人們在戀愛經驗上特別覺得初戀不易忘記，別的事情恐怕也如此。所以最初的印象很是重要。」[108] 東京正是他的初戀之地。儘管後來日本不但不投桃報李，反而以怨報德，使他由愛而恨，至於愛恨交織。雖然蘆構橋的礮聲震碎了他對日本的愛，但正像失戀的人一樣，恨歸恨，也還是舊情難忘，繼續他的單相思，總希望還有破鏡重圓的一天。

他之所以一廂情願地決定留在淪陷區，又辜負了大家對他的信任與期待，半推半就地前後出任所謂北京大學文學院長兼圖書館長、華北政務委員會教育總署督辦、東亞文化協議會會長、南京汪政權國府委員、華北綜合調查研究所副理事長、河北新報經理兼報導協會理事、中日文化協會理事等偽職，也許有其不得已的苦衷或難言之隱，但追根究柢，恐怕還是他的日本情結作祟所致。關於留在北平淪陷區的事，他曾經略有交代，無非「家累重不能走」之類，顯然是一種藉口。[109] 至於出任偽職的動機，則自以為「一說便俗」，且也「總難說得好聽」，所以一直採取「不辯解」的態度。[110] 其實也不盡然。例如在南京高等法院受審時，他就否認自己的「通敵叛國」，而且列舉事實證明他不但無罪，反而有功有利於國家人民。[111] 即使在抗戰結束前後所寫的幾篇文章裡，也已有自我辯解的嫌疑，只是出諸隱喻隱射，意在言外，晦澀難解而已。[112] 譬如在〈道義的事功化〉一文裡，他對明末李卓吾肯定五代馮道的「明達見解」大表贊成，以為一個人要有「勇敢與新的羞恥，為人類服務而犧牲自己」。又說：「要以道義為宗旨，去求到功利上的實現，以名譽生命為資材，去博得國家人民的福利；此為知識階級最高之任務。」[113] 諸如此類，雖然流於抽象而又閃爍其詞，但其論調與後來在法庭上具體的「被告答辯」之問，仍可看出確有一脈相承之處。

到一九六四年，即在他去世前兩年，在一封答覆香港友人鮑耀明的信裡，他才終於比較直截了當地透露了出任偽職的緣由：

關於督辦事，既非脅迫，亦非自動（後來確有勞氣力去自己運動的人）。當然是由日方發動，經過考慮就答應了。因為自己相信比較可靠，對於教育，可以比別個人出來，少一點反動的行為也。……去職後大抵就不管了。我卻有文學院長的底缺，那時因為敷衍我，給我咨詢委員的頭銜，略有津貼。南京也給國府委員（雖然我並不是甚麼國民黨）。此外又任華北綜合調查研究所副理事長。當時友人也有勸我不要幹的，但由於上述的理由，遂決心接受。[114]

108 周作人：〈東京的書店〉（一九三六），《瓜豆集》，頁一〇五。
109 周作人：〈北大的南遷〉，《知堂回想錄》下冊，頁六三六。
110 周作人：〈辯解〉（一九四〇），《藥堂雜文》，頁八十六—八十七。
111 關於周作人受審情形及其答辯，見木山英雄：《北京苦住庵記：日中戰争時代の周作人》，十一〈裁判〉，頁二六八—二九三。
112 如〈遇狼的故事〉（一九四四），《苦口甘口》，頁一五九—一六三；〈陽九略述〉（一九四四年），同上，頁一五〇—一五五；〈文壇之外〉（一九四四），《立春以前》，頁一六二—一七二；《立春以前·後記》（一九四五年），同上，頁一九五—一九六；〈道義的事功化〉（一九四五），《知堂乙酉文編》，頁七十—七十九等。
113 周作人：〈道義的事功化〉，《知堂乙酉文編》，頁七十二。
114 周作人：《周作人晚年手札一百封》，頁十—十一。

信中所提的「別個人」，據說是繆斌。無論如何，當他在考慮進退出處的時候，他那單戀式的日本經驗，說不定像失而復得的情人一般出現在腦海裡，採取了軟硬兼施的攻勢，一方面如訴如慕地動之以情，一方面理直氣壯地諭之以甚麼「道義的事功化」，使他招架不住，越陷越深，終於不能自拔。當時他也許真的相信，由他出來主管教育文化事務，不但可以「少一點反動的行為」，而且憑他對日本人與日本文化的理解，也可設法抵制或抵銷日本在中國的「奴化教育」，對雙方都有好處。從長遠看來，更合乎「為人類服務而犧牲自己」的原則。因此，他才基於「新的羞恥」，不顧因襲的民族大義，「以名譽生命為資材」，抱著我不入地獄誰入地獄的心情，決定接受這明知吃力不討好的偽職，以便盡他「知識階級最高之任務」。這雖然只是推測之詞，未免玄虛，但他自己曾說：「如不懂弗洛伊特派的兒童心理，批評他的思想態度，無論怎麼說法，全無是處，全是徒勞。」[115] 那麼，上面這些對他日本情結的種種推測，雖不是甚麼弗洛伊特派的心理分析，也許不中亦不遠矣了。

總而言之，周作人的日本經驗，固然有助於他的文學事業，使他成為一個具有特色的中國作家，曾經一度領袖文壇，但正如他所愛用的日語「皮肉」（hiniku，相當於英文 irony，即嘲弄，或譯反諷）一詞，也使他的命運在那特殊的時代裡，充滿著「皮肉」，終於有意無意地淪為文化漢奸。這是他個人遭際上的不幸，也是一個不甘寂寞的現代中國文人的悲劇。

115　周作人：〈周作人自述〉，姚乃麟編：《現代中國文學家傳記》，頁十八。

# 菅原道真的漢詩

菅原道真（八四五—九〇三）是日本平安時代前期極負盛名的文人政治家。出身於所謂「紀傳道」（文章道）傳家的儒學門第，自幼素承庭訓，克紹箕裘，繼其祖父清公（七七〇—八四二）、父親是善（八一二—八八〇）為文章博士。十八歲文章生試及第，二十二歲補文章得業生，旋又對策及第，以後官運亨通，歷任兵部、民部、式部少輔、存問渤海客使、讚岐守、參議兼式部大輔、中納言兼民部卿、權大納言兼右大將、右大臣等職，可謂位極人臣。迨其晚年，不幸為同僚所嫉，終遭誣陷讒間而貶為太宰權帥，流放西洲邊鄙，不久含恨卒於謫所。死後獲得平反，不但復其本官，追贈正一位左大臣、太政大臣，而且被尊為文道、書道諸學問藝術之祖，號天滿大自在天神，或簡稱天神或菅神，廣被立社奉祀；神化的程度遠遠超過中國聖人孔子，成為日本歷代朝野信仰的對象，至今香火不衰。

菅原道真以朝廷重臣而主宰儒林文苑，聲勢顯赫，炙手可熱，儼然一代宗師。生前固然是個政界或文壇舉足輕重的人物，而死後對日本文化的影響也至為深遠。特別是在日本漢文學的發展上，更占有非常重要的地位。他雖然也善於和歌，散見於《古今集》、《新古今集》等和歌集中，但其一生用力最勤者卻是漢詩、漢文的創作，傳有《菅家文草》、《菅家後集》等書，收錄古近體詩五百多首、各體散文一百多篇。昌泰三年（九〇〇），道真五十六歲，時為右大臣，應詔進獻三代家集，即祖父清公之《菅家集》六卷、父親是善之《菅相公集》十卷，及其自作《菅家文草》十二卷，合二十八卷。醍醐天皇（八八五—九三〇）覽後大為讚賞，御製〈見右丞相獻家集〉七律一首云：

門風自古是儒林，今日文章皆盡金。
唯詠一聯知氣味，況連三代飽清吟。
琢磨寒玉聲聲見，裁制餘霞句句侵。
更有菅家勝白様，從茲抛卻匣塵深。[1]

詩後並有自注云：「平生所愛，白氏文集七十卷是也。今以菅家不亦開帙。」[2]道真得此恩寵，當然大喜過望，即和一首，題為〈奉感見獻臣家集之御製，不改韻，兼敘鄙情〉，其尾聯云：「恩覃父祖無涯岸，誰道秋來海水深」。[3]感恩戴德，情見乎辭。

日本平安時代前期（七九四—九三〇）[4]的漢文學繼承奈良時代的流風餘韻，加以通過遣唐使節與留唐僧侶而直接受到唐朝文學的刺激和影響，更見發達，更臻成熟，當時作家輩出，圍繞著雅好文

1　醍醐天皇：〈見右丞相獻家集〉，《菅家後集》卷首，菅原道真著，川口久雄校注：《菅家文草．菅家後集》（東京：岩波書店，一九六六年），頁四七一—四七二。

2　同前注。

3　菅原道真：〈奉感見獻臣家集之御製不改韻兼敘鄙情一首〉（四六九），菅原道真著，川口久雄校注：《菅家文草．菅家後集》，頁四七二〇。本文引用道真作品，悉據岩波書店《菅家文草．菅家後集》編號，以括弧附在注腳，並標明頁數。

4　據緒方惟精之分期，自西元七九四年至一一九二年為平安時代，而以九三〇年為前後期界線。見緒方惟精，丁策譯：《日本漢文學史》（臺北：正中書局，一九六八年），頁五十八。

采風流的歷代天皇，吟風弄月，競相唱和，蔚為風氣，呈現一片蓬勃的景象。就在這樣的時代背景裡，菅原道真憑其家學淵源，脫穎而出，後來居上，變成了平安時代漢文學的代表作家。一般文學史家認為他的詩文已非純粹的模仿剽竊；不但能夠獨出新意，自成一家，而且創造了具有日本特色的風格，也因此產生了日本化或所謂「和習」的傾向。這在漢文裡尤其顯而易見。本文的目的只想以菅原道真的漢詩為對象，就其形式風格、題材內容、主題思想各方面，嘗試加以簡單的評介，以見其詩風之一斑。

在菅原道真五百多首漢詩之中，就其詩體而言，七律最多，七絕次之，五律又次之。還有少數的五絕、五言或七言古體或長篇排律，其中甚至有長達百韻者。可見在這方面，他已擺脫了奈良時代以來專崇《昭明文選》及初唐的作風，而改以盛唐、中唐為主要的典範。但就其創作動機或目的而言，卻與一般唐人詩集大有逕庭，仍然拋不掉奈良時代《懷風藻》（七五一）以及平安初期《凌雲集》（八一四？）、《文華秀麗集》（八一八？）或《經國集》（八二七）以來宮廷文學的遺習，竟有將近半數是屬於侍宴應制或歲時饗宴之作。此外則為贈答酬和、行旅哀傷、言志詠懷、勸化倡導、詠物、詠史或題畫之類；在題材方面倒也紛然雜陳，範圍之廣，的確遠勝前人。

所謂「應制」的詩，可說是一種「奉命文學」，多半作於宮中內宴，或重陽、子日、寒食、春秋釋奠、仲秋翫月、賞菊等詩宴或文會上。大致說來，以七律為主，而講究詞藻形式的華麗，帶有六朝宮體詩唯美主義的傾向，例如〈早春內宴，侍仁壽殿，同賦春娃無氣力，應制一首〉詠宮妓云：

紈質何為不勝衣，謾言春色滿腰圍。
殘粧自嬾開珠匣，寸步還愁出粉闈。
嬌眼曾波風欲亂，舞身迴雪霽猶飛。
花間日暮笙歌斷，遙望微雲洞裡歸。[5]

又如〈早春觀賜宴宮人，同賦催粧，應製〉云：

算取宮人才色兼，粧樓未下詔來添。
雙鬟且理春雲軟，片黛才成曉月纖。
羅袖不遑迴火熨，鳳釵還悔鑠香奩。
和風先導薰煙出，珍重紅房透玉簾。[6]

5　菅原道真：〈早春內宴，侍仁壽殿，同賦春娃無氣力，應制一首〉（一四八），菅原道真著，川口久雄校注：《菅家文草．菅家後集》，頁二二一—二二二。

6　菅原道真：〈早春觀賜宴宮人，同賦催粧，應製〉（三六五），菅原道真著，川口久雄校注：《菅家文草．菅家後集》，頁三九四—三九五。

像這兩首詩，不管在用詞、意象或技法各方面，都是十足的香奩豔體。雖然內容空洞，但綺豔靡麗，確能抓住豔體詩的特徵，寫得相當道地；即使擺在《玉臺新詠》之中，殆可亂真，也不會顯得怎麼遜色。

菅原道真儘管善於豔體，可謂個中能手，但也許由於身為儒宦的關係，除了偶爾應令而作之外，始終採取有所不為的態度，所以只有幾首應製之作，聊備一格而已。所謂應製文學，可以說是宮廷文學中相當重要的部分，而且既然是廷臣奉命而作，也就難免有歌功頌德的傾向。這在矜持自負的道真也不例外。譬如〈九日侍宴，同賦天錫難老，應製〉五律一首，便是典型的例子：

明王開壽域，不老自蒼天。
駐采非因道，輕身豈學仙？
鶴毛無一片，鮐背可千年。
已識皇恩洽，將編雅頌傳。[7]

這首詩作於貞觀十二年（八七〇），道真二十六歲，剛剛方略試及第，正是少年得志的時候。當時在位的清和天皇（八五〇—八八一）才二十一歲，卻不妨當作皇恩浩蕩的歌頌對象。但頌之以詩，固然可以表現詩才，卻諸多限制，難於暢所欲言，所以又附有序文，更具體地大加歌頌。這篇序文是四六駢體，不但展露了道真自己的才華，也可以代表平安前期日本漢文的風尚。因此附帶地錄在下面，以供參考：

臣聞精誠感致，欽若之機自齊。冥報來臻，孔照之鑑無掩。蓋五緯連珠，二離合壁，則躔次頻謝，孰謂長生？雲膚爛柴，露液流甘，則氣色難留，未期久視。豈若聖化旁遠，天居既成一葦之程；皇明遠覃，司命不換三科之算。猗歟穰穰景福，駈老彭以列周行；濟濟風猷，趁龜鶴以朝魏闕。紅桃在面，非藏春色於形容；白雪呈肌，寧結寒光於腰體。彼紫府黃庭之遊，熊經鳥申之戲。說在方外，誠為瓅焉。故肉飡空設，遂可無勤養之勞；鳩杖舊在，誰見有扶持之用？況乎重陽慶節，九日優遊，侍宴者得道於登高：合歡者歸心於避惡。霓裳一曲，鈞天夢裡之音；露酌數行，仙窟掌中之飲。臣等不知不識，帝力何施？優哉游哉，神交斯在。非頌天錫之遐齡，無敘人君之至德云爾。謹序。[8]

像這樣附有長序的應製歌頌之作，在他早年的作品裡還可找出一些來。如〈九日侍宴，同賦喜晴，應

---

7　菅原道真：〈九日侍宴，同賦天錫難老，應製〉（五十六），菅原道真著，川口久雄校注：《菅家文草・菅家後集》，頁一四七—一四八。

8　同前注。

製〉五律後半云：「無為玄聖化，有慶兆民情。獻壽黃華酒，爭呼萬歲聲。」[9] 值得注意的是在這些侍宴頌壽的作品裡，含有濃厚的道家和神仙的思想。這固然是繼承了奈良朝以來的遺風，但也可以看出依然擺脫不了六朝文學或《文選》的影響。

不過，隨著年齡和閱歷的增加，如此露骨的歌頌文字也就愈來愈少。特別是在四十二歲外放為讚岐守之後，由於遠離宮廷的浮華，面對地方的現實，在孤獨的鄉下生活中，使他不期然獲得了靜觀自然、接觸民隱、備嘗鄉愁，或反求諸己的機會。他重新親近白居易的詩歌，體會了白氏諷諭的意義。白氏所說的「為君為臣為民為事而作，不為文而作也」[10] 或「文章合為時而著，歌詩合為事而作」[11] 的主張，無疑使他反省自己作為一個儒宦詩人的使命感。他的詩風也為之大變，放棄華飾而轉趨平淡，避免空言而力求真實。譬如說，同樣是寫重陽，讚州時期的作品與從前宮廷時代的就大不相同。〈重陽日府衙小飲〉云：

秋來客思幾紛紛，況復重陽暮景曛。
菊遣窺園村老送，萸從任土藥丁分。
停盃且論輸租法，走筆唯書辯訴文。
十八登科初侍宴，今年獨對海邊雲。[12]

在這首七言律詩裡，首聯點出遊子在外過節的鄉思；頷聯提到百姓贈送菊花茱萸等應時之物的情誼；

頸聯關心地方政事，即使在重陽舉杯走筆之際，也不忘民間的問題；尾聯對照現在的孤獨與過去的得意，惆悵之情溢於言表。菅原道真於十八歲文章生及第而入仕宮廷，二十多年來，每逢重陽等節日慶典，必有侍宴應製之詩。然而現在卻只能「獨對海邊雲」，遙想宮中群僚侍宴作詩的盛況，回憶過去的榮寵，徒增今昔之感而已。這首詩雖然並不怎麼特出，但的確言之有物，盡棄靡麗而趨於平易，敘事、言志、抒情，面面俱到，而且簡而不繁，代表了他詩風的轉變，使他成為更成熟的詩人。

這一次的轉變，固然與境遇有關，但也不能忽視白居易的影響。白居易的詩文集，包括《長慶集》、《後集》及《續後集》，俗稱《白氏文集》或簡稱《文集》，於第九世紀中葉傳入日本後，很快地取代了《文選》的地位，變成了最受歡迎的典範，菅原道真年輕時顯然也曾刻意追摹《白氏文集》，成績似乎頗為可觀。因此，當他於二十八、九歲出任「存問渤海客使」時，與渤海國大使裴頲在鴻臚館唱和的詩，便使裴頲驚嘆不置，認為有白居易的風格。當時酬唱之作現存九首，見於《菅家文草》卷二。他自己在〈余近敘詩情怨一篇呈菅十一著作郎。長句二首偶然見訓，更依本韻重答以謝〉七律

9 菅原道真：〈九日侍宴，同賦喜晴，應製〉（四十八）、〈九日侍宴，同賦天錫難老，應製〉（五六），菅原道真著，川口久雄校注：《菅家文草．菅家後集》，頁一四〇—一四二。

10 〔唐〕白居易：〈新樂府并序〉，白居易著，朱金城箋校：《白居易集箋校》（上海：上海古籍出版社，一九八八年），卷三，頁一三六—一四〇。

11 編者注：白居易：〈與元九書〉，白居易著，朱金城箋校：《白居易集箋校》卷四十五，頁二七八九—二八〇六。

12 菅原道真：〈重陽日府衙小飲〉（一九七），菅原道真著，川口久雄校注：《菅家文草．菅家後集》，頁二五七—二五八。

二首之二中，也提到這件事情，中間二聯云：「東閣含將真咳唾，北溟賣與偽珍環。三條印綬依恩佩，九首詩篇奉勑裁。」[13]其下附有自注云：

（菅十一著作郎，即大內記菅野惟肖）來章曰：「蒼蠅舊讚元台辨，白體新詩大使裁。」注云：「近來有聞裴頲云：『禮部侍郎得白氏之體。』」余讀此二句，感上句之不欺，兼下文之多許。訓和之次，聯述本情。余身無一德，身有三官（案：式部少輔即禮部侍郎、文章博士及加賀權守）。總而言之，事緣恩獎，更被勑旨，假號禮部侍郎，與渤海入覲大使裴頲相唱和。詩總九首，追以慙愧，故有此四句。[14]

這段附注雖然謙虛退讓，頗有受之有愧之意，但在字裡行間，仍然流露著得意之色。在平安前期專崇大唐文化的風氣之下，一個日本詩人能夠做到「得白氏之體」，事非等閒，當然人人羨慕，值得喝采；何況又出自渤海國大使之口，更是身價百倍，成為轟動一時的美談。過了二十七年，當醍醐天皇在〈見右丞相獻家集〉一詩裡說「更有菅家勝白樣」時，又更進一步認為菅原道真的詩，不止是「得白氏之體」，而且勝過「白樣」，即白居易的詩風，極盡誇獎之能事。值得注意的是在這些意見裡，都以白體或白樣為評估的標準，足見白居易在當時已變成了日本文人仿效或競賽的主要對象。據江戶初期儒官林道春（一五八三—一六五七）《羅山文集》所引〈菅丞相傳〉云：「渤海國使者來，諸儒往鴻臚館見之。使者一日見右大臣（道真晚年官位）所作詩藁，稱曰風製似白樂天。大臣聞而悅之。」[15] 如果這是事實，那麼，菅原道真不但不否認自己「得白氏之樣」，可能還有力求「勝白樣」，要與白居易分庭抗禮的雄懷壯志。

菅原道真的詩的確有仿效白居易的痕跡。不過，大致說來，早期的作品致力於文字技巧的追摹，又由於宮廷文苑的局限，最多也只能得到白詩的風貌，只有到了外放讚岐，擔任地方官之後，才開始體會了白詩的文學或社會的意義。在〈客舍書籍〉一詩裡，他說赴任時隨身攜帶了十幾種書，其中就有《白氏文集》，有句云：「謳吟白氏新篇籍，講授班家舊史書。」[16] 從此以後，除了遊覽、懷遠、詠物等題材之外，也出現了不少關心民間疾苦的詩。如〈寒早十首，同用人身貧頻四字〉分別描寫逃犯、浪人、老鰥、孤兒、藥丁、驛吏、船夫、漁父、鹽商、樵夫，寫出他悲天憫人的心情。最後一首云：

何人寒氣早，寒早採樵人。
未得閒居計，常為重擔身。

13 菅原道真：〈余近敘詩情怨一篇呈菅十一著作郎。長句二首偶然見訓，更依本韻重答以謝〉（一一九），菅原道真著，川口久雄校注：《菅家文草．菅家後集》，頁二〇三—二〇四。

14 同前注，頁二〇四—二〇五。

15 菅原道真著，川口久雄校注：《菅家文草．菅家後集》，頁六七〇。

16 菅原道真：〈客舍書籍〉（二五九），菅原道真著，川口久雄校注：《菅家文草．菅家後集》，頁三〇七。

雲巖行處險，甕牖入時貧。
賤賣家難給，妻孥餓病頻。[17]

又如〈舟行五事〉第五首云：

疲羸絕粒僧，草庵結石稜。
石高三四丈，波勢百千層。
鄰絕糧難到，路尖人不登。
聞其長斷食，虛號遍相稱。
骨欲穿肌立，魂應離魄昇。
我將知實不？試擲米三升。
納受即言曰：施主誠足馮。
今朝如不遇，屍僵遂無興。
彼非須我食，我非知彼矜。
嗷嗷閭巷犬，當吠此僧朋。[18]

這是與一味粉飾太平的京華迴不相同的世界。在這些作品裡，他終於洗盡雕琢華麗之習，不用任何典故，用近於白話的文字，娓娓道出了種種民間疾苦的真相；慈悲為懷，表現了民胞物與的人道主義精神。因此，〈客中對雪〉便說：「城中一夜應盈尺，祝著明年免旱飢」；[19] 在〈喜雨〉之餘，便想「滿衙僚吏雖多俸，不若東風一片雲」；[20] 而當他〈讀開元詔書〉時，更寄望朝廷能夠除舊布新，實施仁政以解黎民之倒懸，云：「明王欲變舊風煙，詔出龍樓到海壖。為向樵夫漁父說，寬平兩字幾千年。」[21] 像這種以民間生活為題材或關心民隱的詩歌，在中國雖然屢見不鮮，然而在日本漢文學史上，不但在他以前絕無僅有，以後也少之又少，難得一見。如果說菅原道真的確學得了「白氏之體」，這幾首讚州時代的作品便是比較明顯的例子。追究起來，恐怕是仿效白居易〈秦中吟〉十首與〈新樂府〉五十首的產物。

不過，像這種富於社會意識的詩歌，在他的集子中卻只有這幾首，而且只出現於讚州時代。就像他對豔體詩一樣，只是稍加染指，便即罷手；未能在這方面充分發揮，不能不說是件憾事。自從他在外任滿四年重回京師之後，由於深得新帝宇多天皇（八六七—九三一）的寵信，官階直線上升，如日

---

17 菅原道真：〈寒早十首，同用人身貧頻四字〉（二〇九），菅原道真著，川口久雄校注：《菅家文草．菅家後集》，頁二六四—二六五。

18 菅原道真：〈舟行五事〉（二三六），菅原道真著，川口久雄校注：《菅家文草．菅家後集》，頁二九一—二九二。

19 菅原道真：〈客中對雪〉（二七六），菅原道真著，川口久雄校注：《菅家文草．菅家後集》，頁三二六—三二七。

20 菅原道真：〈喜雨〉（二九五），菅原道真著，川口久雄校注：《菅家文草．菅家後集》，頁三四一—三四二。

21 菅原道真：〈讀開元詔書〉（二九四），菅原道真著，川口久雄校注：《菅家文草．菅家後集》，頁三四一。

中天，在宮廷中變成了炙手可熱的重臣。於是，除了處理公事之外，舊態復萌，又開始專心於應製酬唱，彷彿把民間疾苦拋之九霄雲外，至少不再出現於現存作品之中。即使偶爾提到，觀點和目的也已改變，譬如〈夜雨〉一首也略有諷諭之意而已。詩云：「不看細腳只聞聲，暗助農夫赴畝情。通夜何因還悶意，尚書定妨早衙行。」[22]當然，由於生活體驗的增加，他的視界也比以前開闊而深遠，所以即使在應製之作裡，也有委婉諷勸的時候。譬如〈春惜櫻花，應製一首〉便是一個例子。詩云：

春物春情更問誰？紅櫻一樹酒三遲。
綺羅切齒相同色，桃李慙顏共遇時。
欲裛飛香憑舞袖，將纏晚帶有遊絲。
何因苦惜花零落，為是微臣身職拾遺。[23]

他寫這首應製詩時，除了參議、式部大輔、遣唐大使（因廢遣唐使團而未成行）之外，又兼侍從，相當於唐朝的拾遺，專掌供奉諷諫之事，所以最後一句特別提到自己的職掌。但大概怕年輕的宇多天皇無法理解詩中的諷諭之意，又附了一篇一百多字的序，中云：

我君每遇春日，每及花時，惜紅豔以敘叡情，翫薰香以迴恩盼。此花之遇此時也，紅豔與薰香而已。夫勁節可愛，貞心可憐，花北有五粒松，雖小不失勁節；花南有數竿竹，雖細能守貞心。

人皆見花，不見松竹。臣願我君兼惜松竹云爾。[24]

自從讚州回京以後的十年，可以說是菅原道真一生中最得意的時代。在這期間，他的侍宴應酬之詩固然不少，但詠物、言志之作的比例也有增加的趨勢。如詠〈竹〉云：

翠竹疎籬下，脩脩翫碧鮮。
雨中重影合，風裡晚聲傳。
欲見龍鱗化，兼期鳳翼還。
寒霜如可拂，萬歲表貞堅。[25]

又如詠〈松〉云：

孤松呈勁節，幸許在中庭。

22 菅原道真：〈夜雨〉（三九三），菅原道真著，川口久雄校注：《菅家文草．菅家後集》，頁四一五。

23 菅原道真：〈春惜櫻花，應製一首〉（三八四），菅原道真著，川口久雄校注：《菅家文草．菅家後集》，頁四〇八—四〇九。

24 同前注。

25 菅原道真：〈竹〉（四〇二），菅原道真著，川口久雄校注：《菅家文草．菅家後集》，頁四二〇。

久苦寒霜素，猶全細葉青。
故山辭澗底，新地近仙亭。
麈尾應堪用，攀將奉執經。[26]

菅原道真與中國詩人一樣，對於松竹梅菊等耐寒的花木似乎有特別的愛好。所以一再加以歌詠，但總是強調貞堅、勁節的屬性，含有濃厚的教訓意味，不免傳統道學家的習氣。不過，其他也有清新而幽默的作品，如〈壁魚〉：

白魚浮紙上，游泳九流中。
繞軸高低去，隨書遠近通。
豈嫌漁父業，唯妨學人功。
若得風前舉，鱗飛道豈空！[27]

這些都可以說是藉詠物以言志的作品。

言志抒情是中國詩的主流，自古而然。廣義地說，菅原道真的漢詩，包括許多應制酬唱之作，也未嘗脫離了這個傳統。如早期的長篇〈博士難〉、[28]讚州時代的〈對鏡〉、[29]〈江上晚秋〉、[30]〈寄白菊四十韻〉[31]等，都是值得一讀的佳作。不過，他最好的詩歌卻出現在最後兩年。他在五十七歲官拜右大臣時，由於受到同僚的毀謗排擠，背著莫須有的罪名，被貶到現在九州福岡縣筑紫郡的太宰府；五十九歲死於謫所。這時期所作的詩見於《菅家後集》，將近四十首。這些謫居時代的詩，或感懷身世，或觸景生情，或懷古傷今，大都是純粹言志或抒情之作。雖然偏重於發抒一己之志、一己之情，而且難免帶有感傷主義的色彩，但是情真意摯，感人至深，代表了菅原文學的極致。譬如〈秋夜〉：

黄萎顏色白霜頭，況復千餘里外投。
昔被榮花簪組縛，今為貶謫草萊囚。
月光似鏡無明罪，風氣如刀不破愁。
隨見隨聞皆慘慄，此秋獨作我身秋。[32]

26 菅原道真：〈松〉（四〇四），菅原道真著，川口久雄校注：《菅家文草．菅家後集》，頁四二一—四二二。
27 菅原道真：〈壁魚〉（四一七），菅原道真著，川口久雄校注：《菅家文草．菅家後集》，頁四三〇—四三一。
28 菅原道真：〈博士難〉（八七），菅原道真著，川口久雄校注：《菅家文草．菅家後集》，頁一七五—一七七。
29 菅原道真：〈對鏡〉（二五四），菅原道真著，川口久雄校注：《菅家文草．菅家後集》，頁三〇三—三〇四。
30 菅原道真：〈江上晚秋〉（二六六），菅原道真著，川口久雄校注：《菅家文草．菅家後集》，頁三一五。
31 菅原道真：〈寄白菊四十韻〉（二六九），菅原道真著，川口久雄校注：《菅家文草．菅家後集》，頁三一七—三二二。
32 菅原道真：〈秋夜〉（四八五），菅原道真著，川口久雄校注：《菅家文草．菅家後集》，頁四九九—五〇〇。

仰望明月，回想昔日之榮華，感傷今日之悲遇，含冤莫雪，寫出了投訴無門的絕望。又如〈奉哭吏部王〉：

配處蒼天最極西，恩情未見阻雲泥。
去年真跡多霑潤，今日飛聞甚慄悽。
元老應無朝位立，林亭只有夜禽棲。
世間自此琴聲斷，不獨人啼鬼亦啼。[33]

這首詩情致悲切，雖然是哀悼朋友，卻也難免自哀。頸聯「元老應無朝位立」一句，更流露了對在位當權的左大臣藤原時平（八七一—九〇九）排除異己的不滿。又如〈九月十日〉：

去年今夜侍清涼，
秋思詩篇獨斷腸。
恩賜御衣今在此，
捧持每日拜餘香。[34]

詩中第二句有注云：「勅賜秋思賦之，臣詩多述所憤。」[35]這是指去年在清涼殿侍宴應制的〈九日後朝同賦秋思〉一詩。當時朝廷的權力鬥爭已入高潮，藤原時平逐漸得勢，有意孤立菅原道真。道真便趁這侍宴的機會在這詩中婉轉透露了憤懣之情。有意提醒天皇。其中有句云：「君富春秋臣漸老，恩無涯岸報猶遲。不知此意何安慰，飲酒聽琴又詠詩。」[36] 但終無效果。只在宴後賜御衣一襲。菅原道真貶謫太宰府時把御衣帶在身邊，每日拜其餘香，表示不忘皇上之恩。這首詩在他的集子中，其實並不能算是最好的作品，但由於表現了他雖九死其猶未悔的忠貞之念，為人所傳誦。尤其是自明治時代至第二次大戰期間，被用來強調忠君愛國的思想，變得非常有名。

其他，除了五、七言律詩絕句之外，他也作了一些長篇古體或排律，都是真情流露、結構謹嚴的作品。如〈詠樂天北窗三友詩、七言〉，[37] 共二十八韻，仿效白居易〈北窗三友〉一詩，吟詠琴詩酒

---

33　菅原道真：〈奉哭吏部王〉（四九六），菅原道真著，川口久雄校注：《菅家文草．菅家後集》，頁五一二。

34　菅原道真：〈九月十日〉（四八二），菅原道真著，川口久雄校注：《菅家文草．菅家後集》，頁四八四。

35　同前注。

36　菅原道真：〈九日後朝同賦秋思〉（四七三），菅原道真著，川口久雄校注：《菅家文草．菅家後集》，頁四七四—四七五。

37　菅原道真：〈詠樂天北窗三友詩、七言〉（四七七）：「白氏洛中集十卷，中有北窗三友詩。一友彈琴一友酒，酒之與琴吾不知。吾雖不知能得意，既云得意無所疑。酒何以成麴和水，琴何以成桐播絲。不須一曲煩用手，何必十分便開眉。雖然二者交情淺，好去我今苦拜辭。詩友獨留真死友，父祖子孫久要期。只嫌吟咏涉歌唱，不發于聲心以思。身多忌諱無新意，口有文章摘古詩。古詩何處閒抄出，官舍三間白茅茨。開方雖窄南北定，結宇雖疎戶牖宜。自然屋有北窗在，適來良友穩相依。無酒無琴何物足，紫燕之雛黃雀兒。燕雀殊種遂生一，雌雄擁護遞扶持。馴狎燒香散華處，不違念佛讀經時。應感不嫌又不厭，且知無害亦無機。喃喃嘖嘖如含語，一蟲一粒不致飢。彼是微禽我儒者，而我不如彼多慈。尚書右丞舊

三物，但用翻案手法，最後兩聯云：

古之三友一生樂，今之三友一生悲。
古不同今今異古，一悲一樂志所之。[38]

又如〈敘意一百韻、五言〉，起自「生涯無定地，運命在皇天」，而以「敘意千言裡，何人一可憐」作結，或用典故，或以直敘，充分顯露了他的博學器識；[39]而言簡意賅，寄意遙深，可以說是他一生傾其全力的代表作。又如〈雨夜十四韻〉，發抒他「心寒雨又寒」的謫居心境，而寫到「屋漏無蓋板，提印，吏部郎中新著緋。侍中含香忽下殿，秀才翫筆尚垂幃。自從勅使駈將去，父子一時五處離。口不能言眼中血，俯仰天神與地祇。東行西行雲眇眇，二月三月日遲遲。重關警固知聞斷，單寢辛酸夢見稀。山河邈矣隨行隔，風景黯然在路移。平致謫所誰與食，生及秋風定無衣。古之三友一生樂，今之三友一生悲。古不同今今異古，一悲一樂志所之。」菅原道真著，川口久雄校注：《菅家文草．菅家後集》，頁四七七—四八一。編者案：原稿將全詩以「附錄」放在全文最後，在此配合本書體例將詩作附於注腳。

38 同前注，頁四八一。

39 菅原道真：〈敘意一百韻、五言〉（四八四）：「生涯無定地，運命在皇天。職豈圖西府，名何替左遷。貶降輕自芥，駈放急如弦。怏赧顏愈厚，章狂踵不旋。牛涔皆埳阱，鳥路總鷹鸇。老僕長扶杖，疲駿數費鞭。臨岐腸易斷，望闕眼欲穿。落淚欺朝露，啼聲亂杜鵑。街衢塵羃羃，原野草芊芊。傳送蹄傷馬，江迎尾損船。郵亭餘五十，程里半三千。税駕南樓下，停車右郭邊。宛然開小閣，覩者滿遐阡。嘔吐胸猶逆，虛勞脚且癵。肥膚爭刻鏤，精魄幾磨研。信宿常羇泊，低迷即倒懸。村翁談往事，客館忘留連。妖害何因避，惡名遂欲蠲。未曾邪勝正，或以實歸權。移徙空官舍，修營朽松椽。荒涼多失道，廣衺少盈廛。井壅堆沙甃，籬疎割竹編。陳根葵一畝，斑蘚石孤拳。物色留仍舊，人居就不悛。隨時雖褊切，恕已稍安便。同病求朋友，助憂問古先。才能終蹇剝，富貴本迍邅。傳築巖邊耦，范舟湖上扁。長沙沙卑濕，湘水水奫潫。爵我空崇品，官誰只備員。故人分食噉，親族把衣湔。既慰生之苦，何嫌死不遄。春韲由造化，忖度委陶甄。荏苒青陽盡，清和朱景妍。土風須漸漬，習俗擬相沿。苦味鹽燒木，邪贏布當錢。殺傷輕下手，群盜稱差肩。魚袋出垂釣，簑笠換叩船。貪婪興販米，行濫貢官綿。鮑肆方遺臭，琴聲未改絃。已上十句傷，習俗不可移。與誰開口說，唯獨曲肱眠。鬱蒸陰霖雨，晨炊斷絕煙。魚觀生竈釜，蛙咒聒階甎。野豎供蔬菜，廝兒作薄饘。痩同失雌鶴，飢類嚇雛鳶。壁墮防奔溜，庭泥導濁涓。紅輪晴後轉，翠幕晚來褰。遇境虛生白，遊談時入玄。老君垂跡話，莊叟處身偏。性莫乖常道，宗當任自然。殷勤齊物論，洽恰寓言篇。還致幽於夢，風情癖未痊。文華何處落，感緒此間牽。慰志憐馮衍，銷憂羨仲宣。詞拙觸忌諱，筆禿迷龜癲。草得誰相視，句無人共聯。思將臨紙寫，詠取著燈燃。反覆何遺恨，辛酸是宿緣。微微拋愛樂，漸漸謝葷膻。合掌歸依佛，迴心學習禪。厭離今罪網，恭敬古真筌。皎潔空觀月，開敷妙法蓮。誓弘無誑語，福厚不唐捐。熱架上濕衣裳。篋中損書簡，況復廚兒訴」時，不禁令人為之鼻酸。[40]

菅原道真基本上是個儒家，對於中國唐朝以前的文學歷史及經書典籍都有深厚的修養，也常常表現在他的詩歌裡面。他在儒家的德目中最重忠孝，如〈仲春釋奠，聽講孝經，同賦資事父事君〉：

懷忠偏得意，至孝自成人。
換白何輕死？含丹在顯親。
王生猶有母，曾子豈非臣？
若向公庭論，應知兩取身。[41]

此詩附有長序，闡述忠孝兩取之道云：

孝治之世，其猶鏡谷乎？況亦資慈父以事聖君，君父之敬可同。孝子之門，必有忠臣，臣子之道何異？然則揚名之義，可請益於北闕之臣；形國之儀，豈失問於南垓之子？願錄三綱之無爽，將敘五教之在寬云爾。[42]

在他的集子中，還有十首左右的春秋釋奠之作，如〈仲春釋奠禮畢，王公會都堂聽講禮記〉云：

禮畢還聞禮，威儀得再成。

客臺皆舊構，粉澤更新情。

惱煩纔滅，涼氣序罔衍。灰飛推律候，斗建指星躔。世路間彌險，家書絕不傳。帶寬泣紫毀，鏡照嘆花巔。旅思排雲雁，寒吟抱樸蟬。一逢蘭氣敗，九見桂華圓。掃室安懸磬，扃門嬾脫鍵。跛牂重有縶，瘡雀更加攣。強望垣牆外，偷行戶牖前。山看遙縹綠，水憶遠潺湲。俄頃羸身健，等閒殘命延。形馳魂悅悅，目想涕連連。京國歸何日，故園來幾年。卻尋初營仕，追計昔鑽堅。射每占正鵠，烹寧壞小鮮。東堂一枝折，南海百城專。祖業儒林聳，州功吏部銓。光榮頻照耀，組珮競縈纏。貴重千鈞石，臨深萬仞淵。具膽兼將相，僉曰缺勳賢。試製嫌傷錦，採刀慎缺鉛。兢兢馴鳳扆，懍懍撫龍泉。脫屣黃埃俗，交襟紫府仙。櫻花通夜宴，菊酒後朝筵。禁中密宴，余每預之。器拙承豐澤，舟頑濟巨川。國家恩未報，溝壑恐先填。潘岳非忘宅，張衡豈廢田。風摧同木秀，燈滅異膏煎。苟可營營止，胡為歷歷全。覆巢憎鷇卵，搜穴叱蚳蝝。法酷金科結，功休石柱鐫。悔忠成甲胄，悲罰痛戈鋋。璅璅黃茅屋，荒荒碧海壖。吾廬能足矣，此地信終焉。縱使魂思峴，共如骨葬燕。分知交糾纏，命誰質筳篿。斂意千言裡，何人一可憐。」菅原道真著，川口久雄校注：《菅家文草．菅家後集》，頁四八六—四九九。編者案：原稿將全詩以「附錄」放在全文最後，在此配合本書體例將詩作附於注腳。

40 菅原道真：〈雨夜十四韻〉（五〇〇）：「春夜漏非長，春雨氣應暖。自然多愁者，時令如乖狠。心寒雨又寒，不眠夜不短。失膏槁我骨，添淚溢吾眼。腳氣與瘡癢，垂陰身遍滿。不啻取諸身，屋漏無蓋板。架上濕衣裳，篋中損書簡。況復廚兒訴，竈頭爨煙斷。農夫喜有餘，遷客甚煩懣。煩懣結胸腸，起飲茶一盞（一作盌）。飲了未消磨，燒石溫胃管。此治遂無驗，強傾酒半盞。且念瑠璃光，念念投丹款。天道之運人，不一其平坦。」菅原道真著，川口久雄校注：《菅家文草．菅家後集》，頁五一四—五一六。

41 菅原道真：〈仲春釋奠，聽講孝經，同賦資事父事君〉（二八），菅原道真著，川口久雄校注：《菅家文草．菅家後集》，頁一二七—一二八。

42 同前注。

屈膝羊知母，申行雁有兄。
尼丘千萬仞，高仰欲揚名。[43]

像這些詩都是有所為而作，旨在宣揚儒家道德思想，因此儘管作得相當工整，卻乏詩味。不過，詩裡所歌詠的道德或價值觀念，的確是菅原道真終生奉行的基本信仰。

除了儒家思想之外，他也對老莊哲學及佛教表示了相當濃厚的興趣，在他的詩裡留下了顯明的痕跡。有時甚至專詠其事。譬如在他自讚州回京後，「已為閒客，玄談之外，無物形言，故釋逍遙一篇之三章，且題格律五言之八韻；且敘義理，附之題腳……。」有〈北溟章〉、〈小知章〉、〈堯讓章〉三首，[44]用詩的形式介紹莊子的思想，相當別致。一般說來，當他顯赫時崇仰孔子；而當他失意時則偏向道佛。如在讚州時代所作的〈讀書〉五律一首，就透露了個中消息：

有跡崇尼父，無為拜老君。
春秋三十卷，道德五千文。
口誦歸衙後，心耽到夜分。
二經充晚學，那問舊丘墳？[45]

在〈舟行五事〉第四首裡的後半說：

有人前有禍，無物後無愁。
冒進者如此，虛心者自由。
始終雖不一，請我學莊周。[46]

至於有關佛教的詩也有幾首。其中以讚州時代的〈懺悔會作三百八言〉最長。有句云：

發願以來五十載，星霜如故事如新。
我今為吏居南海，朝夕翹誠望北辰。
趨拜宮門或佞士，奉行制旨即忠臣。……
疑惑愚痴無曉悟，雖無曉悟欲精懃。

43　菅原道真：〈仲春釋奠禮畢，王公會都堂聽講禮記〉（十四），菅原道真著，川口久雄校注：《菅家文草．菅家後集》，頁一一八。

44　菅原道真：〈北溟章〉（三三三）、〈小知章〉（三三四）、〈堯讓章〉（三三五）。菅原道真著，川口久雄校注：《菅家文草．菅家後集》，頁三六四—三六八。

45　菅原道真：〈讀書〉（二二三），菅原道真著，川口久雄校注：《菅家文草．菅家後集》，頁二七八。

46　菅原道真：〈舟行五事〉第四首（二三六），菅原道真著，川口久雄校注：《菅家文草．菅家後集》，頁二九〇。

可慙可愧誰能勸，菩薩弟子菅道真。[47]

到了晚年謫居時代，在落寞孤寂的環境裡，回想自己浮沉不定的命運，感到「天道之運人，不一其平坦」，[48]不勝人生無常之悲，更增皈依佛法以求解脫之念。這種心情散見於當時的詩歌之中。如〈晚望東山遠寺〉七律一首的起句云「秋日閑因反照看」，[49]不僅是遠望佛寺，也隱喻自我暮年的反省。後半云：

未得香花親供養，偏將水月苦空觀。
佛無來去無前後，唯願拔除我障難。[50]

在「未得」或「唯願」的語氣中，可見這位「發願以來五十載」的佛教信徒，恐怕也只能永遠「苦空觀」，而陷於有願望但無希望的下場。

自從佛教隨著中華文化傳人日本後，逐漸普及，到了平安時代更有變成國家宗教之勢；上至皇室，下至民間，莫不信仰。菅原道真當然也免不了佛教的影響。不過他畢竟是個以經國濟民為理想的儒家，恆常執著於忠孝信義廉恥等價值觀念，即使身在草萊，也心存王室。只有到了吾道不行而陷於絕望的時候，才偶爾有出世之想，轉向佛教老莊以求暫時的解脫。這種傾向其實並不是菅原道真所獨有。可以說是學自南北朝及唐朝中國士大夫在詩歌中所表現的人生態度。在平安時代最受歡迎的白居易便是個典型的例子。這個屢遭外放或貶謫的中國詩人的命運，無疑的使菅原道真感到同病相憐而引為知己，因此不但刻意學習他的詩歌，也自然而然地效法他的人生哲學或處世態度。前面提到的〈敘意一百韻〉長詩，顯然便是受到白居易〈代書詩一白韻寄微之〉、〈渭村退居寄禮部崔侍郎翰林錢舍人詩一百韻〉或〈東南行一百韻寄通州元九……〉等百韻詩而作的。在這篇五言排律裡，也與白居易一樣，感嘆遭際之多艱，省思人生之無常，或儒或道或佛，引經據典，大展生花妙筆，傾吐胸中塊壘，發抒一己之慨嘆。面對著「未曾邪勝正，或以實歸權」的現實，他曾試著「同病求朋友，助憂問古先」，但又不得不承認自己「才能終蹇剝，富貴本迍邅」的境遇。本來想與古人為友，學習傅悅避世、范蠡泛舟的故事，但恐怕畢竟逃不了賈誼或屈原的悲慘結局。無可奈何之餘，只得求助於老莊的虛無自然：

遇境虛生白，遊談時入玄。……
性莫乖常道，宗當任自然。

47 菅原道真：〈懺悔會作三百八言〉（二七九），菅原道真著，川口久雄校注：《菅家文草．菅家後集》，頁三二八—三三一。

48 菅原道真：〈雨夜〉（五〇〇），菅原道真著，川口久雄校注：《菅家文草．菅家後集》，頁五一四—五一六。

49 菅原道真：〈晚望東山遠寺〉（五〇六），菅原道真著，川口久雄校注：《菅家文草．菅家後集》，頁五一九—五二〇。

50 同前注。

殷勤齊物論，洽恰寓言篇。[51]

或相信宿緣而皈依佛法：

合掌歸依佛，迴心學習禪。
厭離今罪網，恭敬古真筌。
皎潔空觀月，開敷妙法蓮。……
熱惱煩纔滅，涼氣序罔愆。[52]

儘管如此，歸根結底，他還是個入世的儒家，還是念念不忘治國平天下的理想。不敢也不能輕言放棄：

祖業儒林聳，州功吏部銓。
光榮頻照耀，組珮競榮纏。
責重千鈞石，臨深萬仞淵。……
器拙承豐澤，舟頑濟巨川。
國家恩未報，溝壑恐先填。[53]

如此這般，一篇之中再三致意，其志可悲，其情可憫。然而正如屈原的遭遇一樣，平安宮廷終無悔意。最後應了他自己在詩中近尾處所說的「吾廬能足矣，此地信終焉」的預感，死於謫所。

51 菅原道真：〈敘意一百韻、五言〉（四八四），菅原道真著，川口久雄校注：《菅家文草．菅家後集》，頁四九三。

52 同前注，頁四九四。

53 同前注，頁四九八。

# 取徑於東洋

## ——略論中國現代文學與日本

一九二八年，正當所謂革命文學、無產階級文學或普羅文學的主張甚囂塵上，左翼作家呼朋引類，共相標榜，企圖壟斷中國文壇的時候，創造社的主將郭沫若（一八九二—一九七八）曾以筆名麥克昂，發表了〈桌子的跳舞〉一文，斬釘截鐵地說：

> 中國文壇大半是日本留學生建築成的。創造社的主要作家都是日木留學生，語絲派的也是一樣。此外有些從歐美回來的彗星，和國內奮起的新人，他們的努力和他們的建樹，總還沒有前兩派的勢力的浩大，而且多是受了前兩派的影響。就因為這樣的緣故，中國的新文藝是深受了日本的洗禮的。而日本文壇的害毒也就盡量的流到中國來了。[1]

在中國新文學運動中，從一開始就活躍於文壇的作家，的確大多數是留日學生。創造社早期的重要作家，如郭沫若、郁達夫（一八九六—一九四五）、張資平（一八九三—一九五九）、成仿吾（一八九七—一九八四）、鄭伯奇（一八九五—一九七九）等，清一色都有留學日本的經驗。他如魯迅（一八八一—一九三六）、周作人（一八八五—一九六六）等文學研究會和《語絲》雜誌關係密切的作家，也不例外。

中國的新文學或現代文學的起點，一般都定在魯迅發表了短篇小說〈狂人日記〉的一九一八年。但也有人認為應該放在胡適（一八九一—一九六二）和陳獨秀（一八七九—一九四二）分別發表了〈文學改良芻議〉與〈文學革命論〉的一九一七年。這個文學運動或文學革命，其實「醞釀已非一日」。[2]甚至可以追溯其源於清末黃遵憲（一八四八—一九〇五）所倡導的「詩界革命」與梁啟超（一八七三—一九二九）所鼓吹的「小說界革命」。

眾所周知，中國自鴉片戰爭（一八四〇—一八四二）敗北之後，內外交困，國勢日蹙，積弱難振。有識之士莫不憂心如焚，為了救國救民而煞費苦心。而在這期間，隣國日本開始了明治維新（一八六八），高舉「文明開化」、「富國強兵」的旗幟，在「舉國一致」的體制下，積極地展開了現代化運動。結果不到三十年，就在甲午戰爭（一八九四）戰勝了中國，接著又在日俄戰爭（一九〇四—一九〇五）擊敗了俄國，變成了亞洲唯一的帝國主義者。許多中國的知識分子，對自己國家的挫敗雖然不免難堪，但眼看著同是亞洲國家的日本居然戰勝了帝俄，不管喜不喜歡，也不得不佩服，從而獲得啟示，為中國的將來找到了一個可供仿效的模式。那就是日本的現代化。

所謂現代化，歸根究底，就是西洋化。當時日本有所謂「和魂洋才」的口號，在中國也有「中學為體，西學為用」的說法。這就是洋務運動。其倡導者之一的張之洞（一八三三—一九〇九），認為小國日本之所以能轉弱為強而「雄視東方」，全靠伊藤博文（一八四一—一九〇九）、山縣有朋（一八三八—一九二二）、榎本武揚（一八三六—一九〇八）、陸奧宗光等（一八四四—一八九七）

1　郭沫若：〈桌子的跳舞〉（一九二八），收入饒鴻競等編：《創造社資料》（福建：福建人民出版社，一九八五年），頁一九六。

2　陳獨秀：〈文學革命論〉（一九一七），陳獨秀著：《獨秀文存》（上海：亞東圖書館，一九三四年），卷一，頁一三六。

「二十年前出洋之學生」，所以也鼓勵中國人出洋游學。至於游學之國，他說：

西洋不如東洋。一、路近省費，可多遣。一、去華近，易考察。一、東文近於中文，易通曉。一、西書甚繁，凡西學不切要者，東人已刪節而酌改之。中東情勢風俗相近，易仿行。事半功倍，無過於此。若自欲求精求備，再赴西洋，有何不可？[3]

另外，他也鼓勵中國人學習日語，原因是：

各種西學書之要者，日本皆已譯之。我取徑於東洋，力省效速……學西文者，效遲而用博，為少年未仕者計也……若學東洋文，譯東洋書，則速而又速者也。是故從洋師不如通洋文，譯西書不如譯東書。[4]

基於這種天真的想法，從光緒二十二年（一八九六）起，清廷或地方政府開始選派學生赴日留學，而且人數逐年而增，到了日俄戰爭之後，據說已超過了一萬名。[5] 洋務運動雖然終歸失敗，但有康有為（一八五八－一九二七）、梁啟超所倡導的變法維新，繼之而起。這是以日本主君主立憲體制為典範的政治改革運動，仍然與日本有密切的關係。

不幸的是這個改革運動，也因戊戌政變（一八九八）而以悲劇收場。梁啟超總算死裡逃生，亡命日本，繼續在海外展開中國人民的啟蒙工作，在各方面發生了深遠的影響。雖然他在國內失去了政治的舞臺，但一到日本，就接二連三地創辦了《清議報》（一八九八—一九〇一）、《新民叢報》（一九〇二—一九〇七）、《新小說》（一九〇二—一九〇五）等刊物，在政治、經濟、哲學、歷史、教育、文學各方面，發揮了他那「條理明晰，筆鋒常帶情感」[6]的議論，風靡海內外。在文學方面，使當時知識分子大開眼界的無疑是他的小說理論。例如發表於《新小說》創刊號的〈論小說與群治之關係〉（一九〇二），中有一段常被引用的話說：

> 欲新一國之民，不可不先新一國之小說。故欲新道德，必新小說；欲新宗教，必新小說；欲新政治，必新小說；欲新風俗，必新小說；欲新學藝，必新小說；乃至欲新人心，欲新人格，必新小說。何以故？小說有不可思議之力，支配人道故。[7]

3 〔清〕張之洞：〈游學第二〉，《勸學篇》，《張文襄公全集》（北京：新華書店，一九九〇年），第四冊，卷二〇三，頁五六九。

4 張之洞：〈廣譯第五〉，《勸學篇》，同前注，頁五七三。

5 據實藤惠秀著，譚汝謙、林啟彥譯：《中國人日本留學史（修訂譯本）》（北京：北京大學出版社，二〇一二年），頁二十七—三十一。

6 此語見於〔清〕梁啟超：《清代學術概論》（上海：復旦大學出版社，一九八五年），頁七十。

7 梁啟超：〈論小說與群治之關係〉，梁啟超著，湯志鈞、湯仁澤編：《梁啟超全集》（北京：中國人民大學出版社，二〇其實還在國內辦《時務報》（一八九五—一八九八）時，梁啟超就已談到小說的功能了。如〈《蒙學報》、《演義報》合敘〉（一八九七）云：「西國教科之書最盛，而出以游戲、小說者尤夥。故日本之變法，賴俚歌與小說之力。蓋以悅童子，以導愚氓，未有善於是者也。」[8] 而到了日本，立即在新辦的《清議報》上發表了〈譯印政治小說序〉（一八九八），首次提出「政治小說」的文類，云：「彼英美德法奧意日本各國政界之日進，則政治小說為功最高焉。」[9] 接著又寫了〈傳播文明三利器〉（一八九九），指出「於日本維新之運有大功者，小說亦其一端也。明治十五六年間，民權自由之聲遍滿國中。」[10] 而在舉例介紹了明治的政治小說的翻譯與著述之後，說：「著書之人，皆一時之大政論家，寄托書中之人物，以寫自己之政見，固不得專以小說目之。而浸潤於國民腦質最有效力者，則《經國美談》、《佳人奇遇》兩書為最云。」[11] 由此可見，梁啟超的小說觀並不是他的獨創，而是受到日本政治小說的啟發而來的。[12]

像這樣的小說觀，儘管帶著濃厚的功利主義色彩，但在當時的知識界卻引起了普遍的共鳴。有不少青年，特別是留日學生，從而幡然改圖，放棄實用之學，轉而投身於作家的行列。後來以散文名家的周作人回憶說：

> 中國以前作小說，本也是一種「下劣賤業」，向來沒人看重。到了庚子——十九世紀的末一年——以後，《清議》《新民》各報出來，梁任公纔講起〈小說與群治之關係〉。隨後刊行《新小說》，他可算是一大改革運動，恰與明治初年的情形相似。即如《佳人之奇遇》《經國美談》諸

書，俱在那時譯出，登在《清議報》上。《新小說》中梁任公自作的《新中國未來記》，也是政治小說。[13]

換句話說，由於梁啟超對政治小說功能的高度評價，使一向被認為不登大雅之堂的小說，也開始受到肯定與重視；從下賤卑屈的存在一躍而成為新文學的中堅，進而對中國現代的啟蒙運動、新文化運動，甚至對社會或政治改革運動，發生了一定的作用。

梁啟超於一九〇二年，即光緒二十八年，在日本刊行《新小說》後，在國內也如響斯應，出現了

---

一八年），第四集，頁四十九。

8 梁啟超：〈蒙學報廉義報合敘〉（一八九七），梁啟超著，湯志鈞、湯仁澤編：《梁啟超全集》第一集，頁二八〇。

9 梁啟超：〈譯印政治小說序〉（一八九八），梁啟超著，湯志鈞、湯仁澤編：《梁啟超全集》第一集，頁六八一。

10 梁啟超：〈文明普及之法〉，《飲冰室自由書》，梁啟超著，湯志鈞、湯仁澤編：《梁啟超全集》第二集，頁四七。編者按：本文所引用梁啟超文章，皆據《梁啟超全集》進行校對，《梁啟超全集》題名為〈文明普及之法〉，系收入《清議報全編》時所加，故注腳據《梁啟超全集》所繫題名為主。

11 同前注。

12 參增田涉：〈梁啟超について〉，氏著：《中國文學史研究：「文學革命」と前夜の人々》（東京：岩波書店，一九六七年），頁一四二—一七二。

13 周作人：〈日本近三十年小說之發達〉（一九一八），《藝術與生活》（臺北：里仁書局，一九八二年據民國二五年上海中華書局版影印），頁二九〇。

好幾個以小說為主的文藝刊物，小說的創作與翻譯也大為盛行起來。只是當時的作品都還沿襲著章回小說的傳統形式，而其內容則往往以暴露社會或官場的黑暗面為能事，有不少屬於所謂勸善懲惡一類。因此，儘管多數以白話寫出，就其形式或技法而言，還不能算是現代小說。不過在另一方面，梁啟超所主張的小說觀，即小說具有「一新一國之民」的「不可思議之力」的功用論，卻已深入人心，被許多作家奉為圭臬，或隱或顯地指引著他們的創作或翻譯活動。到了新文學運動開始之後，這種小說觀在表面上雖然常被抵制或批駁，但早已匯成了一股暗流，依然潛行在不少現代作家的意識之中。例如魯迅在題為〈我怎麼做起小說來〉（一九三三）的文章中說：「在中國，小說不算文學，做小說的也決不能稱為文學家。……不過想利用他（小說）的力量來改造社會。」[14] 又進一步說：

> 我仍抱著十多年前的「啟蒙主義」，以為必須是「為人生」，而且要改良這人生。我深惡先前的稱小說為「閒書」，而且將「為藝術的藝術」，看作不過是「消閑」的新式的別號。所以我的取材，多採自病態社會的不幸的人們中，意思是在揭出病苦，引起療救的注意。[15]

像魯迅這樣的實用文學觀，在他同代的作家中並不特殊，反而相當普遍。魯迅的胞弟周作人，回顧他們兄弟從事文學的緣由時說：

> 梁任公的〈論小說與群治之關係〉當初讀了的確很有影響。雖然對於小說的性質與種類後來意

見稍稍改變，大抵由科學或政治的小說漸轉到更純粹的文藝作品上去了。不過這只是不看重文學之直接的教訓作用，本意還沒有甚麼變更，即仍主張以文學來感化社會，振興民族精神，用後來的熟語來說，可以說是屬於為人生的藝術這一派的。[16]

至於被認為有浪漫主義偏向，為藝術而藝術的創造社作家又怎樣呢？像郭沫若、郁達夫等人，起初大談藝術的獨立、自我的追求、個性的尊重，等等抽象的價值概念，但時勢難容，不旋踵間，就開始宣稱揚棄「小我」或個性，而一窩蜂地轉向了革命文學。在某種意義上，像這樣的轉變，與梁啟超在清末所提倡的政治小說，也還是有一脈相承的關係。

當梁啟超致力於鼓吹「小說界革命」的時候，他所提倡的政治小說，在日本早已明日黃花，變成歷史陳跡了。自一八八〇年代後半起，以坪內逍遙（一八五九—一九三五）的論著《小說神髓》（一八八六），以及二葉亭四迷（一八六四—一九〇九）的小說《浮雲》（一八八七）為起步的日本現代文學，已經歷了浪漫主義與自然主義的高潮，而要進入白樺派人道主義、理想主義文學的全盛時期

14 魯迅：〈我怎麼做起小說來〉，《南腔北調集》，收入《魯迅全集》（北京：人民文學出版社，一九八一年），第四卷，頁五一一。

15 同前注，頁五一二。

16 周作人：〈關於魯迅之二〉（一九三六），《瓜豆集》（臺北：里仁書局，一九八二年據民國二十六年宇宙風社版影印），頁二三二。

了。但梁啟超除了政治小說外，對於日本新文學的新發展卻置之不聞不問，了無興趣。好在另外有一群年輕的留學生，身臨其境，目擊著日本現代文學的成長與變遷。有的後來變成了作家，獻身於中國新文學的建設。

就在魯迅發表了〈狂人日記〉的一九一八年，周作人也發表了〈日本近三十年小說之發達〉一文。標題中所謂的「近三十年」，當指自二葉亭四迷出版《浮雲》以來的年數，但也彷彿含有對中國現代小說之遲於日本「近三十年」的感慨。這是在中國現代文學史上，第一篇有系統地介紹外國近代小說的文章，在探討中日文學關係時，可以提供一些重要的線索。周作人在文中，大致按年代先後，注重流派或思潮的盛衰興替，隨時夾入自己的意見，頗中肯綮地介紹了日本現代小說的發展。值得注意的是周作人表示，他並不同意日本文化全是「模仿」而來的俗說，而強調是一種「創造的模擬」。日本人因為肯模仿會模仿，終於能「生出許多獨創的著作」，造成二十世紀的「新文學」，所以他勸告中國人學習日本的榜樣，「須得擺脫歷史的因襲思想，真心的先去模仿別人。……總而言之，中國要新小說發達，須得從頭做起。目下所缺第一切要的書，就是一部講小說是什麼東西的《小說神髓》。」[17] 周作人後來在投日戰爭期間，因與日本侵略者合作而成為人所不齒的「文化漢奸」。但他酷愛日本文化，終其一生，孜孜不倦，從事日本古典與現代文學的介紹、翻譯與研究，在現代中日文化交流史上，做出了無與倫比的貢獻。[18]

一般中國人雖對日本古典文學，不是敬而遠之，就是不屑一顧，但對日本的現代文學卻相當注意。新文學運動初期，外國文學的翻譯與評介頓時興盛起來，而且以譯自日文者占多數。其中又多半是經由日本譯本重譯的西洋文學作品或理論。不過，這種情形也將隨著時間而改變。不久，日本的新文學作品，如島崎藤村（一八七二—一九四三）的《破戒》、田山花袋（一八七一—一九三〇）的《蒲團》（漢譯《棉被》等）長篇，還有不少短篇小說，也很快地被譯成了中文。其中，魯迅與周作人所做的貢獻是不能忽略的。他們兄弟早在一九二三年，就合作出版了《現代日本小說集》，一共選譯了六個作家的十一篇小說，向中國讀者介紹了日本文壇「創造的模擬」的成果。

除了小說之類的文學創作，日本人的文學理論也開始出現了中文版。嚴格地說，這類理論性的著作雖然出自日本文人學者之手，卻非日本傳統所固有，而是對西洋理論加以整理加工或發揮闡述的產物。單在一九二〇年代，就有本間久雄（一八八六—一九八一）、夏目漱石（一八六七—一九一六）、宮島新三郎（一八九二—一九三四）、藏原惟人（一九〇二—一九九一）、藤森成吉（一八九二—一九七七）、有島武郎（一八七八—一九二三）、廚川白村（一八八〇—一九二三）、武者小路實篤（一八八五—一九七六）、青野季吉（一八九〇—一九六一）、黑田鵬信（一八八五—一九六七）等人的單行著作，被譯成中文。有的還不止一本。至於零星的論文，就更不勝枚舉了。

其中最受歡迎的是廚川白村。他的著作的中譯本，如果包括同書異譯者在內，竟多達二十冊左

17　周作人：〈日本近三十年小說之發達〉，《藝術與生活》，頁二六三—二九四。

18　關於周作人與日本的關係，詳拙作〈周作人的日本經驗〉見本書頁四一七—四七四。又參木山英雄編譯：《日本文化を語る：周作人》（東京：筑摩書房，一九七三年），特別是所附〈周作人と日本〉一文，頁二七三—二九〇。

右。這個英年早逝的理論家，生前原是京都帝國大學文學教授，在講授歐美文學史與文藝理論之暇，也常在報刊上寫些社會批評或文化批評，當時似乎很受歡迎。但他在現代日本文學史上，幾乎早被遺忘；連幾種大系型的現代日本文學全集，都把他的論著完全置之度外，不予收錄。不過在中國卻不乏知音。自五四時代以來，即使在目前的臺灣，他的著作還一直擁有不少讀者，而且在中國現代評論史上留下了不可磨滅的痕跡。

魯迅是最早被白村所吸引的中國作家之一。他讀了白村的《苦悶的象徵》而大為感動，立即加以譯成中文在報刊上連載，接著又譯了《出了象牙之塔》，於一九二四年合為一冊，由新潮社發行。以魯迅的翻譯為契機，白村的著作開始風行起來。結果是幾乎所有的白村著作，在數年之內，都有了中文版，有的還不止一種。尤其是文藝理論《苦悶的象徵》，到目前為止，至少已有五種不同的譯本流傳於世。[19]

那麼，為什麼在中國廚川白村那樣受歡迎呢？像魯迅那樣的人，平時並不大重視日本文學，而竟對這個在日本文壇裡並不怎麼受重視的文學教授兼評論家，大感興趣，的確是個有趣的現象。究其原因，可能由於魯迅以及當時的中國知識分子，讀了白村的文學觀、社會觀、人生觀或戀愛觀，感動之餘，反躬自省，於我心有戚戚焉，而引為知己。白村是個日本文壇的旁觀者，特立獨行，潔身自好。只活了四十四歲。但是不愧為一位盡職的文學教授，為學生與一般讀者，連續出版了《近代文學十講》（一九一二）、《文藝思潮論》（一九一五）、《英詩選釋》（一九二二）等書，深入淺出地介紹了歐美的文學理論與作品。接著寫了《苦悶的象徵》，參考歐美各家各派之說，加以融會貫通，企圖建立一己的文學理論。同時，眼看日本文壇風流自賞而脫離現實的傾向，感到格格不入，頗不以為然，所以也寫了不少後來收在《出了象牙之塔》（一九二〇）、《走向十字街頭》（一九二三）等集子的文章，不但針對文學，而且廣泛地針對日本當前社會、政治、道德、宗教、教育、思想、生活各方面的問題，展開了振聾發聵的「文明批評」。

廚川白村的文學理論，要而言之，即「生命力受到壓抑而產生的苦悶懊惱，乃是文藝的根柢；而其表現法乃是廣義的象徵主義。」[20]、「在我們一生所有的其他活動中——亦即社會生活、政治生活、經濟生活、家庭生活中，我們能從經常受到內在和外在的強制壓抑中解脫出來，而用絕對的自由，實行純粹創造的唯一生活，這就是藝術了。」[21]在當前生存競爭如此激烈的時代，處處充滿著矛盾與糾葛；如果文藝界對這樣嚴酷的現實視若無睹，仍在自己的小世界裡為藝術而藝術，豈能心安理得？因此，文人作家應該走出象牙之塔，站在十字街頭，凝視正在徬徨迷失的現代人心，把自己的所思所見所聞記錄下來。諸如此類。像這樣的論調，據白村自己說，是受到英國文人，特別是莫利思、雪萊、

19 《苦悶的象徵》除了魯迅譯本，又有豐子愷譯本（上海：商務印書館，一九二六年），徐雲濤譯本（臺北：經緯，一九五七年），慕容菡編譯本（臺北：常春樹書坊，一九七三年），林文瑞譯本（臺北：志文出版社，一九九五年）等。

20 廚川白村：《苦悶の象徵》，收於《廚川白村全集》（東京：改造社，一九二九年），第二卷，頁一五四，中譯引自魯迅：〈《苦悶的象徵》引言〉，《魯迅全集》第十卷，頁二三二。

21 同前注，頁一六七。中譯引自林文瑞譯本，見廚川白村著，林文瑞譯：《苦悶的象徵》，頁二十九。

拜倫、史恩邦、梅烈迭士、哈第等「具有改造社會理想的文明批評家」的啟示。[22]他的諸多論著，可以說是西洋文學移植到日本之後所開的花、所結的果。對中國人而言，也算是日本人「創造的模擬」西方的又一個好例子。

總之，廚州白村在中國大為走運。魯迅在所譯《苦悶的象徵》的〈引言〉裡，稱許原書云：

既異於科學家似的專斷和哲學家似的玄虛，而且也並無一般文學論者的繁碎。作者自己就很有創造力的，於是此書也就成為一種創作，而對於文藝，即多有獨到的見地和深切的會心。[23]

又在所譯《出了象牙之塔》的〈後記〉裡說：

著者所指摘的微溫、中道、妥協、虛假、小氣、自大、保守等世態，簡直可以疑心是說著中國。尤其是凡事都做得不上不下，沒有底力，一切都要從靈向肉，度著幽魂生活這些話。凡那些，倘不是受了我們中國的傳染，那便是游泳在東方文明裡的人們都如此。……著者既以為這是重病，診斷之後，開出一點藥方來了，則在同病的中國，正可藉以供少年少女們的參考或服用，也如金雞納霜既能醫日本人的瘧疾，即也能醫治中國人的一般。[24]

由此可知，魯迅之所以傾心於白村，與其說是他的文學理論，無寧說是他的文明批評。一九二五年春，譯完了《出了象牙之塔》後，魯迅接了未名社《莽原》週刊的編輯工作，曾給當時北京女子師範大學學生，後來成為夫人的許廣平寫信說：

> 中國現今文壇……最缺少的是「文明批評」和「社會批評」，我之以《莽原》起哄，大半也就為了想由此引些新的這一種批評者來，雖在割去敝舌之後，也還有人說話，繼續撕去舊社會的假面具。[25]

足見魯迅所受白村影響的一斑。[26]

廚川白村的影響當然不限於文明批評或社會批評。在中國小說家或評論家的作品裡，也往往有痕跡可尋。譬如向培良（一九〇五—一九五九）著有日記體小說〈我離開十字街頭〉（一九二七），顯然

22　廚川白村：〈序〉，氏著：《十字街頭を行く》，收於《廚川白村全集》第三卷，頁二一一。

23　魯迅：〈《苦悶的象徵》引言〉，《魯迅全集》第十卷，頁二三二。

24　魯迅：〈《出了象牙之塔》後記〉，《魯迅全集》第十卷，頁二四四—二四五。引文中「從靈向肉」句，令人聯想到《出了象牙之塔》中的〈從靈向肉和從肉向靈〉一文。

25　魯迅：《兩地書》，《魯迅全集》第十一卷，一九二五年四月二十八日，頁六十三。

26　關於魯迅與白村的影響關係，可看楠原俊代：〈魯迅と廚川白村〉，《中國文學報》第二十六卷（一九七六年四月），頁七十九—一〇七。

是襲用了白村所用「十字街頭」的寓意。又如「苦悶」一詞，也隨著《苦悶的象徵》中譯本的出現，突然流行起來。這在文學批評中相當明顯，尤其在幾種評論郁達夫的文章中最為突出。線索之一是詞彙或概念的借用。例如現代人的苦悶、政治的苦悶、經濟的苦悶、靈與肉的衝突、性的渴求、病態的性欲之類，都是白村常用，也常在中國批評家的文章裡出現的。

周作人大概是最早採用這些概念嘗試評論的人。他把當時頗受爭議的郁達夫小說集《沉淪》（一九二一），推為「一件藝術的作品」而加以肯定，認為集內所描寫的是「青年的現代的苦悶」，並加以解釋說：

> 生的意志與現實之衝突是這一切苦悶的基本；人不滿足於現實，而復不肯遁於空虛，仍就這堅冷的現實之中，尋求其不可得的快樂與幸福。現代人的悲哀與傳奇時代的不同者即在於此。理想與現實社會的衝突當然也是苦悶之一，但我相信他未必能完全獨立，所以〈南歸〉的主人公的沒落與〈沉淪〉的主人公的憂鬱病終究還是一物。著者在這個描寫上實在是很成功了。所謂靈與肉的衝突原只是情欲與迫壓的對抗，並不含有批判的意思，以為靈優而肉劣，……[27]

讀這篇文章，彷彿在聽著廚川白村的議論。又在「生的意志與現實之衝突」的提法裡，也可以看到白樺派人道主義的影子。[28]這篇短評發表於一九二二年三月二六日的《晨報》副刊。當時白村的著作，只有羅迪先（生卒年不詳）所譯的《近代文學十講》（一九二一）中文本。[29]不過，其他的著作如《文藝思潮論》（一九一四）等書早已刊行，而且在《太陽》《中央公論》《三田文學》等定期刊物上，也經常登載白村的評論，所以周作人可能有閱讀的機會。何況就在那些年裡，他正熱中於文學理論的探索，先後發表了〈人的文學〉、〈平民文學〉（一九一八）等篇，除了白樺派的出版物，一定也參考了白村的著作。

不過，在眾多達郁夫論中，白村的影響最明顯的莫過於錢杏邨（一九〇〇—一九七七）的〈《郁達夫代表作》後序〉（一九二八）了。就當時的批評界而言，這是一篇比較長而有系統的評論，但其理論基礎與框架卻是「苦悶的象徵」說。該文開頭列出了一系列的副題：

> 時代病的表現者——性的苦悶與故國的哀愁——社會苦悶與經濟苦悶的交流——社會懷疑論的展開——政治苦悶與革命行動的衝激——《在方向轉換的途中》——農民文藝的提創——……。[30]

---

27　周作人：〈《沉淪》〉（一九二二），《自己的園地》（臺北：里仁書局據民國十八年上海北新書局版影印，一九八二年），頁七十八—七十九。

28　請詳拙文〈周作人的日本經驗〉，見本書頁四四〇—四五三。

29　見廚川白村著，羅迪先譯：《近代文學十講》（上海：學術研究總會，一九二一—一九二二年）。

30　錢杏邨：〈《達夫代表作》後序〉，原載於《達夫代表作》（上海：春野書店，一九二八年），收入陳子善等編《郁達夫研究資料》（廣東：花城出版；香港：三聯書店香港分店，一九八五年），頁三十二。

從這些副題上，不難看出苦悶說所占比重之大。加之，在進入正文之前，錢杏邨說，儘管「廚川白村的論斷往往有許多的錯誤」，但為了「幫助本文，使全部更加明晰」，覺得有「徵引廚川白村的幾句話的必要」。接著引了兩段。第一段引自魯迅譯的《苦悶的象徵》第一〈創作論〉：

在內心燃燒著似的欲望，被壓抑作用這一個監督所阻止，由此發生的衝突和糾葛，就成為人間苦。……倘不是將伏藏在潛在意識的海的底裡的苦悶即精神底傷害，象徵化了的東西，即非大藝術。淺薄的浮面描寫，縱使巧妙的技倆怎樣秀出，也不能如真的生命的藝術似的動人。[31]

另外一段引自羅廸先譯《近代文學十講》上卷第二講〈近代生活〉。引文是跳句跳行跳頁摘錄的，雖然稍嫌冗長，但為了了解錢杏邨的論據，也轉錄於下：

在頹廢的近代的傾向之中，陷於懷疑苦悶的，和心意常常被悲哀鎖住著專門尋歡求樂的傾向，要算是第一了。……據諾爾度（Max Nordau）所說，從「世紀末」的疲勞所生的變質者，第一肉體上已有和常人不同的特徵，……自我觀念很強，容易為一時的衝突所動搖。第二個特徵，容易動情緒，對於毫不相干的事，笑著哭著。……第三個特徵，……依其人的周圍狀況，或為厭世悲觀，或對於宇宙人生的種種生恐怖心，常常像困憊、倦怠、煩悶。第四的特徵，活動上很憂鬱的狀態。……第五的特徵，作無止境的夢想，不能聚集注意於一事，來判斷追求統一思想的腦

> 力，因此專躭於漠然、曖昧、無順序、斷片的妄想。第六是懷疑的傾向，對於種種問題，懷抱疑惑，詮索其根底，而不得解決煩悶者。……最後一個特徵，是神祕狂，即Mystical delirium的狀態。……諾爾度氏還說近代人歇司迭里亞的病的狀態。第一無論什麼事，他們受印象很敏捷，被暗示容易感動。……近代人貪刺激的心非常熾盛，……專求肉感的方面很強的刺激。[32]

錢杏邨引了這兩段作前言，而且先下了結論：「我們所要說明的，是廚川白村的文藝是苦悶的象徵的見解，諾爾度所見到的近代人的病態的生活，在達夫的著作裡都很健全的表現了。」[33] 然後才開始按副題所列的次序，對郁達夫及其作品進行了評論。

果然，如所預期，在這篇評論中，尤其是前半部，白村愛用的詞語，如「性的苦悶」、「社會的苦悶」、「經濟的苦悶」、「政治的苦悶」，等等，到處可見，俯拾即是，儼然有「苦悶大展」之觀。下面且引三段以供參考。

31　同前注，頁三十三。日文原文見廚川白村：《苦悶の象徵》，《廚川白村全集》第二卷，頁一六七—一六八。魯迅譯文見廚川白村著，魯迅譯：《苦悶的象徵》（上海：北新書局，一九二九年），頁三十七—三十九。

32　錢杏邨：〈《達夫代表作》後序〉，收入陳子善等編：《郁達夫研究資料》，頁三十三。原文見廚川白村：《近代文學十講》，《廚川白村全集》第一卷，頁四十六—七十六，特別見頁四十六、六十四—六十五、六十九—七十。羅迪先譯文見廚川白村著、羅迪先譯：《近代文學十講》上卷，頁二十四—五十。

33　錢杏邨：〈《達夫代表作》後序〉，同前注，頁三十四。

（一）在幼年的時候，他〔達夫〕失去了他的父親，同時也失去了母性的慈愛，這種幼稚的悲哀，建設了他的憂鬱性的基礎。長大來，婚姻的不滿，生活的不安適，經濟的壓迫，社會的苦悶，故國的哀愁，呈在眼前的勞動階級悲慘生活的實際，……使他的憂鬱性漸漸擴張到無窮的大，而不得不在文字上吐露出來，而不得不使他的生活完全的變成病態。[34]

（二）達夫到了第二個時代，性的苦悶因著經濟的與社會的苦悶的緊逼，便失卻了它的重心地位，而經濟苦悶從此變為重心！……一個人有了經濟的苦悶，當然也就是社會之苦悶的一部分，再加上其他的社會的苦悶，如社會的盲目，如社會的淺薄，如社會的腐舊，如社會的壓迫天才，……這怎能不把這樣的青年生生的壓死？[35]

（三）就這樣的永久的頹廢下去，在達夫終於是心有不甘！他總想找一條出路，總想找一找光明之鄉，所以他在最後就跑到革命的K省去了。……社會苦悶是繼續著。然而，終結，也是被政治的苦悶壓倒了，所以達夫的到K省以後所作的文章，固有的苦悶是漸漸的消失，讓政治的苦悶替代了。[36]

諸如此類，足見依傍白村「苦悶的象徵」說之深。這篇郁達夫評論顯然含有不少問題，尤其急想證明郁達夫怎樣由頹廢幻滅，轉變方向，走上「革命戰陣」，不脫左派論調，帶有政治掛帥的簡單化傾向。另有陳文釗（生卒年不詳）所寫的〈達夫代表作〉（一九三一），也大量使用了性的苦悶、社會的苦悶、經濟的苦悶、靈肉衝突等概念。[37]這些評論是否中肯或切題，姑且不論，值得注意的是廚川白村的文藝理論，或更確切地說，經由白村移植到日本而加以日本化的西洋文藝理論，自一九二〇年代以來，已被某些中國評論家奉為經典，或當做評估作品的尺度或準繩了。

前面以廚川白村為例，簡單介紹了日本文藝理論——或日本化的西洋文藝理論——的引進及其影響。至於現代日本文學的創作，如小說之類，又怎樣呢？既然新文學運動初期的作家大多是日本留學生，而且有不少日本作品被陸續譯成中文，依常理判斷，不可能毫無影響或作用。

最早受到日本小說所啟發的作品，大概是梁啟超在新文學運動之前發表的《新中國未來記》。這篇特別標出「政治小說」，共四回，連載於《新小說》（一九〇二—一九〇三）的作品，顯然是模仿明治初期流行一時的「未來記」之類的產物。[38] 然而，正如梁啟超自己在〈緒言〉裡說，「似說部非

34 同前注，頁三十四。

35 同前注，頁四十一。

36 同前注，頁四十五。

37 陳文釗：〈達夫代表作〉，王自立、陳子善編：《郁達夫研究資料》（北京：知識產權出版社，二〇一〇年），頁三一九—三二三。編者按：此文未收入香港三聯書店一九八五年版《郁達夫研究資料》，故以北京知識產權出版社版補注。

38 日本政治小說中，有所謂「未來記物」，如服部撫松的《二十三年國會未來記》（一八八六）、《二十世紀新亞細亞》（一八八八）及《支那未來記》（一八九五）；坪內逍遙的《內地雜居未來の夢》（一八八二）；末廣鐵腸的《二十三年未來記》（一八八六）及《明治四十年の日本》（一八九三）；牛山鶴堂的《日本之未來》（一八八七），等等。這一類的「未來記」之作，也是依傍西方類似作品而來。詳見柳田泉：《政治小說研究》（東京：春秋社，一九三五—一九三九年），上卷，頁七—五十四。

說部，似稗史非稗史，似論著非論著，不知成何種文體，自顧良自失笑。」[39]實在不能算是成功的小說。其實，梁啟超只不過想利用小說進行政治宣傳，本意既不在純文學的價值，也似乎不善於小說的寫作技巧，難怪連他本人都要覺得「不知成何文體」了。

到了新文學運動時期，那些活躍於中國文壇的留日回國作家，由於他們特有的教育背景與生活體驗，難免都會與日本文學，各在不同的方面，結下或深或淺的緣分。例如魯迅，他是公認對日本現代小說相當冷漠的人，但也有例外的情形。當他還在日本留學的時候，據跟他住在一起的胞弟周作人後來回憶說：

> 豫才（魯迅）對於日本文學當時殊不注意，森鷗外、上田敏、長谷川二葉亭諸人，差不多只重其批評或譯文。唯夏目漱石俳諧小說《我是貓》有名，豫才俟其印本出即陸續買讀，又熱心讀其每日在《朝日新聞》上所載的《虞美人草》。至於島崎藤村等的作品則始終未曾過問。自然主義盛行時亦只取田山花袋的《棉被》、佐藤紅綠的《鴨》一讀，似不甚感興味，豫才日後所作小說雖與漱石作風不似，但其嘲諷中輕妙的筆致實頗受漱石的影響。[40]

關於魯迅的小說如何受到夏日漱石的影響，雖然仍須經過仔細的對照與比較，才能看出較為具體的詳情，但正如周作人所說，魯迅的一些短篇小說，如〈孔乙己〉、〈阿Q正傳〉等篇，所特有的那種不冷不熱的嘲諷、幽默輕妙的筆致，或超然旁觀的態度，的確令人聯想到《我是貓》或《少爺》等漱石早期的作品。

除了文學作品之外，魯迅對漱石似乎另有心嚮往之的一面，那就是漱石作為一個文人的心情與態度。漱石在從事創作的生涯裡，喜談「低徊趣味」或「有餘裕的文學」，對當時流行的主義流派不聞不問，超越於黨同伐異之外，我行我素地追求他自己獨特的文學生命。魯迅亦然。或至少希望能保持那樣的心境。雖然，魯迅在一九三〇年，參加了所謂「中國自由運動大同盟」與「中國左翼作家聯盟」，為發起人之一，但這與其說是文學活動，無寧說是政治行為，而且不久就發現被人利用而退了出來。在文學活動力面，他雖然從頭就與文學研究會結了緣，卻始終沒有正式加入成為會員。魯迅在創作生活裡，偶爾了嚮往「餘裕」或「餘裕心」，認為「文學總是一種餘裕的產物。」又說「要創作，是必須有餘裕的。」[41] 像這樣的心情或態度，顯然與漱石遙相呼應，互為共鳴。然而也正因為如此，魯迅在一九二九年的所謂革命文學論戰裡，曾被搖身一變而為革命文學家的創造社成員團團圍剿，大肆攻擊。有人指他為「資本主義以前的封建遺孽。……是二重性的反革命人物。」[42] 又如創造社理論

---

39 梁啟超：〈緒言〉，氏著：《新中國未來記》，梁啟超著，湯志鈞、湯仁澤編：《梁啟超全集》第十七集，頁七。

40 周作人：〈關於魯迅之二〉（一九三六），《瓜豆集》，頁二三九。

41 魯迅：〈忽然想到〉（一九五二），《華蓋集》，《魯迅全集》第三卷，頁十五—十六；〈革命時代的文學〉（一九二八），《而已集》，《魯迅全集》第三卷，頁四二三；〈在鐘樓上〉（一九二七），《三閒集》，《魯迅全集》第四卷，頁三十五等處。

42 杜荃：〈批評魯迅的《我的態度氣量和年紀》〉（一九二八），收於李何林編：《中國文藝論戰》（上海：上海書店，一九八四年），頁二二〇。

家成仿吾，在〈完成我們的文學革命〉一文裡，抓住魯迅所提的「餘裕心」、「趣味文學」等概念，便加以大張撻伐說：

> 它所暗示著的是一種在小天地中自己騙自己的自足。它所矜持的是閑暇、閑暇，第三個閑暇。我們知道在現代的資本主義社會，有閑階級，就是有錢階級。……在這時候，我們的魯迅先生坐在華蓋之下正在抄他的《小說舊聞》，而我們的西瀅先生卻在說他那《閑話》……[43]

極盡冷嘲熱諷之能事。然而追究起來，還得要感謝夏目漱石所提的「低徊趣味」或「餘裕的文學」，間接地為創造社供給了攻擊的題材。

魯迅與自然主義的關係，也曾引起了一段公案。到底他對自然主義有沒興趣呢？如果指的是日本式或日本化的自然主義，都麼答案顯然是否定的。譬如說，在他與周作人合譯的《現代日本小說集》（一九二三）裡，日本自然主義作家的小說竟付之闕如。為什麼呢？據周作人為該集所寫的序文，他們兄弟認為那一類作品是基於決定論的悲觀的物質主義文學，早已成為文學史上的陳跡，只好割愛了。再者，就魯迅的小說創作而言，除了題材的偏重於社會的黑暗面，他如表現方法、描寫技巧各方面，都很難跟日本自然主義聯繫起來。儘管如此，在魯迅出版了他的第一部小說集《吶喊》（一九二三）後，成仿吾卻加以批評說：

這前期的幾篇可以用自然主義這個名稱來表出。〈狂人日記〉為自然派所極主張的記錄（document），固不待說；〈孔乙己〉〈阿Q正傳〉為淺薄的紀實的傳記，亦不待說；即前期最好的〈風波〉，亦不外是事實的記錄，所以這前期的幾篇，可以概括為自然主義的作品。[44]

接著他還用了「拙劣」、「很平凡」、「結構極壞」、「未免庸俗」、「魚目混珠」、「很使人不快」等詞語，把這些小說大大地奚落了一番，然後又說：

作者〔魯迅〕先我在日本留學，那時候日本的文藝界正是自然主義盛行，我們的作者便從那時受了自然主義的影響，這大約是無可疑議的。所以他現在作出許多自然派的作品來。[45]

這篇評論從頭到尾貶多於褒，而且有故意假藉自然主義來譏誚魯迅之嫌。然而這樣的見解實在

43 引自李初梨：〈怎樣地建設革命文學〉（一九二八），收入饒鴻競等編：《創造社資料》，頁一七四—一七五。可參看成仿吾：〈從文學革命到革命文學〉（一九二八），同上，頁一六四—一七〇；以及魯迅：〈序言〉（一九三二），《三閒集》，《魯迅全集》第四卷，頁三—六。

44 成仿吾：〈《吶喊》的評論〉（一九二四），收於臺靜農編：《關於魯迅及其著作》，張高評主編：《民國時期文學研究叢書》（臺中：文听閣圖書公司，二〇一一年據民國二十二年再版上海開明書店排印本影印），第一編第一一〇冊，頁七十六。

45 同前注，頁七十七。

差之千里，到目前為止，既不受中國學者的重視，也早被日本學者不無遺憾地加以否定了。[46] 前面所引周作人的話，即魯迅對日本自然主義作家，「始終未曾過問」或「似不甚感興味」，也許可以當作周作人替魯迅反駁成仿吾的發言。其實，魯迅並非完全反對自然主義。他曾從片山孤村（一八七八—一九三三）所著《最近德國文學之研究》一書裡，選譯了一篇〈自然主義的理論及技巧〉（一九二五）。[47] 不過跟茅盾等文學研究會的成員一樣，他所盼望的自然主義，是來自西方的文學理論，不是日本化的自然主義文學作品。

如果說，日本自然主義文學，特別是由自然主義派生出來的所謂「私小說」，對中國作家毫無影響，倒也不盡然。有趣的是，這些一向公開鄙視日本自然派的創造社作家，也許由於身臨其境，耳濡目染，習與性成，所受影響反而較為明顯。譬如張資平（一八九三—一九四七）有「中國菊池寬」之稱，好寫三角或多角戀愛，曾坦承他的小說是在日本時期「所受的刺激及直觀的延長」，而且「模倣日本作品的也不少。」[48] 錢杏邨批評他的戀愛小說，「創作的技巧完全是自然主義的技巧，他的方法也是完全的可與自然主義的方法相適應。」[49] 徵諸張資平的作品，錢杏邨所指的自然主義，較近於日本自然派的私小說。此外，在郭沫若早期的短篇小說裡，以及在他費時多年才完成的自傳中，也彷彿閃現著私小說的影子。這個由浪漫派詩人一變而為普羅列塔利亞革命文學旗手的創造社主將，如前所引，一方面承認中國新文學受了日本的「洗禮」，一方面卻又斥之為「害毒」。那麼，他所說的「害毒」是甚麼呢？他說：

譬如極狹隘、極狹隘的個人生活的描寫；極渺小、極渺小的抒情文字的遊戲；甚至於狹邪遊的風流三昧……一切日本資產階級文壇的病毒，都盡量地流到中國來了。這些病毒便是使日本文壇生不出偉大作品的重要原因。[50]

郭沫若在這裡所批判的日本文壇，無疑是當時以私小說為主流的日本自然派。由於這些「病毒」就像「草花的種子」，播種在中國的文壇，不消說「生不出松柏的大樹。」結果是毒草遍地，「甚麼三角戀愛啦，四角戀愛啦，鬧得一塌糊塗，而且還脫不掉剿襲，脫不掉模仿，我們真是應該慚愧了。」這些話顯然是針對著創造社同人而發的，尤其是針對著「多角戀愛專門小說家」張資平。[51] 魯迅曾經挖苦

46 如武田泰淳：〈周作人と日本文藝〉《黃河海に入りて流る——中國．中國人．中國文學》（東京：勁草書房，一九七〇年），頁一七七—一七八。又見今村與志雄：〈魯迅と日本文學のノート〉《魯迅と傳統》（東京：勁草書房，一九六七年），頁二四四。

47 片山孤村著，魯迅譯：〈自然主義的理論及技巧〉，見魯迅：《壁下譯叢》，收入北京魯迅博物館編：《魯迅譯文全集》（福州：福建教育出版社，二〇〇八年），頁十二—二十二。

48 張資平：〈我的創作經過〉，收入郁達夫等：《創作經驗談》（上海：光華書局，一九三三年），頁六十九。

49 錢杏邨：〈張資平的戀愛小說〉（一九二九），《現代中國文學作家》（臺中：文听閣圖書公司，二〇一一年據一九三〇年上海泰東圖書局排印本影印），第二卷，頁五十五。

50 郭沫若：〈桌子的跳舞〉，收入饒鴻競等編：《創造社資料》，頁一九六。

51 同前注。

創造社作家為「才子加流氓」，是個有名的文壇插曲。[52] 因此之故，「革命文學家」郭沫若乃大聲疾呼道：

我們振作一下罷，我們奮發一下罷，一面把別人的影響丟掉，一面改造自己的生活，努力做一個社會的人罷！[53]

他在這裡勸人丟掉的「別人的影響」，徵諸上下文脈，指的顯然是日本自然派私小說的影響；而所謂「做一個社會的人」，乃是從事無產階級革命的代號。

下面不妨以郁達夫為例，進行稍為詳細的探討。這位原屬創造社的名作家，在現代中日文學關係史上，也是個相當突出而有趣的現象。他雖然不是第一個發表現代小說的中國作家，卻是第一個出版現代短篇小說集的人。他所出的第一部集子《沉淪》（一九二一），比魯迅的《吶喊》還早了將近兩年。而且《沉淪》裡所收的三篇小說，都是寫於日本，以日本為背景的中國留學生的故事。前面在談到廚川白村與中國的關係時，曾舉了周作人與錢杏邨等人的郁達夫評論為證，並做了簡單的介紹。這裡要集中考察他的日本經驗與文學生活的關係。

郁達夫於一九一三年，十八歲時，赴日留學，停留約十年，正值白樺派的人道主義運動盛極而展，普羅文學繼之而起的時代。他先入東京第一高等學校預科，為公費留學生。一九一五年結業後，被分發到名古屋第八高等學校正式上學。一九一九年進入東京帝國大學經學學部。一九二二年畢業，獲經濟學士學位。旋即回國任教，並繼續早在日本已經開始的文學創作活動。據他自己回憶留學生活說：「在高等學校裡住了四年，共計所讀的俄德英日法的小說，總有一千部內外。後來進了東京的帝大，這讀小說之癖，也終於改不過來。」[54] 如果他所說的「一千部內外」不是誇張，那麼，平均每年非得讀二百五十本左右的小說不可。足見這個文學青年熱中於小說之一斑。的確，在他的生命裡，日本不但是他青春的故鄉，也是他接受文學洗禮的地方。假如郁達夫沒有這段留學經驗，可能不會變成作家，即使成了作家，也可能很不一樣。他後來曾透露過他如何走向作家之路的心跡：

> 人生從十八九到二十餘，總是要經過一個浪漫的抒情時代的。當這時候，就是不會說話的啞鳥，尚且要放開喉嚨來歌唱，何況乎感情豐富的人類呢？我的這抒情時代，是在那荒淫慘酷，軍閥專權的島國裡過的。眼看到的故國的陸沉，身受到的異鄉的屈辱，與夫所感所思，所經所歷的一切，剔括起來沒有一點不是失望，沒有一處不是憂傷，同初喪了夫主的少婦一般，毫無氣力，毫無勇毅，哀哀切切，悲鳴出來的，就是那一卷當時很惹起了許多非難的《沉淪》。[55]

---

52 魯迅：〈上海文藝之一瞥〉（一九三一），《二心集》，《魯迅全集》第四卷，頁二九二。

53 郭沫若：〈桌子的跳舞〉，收入饒鴻競等編：《創造社資料》，頁一九六。

54 郁達夫：〈五六年來創作生活的回顧——《過去集》代序〉（一九二七），王自立、陳子善編：《郁達夫研究資料》，頁一六六。另見郁達夫著，吳秀明主編：《郁達夫全集》（杭州：浙江大學出版社，二〇〇七年），第十卷，頁三一〇。

55 郁達夫：〈懺餘獨白——《懺餘集》代序〉（一九三一），王自立、陳子善編：《郁達夫研究資料》，頁一八二；另見郁達他的留日生活當然也有快樂輕鬆的一面。「那時候生活程度很低，學校的功課很寬，每天於讀小說之暇，大半就在咖啡館裡找女孩子喝酒，誰也不願意用功。」[56]不過，一旦與日本人接觸或交往，即使只在一起喝酒起哄，就必須面對自己是個「支那人」的現實。在〈雪夜——自傳之一章〉（一九三六）裡，他回憶在東京小石川植物園或井之頭公園裡，與日本少女攀談應酬的往事：

而當這樣的一度會合之後，有時或竟在會合的當中，從歡樂的絕頂，你每會立時掉入到絕望的深淵底裡去。這些無邪的少女，……一聽到了弱國的支那兩字，那裡還能夠維持她們的常態，保留她們的人對人的好感呢？支那或支那人的這一個名詞，在東隣的日本民族，尤其是妙年少女的口裡被說出的時候，聽取者的腦裡心裡，會起怎麼樣的一種被侮辱、絕望、悲憤、隱痛的混合作用，是沒有到過日本的中國同胞，絕對地想像不出來的。[57]

像這樣身臨目睹的屈辱經驗，以及因之而起的自卑情結，使他變得怨天尤人，悲憤憂鬱，甚至使他陷於疑神疑鬼的被害妄想症。《沉淪》集中的三篇小說，即〈沉淪〉、〈南遷〉、〈銀灰色的死〉，可以說是忠實地反映了這種病態心理的作品。當這個集子「惹起了許多非難」時，郁達夫曾說：「不曾在日本住過的人，未必能知這書的真價；對於文藝無真摯的態度的人，沒有批評這書的價值。」[58]可見他自己也承認日本經驗對他創作的重要性。

郁達夫的日本經驗，當然也應包括他對日本文學的體會與吸收。他在所讀的許多日本小說中，最感興趣也最能引起共鳴的，恐怕就是自然派的私小說之類。他對他自己的創作立場，曾有如下的表白：

> 我覺得「文學作品都是作家的自敘傳」這句話，是千真萬真的。客觀的態度，客觀的描寫，無論你客觀到怎麼樣一個地步，若真的純客觀的態度，純客觀的描寫是可能的話，那藝術家的才氣可以不要，藝術家存在的理由，也就消滅了。……所以我說，作家的個性，是無論如何，總須在他的作品裡頭保留著的。……我覺得作者的生活，應該和作者的藝術緊抱在一塊，作品裡的individuality是決不能喪失的。[59]

這種否認客觀描寫的可能性，而強調作家的才氣與個性的宣言，聽起來彷彿是日本「私小說家」的自

---

夫著，吳秀明主編：《郁達夫全集》第十卷，頁四九九。

56 郁達夫：〈五六年來創作生活的回顧——《過去集》代序〉（一九二七），王自立、陳子善編：《郁達夫研究資料》，頁一六六。另見郁達夫著，吳秀明主編：《郁達夫全集》第十卷，頁三一〇。

57 郁達夫：〈雪夜——自傳之一章〉，吳秀明主編：《郁達夫全集》第四卷，頁三〇六—三〇七。

58 引自周作人：〈《沉淪》〉，《自己的園地》，頁八十。

59 郁達夫：〈五六年來創作生活的回顧——《過去集》代序〉（一九二七），王自立、陳子善編：《郁達夫研究資料》，頁一六七。另見郁達夫著，吳秀明主編：《郁達夫全集》第十卷，頁三一二—三一三。

我辯護——辯護他們狹窄的主觀世界與感傷的自我追求。對作家郁達夫而言，這不僅是他創作理論上的主張，也是他實際創作時的準繩。難怪在他的小說中，包括那些以第三人稱為主人公的作品在內，往往帶著顯著的自敘傳或私小說的傾向，而且時有暴露狂、窺伺癖、憂鬱症或自虐狂的情節。夏志清曾正確地指出，郁達夫的小說多半是盧梭式的告白懺悔文學，[60]但從另一個角度來看，正如伊藤虎丸所說，也可以發現「在郁達夫那裡，能完整地找出日本自然主義私小說的諸特徵。」[61]

在日本的近代作家當中，佐藤春夫（一八九二—一九六四）曾經是郁達夫崇拜的對象。這件事在創造社圈子裡是個公開的祕密。有人甚至說郁達夫「在中國的地位，同佐藤在日本的地位一樣。」有一次郁達夫寫信給創造社的朋友，表白了他仰慕佐藤的心情：

在日本現代的小說家中，我所最崇拜的是佐藤春夫。他的小說，周作人君也曾譯過幾篇，但那幾篇並不比他的最大的傑作。他的作品中的第一篇，當然要推他的出世作《病了的薔薇》，即《田園的憂鬱》了。其他如〈指紋〉、〈李太白〉等，都是優美無比的作品。……我每想學到他的地步，但是終於畫虎不成。[62]

關於這兩個中日作家的個人交往與文學關係，已經出現了一些比較研究，都認為《沉淪》受了《田園的憂鬱》的影響，而且似乎已成定論。[63]儘管如此，在另一方面，正如小田嶽夫所說：

《沉淪》雖然受了《田園的憂鬱》的影響，但這兩種作品在基本上卻全然不同。後者的「憂鬱」根源於人生的「無聊」，天下泰平，與「國家」了無牽涉。反之，前者的「憂鬱」則植根於「祖國的劣弱」，而一切以國家為依歸，在本質上大異其趣。[64]

這段話指出了現代中日文學關係史上一個極為重要的問題。不單是郁達夫，還有其他許多中國作家，雖然從日本吸收了現代文學理論，學習了現代創作技巧，「深受了日本的洗禮」，但由他們帶領所創造的中國現代文學，卻與日本現代文學貌合神離，終究分道揚鑣。究其原因，固然不止一端，但最

---

60 C.T. Hsia（夏志清）, *A History of Modern Chinese Fiction, 1917-1957,*（New Haven:Yale University Press,1971）,p.102. 編者案：中譯本見夏志清著，劉紹銘等合譯：《中國現代小說史》（香港：中文大學出版社，二〇〇一年），頁九十。

61 引自伊藤虎丸著，李柱錫譯：〈《沉淪》論（節譯）〉，收入陳子善、王自立編：《郁達夫研究資料》（廣州：花城出版社；香港：三聯書店，一九八五年），頁五二五—五二六。

62 郁達夫：〈海上通信〉（一九二三），吳秀明主編：《郁達夫全集》第三卷，頁六十一。

63 詳伊藤虎丸〈《沉淪》論〉，伊藤虎丸著，李柱錫譯：〈《沉淪》論（節譯）〉，收入陳子善、王自立編：《郁達夫研究資料》，頁五一一—五二六；小田嶽夫：《郁達夫傳——その詩と愛と日本》（東京：中央公論社，一九七五年），頁四十七—五十六。編者案：此書有中譯本，見小田嶽夫著，李平、閻振宇譯：《郁達夫傳——他的詩和愛及日本》，收入《郁達夫傳記兩種》（杭州：浙江文藝出版社，一九八四年），詳見第三章，頁三十二—四十五。

64 小田嶽夫：《郁達夫傳——その詩と愛と日本》，頁五十。編者案：中譯本見小田嶽夫著，李平、閻振宇譯：《郁達夫傳——他的詩和愛及日本》，頁三十四。

重要的恐怕是「祖國劣弱」的現實。中國的作家懷著沉重的危機意識，不管願意不願意，不得不「出了象牙之塔」而「走向十字街頭」。在這個意義上，中國的現代作家，可說是廚川白村的忠實信徒。

# 談日本人中國文學研究的中譯問題

日本人研究中國文學的歷史由來已久，堪稱源遠流長。尤其進入二十世紀以來，在中國文學史或文學論方面有系統的著述，日本人往往先我著鞭，成績也頗為可觀。如古城貞吉（一八六六—一九四九）的《支那文學史》、兒島獻吉郎（一八六六—一九三一）的《支那文學史綱》、笹川種郎（一八七〇—一九四九）的《支那戲曲小說小史》、鹽谷溫（一八七八—一九六二）的《支那文學概論講話》、鈴木虎雄（一八七八—一九六三）的《賦史大要》與《支那詩論史》、青木正兒（一八八七—一九六四）的《支那文學概說》、《支那文學思想史》與《支那近世戲曲史》、吉川幸次郎（一九〇四—一九八〇）的《宋詩概說》與《元明詩概說》等等，不勝枚舉。這些著作可以說都是各個領域或專題的開路先鋒；雖然不無缺點，但瑕不掩瑜，不但在日本，也在中國扮演了陳勝、吳廣的角色。特別在文學史的著述方面，正如青木正兒所說，「日本著手比中國早，所以中國人的著作多有仿效日本人之所著者。」他並舉出顧實《中國文學史大綱》、曾毅《中國文學史》與謝无量《中國大文學史》等為例。[1] 朱自清（一八九八—一九四八）也不諱言「早期的中國文學史大概不免直接間接的以日本人的著述為樣本，後來是自行編纂了，可是還不免早期的影響。」[2] 朱氏所說的「早期」，當指一九二〇年代而言。

自清末民初以來，日本所出有關中國文學的論著，可謂汗牛充棟，而且有與日俱增之勢。其中不少已有中文譯本，通行於世，使不習日文的讀者也有一讀的機會。從事這種翻譯工作的，早期有孫俍工（一八九四—一九六二）、隋樹森（一九〇六—一九八九）、王古魯（一九〇一—一九五八）、殷石臞（生卒年不詳）等人。其後這方面的人材接踵而至，譯作的種類與數目也日益繁多。近幾年來，即使在大陸，在多年的沉寂之後，也有逐漸活躍的跡象。[3]我自己也曾經湊過熱鬧，先後翻譯了吉川幸次郎的《元雜劇研究》、[4]《宋詩概說》，[5]以及《元明詩概說》。[6]下面我想根據自己實際的經驗，參考別人的意見，談一談日本學者中國文學研究的翻譯問題。

不過，在進入本題以前，讓我們先來回顧一下中國人翻譯日本著作的歷史。中國的翻譯活動，自從東漢開始翻譯佛經以來，已有悠久的歷史，然而翻譯日本的歷史卻還不到一百年。在甲午戰爭（一八九四）敗於日本之後，中國有志之士在苦心焦思之餘，認為救亡圖存的最佳途徑就是向日本取經——學習日本的明治維新。於是除了主張派人留日外，又鼓吹中國人學習日文，以便閱讀與翻譯日文著作。如倡導洋務運動的張之洞（一八三三—一九〇九）說：「各種西學之

1 青木正兒：《支那文學概說》，收錄於《青木正兒全集》（東京：春秋社，一九六九年），卷一，頁二九一—二九二。案：此書有隋樹森中譯本《中國文學概說》（一九三六），（臺北：臺灣開明書店重印本，一九五四年），頁四十六—四十七。

2 朱自清：〈朱佩弦先生序〉，廣文編譯所：《中國文學史》（臺北：廣文書局，一九九〇年），頁一。

3 除了單行的翻譯之外，吉林大學劉柏青等主編：《日本學者中國文學研究譯叢》（長春：吉林教育出版社，一九九〇年），至少已出到第四輯。

4 吉川幸次郎著，鄭清茂譯：《元雜劇研究》（臺北：藝文印書館，一九六〇年）。編者案：此為初版，藝文印書館於一九七七年、一九八一年、一九八七年陸續再版。

5 吉川幸次郎著，鄭清茂譯：《宋詩概說》（臺北：聯經，一九七七年）。

6 吉川幸次郎著，鄭清茂譯：《元明詩概說》（臺北：聯經，二〇一二年）。

要者，日本皆已譯之。我取徑於東洋，力省效速。……若學東洋文，譯東洋書，則速而又速者也。是故從洋師不如通洋文；譯西書不如譯東書。」[7] 主張變法維新的康有為（一八五八—一九二七）也有同樣的看法：「竊考日本變法，已盡譯泰西精要之書，且其文字與我同，但文法稍有顛倒，學之數月而可大通，人人可為譯書之用矣。」[8] 又說：「日本文字猶吾文字也。但稍雜空海之伊呂波文十之三耳。泰西諸學之書，其精者日人已譯之矣。吾因其成功而用之。是吾以泰西為牛，日本為農夫，而吾坐而食之。費不千萬金，而要書畢準矣。」[9] 可見張康二氏之所以主張翻譯日文書籍，歸根結底，無為是為了追求泰西之學，與傳統的日本文化毫無關係。他們天真地認為日文與中文相近，最易學習，所以如能經由日文去學習西學，不但「力省效速」，而且可以坐享其成，何樂而不為？這當然是一種一廂情願的想法。

與康有為合稱「康梁」的梁啟超（一八七三—一九二九），倡導日文教育更是不遺餘力。他甚至「大聲疾呼」，中國之志士「當以學和文和說為第一義」，而且為了幫助有意學習日文的人，曾輯有《和文漢讀法》一書，使他們「真不費俄頃之腦力」，即可通曉日文。但他也特別聲明這是指「學日本文以讀日本書而言」，與學講日本話或學作日本文，不能一概而論。根據他的心得：

> 日本文漢字居十之七八。其專用假名不用漢字者，惟脈絡詞及語助詞等耳。其文法常以實字在句首，虛字在句末。通其例而顛倒讀之，將其脈絡詞語主詞之通行者，標而出之，習視之而熟記之，則已可讀書而無窒閡矣。……然此為已通漢文之人言之耳。若未通漢文而學和文，其勢必至

顛倒錯雜瞀亂而兩無所成。[10]

梁氏的主張雖然仍未超越「取徑於東洋」的構想，但他不但坐而言之，並且起而行之。他不滿於洋務運動之只注重「兵學藝學等專門之學」，認為應該仿效「日本自維新三十年來廣求知識於寰宇」的經驗，多多譯介政治學、資生學（經濟學）、智學（哲學）、群學（社會學）等方面的著作。[11] 因此他建議「譯學堂各種功課」、政治小說等，以廣流傳，「將以洗空言之誚，增實學之用，助有司之不逮，救燃眉之急難。」[12] 他曾列舉了所謂「普通學」（General Education）的日文書八十多種，多半是日本「中

7 〔清〕張之洞：《勸學篇．廣譯第五》（一八九八），《張文襄公全集》（北京：新華書店，一九九〇年），第四冊，頁五七二—五七三。

8 〔清〕康有為：〈請開局譯日本書折〉（一八九八），湯志鈞編：《康有為政論集》（北京：中華書局，一九八一年），上冊，頁二五四。

9 康有為：〈日本書目志序〉（一八九七），《康南海先生文集》（臺北：文海出版社，一九七五年），卷五，頁二八六（總頁四八六）。

10 〔清〕梁啟超：〈論學日本文之益〉（一八九九），梁啟超著，湯志鈞、湯仁澤編：《梁啟超全集》（北京：中國人民大學出版社，二〇一八年），第一集，頁七〇五。

11 同前注，頁七〇四。

12 梁啟超：〈大同譯書局敘例〉（一八九七），梁啟超著，湯志鈞、湯仁澤編：《梁啟超全集》第一集，頁二七一；〈譯印政治小說序〉（一八九八），頁六八〇—六八一。

學校」的各科課本，包括十多種有關中國文化與歷史的教科書，有的已有中文譯本。[13]他也親自動筆譯了政治小說《佳人奇遇》等書，在《清議報》及《新小說》上登出，可以說是中國人翻譯日本文學的嚆矢。

梁啟超所譯東海散士著《佳人奇遇》的日文，通稱「漢文脈體」，漢字的確至少「居十之七八」，在日本明治年間（一八六八－一九一二）最為盛行。當時學校的教科書，一般學術性著作、報刊或政治小說，大都採用這種書寫文體。閱讀這種日文，如有堅實的「漢文」（文言文）根底，即使對日文文法不甚了了，只要把文中的漢字拼湊起來，大概也能猜對七八成。但正如梁氏所言，因為脈絡詞（介詞、連接詞）、語助詞等，包括肯定與否定詞、主動或被動態，幾乎不用漢字而用假名，所以要是不諳文法，往往難免誤讀誤譯而不自知，甚至鬧出笑話來。梁氏所譯的《佳人奇遇》，雖然有日本學者大加讚賞，甚至認為比原著還好，[14]不過有人拿他的中譯本逐行仔細地查對過原文，還是發現了不少誤譯的地方；而許多誤譯就發生所謂「脈絡詞、語助詞」上。[15]日本當時當然還有其他不同的文體，如「文語體」等，而且自明治中葉起，為了新時代的需求，所謂「言文一致」體應運而生，迅速取代了漢文脈體，成為標準的書寫語言。像這些非漢文脈的日文，文法更加複雜，詞彙更多變化，而且使用的漢字也大量減少，所以翻譯起來已不能像梁啟超那樣得心應手。只有接觸過這類日文的人，才知道日譯中的問題所在，也才知道中日「同文」之說的大謬不然。

日本人中國文學研究的中譯本開始出現於民國十年前後，即一九二〇年代初期。起初以文學通史為主，然後才擴大範圍，及於文學思想、文學理論，以及各種文類或專題的著述。由於早期的有關中國文學的日本論著，包括青木正兒早年的《支那近世戲曲史》（一九三〇）等書，都以漢文脈體寫成，所以譯者都採用文言文，譯起來也直截了當，較為順手，下面且從青木正兒的《支那近世戲曲史》一書引一段漢文脈體日文作例子：

明初は北劇の勢力猶ほ盛にして作者も亦其人に乏しからず。洪武、永樂の間、太祖の第十六子寧献王は好んで雜劇を作り、當時臣下には王子一、劉東生、湯式、楊景言、賈仲名、楊文奎等有り、其等の作る所元人と異る無し。稍後れて宣德、景泰の間に周憲王有り、作る所の雜劇甚だ富み、氣格や、下ると雖も猶ほ是れ北曲の為に氣を吐くものなり。[16]

---

13 梁啟超：〈東籍月旦〉（一九〇二），梁啟超著，湯志鈞、湯仁澤編：《梁啟超全集》第三集，頁四六八—四八一。

14 柳田泉：《政治小說研究》（東京：春秋社，一九六七年），卷上，頁三八一。

15 詳見許勢常安所著論文多篇。如：〈《清議報》登載の《佳人奇遇》について——特にその誤譯〉第一篇至第四篇，分別刊載於《斯文》第六十七期（一九六七年十月），頁十三—三十一、第七十五・七十六期合刊（一九七四年四月），頁三十一—四十、第七十八期（一九七五年三月），頁二十六—三十五、第七十九期（一九七五年十二月），頁三十一—三十九；〈上海中國書局印行と清議報譯載の《佳人之奇遇》を比較して——特にその名譯と誤植訂正（2）〉，《國士館大學文學部人文學會紀要》第十期（一九七八年一月），頁一三三—一六六。編者案：已歸化日本國籍的臺灣學者許勢常安，原名許常安。

16 青木正兒：《支那近世戲曲史》（東京：弘文堂書房，一九六七年），頁二四〇—二四九。

像這樣的文章，只要稍有日文文法知識，加上基本的文言文修養，大概不難譯成尚可一讀的文言文。我自己也故意先不看別人的翻譯，試以文言文譯出如下：

> 明初北劇勢力猶盛，作者亦不乏其人。洪武、永樂間，太祖第十六子寧獻王好作雜劇。當時臣下有王子一、劉東生、湯式、楊景言、賈仲名、楊文奎等，（其等）所作與元人無異。稍後，空德、景泰間有周憲王，所作雜劇甚富，雖氣格稍下，猶（是）為北曲吐氣者也。

譯出之後，拿王古魯譯本來試作比較，便可看出二者之間，除了些無關宏旨的連接詞或語尾詞之有無外，幾乎沒甚麼差別。原文中有一個日製複合詞「其等」，相當於文言文的「彼輩」、「渠等」，或白話文的「他們」。王譯刪之不譯，不但不影響原文之義，反而使譯文更為簡潔。[17] 總之，漢文脈體宜以文言文譯之。如果想譯為白話，反而吃力不討好。青木氏後來也跟後起的漢學家一樣，改用言文一致的新文體。這種新文體的中譯，當然以白話較為合適；而事實上，以後的中文譯本也都以白話為之，很少例外。

翻譯中國文學研究的日文著作，基本上，跟翻譯其他領域或文類的日本著作，應該沒有甚麼不同。任何兩種語言之間的翻譯，我覺得嚴復（一八五四－一九二一）所提的「信、達、雅」三字，仍然是必須遵循的準則。「信、達、雅」俱全的境界當然只是個理想，不是人人隨時隨地都能達到，所以嚴復名之為「譯事三難」。[18] 在這個「難」字裡，不但含有譯者苦心孤詣的掙扎，也帶有警惕譯者不得率爾操觚的用意，不過，翻譯畢竟不是精確的科學行為，而且譯者各有各的背景與個性，所譯作品也不止一類，性質或目的不可能相同。因此，我認為在「信、達、雅」的大原則下，在實際翻譯時，不妨因「類」制宜，在方法上隨時加以調整。嚴復在《天演論》的〈譯例言〉裡，就提到他的譯法說：「譯文取明深義，故詞句之間，時有傎到附益，不斤斤於字比句次，而意義則不倍本文。」[19]他的方法似乎傾向於意譯，但要緊的是不管譯法如何，絕不可違背原文的意義。嚴復所說的雖是英文中譯的問題，其實也一樣可以適用於日文的中譯上。

然而在翻譯日文的時候，卻的確有些特殊的問題，是在翻譯印歐語系時不會遇到的。譬如說，日文所用的漢字詞彙。在日文裡，尤其是名詞、形容詞與動詞，還使用著大量的漢字語詞。這類語詞以複合詞居多。其中，除了保留中文原義者外，又有日製漢字新詞，或借用中文詞彙而賦以新義者。這些日文中的漢字語詞，自從清朝末年以來，已有許多流入中國，變成了國語中不可分割的一部分。但也有不少是未被接受的。這種難於中文化或尚未中文化的日本漢字詞彙，往往構成陷阱，使譯者不知不覺地墮入其中。這裡我想舉些我自己誤入陷阱的例子，稍加說明或反省。

17 青木正兒著，王古魯譯：《中國近世戲曲史》（臺北：臺灣商務印書館，一九八八年），頁一七三—一七八。

18〔清〕嚴復：《天演論．譯例言》（一八九八），王栻主編《嚴復集》（北京：中華書局，一九八六年），第五冊，頁一三二一。

19 同前注。

《元雜劇研究》是我所譯的第一本日文學術著作，距今已經三十多年了。記得原作者吉川幸次郎在看完了我的譯本後，曾寫信給我，除了禮貌上的誇獎與感謝之外，還很客氣地指出有兩個語詞，應該有更合適的中譯。一是「假想の文学」，一是「逞ましさ」。回想起來，當初碰到這兩個詞時，也經過了一番搜索枯腸，但畢竟跳不出日文漢字的那道魔障，況且當時又不像今天有那麼多日華辭典可供查對，一時糊塗，就被原文裡的漢字牽著鼻子走，把這兩個詞分別譯為「假想文学」與「逞性」。後來經原作者一提，重加斟酌，才恍然大悟。所謂「假想文学」不就是「虛構文學」嗎？而「逞性」應該譯為「活力」或「雄壯」。「假想」這個複合詞也是日製品，用來翻譯英文的 fiction 或 imagination。至於「逞ましさ」相當於英文的 vitality，譯之為「逞性」，不但是誤譯，還可能會引人聯想到逞志、逞能、逞勢、逞強、甚至逞凶，實在大大不妙。歸根究柢，都是日文裡那個「逞」字惹的禍。

又如「葛藤」一詞，代表著不同的問題。這個語詞原是中文所固有，但在現代國語裡已被屏棄不用了。其實，這個語詞在較大的辭典裡都可以找到。如《最新增訂本辭海》的〈葛藤〉條云：

> 謂糾纏不清也。禪家常用此語。《碧巖錄》：「卻有許多葛藤公案，具眼者試說看。」大慧《宗門武庫》：「雪居舜老夫，常譏天衣懷說葛藤禪。」按謂天衣懷禪師談禪不直截了當也。今亦謂人作事糾纏不了曰葛藤。[20]

雖然見於多數辭典，但中國人現在多半以「糾葛」、「糾纏」或「糾紛」來代替，不再使用「葛藤」。

然而在日文裡，這個詞卻歷久而彌新，不但保存了中文的原義於日常語言，而且還用之於文學批評之中，涵義似乎更豐富更複雜。那麼，碰到這類漢字詞彙時，應該怎麼翻呢？從前我認為既然在中國古已有之，被日本借去，現在不妨原詞搬回。既有翻譯之名，又有復古之實；輕而易舉，得來全不費工夫。不過，後來曾經拿這個詞問過幾個年輕朋友，所得的回答多半是「大概是一種蔓生植物吧？」而對其喻意則顯得一知半解，似懂非懂。因此，我現在已改變了想法，覺得還是用現在通行的對應詞來翻譯比較合適。

另有一個有趣的術語是「巨視の哲学」，出現在吉川氏《宋詩概說》第三章第三節。[21]吉川氏認為蘇軾之所以能夠揚棄悲哀、積極地面對人生現實，應該歸功於他的「巨視の哲学」，所以專設一節加以闡述。[22]問題是這個術語有沒有中文的對應詞？「哲學」一詞當然早已中文化，不成問題。「巨視」這個複合詞顯然是日人所造，為「微視」的反義語，相當於中文的「宏觀」一詞。因此本來可以把「巨視の哲学」譯成「宏觀哲學」，但我總是本能地覺得不大合適。何況吉川氏又在這個詞下加一個「的」字，當修飾語用。如「巨視的な目」（宏觀的眼睛？）、「巨視的な態度」（宏觀的態度？）、

20 臺灣中華書局辭海編輯委員會編，熊鈍生主編：《最新增訂本辭海》（臺北：臺灣中華書局，一九八九年），下冊，頁三七九四。

21 吉川幸次郎：《宋詩概說》（東京：岩波書店，一九六二年），頁一三四—一五七。

22 吉川幸次郎著，鄭清茂譯：《宋詩概說》（臺北：聯經出版事業公司，二〇一二年），頁一二四—一二八。

「巨視的な言葉」（宏觀的話？）之類，用「宏觀」兩字來翻，也不夠道地，覺得洋味太濃。由於原作者在討論蘇軾的為人處世時，一再提到莊子的齊物思想與《易經》的循環哲學，又偶然看到蘇軾有「白足高僧解達觀，安排春事滿幽欄」[23]的詩句，所以在反覆考慮之後，決定用「達觀」這個中國傳統的舊語詞來翻譯「巨視」這個外來的洋詞彙。我曾把這個意思告訴了原作者，並徵求他的意見。他回答說，一切尊重譯者的選擇與決定。對他而言，大概是雖然不滿意，但還可以接受吧。

以上我舉了三四個例子，簡單說明了翻譯日文漢字詞彙時可能碰到的問題。其實，對應詞的選擇是任何語言之間翻譯的基本程序，本來並不特殊。日譯中之所以特殊，如上所述，是因為日文的漢字詞彙，固然能給譯者不少方便；但在另一方面，卻也常以熟悉的面孔迷惑譯者，使他放下戒心，而導致翻譯上的錯誤或欠妥。

下面我想談一個比較技術性的問題。

在翻譯外國學者的中國文學研究時，大概避免不了所引中文資料的還原工作。以日本人的著作為例，引用的資料多半譯成日文。如果原作者用腳注或插注的方式標明引文的出處，最好還附有參考書目，譯者便可按圖索驥，查對原典，還原起來。可收事半功倍之效。不過，日本從前的幾位漢學大家，不像歐美學者那樣勤於作注，如肯以插注標明書名已算不錯；如能再加篇名或章節頁數，更是難得。最麻煩的是像「某人云」，然後便是經過日譯的引文，而其他資訊一概付諸缺如。遇到這種情形，當然有人為了省事，就把譯成日文的中文資料再度譯回中文。這在無法看到原始引文時，當然情有可原，無可厚非。只是這樣根據日文翻譯再轉譯回來的中文，如與原典比對，恐怕已變得似是而非了。比較負責的態度應該是要克服一切困難，設法找到原典，把引文加以還原。不僅要加以還原，而且還要詳細地標明出處。談到出處，當然要牽涉到版本的問題。但如原作者根本未標明出處，或雖有出處而不注明版本，那麼，譯者只能盡力而為，設法採用比較可靠的版本了。這雖然是吃力不討好的工作，有時卻也會有意外的收穫。譬如說，譯者可能會發現原作者居然誤引、誤解，或誤譯了原文。或者也可能發現原作者的引用或闡述不夠周延，而有所缺失。遇到這些發現，不同的譯者可能有不同的處理方式。王古魯在翻譯青木氏的《中國近世戲曲史》時，每「發現原著所引用之文頗有誤解原文之處」，便為之施注，並在每章之末添加「參考」資料，以便「一方使讀者不致以訛傳訛，一方希望原著者對於原著再版時，一為訂正，俾此書益臻完善。」[24]他所附的參考資料相當多。他的翻譯除了力求忠實之外，又盡了糾正補充的任務。我很贊成這種做法。我在翻譯吉川氏的著作時，遇到引用或涉及中文資料的地方，總是千方百計查對原書，還其本來面目，並且用括弧標明出處。如原著有缺失或錯誤，也都一一加以補充糾正，但不特別加以注明。

中國人以中文翻譯日本人中國文學研究的日文著作，由於原作者都懂中文，對譯者而言，可能是一種挑戰，也是一種良機。我自己在翻譯《宋詩概說》的時候，一方面是戰戰兢兢，如履薄冰，唯恐

23　〔宋〕蘇軾：〈贈江州景德長老詩〉，蘇軾著，張志烈等校注，《蘇軾全集校注》（石家莊：河北人民出版社，二〇一〇年），第四冊，卷二十三，頁二五九二。

24　青木正兒著，王古魯譯：《中國近世戲曲史》，頁十。

出差錯，鬧笑話。而在另一方面，卻又有一種安全感，因為吉川氏那時還在世，答應審閱譯稿，所以如有錯誤或欠妥之處，在付梓前還有機會加以改正。於是，有時就膽大起來。為了使譯文更通暢明白，也考慮到中文讀者的需求與興趣，曾對原著進行了些增刪的工作。不過老實說，結果是刪少而增多，主要是為了澄清、敷衍、加強，或補充原著的一些論點。吉川先生顯然讚成這種譯法，至少從未提出異議。他看了我的譯稿之後，特別寫了一篇中譯本的〈著者序〉，說我的翻譯「雅馴通暢，嚼飯增味」。雖然未免過譽，令人汗顏，但終於放下了一顆忐忑不安的心。後來我又譯了他的《元明詩概說》，可惜那時他已去世多年，當然無法審閱譯稿。不過我的譯法還是與《宋詩概說》譯本一樣，採取比較自由的意譯，不用逐字逐句的直譯。在這裡，我想從我為《元明詩概說》中文本所寫的〈譯後記〉裡，引用一段話來結束本文：

> 我以為翻譯學術論著不必與翻譯文藝作品相提並論。只要忠實於原著的意旨與論點，即在不違背「信」的原則下，為了行文方便，考慮中文的句法與思路，不妨稍加增刪，重新安排原文的字句次序，或甚至改寫整段文章，以求暢「達」通順。要之，最重要的是求其能「信」而「達」，至於能「雅」與否，那就要看譯者駕馭文字的功力了。[25]

25 吉川幸次郎著，鄭清茂譯：《元明詩概說》，頁三二〇。

# 海內文章落布衣

## ——談日本江戶時代的文人

就中日文化關係而言，日本文化發展的歷史，自古以來，直到十九世紀末葉，可以說是一個接受、篩選、模仿中國文化，或抵制、抗拒、排斥其影響的過程。在這漫長的歷史過程中，以古典漢語詩文的研讀與創作為核心的所謂漢文學，[1] 明顯地扮演了一個舉足輕重的角色。有不少中國文學的選集，如《昭明文選》、《白氏文集》、《唐詩選》、《三體詩》等，不但早已滲入日本文學遺產之中，如影隨形，不可分離；而且還在繼續滋補著日本人的文化生活或人文素養。

在日本文學史上，漢文學的傳統自然有其興替盛衰。一般認為有三個比較興盛的時期。第一是平安時代（七九四—一一九二）的前半，以皇室貴族為中心，仍停留在宮廷文學的階段。第二是武人執政的鎌倉時代（一一九二—一三三三）後期至室町時代（一三三六—一五七三），以禪院僧侶為主導，兼治詩文與程朱之學，通稱五山文學。第三是江戶（德川）時代（一六〇三—一八六七），為日本漢文學的全盛時期。本文試圖從文學關係的觀點，扼要評介江戶時代漢文學的發展與演變，並且針對當代日益增多的所謂「文人」，就其類型、特性或心態等方面，與中國文人進行深入的對比考察。

慶長八年（一六〇三）德川家康（一五四二—一六一六）奉詔拜征夷大將軍，設立幕府於江戶（今東京），成為日本全國的實際統治者後，經過二百六十五年，直至第十五代將軍德川慶喜（一八三七—一九一三）於慶應三年（一八六七）將政權奉還皇室為止，史稱江戶時代或德川時代。漢文學在江戶時代的歷史大致可以分成三個階段：初期（一六〇三—一七一〇）、中期（一七一一—一七八八）與末期（一七八九—一八六七）。[2]

德川家康雖然武將出身，但生平喜讀漢籍，尤其重視儒家經典。因此在馬上得天下之後，就以儒家的政治思想為治國的指導原則，而且禮聘儒僧林羅山（一五八三—一六五七）為特別顧問，共商國是，研訂經國濟世的典章制度，尤寄意於文化教育的政策。

這可以說是江戶初期漢文學復興的轉捩點。羅山曾師事五山禪僧藤原惺窩（一五六一—一六一九），繼承了五山詩僧兼重宋學的傳統，醉心朱熹（一一三〇—一二〇〇）理學，以發揚所謂「朱子學」為己任。結果，不但幫助德川幕府建立了以朱子思想為基礎的國家體制，也使朱子學變成了江戶時代的「官學」。羅山的著作甚多，高達兩百多種，其中也包括不少漢詩與漢文。現傳《羅山林先生集》中，就收有《羅山文集》與《羅山詩集》各七十五卷。[3]不過，以一朱子學者而任幕

1 所謂漢文學一詞，就其狹義而言，大約相當於後起之支那文學或中國文學。不同的是漢文學一般專指以文言所寫的古典中國文學，不包括現代的白話文學。再者，漢文學有時也包含中國古典文學的研究與詩文的創作。所以一個理想的漢文學者，不但能以日文發表有關中國文學的論著，而且能以文言創作詩歌文章，即所謂漢詩漢文。就其廣義而言，漢文學即漢學或支那學，相當於英文的sinology，泛指中國古典文學、哲學、歷史、藝術、文物等傳統文化之研究。雖然，漢文學以及漢詩漢文等詞，在明治時代之前尚無上述之涵義，但為方便計，本文將以其義而用之。

2 關於江戶時代漢文學史的分期問題，學者之間意見並不一致。松下忠曾列舉諸說，並加平議，附以私見，請見所著《江戶時代の詩風詩論——明．清の詩論とその攝取——》（東京：明治書院，一九六九年），頁六—一二。本文分期，據神田喜一郎：〈日本の漢文學〉，《墨林閒話》，收入《神田喜一郎全集》（東京：同朋舍，一九八四年），第九卷，頁一三二—一八四。

3 有寬文二年（一六六二）刊本，題為《羅山先生詩文集》一百五十卷。其後又有大正七年（一九一八）活字本。其他單行著作，不勝枚舉。

府之顧問，繫心文教政策，所以他的作品，即使是漢詩漢文，也難免帶有濃厚的文以載道的功利色彩。[4]其實，這並不是個孤立的現象。在江戶初期約一百年間所出現的知識分子，如中江藤樹（一六〇八—一六四八）、山崎闇齋（一六一八—一六八二）、山鹿素行（一六二二—一六八五）、伊藤仁齋（一六二七—一七〇五）、貝原益軒（一六三〇—一七一四）等，也都有類似的心態與傾向。甚至如詩人石川丈山（一五八三—一六七二）也不例外。[5]的確，在當時重視道德說教的環境下，似乎沒有多少可以從事純粹文學創作的餘地。值得注意的是到了十七世紀中葉，日本漢文學的傳承與再造，已從儒佛兼修的五山詩僧手裡，過渡到尊儒排佛的新起的知識分子肩上。這些人通稱「儒者」。此後終德川之世，他們變成了日本文化界的中堅，分別或同時扮演教育家、哲學家、道德家、官僚、學者或作家等角色。[6]

到了江戶中期，大約相當於十八世紀，由於幕府的鼓勵而導致社會的重視，漢文學變成了許多青年才俊追求的對象，愈來愈普遍，產生了不少傑出的儒者。在這中期對漢文學的繼續發展貢獻最大、影響最深的，應首推荻生徂徠（一六六六—一七二八）。原先徂徠也跟別人一樣，用心鑽研過已被尊為官學的朱子學，但總覺得格格不入。於是，另起爐竈，開始倡導所謂「古文辭學」，自立門戶，號為蘐園。他的古文辭學雖然也重視中國經書的研究，但不像日本朱子學者之偏好抽象的或形而上的思辨，而是根據經書文本，字斟句酌，企圖直接從古人文辭中所呈現的人間現實，追求儒家哲學的原始真義。[7]所著《論語徵》、《大學解》、《中庸解》等書曾傳入中國，還引起了一定的反響。[8]在經學之外，他也積極從事漢詩漢文的創作，大力獎掖後進，使詩文的吟誦酬答，成為儒者日常活動不可分割的部分。更值得一提的是他還與同道組織了「譯社」，旨在鼓勵儒者學習當代中國語言，翻譯或改寫中國古典白話小說，對江戶時代通俗小說的蓬勃發展發生了深遠的影響。

就詩文的祖述典範而言，五山時代所推崇的是杜甫（七一二—七七〇）、韓愈（七六八—八二四）、蘇軾（一〇三七—一一〇一）、陸游（一一二五—一二一〇）等大家，而以《三體詩》、《聯珠詩格》、《古文真寶》、《瀛奎律髓》等選集最受歡迎。至於徂徠的蘐園學派則追隨明朝的復古運動，提倡「文必秦漢、詩必盛唐」，在理論與實踐上，遙遙呼應前後七子的主張。有趣的是徂徠在世時，約與康熙年間（一六六二—一七二二）相當，中國的復古運動早已變成了過去，但被徂徠引進日本後，卻在異國的風土裡再度發芽、生根、開花、結果，滋養了不少日本儒者的心靈。在這時期最受歡迎也最通行的範本，詩則《唐詩選》；文則韓愈、柳宗元、李攀龍與王世貞的合集《四家雋》。

4 請詳今中寬司：〈林羅山の教學思想〉，收於伊東多三郎編：《國民生活史研究》（東京：吉川弘文館，一九五八年），第三冊，頁一七九—二一九。又參嚴紹璗：《日本中國學史》（南昌：江西人民出版社，一九九一年），頁九六—一〇八。

5 有關石川丈山之文學觀，請看松下忠：《江戶時代の詩風詩論——明・清の詩論とその攝取——》，頁二六一—二七六。

6 參John W. Hall, "The Confucian Teacher in Tokugawa Japan", in *Confucianism In Action*, ed. David S. Nivison and Arthur F.Wright, (Calfornia: Stanford University Press, 1959), pp.268-301.

7 見丸山真男：《日本政治思想史研究》（東京：東京大学出版會，一九九五年新裝版），頁七一—一三九。

8 見Miller, Roy Andrew, "Some Japanese Influences on Chinese Classical Scholarship of the Ch'ing Period", *Journal of the American Oriental Society*, 72(Jun.1952), pp56-67. 並參嚴紹璗：《日本中國學史》，頁一二八—一三八。

儘管古文辭學曾經大受青睞，而且的確也獨霸一時，在漢文學界引起了相當的沖擊，產生了愈來愈多的作家與作品，但就漢詩漢文的藝術成就而言，與他們中國復古派的前輩一樣，毋寧是令人失望的。一兩百年前明朝的前後七子，把中國的詩文帶進了模擬剽竊的死巷，而徂徠也領著他的信徒們走上了千篇一律的窮境。當然歷史上沒有任何運動是能夠歷久不衰、亙古彌新的。古文辭學雖然衰落了，甚至被取代了，但這並不代表江戶漢文學的式微。事實上，古文辭學也含有通俗化、簡易化的一面，故其影響並不限於漢文學界，而是廣泛普及於社會各階層。徂徠與他的門生把儒家的教義與漢詩漢文帶給了一般民眾，加之正值經濟富裕、政局昇平之世，來自民間的學者或作家也愈來愈多；有出身於下級武士的，也有出身於商賈（町人）或工匠之家的。[9]這在日本社會文化史上是一個新的發展。早在元祿十五年（一七〇二），有一個青年儒者詩人梁田蛻巖（一六八二－一七五七）遨遊東都（江戶），重陽登高，賦了一絕：

> 琪樹連雲秋色飛，獨憐細菊近荊扉。
> 登高能賦今誰是，海內文章落布衣。[10]

雖然蛻巖並不屬於蘐園學派，但他在這首絕句中所透露的情操與心態，無疑也是當時包括徂徠門下的許多知識分子所共有。蛻巖出身武士世家，也出仕過地方的諸侯，但往往身居廟堂而心在江湖，不改其笑傲吟哦、放蕩不羈的本性，似乎已經敏感地嗅到漢文學滲透民間的徵兆。至於徂徠的弟子輩，有不少來自庶民或沒落的士人階級，也有不求仕進，甘以布衣終其一生的。當這些新興的儒者開始主導社會的文化教育時，漢文學的普及與大眾化，等於順水推舟，自是理所當然。

然而古文辭學畢竟衰微了。江戶的漢文學也進入了最後的階段。這時代之而起的是一群血氣方剛的年輕人，如菅茶山（一七四八—一八二八）、市川寬齋（一七四九—一八二〇）、山本北山（一七五二—一八一二）等。其中以最年輕的北山最為直率敢言。他前後出版了兩本書，《作文志彀》（一七七九）與《作詩志彀》（一七八三），大事抨擊古文辭學的模擬剽竊、陳腐飣餖，使他一夜之間變成了反蘐園學派的旗手。不過他的理論並非出於獨創，也是學自中國，只是這次是蹈襲了明末的公安派；亦步亦趨地追隨袁氏三兄弟（宗道、宏道、中道）攻擊以李攀龍、王世貞等人為首的復古運動。然後筆鋒轉向日本，極力批判或揶揄荻生徂徠及其門派的古文辭主張。如云：

> 王（世貞）李（攀龍）之後，諸豪傑放膽張眼，欲成一家者，雖不勝枚舉，然皆未能出中郎（袁宏道）清新性靈之外而上之。何則？清新性靈乃詩道之命脈。若非模擬剽竊，必清新性靈；

---

9　請詳阿部吉雄：〈江戶時代儒者の出身と社會的地位について〉，《日本中國學會報》第十三集（一九六一年十月），頁一六一—一七五。

10　詩題〈九日〉，附注「元祿中在東都作」。收入友野霞舟編：《熙朝詩薈》，見富士川英郎、松下忠、佐野正巳編：《詞華集日本漢詩》（東京：汲古書院，一九八三年），第五卷，卷三十六，頁二十九。此詩見引於齋藤惪太郎：《近世儒林編年志》（大阪：全國書房，一九四三年），頁五十四。

> 若非清新性靈，即模擬剽竊也。故當以于鱗（李攀龍）、中郎二人為分詩道之一大鴻溝。其他數子之碌碌者，徒宋襄、徐偃之霸耳。今本邦詩人受于鱗、（服部）南郭（一六八三—一七五九）之毒，不啻一日，故開口則陳爛腐臭不堪。苟欲矯此弊，當為中郎之所為。為中郎之所為者，非模擬剽竊中郎之詩；為中郎之所不模擬剽竊也。[11]

諸如此類，在《作詩志彀》等書中，山本北山不但忠實地抄襲了公安派的文學理論，而且到處借用了公安派的批評術語。然而這種借來的理論，卻將主導江戶末期漢文學的動向，也影響到一代知識分子的心態與人生觀。

江戶末期漢文學的發展，在某種意義上，可以說代表一種解放運動。在以朱子學為官學的幕府體制下，可比中國歷代的尊儒傳統，即使在漢詩漢文的領域裡，也很難完全擺脫文以載道或經國之大業的思考模式。不過，正如日本近代作家永井荷風（一八七九—一九五九）所說，到了江戶末期，「江戶的文物普遍成熟，詩賦文章與經學倫理分離，而達到了可以被當作純粹藝術來鑑賞的氣運。……然則，此後儒者之中，詩人輩出，也便不足為奇了」。[12] 換言之，文學已經可以獨立門戶，不必再依附儒學而存在。於是，詩文作者終能衝破儒家載道經國的樊籬，得以自由自在地從事文藝的創作活動。當時有名的詩人廣瀨淡窓（一七八二—一八五六）說：「夫詩者人各言其志也。人心不同若其面，詩必隨而不同。……故予只從予所好。無意廣誘世人從予之說。若有同予所好者，從予可也。若所好不同，即門人亦不可強同。」[13] 他所強調的是人心不同，詩必不同，亦不能強同。由此推之，所謂祖述典範、模擬古人，皆非作詩之正道，故不足取。他還討論過詩之有益與否的問題：

有人嘗問余曰：「吾子好詩，詩有何益？」余曰：「吾子好酒，酒有何益？」問者曰：「不問何益，唯吾性之所好。」余曰：「吾亦吾性之所好也。」[14]

但淡窓並不否定詩的價值。他認為詩是「人情」的流露；詩可以使人「溫潤」、使人「通達」、使人「文雅」。他甚至說，「無情之人必不能作詩，即作詩亦不成詩。如此之人雖為方正端嚴之君子，其行事必有不盡人情者。」所以他作結說，連孔子的詩教「溫柔敦厚四字，亦唯形容情之一字而已。」[15]

淡窓的文學理論，特別是他的詩觀，儘管還有明顯的公安派主張的迴響，處處有跡可尋，卻很快地變成了當時漢文學界的主流思想，繼山本北山之後，對詩文作家們起了莫大的鼓勵與啟示的作用。

11　山本北山：《作詩志彀》，收入《日本詩話叢書》（東京：龍吟社，一九九七年再版），第八卷，頁五十五—五十六。原文為漢文訓讀式日文（漢文崩し）。本文所引中譯，除非另有注明，皆出自筆者。

12　永井荷風：《下谷叢話》，永井荷風著，稲垣達郎、竹盛天雄、中島國彥編：《荷風全集》（東京：岩波書店，一九九三年），第十五卷，頁一五五—一五六。

13　廣瀨淡窓：《淡窓詩話》，收入《日本詩話叢書》（東京：龍吟社，一九九七年再版），第四卷，上卷，頁十一—十一。

14　同前注，頁十五。

15　同前注，頁十四—十五。

他還說：「詩無唐宋明清，而有巧拙雅俗。巧拙因用意之精粗；雅俗係著眼之高卑。」[16] 這段話雖然看似平淡無奇，理所當然，但在日本漢文學史上，卻代表著一個重要的轉捩點。從此日本人對日本人所作詩文的評價，不再以中國典範為唯一的基準，而開始重視作品本身的表現與內涵。在強調人情、注重個性、珍視創意的價值體系主導之下，接踵而來的作家們也在一定程度上敢於漠視中國的權威，企圖走出一條自主自足的道路。他們當然照舊研讀中國的詩文，從中尋求創作的靈感，但已不再盲從某朝某派的理論，也不再模擬特定的典範之作。結果是相當可觀的。他們競新鬥巧，專心寫作，留下了大量優秀的作品。尤其在詩歌方面，他們的成就不但超越了日本的先輩，甚至可與中國的同代分庭抗禮，一較短長。

再者，漢文學的大眾化在這末期的約百年間，也終於達到了最高潮。這種空前的——很可能也是絕後的——盛況，如果沒有庶民階層積極的參與是不可能實現的。這應該歸功於蘐園學派以及繼之而起的對手；就是由於他們不斷的宣揚與推廣，加上社會經濟的繁榮與私塾教育的普及，使一般民眾不但有機會品嘗吟詠漢詩漢文的樂趣，而且更進一步從師學習漢詩漢文的創作。有求之者必有應之者。於是肇端於中期的詩社之類，更如雨後春筍，出現在全國各地，多得不可勝數。其中比較有名的有：柴野栗山（一七三六—一八〇九）的三白詩社、市川寬齋的江湖社、山本北山的奚疑塾與竹堤詩社、菅茶山的廉塾、廣瀨淡窓的咸宜園、大窪詩佛（一七六七—一八三七）與柏木如亭（一七六三—一八一九）的二瘦詩社等。[17] 不過名氣最大、影響最深的恐怕要算玉池吟社了。這個由梁川星巖（一七八九—一八五八）於天保五年（一八三四）設立於江戶神田的詩社，在其存在的十二年間，前來參加的詩人或學生據說超過了一千人；而的確也培養了不少後起之秀，如大沼枕山（一八一八—一八九一）、小野湖山（一八一四—一九一〇）、森春濤（一八一九—一八八八）等，便是個中的佼佼者。[18]這些玉池吟社的門生都各自成家，不但活躍於幕府末葉的文壇，而且在明治維新（一八六八）之後，仍然不改初衷、堅持舊業，為日本漢文學史打下了「夕陽無限好」的句點。

另一方面，在漢詩漢文日漸普及而臻於所謂「爛熟」的整個過程中，儒學也有急速大眾化的傾向。朱子學依然不失其官學的地位，還是武士階級在江戶的昌平黌或地方藩校學習的主要對象。[19]同時在民間，也一直有不滿或抗拒或反對朱子學的一些門派，如古學派、陽明學派、折衷學派等，繼續在各地私塾從事傳道授業的工作。他們的影響，對儒學的普及而言，較之官學恐怕猶有過之。不過，儒學與文學並非壁壘分明，而是相輔相成的。江戶時代的書生與中國的書生一樣，啟蒙階段多半以

16 同前注，頁二十四；又見下卷，頁三十六。原文為漢文。

17 有關諸詩社之重要詩人及其活動，請詳富士川英郎：《江戸後期の詩人たち》（東京：平凡社，二〇一二年）。

18 詳富士川英郎：《江戸後期の詩人たち》，頁二四六—二六八、頁三二七—三七一。又參永井荷風：《下谷叢話》，永井荷風著，稻垣達郎、竹盛天雄、中島國彥編：《荷風全集》第十五卷，頁一三一—二九一；稻津孫曾：《先覺詩人梁川星巖》（東京：梁川星巖研究所，一九五八年），頁一四一—一六〇。

19 昌平黌為德川幕府之「學問所」，以教授朱子學為主，由林羅山後代世襲為「大學頭」，主宰其事。至於藩校，則為各地大名（諸侯）之所設立，據統計，幕府末年藩校數目有二百七十所以上。見齋藤惪太郎：《近世儒林編年志》，頁三六一—三六五。

《四書》之類為主要課本，同時輔之以漢詩漢文的選讀與習作。啟蒙過後的教育模式，最理想的當然是步武從前的儒者，兼修儒學與文學，雙管齊下，並行不悖。然而實際上，兼修二者而俱能名家者畢竟少之又少。因此大都各就性之所近與志之所向，或寢饋經傳而逍遙於儒林之下；或涵泳詩文而優游於文苑之中。各有所好，必有所偏，難得兩全。於是二者出現了分道揚鑣的現象，而從事文學者愈來愈多，甚至有凌駕儒者之勢，儼然形成另類族群。這些舞文弄墨的詩文作者，為了與志在經世濟民的儒者有所區別，在日本漢文學史上被稱之為「文人」。

日本文人的出現當然不是突起的現象。自古以來，可以稱之為文人的個例並不是沒有，但文人群體的產生應以江戶中期的蘐園學派為其嚆矢。如前所述，荻生徂徠雖然身為儒者，卻積極鼓勵並參與詩文的創作，逐漸蔚為風氣，導致不少門生放棄嚴肅的經學，而投入自由自在的文藝活動。逮至末期，經過山本北山、廣瀨淡窓等人所倡清新性靈之說的推波助瀾，再加上傳自中國的文人榜樣的啟迪，有樣學樣，使日本文人接踵而起，後浪推前浪，終於在江戶文壇上形成了一股不可忽視的勢力。

然則，何謂文人？在中國，「文」與「人」二字合為一詞連用的例子，早見於先秦經書之中，如「告于文人」[20]或「追孝于前文人」[21]等，但是皆解作有文德之人，與文學無直接之關係。至於以文人來指稱詩文辭賦之作者，蓋始於漢朝。其後文人一詞屢見不鮮，惟其涵義或其所指卻因時而異，代有不同。現在一般人心目中的文人，通常指積極獻身於文學藝術的人物。而且為了獻身於文學藝術，典型的文人往往終生為布衣，或自願不求仕進，或無奈欲進無門，從而多半與政治無緣，故其主要舞臺不在官場而在民間。大勢所趨，即使身在官場而自以為文人者，也大都不失其平民意識，而與民間文人往來酬和，以示志同道合、惺惺相惜的襟懷。再者，文人雖然多數在民間，為了要顯得與眾不同，在日常生活上，卻常有背離常識的矯情或佯狂作風，甚至有公然反抗社會規範或政治權威的行為。要之，所謂文人可以說是一種存在的形式，具有獨特的心態、行為模式與價值體系，而其終極目的則企圖在文學藝術中求得安身立命之處，藉以探索人生之意義或完成自我之表現。一個理想的典型文人，不但要能詩能文，而且最好還要兼擅琴棋書畫。[22]

據日本漢學家吉川幸次郎（一九〇四—一九八〇）的考察，這種典型的中國文人開始形成於異族蒙古統治下的元朝。當時漢人書生被排除於政治圈外，既然與仕途無緣，不得不另尋出路，於是順理成章地致力於文學藝術的創作大業，終於產生了一群以藝術為至上的矯情佯狂的文人。同時在客觀環境上，也出現了一個能夠容忍或尊重這種文人的社會。元朝最具代表性的文人是楊維楨（一二九六—一三七〇）與倪瓚（一三〇一—一三七四）。這些文人呼朋喚友，成群結社，控制了當時的文壇。[23]

---

20 〔漢〕鄭玄箋，〔唐〕孔穎達疏，〔清〕阮元校勘：〈大雅．江漢〉，《毛詩注疏》，收入《十三經注疏》（臺北：藝文印書館，一九八九年據嘉慶二十年江西南昌府學刻本影印），第二冊，卷十八之四，頁六八七。

21 〔漢〕孔安國傳，〔唐〕孔穎達疏：〈周書．文侯之命〉，《尚書注疏》，收入《十三經注疏》（臺北：藝文印書館，一九八九年據嘉慶二十年江西南昌府學刻本影印），第一冊，卷二十，頁三一〇。

22 參青木正兒：《琴碁詩畫》，收入《青木正兒全集》（東京：春秋社，一九七〇年），第七卷，頁二〇〇—二一〇。

23 有關中國文人之意識之形成，請看吉川幸次郎：《元明詩概說》，收入《吉川幸次郎全集》（東京：筑摩書房，一九八五年），第十五卷，頁四四一—四四六。並參看該書拙譯本（臺北：聯經，二〇一二年），頁一〇九—一一六。

進入了明朝之後，雖然漢人重掌政權，也恢復了科舉制度，但文人數目卻不但沒有減少，反而繼續增加。考其原因，至少有二：其一，明朝雖是漢人的天下，然而統治階級之對付書生，其嫌猜顧忌、殘酷不仁之程度，較之元朝恐有過之而無不及。其二，自南宋以來，中國的生活水平顯著提升，尤其是江南地區經濟最為富庶，教育最為普及，自然變成了文人的淵藪。不用說，有許多書生本著學而優則仕的古訓，曾經參加科舉考試，而且不只一次，希望取得進仕的機會。但那是個極窄的門；僅有極少數的人有幸榮登金榜之上，而絕大多數則不免名落孫山之外，只好放棄兼善天下的初志而甘於獨善其身了。其實，即使有幸中試而從政，在那翻雲覆雨、變幻莫測的宦海裡，誰也無法保證能夠或願意一輩子留在其中。既然欲仕無門或仕途蹭蹬，有志難伸的知識分子在失望灰心之餘，自然回到原本熟悉的文學藝術的唯美世界，運筆用墨，或托物喻志以表現自我，或鬻文賣畫以維持生計，過一種不必為五斗米折腰的文人生活。而且交上好運的話，說不定還能憑其作品流芳百世，贏取身後不朽之名！[24]

如果以中國元明清文人比較日本江戶時代文人，就可發見二者之間確有許多共同之處。諸如對政治的敬而遠之、對社會風俗習慣的漠視、對倫理道德規範的懷疑，加上矯情佯狂、玩世不恭、放蕩不羈的心態與行為；至於對詩文創作的專心奉獻，或甚至對書畫藝術的興趣與修養，就更不用提了。不過，儘管有不少共同之處以及明顯的影響關係，只要詳加對照，就會注意到二者之間仍有一些差異：有的只是程度上的，有的是日本文人特有的。

日本文人的特性之一是在現實中極端的無力感或無用感。這種傾向，在某種程度上，或可歸因於日本固有的政治體制與社會結構。在江戶時代，日本的道德教育或思想訓練，不管是在藩校或私塾，莫不以儒家學說為主。這一點與中國明清時代並無大異。不過，中國自唐宋以來，基本上是個比較開放的、競爭性的社會；而德川幕府卻一直堅持封建世襲的階級制度。中國的讀書人，無論出身背景如何，只要有能力，至少在理論上，可以經過定期而公開的科舉考試登上仕途，一展治國平天下的雄心壯志。在中國歷史上，的確有不少出身寒門而終能出將入相、位居要津的人物。反之，絕大多數的日本人根本沒有這種機會——不僅是由於日本缺乏選賢舉能的科舉制度，而且更不幸的是因為出生於被認為低賤的農工商階級之家。日本的知識分子，除非士族出身，都注定要終生囿於自己所屬的階級之中，從事適合自己身分的工作。問題是到了江戶時代，特別是中期即十八世紀之後，以町人為主的庶民子弟而接受儒家修齊治平之教育者，也大有人在。這些非士族的讀書人，即使以儒者自居或自許，一旦面對政治與社會的現實，就會發現他們所受的教育，除了舞文弄墨之外，居然全都學非所用，一無足取，難怪要引起百無一用是書生的感慨。這是無可奈何的宿命的悲哀。在中國，任何人只要有意應考求仕，固然不能保證一定成功，但至少決定權操之在我。在日本則人人命中注定無此選擇。於是，那些對經綸濟世無能為力的日本文人，不得不把自己從「正當的社會」流放到永井荷風所謂的「流放者的樂土」之中，在那裡他們「可不必受到社會道德的束縛與干擾，得以隨心所欲、自由自在地完成了『江戶藝術』獨特的發展。」[25]

---

24　見本書〈中國文人與日本文人〉上篇，頁一〇〇—一五四。

25　永井荷風：〈流竄の樂土〉，永井荷風著，稻垣達郎、竹盛天雄、中島國彥編：《荷風全集》第七卷，頁三二五。關於日日本文人的另一特色是玩世不恭或遊戲人間的傾向。這種傾向當然不是日本文人所專有，在中國也見之於唐寅、徐渭、李贄、金聖歎、鄭燮等明清文人身上。然而比較起來，終究不如日本江戶文人普遍而多彩多姿。這一點其實與上述特性是互有關聯、相為因果的。部分由於在實際社會或政治上形同閹割的無力感，部分由於對所謂正統的學問知識之價值的不信與懷疑，一般日本文人在面對或處理現實事物時——從社會怪象、政壇軼聞、人生百態，以至本身的存在——往往採取玩世或嘲諷的態度。在日本漢文學的傳統裡，漢詩漢文的創作活動是一種嚴肅而且可能不朽的事業，所以即使不以文載道，也力求辭藻典雅，文理通順，而且要不失溫柔敦厚之旨。但許多江戶文人卻故意反其道而行之。在反正統的姿態下，他們甚至巧妙地利用漢詩漢文為諷刺嘲弄的工具，從而產生了日本特有的「狂詩」與「戲文」之體。這兩種文類都以高度「日化」（或和臭甚濃）的漢文綴成，讓中國人讀來肯定會莫名其妙，不知所云，但如果直接「訓讀」成日文，聽起來可能妙趣橫生，興味盎然，令人莞爾。

所謂狂詩，其形式與漢詩並無不同。狂詩以絕句律詩二體為主，在韻律上雖然不大講究平仄，但對每首行數、字數與押韻卻嚴守常規，鮮有例外。狂詩與傳統的漢詩最大的分別在題材與用詞。花街柳巷的情色題材自不用說，連屁臭、遺矢、皮癬、蚤、虱等小蟲之類，只要能用漢字來加以表達，幾乎無一不可以入狂詩。[26] 如果遇到沒有適當的漢字時，就採用日人所造的「國字」，也可利用取之不盡的所謂「當字」（假借字）或「諧音字」。這就是為甚麼中國人看不懂狂詩的主要原因。且舉兩首為例。如滅方海（一七五二—一八〇一）的五絕〈至野雪隱〉：

欲低臨雪隱，雪隱中有人。
咳拂尚未出，幾度吾身振。[27]

「雪隱」即廁所之委婉語，據云起於福州雪峰義存禪師。「低」是動詞，排泄之意。「咳拂」，故意咳嗽也。「身振」謂發抖或打冷顫。全詩大意是：想要大便，所以來到野外的茅房，可是茅房裡已經有人。我故意咳嗽了好幾聲，但那個人還占著茅坑不出來。害得我忍無可忍，連續地打了好幾次冷顫。詩用上平十一真韻。又如愚佛（一七九八—一八二八）的七絕〈病肥前〉：

手首指股頻癢成，隨抓段段佛佛生。

---

本文人意識與心態之形成與演變，請詳唐木順三：《無用者の系譜》，收入《唐木順三全集》（東京：筑摩書房，一九八一年增補版），第五卷，頁二五七—三九七。並參本書〈中國文人與日本文人〉下篇，頁一五五—二四九。

26 有關狂詩之發生與演變，請詳穎原退藏：〈狂詩概說〉，《江戶文藝論考》（東京：三省堂，一九三七年），頁一九九—二二七。又參青木正兒：《支那文學藝術考》，收入《青木正兒全集》（東京：春秋社，一九七〇年），第二卷，頁三七八—三八〇。

27 山岸德平校注：《五山文學集．江戶漢詩集》，收入《日本古典文學大系》（東京：岩波書店，一九六六年），第八十九冊，頁三七四—三七五。

容體不及問醫者，世間皆云御大名。[28]

詩用下平聲八庚韻。「肥前」，舊國名，亦為江戶時代藩國之一，且與「皮癬」之讀音相同，故諧音雙關。「手首」即手腕。「指股」是手指之間。「段段」為副詞，逐漸之意。「佛佛」即粒狀物或小疙瘩。「容體」，病情也。「大名」是諸侯，即一國之主。「御」為接頭敬語。全詩大意謂：手腕上指縫裡頻頻發癢，忍不住就去抓，但一抓起來，粒狀小泡愈來愈多。其實，病情並沒有嚴重到必須去看大夫的地步，只是因為擁有「皮癬（肥前）」，所以大家都稱我為大名。

嚴格地說，狂詩之體早已有之，如五山禪僧一休宗純（一三九四—一四八一）的《狂雲集》及《一休諸國物語》裡，就含有不少狂詩，但其流行，卻要等到江戶時代中、晚期。隨著狂詩的流行，也出現了所謂「戲文」，而且在文人之間漸受歡迎。這種文體起初多半較短，常被用來描述不甚莊重正經的題材，尤其青樓文學之類。例如《兩巴巵言》（一七二八）是一本介紹吉原妓院與名妓的小冊子，試引一段，以見一斑：

挑心于連鼓之三味線，通氣於吸付之多葉粉。鴛衾之情于以合，鱸鱠之味不可忘。月落烏啼楓橋之別，可知泉磬鶴飛，揚州之夢難續。御沓走，太鼓噪，上臈送，大人出。人間之樂極，世上之眼窮。踰閾則心換，上堤則氣定。歸去來兮，悟今是而昨非。[29]（原文）

這段「戲文」描寫狎客清晨離去的場面。文中含有不少諧音字或假借字，[30]但也用了兩三個中國文學的典故，如張繼〈楓橋夜泊〉詩、杜牧〈遣懷〉詩，陶潛〈歸去來辭〉等，無疑是識途文人之所作。其實，當時已有許多中國豔史或青樓文學流傳於江戶文壇，不但對漢文學，也對和文小說的發展，產生了深遠的影響。[31]

戲文（偶亦稱為狂文）雖然在十八世紀初葉即已開始流行，但其全盛時期卻須等到進入十九世紀之後。寺門靜軒（一七九六—一八六八）的《江戶繁昌記》[32]是一本戲文的長篇作品，或稱之為「漢文戲作」，刊行之後為之洛陽紙貴，在幕府末葉擁有許多的讀者，把戲文帶到了高峰。靜軒原是水戶

---

28 同前注，頁三七七。

29 擊鉦先生著：《兩巴巵言》，收入高木好次等編：《洒落本大系》（東京：林平書店，一九三二年），第一卷，頁七。

30 「連鼓」，合奏也。「多葉粉」為葡語tabaco之漢字音譯。「吸付之多葉粉」，謂吸上癮之煙草（淡巴菇）。「泉罄鶴飛」，金盡人去也。「御沓」、「太鼓」，指跑腿、幫閒之徒。「上臈」舊指女官（宮女），與「女郎」（妓女）諧音。「喻閾」即跨出門檻，離去之意。「心換」，變心也。此段引文，據小西甚一：《日本文藝史IV》（東京：講談社，一九九三年），頁四九六—四九七。

31 當時中國豔史或青樓文學之流傳於日本者，已有《開卷一笑》、《北里志》、《平康記》、《教坊記》、《板橋雜記》、《燕都妓品》、《曲豔品》、《青樓集》、《秦淮士女表》等，詳見麻生磯次：《江戶文學と中國文學》（東京：三省堂，一九七二年），頁三〇九—三一〇。

32 寺門靜軒著，日野龍夫校注：《江戶繁昌記》，收入《新日本古典文學大系》（東京：岩波書店，一九八九年），第一〇〇冊。

藩下級武士出身，年輕時有志於經國濟民之大業，故恒以儒者自居，亦頗善於漢詩漢文。然而有志而不為所用，只好放棄仕宦規劃，改以玩世的態度，採用戲文之體，作為他發抒孤憤、譏諷世態的工具。《繁昌記》為他贏得了意外的文名，卻也給他帶來了觸犯當道的麻煩。在嘉永二年（一八四九），即他四十五歲時，曾為自己寫了〈靜軒居士壽碣誌〉，其中有云：

> 幼背怙恃。既長，不謹放縱，家道頓寒。始改志讀書，稍覺有所會。遂遊四方。文政年間（一八一八—一八三〇）歸江戶，投舊主，上書。書入不報。慨然謂：「今之儒雖賤，挾書送生，庶幾不辱先人。褐衣以終，亦不負舊君也。」乃僦宅下帷，從遊者稍集。及天保八年（一八三七），以戲著嬰憲，不得復以儒立世。於是，髠髮毀形，不儒不佛，遂為無用之人。流移局促，席不得煖。今宜死，然未死。他年不知將轉何地溝壑也。[33]

文中所謂「以戲著嬰憲，不得復以儒立世，」即指所著《江戶繁昌記》觸犯了〈出版取締令〉，而被取消了「武家奉公」的資格，永不敘用。這或許是武士轉為文人的典型例子，其自以為「無用」之心態，較之非武士出身者顯然更為深刻。《江戶繁昌記》雖然被「取締」了，卻導致了讀者更多、流傳更廣的反效果。借用成島柳北（一八三七—一八八四）的話，「世人嘲笑官僚之心胸狹窄，而寺門老先生之著作至今仍繼續風行於世。」（原漢文）[34] 成島柳北是戲文作家中的後起之秀，著有《柳橋新誌》[35] 等書。其漢詩漢文與狂詩亦頗富盛名。生於儒官之家，官至幕府將軍德川家茂的侍講。不久因寫狂詩譏諷時事而被免職。柳北雖生於幕府末年，但在文壇最活躍的時期卻在明治維新之後，所以多了一層寺門靜軒所沒有的遺民意識，使其心態更形複雜，也曾自嘲為「天地間無用之人」。[36] 在日本文學史上，狂詩與戲文往往被歸入所謂「戲作文學」之中，與和文通俗小說如洒落本、滑稽本、黃表紙、人情本、合卷、讀本之類並列。[37] 狂詩戲文與和文戲作之間確有一些共同的特徵，如寫實、諷刺、滑稽、玩世、頹廢等傾向，但也有相當明顯而重要的差異。簡言之，二者之間的差異，除了所用的文字與文體之外，亦見之於面對現實及應付現實的態度上。一般說來，和文的「戲作者」常常肆其

33 〈靜軒居士壽碣誌〉引文見於富士川英郎：《江戸後期の詩人たち》，頁三五八。有關寺門生平，詳永井啟夫：《寺門靜軒》（東京：理想社，一九六六年）。

34 成島柳北：《柳橋新誌》二編，《明治開化期文學集》（東京：改造社，一九三一年），頁五八七。編者案：原文為「世笑其吏之局量偏隘，而翁之書猶行于今焉。」見成島柳北著，日野龍夫校注：《柳橋新誌》二編，《新日本古典文學大系》（東京：岩波書店，一九八九年），第一〇〇冊，頁五六八。

35 成島柳北著，日野龍夫校注：《柳橋新誌》，《新日本古典文學大系》，第一〇〇冊。

36 柳北自著〈濹上隱士傳〉（一八六八）云：「吾受歷世鴻恩，乞骸骨於主君，病懶之極，真天地間無用之人也。故不好為世間有用之事。……」又在其《柳橋新誌》二編（一八七四）之末云：「吾固無用之人，何暇能為有用之事？」引文見日野龍夫注：《成島柳北．大沼枕山》，《江戸詩人選集》（東京：岩波書店，一九九〇年），第十卷，頁三二三。有關柳北生平，詳見同書頁三一一—三二九。

37 有關戲作文學及其作家（即戲作者），請詳中村幸彥：《戲作論》，收入《中村幸彥著述集》（東京：中央公論社，一九八二年），第八卷，頁十四—一一一。

感性之筆，沉溺於世態人情的主觀現實之中，創造以娛樂為主要目的的通俗讀物；而以文人自居的狂詩戲文作者，則儘量以客觀而超然的態度去面對同樣是庸俗的塵世。他們憑其才學描繪當代社會百態與眾生諸相，而且敢於譏評世情、月旦人物或針砭時政。在這種心態與作為裡，顯然含有似非而是的矛盾。當他們以不倫不類的文體，一五一十地反映社會的腐化，或以令人啼笑皆非的反語，發表難免偏激的社會批評，而冒犯官府或觸怒道學之士時，其實也正在以獨特的方式，盡著知識分子憂國憂民的道義責任。就這一點而言，狂詩戲文的作者也與只寫漢詩漢文的文人不盡相同。典型的文人固然一樣關心現實，但更在乎他們所做詩文的藝術價值，往往帶有比較濃厚的逃避主義的色彩。因此，即使在議論社會現象或政治問題時，他們多半表現得態度謙卑、語氣消極，而且好用中國典故，採取所謂藉古諷今的老套。這種溫和的作風，一旦有事，還可發揮保護色的功能。幕府末年，內有「王政復古」之聲不絕於耳，日益高昂；外有象徵西方帝國主義的所謂「黑船」，出沒領海之上，伺機敲開「鎖國」之門。內憂外患終於匯成一股「尊王攘夷」的洪流。德川政權岌岌可危。為了力挽狂瀾，幕府曾有寬政年間的「異學之禁」（一七九〇）與「天保改革」（一八四一—一八四三）等措施，雷厲風行。這些改革運動雖然終歸失敗，但在進行期間，許多包括狂詩戲文作家在內的「戲作者」，也遭池魚之殃；或鋃鐺入獄，或著作被禁。然而大多數文人卻未受牽連，得以保全其身。狂詩戲文雖然被禁而暫時銷聲匿跡，但不久又重現江湖，尤其在明治維新之後，盛行一時，在不可抗拒的西潮影響之下，繼續與漢詩漢文共同對近代日本文學的發展，做出一定的貢獻，產生了像夏目漱石（一八六七—一九一六）或永井荷風那樣東西合璧的新式日本文人。

# 他山之石

——日本漢學對華人的意義

今天有這麼多來自國內及世界各地的專家學者，聚在一起，舉行這次「日本漢學國際學術研討會」，實在是個非常難得的盛事。據我所知，專為「日本漢學」舉辦國際性的研討會，不但在臺灣，恐怕在世界上，也是前所未有的創舉。在這裡，我要向合辦這次會議的國立臺灣大學中國文學系、國立清華大學中國文學系與漢學研究中心，表示由衷的感謝。更要對各位籌備委員的高瞻遠矚，辛苦勞累，致以無上的敬意。日本已故漢學大師吉川幸次郎（一九〇四－一九八〇）先生，曾經在一首詩裡說：「願逢四海為家日，趙瑟秦聲共一堂。」[1] 雖然吉川先生四海為一家的願望尚未能完全實現，但至少今天從不同國家來了這麼多貴客，共聚一堂，研討吉川先生奉獻其一生的學術領域，如果他老人家天上有知，可能也會頷首微笑，表示肯定吧。

眾所皆知，一般所謂漢學是研究中國文化或文明的學問，屬於區域性研究（area studies），大約相當於英文的 sinology 或較現代的 Chinese studies 。大凡中國的語言、文學、藝術、宗教、哲學、經學、歷史、政治、社會，甚至文物考古、風俗習慣等，只要與中國有關的題材，都是漢學的研究對象。在日本，則自明治時代以來，或稱之為支那學；而在近半世紀以來，又稱之為中國學。[2]

日本的漢學，由於特殊的地緣與歷史背景，較之西方諸國，不但更為悠久，至少已有一千五百年的歷史，而且範圍更加廣泛，門類更加繁多，很難一言以蔽之。譬如說，這次學術研討會所包括的三個子題：第一是日本中國學研究；第二是日本傳統漢學漢文學研究；第三是中日文化關係或學術交流研究。其中，第一項是屬於世界性的普遍範疇；純粹以中國文化為研究的對象，可以歸為國際漢學的日本學派。第三項的文化或學術的交流，屬於廣義的比較研究，也是各國漢學家可以討論的共同課題。只有第二項的傳統漢學漢文學，卻是日本所特有的。（或可加上韓國與越南，但不在本次會議範圍之內。）

下面我想就上面所舉的三個子題，根據個人極為有限而淺陋的有關資訊，從一個華人的觀點，回顧一下日本漢學的沿革與業績，及其對華人漢學界的意義。然後，還想附帶地談談吉川幸次郎先生的學術風範，藉以反躬自省，表示個人對這位漢學大師的無限感念之情。老實說，今天我在這裡作這個主題演講，總覺得有點僭越而感到相當惶恐；因為嚴格地說我自己並不是日本漢學的專家，至多只能說是個在長年累月的教學研究生涯中，有緣接觸到日本漢學家的一些著作，受到啟發或衝擊，而獲得了不少益處的人。還有一點要聲明的，由於我本人的主要興趣在文學方面，對於其他分野所知有限，所以今天所談的，儘管無意以偏概全，但是恐怕也難逃只知其一不知其二的缺憾。希望在座的各位專家學者，匡我不逮，不吝指教。

1　吉川幸次郎：〈大阪藝術祭中國歌舞團絕句四首〉之四，《知非集》，收入《吉川幸次郎全集》（東京：筑摩書房，一九七〇年），第二十卷，頁五二〇。以下引《吉川幸次郎全集》均簡稱《全集》。

2　關於漢學及相關名稱，如漢文學、儒學、儒教、東洋史、東方學、支那學、支那文學等等，請參嚴紹璗：《日本中國學史》（南昌：江西人民出版社，一九九一年），特別是頁一—二、四十二—四十三；戶川芳郎：〈漢學シナ學の沿革とその問題點——近代アカデミズムの成立と中國研究の系譜（二）〉，《理想》三九七號（一九六六年六月），頁八—二十五；陳瑋芬：《近代日本と儒教——「斯文會」と「孔子教」を軸として》（福岡：九州大學中國哲學史研究所博士論文，一九九九年），第二章等等。

先談日本的中國學研究。明治年間（一八六八—一九一二）是傳統的日本漢學轉型為近代的日本支那學或中國學的過渡時期。明治維新之後，根據「五箇條御誓文」（一八六八）中「廣求知識於世界，以振皇基」的精神，日本開始轉向西方尋求所謂「文明開化」的靈感與「富國強兵」的良策，在「舉國一致」的體制下，積極地在各方面展開了現代化運動。包括漢學在內的學術教育界也不例外。當時有一批具有傳統漢學素養的年輕書生，也在西方思想的衝擊下，不甘故步自封，發出振衰起敝、力圖自強的呼聲。例如明治二八年（一八九五，光緒二十一年）在《帝國文學》第一卷第二號上，一篇不署名而題為〈現今の漢學〉的短文裡，就有慷慨激昂的發言，擇引如下：

衰哉世之所謂漢學家，吁！彼等今何所為？又欲何所為哉？若終以訓詁釋義或比擬考索為漢學之能事，是不知十九世紀之學問者也。……支那民族之思想乃吾人極需關注者，如從文明史上或語言學上比較闡究之，豈非一大快事？每想今日〔西洋〕所謂支那學者（sinologue）之徒，隔洋之東西，如何盡瘁於此，則我邦漢學家宜蹴枕而起；蓋我臥榻已容他人鼾睡其中矣，非耶？無須多言，支那學是也。此二千年來支配我國民之思想者，非已成日本學而何？西洋學者難於解讀漢文，故欲使其博學多識，蓋不可能。是以憑一己之習氣，漫作概括性之臆斷，而陷於謬誤者甚多。今日及未來，能充當此任者，除我日本人，世界中又有何處可以求之？……今日在少壯有為之漢學家哲學家之間，支那學之科學化研究運動，大有興起之勢，可謂我學術界之一大慶事。[3]

從這篇宣言式的文章裡，不但可以看出明治中期日本年輕支那學者的抱負、願景與使命感，而且也看到他們急於擺脫傳統漢學的侷限，企圖把漢學變成科學化現代化學術領域的努力。據說，後來成為京都支那學派創始人的狩野直喜（一八六八—一九四七），就是當時《帝國文學》雜誌的編輯委員之一。[4]

有趣的是明治年間開始嶄露頭角的支那學者，大多有留學或遊歷歐洲的經驗，也多有訪問考察清國的機會。他們受到西方漢學的啟迪與激勵，也看到西方漢學的長處與缺失，而產生了分庭抗禮，一比高下的雄心壯志。結果是相當豐碩的。就中國文學研究為例，最明顯的成績是文學史的著述。一般人認為世界最早的中國文學史是英國人Herbert A. Giles（一八四五—一九三五）在一九〇一年出版的*A History of Chinese Literature*，但事實上，早在一八八二年（明治十五年，光緒八年），日本學者末松謙澄（一八五五—一九二〇）就出版了《支那古文學略史》。雖然這本書的重點在儒家與諸子的概說與批判，嚴格地說，不能算是近代意義上的「文學史」之作，但能提出「文學史」這個概念，開創了中國文學研究的一個新領域，仍是功不可沒的。

其後十五年，古城貞吉（一八六六—一九四九）出版了《支那文學史》（一八九七），是一

3 引自戶川芳郎：〈漢學シナ學の沿革とその問題點——近代アカデミズムの成立と中國研究の系譜（二）〉，頁十九。本文所引中譯，均出自筆者。

4 同前注，頁十八—十九。

本稱得上近代意義的文學史專門著作。從此以後，類似的論著接連而來。舉其要者，如笹川臨風（一八七〇—一九四九）的《支那小說戲曲小史》（一八九七）與《支那文學史》（一八九八）、藤田豐八（一八六九—一九二九）等五人合撰的《支那文學大綱》十六卷（一八九七—一九〇四）、兒島獻吉郎（一八六六—一九三一）的《支那文學史（古代篇）》（一九〇五）與《支那文學史綱》（一九一二）、鹽谷溫（一八七八—一九六二）的《支那文學概論講話》（一九一九）等，不下十種。這些文學史的特色之一是除了傳統的詩文之外，也都重視戲曲小說等通俗文學的論述。[5] 明治時代在日本中國學史上，的確是個極為重要的轉捩點，而且正如吉川幸次郎先生所說：

> 明治以後的日本文明，展示了一些新的成果。其大者之一是在東方的，特別是中國的文明歷史的研究上，從江戶時代漢學的偏狹、獨斷與散漫中，擺脫出來，樹立了新的體系以及正確的認識。這些業績的取得每每先於中國本土或西洋。[6]

這段話並無言過其實之處。事實上，這些明治時代的有關中國文學的著作，經過翻譯、改編或介紹，對民國初期的中國文學研究與教學，產生了相當程度的影響。

進入大正（一九一二—一九二六）以後，日本中國學者在中國文學方面的研究，不但在理論與方法上繼續推陳出新，而且在範圍上也愈加廣泛。從古典文學到現代文學，包括各種文類、個別作家、專書或作品，都變成了探討的對象。在方式上則有評釋、譯注、概論、批評、斷代史或通史、全集或大系的編纂等。在學風上則「京大繼承了清朝的考證學，重視資料的斟酌、新資料的發現、作品的精密解讀；又在元曲研究上參考了法國人的論著之類，強調科學主義的立場。爾來，東大是在漢學的傳統上加以西洋文學的方法論；京大則是清朝的考證學加歐洲的東洋學。東西各自保其學風，作為我國中國文學研究的核心，扮演了重大的角色。」[7] 除了核心的東大、京大之外，在其他公私立大學如東北大學、九州大學、早稻田大學等，也開始設立中國哲學、中國文學等中國學的課程，培養人材，進行研究，成績斐然。譬如兒島獻吉郎（一八六六—一九三一）的《支那文學考》（一九二〇）、狩野直喜的《支那學文藪》（一九二七）、青木正兒（一八八七—一九六四）的《支那近世戲曲史》（一九三〇）、《支那文學思想史》（一九四三）、《支那文學藝術考》（一九四二）、鈴木虎雄（一八七八—一九六三）的《賦史大要》（一九三六）、長澤規矩也（一九〇二—一九八三）的《支那學術文藝史》（一九三八），為數甚多，不勝枚舉。到了第二次大戰之後，現代文學的翻譯與研究也盛行起來，而且開始進入大學課程之中，儼然與古典文學形成並駕之勢。[8] 或許可以說，搶先把中國新文學拿來當

5 關於明治時代的中國文學研究，詳嚴紹璗：《日本中國學史》，頁三四一—三七一；吉川幸次郎：〈中國文學研究史〉，《全集》第十七卷，頁三八八—三九六。

6 吉川幸次郎：〈《東洋學の創始者たち》序〉，吉川幸次郎編：《東洋學の創始者たち》（東京：講談社，一九七六年），頁三。

7 吉川幸次郎：〈中國文學研究史〉，《全集》第十七卷，頁三九六。

8 詳參同前注，頁三九七—四二〇；嚴紹璗：《日本中國學史》，頁三七二—四二三、四七五—五二二。

作嚴肅的題材而進行學術研究的，就是日本學者。至於時下漸成顯學的臺灣文學研究，似乎也是由日本人當了開路先鋒。至少他們的參與已經做出了相當重要的貢獻。[9]

以上，我只簡單地介紹了自明治以來，約一百三十年間，日本學者在中國文學研究上的主要業績。至於其他領域，如哲學或思想史、史學、藝術史等方面，日本學者的貢獻也是有目共睹。面對著日本研究中國的努力與成就，學術固然無國界，我們華人是不能無動於衷的。

其次，讓我們來看看日本傳統的漢學與漢文學，不過，在這裡，我只想集中討論「漢文學」的問題。為了方便，可以從兩方面來談。第一是漢文學的內涵；第二是漢文學的研究。我個人認為日本的漢文學，簡言之，就是日本人以漢文（即古典漢語）書寫的文學作品，也是美國漢學家Burton Watson（一九二五—二〇一七）所說的「Japanese Literature in Chinese」。[10]就文類而言，有詩、賦、詞、古文（文言散文）、史書、詩話、日記、小說等，大概與中國文學的分類相同。這類作品現在幾乎已被排除在一般的日本文學史之外，為「國文學」者所不顧，而變成了日本漢文學史專屬的討論對象。唯一的例外，也許是小西甚一（一九一五—二〇〇七）的五冊巨著《日本文藝史》[11]——作者在每冊適當的時代脈絡下，都安排了充分的篇幅，考察漢文學的盛衰之勢，以及與和文文學的互動關係，可謂獨具慧眼。

日本的漢文學是日本人所創作，當然不能算是中國文學。那麼，算不算日本文學呢？這就言人人殊了。記得臺灣某大學日文系的某教授，就聲言漢文學不是日本文學的看法，而且主張像漢文學這樣的課應該開在中文系。這是比較極端的例子。問題是甚麼是日本文學？是日本人所作的文學？還是用日文所寫的文學？如果答案是前者，那麼漢文學無疑是日本文學；如果是後者，那就難免有人會提出疑問了。從民族文學的觀點來看，典型的日本文學應該是日本人以日文所創作的文學。不過，所謂民族文學是比較後起的概念。明治維新以前，日本的文學史基本上含有兩個並行的傳統：一是漢文學的傳統，有人說是圈內人或權威者的非主流文學；二是和文文學的傳統，或謂之局外人但占多數的主流文學。[12] 假如這種看法可以接受的話，那麼，不管是局外或圈內，無論是主流或非主流，既然都在日本文學傳統的範疇之內，漢文學當然也可以算是日本文學，應該算是日本文化遺產的一部分。其實，在岩波書店所出的《日本古典文學大系》一百卷中，就收有十幾種漢文學的選集或專著，正是最好的答案。

---

9 較早的有尾崎秀樹：《舊殖民地文學の研究》（東京：勁草書房，一九七一年），頁一五四—三一八。較近的有下村作次郎等編：《よみがえる臺灣文學：日本統治期の作家と作品》（東京：東方書店，一九九五年）；岡崎郁子：《臺灣文學——異端の系譜》（東京：田畑書房，一九九六年）；又參黃英哲編：《臺灣文學研究在日本》（臺北：前衛出版社，一九九四年）。

10 Watson氏所編譯的日本漢文學集，包括*Japanese Literature in Chinese, Volume 1: Poetry and Prose in Chinese by Japanese Writers of the Early Period* (1975); *Japanese Literature in Chinese, Volume 2: Poetry and Prose in Chinese by Japanese Writers of the Late Period* (1976); *Ryokan: Zen Monk-Poet of Japan* (1977)，皆Columbia University Press出版。

11 小西甚一：《日本文藝史》（東京：講談社，一九八五—一九九二年）。

12 請參照入谷仙介：《近代文學としての明治漢詩》（東京：研文出版，一九八九年），頁十三—十四。

漢文學的歷史源遠流長，自奈良時代（七一〇—七九四）出現第一本漢詩集《懷風藻》（七五一）以後，一般認為有三個高潮。第一是平安時代（七九四—一一八五）的宮廷貴族文學；第二是鎌倉室町時代（一一八五—一三三三）的五山禪林文學；第三是江戶時代（一六〇三—一八六七）的儒者文人文學。[13] 時代越後，作者越多，作品越夥。就以漢詩漢文的集子來說，平安時代還可一一列出；到了五山文學就有些難於數清；至於江戶時代到明治年間，更是名副其實的不勝枚舉了。[14] 在這裡，我不想複述在一般日本漢文學史裡看得到的史實描述，而想轉變話題，談一談漢文學的研究這方面的看法。

在日本，漢文學的研究，在人力與業績上，顯然比不上「國文學」或中國學。這並不是意味著乏善可陳。事實上近半世紀以來，有關漢文學的通史或斷代史的專書、作家論、作品論、理論研究，以及大規模全集或選集的編印，都從未間斷過。例如蔭木英雄（一九二七—）的《五山詩史の研究》、[15] 松下忠（一九〇八—一九九四）的《江戶時代の詩風詩論——明・清の詩論とその攝取——》，[16] 東大出版會的《五山文學新集》（全八卷，一九六七—一九八一），[17] 研文出版的《日本漢詩人選集》（全十八卷），[18] 岩波書店的《江戶詩人選集》（全十卷），[19] 以及兩種《荻生徂徠全集》之編印（みすず書房版二十冊；河出書房版八冊），[20] 等等，便是犖犖大者。其他單行專書或專題論集，也可以舉出不少來。雖然如此，日本漢文學這個園地還有許多可供開發的空間，值得有心人去耕耘。尤其是華人學者，只要具有中國古典的訓練而又能使用日語，並且有意願，肯下工夫，持之以恆，肯定會有良好的收穫。如能與以日本學者為主的外國專家合作，從事協同蒐羅、編纂、研究或出版計畫，當更有事半功倍之效。[21]

至於中日文化或學術交流的問題，當然要涉及比較或關係研究的範疇。這裡我也想把話題限制在文學領域之內，表示一點很不成熟的意見。一般華人認為日本文明是中華文明的附庸，或是漢唐文化

---

13 詳看岡田正之：《日本漢文學史》（東京：吉川弘文館，一九五四年），以及牧野謙次郎：《日本漢學史》（東京：世界堂書店，一九三八年）等相關著作。

14 請參水田紀久、賴惟勤編：《日本漢學》（東京：大修館書店，一九六八年），頁三七一—三八一。

15 蔭木英雄：《五山詩史の研究》（東京：笠間書院，一九七七年）。

16 松下忠：《江戸時代の詩風詩論——明．清の詩論とその攝取——》（東京：明治書院，一九六九年）。編者案：此書有中譯本，見松下忠著，范建明譯：《江戶時代的詩風詩論：兼論明清三大詩論及其影響》（北京：學苑出版社，二〇〇八年）。

17 玉村竹二編：《五山文學新集》（東京：東京大學出版會，一九六七—一九八一年）。

18 富士川英郎、入矢義高、入谷仙介、佐野正巳編：《日本漢詩人選集》（東京：研文出版，一九九八—二〇〇五年）。

19 日野龍夫、德田武、揖斐高編：《江戸詩人選集》（東京：岩波書店，一九九〇—一九九三年）。

20 荻生徂徠撰，島田虔次等編：《荻生徂徠全集》（東京：みすず書房，一九七三—一九八三年）；荻生徂徠撰，今中寛司、奈良本辰也編：《荻生徂徠全集》（東京：河出書房新社，一九七三—一九七八年）。

21 華人對日本漢文學的興趣，以漢詩為主。較早有清朝俞樾編注：《東瀛詩選》四十卷；近來大陸有劉硯、馬沁選編：《日本漢詩新編》（合肥：安徽文藝出版社，一九八五年）、程千帆等評注：《日本漢詩選評》（南京：江蘇古籍出版社，一九八八年）、王福祥等編注：《日本漢詩擷英》（北京：外語教學與研究出版社，一九九五年）等。在臺灣，除有個別學者（如臺灣大學朱秋而教授）專攻日本漢詩以外，又有中正大學所主持的中日法合作《日本漢文小說叢刊》，見陳慶浩、王三慶、莊雅州、內山知也編：《日本漢文小說叢刊》第一輯（臺北：臺灣學生書局，二〇〇三年）。

的女兒，然而忘記了附庸可以變成強國，女兒可以長大成人，而完成自己的國格或人格。由於這種唯我獨尊的大中華主義心態作祟，華人一向對日本文學或文化不是採取藐視的態度，就是置之不聞不問。因此，不要說日本文學，即使對中日文學關係的研究也相當落後。偶爾有些零星論著出現，也往往強調中國影響之大，而疏忽了日本文學之所以為日本文學的特色。

不過，日本學者在這方面卻有相當豐富的成果。例如金子彥二郎（一八八九—一九五八）的《平安時代文學と白氏文集》第一卷《句題和歌・千載佳句研究篇》（一九四三）；[22]第二卷《道真の文學研究篇》（一九四八）、[23]麻生磯次（一八九六—一九七九）的《江戶文學と中國文學》、[24]小島憲之（一九一三—一九九八）的《上代日本文學と中國文學》上中下，[25]或小西甚一的《文鏡祕府論考》[26]等，便是其中的佼佼者。近來，在華人的學術界裡，對中日文化的關係或比較文學的研究，也有逐漸興盛之勢。海峽兩岸三地都有人在進行。譬如李樹果（一九二三—）著《日本讀本小說與明清小說——中日文化交流史的透視》，[27]還有中國比較文學學會所編《中國比較文學》十二期，[28]就是中日比較文學的專輯。在臺灣，林慶彰（一九四八—）主編的《國際漢學論叢》第一輯[29]裡，也收有一些有關中日文學關係的論文，都是可喜的現象。

值得注意的是近年來，華人學者在中日文學關係的研究上，大都能排除中華沙文主義的心態，從純學術的立場，以嚴謹的實證方法，進行客觀和深入的探討。更值得注意的是，現在從事中日文學文化關係研究的學者，大都已能擺脫中國影響日本的單向模式，也開始注意到日本如何影響中國近代作家的問題，從而進入了雙向交流的研究階段。

談到日本對中國近代作家的影響，這是個相當複雜而有趣的現象。以重要的五四作家為例，他們大都是留日的學生，但他們在日本所追求的並不是日本文學，而是經過日文的介紹或翻譯的西洋文學。打個譬喻，當時留日中國學生所追求的是穿著和服的洋繆司，而不是穿著洋裝的東洋女。當然也有一些例外。如周作人（一八八五—一九六七）、錢稻孫（一八八七—一九六六）等，就曾醉心於日本文化的譯介工作。[30] 不過大多數的五四作家，大概都像魯迅（一八八一—一九三六）那樣，「對於

22 金子彦二郎：《平安時代文學と白氏文集（第一卷）：句題和歌・千載佳句研究篇》（東京：培風館，一九四三年）。

23 金子彦二郎：《平安時代文學と白氏文集（第二卷）：道真の文學研究篇》（東京：講談社，一九四八年）。

24 麻生磯次：《江戸文學と中國文學》（東京：三省堂，一九七二年）。

25 小島憲之：《上代日本文學と中國文學》（東京：塙書房，一九六二—一九六五年）。

26 小西甚一：《文鏡秘府論考》（京都：大八洲出版、東京：大日本雄辯會講談社，一九四八—一九五三年）。

27 李樹果：《日本讀本小說與明清小說——中日文化交流史的透視》（天津：天津人民出版社，一九九八年）。

28 中國比較文學學會編：《中國比較文學》第十二期（上海：外語教育出版社，一九九一年）。

29 林慶彰編：《國際漢學論叢》第一輯（臺北：樂學書局，一九九九年）。

30 關於周作人，見本書〈周作人的日本經驗〉頁四一七—四七四，又參木山英雄編譯：《日本文化を語る：周作人》（東京：筑摩書房，一九七三年），特別是所附〈周作人と日本〉一文，頁二七三—二九〇。編者案：〈周作人と日本〉一文另收入木山英雄：《日本談義集》（東京：平凡社，二〇〇二年），頁三六五—三八七。錢稻孫有：《漢譯萬葉集選》（東京：日本學術振興會，一九五九年）等書。近有劉岸偉：《東洋人の悲哀——周作人と日本》（東京：河出書房新社，一九九一年）。

日本文學相當冷漠。他對日本文學的興趣，無非在日本文學（廣義）的介紹外國文學功能一面而已。更嚴格地說，他只承認日本文學的利用價值。」[31] 儘管如此，日本文學，不管是日化的西洋文學或西化的日本文學，對中國近代作家的衝擊或啟示是無庸置疑的。譬如說，梁啟超與明治政治小說、魯迅與夏目漱石或廚川白村、周作人與日本江戶文學、創造社作家與日本私小說、中國無產階級文學與日本普羅文學等等，都是值得詳加考察的比較文學課題。

還有一個有趣的插曲，也想在這裡附帶提一下。明治初期，有一個美國學者Ernest F. Fenollosa（一八五三－一九〇八）應日本政府之聘赴日講學，停留了十年多（一八七九－一八九〇）。停留期間除了在東京大學講授西洋哲學、蒐集日本傳統藝術品之外，還拜漢詩人森槐南（一八六三－一九一一）為師，學習中國古典詩歌並試作翻譯。這些譯稿在他死後，由詩人Ezra Pound整理成書，題為*Cathay*等集子出版。[32] 在Fenollosa的遺稿中，還有一篇論文"The Chinese Written Character As a Medium for Poetry"，後來Pound也稍加潤飾而公諸於世。[33] 這篇主張中國文字作為詩歌媒介的圖象及視覺效果的文章，出版後雖然引起了很大的爭議，尤其是漢學家幾乎一致加以反駁，認為毫無學術價值，但不可否認的，卻對二十世紀初期英美的意象主義運動發生了一定的影響，至少引起了推波助瀾的作用。從文化交流的觀點而言，這裡顯然牽涉到中國的古典詩、日本的漢文學（加上俳句）以及英美的意象主義（Imagism），正好可以給比較文學家提供一個三角關係的習題。

今年是吉川幸次郎（一九〇四－一九八〇）先生逝世二十一週年。他在漢學方面的偉大業績與貢獻是人所共知的。當他於一九七六年自京都大學退休時，加州大學陳世驤教授曾致贊詞說：

> 學淹通以成博，識遠矚而容大。才摘奇藻以備精，懷極淵雅而致深。此吉川善之先生文章德業之載於口碑，傳於並世者也。先生秉瀛洲之靈秀，播禹域之芬芳；既窮究其墳典，又含咀其華英。寢饋其經史子集，乃逍遙於文苑儒林；蓋出入上下古今，靡所不貫矣。[34]

這段話言簡意賅地道出了吉川先生的「文章德業」。的確，吉川先生是一位學博識遠的漢學大家，是以中華文化為樞紐的東方人文學的詮釋者與傳播者。他的研究範圍極為廣泛。除了自謙闇於佛學，不欲置喙之外，舉凡中國的儒家經傳、史籍子書、詩文詞曲、戲劇小說等，莫不涉足其間；偶亦旁及日本儒學、漢文學、國學，以及中日比較文學與翻譯工作，而且都有重要的論著。

吉川先生的學術風範，繼承了京都學派自狩野直喜、內藤湖南（一八六六—一九三四）、青木正兒（一八八七—一九六四）、鈴木虎雄（一八七八—一九六三）等前輩實證主義的傳統，融會清朝樸學的紮實與西方理論的靈活而貫通之，故能不拘一格，敢於別出心裁，發表獨創之見。他在退休演講

31 今村與志雄：〈魯迅と日本文學についてのノート〉，《魯迅と傳統》（東京：勁草書房，一九六七年），頁二四六。

32 Ezra Pound(edt), *Cathay* (London: Elkin Mathews, 1915).

33 最初刊登於 *The Little Review*, Vol. 6, No. 5 (Sep,1919) pp.62-64. 後來由 City Lights Books 出單行小冊。見 Ernest F.Fenollosa, Ezra Pound(edt), *The Chinese Written Character as a Medium for Poetry* (California: City Lights Books, 1936).

34 吉川教授退官記念事業會編：《吉川博士退休記念中國文學論集》（東京：筑摩書房，一九六八年），〈陳序〉，頁一。

〈杜甫の詩論と詩〉（一九六七）中，指出杜詩同時具有「緻密」與「超越」的兩個傾向。[35] 杜甫是吉川先生抱有近似「妃匹之愛」的中國詩人，[36] 而這兩個杜詩的傾向，我覺得正好也是吉川先生的學問的特色。拜讀先生的著作，就會發現在他的論述中既有基於文獻資料的緻密的考察，也有富於感受性與想像力的超越的推理，因而常能使人心服。先生知之為知之，對於所知者總是充分地披露己見；不知為不知，對於所不知者則不肯強作解人。這就是「闕疑」的精神，也是虛心坦懷的態度。

《杜甫詩注》可以說是吉川先生學問的極致。這套原定二十冊的注釋計畫雖然只完成了大約四分之一，但卻代表著他研究生涯的精華。他把一向所重視的文學語言或文本的精讀深析，在這裡更是發揮得淋漓盡致。他認為：

> 所謂注釋，是就著者的語言本身，把著者意識之中或意識之下的旨趣，儘量的挖掘出來，儘量改用我們的邏輯加以述作的工作。……詩是感性的語言，正因為如此，更有待於邏輯解析或查證。[37]

他把這種看法「施之於杜甫的每首詩」。[38] 拿〈奉贈韋左丞丈二十二韻〉一首為例，其注釋方法是在原詩之下附「訓讀」，之後附現代日文翻譯。接著在詳細的解題之後，便逐句進行注釋，而且前後照顧，求其連貫。對於每句的韻律、典故出處及其喻意、詩語的來歷及其效果等等，都非常詳細而且具體地進行了闡析；娓娓而談，竟長達三十四頁，一萬三千多字。[39] 記得美國哥倫比亞大學著名的日本學家Donald Keene教授曾經說，吉川先生的唐詩注釋很像美國的「新批評」（New Criticism），不是沒有道理的。

吉川先生雖然是一位大師，一位漢學界的巨人，但他並不安於學院的象牙之塔。在從事嚴肅的學術研究之餘，他也把漢人文化的意義，從多方面以深入淺出的語言，介紹給一般社會大眾。有些出版品如《新唐詩選》[40]等書還登上暢銷書排行榜，引起相當廣大的反響。《論語》說：「汎愛眾而親仁。」[41]先生正是這種精神的體現者。先生字「善之」，也許暗示著欲以儒家仁恕之道把人間社會導之於善的襟懷。他相信人性本善，所以只要人與人之間、國與國之間能夠相互理解、反求諸己，這世界便會是個人間樂園。當我個人在拜讀先生闡述中華文明或討論中華民族的文章時，最受感動的是他

---

35 編者注：此講稿中譯見吉川幸次郎著、鄭清茂譯：〈杜甫的詩論與詩〉，收入瘂弦、梅新主編：《詩學》（臺北：成文出版社，一九八〇年），第三輯，頁五十七—八十九。另見孟偉譯：〈杜甫的詩論和詩——京都大學文學部最終講義〉，《鵝湖月刊》第四六三期（二〇一四年一月），頁三十六—四十八。

36 詳見吉川幸次郎：《杜甫詩注》（東京：筑摩書房，一九七七年），第一冊，〈總序〉，頁三—四。

37 同前注，頁三。

38 同前注，頁三。

39 同前注，頁二十三—五十七。

40 吉川幸次郎、三好達治編：《新唐詩選》（東京：岩波書店，一九五二年）。

41 〔魏〕何晏集解，〔宋〕邢昺疏，〔清〕阮元校勘：〈學而第一〉，《論語注疏》，收入《十三經注疏》（臺北：藝文印書館，一九八九年據嘉慶二十年江西南昌府學刻本影印），第八冊，卷一，頁七。

那充滿善意與同情的態度。即使在大戰期間所發表的《支那學の問題》、[42]《支那人の古典とその生活》[43]等文集，也不例外。再者，先生不像有些所謂中國問題專家那樣具有優越感與自卑感的矛盾心態。他總是不亢不卑，溫文爾雅地陳述所見，絕不奉承或偏袒。有時也會對中國或華人表示不滿或提出忠告。先生的意見我們不一定贊成而加以接受，但他那出自善意的發言，每每叫人不得不反躬自問，省察檢討。在這個意義上，吉川先生是華人真正的諍友。

吉川先生有一篇題為〈兩個不滿〉的短文，發表在《朝日新聞》的「夕刊」上（一九六七年一月五日）。[44]記得當我在報上拜讀這篇文章的時候，相當激動而感到惶恐，因為那兩個「不滿」之一好像是衝著我而來的。他說：「為了中日關係的改善，對中國也有要求。那就是希望能多了解日本，特別是日本文明的歷史。」[45]又說：「要是這樣下去，對日本文明的研究而言，中國可能會變成世界上最落後的國家。」[46]現在重讀吉川先生這些語重心長的忠告，回顧這三十多年來華人學術界的日本研究，雖然不至於原地踏步，但研究風氣與成果，仍然有待推展與提升，恐怕還是難免「落後國家」的稱號。

至於日本的漢學或中國學的介紹與研究，也談不上有長足的進步。吉川先生生前常以他的華人讀者太少而耿耿於懷，覺得是他研究生涯的一大憾事。「他山之石，可以攻玉」，日本的中國學研究或日本的傳統漢學漢文學，可資華人學者借鑑或提供啟發者所在多有。為了促進國內日本漢學研究的風氣，也許可以考慮成立日本漢學研究學會，會合同道，定期舉辦演講會與研討會；有系統地譯印日本漢學名著；並以客座教授、訪問學者、交換留學生等方式，進行與日本各大學及研究機構之間的學術交流。今天這個研討會就是一個很好的開始，相信假以年月，在中央研究院、臺灣大學、清華大學、國家圖書館等許多學術機構的共同努力之下，必定會有效地推動國內日本漢學研究的發展，創造出豐碩的成果；也可以預期對包括日本在內的國際漢學界做出重要的貢獻。

42　吉川幸次郎：《支那學の問題》（東京：筑摩書房，一九四四年）。
43　吉川幸次郎：《支那人の古典とその生活》（東京：筑摩書房，一九四四年）。
44　吉川幸次郎：〈兩個不滿〉（〈二つの不滿〉），《全集》第二卷，頁五九五—五九七。
45　同前注，頁五九六。
46　同前注，頁五九七。

# 出處一覽

## 上編

《中國文學在日本》，臺北：純文學月刊社，一九六八年。

## 下編

**〈漢字之發生及其年代之推測〉**

《大陸雜誌》第十一卷第八期，一九五五年十月，頁十六—二十。

**〈中島敦的歷史小說〉**

《鄭因百先生八十壽慶紀念論文集》，臺北：臺灣商務印書館，一九八五年，頁一〇九三—一一一九。

**〈周作人的日本經驗〉**

《中央研究院第二屆國際漢學會議論文集》，臺北：中央研究院，一九八九年，頁八六八—九〇〇。

**〈菅原道真的漢詩〉**

《第二屆中國域外漢籍國際學術會議論文集》，臺北：聯經，一九八九年，頁五四九—五七九。

**〈取徑於東洋——略論中國現代文學與日本〉**

《中外文學》第二十一卷第十二期，一九九三年六月，頁六十七—八十七。

**〈談日本人中國文學研究的中譯問題〉**

發表於第二屆翻譯學國際研討會，一九九四年。現存手寫稿。

**〈海內文章落布衣——談日本江戶時代的文人〉**

《東華人文學報》第一期，一九九九年七月，頁十九—三十一。

**〈他山之石——日本漢學對華人的意義〉**

收入張寶三、楊儒賓編：《日本漢學研究初探》，臺北：喜馬拉雅研究發展基金會，二〇〇二年，頁一—十五。

# 徵引書目

## 一、中文著作

〔周〕左丘明傳，〔晉〕杜預注，〔唐〕孔穎達疏，〔清〕阮元校勘：《春秋左傳正義》，收入《十三經注疏》，臺北：藝文印書館，一九八九年據嘉慶二十年江西南昌府學刻本影印，第六冊。

〔周〕荀況撰，〔唐〕楊倞注，〔清〕盧文弨、〔清〕謝墉校：《荀子》，北京：中華書局，一九八五年。

〔秦〕呂不韋編，〔漢〕高誘注：《呂氏春秋》，臺北：藝文印書館，一九七四年。

〔漢〕孔安國傳，〔唐〕陸德明音義，〔唐〕孔穎達疏，〔清〕阮元校勘：《尚書正義》，收入《十三經注疏》，臺北：藝文印書館，一九八九年據嘉慶二十年江西南昌府學刻本影印，第一冊。

〔漢〕王充：《論衡》，見《原式精印大本四部叢刊正編》，臺北：臺灣商務印書館，一九七九年據上海涵芬樓藏明通津草堂本影印，第二十二冊。

〔漢〕王充：《論衡》，北京：中華書局，一九八五年。

〔漢〕宋衷注，張澍稡集補注：《世本》，北京：中華書局，一九八五年。

〔漢〕班固撰，〔唐〕顏師古注：《漢書》，收入《二十四史》，北京：中華書局，一九九七年，第二冊。

〔漢〕許慎撰，〔宋〕徐鉉等校定：《說文解字》，北京：中華書局，一九八五年。

〔漢〕趙岐注，〔宋〕孫奭疏，〔清〕阮元校勘：《孟子注疏》，收入《十三經注疏》，臺北：藝文印書館，一九八九年據嘉慶二十年江西南昌府學刻本影印，第八冊。

〔漢〕鄭玄箋，〔唐〕孔穎達疏，〔清〕阮元校勘：《毛詩注疏》，收入《十三經注疏》，臺北：藝文印書館，一九八九年據嘉慶二十年江西南昌府學刻本影印，第二冊。

〔漢〕劉安撰，〔漢〕高誘注，〔明〕茅一桂訂，楊家駱主編：《明刻淮南鴻烈解》，臺北：鼎文書局，一九七九年。

〔漢〕司馬遷撰，〔劉宋〕裴駰集解，〔唐〕司馬貞索隱，〔唐〕張守節正義，顧頡剛等點校：《史記》，收入《二十四史》，北京：中華書局，一九九七年，第一冊。

〔漢〕班固撰，〔唐〕顏師古注：《漢書》，收入《二十四史》，北京：中華書局，一九九七年，第二冊。

〔魏〕何晏集解，〔宋〕邢昺疏，〔清〕阮元校勘：《論語注疏》，收入《十三經注疏》，臺北：藝文印書館，一九八九年據嘉慶二十年江西南昌府學刻本影印，第八冊。

〔晉〕陳壽撰，〔宋〕裴松之注：《三國志》，收入《二十四史》，北京：中華書局，一九九七年，第三冊。

〔晉〕陶淵明著，袁行霈箋注：《陶淵明集箋注》，北京：中華書局，二〇〇三年。

〔晉〕葛洪著，何淑貞校注：《新編抱朴子．外篇》，臺北：國立編譯館，二〇〇二年。

〔晉〕衛恆：《四體書勢》，收入〔清〕馬國翰輯：《玉函山房輯佚書》，據光緒壬辰湖南思賢書局本影印，第七十一冊。

〔晉〕郭象注，〔唐〕成玄英疏，〔唐〕陸德明釋文，〔清〕郭慶藩集釋：《莊子集釋》，臺北：世界書局，一九九〇年。

〔南朝宋〕范曄撰，〔唐〕李賢等注：《後漢書》，收入《二十四史》，北京：中華書局，一九九七年，第三冊。

〔南朝宋〕劉義慶著，〔南朝梁〕劉孝標注，余嘉錫箋疏：《世說新語箋疏》，上海：上海古籍出版社，一九九三年。

〔南朝梁〕劉勰著，周振甫注：《文心雕龍注釋》，臺北：里仁書局，一九八四年。

〔南朝梁〕蕭綱著，肖占鵬、董志廣校注：《梁簡文帝集校注》，天津：南開大學出版社，二〇一五年。

〔南朝梁〕鍾嶸著，曹旭集注：《詩品集注》，上海：上海古籍出版社，一九九四年。

〔南朝梁〕蕭統編，〔唐〕李善等注：《文選》，臺北：文津出版社，一九八七年。

〔隋〕王通著，張沛校注：《中說校注》，北京：中華書局，二〇一三年。

〔唐〕元宗御注，〔宋〕邢昺疏：《孝經注疏》，收入《十三經注疏》，臺北：藝文印書館，一九八九年據嘉慶二十年江西南昌府學刻本影印，第八冊。

〔唐〕李景亮：《人虎傳》，收入〔清〕王文誥、邵希曾編：《唐代叢書》，臺北：新興書局，一九六八年據清嘉慶十一年弁山樓原刻本影印。
〔唐〕孔穎達撰，〔唐〕陸德明釋文，〔清〕阮元校勘：《禮記注疏》，收入《十三經注疏》，臺北：藝文印書館，一九八九年據嘉慶二十年江西南昌府學刻本影印，第五冊。
〔唐〕王績著，金榮華校注：《王績詩文集校注》，臺北：新文豐，一九九八年。
〔唐〕司空圖：《司空表聖詩集》，收入《原式精印四部叢刊正編》，臺北：臺灣商務印書館，一九七九年據上海涵芬樓借印海鹽張氏涉園藏唐音統籤本重印，第三十八冊。
〔唐〕白居易：《白氏長慶集》，臺北：藝文印書館，一九八一年。
〔唐〕白居易著，朱金城箋校：《白居易集箋校》，上海：上海古籍出版社，一九八八年。
〔唐〕岑參撰，廖立箋注：《岑參詩箋注》，北京：中華書局，二〇一八年。
〔唐〕李白著，瞿蛻園、朱金城校注：《李白集校注》，上海：上海古籍出版社，一九九八年。
〔唐〕李賀著，吳企明箋注：《李長吉歌詩編年箋注》，北京：中華書局，二〇一二年。
〔唐〕李鼎祚：《周易集解》，臺北：臺灣學生書局，一九六七年。
〔唐〕杜甫著，〔元〕高楚芳編：《集千家註杜工部詩集》，收入《叢書集成續編》，臺北：新文豐，一九八九年據湖北先正遺書本影印，第一六三冊。
〔唐〕杜牧著，吳在慶校注：《杜牧集繫年校注》，北京：中華書局，二〇〇八年。
〔唐〕房玄齡等撰：《晉書》，收入《二十四史》，北京：中華書局，一九九七年，第四冊。
〔唐〕段成式：《酉陽雜俎》，收入《唐代叢書》，臺北：新興書局，一九六八年據清嘉慶十一年弁山樓原刻本影印。
〔唐〕高誘注：《淮南子》，收入楊家駱主編：《新編諸子集成》，臺北：世界書局，一九九二年，第七冊。
〔唐〕張文成著，李時人、詹緒左校注：《遊仙窟校注》，北京：中華書局，二〇一〇年。
〔唐〕歐陽詢：《藝文類聚》，收入《景印文淵閣四庫全書》，臺北：臺灣商務印書館，一九八三年據國立故宮博物院藏本影印，第八八七冊。
〔唐〕韓偓：《香奩集》，收入《叢書集成續編》，臺北：新文豐，一九八九年據關中叢書本影印，第一六四冊。

〔唐〕釋道世著，周叔迦、蘇晉仁校注：《法苑珠林》，北京：中華書局，二〇〇三年。

〔後晉〕劉昫等撰：《舊唐書》，收入《二十四史》，北京：中華書局，一九九七年，第十—十二冊。

〔五代〕李煜著，王仲聞校訂：《南唐二主詞校訂》，北京：中華書局，二〇〇七年。

〔宋〕朱松：《韋齋集》，收入四川大學古籍整理研究所編：《宋集珍本叢刊》，北京：線裝書局，二〇〇四年，第四十冊。

〔宋〕朱熹：《朱文公文集》，臺北：臺灣商務印書館，一九八〇年據上海涵芬樓影印明嘉靖本。

〔宋〕朱熹：《楚辭集注》，上海：上海古籍出版社，一九七九年。

〔宋〕朱熹著，〔宋〕黃士毅編：《朱子語類彙校》，上海：上海古籍出版社，二〇一四年。

〔宋〕沈括：《夢溪筆談校證》，臺北：世界書局，一九八九年。

〔宋〕柳永著，陶然、姚逸超校箋：《樂章集校箋》，上海：上海古籍出版社，二〇一六年。

〔宋〕計有功著，王仲鏞校箋：《唐詩紀事校箋》，北京：中華書局，二〇〇七年。

〔宋〕徐璣：《二薇亭詩集》，收入《景印文淵閣四庫全書》，臺北：臺灣商務印書館，一九八三年據國立故宮博物院藏本影印，第一一七一冊。

〔宋〕馬端臨著，上海師範大學古籍研究所、華東師範大學古籍研究所點校：《文獻通考》，北京：中華書局，二〇一一年，第十冊。

〔宋〕無學祖元語，侍者一真等編：《佛光國師語錄》，收入《大正新修大藏經》，臺北：新文豐，一九八三年，第八十冊。

〔宋〕歐陽修、宋祁撰：《新唐書》，收入《二十四史》，北京：中華書局，一九九七年，第十—十二冊。

〔宋〕歐陽修著，劉德清、顧寶林、歐陽明亮箋注：《歐陽修詩編年箋注》，北京：中華書局，二〇一二年。

〔宋〕戴復古著，金芝山點校：《戴復古詩集》，浙江：浙江古籍出版社，二〇一二年。

〔宋〕謝枋得：《疊山集》，收入《景印文淵閣四庫全書》，臺北：臺灣商務印書館，一九八三年據國立故宮博物院藏本影印，第一一八四冊。

〔宋〕羅大經著，王瑞來點校：《鶴林玉露》，北京：中華書局，一九九七年。

〔宋〕嚴有翼：《藝苑雌黃》，收入郭紹虞輯：《宋詩話輯佚》，北京：中華書局，一九八〇年。

〔宋〕嚴羽著，張健校箋：《滄浪詩話校箋》，上海：上海古籍出版社，二〇一二年。
〔宋〕蘇軾著，張志烈等校注，《蘇軾全集校注》，石家莊：河北人民出版社，二〇一〇年。
〔金〕元好問著，〔清〕施國祁箋注：《元遺山詩集箋注》，收入《續修四庫全書》，上海：上海古籍出版社，一九九七年據道光二年南潯瑞松堂蔣氏刻本影印，第一三二二冊。
〔元〕方回：《瀛奎律髓》，收入《景印文淵閣四庫全書》，臺北：臺灣商務印書館，一九八三年據國立故宮博物院藏本影印，第一三六六冊。
〔元〕白樸：《天籟集》，收入《景印文淵閣四庫全書》，臺北：臺灣商務印書館，一九八三年據國立故宮博物院藏本影印，第一四八八冊。
〔元〕白樸：《天籟集摭遺》，收入盧前輯校：《飲虹簃所刻曲》，臺北：世界書局，一九八五年。
〔元〕倪瓚：《清閟閣全集》，收入《景印文淵閣四庫全書》，臺北：臺灣商務印書館，一九八三年據國立故宮博物院藏本影印，第一二二〇冊。
〔元〕脫脫等撰：《宋史》，收入《二十四史》，北京：中華書局，一九九七年，第十六冊
〔元〕楊維楨：《復古詩集》，收入《景印文淵閣四庫全書》，臺北：臺灣商務印書館，一九八三年據國立故宮博物院藏本影印，第一二二二冊。
〔元〕楊維楨：《鐵崖先生古樂府》，收入《原式精印大本四部叢刊正編》，臺北：臺灣商務印書館，一九七九年據上海涵芬樓借常熟瞿氏鐵琴銅劍樓藏明成化刊本影印，第七十一冊。
〔明〕王彥泓著，鄭清茂校：《王次回詩集》，臺北：聯經，一九八四年。
〔明〕吳承恩著，徐少知校，周中明、朱彤注：《西遊記校注》，臺北：里仁書局，一九九六年。
〔明〕程榮校：《古三墳》，收入中國易學文獻集成編委會：《中國易學文獻集成》，北京：國家圖書館出版社，二〇一三年。
〔明〕王世貞：《弇州四部稿》，收入《景印文淵閣四庫全書》，臺北：臺灣商務印書館，一九八三年據國立故宮博物院藏本影印，第一二八一冊。
〔明〕朱權著，姚品文點校箋評：《太和正音譜箋評》，北京：中華書局，二〇一〇年。

〔明〕宋濂：《宋濂全集》，浙江：浙江古籍出版社，二〇一四年。
〔明〕李東陽：《懷麓堂稿》，臺北：臺灣學生書局，一九七五年據明政德徽州刊本影印。
〔明〕沈周著，張修齡、韓星嬰點校：《沈周集》，上海：上海古籍出版社，二〇一三年。
〔明〕周亮工：《書影》，上海：上海古籍出版社，一九八一年。
〔明〕唐寅著，〔明〕何大成輯：《唐伯虎先生全集》，臺北：臺灣學生書局，一九七〇年。
〔明〕唐順之：《唐荊川先生集》，收入《叢書集成續編》，臺北：新文豐，一九八九年據常州先哲遺書本排印，第一四〇冊。
〔明〕祝允明著，薛維源點校：《祝允明集》，上海：上海古籍出版社，二〇一六。
〔明〕袁宏道著，錢伯城箋校：《袁宏道集箋校》，上海：上海古籍出版社，二〇〇八年。
〔明〕高啟著，〔清〕李漁評，廣瀨淡窓點：《高青邱詩抄》，大阪：山本重助，一八七九年。
〔明〕高啟著，〔清〕金檀注，中島椋隱編，梁川星巖校：《高青邱詩集》，京都：山城屋佐兵衛，一八三九年。
〔明〕高啟著，〔清〕金檀輯注，徐澄宇、沈北宗校點：《高青丘集》，上海：上海古籍出版社，一九八五年。
〔明〕高啟著，久保天隨譯注：《高青邱全詩集》，收於《續國譯漢文大成》，東京：日本図書センター，一九九一年。
〔明〕高啟著，齋藤拙堂、菊池谿琴編選：《高青邱詩醇》，大阪：桂雲堂，一八八三年。
〔明〕張羽著，湯志波點校：《張羽集》，杭州：浙江古籍出版社，二〇一八年。
〔明〕陳所聞著，盧前輯：《濠上齋樂府》，臺北：臺灣商務印書館，一九七三年。
〔明〕臧晉叔：《元曲選》，北京：中華書局，一九八九年。
〔明〕歸有光：《歸有光全集》，上海：上海人民出版社，二〇一五年。
〔清〕王先慎撰，《韓非子集解》，楊家駱主編：《新編諸子集成》，臺北：世界書局，一九九一年，第五冊。
〔清〕永瑢、紀昀：《四庫全書總目提要．集部》，臺北：臺灣商務印書館，二〇〇〇年據武英殿本影印。
〔清〕朱彝尊：《明詩綜》，臺北：世界書局，一九八九年。
〔清〕朱彝尊、王昶輯：《明詞綜》，收入《續修四庫全書》，上海：上海古籍出版社，一九九五年據上海圖書館藏清嘉慶七年王氏三泖漁莊刻本影印，第一七三〇冊。

〔清〕夏宗彝修、汪國鳳等纂：《重修金壇縣志》，收入《地方志人物傳記資料叢刊》，北京：國家圖書館出版社，二〇一二年據光緒十一年活字本影印，第五〇七—五一三冊。

〔清〕馮煦等：《重修金壇縣志》，臺北：成文出版社，一九七〇年據民國十年刊本影印。

〔清〕楊守敬：《日本訪書志》，收入《續修四庫全書》，上海：上海古籍出版社，一九九七年據清光緒鄰蘇園刻本影印，第九三〇冊。

〔清〕趙弘恩等監修，〔清〕黃之雋等編纂：《江南通志》，收入《景印文淵閣四庫全書》，臺北：臺灣商務印書館，一九八三年據國立故宮博物院藏本影印，第五〇七—五一二冊。

〔清〕沈德潛：《明詩別裁集》，北京：中華書局，一九七五年。

〔清〕姚覲元編：《清代禁燬書目》，收入《書目類編》，臺北：成文出版社，一九七八年，第十四冊。

〔清〕倪鴻：《桐陰清話》，收入黃國聲點校：《嶺南隨筆（外五種）》，廣州：廣東人民出版社，二〇一五年。

〔清〕袁枚：《小倉山房文集》，收入《袁枚全集新編》，浙江：浙江古籍出版社，二〇一五年，第六冊。

〔清〕袁枚著，顧學頡校點：《隨園詩話》，北京：人民文學出版社，一九九九年重印版。

〔清〕張之洞：《張文襄公全集》，北京：新華書店，一九九〇年。

〔清〕張廷玉等撰：《明史》，收入《二十四史》，北京：中華書局，一九九七年，第十九—二十冊。

〔清〕梁廷枏：《曲話》，收入中國戲曲研究院編：《中國古典戲曲論著集成》，北京：中國戲劇出版社，一九八二年。

〔清〕陳田：《明詩紀事》，上海：上海古籍出版社，一九九三年。

〔清〕陳澧：《東塾讀書記》，臺北：臺灣商務印書館，一九六七年。

〔清〕陳濟生編，陳乃乾補抄：《天啟崇禎兩朝遺詩》，北京：中華書局，一九五八年據上海市歷史文獻圖書館藏陳乃乾手訂抄補本及上海圖書館藏清順治間刊本影印。

〔清〕馮金伯：《國朝畫識》，收入《續修四庫全書》，上海：上海古籍出版社，一九九七年據上海圖書館藏清光緒十一年刻本影印，第一〇八一冊。

〔清〕鄭板橋著，卞孝萱、卞岐編：《鄭板橋全集（增補本）》，南京：鳳凰出版社，二〇一二年。

〔清〕錢謙益：《列朝詩集》，收入《續修四庫全書》，上海：上海古籍出版社，二〇〇二年據清順治毛氏汲古閣刻本影印，第一六二三—一六二四冊。

〔清〕薛雪：《一瓢詩話》，收入《續修四庫全書》，上海：上海古籍出版社，一九九五年據清道光二十四年吳江沈氏世楷堂刻昭代叢書癸集萃編本影印，第一七〇一冊。

〔清〕顧炎武著，陳垣校注：《日知錄校注》，合肥：安徽大學出版社，二〇〇七年。

〔清〕顧炎武著，劉永翔校點：《亭林詩文集》，收入《顧炎武全集》，上海：上海古籍出版社，二〇一一年，第二十一冊。

〔清〕龔自珍撰，劉逸生注：《龔自珍己亥雜詩注》，北京：中華書局，一九八〇年。

L.C. Hopkins著，王師韞譯：〈中國古文字裡所見的人形〉，《中山大學語言歷史學研究所週刊》，第十一集第一二五—一二八號合刊，一九三〇年，頁一〇四—一三三。

中華書局編輯部點校：《全唐詩（增訂本）》，北京：中華書局，一九九九年。

木宮泰彥著，陳捷譯：《中日交通史》，上海：商務印書館，一九三一年。

王自立、陳子善編：《郁達夫研究資料》，北京：知識產權出版社，二〇一〇年。

王栻主編：《嚴復集》，北京：中華書局，一九八六年。

王國維：《宋元戲曲史》，臺北：河洛圖書，一九七五年。

王國維著，徐調孚、周振甫校注，王仲聞校訂：《人間詞話校注》，臺北：五南圖書，二〇二〇年。

王福祥等編注：《日本漢詩擷英》，北京：外語教學與研究出版社，一九九五年。

王輯五：《中國日本交通史》，上海：商務印書館，一九三七年。

王鍾翰點校：《清史列傳》，北京：中華書局，一九八七年。

司馬長風：《中國新文學史》，中和：古楓出版社，一九八六年。

任中敏編著、曹明升點校：《散曲叢刊》，南京：鳳凰出版社，二〇一三年。

吉川幸次郎著，鄭清茂譯：《元明詩概說》，臺北：聯經，二〇一二年。

吉川幸次郎著，鄭清茂譯：《元雜劇研究》，臺北：藝文印書館，一九八七年。

吉川幸次郎著，鄭清茂譯：《宋詩概說》，臺北：聯經，一九七七年。
吉川幸次郎編：《東洋學の創始者たち》，東京：講談社，一九七六年。
朱士嘉編：《中國地方志綜錄（增訂本）》，上海：商務印書館，一九五八年。
朱謙之釋、任繼俞譯：《老子釋譯》，臺北：里仁書局，一九八五年。
西鄉信綱等著，佩珊譯：《日本文學史：日本文學的傳統與創造》，香港，三聯書店，一九七九年。
何心：《水滸研究》，香港：文樂出版社，一九五四年。
李何林編：《中國文藝論戰》，上海：上海書店，一九八四年。
李樹果：《日本讀本小說與明清小說──中日文化交流史的透視》，天津：天津人民出版社，一九九八年。
李霖燦：《麼些象形文字字典》，香港：說文社，一九五三年。
周作人：〈周作人日記〉，《新文學史料》，一九八三年第四期，頁一九七─二一〇。
周作人：〈周作人日記〉，《新文學史料》，一九八四年第二期，頁一八九─一九七。
周作人：〈周作人日記〉，《新文學史料》，一九八四年第一期，頁二一〇─二一六。
周作人：《瓜豆集》，臺北：里仁書局，一九八二年據民國二十六年宇宙風社版影印。
周作人：《立春以前》，臺北：里仁書局，一九八二年據民國三十四年上海太平書局版影印。
周作人：《自己的園地》，臺北：里仁書局，一九八二年據民國十八年上海北新書局版影印。
周作人：《周作人晚年手札一百封》，香港，太平洋圖書，一九七二年。
周作人：《秉燭談》，臺北：里仁書局，一九八二年據民國二十五年上海北新書局版影印。
周作人：《雨天的書》，臺北：里仁書局，一九八二年據民國二十二年北新書局版影印。
周作人：《苦口甘口》，臺北：里仁書局，一九八二年據民國三十三年上海太平書局版影印。
周作人：《苦竹雜記》，臺北：里仁書局，一九八二年據民國二十五年上海良友圖書公司版影印。
周作人：《苦茶隨筆》，臺北：里仁書局，一九八二年據民國二十四年上海北新書局版影印。
周作人：《風雨談》，臺北：里仁書局，一九八二年據民國二十五年上海北新書局版影印。

周作人：《談虎集》，臺北：里仁書局，一九八二年據民國十八年北新書局版影印。
周作人：《談龍集》，臺北：里仁書局，一九八二年據民國十六年上海開明書店版影印。
周作人：《澤瀉集》，臺北：里仁書局，一九八二年據民國十六年上海北新書局版影印。
周作人：《藝術與生活》，臺北：里仁書局，一九八二年據民國二十五年上海中華書局版影印。
周作人：《藥味集》，臺北：里仁書局，一九八二年據民國三十一年北京新民印書局版影印。
周作人：《藥堂雜文》，臺北：里仁書局，一九八二年。
周作人著，止庵校訂：《知堂回想錄》，收入《周作人自編文集》，石家庄：河北教育出版社，二〇〇一年。
季羨林主編：《胡適全集》，合肥：安徽教育出版社，二〇〇三年。
林明德編：《晚清小說研究》，臺北：聯經，一九八六年。
林慶彰編：《國際漢學論叢》第一輯，臺北：樂學書局，一九九九年。
青木正兒著，王古魯譯：《中國近世戲曲史》，臺北：臺灣商務印書館，一九八八年。
姚乃麟編：《現代中國文學家傳記》，香港：實用書局，一九七二年。
柳詒徵：《中國文化史》，臺北：正中書局，一九七三年。
胡適：〈再談關漢卿的年代〉，《文學年報》第三期，一九三七年五月。
郁達夫等：《創作經驗談》，上海：光華書局，一九三三年。
郁達夫編選：《中國新文學大系．散文二集》，收入趙家璧主編：《中國新文學大系》，上海：上海文藝出版社，二〇〇三年據一九三五年上海良友圖書公司版影印，第七集。
郁達夫著，吳秀明主編：《郁達夫全集》，杭州：浙江大學出版社，二〇〇七年。
唐蘭：《古文字學導論》，《唐蘭全集》，上海：上海古籍出版社，二〇一五年，第五冊。
夏志清著，劉紹銘等合譯：《中國現代小說史》，香港：中文大學出版社，二〇〇一年。
徐復觀：〈韓偓詩與《香奩集》論考〉，原刊於《民主評論》第十五卷四 五期（一九六四），收入《中國文學論集（增補六版）》，臺北：臺灣學生書局，一九九〇年，頁二五五—二九六。

張允侯等著：《五四時期的社團》（三），北京：三聯書店，一九七九年。
梁啟超：《清代學術概論》，上海：復旦大學出版社，一九八五年。
梁啟超著，湯志鈞、湯仁澤編：《梁啟超全集》，北京：中國人民大學出版社，二〇一八年。
盛鐻輯：《清代畫史增編》，收入徐蜀編：《國家圖書館藏古籍藝術類編》，北京：北京圖書館出版社，二〇〇四年，第二十六冊。
陳子善等編：《郁達夫研究資料》，廣東：花城出版社；香港：三聯書店香港分店，一九八五年。
陳垣輯：《辦理四庫全書檔案》，臺北：中國辭典館復館籌備處，一九七一年。
陳獨秀：《獨秀文存》，上海：亞東圖書館，一九三四年。
陶志明編：《周作人論》，上海：北新書局，一九三四年。
陶敏、易淑瓊校注：《沈佺期宋之問集校注》，北京：中華書局，二〇〇一年。
陸侃如、馮沅君著：《中國詩史》，北京：作家出版社，一九五七年。
湯志鈞編：《康有為政論集》，北京：中華書局，一九八一年。
程千帆等評注：《日本漢詩選評》，南京：江蘇古籍出版社，一九八八年。
隋樹森編：《全元散曲》，北京：中華書局，一九八九年。
黃英哲編：《臺灣文學研究在日本》，臺北：前衛出版社，一九九四年。
楊牧編：《周作人文選》，臺北：洪範書店，一九八三年。
董作賓：〈中國文字的起源〉，《大陸雜誌》第五卷第十期，一九五二年十一月，頁二十八—三十八。
實藤惠秀著，譚汝謙、林啟彥譯：《中國人日本留學史（修訂譯本）》，北京：北京大學出版社，二〇一二年。
甄陶：《中國文學概論》，香港：精工印書局，一九六一年。
緒方惟精，丁策譯：《日本漢文學史》，臺北：正中書局，一九六八年。
臧勵龢等編：《中國人名大辭典》，臺北：臺灣商務印書館，一九六〇年。
臺靜農編：《關於魯迅及其著作》，收入張高評主編：《民國時期文學研究叢書》，臺中：文听閣圖書公司，二〇一一年據民國二十二年再版上海開明書店排印本影印，第一編第一一〇冊。

臺灣中華書局辭海編輯委員會編，熊鈍生主編：《最新增訂本辭海》，臺北：臺灣中華書局，一九八九年。

劉心皇：《現代中國文學史話》，臺北：正中書局，一九七一年。

劉柏青等編：《日本學者中國文學研究譯叢》，長春：吉林教育出版社，一九九〇年，第四輯。

劉硯、馬沁選編：《日本漢詩新編》，合肥：安徽文藝出版社，一九八五年。

廚川白村著，魯迅譯：《苦悶的象徵》，上海：北新書局，一九二九年。

廚川白村著，羅迪先譯：《近代文學十講》，上海：學術研究總會，一九二一—一九二二年。

廣文編譯所：《中國文學史》，臺北：廣文書局，一九九〇年。

鄭昶編：《中國畫學全史》，上海：上海古籍出版社，二〇〇一年。

魯迅：《魯迅全集》，北京：人民文學出版社，一九八一年。

錢杏邨：《現代中國文學作家》，臺中：文听閣圖書公司，二〇一一年據一九三〇年上海泰東圖書局排印本影印。

錢稻孫：《萬葉集精選（增訂本）》，上海：上海書店，二〇一二年。

錢稻孫：《漢譯萬葉集選》，東京：日本學術振興會，一九五九年。

嚴紹璗：《日本中國學史》，南昌：江西人民出版社，一九九一年。

饒鴻競等編：《創造社資料》，福建：福建人民出版社，一九八五年。

## 二、日文著作

〈ユネスコのリスト　「明治維新」も仲間入り　偉人では漱石と西鶴〉，《朝日新聞》（夕刊）第三版，一九六六年九月十六日。

高階積善：《本朝麗藻》，收入與謝野寬、正宗敦夫、與謝野晶子等編：《日本古典全集》，東京：日本古典全集刊行會，一九二六年。

一條兼良著，關根正直釋：《公事根源新釋》，東京：六合館，一九二五年。

入谷仙介：《近代文學としての明治漢詩》，東京：研文出版，一九八九年。

入谷仙介注：《高啓》，收入吉川幸次郎、小川環樹編：《中國詩人選集二集》，東京：岩波書店，一九六二年，第十卷。

上田正昭：《歸化人：古代國家の成立をめぐって》，東京：中央公論社，一九六五年。

下村作次郎等編：《よみがえる臺灣文學：日本統治期の作家と作品》，東京：東方書店，一九九五年。

丸山真男：《日本政治思想史研究》，東京：東京大學出版會，一九九五年新裝版。

久保田正文：《百人一首の世界》，東京：文藝春秋新社，一九六五年。

土岐善麿：《高青邱》，東京：日本評論社，一九四二年。

大江匡房、藤原實兼著，後藤昭雄等校注：《江談抄》，收入佐竹昭廣編：《新日本古典文學大系》，東京：岩波書店，一九九七年，第三十二冊。

大沼枕山：《枕山詩鈔》，收入富士川英郎、松下忠、佐野正巳編：《詩集日本漢詩》，東京：汲古書院，一九八九年，第十七卷。

小田嶽夫：《郁達夫傳——その詩と愛と日本》，東京，中央公論社，一九七五年。

小西甚一：《文鏡祕府論考》，京都：大八洲出版，東京：大日本雄辯會講談社，一九四八—一九五三年。

小西甚一：《日本文藝史》，東京：講談社，一九八五—一九九二年。

小西甚一：《日本文藝史IV》，東京：講談社，一九九三年。

小宮豐隆：《夏目漱石》，東京：岩波書店，一九三八年。

小宮豐隆：《漱石の藝術》，東京：岩波書店，一九四二年。

小島憲之：《上代日本文學と中國文學》，東京：塙書房，一九九三年。

小島憲之校注：《懷風藻》，收入高木市之助等編：《日本古典文學大系》，東京：岩波書店，一九六七年，第六十九冊。

山本北山：《作詩志彀》，收入池田四郎次郎編：《日本詩話叢書》，東京：龍吟社，一九九七年再版，第八卷。

山岸德平校注：《五山文學集．江戶漢詩集》，收入高木市之助等編：《日本古典文學大系》，東京：岩波書店，一九六六年，第八十九冊。
山崎知雄校訂：《日本紀略．後篇》，收入黑板勝美編：《新訂增補國史大系》，東京：吉川弘文館，一九六五年，第十一卷。
川口久雄：《平安朝日本漢文學史の研究》，東京：明治書院，一九五九年。
中西進：《萬葉集の比較文學的研究》，東京：南雲堂櫻楓社，一九六三年。
中村光夫：《作家の青春》，東京：創文社，一九五二年。
中村幸彥：《戲作論》，收入《中村幸彥著述集》，東京：中央公論社，一九八二年，第八卷。
中島敦：《中島敦全集》，東京：筑摩書房，二〇〇一年。
中島敦：《中島敦全集．別卷》，東京：筑摩書房，二〇〇二年。
中國比較文學學會編：《中國比較文學》，上海：外語教育出版社，一九九一年，第十二期。
今中寬司：〈林羅山の教學思想〉，收於伊東多三郎編：《國民生活史研究》，東京：吉川弘文館，一九五八年，第三冊，頁一七九—二一九。
今村與志雄：《魯迅と傳統》，東京：勁草書房，一九六七年。
友野霞舟編：《熙朝詩薈》，見富士川英郎、松下忠、佐野正巳編：《詞華集日本漢詩》，東京：汲古書院，一九八三年，第五卷。
戶川芳郎：〈漢學シナ學の沿革とその問題點——近代アカデミズムの成立と中國研究の系譜（二）〉，《理想》第三百九十七號，一九六六年六月，頁八—二十五。
戶田浩曉：《日本漢文學通史》，東京：武藏野書院，一九九八年改訂版。
日本近代文學館編：《日本近代文學と外國文學》，東京，讀賣新聞社，一九六九年。
日夏耿之介：《荷風文學》，東京：平凡社，二〇〇五年。
日野龍夫、德田武、揖斐高編：《江戶詩人選集》，東京：岩波書店，一九九〇—一九九三年。
日野龍夫注：《成島柳北．大沼枕山》，《江戶詩人選集》，東京：岩波書店，一九九〇年，第十卷。
木下杢太郎：《藝林閒步》，東京：岩波書店，一九三六年。

木山英雄：《北京苦住庵記：日中戰爭時代の周作人》，東京，筑摩書房，一九七八年。
木山英雄編譯：《日本文化を語る：周作人》，東京：筑摩書房，一九七三年。
木山英雄編譯：《日本談義集》，東京：平凡社，二〇〇二年。
木宮泰彥：《日支交通史》，東京：金刺芳流堂，一九二七年。
木宮泰彥：《日華文化交流史》，東京：富山房，一九五五年。
水田紀久、賴惟勤編：《日本漢學》，東京：大修館書店，一九六八年。
北畠親房著，岩佐正、時枝誠記、木藤才藏校注：《神皇正統記》，收入高木市之助等編：《日本古典文學大系》，東京：岩波書店，一九六六年，第八十七冊。
本多秋五：《「白樺」派の文學》，東京：新潮，一九六〇年。
本居宣長：《源氏物語玉の小櫛》，收入大野晉編：《本居宣長全集》，東京：筑摩書房，一九六九年，第四卷。
永井禾原：《來青閣集》，收入富士川英郎、松下忠、佐野正巳編：《詩集日本漢詩》，東京：汲古書院，一九八九年，第十九卷。
永井荷風著，稲垣達郎、竹盛天雄、中島國彥編：《荷風全集》，東京：岩波書店，一九九二—一九九五年。
玉村竹二編：《五山文學新集》，東京：東京大學出版會，一九六七—一九八一年。
永井啓夫：《寺門靜軒》，東京：理想社，一九六六年。
田岡嶺雲：《支那文學大綱》，東京：大日本圖書，一八九七年。
吉川幸次郎：《吉川幸次郎全集》，東京：筑摩書房，一九六八—一九八七年。
吉川幸次郎、三好達治：《新唐詩選》，東京：岩波書店，一九五二年。
吉川幸次郎：《支那人の古典とその生活》，東京：筑摩書房，一九四四年。
吉川幸次郎：《支那學の問題》，東京：筑摩書房，一九四四年。
吉川幸次郎：《宋詩概說》東京：岩波書店，一九六二年。
吉川幸次郎：《杜甫詩注》，東京：筑摩書房，一九七七年。

吉川幸次郎：《漱石詩注》，東京：岩波書店，一九六七年。
吉川教授退官記念事業會編：《吉川博士退休記念中國文學論集》，東京：筑摩書房，一九六八年。
在原業平著，堀內秀晃、秋山虔校注：《伊勢物語》，收入佐竹昭廣編：《新日本古典文學大系》，東京：岩波書店，一九九七年，第十七冊。
寺門靜軒著，日野龍夫校注：《江戶繁昌記》，收入佐竹昭廣編：《新日本古典文學大系》，東京：岩波書店，一九八九年，第一〇〇冊。
成島柳北著，日野龍夫校注：《柳橋新誌二編》，收入佐竹昭廣編：《新日本古典文學大系》，東京：岩波書店，一九九八年，第一〇〇冊。
成島柳北著，日野龍夫校注：《柳橋新誌》，收入佐竹昭廣編：《新日本古典文學大系》，東京：岩波書店，一九八九年，第一〇〇冊。
江村北海：《日本詩史》，收入富士川英郎、松下忠、佐野正巳編：《詞華集日本漢詩》，東京：汲古書院，一九八三年，第二卷。
江藤淳：《夏目漱石》，東京：勁草書房，一九六五年。
臼井吉見：〈白樺の文學運動——武者小路實篤を中心として〉，收於《武者小路實篤集》，《現代日本文學大系》，東京：筑摩書房，一九七〇年，第三十三卷，頁四一八—四三二。
西鄉信綱，永積安明，広末保著：《日本文學の古典》，東京：岩波書店，一九六七年。
佐伯梅友校注：《古今和歌集》，收入高木市之助等編：《日本古典文學大系》，東京：岩波書店，一九六八年，第八冊。
佐藤春夫：〈永井荷風の詩情〉，《明治大正文學研究》季刊第十號，一九三三年，頁二—三。
佐藤春夫：《小說永井荷風傳》，《定本佐藤春夫全集》，京都：臨川書店，一九九九—二〇〇〇年，第十六卷。
佐藤春夫：《詩文半世記》，東京：讀賣新聞社，一九六三年。
尾崎秀樹：《舊殖民地文學の研究》，東京：勁草書房，一九七一年。
沖森卓也、佐藤信、矢嶋泉：《藤氏家伝　鎌足・貞慧・武智麻呂伝　注釋と研究》，東京：吉川弘文館，一九九九年。

志賀直哉：《志賀直哉全集》，東京：岩波書店，一九九八—二〇〇二年。
良寬：《良寬全集》，東京：牧野出版，一九九四年。
周作人著，木山英雄譯：《日本文化を語る：周作人》，東京：筑摩書房，一九七三年。
岡田正之：《日本漢文學史》，東京：吉川弘文館，一九五四年。
岡田正之：《近江奈良朝の漢文學》，奈良：養徳社，一九四六年。
岡崎郁子：《臺灣文學——異端の系譜》，東京：田畑書房，一九九六年。
松下忠：《江戸時代の詩風詩論——明・詩論とその攝取——》，東京：明治書院，一九六九年。
林鵞峯：《本朝一人一首》，收入富士川英郎、松下忠、佐野正巳編：《詞華集日本漢詩》，東京：汲古書院，一九八三年，第一卷。
林讀耕齋：《本朝遯史》，收入《日本漢文史籍叢刊》，上海：上海交通大學出版社，二〇一四年據寬文四年刻本影印，第四輯第一〇三冊。
武田泰淳：《黃河海に入りて流る——中國・中國人・中國文學》，東京：勁草書房，一九七〇年。
牧野謙次郎：《日本漢學史》，東京：世界堂書店，一九三八年。
舍人親王等著，高木市之助等校注：《日本書紀（下）》，收入高木市之助等編：《日本古典文學大系》，東京：岩波書店，一九八七年，第六十八冊。
金子彥二郎：《平安時代文學と白氏文集》，東京：大日本雄辯會講談社，一九四八年。
阿部吉雄：〈江戸時代儒者の出身と社會的地位について〉，《日本中國學會報》第十三集（一九六一年十月），頁一六一—一七五。
青木正兒：《支那近世戲曲史》，東京：弘文堂書房，一九六七年。
青木正兒：《青木正兒全集》，東京：春秋社，一九六九—一九七〇年。
京極為兼編：《玉葉和歌集》，收入松下大三郎、渡邊文雄編：《國歌大觀：五句索引》，東京：教文社，一九一八年。
後藤丹治、釜田喜三郎校注：《太平記》，收入高木市之助等編：《日本古典文學大系》，東京：岩波書店，一九六八年，第三十五冊。

柳田泉：〈露伴先生藏書瞥見記〉（上），《文學》第三十四卷三號，一九六六年三月，頁一〇二—一一二。

柳田泉：〈露伴先生藏書瞥見記〉（下），《文學》第三十四卷四號，一九六六年四月，頁一〇三—一一二。

柳田泉：《政治小說研究》，東京：春秋社，一九六七年。

洞院公定：《尊卑分脈》，收入黑板勝美編：《新訂增補國史大系》，東京：吉川弘文館，一九六六年，第五十八卷。

秋庭太郎：《考證永井荷風》，東京：岩波書店，一九六六年。

唐木順三：《無用者の系譜》，收入《唐木順三全集》，東京：筑摩書房，一九八一年增補版，第五卷。

夏目漱石：《漱石全集》，東京：岩波書店，一九九三—一九九九年。

夏目鏡子述，松岡讓筆錄：《漱石の思い出》，東京：角川文庫，一九七七年。

桑山龍平：〈永井荷風と中國文學——その一面〉，《天理大學學報》第四卷第三號，一九五三年三月，頁一〇五—一一四。

桑原武夫：《桑原武夫全集》，東京：朝日新聞社，一九六八—一九七二年。

神田喜一郎：《日本における中國文學》，東京：二玄社，一九六七年。

神田喜一郎：《墨林閒話》，收入《神田喜一郎全集》，東京：同朋舍，一九八四年，第九卷。

急溪中韋：〈西芳寺池庭緣起〉，收入塙保己一編：《續群書類從》，東京：続群書類従完成会，一九二六年，第二十七輯。

高木市之助等校注：《平家物語》，收入高木市之助等編：《日本古典文學大系》，東京：岩波書店，一九六七年，第三十二冊。

高木市之助等校注：《萬葉集（一）》，收入高木市之助等編：《日本古典文學大系》，東京：岩波書店，一九五七年，第四冊。

高木市之助等校注：《萬葉集（二）》，收入高木市之助等編：《日本古典文學大系》，東京：岩波書店，一九五九年，第五冊。

兼好法師：《兼好法師集》，收入《新校群書類從》，東京：內外書籍，一九三〇年，第十二卷。

清水茂：〈荷風と漢文學〉，《圖書》第一六〇號（一九六二年十二月），頁十九—二十二。

荻生徂徠撰，今中寬司、奈良本辰也編：《荻生徂徠全集》，東京：河出書房新社，一九七三—一九七八年。

荻生徂徠撰，島田虔次等編：《荻生徂徠全集》，東京：みすず書房，一九七三—一九八三年。

都良香：《都氏文集》，收入塙保己一輯：《新校群書類從》，東京：內外書籍，一九三二年，第六卷。

陳瑋芬：《近代日本と儒教——「斯文會」と「孔子教」を軸として》，福岡：九州大學中國哲學史研究所博士論文，一九九九年。
陳慶浩、王三慶、莊雅州、內山知也編：《日本漢文小說叢刊》，臺北：臺灣學生書局，二〇〇三年，第一輯。
雪村友梅：《岷峨集》，收入上村觀光編：《五山文學全集》，京都：思文閣，一九七三年，第一卷。
麻生磯次：《江戶文學と中國文學》，東京：三省堂，一九七二年。
富士川英郎、入矢義高、入谷仙介、佐野正巳編：《日本漢詩人選集》，東京：研文出版，一九九八—二〇〇五年。
富士川英郎：《江戶後期の詩人たち》，東京：平凡社，二〇一二年。
森田草平：《續夏目漱石》，東京：甲鳥書林，一九四三年。
森鷗外：《鷗外全集》，東京：岩波書店，一九七二年。
無住一円著，渡邊綱也校注：《沙石集》，收入高木市之助等編：《日本古典文學大系》，東京：岩波書店，一九六七年，第八五冊。
絕海中津著，蔭木英雄注：《蕉堅藁全注》，大阪：清文堂，一九九八年。
絕海中津語，小師俊承等編：《絕海和尚語錄》，收入《大正新修大藏經》，臺北：新文豐，一九八三年，第八十冊。
菅原道真：《類聚國史》，收入黑板勝美編：《新訂增補國史大系》，東京：吉川弘文館，一九六五年，第五卷。
菅原道真著，川口久雄校注：《菅家文草．菅家後集》，東京：岩波書店，一九六六年。
菅野真道：《續日本紀》，收入黑板勝美編：《新訂增補國史大系》，東京：吉川弘文館，一九六六年，第二卷。
陽成天皇著，片桐洋一校注：《後撰和歌集》，收入佐竹昭廣編：《新日本古典文學大系》，東京：岩波書店，一九九〇年，第六冊。
黑板勝美校注：《十訓抄》，收入黑板勝美編：《新訂增補國史大系》，東京：吉川弘文館，一九六六年，第十八卷。
塙保己一輯：《新校群書類從》，東京：內外書籍，一九三一年，第六卷。
奧野信太郎：《文學みちしるべ》，東京：新潮社，一九五六年。
奧野信太郎：《紅豆集》，東京：桃源社，一九六二年。

慈鎮和尚：《拾玉集》，收入松下大三郎編：《續國歌大觀．歌集》，東京：紀元社，一九二五年。

楠原俊代：〈魯迅と廚川白村〉，《中國文學報》第二十六卷，一九七六年四月，頁七十九—一〇七。

義堂周信：《空華集》，收入上村觀光編：《五山文學全集》，京都：思文閣，一九七三年，第二卷。

義堂周信：《空華老師日用工夫略集》，收入近藤瓶城編：《續史籍集覽》，東京：近藤出版部，一九三〇年，第三冊。

萩原朔太郎：《萩原朔太郎全集》，東京：筑摩書房，一九七六年。

鈴木虎雄：《支那詩論史》，東京：弘文堂書房，一九二五年。

夢窗疎石語，侍者本元等編：《夢窗國師語錄》，收入《大正新修大藏經》，臺北：新文豐，一九八三年，第八十冊。

實藤惠秀：《近代日支文化論》，東京：大東出版社，一九四一年。

福田貞助校注：《伊勢物語》，收入秋山虔等編：《日本古典文學全集》，東京：小學館，一九七五年，第八冊。

與謝蕪村撰，岩本梓石編著：《標註蕪村俳句全集》，東京：すみや書店，一九〇六年。

劉岸偉：《東洋人の悲哀——周作人と日本》，東京：河出書房新社，一九九一年。

增田涉：《中國文學史研究：「文學革命」と前夜の人々》，東京：岩波書店，一九六七年。

廚川白村：《廚川白村全集》，東京：改造社，一九二九年。

廣瀨淡窓：《淡窓詩話》，收入《日本詩話叢書》，東京：龍吟社，一九九七年再版，第四卷。

德川光圀編修：《大日本史》，收入《域外漢籍珍本文庫．第五輯史部》，重慶：西南師範大學出版社、北京：人民出版社，二〇一五年，第十一冊。

擊鉦先生：《兩巴巵言》，收入高木好次等編：《洒落本大系》，東京：林平書店，一九三二年，第一卷。

潁原退藏：《江戶文藝論考》，東京：三省堂，一九三七年。

稻津孫曾：《先覺詩人梁川星巖》，東京：梁川星巖研究所，一九五八年。

蔭木英雄：《五山詩史の研究》，東京：笠間書院，一九七七年。

橘成季編，永積安明、島田勇雄校注：《古今著聞集》，收入高木市之助等編：《日本古典文學大系》，東京：岩波書店，一九六六年，第八十四冊。

賴山陽著，兒玉慎輯錄：《山陽先生書後併題跋》，京都：若山屋茂介、浪華：秋田屋太右衛門，天保七（一八三六）年。
鴨長明著，西尾實校注：《方丈記》，收入高木市之助等編：《日本古典文學大系》，東京：岩波書店，一九六八年，第三十冊。
龜井勝一郎：《龜井勝一郎全集》，東京：講談社，一九七四年。
齋藤拙堂：《拙堂文話》，臺北：文津出版社，一九八五年據古香書屋版影印。
齋藤清衛：〈中世佛教と中世文學〉，收入久保田淳編：《岩波講座日本文学史》，東京：岩波書店，一九五八年，第四卷。
齋藤悳太郎：《近世儒林編年志》，大阪：全國書房，一九四三年。
藤村作編：《日本文學大辭典》，東京：新潮社，一九三五年。
藤原公任：《北山抄》，收入《改訂增補故實叢書》，東京：明治圖書，一九九三年。
藤原季綱編：《本朝續文粹》，收入黑板勝美編：《新訂增補國史大系》，東京：吉川弘文館，一九六五年，第二十九卷下。
藤原宗忠著，笹川種郎編：《中右記》，東京：日本史籍保存會，一九一六年。
藤原定家編，久松潛一等校注：《新古今和歌集》，收入高木市之助等編：《日本古典文學大系》，東京：岩波書店，一九六七年，第二十八冊。
藤原定家編：《小倉百人一首》，東京：湯淺春江堂，一九一四年。
藤原明衡編，大曾根章介等校注：《本朝文粹》，收入佐竹昭廣編：《新日本古典文學大系》，東京：岩波書店，一九九二年，第二十七冊。
藤原明衡編，小島憲之校注：《本朝文粹》，收入高木市之助等編：《日本古典文學大系》，東京：岩波書店，一九六七年，第六十九冊。
藤原時平等著：《三代實錄》，收入黑板勝美編：《新訂增補國史大系》，東京：吉川弘文館，一九六六年，第四卷。
藤原道長著，正宗敦夫編：《御堂關白記》，東京：日本古典全集刊行會，一九二九年。
關晃：《歸化人：古代の政治・經濟・文化を語る》，東京：至文堂，一九五九年。

## 三、西文著作

Arthur Waley, *Yuan Mei: Eighteenth Century Chinese Poet*, London: G. Allen and Unwin, New York: The Macmillan Company, 1956.

C.H. Wang（王靖獻）, "Chou Tso-jen's Hellenism", *Renditions*, No.7 (1977), pp.5-28.

C.T. Hsia（夏志清）, "Yen Fuand and Liang Ch'i-ch'ao as Advocates of New Fiction", in Adele Austin Rickett, ed., *Chinese Approaches to Literature from Confucius to Liang Chi'-ch'ao*, Princeton: Princeton Univ. Press (1978), pp. 221-259.

C.T. Hsia（夏志清）, *A History of Modern Chinese Fiction, 1917-1957*, rev. ed. ,New Haven, 1971.

Charles Pierre Baudelaire, *"Mon coeur mis à nu" Journaux intimes*. Paris: Les Editions G. Cres & Cie, 1920.

Ching-mao Cheng（鄭清茂）, "The Impact of Japanese Literary Trends on Modern Chinese Writers", in Merle Goldman, ed., *Modern Chinese Literature in the May Fourth Era* ,Cambridge, Massachusetts :Harvard Univ. Press (1977), pp. 63-88.

David Diringer, *The Alphabet: A Key to the History of Mankind.* New Delhi: Munshiram Manoharlal Publishers Pvt. Ltd., 2005.

David E. Pollard, *A Chinese Look at Literature: The Literary Values of Chou Tso-jen in Relation to the Tradition*, Berkeley :Univ. of California Press, 1973.

Edwin O. Reischauer , *Japan: Past and Present*, New York: A. A. Knopf, 1953.

Ernest F.Fenollosa, Ezra Pound(edt), *The Chinese Written Character as a Medium for Poetry*, California: City Lights Books, 1936.

Ernst Wolff, *Chou Tso-jen*, *Twayne's World Authors Series 184* ,New York: Twayne Publishers, 1971.

Ezra Pound(edt), *Cathay*, London: Elkin Mathews, 1915.

F. W. Mote, *The Poet Kao Chi*, Princeton University Press, 1962.

John W. Hall, "The Confucian Teacher in Tokugawa Japan", in *Confucianism In Action* , ed. David S. Nivison and Arthur F.Wright, Caltfornia: Stanford University Press (1959), pp.268-301.

Miller, Roy Andrew, "Some Japanese Influences on Chinese Classical Scholarship of the Ch'ing Period", *Journal of the American Oriental*

*Society*, 72 (1952), pp. 56-67.

Percy Bysshe Shelley, *Selected poetry and prose of Percy Bysshe Shelley*, New York: Random House, Inc Press, 1951.

R. G. Irwin, *The Evolution of a Chinese Novel Shui-hu-Chuan*, Cambridge: Harvard University Press, 1953.

Robert Scalapino,"Preludeto Marxism: The Chinese Student Movement in Japan, 1900-1910", in Albert Feuerwerker, etal., ed., *Approach to Modern Chinese History* ,Berkeley and Los Angeles: University of California Press (1967), pp.190-215.

René ETIEMBLE, *Comparaison n'est pas raison. La crise de la littérature compare*, Paris : Gallimard, 1963.

聯經評論
中日文學之間：鄭清茂論著集

2022年10月初版　　定價：新臺幣680元

著者　鄭清茂
主編　廖肇亨
叢書編輯　杜芳琪
內文排版　黃秋玲
封面設計　謝佳穎

校對：
何冠儀、李金縈、李志鴻、李潔、吳雨璇、黃祖恩、鄭雅尹

出版者　聯經出版事業股份有限公司
地址　新北市汐止區大同路一段369號1樓
叢書編輯電話　(02)86925588轉5394
台北聯經書房　台北市新生南路三段94號
電話　(02)23620308
台中辦事處　(04)22312023
台中電子信箱　e-mail：linking2@ms42.hinet.net
郵政劃撥帳戶第0100559-3號
郵撥電話　(02)23620308
印刷者　世和印製企業有限公司
總經銷　聯合發行股份有限公司
發行所　新北市新店區寶橋路235巷6弄6號2樓
電話　(02)29178022

副總編輯　陳逸華
總編輯　涂豐恩
總經理　陳芝宇
社長　羅國俊
發行人　林載爵

行政院新聞局出版事業登記證局版臺業字第0130號

本書如有缺頁，破損，倒裝請寄回台北聯經書房更換。　ISBN 978-957-08-6501-1 (平裝)
聯經網址：www.linkingbooks.com.tw
電子信箱：linking@udngroup.com

**國家圖書館出版品預行編目資料**

中日文學之間：鄭清茂論著集/鄭清茂著．廖肇亨主編．
初版．新北市．聯經．2022年10月．624面＋4面彩色．14.8×21公分
（聯經評論）
ISBN 978-957-08-6501-1（平裝）

1.CST：比較文學 2.CST：中國文學 3.CST：日本文學
4.CST：文集

819.07 111012828